壮天走笔

——广西气象优秀新闻作品集

（2006—2021年）

曾涛 黄姿娜 韩嘉乐 等◎编著

气象出版社
China Meteorological Press

图书在版编目（CIP）数据

壮天走笔 : 广西气象优秀新闻作品集 : 2006—2021 年 / 曾涛等编著. -- 北京 : 气象出版社, 2021.12
ISBN 978-7-5029-7625-5

Ⅰ. ①壮… Ⅱ. ①曾… Ⅲ. ①新闻报道－作品集－中国－当代 Ⅳ. ①I253

中国版本图书馆CIP数据核字(2021)第248226号

壮天走笔——广西气象优秀新闻作品集（2006—2021 年）
Zhuangtian Zoubi——Guangxi Qixiang Youxiu Xinwen Zuopin Ji (2006—2021 Nian)

出版发行：气象出版社
地　　址：北京市海淀区中关村南大街 46 号　　**邮政编码：**100081
电　　话：010-68407112（总编室）　010-68408042（发行部）
网　　址：http：//www.qxcbs.com　　**E-mail：**qxcbs@cma.gov.cn
责任编辑：宿晓凤　　**终　　审：**吴晓鹏
责任校对：张硕杰　　**责任技编：**赵相宁
封面设计：楠竹文化
印　　刷：北京建宏印刷有限公司
开　　本：710 mm × 1000 mm　1/16　　**印　　张：**36.5
字　　数：560 千字
版　　次：2021 年 12 月第 1 版　　**印　　次：**2021 年 12 月第 1 次印刷
定　　价：150.00 元

序

时代的车轮滚滚向前，每一道车辙都留下了印记。新闻报道，恰是记录时代，见证历史。

一路风雷激荡，一路凯歌嘹亮。多年来，广西气象事业发生了翻天覆地的变化，基础设施不断完善，监测预报预测水平不断提高，气象服务保障经济社会发展的能力不断增强，正朝着建设以智慧气象为重要标志的更高水平的气象现代化迈进。

《壮天走笔——广西气象优秀新闻作品集（2006—2021年）》一书作品主要来自《中国气象报》，还有部分来自中央媒体、《广西日报》等。该书从多个维度收录了展现2006年以来广西气象事业发展的新闻作品，以时间脉络、新闻视角客观展示广西气象事业发展历程中的重大事件、重大活动、重大天气过程气象服务以及气象工作经验举措和亮点成就等。

记录历史，启迪未来。广西气象事业发展的每一个瞬间、每一次实践、每一次创新，都一一记录在册。一篇篇饱含深情的作品，镌刻出广西气象事业发展的历史记忆。

广西山川秀美，人杰地灵，历史与民族文化交融，具有独特的区位优势和丰富的气候资源。与此同时，广西地处亚热带季风气候区，气象灾害多发频发，气象工作致力于保障经济社会高质量发展，保障生命安全、生产发展、生活富裕、生态良好，铆定目标、不懈奋斗。特别是，2021年4月，习近平总书记在广西考察时提出建设新时代中国特色社会主义壮美广西总目标，为广西迈进新时代、站上新起点、实现新跨越擘画宏伟蓝图，广西气象部门主动作为，奋力谱写新时代气象事业高质量发展的新篇章。

新的历史起点，新的历史使命。广西气象事业正在迈向新的征程，作为气象事业高质量发展的记录者、见证者和传播者，广西气象新闻工作者更需孜孜不倦，不断历练脚力、眼力、脑力、笔力，以“沾泥土”“带露珠”“冒热气”的新闻作品，更好地反映广西气象事业的奋斗实践，讲好气象故事，为广西气象事业发展汇聚强大精神力量、营造良好舆论氛围。

（彭莹辉：中国气象报社总编辑）

2021 年 9 月

目录

秦大河在宣布广西壮族自治区气象局新班子时强调
在更高层次谋划广西气象事业

1月5日，中国气象局党组书记、局长秦大河到南宁宣布调整广西壮族自治区气象局领导班子的决定。当天中午，自治区党委副书记、常务副主席郭声琨会见了秦大河一行。双方对近年来广西气象工作给予充分肯定，并就加快气象事业发展，发挥气象在经济社会发展、社会安全等方面的作用进行了交流和探讨。

下午，秦大河在广西壮族自治区气象局全体干部职工大会上，宣布了中国气象局党组的任免决定，韦力行任广西壮族自治区气象局局长、中共广西壮族自治区气象局党组书记，免去其广西壮族自治区气象局副局长职务；丁凤育任中共广西壮族自治区气象局党组副书记；免去林少雄广西壮族自治区气象局局长、中共广西壮族自治区气象局党组书记职务。

会上，秦大河对广西壮族自治区气象局新的领导班子和气象工作者提出三点要求和希望。一是全面落实科学发展观，认真贯彻中国气象事业发展战略研究成果和国务院即将下发的关于加快气象事业发展的文件精神，紧密结合广西经济社会发展的实际，结合广西天气、气候特点和气象服务工作的实际，解放思想，开拓创新，扎实工作，积极做好“十一五”规划编制工作，积极争取地方支持，确保为当地经济社会发展服务的重大项目能够列入地方“十一五”规划和科技规划。加快推进业务技术体制改革工作，力争经过3～5年时间，建立起“多轨道、研究型、集约化、开放式”的新型业务技术体制，在更高层次上谋划好广西气象事业。二是坚定不移地实施科技兴气象、拓展领域和人才强局三大战略，坚持“公共气象、安全气象、资源气象”的理念，以提高天气、气候预报预测准确率为核心，进一步加快气象现代化建设，不断完善气象预报预测业务系统，加强短时临近天气预报系统建设，努力提高气象服务水平，做好灾害性、关键性、转折性重大天气预报警报、短期气候预测等工作，进一步强化农业气象服务工作，加强交通、城市和公共卫生气象服务，做好风能、太阳能开发利用、气候资源普查和规划利用等的气象服务工作和人工影响天气工作，为广西构建和谐社会做出更大的贡献。当前，要认真抓好冬季气象预报服务工作，特别是要做好重大灾害性天气的预警预报和公共突发事件的应急气象保障服务，切实加强为各级党委、政府的决策服务和公众气象服务工作。三是坚持民主集中制原则，提高干部思想素质，加强和谐班子建设，团结带领广大干部群众努力建设和谐机关、和谐部门，增强班子的创造力、凝聚力和战斗力，形成团结坚强、朝气蓬勃、奋发有为的领导集体，以廉洁勤政的实际行动赢得广大干部职工的信任和拥护。

会后，秦大河通过视频会议系统向全区基层气象工作者表示慰问，并检查指导了广西的气象工作。

（来源：《中国气象报》，2006年1月7日，1版，
作者：卢笙 杨黎明 杨年珠）

广西召开气象局长工作会议

1月20—21日，广西壮族自治区气象局召开全区气象局长会议。韦力行局长在工作报告中，特别对贯彻落实《国务院关于加快气象事业发展的若干意见》、即将进行的业务技术体制改革、以广西气象“十一五”规划项目为牵引，加快气象现代化建设等提出了要求。韦力行局长强调，全区各级气象部门，一

定要牢牢树立机遇意识、发展意识、大局意识、责任意识、忧患意识，坚持科学发展观，全面贯彻《国务院关于加快气象事业发展的若干意见》，深入落实中国气象事业发展战略，加强自主创新，完善体制机制，促进事业发展，在新的发展起点上不断开创广西气象事业的新局面。会议还结合中国气象局目标管理考核要求，做好 2006 年各项工作进行了部署，并对近期全区气象服务、安全稳定等工作进行了布置和落实。

（来源：《中国气象报》，2006 年 1 月 7 日，1 版，作者：凌颖）

广西人大常委会副主任林灿强调加强气象防灾减灾能力建设

日前，广西壮族自治区人大常委会副主任林灿和自治区人民政府副秘书长庞栋春检查了广西气象部门防灾减灾能力建设工作。

林灿在检查时强调，一要加强气象灾害防御立法，尽快审议通过《广西壮族自治区气象灾害防御条例（草案）》，加大气候资源开发利用以及其他自然灾害防御的立法步伐。二要加强气象灾害防御体系建设。重点抓好气象灾害防御规划、防御方案、应急预案的制定；完善气象灾害防御管理制度，建立运作协调、高效的防御管理机制；加强气象灾害防御能力建设，提高气象灾害的监测、预报预警水平；建立健全气象灾害防御机构，培养一支召之即来、来之能战、战之能胜的气象灾害防御队伍。三要加强气象灾害防御科技创新，及时将创新成果在行业与全社会进行推广应用，依法履行好气象行业管理职责，组织好部门间不同范围、不同层次的交流与合作，促进科研资源共享、优势互补和共同发展。四要加强农业与农村气象灾害防御工作，做好农村气象灾害防御的立法工作，加快农村地区气象灾害预警信息播发设施建设。

庞栋春要求尽快制定具体落实措施，认真贯彻落实国务院 3 号文件，加快广西气象事业的发展。各级政府要给予气象工作更多的支持，积极为开展气象服务工作创造良好条件。

（来源：《中国气象报》，2006 年 4 月 4 日，1 版，作者：杨黎明）

广西现代化装备成防汛“利器”

7月19日，今年第4号台风“碧利斯”远离广西而去，久日阴霾的南宁上空终于放晴。

整个暴雨天气过程，广西新建成的自动站、新一代天气雷达、手机短信平台系统等气象现代化服务设备成为气象人战胜风雨的“利器”，使得天气预报更加准确，得到了领导们和公众的普遍赞誉。全区新建投入使用的自动气象观测站，每分钟都有资料传到气象台，用手机自动传送，加密的观测站扫清了以往的观测盲区。18日，南宁市气象局根据自动站监测到的资料，提前几个小时预报市区最大降水可能要超过300毫米并向市领导汇报。当日市人民公园最大降雨量达到311.5毫米，比历史最高纪录191毫米还多出100多毫米。玉林等部分市气象局首次采用了手机群发短信的方式，把降雨信息传到了基层乡镇干部和村干部的手机上，在发生山洪、山体滑坡等灾害之前，把群众转移到了安全地带。

正如预测，15日下午台风“碧利斯”挟风裹雨而来，特大暴雨引发了山洪暴发、山体滑坡、江河水位剧涨、民房倒塌……

16日上午，自治区再次召开防汛紧急会议，对暴雨防御进行再部署。强降水过程预报发出后，广西壮族自治区气象局立即启动了汛期服务应急预案，从测报、通信、预报、服务人员到业务管理、装备、后勤保障人员等，均加强值守班制度，做好应对紧急情况的各项准备工作。

18日上午，南宁市城区普遍出现100～300毫米的强降雨，全市大部街道内涝严重，雨水倒灌气象大厦地下室，一片汪洋，严重威胁到发电机等设备的安全，一旦停电，气象业务将陷入停顿状态。自治区气象局领导迅速带领大厦全体干部职工抢救受淹的气象大厦地下室设备。

在部分受灾台站，气象工作者甚至冒着生命危险做好气象服务。16日，金秀县遭受日降雨量达289毫米的特大暴雨袭击，山洪暴发。气象职工冒着被洪水冲走的危险，手挽手连成人墙，护送测报员跨过湍急的水流到马路对面的观测场进行雨量测量。根据天气变化情况，县政府采取有力措施转移灾区山民，实现了人员零死亡。

（来源：《中国气象报》，2006 年 7 月 22 日，2 版，
作者：杨黎明 曾涛 郑宏翔 陈见）

海上大营救

8 月 3 日傍晚，台风“派比安”带来的风雨使北部湾海上 40 艘渔船被困，船上 182 名渔民命在旦夕。广西壮族自治区北海市气象科技人员用手中的“武器”——天气预报，全力以赴地投入到这场生死大营救中。

8 月 3 日傍晚，台风“派比安”在广东登陆。北部湾一带风雨大作，海面上巨浪翻卷。此时，北海港口显得格外忙碌：平时能容纳 2000 艘渔船的地角港，一下子挤进了 5000 多艘渔船！原来，沿岸的大部分渔船在接到台风预警信息后，已返回港口避风。然而，这时人们惊愕地发现，仍有 40 多艘渔船没有进入渔港避风，船上总共还有近 200 人呢！

人们根据经验判断，这些船只肯定是困在距港口数百米到数千米的海上了。渔监部门认为，对台风过于麻痹大意是导致这些船只滞留海上的根本原因。渔民安危牵动众人心，一场海上生死大营救就此展开。

北海连夜召开海上搜救行动会议，北海市委、市政府领导，北海军分区，海军及边防部队，市水产、渔监、县区等党政军一把手 50 多人将会议桌团团围住。市气象局局长陈如杰参加了会议并作了台风最新动向的专题发言，为海上搜救行动提供及时有力的依据。陈如杰说，台风“派比安”已于当晚 7 时 20 分在广东电白至阳江一带登陆，中心风力达到 11 级。台风很快便会从玉林、陆川和北海北部进入广西东南境内……

而此时，外面的风力已经加大到 7～8 级，涠洲岛海面风力达到 9～10 级。天气预报明确指出，4 日凌晨到天亮，北面海域的阵风将要达到 9 级，并有暴雨。海上风大浪急，汪洋中的小船无助地随波逐流着。

一直在现场指挥的广西壮族自治区党委常委、北海市委书记温卡华要求，市属一县三区务必认真核查尚未靠岸的船只和渔民人数，每小时与渔船联系一

次，密切关注险情。首先行动的是海军、边防武警。但由于正临退潮，大吨位的救援船只无法靠近遇险船只，而小船又因风力过大而无法出动。时间一分一秒地过去，而台风“派比安”在北部湾也露出了狰狞的面目，狂风挟着暴雨，似乎要摧毁一切。海上搜救十分困难。怎么办？

这时，气象部门的观测显示风力已逐渐加大到 7 级。北海市气象局启动加密观测并发出专题气象服务信息，利用“企信通”气象短信平台随时向领导小组成员发送最新的台风动态和预报。4 日 1 时 26 分，温卡华依据最新的气象预报作出紧急指挥决定：马上成立情况汇报组、组织援救组、指导自救组、争取援救组 4 个小组，并立即进入工作状态，加快援救进度。

4 日凌晨，经过各方施救加上海面涨潮，被困的 40 多艘北海渔船已安全靠岸，182 名渔民全部上岸，无一人伤亡。

（来源：《中国气象报》，2006 年 8 月 8 日，1 版，
作者：曾涛 陈雪莲 黄燕波，获中国气象报社第 17 届好新闻三等奖）

广西六千万资金投向监测站网建设

广西壮族自治区政府表示：总投资 6698.8 万元的广西气象灾害应急地面自动监测站网项目，将在今年内启动建设。

广西是气象灾害多发地区，但广西目前气象观测自动化程度和时空分辨率较低，仅有 107 个气象监测站点，空间密度在 50 公里以上，观测密度也不高，难以满足准确、及时监测预报局地突发性气象灾害的要求。为加强对广西局地突发性气象灾害的预测预报，国家有关部门同意支持广西从 2006 年起，两年内建设 1324 个自动气象监测站。据悉，这是一个集测、报、防、抗、避、估为一体的气象灾害地面自动监测网系统，包括自动化水平高、时空密度大的中尺度气象灾害地面自动探测网。

据了解，这些自动气象监测站主要布设在全区所有的乡（镇）和主要江河、水库的周边地区，其中，建设 7 要素自动气象站 96 个；5 要素自动站 25 个；4 要素自动站 346 个；两要素以下的自动气象站 857 个，计划于 2007

年全部建成。

（来源:《中国气象报》, 2006年8月12日, 2版, 作者: 曾涛）

贯彻落实国务院3号文件精神 广西壮族自治区下发实施意见

近日，广西壮族自治区人民政府下发了《广西壮族自治区人民政府关于加快我区气象事业发展的意见》(以下简称《意见》)。这是广西贯彻落实国务院3号文件精神，进一步加快广西气象事业发展做出的部署。

《意见》提出：到2010年，要初步建成结构合理、布局适当、功能齐备的综合气象观测体系、气象预报预测体系、公共气象服务体系和科技支撑保障体系，基本实现气象探测自动化、信息传输网络化、气象预报精细化，台风、暴雨、强对流等灾害性天气的预报准确率在现有水平上提高5%～10%，气象灾害对全区生产总值的影响率降低20%左右，气象服务覆盖率达95%，气象整体实力达到全国中上水平，在西部地区处于领先水平；到2020年，气象现代化建设步伐进一步加快，建成结构科学、功能先进的气象现代化体系，整体水平跨入全国气象部门先进行列。

《意见》指明了加快广西气象事业发展的六项主要任务。一是以完善基础设施为重点，提高气象综合观测能力。二是以提高预报预测准确率为核心，提高气象预报预测能力。三是以健全突发气象灾害预警应急机制为基础，提高气象防灾减灾能力。四是以强化公共服务为根本，提高气象综合服务能力。五是以实现可持续发展为目标，提高气候资源开发利用能力。六是以科技创新平台建设为载体，提高气象科技支撑能力。

《意见》还出台了加快广西气象事业发展的四项政策措施。一是要切实加强对气象工作的领导，各级人民政府要切实将气象事业发展纳入本地经济社会发展总体规划，按照合理布局、有效利用的原则，统筹编制和实施重要气象设施的建设与布局计划。二是坚持依法发展气象事业。认真贯彻和严格执行国家气象法律法规和我区地方性法规、规章。三是要建立稳定增长的气象投入机制。四是要高度重视气象队伍建设。

（来源：《中国气象报》，2006 年 9 月 7 日，1 版，作者：曾涛 卢笙）

刘奇葆与秦大河会见时表示
加快气象事业发展 提高防灾减灾能力

9 月 9 日晚，广西壮族自治区党委书记刘奇葆在南宁会见赴邕检查指导工作的中国气象局党组书记、局长秦大河，双方就加快广西气象事业的发展等问题进行了交流。

刘奇葆首先代表自治区党委、政府对秦大河表示热烈欢迎，对中国气象局多年来给予广西气象事业发展的关心和支持表示感谢。刘奇葆说，气象部门担负着为经济建设、社会发展、人民生活、防灾减灾和公共安全提供服务和保障的重任，因此，加快气象事业发展，全面提高防灾减灾水平，对促进全区经济社会可持续发展，构建和谐广西具有重大而紧迫的意义。

刘奇葆强调，气象事业是广西改革开放和社会主义现代化建设的重要组成部分，各级党委和政府要强化措施、周密部署，着力推进广西气象事业再上新台阶。要切实加强对气象工作的领导。各级人民政府要统筹发展气象事业。要及时解决气象工作中的突出困难和矛盾。要加强气象知识的宣传和普及，增强全社会的防灾减灾意识。

刘奇葆表示，这次能够邀请到秦大河局长来作《中国气候与环境演变》的科学报告，对于广西领导干部正确认识气候变化的特点与影响，做好防灾减灾工作，将起到很好的促进作用。

秦大河感谢自治区党委、政府长期以来给予气象事业的大力支持。他说，气象事业是科技型、基础性的社会公益事业，对国家安全、社会进步具有重要的基础性作用，对经济发展具有很强的现实性作用，对可持续发展具有深远的前瞻性作用。秦大河说，“十五”期间，广西气象事业在自治区党委和政府的正确领导下，在各方面的大力支持下，气象服务能力逐步增强，服务水平不断提高，取得了显著的经济、社会和生态效益，为推进广西经济社会的发展做出了重要贡献。秦大河希望自治区党委和政府进一步关心和支持广西气象事业的发展，让气象为经济社会发展提供更强有力的保障。秦大河表示，广西各级气象部门要加强能力建设，积极推进业务技术体制改革，为全面建设小康社会提供优质服务，使气象部门真正成为各级党政领导的好帮手。

9 月 10 日上午，秦大河在广西壮族自治区党委礼堂为广西在邕副厅局级以上领导干部作了题为《中国气候与环境演变》的科学报告，受到了与会者的热烈欢迎。

（来源：《中国气象报》，2006 年 9 月 12 日，1 版，作者：曾涛 卢笙）

气象部门廉政文化建设经验交流会召开

全国气象部门廉政文化建设工作经验交流会于 9 月 12—13 日在南宁召开。中国气象局党组书记、局长秦大河出席会议并作重要讲话，广西壮族自治区纪委常务副书记罗建平、中央纪委监察部监察综合室监察专员任爱华、中央国家机关纪工委委员周惠、广西壮族自治区文明办主任韦守德、直属机关纪工委书记李少英等有关部门的领导出席会议。中纪委驻中国气象局纪检组组长孙先健主持会议开幕式。各省（自治区、直辖市）、计划单列市气象局党组纪检组组长、监察审计处处长，中国气象局直属机关纪委和各直属单位纪委负责人，中国气象局反腐倡廉“大宣教”成员单位领导出席了会议。

秦大河对会议的召开表示热烈的祝贺！向辛勤工作在廉政文化建设和纪检监察工作第一线的同志们致以亲切的慰问！他对气象部门廉政文化建设取得的成绩给予了充分肯定。他在讲话中指出，廉政文化建设作为党和政府反腐倡廉的重要举措，是党风廉政建设和反腐败工作的基础性工程，是建设社会主义和谐社会的重要保障。廉政文化是社会主义先进文化的重要组成部分，气象廉政文化是气象文化的重要组成部分。他对气象部门廉政文化建设下一步工作提出了四点要求：一要紧密围绕中央关于廉政文化建设的总体部署开展工作。要把加强廉政文化建设作为气象部门实践“三个代表”重要思想的内在要求，加强党的先进性建设、落实科学发展观的客观需要，构建和谐部门的重要保证，贯彻落实《建立健全教育、制度、监督并重的惩治和预防腐败体系实施纲要》、建立健全惩治和预防腐败体系的重要举措，予以大力推进，要建立廉政文化建设的长效机制。二要紧密围绕中国气象局党组的中心工作来加强廉政文化建设。廉政文化建设要“围绕中心、服务大局”，与落实科学发展观，构建和谐部门相结合，与深入贯彻中国气象事业发展战略相结合，与全面落实国务院3号文件相结合，与推进业务技术体制改革相结合，要以各种形式为促进气象事业又快又好地发展创造良好的环境和氛围。三要注重突出部门特色，推进廉政文化建设。要充分发挥气象部门网络优势，努力创新，打造气象廉政文化“特色产品”。要充分发挥广大干部职工积极参与的热情，开展形式多样的廉政文化活动。四要在总结实践经验的基础上，加强气象部门廉政文化建设理论研究。要在工作实践中加强学习，深入调研，善于总结，理性思考，把具体成果系统化，成功做法制度化，实践经验理论化，以理论来指导和推进廉政文化建设进一步深入发展。

孙先健组长作了题为《深入推进廉政文化建设 为中国气象事业发展战略的全面落实发挥保障作用》的讲话。他首先肯定了气象部门廉政文化建设取得的成果，总结了气象部门廉政文化建设的几个特点，即各级党组织高度重视、干部职工广泛参与、形式多样，内容丰富、紧密结合地方部署、理论研讨不断深入、成果丰硕，令人鼓舞。他还对下一步工作提出了具体要求：一要统一思想，把握内涵，注重科学性；二要加强领导，把握重点，注重针对性；三要不断丰富廉政文化载体，强化气象特色，注重实效性；四要围绕贯彻落实《建立健全教育、制度、监督并重的惩治和预防腐败体系实施纲要》，发挥廉政文化建设的基础性作用，注重长期性；五要加强廉政文化建设的理论研究，注重前瞻性。

会议还表彰了气象部门廉政文化建设先进集体、突出进步奖、特别贡献奖、先进个人、优秀廉政电子刊物及编辑工作先进个人，举行了《气象部门起草和贯彻具体意见资料文集》和《清风细雨气象新——气象部门优秀廉政文化作品选》首发式。会上，还展示了气象部门部分优秀廉政文化作品。

（来源：《中国气象报》，2006年9月14日，1版，

作者：郭志武 曾涛 胡桂琴）

广西政协副主席梁裕宁参观中国气象局

9月13日上午，广西壮族自治区政协副主席梁裕宁等一行来到中国气象局参观业务现代化建设情况。在中国气象局副局长张文建，办公室主任孙健、预测减灾司司长宋连春的陪同下，梁裕宁等一行先后参观了中国气象局国家卫星气象中心、国家气象中心、中国气象科学研究院、国家气象信息中心以及华风影视集团。

在国家卫星气象中心，梁裕宁等一行听取了中国气象局的基本情况和2006年汛期服务情况的相关介绍。在国家气象中心，梁裕宁等一行通过天气会商系统与广西壮族自治区气象局进行了交流，并对广西气象工作为地方经济所做的贡献表示衷心感谢。

（来源：《中国气象报》，2006年9月16日，1版，作者：朱健峰）

秦大河在广西检查指导工作时强调 适应改革新形势　谋划事业新发展

9月10—12日，中国气象局局长秦大河等一行赴广西检查指导工作，围绕业务技术体制改革、为社会主义新农村建设做好气象服务等重点工作进行调研。

在广西壮族自治区气象局局长韦力行的陪同下，秦大河等一行先后到柳州、桂林、贵港、南宁等市气象局及荔浦县气象局检查指导工作。每到一处，秦大河都深入到观测场、业务值班室等处进行认真细致的检查，与基层台站的业务人员进行亲切交谈，并对基层台站在“三站四网”建设中的调整、多轨道建设、人才培养、观测环境保护、预报预测能力的提高等问题进行实地调研。调研期间，秦大河还听取了广西壮族自治区气象局及桂林、贵港市气象局的工作情况汇报。

秦大河对广西的气象工作给予了高度评价，认为自治区气象局新一届领导班子团结一致，开拓进取，事业发展有思路、有特色、有举措。在贯彻落实国务院3号文件精神、中国气象事业发展战略研究成果等方面均做了大量扎实有效的工作。秦大河强调，各级气象部门要牢牢把握气象事业发展新趋势，领会气象工作新内涵，适应业务技术体制改革新形势，因地制宜、实事求是地谋划好气象事业发展蓝图，团结进取，务实开拓，进一步开创气象事业发展新局面。

对于做好当前和今后一段时期的气象工作，秦大河提出了明确要求：一要加强学习，适应新形势。学习要同科学研究相结合，要同实践工作紧密联系。要通过在职培训、脱岗学习等多种方式加强学习。要通过学习完善知识结构，提高业务技能，同时找准问题，解决问题。二要因地制宜、实事求是地推进业务技术体制改革，适应新发展。业务技术体制改革要坚持科学发展观，要统筹规划好气象现代化建设，做到分步骤、有计划实施，从而构建好天基、地基、空基相结合的立体观测系统。三要加强地方人才引进、培养、使用工作，适应事业发展新需求。人才建设要常抓不懈，持之以恒，长期坚持必然会取得成效。要认真抓好地方人才培养、选拔、使用、引进各个环节的工作。四要加强服务工作，扩大服务新内涵。气象服务是立业之本，要及时准确地提供决策服务和公众服务，要创造性地引入新的服务内容、新的服务理念。要增强服务的科技内涵，最大限度地满足人民生产、生活需求。同时，要把做好科普宣传作为做好“大服务”的内容之一，提高人民群众的科技素养与防灾减灾意识。要加强科技服务工作，为气象事业发展提供有力支持。五要加强为社会主义新农村建设服务的工作。努力为解决“三农”问题，构建和谐社会做出新贡献。六要做好气象执法工作，保护好气象探测环境。

（来源：《中国气象报》，2006年9月21日，1版，作者：曾涛 卢笙）

广西壮族自治区颁布气象灾害防御条例

10月1日，《广西壮族自治区气象灾害防御条例》（以下简称《条例》）将正式施行。为了更好地宣传、贯彻《条例》，9月21日，广西壮族自治区人大和自治区气象局联合召开了《广西壮族自治区气象灾害防御条例》颁布实施新闻发布会。自治区人大常委会副主任林灿出席会议并讲话。

《条例》的颁布实施，对于依法规范广西气象灾害防御工作，进一步提高气象灾害防御能力，最大限度地减轻气象灾害损失，保障人民生命财产安全，促进广西经济社会发展具有十分重要的意义。

（来源：《中国气象报》，2006年9月23日，1版，作者：曾涛）

金风送爽好放歌

金桂飘香逢盛会，绿城披彩迎嘉宾。作为我国今年三大外事活动之一的中国—东盟建立对外关系15周年纪念峰会、第三届中国—东盟博览会、中国—东盟商务与投资峰会和2006年南宁国际民歌艺术节（以下简称“三会一节”）于10月31日—11月3日在南宁举行。

南宁天空备受关注

“我是文莱驻华大使馆，我国苏丹（即国王）将出席博览会，请问能否提供博览会期间的天气信息？”“我们要给博览会工作人员定制制服，请问到时天气如何，你说做长袖好还是短袖好呢？”“我要去看民歌节的演出，要不要带雨具？”随着“三会一节”的临近，南宁的天空再一次受到特别关注。10月中旬以来，广西壮族自治区气象台的值班电话热得烫手，上到国家元首出访，下至百姓冷暖，询问“三会一节”期间天气的电话一个接着一个。

去年的中国—东盟博览会因为下雨而不得不推迟开幕时间，今年会期天气状况如何，是“三会一节”指挥中心领导和工作人员最为关心的。尤其是30日在荔园山庄湖边举行的11国领导人共同种植纪念树活动和31日在露天广场举办的“大地飞歌·2006南宁国际民歌艺术节”，更是对天气状况有着苛刻的要求。面对巨大的压力和挑战，气象工作者一方面耐心、细致地做着科学解答，另一方面则全力投入“三会一节”气象服务备战之中。

未雨绸缪早做准备

“我宣布‘三会一节’气象预报服务演练正式开始！”10 月 16 日 15 时 30 分，随着自治区气象台台长黄海洪的一声令下，各岗位工作人员各就各位，迅速投入到紧张繁忙的工作中。

其实，演练只是广西气象部门备战“三会一节”气象服务的一个缩影。为做好“三会一节”期间的气象服务工作，主动、及时地提供“准确、优质、高效”的气象服务，早在 3 个月前，“三会一节”气象服务工作就已启动。7 月 11 日，自治区气象局局长韦力行率气象专家向自治区领导汇报了今年“三会一节”期间南宁市气候概况及天气趋势分析，对会期、会场选择等方面提出了建设性的意见和建议，并表示全区气象部门将认真总结博览会气象服务的经验教训，加大寻求区域中心、中央气象台技术支持力量，尽最大努力做好气象服务保障工作。他们随即成立了气象服务领导小组和气象服务小组。今年8月以来，广西气象部门已经开展了服务动员、短临预报技术研究、会期气候特点研究和气象服务预案研究等活动。

把准“天脉”迎盛典

10 月 31 日这天，是整个“三会一节”的重中之重。这天，博览会开幕式、商务与投资峰会、民歌节晚会等重头戏接连登场。31 日这天“老天爷”脾气究竟如何，会不会像去年一样突遭降雨呢？领导、工作人员和群众把疑问的目光投向气象部门。

为了把准“老天爷”的脉搏，广西气象部门在 10 月 20 日就提前进入了应战状态。广西气象部门对卫星云图、雷达回波资料等进行缜密分析，还通过全区大会商以及同中央气象台、广州区域气象中心会商，旁征博引各方观点，最后果断得出结论：博览会开幕式当天南宁城区多云。这个结论是广西气象部门在 10 月 25 日得出的，当天，开幕式“无雨”的服务专报送到了“三会一节”指挥中心。事后证明，气象部门提前 6 天报准了天气实况。

10 月 29 日下午，各国政要、客商和嘉宾陆续抵达南宁。广西气象部门“三会一节”气象服务保障也由此进入紧张的实战阶段。到 11 月 1 日，“三会一节”气象服务专报共发40期。与此同时，面对万一出现突发性强降水，气象部门也准备了万全之策，以南宁市为中心，距离市区50～100公里的范围内布设了南北各两道防线，一旦发出消雨指令，12台流动火箭作业车将开展大规模人工消雨，可确保开幕式室外活动不受影响。

10月29日下午，韦力行还亲自将最新“出炉”的天气预报送抵“三会一节”指挥中心，进一步明确指出“三会一节”期间天气宜人。

10月30日下午，中国—东盟建立对外关系15周年纪念峰会隆重举行。温家宝总理和东盟各国领导人在峰会上共同回顾总结中国与东盟友好合作关系发展历程和取得的成功经验，展望并规划未来的发展方向。会后，迎着和煦的阳光，11国领导人在绿意盎然的荔园山庄植下了代表合作与发展的“友谊树”。次日上午又是秋高气爽的好天气，11国领导人又先后出席分别在南宁国际会展中心和广西人民大会堂举办的第三届中国—东盟博览会、中国—东盟商务与投资峰会。博览会开幕式会场内，温家宝总理和东盟10国领导人手捧珍珠放入圆形的玉璧中。一时间，珠联璧合，熠熠生辉。会场外，花如海，人如潮，到处是一派欢腾的场景。

新型业务魅力初显

“新型业务真是魅力无穷啊！”在博览会开幕式气象服务的间隙，一位气象科技人员感叹地对记者说。

的确，广西气象业务技术体制改革中铺设的新型业务在实战中得到了检验，使得新型业务初显魅力。为使气象服务收到实效，广西气象部门力争使本次重大活动气象服务保障体现“多轨道、集约化、研究型、开放式”的要求，主要在以下几个方面下功夫：一是多轨道、集约化组织气象保障服务。一方面做到集约化预报预测，统一出口服务产品，另一方面充分发挥气候中心、减灾研究所、人工影响天气办公室、科技服务中心等的积极性，利用多轨道开展重大活动的气象保障。二是主动加强交流与联系，体现“开放式”。10月28日，就在“三会一节”气象服务备战的关键时期，中国气象局广州区域气象中心主任余勇应邀来广西指导工作，重点就“三会一节”期间的天气会商与技术支持提出了要求。自治区气象局还与中央气象台、广州区域气象中心加密会商。三是加强科技攻关，体现“研究型”。他们根据“三会一节”天气预报服务技术研究具体要求，编写了相关计算机程序对南宁上空物理量变化垂直剖面进行跟踪分析，并在原有全区客观预报产品的基础上，有针对性地提取全区各城市点的 3 小时精细化天气预报，结合云图、雷达及自动站资料进行综合订正，以确保短时临近天气预报服务有效开展。

（来源：《中国气象报》，2006 年 11 月 4 日，1 版，作者：曾涛，获中国气象报社第 17 届好新闻三等奖）

王守荣在广西考察体改工作

12 月 8—10 日，中国气象局副局长王守荣就业务技术体制改革工作、“十一五”规划落实情况到广西进行了调研。王守荣听取了广西壮族自治区气象局局长韦力行的工作汇报后强调，重在抓落实，重在突出特色。

王守荣说，广西当前的气象工作主要呈现四个特点：业务技术体制改革正在稳步推进，研究型业务框架初现，预报预测服务卓有成效，现代化建设取得新的进展。王守荣深入分析了推进业务技术体制改革过程中面临的难点问题和薄弱环节，强调要进一步提高思想认识，要抓轨道建设，要着力推进集约化业务，要采取培养、吸引、稳定人才和调整队伍结构、加强领导班子建设等多种措施，要加大指导的力度。

就如何做好“十一五”规划工作，王守荣提出，主要是要抓目标、抓项目、抓政策措施、抓落实。

（来源：《中国气象报》，2006 年 12 月 12 日，1 版，作者：曾涛）

地陷，发生在子夜

“地开裂了！”2006 年 12 月 29 日凌晨 1 时许，广西梧州岑溪市糯垌镇海杰村叉富自然村，村民的尖叫声刺破了寂静的黑夜。按计划，洛湛铁路广西岑溪段北岗隧道将于 2007 年 5 月从叉富自然村地下通过。至 2006 年 12 月 28 日，全长 2131 米的隧道，只差该村地下的 300 多米长的隧道尚未贯通。29 日 1 时许，施工方在隧道内进行爆破作业，为防止爆破影响到村里的房子引起伤亡，施工方与海杰村干部组织叉富村村民在爆破之前，离家到村外躲避。当天 1 时许，爆破如期进行，村民们除了感觉地面一阵颤抖外，似乎没觉得有其他异常。

当工作组正在组织村民回家时，大家突然听见村中的鱼塘传来阵阵“咔咔”的响声，在夜间听得特别清楚。人们发现已放干水的鱼塘正在下陷，检测仪器也显示地面下陷了数十厘米，且速度正在加快。夜深天寒，村民们并没有意识到问题的严重性，仍要求回家休息。情急之下，施工方一边拦住要返家的村民，一边通知海杰村干部前来救援。没过几分钟，海杰村干部火速赶到，带着 200 多名村民往外跑，10 余分钟后全部村民转移到安全地带。

这时，岑溪市委、市政府领导和有关单位也火速赶至现场。市领导立即发出指示：财产可以暂时不管，必须立即疏散人群，不得因此出现群众伤亡的情况。此时正处冷空气南下，岑溪的天空阴晴不定。会不会有降雨来扰乱抢险进程，是市领导和村民们急切关注的。

“未来几天以多云天气为主！”此时，人们发现，气象服务工作小组已出现在抢险现场并紧张有序地开展工作。原来，岑溪市气象局闻讯后迅速组成由局长覃彦英带队的气象服务工作小组，第一时间赶赴现场进行实地勘察，同时提供气象服务。覃彦英向在场组织抢险的市领导汇报了天气情况，指出未来几日以多云天气为主，对村民撤离、安置等工作较为有利。

至 2007 年 1 月 2 日，岑溪市气象局为抢险工作专门提供专项气象服务信息，向有关市领导发送手机短信逾 20 条次，同时还多次通过电话向市领导汇报天气情况，为抢险救灾工作提供了及时、准确的气象服务。

由于措施得力，工作到位，现场群众和部分贵重财产全部转移，灾区村民情绪稳定。岑溪市领导高度赞扬了气象局在抢险救灾关键时刻提供的及时服务。

（来源：《中国气象报》，2007 年 1 月 6 日，1 版，作者：曾涛 罗思泽）

广西壮族自治区气象局长会议提出 深化改革提升能力做好服务

1 月 18—19 日，广西壮族自治区气象局召开全区气象局长会议。会议提出，2007 年将继续深化改革，提升能力，推动广西气象事业又好又快发展。

广西壮族自治区气象局局长韦力行作工作报告。他说，2007 年广西气象部门将着重抓好 7 个方面的重点工作：深化业务技术体制改革，推进多轨道业务和业务技术体系建设；大力推进多轨道业务成果的应用，全方位做好气象服务；全面落实“十一五”规划，加快气象现代化建设；加快建设气象科技创新体系，提高自主创新能力；深入实施人才强局战略，建设高素质人才队伍；加强科学管理和依法行政，营造事业发展的良好环境；巩固和发展先进性教育成果，开创党建和大宣传工作新局面。

（来源：《中国气象报》，2007 年 1 月 20 日，1 版，作者：曾涛）

广西灾年粮食不减反增 气象科技功不可没

新年伊始，广西粮食生产传来捷报。据自治区农业厅预计，2006年全区粮食总产量1528.69万吨，比上年增产12.4万吨。大灾之年粮食生产不减反增，这其中凝聚着气象人的汗水。“气象部门的作用不可或缺。”广西农业部门在呈报自治区政府的汇报材料中不忘为气象部门请功。

2006年，广西各地相继遭遇低温阴雨、“倒春寒”、风雹、严重干旱等自然灾害，尤其是8月以来，一场严重的夏、秋、冬连旱严重威胁着广西各地的农业生产，粮食生产更是首当其冲。到11月中旬，广西全区一度有79个县市发生不同程度的干旱，其中特旱达24个。严重的干旱致使广西全区粮食播种面积比去年有所减少。

面对种种不利的形势，广西农业、气象等部门把粮食生产作为建设富裕、文明、和谐新广西和稳定农村的基础工作紧抓不放松，尤其是人工影响天气、生态与农业气象、气候、天气等多轨道业务发挥了重要作用。去年春季开展飞机人工增雨作业36架次，全年14个市84个县实施火箭高炮增雨防雹作业765次，受益面积约20万平方公里，防雹保护面积约4万平方公里。

布设在全区的409个乡镇自动气象站在农业防灾减灾中发挥了很好的作用。如在第6号台风“派比安”影响期间，广西就利用乡镇自动气象站网开展全区雨情监测，乡镇自动气象站每10分钟上传一次加密气象观测资料，为各级政府指挥生产救灾、抓好粮食生产，提供了及时、准确的气象信息，受到各级党政领导的好评。

今年，自治区气象研究所充分利用“农业电脑专家决策系统”的研究成果，在广西各级兴农网站上发布水稻、玉米、甘蔗等农作物智能决策服务材料。北海市今年在兴农网上除增加5天天气预报和中长期旬（月）天气预报内容外，还增加农产品的品种价格和农业市场信息内容，为农产品市场流通提供了交易信息平台。

自治区气象台和部分市、县增加了每天电视天气预报节目的播出时次，并在电视天气预报节目中增加农业科普知识内容，深受广大农村群众的欢迎。

（来源：《中国气象报》，2007年1月23日，2版，作者：曾涛 李日才）

广西：八位市领导走访气象局　热议事业发展

1月22日17时到18时30分，短短一个半小时内，先后有八位分管各地气象工作的市领导到访广西壮族自治区气象局，包括钦州市委副书记农生文、钦州市副市长李彬、南宁市副市长周红波、桂林市副市长粟增林、梧州市副市长竺坤松、玉林市副市长陈延国等。他们都是在参加全区农村工作会议前夕，专程来气象部门商谈工作的。

针对去年地方各级党委换届选举这一情况，广西壮族自治区气象局党组提出要使地方换届不能忘气象，要主动向各级新任领导汇报工作，让他们了解气象、熟悉气象、理解气象、支持气象和发展气象。到目前为止，绝大多数县、市气象局至少已向新任地方领导进行了一次专题汇报。

今年全国气象局长会议召开后，广西壮族自治区气象局更是加大了宣传力度，不仅及时向自治区政府领导进行汇报，而且还诚邀各市党政领导共商气象事业发展事宜。去年11月以来，先后有来宾市市长张少康、河池市副市长陈彩虹等4位市领导专程到访自治区气象局。然而，像1月22日这天，八位市领导同时出现在自治区气象局却还是第一次。

当天，“国务院3号文件”“自治区人民政府关于加快气象事业发展的意见”“业务技术体制改革”“气象现代化建设”，是自治区气象局局长韦力行与各位市领导会见时交谈最多的内容。来访的市领导中有不少是新近上任的，他们很关心气象业务如何开展、天气预报如何“出炉”等方面的内容。

分管气象工作已有四五年时间的桂林市副市长粟增林说：“自动站和新一代天气雷达对桂林去年的防灾减灾工作起到了很重要的作用。”

“钦州未来这几天天气状况怎样？有没有霜冻？”“最近的天气形势对甘蔗生产有没有什么影响？”在自治区气象台天气会商室，钦州市委副书记农生文、副市长李彬等通过视频会商系统和市气象局科技人员对话。

“气象现代化建设是造福地方的‘民心工程’。我们一定会克服困难，确保新一代天气雷达在年内建成。”梧州市副市长竺坤松如是说。

（来源：《中国气象报》，2007年1月30日，2版，作者：曾涛　卢笙）

河池天气节目停播　市委书记现场解决

春节前，广西河池的电视观众又可以从市电视台播出的节目中收看到本市的天气预报了。届时，重回荧屏的天气预报节目将陪伴山城百姓过春节。

2月6日，河池市委书记梁胜利与来河池检查指导工作的自治区气象局局长韦力行进行了深入会谈，并就河池气象事业发展中存在的突出问题现场办公。其中，河池市电视台停播天气预报一事引起了双方极大的关注。在听到由于各种原因，河池电视台停播电视天气预报节目已达一个月之久，群众意见很大时，河池市委书记梁胜利随即打电话给该市广播电视局负责人，在充分掌握了解情况后，他说："天气预报是社会公益事业，不能单纯从经济利益出发停播该节目。要从社会效益、群众需求出发考虑问题，群众需要天气预报！"他要求河池市广播电视局采取措施，在一星期内重新播放电视天气预报，以保证广大人民群众能收看电视天气预报，指导生产生活。

据了解，河池电视天气预报原来由河池市气象局制作，由电视台播放，后转为市气象局只提供预报结论，由电视台制作并播放。2006年底，市电视台发函至气象部门，称此栏目无收益，要求暂停播出，并于今年1月1日起停播。

目前，河池气象、广电部门正在进行积极有效的磋商。该市电视天气预报合作可望实现良性发展。

（来源：《中国气象报》，2007年2月17日，2版，作者：曾涛　韦定宁）

最好的新年礼物

"胡锦涛总书记大年初一到气象部门慰问，不仅是对气象工作的充分肯定，给气象部门干部职工极大的鼓舞；同时也为我们在新农村建设中，共同推动气象信息进村入户工作，增添了无穷的动力！"2月26日上午，广西壮族自治区联通公司数据部总经理梁亚平在仔细阅读了2月20日的《中国气象报》关于胡锦涛总书记看望慰问一线气象工作者的报道后深有感触地说。

梁亚平一行三人是应广西气象科技服务中心主任钟国平的邀请，特地前来共商如何更有效地解决气象信息在农村“最后一公里”问题的。在听到钟国平主任介绍了胡锦涛总书记正月初一看望气象工作者的有关情况后，梁亚平当即索要刊有胡锦涛总书记看望慰问一线气象工作者报道的《中国气象报》细细阅读，之后钟国平将本期《中国气象报》赠送给客人。

“这张报纸是给我最好的新年礼物！”梁亚平在接过《中国气象报》后，兴奋地说。梁亚平要求广西联通各分公司全力配合气象部门，进一步发挥气象短信的功能，使气象部门多轨道业务服务产品能及时服务各行各业和公众。

（来源：《中国气象报》，2007 年 3 月 1 日，2 版，作者：曾涛 吕平）

打造一副“好身板”

“能看 300 公里，不简单，真是‘千里眼’啊！”广西壮族自治区柳州市一位市民得知近日通过验收的新一代天气雷达能将有效半径 300 公里范围内的风雨变化尽收眼底时，不由得竖起了大拇指。市民们还了解到，这现代化的“千里眼”还能对强降水、冰雹、龙卷等突发性灾害天气进行有效的监测和预警，对降水天气的定时、定点和定量预报将比以往更为准确、精细。

去年以来，广西新一代天气雷达建设捷报频传，继桂林新一代天气雷达系统投入业务运行之后，百色新一代天气雷达已完成雷达天线安装，南宁新一代天气雷达塔楼工程建设基本完成，河池新一代天气雷达建设重新调整站址后于去年底正式动工，北海、梧州新一代天气雷达建设前期工作正在积极筹备当中。河池高空 L 波段雷达建成并投入业务试运行。

雷达建设只是广西气象现代化建设迈入快车道的一个缩影。去年以来，广西着力抓好 8 个国家气候观象台和 26 个国家气象观测站一级站业务建设。全区已建区域气象观测站 409 个，开工建设新一代天气雷达雨量校准系统自动气象站 32 个，建成大明山立体气候自动气象站观测网、南宁土壤水分自动观测站，建成南宁、桂林大气成分观测站和百色 GPS 大气水汽监测系统（GPS/

MET)。对应急移动监测网、雷电监测网、GPS 水汽遥感探测网、自动土壤水分观测网等进行了规划。信息与技术保障体系建设逐步加强，完成地面宽带通信系统提速改造。

加强能力建设是广西气象事业发展的突破口，在这一点上，自治区领导和气象部门形成了共识。去年初，自治区气象局联合自治区党委政策研究室深入区内外实地调研，完成了高质量的《广西气象事业发展调研报告》，提出了加快广西气象事业发展的战略思考，明确了加快气象事业发展的总体思路、重点任务和对策建议，受到自治区党委、政府领导高度重视，自治区人民政府于去年 8 月初下发了配套文件——《关于加快广西气象事业发展的意见》，明确了加快气象事业发展的重要意义、总体要求、主要任务和政策措施。字里行间透露出一个强烈的信息：要想推动广西气象事业上台阶，实现新跨越，必须为其打造一副铁铮铮的“好身板”。

《广西气象事业发展“十一五”规划》经自治区人民政府审定通过，已由自治区发改委印发。广西气象灾害监测预警与应急服务保障工程、广西人工影响天气工程、广西气候生态监测预警预测评价与应用服务系统等三大工程列入自治区“十一五”重点建设项目。气象重点项目规划总投资 7 亿元，目前地方政府已承诺配套建设资金 10270 万元，到位资金 3620 万元。2007 年，自治区气象事业地方财政预算同比增长 70%。

“广西的气象现代化要结合区情、局情，加强顶层设计，体现大气象、集约化的发展思路，实现效果最优化。”自治区气象局局长韦力行说。迈入 2007 年，广西气象现代化建设将以重点项目建设为引领，强劲提速。

（来源：《中国气象报》，2007 年 3 月 3 日，2 版，作者：曾涛）

广西百余名市县长走进课堂学气象

3 月 1 日，大多数学校尚未开学。然而，广西市、县两级防汛抗旱行政首长却走进课堂，当上了学生。在为期两天的防汛抗旱行政首长培训班上，全区各市、县（市、区）129 名主管防汛抗旱工作的副市长、副县长、副区长较为系统地学习了气象、水文、应急管理和防洪决策等方面的知识。

3月2日上午，培训班授课地点广西防汛抗旱指挥中心三楼会商厅内座无虚席，《广西气象业务综述》讲座引起了市县长们浓厚的兴趣。主讲人是自治区气象台台长、高级工程师黄海洪。黄海洪就气候变化分析、广西气候特点、灾害性天气预警应急、广西气象事业发展改革创新等方面的问题，以通俗易懂的语言进行了精彩生动的阐述。由于讲座内容切合实际，台下市县长们听得入迷。培训班上，国家防总原常务副主任赵春明就行政首长防汛抗旱职责、防汛抗旱工作内容和程序等内容对学员们进行了重点培训。

据了解，这是广西首次对行政首长开展气象知识的集中培训。2007年逢地方党委政府换届，部分刚走上防汛抗旱工作领导岗位的领导同志对防汛抗旱工作情况不够熟悉，知识经验都有欠缺。自治区要求各级政府领导尤其是新任分管领导要主动了解气象、熟悉气象、关心气象、支持气象。并强调要在主汛期前召集各市政府分管领导和各相关单位负责人学习气象，了解气象防灾减灾知识。要通过学习，时刻绷紧防汛抗旱这根弦，从而进一步科学有效地开展好防灾减灾工作。

（来源：《中国气象报》，2007年3月13日，1版，
作者：曾涛　卢笙　卢伟萍）

张文建在广西调研体改工作时强调
体改工作要务求实效　增强科技内涵

3月22—25日，中国气象局副局长张文建率调研组一行到广西调研。在广西期间，张文建听取了自治区气象局局长韦力行关于广西气象工作的情况汇报，与自治区各业务轨道、各功能体系牵头人进行了座谈，并深入到自治区气象业务单位检查工作。广西壮族自治区党委常委、北海市委书记温卡华，自治区人民政府副主席刘新文会见了张文建一行。

张文建肯定了广西的气象工作，并对广西的业务技术体制改革工作提出了具体的要求。一要进一步深化认识，增强责任感和紧迫感。二要面向社会需求，坚持实事求是的原则，务求实效。多轨道业务的拓展一定要瞄准当地经济

社会发展需求，结合实际，把握业务内涵、明确服务产品、理顺服务渠道、强化服务效益。三要增强业务的科技内涵，实现科研与业务的有机结合。业务改革的核心是增强科技内涵，提高各条轨道的科研支撑能力，轨道业务要做到“有形有实”。四要加强“三站四网”建设。五要认真做好气象服务工作，充分发挥现代化建设效益，在当地经济社会发展和政府科学决策中发挥气象部门的重要作用。

（来源：《中国气象报》，2007 年 3 月 27 日，1 版，作者：曾涛 卢笙）

风雨漫江人不惊

四月的桂林春意盎然，引得众多游客纷至沓来。4 月 17 日上午，风和日丽，看似又是一个畅游漓江的好日子。漓江上游客如织，泛舟在风景如画的桂林山水中。

然而从 17 日 10 时开始，不少旅社、船主、游客陆续通过手机短信得到了预警信息：雷雨大风即将袭来！原来是桂林市气象局利用当时雷达资料，预报出当日有强对流天气过程，并从 17 日 10 时开始陆续通过移动、联通、小灵通等短信平台向各级领导、各有关部门和市民发布预警信号。

仰望着晴朗的天空，许多兴致颇高的游客不以为然。中午时分，天边一团浓密的乌云气势汹汹赶来，此时大多数人并没有察觉到这个微妙的变化，一些人议论道：“不过是老天爷变一下脸罢了。”就在这时，漓江上共计近百艘旅游船纷纷得到了海事部门的指令：迅速做好对雷雨大风的防御工作。原来，中午 12 时，桂林海事局监管中心收到气象部门关于雷雨大风蓝色预警信号后，立即采取措施，在 10 分钟之内将预警信息成功传送到在漓江上航行的近百艘旅游船舶及停泊的 100 多艘船舶，要求各船舶迅速做好防御工作，并将该信息发送至各船舶企业主管领导及业务人员，以便及时掌握最新动态。

得到预警信息后，各条船舶及游人再也不敢掉以轻心了，纷纷采取了回航、搭设防护设施等措施，做好准备迎战暴风雨。12 时 30 分左右，原本阳光灿烂的桂林被黑压压的云团覆盖，顷刻间暴雨如注。

13 时左右，一个消息传来：当时受雷雨大风影响相对较小的漓江阳朔航段，部分船舶心存侥幸，仍在继续航行。船只一旦处在雷电、狂风、暴雨和大浪包围之中，后果不堪设想。13 时 20 分，阳朔气象部门发出预警：在短时间内，阳朔航段雷雨大风将加强。海事部门接获预警信息后，迅速转发同时指令这些船只及时停航并采取防御措施。由于信息传送及时，各船舶都做好了防御工作，成功抵御了八级雷雨大风的袭击，保障了船舶航行安全。

漫江风雨骤，来势凶猛但去得也快。短短几个小时后，风雨离境。“气象部门这次预报真是神了！”事后，桂林市气象局接到了不少市民和游客的感谢电话。

（来源：《中国气象报》，2007 年 5 月 1 日，2 版，作者：曾涛 易秀弟）

郑国光赴广西检查指导汛期气象服务工作

连日来，持续暴雨袭击两广大地，广东、广西部分地区遭受了严重的洪涝灾害，因持续暴雨引发的山洪、山体滑坡、泥石流以及雷击等灾害也持续增加，受灾人口不断增多。灾情牵动着气象人的心。6 月 12—14 日，中国气象局局长郑国光到两广检查指导汛期气象服务工作。

在广西期间，郑国光对广西汛期气象服务工作给予了充分肯定。他指出，广西气象部门做到了思想重视，责任制层层落实，领导到位，主要领导都亲临预报服务第一线，用主要精力抓汛期气象服务。近期广西遭受了两次强降雨过程，广西气象部门经受住了考验，气象服务成绩显著。得到了自治区党委、政府领导和人民群众的高度评价。郑国光强调，气象服务是气象工作的主业，也是首要任务。在气象服务方面不能有丝毫懈怠，当前一切工作都要围绕气象服务展开，领导主要精力也要放在抓气象服务上。

郑国光还就如何做好汛期气象服务工作提出了具体要求。要进一步增强汛期服务工作的责任感和紧迫感，立足于防大汛、抗大灾、抗多灾的思想准备，力戒麻痹松懈。郑国光强调，要继续强化和落实汛期气象服务的责任制；千方百计提高天气预报准确率，不断提高气象灾害的预警能力；努力做好各项气象服务工作；加强和做好气象灾害的评估和灾后分析工作。

（来源：《中国气象报》，2007年6月16日，1版，作者：曾涛）

鏖战暴雨夜

6月18日，艳阳高照，记者来到不久前遭受特大暴雨袭击的广西壮族自治区柳州市区和柳江县灾区采访，展现在眼前的却是一派生机勃勃的景象。有人说，柳州灾区创造了一个奇迹，气象人创造了一个奇迹……

风雨欲来

让我们把镜头聚焦到6月12日那个令人难忘的夜晚。傍晚时分，首府南宁天空阴沉，乌云压城。18时30分，刚参加完区域中心防汛气象服务视频会议的广西壮族自治区气象局局长韦力行急匆匆来到自治区气象台会商室。此刻，会商室里气氛紧张，从电脑屏幕上不断刷新的分析数据和人们认真严肃的表情可以看出，一场暴风雨又要来了！这是时隔不到两天，广西即将迎战的又一次大范围强降水过程。6—10日的强降水过程尚未结束，广西气象人就盯牢了12—14日这次强降水过程。对于此次过程，自治区气象局预报预测服务做到了“早、准、快”。早在6月8日，自治区气象台指出，“12—14日，全区阴有中到大雨，部分地区有暴雨，局部有大暴雨或短时雷雨大风等强对流天气。”6月11日，自治区气象局发布了“13日前后新一轮强降水将至”的重大气象专报。

雨势汹汹

12日20时后，广西开始出现较强的降水。雨点，敲打着窗户；雨情，牵动着气象人的心。在韦力行的指挥下，会商室里发出了一个个指令，传出了一份份气象服务材料。时间一分一秒地过去，一切似乎都在平稳进行中。此时，人们注意到，柳州的降水有些异乎寻常。从12日21时到13日0时，柳州市区及柳江县县城、进德乡3小时降雨量接近100毫米。“情况不好！”出生在柳江河畔的韦力行深知其厉害。柳江河畔多民居，且多泥土房，一经如此强的降雨冲击、浸泡，后果不堪设想。

“人命关天，气象部门责任重于泰山，一定要倾全局之力做好气象服务工作，确保人民生命财产安全！”“一定要将预警信息亲自告知市县党委和政府主要负责人！”韦力行马上把电话打到了柳州市气象局和柳江县气象局，下达了一次又一次指令。

与此同时，韦力行向区政府、区防汛办和中国气象局、广州区域中心有关领导汇报强降水天气过程的监测和预报预警信息。中国气象局局长郑国光，副局长许小峰、张文建等领导分别给韦力行发来了短信指示，自治区党委副书记、自治区常务副主席郭声琨给韦力行打电话询问有关雨情及预报信息。

打响大转移战役

偏偏天不遂人愿，雨势丝毫没有减弱之势。“那一夜太可怕了，我活了四十多岁，从来没有见过这么大的雨。”回忆起那场暴雨，柳江县进德镇星光村村委会副主任曾定生仍心有余悸。

据统计，从12日20时到13日3时，柳州市区和柳江县的降水量分别达到206毫米和275.5毫米，市区和柳江县6小时降水量已突破当地24小时降水量的历史纪录！

在电闪雷鸣、大雨如注的夜幕下，柳州正打响一场抗洪抢险的战役。13日1时，市政府根据气象部门预报和降雨情况，按照防汛应急预案，下令启动防汛Ⅲ级响应。

13日2时16分，柳江县防汛办在收到县气象局发布的预警信号和雨量信息后，立即启动山洪防御应急预案，组织低洼地带的群众转移，根据气象局每小时通报的自动站降雨量紧急部署防汛工作。

与此同时，在柳州市区，柳州市防汛抢险支队也立即集结，并派出14艘冲锋舟到各城区和柳江县，解救被困群众。

“多亏了这条手机短信。”在这次洪灾的重灾区柳江县进德镇，镇党委书记林建松边掏手机边和记者说。手机显示，13日0时32分，林建松收到了县气象局的预警短信，林建松随即爬了起来，四处打电话，了解灾情，部署群众安全转移工作。

据了解，县防汛办根据县气象局提供的雨情信息调动抢险力量，组织了130多个抢险小分队分赴各乡村、病险水库、街道动员住土房、危房的群众撤离，县城一些被叫醒的群众、收到雨情信息和红色预警信息的群众互帮互助，配合政府帮助老人、小孩及时转移，在住户全部撤离后部分土房、危房倒塌，没有造成人员伤亡。进德镇全镇共5.4万人口就有4.86万人被洪水围困，但全部都在短时间内实现安全转移。柳江县城拉堡镇也连夜转移安置群众2.4万人。从雨量统计来看，拉堡镇在12小时内降雨量高达307毫米，1小时降雨量高达105.2毫米，进德镇在12小时内降雨量高达306.1毫米，1小时降雨量高达100.2毫米，均达到特大暴雨的量级，由于气象服务准确及时，当地政府组织措施得力，这两个乡镇均没有人员死亡。

强大的动力

“好，太好了！”13日早上7点多钟，韦力行接到了自治区领导打来的电话，电话那头告知没有出现重大伤亡，并向气象部门表示谢意。此时，人们发现通宵未眠的局长已是话语哽咽，眼眶湿润……

然而严峻的形势不容气象人有丝毫松懈，当务之急是继续编写气象服务材料，为党委、政府决策提供参考。重大气象专报引起了自治区党委、政府和防汛指挥部的高度重视，自治区政府据此分别启动了防汛和救灾Ⅲ级响应。13日8时50分，广西壮族自治区防汛抗旱指挥部发出了《关于启动防汛Ⅲ级应急响应的紧急通知》，广西各部门、各单位、各市县根据预案迅速开展工作，紧张有序地开展抗洪救灾工作。

“正是气象部门给政府提供气象信息后，政府才能及时采取防御措施，有效防灾减灾。”柳江县县长李丽珍登门向气象部门致谢。

“今年我县的应急管理培训班一定要请气象专家来上课。”柳江县委书记何有成向灾后前来检查汛期气象服务工作的韦力行说。柳州市市长陈刚，副市长张永刚也先后对区市县各级气象部门的优质服务给予高度评价。

“柳州抗洪救灾工作准备积极、预警及时、措施有力，取得了阶段性胜利。”自治区党委书记刘奇葆如是说。

“这是广西气象部门6月以来打的第二个漂亮仗！”中国气象局局长郑国光临时改变行程，于6月14日来到广西指导汛期服务工作，慰问干部职工。

亮点频闪

翻开柳州市气象局的相关档案，我们可以看到近二十多年来，柳州分别于1988年8月和1993年7月遭较大暴雨洪涝灾害（过程最大雨量分别为91.9毫米和67.5毫米），受灾人口分别为15.89万人和17.00万人，直接因灾死亡人口分别为21人和8人。而这场量级更高（过程最大雨量307毫米）的暴雨虽然造成30.73万人受灾，却没有直接造成人员死亡，这不能不令人啧啧称奇。

“这就是那个立了大功的自动气象站啊！看着挺小却功用大！”进德镇党委书记林建松初次见到了安装在镇政府附近的自动气象站夸赞道。此次，气象现代化装备在准确发布天气预警中立下了汗马功劳。2003年以来，柳州市、县建立了62个自动气象站，中尺度自动站密度逐步实现5～10公里一个，初步建成了中尺度自动站网。随着中尺度自动站网初步建成和使用，能为政府抢险救灾提供科学依据。尤其是今年，柳州市新一代天气雷达投入业务运行后，市民普遍反映天气预报比以前准多了。

“气象预警短信真是救命短信。”一位收到气象短信后及时转移的灾民对记者说。今年以来，广西气象部门充分利用气象灾害预警信息发布平台，提前向党政领导和有关部门及区、市、县、乡、村各级防汛责任人采取群发的方式免费发送预警信息，成效明显。据了解，广西各级气象台站对此次暴雨过程共发暴雨红色、橙色、黄色预警信号及洪水预报21站次，共有215万人次接收到预警信号。

气象应急处置能力也在这次暴雨过程得到了检验。13日夜间，柳州市急剧的降雨造成柳州市部分变电站内涝，供电部门强行停电，致使雷达站停电，市气象局立即启动应急预案，保证雷达正常运行和资料的正常上传，保证全区气象服务的正常开展，短期预报服务、决策气象服务准确及时。同样在柳江县，13日凌晨2时左右电信公司线路、供电线路全部中断，县气象局立即组织人员用备用油机发电，停电后10分钟恢复供电，在所有电话不通的情况下，通过手机等方式与市局和县防汛办联系，保证了每小时给柳江传递一次雨量信息，为县政府指挥提供决策依据。

走在灾区的土地上，我们看到，青山依旧，河流也恢复了往日的温顺。阳光下，一些农民正弓着腰，汗流浃背地在田里忙着，一派气象万千的景象，这其中，饱含着气象人多少心血和智慧啊！

（来源：《中国气象报》，2007 年 6 月 28 日，1、4 版，作者：曾涛）

广西：主动向书记市长宣传气候变化

“了解气候变化对于在梧州这样一个防洪重镇做好抗洪救灾工作极具意义。”近日，梧州市委书记任燮康等市领导接过前来检查汛期气象服务工作的广西壮族自治区气象局局长韦力行赠送的《广西气候》一书，爱不释手。

韦力行于 6 月 17—21 日到柳州、贺州、梧州、玉林调研，并向所到的四个市的市委书记、市长赠送《广西气候》一书。韦力行借赠书之机向各市县主要领导大力宣传气候变化现状及应对之策，引起了市县领导的浓厚兴趣。

由广西气候中心编著的《广西气候》于今年 3 月出版发行。该书编纂历时 5 年，用最新的完整资料，全面地分析概括了广西的主要气候问题，还对应对气候变化，合理利用气候资源和保护气候环境等方面提出了很有针对性的建议。此书对进一步认识广西的气候规律、合理利用气候资源、防灾减灾、制定经济建设长远发展规划、保护生态气候环境具有重要意义。《广西气候》一书对气象、水利、农业、林业、地理、规划、建筑、国土资源、环境等部门的科技工作者及地方领导极具科学指导意义。

（来源：《中国气象报》，2007 年 7 月 6 日，2 版，作者：曾涛）

广西天气“哨兵”显身手

“坚守岗位！气象人是一支诚信的队伍，更是一支能战斗、敢战斗的队伍。”不少人不止一次这样讲过。

2007 年 7 月，梧州观测场在暴雨中轰然垮塌了一半，观测场一时间成了危险地带。撤，还是留？雨幕中，观测员一次次镇定地走向观测场，一丝不苟地完成观测项目，没有出现一个数据的错漏。在生与死的较量中，广西气象人交出了一份令人满意的答卷。

近十年来，广西每年因气象灾害造成的经济损失平均达 100 亿元。2003 年以来，4 次大范围严重干旱，20 多次大范围强暴雨，7 个热带气旋，泥石流、山体滑坡等地质灾害的频繁发生，无不考验着气象人。风雨当前，气象人屡屡在关键时刻显身手，尤其是在台风“科罗旺”“碧利斯”“派比安”和西江流域百年一遇大洪水等的气象服务工作中，天气“哨兵”积极当好抗灾减灾参谋，大大减轻了灾害造成的损失。

“气象部门打下了一场场金子般的及时雨，为我县甘蔗生产做出了重要贡献。”宁明县县长蓝峰杰如是说。飞机、火箭和高炮构建的人工影响天气作业立体网络润泽八桂，防雹保护面积约 5 万平方公里，有效缓解了旱情，减轻了雹灾。

2003 年以来，广西气象部门着力推进气象业务现代化建设，铸造科技利剑。目前，广西已经在桂林、柳州建成新一代天气雷达，全区共建成自动气象站 770 个、新一代天气雷达雨量校准系统自动气象站 47 个和 L 波段雷达 4 个，引进曙光高性能集群计算机系统并建立了中尺度数值预报模式系统。

在业务体制改革中，新一代农业气象生态环境遥感监测应用系统、中分辨率成像光谱仪（MODIS）遥感监测业务系统和气象地质灾害预警预报系统相继建成，甘蔗种植面积遥感监测等气象业务亮点频闪。近年来，广西气象部门念好了“农”字经，加强了区、市、县三级农业农村服务网站（兴农网）服务，开展了农业气象监测预报及气候影响分析、千米网格气候资源分析及农业气候区划等业务，着力解决气象信息“进村入户”难题，实现了向全区的乡村防汛责任人和义务信息员免费提供天气预报和预警短信，开通了手机“农信通”服务。

“社会经济的发展和人民生活的改善要求气象服务必须与时俱进，谋划新发展，着力提升服务能力。”自治区气象局局长韦力行话语间透露出深深的责任感。他说：“立足当前，自治区气象局党组要做到‘六抓’，即抓部门、抓当前、抓热点、抓亮点、抓人才、抓未来。”八桂大地气象人正在谱写新的、更加绚丽的乐章。

（来源：《中国气象报》，2007年8月28日，1版，作者：曾涛）

【图片新闻】气象信息“走上”警务巡逻车

国庆期间，广西壮族自治区南宁市市民欣喜地发现，平常街上巡逻执勤的警务车上多了一块显示屏。显示屏上滚动显示着南宁市的天气预报。驾驶车辆的靓丽女警和实用性极强的气象灾害预警信息移动电子显示屏成了南宁街头一道美丽的风景线。

（来源：《中国气象报》，2007年10月9日，2版，作者：曾涛）

洞察万千气象

——我区建设气象灾害防御“天罗地网”

4次大范围严重干旱，20多次大范围强暴雨，7个热带气旋……

北部湾畔，中国新的经济增长极在此躁动。然而，这方热土也是气象灾害肆虐之地。广西壮族自治区气象局统计，2003年以来，以上连串气象灾害接连发生于八桂大地。

“广西气象灾害种类多、强度大、频率高，严重威胁人民群众生命财产安全，给国家和社会造成巨大损失。”广西壮族自治区气象局局长韦力行表示。

近年来，广西壮族自治区气象局紧紧围绕做好防灾减灾工作这一重点，推进气象现代化建设，推进气象科技与制度创新，在八桂大地逐渐建设起一个防御气象灾害的“天罗地网”。

8 月 1 日，广西壮族自治区党委书记刘奇葆批示：“我区气象工作者在气象工作中付出了艰苦努力，为广西加快发展做出了重要贡献，气象工作水平也在不断提高。”他要求，气象部门要以人为本，继续做好各项气象服务工作。

防灾减灾见“真功”

“多亏这条气象预警的救命短信！”林建松，柳江县进德镇党委书记。他的手机显示，6 月 13 日凌晨 0 时 32 分，气象部门发来预警短信：暴雨袭击柳州市区及柳江县，注意做好暴雨应急和抢险工作！

收到短信，林建松立即部署群众安全转移。同样接到气象预警信息的柳州市和柳江县防汛指挥部也迅速开展工作。“6 · 13”特大暴雨雨量创下历史纪录，然而却没有直接造成人员伤亡。6 月 14 日，中国气象局局长郑国光到广西指导工作时大为赞赏：“这是广西气象部门打的一场漂亮仗！”

“6 · 13”特大暴雨防御之战，仅是气象服务在广西防灾减灾工作中发挥巨大“威力”的一个例子。

事实上，面对全球气候变暖和频繁发生的极端天气气候事件，近年来广西气象部门大力发展包括天气、生态与农业气象、人工影响天气等 6 个领域在内的多轨道业务体系，建立起日趋完善的防御气象灾害“天罗地网”。

7 月，往年此时广西正是多风多雨，但今年却遭遇了大范围夏旱。正值农作物生长关键期，不期而至的大旱严重影响着八桂农民的收成。面对旱灾，全区人工影响天气部门飞机、高炮、火箭齐发，39 架次、90 多个小时飞行作业，2444 发增雨炮弹、87 枚增雨火箭、291 次人工增雨防雹作业，为久旱的八桂大地“呼风唤雨”，最大限度地降低了旱灾造成的损失。

人工增雨显著的社会经济生态效益赢得了社会各界的认同和支持，在来宾，在崇左，在一个个“甘蔗财政大县（市）”，制糖企业纷纷与人工影响天气部门签订协议，提供作业资金，与气象部门形成了“互推共进”的良好互动。

除此之外，党和国家重要领导人视察广西、国外重要贵宾访桂、中国—东盟建立对话关系 15 周年纪念峰会和连续三届的中国—东盟博览会、中国—东盟商务与投资峰会以及南宁国际民歌艺术节，等等，哪一项又能离开气象预测预警、消云驱雨等的保障服务？

硬件软件建“长城”

气象部门防灾减灾发挥“威力”，正是得益于广西气象部门日新月异的高新技术装备和手段、不断发展的防御气象灾害科研创新能力、日趋完善的气象应急管理体系建设。

柳州市大牛岭，山峦叠翠，林木葱郁。山岭之巅，一个白色巨型圆球泛出银光，十分醒目。

“这是广西的又一座新一代气象雷达，其精确度、可靠性、实用性均处于国际先进水平，可实现报天气细化到城区、看变化精确到2小时！”专家介绍。

近年来，广西共投资2.8亿元进行新一代天气雷达网和自动气象站网等业务现代化重点工程项目建设。目前，桂林、柳州新一代多普勒雷达系统已经建成并投入运行，南宁市、北海市等的新一代雷达楼也已“崭露头角”。

同时，770个自动气象台站在八桂大地的平原、石山、海岛等地区星罗棋布，与天气雷达联手，编织出一个巡视、监测、预警天气变化的“天罗地网”，成为捕捉风云变幻的“千里眼”“顺风耳”。

还有新一代农业气象生态环境遥感监测应用系统、智能农业专家实时决策系统、中尺度数值预报模式系统，等等。气象现代化建设的步步推进，使广西气象监测预测能力和气象业务服务能力“如虎添翼”。

如果说高科技硬件的投入实现了气象“强身”的话，那么，各项气象应急管理体系建设、灾害性天气预警信号发布体系、气象科研能力建设等，则达到了“健脑”效果。

收读“气象短信”已成为广西许多手机用户的日常习惯。气象短信与气象警报、广播、电视、报刊、互联网一起，成为灾害性天气预警信号发布体系中的重要部分，逐步解决了气象灾害预警信息发布“最后一公里”问题。

今年以来，4万份气象灾害预警信号知识宣传册、10万份通俗易懂的气象灾害预警防御宣传挂图，又分送到全区多个农村、社区、学校、机关、企业等，让“气象灾害预警信号”广为群众所知，增强公众气象灾害防御能力。

同时，建设气象部门“人才”小高地，加强气象灾害法规和标准建设，开展部门、局校科研合作……一项项措施，正推动着广西气象工作加速发展。

继往开来绘“蓝图”

社会经济越发展，对气象服务的要求越高，人们对气象信息的需求量也越大。“加快广西气象事业发展，全面提高防御和减轻气象灾害能力，对构建富裕文明和谐新广西具有重大而紧迫的意义。”韦力行说。

去年，国务院3号文件出台，为气象事业发展指明方向；随后，自治区政府下发加快广西气象事业发展的决定，明确了广西气象事业发展任务和政策措施；今年7月，国务院又下发《关于进一步加强气象灾害防御工作的意见》，提出加强气象灾害防御工作要求。

广西气象建设迎来前所未有的发展良机。

今后一个时期，广西将以完善基础设施为重点，提高综合气象观测能力，以提高预报预测准确率为核心，提高气象预报预测能力。届时，一个功能完善、布局合理的地面、海面、空中立体化综合气象观测系统将在广西“浮出水面”。桂林、柳州、南宁、北海、百色、河池、梧州市新一代天气雷达站将陆续建成，在每个乡镇都将建起1个自动气象监测站，中心城市、交通干线、旅游景区以及沿海地区、西江流域还将加密布设自动气象监测站……

同时，以空中水资源开发为重点，广西将在主要农业经济区域、水源区域、干旱冰雹灾害高发区域建立专项人工影响天气作业点，加快建立自治区、地级市两级人工影响天气指挥系统和作业基地。

在推进硬件建设的同时，体制改革、制度建设等也在攻坚。健全突发气象灾害预警应急机制，以水旱灾害为重点，制定气象灾害防御规划，把公共气象服务纳入政府公共服务体系，不断改善服务手段、拓宽服务领域，不断满足人民群众对气象服务的迫切需要。

“‘一流装备、一流技术、一流人才、一流台站’，这就是我们今后发展的目标！”广西气象领军人韦力行充满自信。

（来源：《广西日报》，2007年9月3日，9版，作者：宋春风 曾涛）

中国气象局领导慰问基层

1月16—19日，中国气象局党组副书记、副局长许小峰率中国气象局慰问组一行5人考察并慰问了广西壮族自治区气象局和基层台站，并向广西气象部门广大干部职工和离退休干部表示新年的慰问。

在桂期间，广西壮族自治区政府副主席陈章良会见了许小峰一行，双方就加快广西气象事业发展事宜交换了意见。

许小峰一行先后来到那坡县气象局、百色市气象局和乐业县气象局进行慰问。每到一处，许小峰一行都深入到观测场、值班室和档案室等处考察，与基层干部职工亲切交谈，并向长期在艰苦台站值守的气象工作者表示亲切的慰问。在基层台站与干部职工座谈时，许小峰强调，各级气象部门要大力加强基层工作，关心基层气象干部职工，多为他们解决实际困难。

许小峰对基层气象台站干部职工提出了三点要求，即要加强主动服务意识，为地方党委和政府当好决策参谋；要加强科技创新，着力提高气象服务的科技含量，改进气象服务手段；要因地制宜，根据地方需求开展好有针对性的气象服务。

（来源：《中国气象报》，2008年1月21日，1版，作者：曾涛）

广西：业务系统预报寒潮天气有魔力

“看看这个系统，1月6日就报出了这次全区性的寒潮天气过程。”一说起记者要采访《数值预报产品二次开发集成应用》及《广西重大灾害性天气概念模型研究查询系统》在广西全区持续低温冷冻灾害性天气过程中的作用，广西壮族自治区区气象台首席预报员高安宁一下子从疲惫中振奋起来。

依据项目建立的全区90个站逐日温度客观预报子系统，广西气象台1月26日就准确预报出了28日0 ℃线范围在贺州—荔浦—柳城—罗城以北。拿着自治区气象局局长韦力行送来的形象直观、内容翔实的有关0 ℃线的气象服务材料，自治区党委书记郭声琨连连点头称好。准确的温度预报让人们竖起了大拇指。明眼人都知道，这是气象科技的巨大魅力。其实不仅是温度预报子系统，该项目的“低温连阴雨预报子系统”也是立功不小。

高安宁介绍，根据华南上空850百帕形势图，子系统显示从12日开始就有较强的锋区，结合地面要素观测分析，系统得出的信号强度达到广西长低温阴雨的标准。自治区气象台果断发出了气象服务产品，指出1月底以前广西全区将继续维持阴雨天气。

“广西寒潮天气概念模型科研项目”也在实际中取得了良好的效果。应用该模型，结合数值预报使用，模型系统早在1月8日就收到广西有强冷空气影响的强烈信号。经跟踪监测，自治区气象局发出了强冷空气影响的气象服务信息。结果表明，预报结合与实况基本一致。

两个项目是近几年来立足于预报员日常业务需求而设计开发的业务平台。其中“数值预报产品二次开发集成应用”主要是基于气象信息综合分析处理系统（MICAPSA2.0），对中国T213、欧洲中期天气预报中心（ECMWF）、日本数值预报产品进行二次开发应用，通过对数值预报产品的深加工，提供更多更有用的预报信息和预报指标，实现了预报信息快速调阅和数家数值预报产品进行对比分析，对预报员提高天气会商的分析能力和综合预报能力有较大的帮助。

《广西重大灾害性天气概念模型研究及查询系统》收集了1970—2005年锋面暴雨、台风暴雨、夏季高温、冬季寒潮霜冻、北部湾海面强风等重大灾害性天气过程的历史资料以及相对应的天气环流形势，为这些重大灾害性天气建立了概念模型及查询系统。在一年多的推广期中，取得了良好的应用效果，大大提高了天气预报会商的效率和预报员综合分析应用数值预报产品的能力。

（来源：《中国气象报》，2008 年 2 月 1 日，3 版，作者：曾涛 高安宁）

这是南方

翅膀和脚步都一样
无边的白
这是冬天南方
大片的阳光被连根拔起
厚厚的层积云下
谁饿了
三十年五十年一遇的饿
吃掉了许多的铁路公路
和长长的电网……
春节了
许多新春的祝福被卡在
停顿的车上线上
回家的路
因此变得很长很长……
这是南方
有一种精神
硬度在钢筋之上
有一种声音
可以穿过冰冷的雨滴
把层层冰雪融化……
这是南方
刚买的蜡烛没有用上
透过积云我看见了久违的阳光
看见另一种翅膀和脚步
渐渐温暖
向着春天

（来源：《中国气象报》，2008 年 2 月 19 日，4 版，作者：韦武康）

春风一缕融冰雪

田野上的气象“轻骑队”

2 月 15 日 10 时许，广西壮族自治区南宁市邕宁区龙岗村的村民们正在遭受冻灾的田地里忙活着。这时却有三四位“不速之客”出现在田间地头，主动和村民们拉起了家常。当得知他们是南宁市和邕宁区气象局的专家时，村民们立刻围拢过来。“农田受灾后要注意什么？”“眼下究竟种点什么好呢？”……一个个问题抛向了气象专家，专家们带来的为农气象服务材料也被分抢一空。

50年不遇的雨雪冰冻天气，给广西农业带来巨大灾害。冻灾不仅让农民们心急如焚，也揪紧了气象部门干部职工的心。

据了解，自2月初以来，自治区、市、县各级气象部门先后派出多路专家服务组，深入灾区指导灾后生产工作。活跃在农村的气象专家服务组人员少而精、服务方式灵活、服务内容贴近民众，被村民们亲切地称为了气象“轻骑队”。

“天气稳定回暖后，要及时清除冻死的甘蔗幼苗”“赶紧把果树叶面上的冰雪摇掉，不要停留那么长时间”……气象“轻骑队”不仅给受灾村民们带去了科学的抗冻救灾措施，还给他们带去了战胜困难的勇气，点燃他们重建家园的信心。气象服务如春风一般吹拂着初春的田野，抚慰着伤痕累累的土地。

瞄准需求调整工作重心

“随着天气稳定回暖，下一步工作重点就是要为灾后恢复生产重建家园做好气象服务。”早在2月5日，广西壮族自治区气象局局长韦力行就提出，要审时度势，适时调整工作重点。

到底还有没有雨雪天气？气象部门的准确预报让大家吃了定心丸。2月1日，灾害性天气形势渐缓，但气象部门却未丝毫松懈。自治区气象局始终与自治区政府应急办及交通、电力、农业等部门保持应急联动。到目前为止，自治区气象局仍每2小时加密发布1次广西区域天气预报，并第一时间通过手机短信发给自治区党委书记郭声琨、主席马飚、副主席陈章良以及14个地级市的市委书记、市长，为各级党政领导部署抗寒救灾工作提供决策依据。2月初以来，气象部门加大了对灾后恢复生产的气象服务工作，发布甘蔗、水果等为农服务专题材料等18期54份。

围绕气象工作为灾后生产服务这一主题，广西壮族自治区气象局采取了3项措施：一是要进一步加强雨雪天气过后的地质、雾、霾等次生灾害的监测、预报、预警和服务工作；二是要继续做好气象灾害的收集和灾害评估工作，为应对、防范极端天气气候事件做好科学研究工作；三是大力开展气象专家进灾区活动，为受灾地区提供及时有效的技术指导，普及防灾减灾知识。

提升应对气候变化能力

此次灾害天气与气候变暖造成的极端天气气候事件的频发有没有关系？这让气象部门直面如何提升气候变化应对能力的问题。

2 月 5 日，在呈送给自治区政府的气象应急服务总结中，自治区气象局提出了“依靠科技，科学防灾减灾，提升应对气候变化的能力”的观点，并付诸实施。首先是开展路面结冰监测等项目；其次是加强与各部门的合作，共同研究相关建筑工程抗灾能力设计的问题；此外，积极推进《重大建设项目气候可行性论证技术规范》施行，使建设项目气候可行性论证工作开始走向科学化、规范化。

“我一路上都是依靠你们气象局发来的短信来指导抗灾救灾的。”自治区政府主席马飚对韦力行如是说。目前，全区已建成的 1008 个乡镇自动气象站，可以保证每 2 个小时传回一次观测资料，每 2 小时为自治区领导提供一次天气实况信息。气象现代化建设步伐的加快为气象部门进一步提高预报准确率和预报时效提供了可能。

目前，广西气象部门正在组织对此次极端天气气候事件的全面总结，从预报技术、服务等各个方面总结经验，改进措施，提升应对气候变化的能力。

（来源：《中国气象报》，2008 年 2 月 22 日，2 版，作者：曾涛）

预报赢在“关键点”的把握

“在这次天气过程中，我们在开始阶段抓住了三个关键点，在维持阶段抓住了两个关键点。”广西壮族自治区气象台首席预报员高安宁言简意赅地总结了低温雨雪冰冻灾害性天气的预报技术。

广西每年出现全区性的寒潮概率较小，但寒潮入侵引起的降温（低温）、大风、冰冻、霜冻等天气可使亚热带、热带经济作物遭受重大损失。1986—2000年15年间广西共出现全区性的寒潮6次；寒潮最早出现在11月下旬，最晚出现在2月中旬；1—2月是寒潮暴发的主要时期。今年发生的寒潮天气范围之广、强度之强、灾害损失之大，历史罕见。

“观察蒙古横槽是我们把握寒潮预报的第一个关键点。”高安宁说，“广西历史上6次寒潮天气过程中，5次的主要原因是欧亚环流形势调整，蒙古横槽建立。寒潮暴发前，蒙古横槽北支锋区不断南压东移，并分裂成小槽引导冷空气；850百帕锋区主要集中在长江以南至南岭之间；地面冷高压强大，中心气压达1050百帕以上。寒潮暴发时，500百帕温度跌至−50℃。”

“寒潮暴发前都是有蛛丝马迹可循的。每次暴发前广西气温就呈明显升高之势。这是结合多年资料分析，气象科技人员把握住的第二个关键点。寒潮前全区有一次升温过程，使得南宁地面温度高于15℃。若地面温度低于15℃，不易达到寒潮的降温标准，大多使低温天气继续维持。”高安宁介绍。

“最后一个关键点，也就是我们最有特色的地方，就是在广西寒潮天气过程概念模型中，计算了地面冷高压和850百帕0℃线的面积指数和强度指数。”高安宁说。他们将历史上出现的全区性寒潮实例，用ECMWF资料进行寒潮暴发前和暴发时的地面气压场、850百帕温度场、500百帕高度场作了合成后的对比分析；通过对比分析重点考察它们之间存在的特点，对预报指标进行量化。对地面冷高压和0℃线的面积指数和强度指数计算是在原来对副高面积指数和强度指数计算方法的基础上加以延伸运用。即在地面气压1020百帕等压线选取北纬20°～50°，东经90°～120°范围的格点数。这样可计算出850百帕0℃线的面积指数和强度指数。在1月10日的概念模型系统计算中，10—12日的强度指数从663狂飙到1976，面积指数达到78，锋区强度海口与恩施温差由13℃加大到21℃以上；而850百帕等压线0℃线从−930迅速降到−1278。

“我们掌握一个规律：寒潮暴发时地面气压场变化最明显的是地面冷高压面积指数增大到70以上，强度指数增强到1300百帕以上；0℃线面积指数大于30，强度指数小于−320℃。”高安宁说，“850百帕有强锋区是个重要线索。由于寒潮天气要求降温幅度大、气温低。所以要求寒潮冷锋两侧温差要大，锋区特强。分析寒潮暴发前后 850 百帕气温场的演变发现：寒潮暴发前 0℃线一般在长江以北，有时南压过长江以南，但此时恩施、海口的气温高于 -5℃；锋区强度海口与恩施温差高于 16℃；850 百帕冷槽（0℃线所包围的）面积指数大于 12，强度指数小于 -108℃。寒潮暴发时 0℃线大举南压过长江以南地区，恩施、汉口的气温一般在 -8℃以下，有时达到 -10℃以下；此次过程中锋区强度海口与恩施温差由 16℃加大到 21℃以上。"

"在天气维持过程中我们把握的两个关键点是双阻型高压的大气稳定环流和 850 百帕 0℃线的面积指数和强度指数。"高安宁表示。

同样，依据数值预报产品二次开发集成应用推广项目的低温连阴雨预报子系统计算华南上空 850 百帕 0℃线的面积指数和强度指数，进行维持阶段的低温阴雨预报，效果明显。

（来源：《中国气象报》，2008 年 2 月 25 日，3 版，作者：曾涛）

壮志傲冰雪

从 1 月 12 日开始，广西壮族自治区桂林市出现了大范围的雨夹雪或冻雨天气。在严寒面前，桂林气象人没有退缩，他们用满腔的热情融化着冰雪，用日夜的奋战挑战着严寒。

拉起网线的"特殊病人"

在桂林市博爱医院，有一位特殊的病人，他就是 2007 年全国重大气象服务先进个人、桂林市气象台长周文志。在这场与冰冻天气搏斗的过程中，周文志吃住在局里，始终坚守业务第一线。1 月 26 日早晨，周文志突然晕倒在办公室里，连日的劳累导致他犯了严重的胃病。就这样，周文志心不甘情不愿地被"请"进了医院。

病房里最引人注目的是一条网线，这条经与医院方面多方交涉而拉起的网线，让周文志的病房变成了一个工作间，变成了一个迎战暴风雪的战场。依靠这条网线和手机，周文志的心又回到了他熟悉的会商室。

永不退缩的“破冰行动”

从1月13日开始，桂林市资源县出现罕见冰冻天气，所有道路交通封闭，县气象局的发电机也被迫停工。天气预报还怎么搞？群众的目光盯住了气象局。

“马上从市气象局调发电机赶往资源！”桂林市气象局局长唐伍斌果断做出决定。发电机到位了，道路却是全部封闭，怎么把发电机送去呢？唐伍斌随即与桂林汽车总站取得了联系，在得知班车无法通行的情况下，又马上与交警大队紧急磋商，请求其在道路解封时及时通知。

1月27日下午2时，在得知资源县道路经人工除冰后可暂行两个小时的消息后，市气象局支援小组立刻派出“气象防灾减灾”专车向资源出发，同时要求资源县气象局派车相向出发，进行途中交接。市气象局的专车一路上小心翼翼，终于在华江上游与翻山越岭来接车的资源县气象局的同志会合，顺利完成交接。

“空中滑梯”上的坚守

桂林市气象局的地面观测站大气成分观测室设在楼顶，而楼梯又在室外，楼梯上因结冰变成异常滑溜，俨然成了一个令人生畏的“空中滑梯”。这段“空中滑梯”又是开展大气成分观测的必经之处，观测人员每天都要上下几次。几天下来，观测人员无一幸免地在此摔倒。“今天你摔了没有？”也成了工作人员苦中作乐的打趣之语。

地面观测站副站长龙凤翔把这一切看在眼里，记在心里。他知道站里老同志多，于是主动提出，自己一个人上楼观测。提议一提出，谁也拗不过他。从此以后，人们经常可以看到龙凤翔在风雪冰冻中顽强攀登的身影。在结冰的时间里，他一干就是二十多天，滑了多少次，摔了多少次，只有他自己知道，他还笑称自己是“不怕摔的人”。

（来源：《中国气象报》，2008年2月26日，2版，作者：曾涛 易秀弟）

张文建检查广西人工影响天气工作要求加强业务能力建设

3月9日，中国气象局副局长张文建到广西人工影响天气基地检查指导工作。在听取自治区人工影响天气指挥中心有关工作汇报后，张文建充分肯定了广西人工影响天气工作取得的成绩，并提出三点要求。一要继续加强业务能力建设，加强与国家人工影响天气中心等部门的合作，进一步开发人工影响天气指导产品，并投入实际应用，提高作业服务能力。二要加强人工影响天气效果检验工作，通过有效评估，进一步提高作业效果。三要努力把人工影响天气工作做得更好，为地方社会经济发展服务。人工增雨不仅仅只在解除旱情、江河蓄水等方面具有积极作用，而且在环境保护等方面也非常重要。

（来源：《中国气象报》，2008年3月13日，1版，作者：蒋枚峻）

广西地震局感谢气象局发出250万条安民短信

5月20日，广西壮族自治区气象局接到了一封来自自治区地震局的感谢信。来信对自汶川特大地震发生以来，自治区气象局及时发布250万条震情信息，有效消除群众恐慌心理，促进社会稳定的举措大加赞赏并表示感谢。

自治区地震局负责人表示，广西气象、地震部门携手，首次通过手机短信向公众传递震情，取得了良好的社会效果。

受四川汶川县地震的影响，当时广西多个地区有震感。为让普通百姓了解此次地震的相关情况，避免引起不必要的慌乱，经与自治区应急办、自治区地震局联系，自治区气象局从12日14时55分开始，利用气象短信平台，在第一时间向南宁市的手机用户发送了250万条安民短信。

据悉，这是广西首次通过短信向公众传递震情。为了提高公益短信传递的速度，采取了“小广播”的发送方式，使同一通信基站范围内的用户，尽可能在同一时间收到信息。

（来源：《中国气象报》，2008 年 5 月 22 日，1 版，作者：曾涛）

郭声琨要求广西气象部门发挥防灾减灾主力军作用

在广西壮族自治区遭遇今年以来最强的一次大范围降水过程、防汛形势异常严峻的关键时期，自治区党委书记、人大常委会主任郭声琨，自治区党委副书记陈际瓦，自治区人民政府副主席陈章良近日到自治区气象局检查指导气象防灾减灾工作，对做好当前气象服务工作提出了要求，对广西壮族自治区气象事业发展作出了重要指示。

郭声琨表示，气象部门预警及时、服务主动、保障有力，为减轻人民生命财产损失做出了重要贡献。气象部门要把服务工作进一步做细、做实，充分发挥防灾减灾工作的主力军作用，为全区打好防灾抗灾救灾工作的硬仗做出贡献。

郭声琨对广西壮族自治区气象工作提出三点要求。一要充分运用科学手段，进一步提升服务能力，想方设法提高预报预测准确率，扎实做好气象预报预测及灾害防御工作。二要密切关注灾害性天气和重大突发性天气，及时预警，为自治区党委、政府指导抗灾救灾工作提供有针对性的服务。三要进一步加强与各相关部门的沟通、协作，在全区建立起信息共享、部门联动、反应迅速的气象灾害应急体系，进一步提高气象防灾减灾能力。

（来源：《中国气象报》，2008 年 6 月 10 日，1 版，作者：曾涛）

护航“圣火” 响亮发声

“祥云”飘过八桂山水，圣火点燃北部湾激情。6 月 6—8 日，世人瞩目的北京奥运会火炬传递接力活动先后在广西的桂林、南宁、百色举行。“我们要化压力为动力，越是关键时刻，越要表现出色，响亮发声！”广西壮族自治区气象局局长韦力行在部署奥运火炬传递气象服务的有关会议和场合上一再强调。

练声

早在 5 月上旬，广西壮族自治区气象局召开了奥运火炬传递接力气象服务工作动员会议，全面部署安排各项预报服务工作。自治区气象台及南宁、桂林、百色等市气象局相继完成了奥运会火炬接力传递期间天气疑难个例的资料收集、气候背景资料分析、应急预案制定、历史天气概率计算等工作，以确保气象保障服务工作万无一失。6 月 5 日 15 时 30 分，在广西壮族自治区气象台预警中心，随着广西壮族自治区气象局副局长姚才的一声令下，广西气象部门近年来规模最大的一次应急服务演练拉开了帷幕。这次演练，还首次出动了广西壮族自治区气象局最新配置的“应急移动气象站”。演练持续到 17 时，初获成功。

美声

“广西制作的服务材料可以成为模板。”在前不久中国气象局举行的奥运会火炬传递气象服务演练中，广西壮族自治区气象台制作的服务材料得到了领导和专家的称赞。充分发挥现代气象科技装备的作用是广西此次奥运会火炬传递气象服务保障工作的一大亮点，除新配置的号称“移动气象局”的应急移动气象车外，桂林市气象局引进桂林市第一座 CAWS620-MS 型应急移动观测气象站。布局在全区各地的 1170 个自动气象站和桂林、柳州、河池、百色等地的四部新一代天气雷达，构筑了观云测雨的“天罗地网”。广西气象部门还制定了技术装备应急预案，一旦桂林、百色雷达出现故障，邻近的湖南、贵州两省的雷达可立即支援。

发声

6 日晚，距离南宁只有一百多公里的桂南沿海普降大雨。奥运火炬南宁传递现场会下雨吗？这是活动组织方和观看火炬传递的市民最为关注的。“预计 9 时 30 分前南宁城区基本无雨。”一条简短的气象信息让人们吃下了定心丸。9 时 30 分，第二十三届洛杉矶奥运会举重冠军吴数德手持“祥云”火炬顺利跑出了第一棒，南宁传递活动就此全面展开。10时许，气象部门又发出了预报信息：中午12时30分以前，南宁城区多云无雨，有利于奥运圣火传递活动。当日上午，承载着希望和梦想的“祥云”在绿城南宁满目的青翠和宜人的气候中圆满完成了传递。

圣火传递着激情与温馨，在桂林、百色得到了淋漓尽致的体现。

（来源：《中国气象报》，2008年6月12日，2版，作者：曾涛 李菁 李颖婷）

穿越暴雨自风流

6月12日，广西壮族自治区气象局会商室，时针已指向了23时30分，但人们毫无睡意。“我宣布，启动Ⅱ级重大气象灾害预警应急预案。”随着副局长姚才的一声令下，广西气象部门进入了更为紧张忙碌的鏖战中。

雨丝冰凉门庭热

6月13日，暴雨如注。这是广西壮族自治区防汛抗旱指挥部启动防汛Ⅱ级应急响应的日子，然而，当日各市气象台的会商室却来了几位“不速之客”，河池市委书记蓝天立、柳州市副市长张永刚等都通过视频向气象部门询问雨情和天气情况。这些天来，广西各级领导频频光顾气象部门，他们的主要目的只有一个，利用气象服务全力做好防灾抗灾减灾工作。

“12日20时到13日9时降雨量大于100毫米的，有83站，集中在贺州、钦州、柳州……”这种被称为“决策短信”的手机气象服务信息，是广西壮族自治区气象局为自治区党委、政府主要领导量身打造的。“你们的短信很及时，让我们随时可以掌握全区防汛形势。”广西壮族自治区党委副书记陈际瓦如是说。

两千多群众成功转移

6月12日一早，两辆白色“依维柯”穿越雨幕，从南宁向北疾驰而去。这是紧急增援广西北部强降雨地区的应急移动气象台和应急雷达。该雷达为暴雨气象服务提供了宝贵的第一手现场资料。

“我们县气象局7个人两天没睡一个好觉了。”电话那头，凌云县气象局局长廖爱红说。6月7—8日，凌云县气象局先后发出了两份重大气象报告、两个暴雨预警信号。即便这样，廖爱红还是拿起电话逐个打给了各个乡镇的负责人。正是这个“不放心”使得该县逻楼镇、加尤镇两千多名群众在深夜得以成功转移。

“此次防汛工作中，预警预报发挥了重要作用。”广西防汛抗旱指挥部有关负责人说道。仅8—12日4天，广西气象部门就发布暴雨预警85次，通过手机短信发布700多万人次。根据预警信息，到12日全自治区已紧急转移安置群众85045人。

提前预警地质灾害

“6月上旬，降雨集中，但地质灾害却不多。”曾备受暴雨衍生的地质灾害之苦的梧州市民说。每天两次，广西壮族自治区气象台决策服务中心主任李菁的手机会准时收到当地国土资源厅发来的短信。从5月中旬起，广西气象台发布的暴雨预报服务材料，件件都引起了自治区领导的高度重视并做出批示。

6、7月桂林漓江正是两岸景致迷人、游客比较集中的时期，然而，一些著名景点却纷纷封园。今年5月中旬以来，国土资源部门和气象部门多次发布地质灾害等级预报，提醒百姓防范塌方、滑坡、泥石流等灾害。针对这一情况，桂林旅游局迅速下发紧急通知，桂林各自然景区于近日相继开展了地质灾害隐患大排查，严防山体崩塌、滑坡、泥石流等地质灾害，保障国内外游客和当地民众生命和财产安全。

（来源：《中国气象报》，2008年6月16日，2版，作者：曾涛）

力破天机缚“黄龙”

“6月上半月全区暴雨累计发生共148站次，偏多程度居1951年以来同期的第一位。”6月17日，广西壮族自治区气象台总工程师高安宁指着最新统计数据对记者说。

暴雨！大暴雨！特大暴雨！进入6月，老天爷在八桂大地肆意撒野，“暴雨”成了这个时节它不变的脸色。一边是暴雨肆虐、洪峰攀升，人民群众生命财产安全受到严重威胁；另一边，从Ⅲ级响应到Ⅱ级响应，从橙色预警到红色预警，自治区领导紧急约见气象局局长，市委书记根据救灾手机短信赶赴灾区一线，被困群众紧急转移……一场与暴雨争先、与洪魔赛跑的战斗全面打响！

亮剑出鞘

“快回气象台参加会商会！”6月7日，北京奥运火炬在南宁传递，参加火炬传递现场气象服务保障的工作人员刚完成任务，就被召回了单位。此时的自治区气象台会商室里，自治区气象局局长韦力行和局党组全体成员神情严肃。

“我宣布，自治区气象局重大气象灾害预警Ⅲ级应急预案启动。”晴好天里，自治区气象局率先“亮剑”，在全区职能部门中第一个启动应急预案。“这么好的天气发暴雨预报，启动应急预案？”来气象局采访的记者有点懵了。

面对众多疑惑，自治区气象局发布了题为《强降雨预报》的《重大气象信息专报》：6月8日晚上到10日全区大部分地区有中到大雨，部分地区有暴雨，局部有大暴雨或短时雷雨大风等强对流天气。

全面翔实、有理有据的气象服务材料解答了众人的疑惑，也引起了决策者的注意。自治区政府主席马飚在当日的《强降雨预报》上作出批示，要求区防汛指挥部要做好防范工作，并要求气象局及时发布气象信息。

6月8日，暴雨如约光顾广西各地。“气象应急预案成了‘风向标’。”自治区应急办领导到气象局考察时说。

与暴雨赛跑

漓江超警戒水位！桂江超警戒水位！西江超警戒水位！6月12日，自治区气象局会商室里，时针已指向了23时30分，但人们毫无睡意。

“启动Ⅱ级重大气象灾害预警应急预案。”一声令下，广西各级气象部门进入了更为紧张忙碌的风雨鏖战中。

“哪怕提前几秒钟，也要把领导和群众最需要的气象信息尽可能快地发送出去。”韦力行说。

在与暴雨的赛跑中，自治区气象局进入了超常规运作状态。全区 1170 个自动气象站每 10 分钟进行一次加密观测，桂林、柳州、百色、南宁、河池等地投入使用的 5 部新一代天气雷达，在全区范围形成完整清晰的雷达拼图，小巧灵活的应急移动气象台增援强降雨现场进行现场预报服务……“我是跟着气象短信跑。”主管防汛的自治区政府副主席陈章良说，他经常利用手机上随时提供的雨情信息来指导全区防汛抗洪工作。而在百色市，市委书记刘正东的手机在汛期被冠以“救灾”手机之名，手机上存放最多的就是气象短信，这些都是他主动要求气象部门随时提供给他的。

“最需要了解的气象信息都能在电视上看到！”从 6 月 8 日起，广西各地的电视观众和广播听众可以每隔 6 个小时收看、收听到当地最新的雨情实况和天气预报，重要雨情还可以随时插播。

“水库一个都没有垮！”“地质灾害频繁发生，但预报准确，群众撤离及时，全区成功避让 20 多起地质灾害，92 人幸免于难！”正是在社会需求的牵引下，自治区各级气象部门着重在水库安全、地质灾害防御上加强与相关部门的预警联动、信息共享工作。

“此次防汛工作中，预警预报发挥了重要作用。”广西壮族自治区防汛抗旱指挥部评价道。8—17 日，广西壮族自治区气象部门仅自治区一级就发出 10 期 220 份气象服务材料。

决战洪峰

“每小时上升 15 厘米。”由于上游地区受强降雨袭击，西江梧州水位在 6 月 14 日下午一度高达 23.5 米，超过警戒水位 5 米，梧州城内橙色汛情预警信号高高挂起。西江梧州段是全国防洪重点区域，西江防洪一役成败如何，牵动着全局。

自治区政府主席马飚于当日下午到区防汛抗旱指挥部主持紧急会商。如果梧州一带 15 日继续降雨，梧州的防汛形势将十分严峻。一时间，雨情如何成为众人注目的焦点。汛情当令，自治区气象局和梧州市气象局当日即刻开展了专项气象服务。

次日，在西江梧州段即将迎来今年第一次洪峰，全区也将迎来新一轮强降雨的时刻，广西壮族自治区党委书记郭声琨等领导紧急约见韦力行，专门听取雨情分析和气象防灾减灾工作汇报。

“有气象部门的预报，心里更有数了。”听完汇报后，郭声琨说。

6月15日14时，西江梧州站水位定格在24.84米，梧州市今年首次洪峰平稳通过！当天15时，洪水开始以每小时1厘米的速度缓慢下降。

“气象局是排头兵、先行官，在迎战洪峰中发挥了突出的作用。”6月17日，梧州市委副书记刘剑特地到市气象局看望慰问一线气象工作者。“重视气象预警是防御暴雨成功的关键所在。”凌云县逻楼镇党委书记周立新在利用气象预警信息成功组织人员转移避险后评价道。

（来源：《中国气象报》，2008年6月19日，1、2版，作者：曾涛）

宇如聪赴广西检查汛期气象服务工作

广西持续出现强降雨过程，防汛抗洪形势异常严峻。6月17日，中国气象局副局长宇如聪紧急赶赴广西检查指导汛期气象服务工作，慰问基层台站干部职工，部署安排做好下一阶段气象服务工作。宇如聪在广西期间，会见了广西壮族自治区政府副主席陈章良，并深入基层台站进行调研与指导。

宇如聪对做好汛期气象服务工作提出了四点要求。一是继续做好南方强降雨过程气象服务工作。二是科学地评估南方持续强降雨过程，针对雨情、灾情特点进行认真总结，提高预报准确率。三是充分认识到做好今年汛期气象服务工作的重要意义。四是把握经济社会发展需求，开展有针对性的气象服务。

（来源：《中国气象报》，2008年6月19日，1版，作者：曾涛）

“孤岛”奋战记

“一切会好起来的。”6月18日的小雨中，正在和同事们清理院内淤泥的广西平乐县气象局局长谢新俊对记者说。6月以来的罕见强降雨使得平乐县经历了新中国成立以来最严重的洪灾，县气象局受洪水围困，一度成为“孤岛”。

困城

强降雨让气象人的心揪了起来。“快搬设备、资料，快！”13日6时，有人发出呼叫。离江边咫尺之遥的平乐县气象局办公场所是一栋平房，一旦被水浸泡，后果不堪设想。短时间内，9名干部职工全部到齐，一场转移行动在雨幕中紧急展开。

9时左右，洪水呈喷涌之势灌入院内，瞬间便达半人之高，院内积水一度深达3.5米，办公楼几乎全被吞没。住在宿舍楼一楼的职工陈运忠家损失惨重。尽管多次经过自家门口，但一直忙着搬运单位物品的陈运忠却没空回家瞅上一眼。“局长，你受伤了。”旁人提醒道。谢新俊脸上蹭破了皮，鲜血直流。因为心急路滑，他重重地摔了一跤。

驰援

受困“孤岛”，气象人想的第一件事是尽快恢复气象业务。职工们将一台发电机搬了上来。启动发电机、打开电脑、分析数据……一切如常，镇定从容。

平乐县气象局受困的消息牵动着广西壮族自治区气象局、桂林市气象局领导的心。一场紧急驰援正在进行。桂林市气象局紧急派出工作组，携带应急观测设备、橡皮艇、救生衣、食品等赶赴平乐，于13日12时挺进平乐。“平常两个半小时的车程走了四个小时。”桂林市气象局局长唐伍斌说。

“穿救生衣，坐橡皮艇搞观测是令人难忘的经历。”测报人员说。市气象局带来的橡皮艇成了来往孤岛的唯一工具，测报人员依靠它完成了5次观测任务。

破局

暴雨过后，平乐县城受淹面积多达三分之二。接到气象、水文预报后，13日清晨，区、市、县紧急联动，部署安排防洪抢险工作。“13日下午雨势减弱，傍晚降雨基本停止。”一个镇定有力的声音从县气象局临时搭建的会商室里传出，一场与洪水争分夺秒的转移战全面打响。经过激战，约5万人被顺利转移，平乐县创造了一个罕见灾害下无人员死亡、失踪的奇迹。

“能尽力做到的我们都努力做到了。”经历“孤岛”30小时的惊心动魄后，谢新俊如是说。

（来源：《中国气象报》，2008年6月20日，2版，作者：曾涛）

概念模型捕捉“西南低涡”

6月8日8时—18日8时，广西遭受了今年入汛以来最强的大暴雨、特大暴雨袭击，11天的强降雨过程导致全区平均降雨量为291.8毫米，是常年6月平均降雨量的1.1倍。这次强降雨过程覆盖范围广、强度强、持续时间长，为1951年以来同期罕见。

“每年6月广西的暴雨不外乎有六种，6月12—14日这次强降雨过程我们将它称为‘西南低涡’暴雨，早就知道是这个‘老朋友’来了，但今年这个‘老朋友’太不友善了。”广西壮族自治区气象台总工程师高安宁指着电脑，用略带调侃的口吻开始向记者讲述6月12—14日的暴雨预报过程。

高安宁所说的六种类型的暴雨源自广西壮族自治区气象局2001年就开始建立的“广西重大灾害性天气模型”。2007年，区气象局对此投入专项资金，组织区市科研技术骨干进行了一次“闭关修炼”的集中攻关大活动，从而使概念天气模型日渐完善，并在业务应用中取得良好效果。作为区气象台的总工程师，高安宁和他的同事们负责暴雨天气概念模型与预报方法的研究。

“一年四季，我们分月建立了不同月份的概念模型。”在高安宁的电脑上，记者看到，6月广西的暴雨共有六类，分别命名为“冷空气＋高空槽”（受冷空气和高空槽共同影响）暴雨、“冷空气＋南支槽”暴雨、“华北低槽＋南支槽”暴雨、“西南低涡”暴雨等。

“6月8—10日是‘华北低槽＋南支槽’暴雨，12—14日就是典型的‘西南低涡’暴雨了。‘西南低涡’产生暴雨的特点是面积广、强度大，尤其是大暴雨的站点多。”高安宁对这位“老朋友”的印象不佳。此次“西南低涡”暴雨，就是由高原东部槽和西南低涡共同造成的。

怎么识得这些每年6月都光顾广西的暴雨呢？这时，高安宁就会像个诊云断雨的医生，先看“症状”，次看“病名”，再看“病情”。

在高安宁看来，“西南低涡”暴雨的“症状”之一是要在850百帕具备三个要素。一是要有低压中心进入广西，这个气压比较低的中尺度的涡旋可为暴雨产生提供动力条件，一方面起着抬升作用，另一方面因其辐合强，可使周围的水汽迅速地汇集到广西上空。二是西南暖湿气流活跃。三是要有西南低空急流向广西上空输送大量的水汽。“症状”之二是500百帕青藏高原东部有一个比较深的低槽，低槽向东移；副热带高压位于南海的北部，位置比较偏南，脊线在北纬17°～18°——这种配置非常有利于降水。“症状”之三是200百帕高空受南亚高压东侧的辐散气流影响，产生强烈的对流运动，易形成降雨。“症状”之四是广西上空各层的水汽比较充沛，平均而言，850百帕比湿是16克/千克，700百帕是12克/千克，500百帕是6克/千克。

6月，如果在广西出现了这四种“症状”，就可以判断其可以产生暴雨，并可以凭借暴雨产生前期的蛛丝马迹，进行天气概念模型分析，给其定性为“西南低涡”暴雨。

弄清暴雨类型后，再得看其具体指标。高安宁说，暴雨预报中他会运用多个预报工具，如指标综合法、相似离度预报法、西南风指数法等。这次建功最大的是相似离度预报法。

在高安宁的电脑里，积累了数百个暴雨个例，高安宁会根据数值预报提供的形势场的未来形势的演变情况，在历史资料库中找相似的个例，从而作出准确的判断和预报。“相似离度预报法的诀窍有二。”高安宁说。一个诀窍就是分析500百帕关键区的相似指标。高安宁选定的500百帕关键区位于北纬20°～45°，东经90°～20°。如果高空低槽进入了关键区，就预示着广西有降水过程。另一个诀窍是分析850百帕流场的相似指标。这个关键区位于北纬20°～30°，东经100°～120°。“看850百帕的风场很重要。”高安宁强调道。500百帕关键区相似是一个重要特征，但也具有一定的欺骗性。如果风场不一样，会容易导致预报失败。

（来源：《中国气象报》，2008年6月24日，3版，作者：曾涛 吕平）

在矿难救援最前线

7 月 21 日下午，与以往一样，位于广西田东县的百色右江矿务局那读煤矿开采工作正有序进行。“四采区首采工作面 4301 工作面的中间巷出现涌水！”一声惊呼从井下传来。还没等调度员发出撤离的通知，矿井下电话忽然中断！16 时 45 分，涌水淹至井下运输大巷，57 名矿工瞬时间被困于井下……

事故就是命令，时间就是生命。气象人第一时间出现在救援现场。21 日 16 时 30 分，在矿难发生仅 15 分钟后，百色市气象局就发出了第一份《矿难气象服务专报》，指出 22—24 日，将出现一次明显的降雨过程。

“千万要防止井下因降雨等引发的次生灾害。”广西壮族自治区党委书记郭声琨在现场一再强调。当晚，百色市委书记刘正东在气象专报上作出批示，要求气象部门继续提供田东县一带的专题气象预报。

在接到气象服务信息后，矿难救援指挥部制定了科学的施救方案，各方救援工作紧张有序地开展起来。22 日 0 时 30 分，多名浑身煤泥的抢险队员搀扶着一个获救矿工出来了！各方救援为受困矿工打开了生命之门。“救援工作已经进入关键时刻，气象部门一定要守好天！”面对复杂多变的天气，百色市常务副市长梁兵对气象部门提出要求。“我们要认真、研究和分析天气形势对救援工作的影响，为指挥部决策提供科学依据。”7 月 22 日 8 时，百色市气象局成立了由局长黄建平挂帅的“7 · 21”矿难事故气象服务保障小组。

22 日 16 时 30 分，百色市气象局向矿难事故抢险指挥部提供了《专题气象服务专报》，指出田东县一带将有大雨。17 时 38 分，黄建平率应急气象服务专家组向自治区政府副主席杨道喜等救援指挥部领导分析了未来天气趋势和可能对抢险工作带来的影响。指挥部领导当即要求气象部门参与事故的调查。

“根据天气预报，百色两天内可能会有大雨，必须做好预防措施，防止地面流水渗漏到矿井中，增大抢险难度。”现场救援总指挥、国家煤矿安全监察局局长赵铁锤对降雨防范工作进行了部署。

7 月 22 日 23 时至 7 月 23 日 9 时，百色市气象局密切监视天气变化，每隔 1 小时向指挥部提供 1 次雨量实况和天气预报。一切都在平稳推进中，偏偏天公不作美。7 月 23 日 14 时左右，那读煤矿上空电闪雷鸣，雨水来临了。

部分救援人员一度从井下撤出，受阻的救援队员焦急地等待着雨情判定。7 月 23 日 8 时 30 分，应急气象服务专家组赶到矿难事故抢险指挥部，指出："根据最新气象资料分析，24～72 小时，雨势有所减小，对救援工作不会产生较大影响。"

7 月 24 日 8 时，应急气象服务专家组在事故现场安装了 1 个移动气象观测站，加强对天气形势的监测，为抢险指挥部提供零距离气象保障服务。

目前，救援工作还在继续，而应急气象服务工作人员依然在事故现场参与抢险救援工作，并向指挥部提供气象保障服务。

（来源：《中国气象报》，2008 年 7 月 31 日，2 版，作者：曾涛 翟殷斌）

洪灾过后气象"升温"

投资升温

"投入气象现代化建设很有必要，换来群众的平安，值！"广西壮族自治区西林县副县长黄兆明在县气象局呈送的材料上奋笔疾书，字里行间充满感慨。在近日召开的全县副科级以上干部会议上，该县县长农弘号召全县各部门以县气象局为榜样，做好今年各项工作。

究竟是什么原因让县领导对气象工作有如此深切感受？这还得从一个月前的一次惊心动魄的生死大转移说起。

6 月 11—12 日，西林县境内连降大到暴雨，县政府接到县气象部门发布的暴雨红色预警信息后，立即紧急转移了那劳乡洞坚村下寨的 14 户共 57 名村民。在人员安全撤离后不到 1 小时内，下寨即出现大面积山体滑坡，造成 11 户房屋倒塌，3 户房屋严重受损。当时，在场的村民们被眼前的景象吓呆了，转移前的不情愿和犹疑也立即变成感激之情。

那劳乡乡长由衷地对县气象局局长李建说："气象局发布的预警真是太及时了，避免了群众的伤亡，否则后果不堪设想。"

得知乡镇自动气象站在汛期发挥了重要作用后，县政府领导在洪灾过后立即拨付了余下的自动站建设经费 29.45 万元，加上此前的 10 万元综合改善项目配套经费，西林县政府今年上半年对气象事业投入经费已近 40 万元。

当获知西林县要组建气象灾害信息员队伍后，当地干部群众参与热情高涨，踊跃报名。目前，该县已成立了一支由 103 人组成的覆盖城乡的气象灾害信息员队伍。

“有为才有位。”广西百色市气象局局长黄建平如是说。在 6 月中旬的洪灾中，百色市气象局适时启动应急预案，及时发布预警信息，紧急转移安置近 3 万名受灾群众，避免了人民群众生命财产遭受重大损失。洪灾过后，百色市的田林、田阳、德保、隆林等县政府也都纷纷主动拨付自动站建设经费。

如今，放眼广西各地，大灾过后的气象“投资”呈蓬勃之势。在各级地方政府对气象工作的大力支持下，广西气象现代化建设进展迅猛，北海、梧州新一代天气雷达均于近日完成吊装，全区自动气象站建设任务即将完成。

气象成“香饽饽”

“学校防雷要注意哪些？”近日，陆川县气象局的专家应邀走进该县中小学校校长会议的会场，为全县中小学校校长上了一堂生动的雷电灾害防御课。气象专家为校长们讲解了气象观测内容和防雷避险常识等科普知识，回答了校长们的提问，深受校长们的欢迎。

“我们和气象局签约看重的是气象部门在防灾减灾中起到的重要作用。”在“中国气象频道广西”正式落地开播签约仪式上，广西广播电视信息网络股份有限公司负责人告诉记者。

“要让广大群众、中小学生更加关心和了解气象，合理利用气象，趋利避害。”基于这个出发点，广西在阳朔县立项建设自治区的首个县级气象科普示范馆。

长效机制是保障

“要在政府层面上推动气象现代化建设。”河池市人民政府下发《关于开展河池新一代天气雷达建设项目地方配套资金落实情况督查的通知》，由市政府组织相关人员于近日分赴河池市11个区（县），对尚未落实的124.6万元河池新一代天气雷达地方配套资金进行督查。

防城港、钦州、桂林、百色、贵港、来宾等6个市的市政府也于近期专门发文，推动乡村气象灾害信息员队伍建设。“要加快依法治气象、依法兴气象的步伐。”自治区人大常委会副主任吴恒就广西气象事业发展中的探测环境保护、依法行政等工作给予了具体指导。

各级党委、政府对气象工作的大力支持，犹如一双双坚实有力的手，推动着广西气象事业的发展。近期，广西各地一系列有关助推气象发展长效机制建设的举措已在酝酿或运作当中。

“抢抓新机遇，迎接新挑战，全力做好气象服务工作，以积极推进气象防灾减灾和应对气候变化工作取得的新成绩来回报社会各界的厚爱。”面对气象“升温”现象，自治区气象局局长韦力行如是说。

（来源：《中国气象报》，2008年8月4日，1版，作者：曾涛 翟殷斌，获中国气象报社第19届好新闻三等奖）

应急办的“奥运”节奏

8月7日清晨，中国气象局应急办值班室一如往昔般紧张忙碌，电话铃声、键盘敲击声、监控电视机声等构成了这个早晨略显单调但又最为动听的晨曲。当时钟指向了8点钟，中国气象局副局长王守荣、宇如聪、沈晓农等领导已经在会商室的屏幕前就座。会商开始后，局领导和值班室工作人员的眼睛齐刷刷地盯住了正前方的四个大显示屏。“南海生成的这个热带风暴强度、走向如何？”“‘北冕’对承办马术比赛的香港影响如何？”成了众人注目的焦点，而关于从新疆过来的冷空气对于近期华北尤其是对北京开幕式的影响分析更是紧紧抓住了应急办值班室人员的心绪，不少人从座位靠背上微微前倾，认真聆听。

8时半左右，会商结束。几位局领导迅速起身走出应急值班室，赶赴下一个会场，参加中国气象局每天一次的奥运气象服务领导小组会议。

小小的应急值班室一下子寂静了许多，各位工作人员相继回到了自己的岗位上，开始了忙碌的一天。国务院应急办要求增加5份《奥运天气资讯》，美联社要求采访奥运气象服务人员，9时30分前要收集上报奥运会气象服务材料……这一件件看似平常的工作任务，无一不需要付出极大的耐心。随着奥运的到来，一大堆繁杂琐碎的工作纷至沓来，如每天要定时收集实施"零报告"制度后各单位的应急安全情况，每天三次要向中央办公厅上传《重要气象保障服务任务单》，每天要随时向中办、国办报送突发应急信息，每天下午5点前要给局领导上报《奥运值班信息摘报》，遇到突发情况需要做出紧急处置等。

"进入奥运会气象服务特别工作状态后，我们更强化了局长带班、司长领班、办公室主任值班、工作人员应急值守等一系列应急值班制度。"应急办的工作人员"忙里偷闲"地告诉记者。同时，记者看见他身后的墙上贴满了《奥运期间值班注意事项》等各种"工作指南"，桌上的值班日志密密麻麻地记录着一天的工作事项……这些都在无声地显示着他们工作的繁忙。这一切忙碌景象在"及时、高效、有力、有序"应急口号的指导下显得有条不紊。

奥运会开幕前夕，充当协调组织"发动机"、履行"上情下达、下情上报"职责的应急办，以自己的方式进入了紧张、有序的"奥运"节奏。

（来源：《中国气象报》，2008年8月8日，2、3版，作者：曾涛 苗艳丽）

这里的时钟快五分

记者发现，中国气象局应急值班室的挂钟被拨快了5分钟。应急办的同志对记者说，气象应急工作就是要走在时间的前面，提前预判，果断处置。进入奥运特别工作状态后，更是多了一份紧迫感。在应急值班室里，记者还看到了一个与"六"有关的有趣现象：如奥运会期间应急办增加了六个副班、每个应急值班人员要管理气象信息综合分析处理系统（MICAPS）和预警信号机、云图和雷达专用机等六台计算机。

雷达在开幕式前修复

“烟台、南通新一代天气雷达修复了！”8 月 8 日 10 时许，记者刚一踏进中国气象局应急办值班室大门，就听到了一个令人振奋的好消息。据了解，8 月 7 日凌晨，烟台新一代天气雷达于当日发生故障。此时距离奥运开幕只有 30 多个小时，形势刻不容缓。经中国气象局气象探测中心组织厂家、台站人员紧张抢修，山东烟台、江苏南通两部新一代天气雷达已于奥运会开幕式前重新恢复正常运转，重展观云测雨的强大威力。而承担北京奥运会周边雷达保障任务的 20 部雷达，目前除了吉林白城雷达仍在进行紧张抢修外，其余雷达都处于正常运行状态。

据了解，奥运会开幕前，自动站、探空雷达、应急车等各项技术装备已全部保障到位。

“从查岗情况来看，奥运安保维稳工作总体较好。”8 月 4 日晚，中国气象局人教司、驻局纪检组和局应急办联合对汛期及奥运值班情况进行了检查。从晚 8 点开始，147 次突击查岗电话陆续打给了各省（自治区、直辖市）气象局业务副局长、办公室主任及各单位应急值班人员。静悄悄的夜里，“丁零零”的电话铃声打破了寂静，各单位对这突如其来的查岗电话并不感到意外，细致扎实的准备工作让他们能镇定从容地应对各种“突袭”。突击查岗发现，各单位都能坚守岗位，值班电话畅通无阻，值班人员回答问题迅速。奥运前夕，大江南北的气象人在欢欣鼓舞之余，更多了一份沉甸甸的责任。

最新快报第一时间出炉

8 月 8 日晚 8 时，随着夜色的降临，奥运会开幕式大幕徐徐开启。此时，人们发现中国气象局应急值班室似乎与欢喜、激越的气氛有点不协调。在这个不足 20 平方米的空间里，当日的带班领导、中国气象局副局长宇如聪早就来到这儿，应急办的全体人员也早已各就各位，编发应急快报、接听值班电话、查询天气实况……宇如聪不时将目光转向左侧的雷达回波图，并与当日的值班司长周恒，应急办副主任王世恩、王莘等人讨论着天气情况。

“嘟……”21 时 40 分左右，随着一声轻微的响声，传真机传来了一份由北京市气象台提供的天气快报。“天气有变！”北京市气象台的气象服务材料指出，受暖湿气团和东移弱冷空气的共同影响，北京市西南方向新生成了一个对流云团，云团向鸟巢移动，要做好防雨防雷工作。随后，一个雷电黄色预警信号报告单也从北京市气象台传了过来，雪白的纸张上，黄色预警信号图标刺激着人们的神经。

“快告知局领导和‘两办’。”宇如聪和应急办领导当即作出指示。这时，应急办人员已是迅速行动起来，有的人更是从座位上弹了起来，抓起天气快报，就奔向电话机旁。在紧张的忙碌中，天气信息迅速送达中央办公厅、国务院办公厅和中国气象局各位领导手中。最新的一期值班快报也在第一时间全新出炉。此时，人们浑然忘却了开幕式文艺表演。

应急办里的“天气会商”

“鸟巢周边天气实况如何？”应急办通过视频系统与奔赴开幕式气象保障服务现场的应急车进行紧急连线。“云团对鸟巢有多大影响？”焦急的目光投向了中央气象台和北京奥运气象服务中心。

“这个云团究竟处于北京哪个位置？”坐镇应急办的宇如聪此时已按捺不住急切的心情，走到雷达回波图前细细端详了起来，并调出自动站资料，认真查看，“该云团造成最大降雨量在密云溪翁庄，快找一张北京地形图来。”人们匆匆铺开一张临时找来的地形图，迅速找到了溪翁庄的所在。此时，人们已围拢在一起，利用电脑上的自动站提供的气象要素资料、雷达回波图资料、应急车天气实况等，你一言，我一语，讨论起了那个不识趣的“对流云团”。“我觉得受地形影响，这个云团会停滞不前。”“鸟巢周围风明显加大、云走得快，好像有点不妙。”此情此景，俨然在进行一场天气会商。

23 时 10 分左右，应急办副主任王莘收到的一条手机气象短信让大家长吁了一口气：西南部的对流云团明显减弱，预计 24 时前对鸟巢开幕式活动无明显影响。

不知是谁在这时才悄悄调大了此前已关至近乎静音的电视机的音量，人们似乎才记起观看身旁的开幕式盛况，然而就在此时，开幕式已步入了尾声。

（来源：《中国气象报》，2008 年 8 月 12 日，3 版，作者：曾涛 王晓乐）

矫梅燕在广西调研时强调 进一步深化各项气象服务

8 月 14—16 日，中国气象局党组成员、副局长矫梅燕到广西检查指导气象工作，并参加了广西壮族自治区气象局党组民主生活会。她强调，在新形势下，要进一步深化各项气象服务，不断推进广西气象事业迈向新的发展阶段。

矫梅燕对广西气象部门取得的成绩表示充分肯定，并对进一步做好广西气象工作提出要求：要认清形势，不断推进气象事业新的发展；要注重加强公共气象服务系统建设；要以服务为牵引推动预报预测业务能力的提高，逐步形成具有广西特色的预报预测业务体系；要加大人才培养力度，提高综合发展能力；要继续做好主汛期的气象服务工作。

在桂调研期间，矫梅燕先后与广西壮族自治区政府副主席陈章良以及北海、防城港市党政领导会见，就如何做好广西气象防灾减灾工作，促进广西气象事业又好又快发展交换了意见。

（来源：《中国气象报》，2008 年 8 月 19 日，1 版，作者：杨黎明 韦明志）

乔林：阅尽风云作画卷

“每天打开电脑，都像看到一幅幅画卷一样，美极了！”坐在电脑屏幕前，点击鼠标，紧盯着眼前的卫星云图，中央气象台首席预报员乔林对记者说。

“时刻都有新发现，新乐趣。”在乔林看来，风云在转瞬变幻之间，形成了一幅幅各不相同而又美妙绝伦的画卷。每当看到这些卫星云图、雷达回波图、天气图时，他心中总会涌起一种莫名的冲动，这种冲动不仅来自于那些炫目的色彩、幻化的动感、迷人的形状，更来自于那种阅尽风云的平和与大度。迎接奥运这些年，乔林的平和与大度更是展现得淋漓尽致。

站在最前线的“红衣首席”

“穿上红色衣服是想感染点奥运气氛。”出现在记者面前的乔林一袭红衣，神采奕奕。刚经历了会商室里那一番针对台风“鹦鹉”、奥运会闭幕式天气的激烈讨论，他在红衣的衬托下，丝毫未显疲惫，依然沉着、亲切。

鲜艳的红衣，表现出重压之下的信心与勇气。这抹红色，曾出现在汶川抗震救灾现场，出现在奥运火炬登顶珠穆朗玛峰的紧要关头，出现在奥运会开幕式气象服务一线。

奥运会向乔林发出前所未有的挑战，乔林清醒地意识到：“奥运会期间，正值北京主汛期，雷电天气多，降雨频繁，奥运天气预报要做到高度的精细化，这使气象服务面临极大的挑战。”面对挑战，乔林的“奥运时刻”早在几年前就开始了。

“天气预报是大家共同讨论、分析的结果，我只是其中的一分子。”说起那场成功的奥运会开幕式气象服务，乔林谦虚地说。从8月2日起，乔林进驻北京奥运气象服务中心，一直奋战在开幕式气象服务的第一线。他凭借自己深厚的业务功底、渊博的预报知识、缜密的思考分析，把脉“鸟巢”周围大气的每一丝移动、变化、腾挪，于明暗难辨之际沉着、响亮地发声。“乔首席多次为我们掌舵。”提起乔林，北京市气象局的一位预报员满怀崇敬地竖起了大拇指。

拉近两个“家”的距离

“乔首席有两个家。”熟知乔林的人都认为，除了住宅小区那个温暖的家外，他的另一个家就在天气会商室。说起家，乔林还有一段“不要大房要小房”的趣事。为了方便晚上值班，他毅然放弃了中国气象局大院外相对宽敞的住房，而是选择了位于院内的一套小房子。对此，乔林笑着解释道，只是想拉近两个“家”的距离。

“记不清有多久没休息日了。”面对记者的询问，乔林先是愣了一下，随后侧头想了片刻又摇了摇头。作为中央气象台的首席预报员，进入奥运年后，他的工作变得格外忙碌。“每天都是值班首席、应急首席、奥运首席、行政领班这么轮换着干。”在乔林的日程表上，几乎每一天都是工作日。

每一场奥运气象保障活动，乔林从来没有缺席，他对这一点很是自豪。“当想到有很重要的工作时，我的身体状态就变得相当不错，精力充沛、注意力高度集中。”乔林笑着说道。但他的同事们偷偷告诉记者，因长期伏案工作，乔林的颈椎出现了问题，经常落枕而且容易酸痛。

“比分是多少了？”乔林抽空踱步到电视机前，向同事们打听正在直播的沙滩排球的比分。然而，他的这种关心只能维持片刻。过后，他的目光又会回转到工作台上来。“随时都会有新的气象数据更新，密切关注最新的气象信息，才能尽量准确地做出判断。”面对奥运赛事气象服务的需求，乔林丝毫不敢松懈。

敢于走向公众的专家

“要利用每一次机会宣传气象事业的面貌和防灾减灾知识。”正是基于这个出发点，乔林克服了起初面对媒体的不适应与不自在，毅然走出了会商室，出席多场天气新闻发布会、媒体访谈节目。出镜率颇高的他渐渐成了社会公众和媒体关注的“明星”专家。

奥运会开幕式前的一段时间里，乔林频频出现在各大媒体的视野里，接受各家媒体“长枪短炮”的轮番轰炸已成了“家常便饭”。“奥运会是国家的一件大事，我们保证完成任务。”面对一次次媒体采访，这位曾经为“神舟六号”飞船发射、为北京财富论坛提供过准确气象服务的气象人，用他一贯沉着、自信的语调回应着传媒人的每一个问题，同时向世人展示出我国提供重大气象保障的实力。

有人说，从乔林这个天气预报员身上，可以找到科学家、新闻发言人、翻译员等多重身份。“提高预报准确率到目前为止还像是一座看不到山顶的山峰，但我们仍将攀登不止。”“灾害性天气过程的分析与总结是很重要的，奥运会开幕式的天气虽然不是灾害性天气，但对其进行分析总结也是非常重要的，预报能力的提高在于长时期的积累。”“社会需求和气象事业发展都对天气预报员提出了新要求、新标准，预报员要不断进取。”……总结奥运会开幕式气象服务工作，乔林的眼光变得格外深邃。

（来源：《中国气象报》，2008 年 8 月 22 日，1 版，
作者：曾涛，获中国气象报社第 19 届好新闻评选好标题奖）

广西党委副书记陈际瓦：增强气象防灾减灾服务能力

近日，广西壮族自治区党委副书记陈际瓦到自治区气象局检查指导气象服务工作，慰问一线业务人员。她要求，气象部门要再接再厉，不断提高天气预报准确率，进一步增强气象防灾减灾服务能力，把各项服务工作做细、做实；要加强监测预报，切实做好监测和预报预警工作；要加强灾害性天气预警信息的发布；各相关部门要进一步密切配合、通力协作，加强应急气象服务工作。

（来源：《中国气象报》，2008 年 8 月 22 日，1 版，作者：杨黎明）

“幕后”也是“战场”

8 月 11 日，北京奥运会开幕式气象保障取得成功后，进入赛事服务阶段的北京奥运气象服务中心忙碌而有序。

绕过“前台”的天气会商室，记者走进了北京市气象信息中心和北京城市气象研究所。

为“大脑”输血的“主动脉”

8 月 11 日 12 点，北京市气象信息中心机房。电脑显示屏摆放整齐，值班人员紧盯屏幕，聚精会神地值守在机房里，浑然忘却了外墙电视上直播的奥运会跳水比赛，也忘却了此时已是午餐时分。

“如果把天气会商比作气象服务的‘大脑’，那我们就应承担起为‘大脑’输血的‘主动脉’作用。”北京市气象信息中心主任刘旭林给信息网络保障工作下了这样的定义。奥运会期间，天气会商频次增加，数据传输加密，给信息网络保障工作带来了巨大的压力。

俗话说，人吃五谷杂粮，没有不生病；而各类机器设备更是会有“淘气”“撒野”“闹情绪”的时候。奥运天气会商室气氛紧张，信息网络保障如同“战场”，其“战斗”的激烈程度与会商相比毫不逊色。

奥运气象服务中心的信息网络保障工作面临着两大考验。

第一是电压不稳。奥运会前夕，奥运气象服务中心电力负荷告急。如果电压不稳，将导致奥运气象服务中心全线瘫痪，后果不堪设想。“决不能让信息网络保障因电压问题出现‘抓瞎’，影响奥运天气会商。”正是基于这一朴素的想法，气象信息中心全面行动起来，于8月6日晚8点开始紧急启动不间断电源（UPS）扩容改造工作。经过挑灯夜战，次日凌晨3点，不间断电源扩容改造在离开幕式不到两天的时间里改造成功。

第二是“蠕虫”入侵。开幕式前的气象网站成了“黑客”“病毒”攻击的一个重点对象，网络安全受到了前所未有的挑战。8月5日，“蠕虫”病毒突逞淫威，强力攻击奥运会气象保障服务中心的服务器。一时之间，网络“高速公路”严重塞车，各类数据的及时获取遇到了大问题。气象信息中心紧急启动应急预案，一方面组织技术人员迅速展开“蠕虫”围剿战役，另一方面果断采取措施，掐断了病毒来袭的途径。其后不久，“高速公路”便告疏通，行进在“公路”上各类数据、资料在第一时间通达目的地。

“在此次奥运会信息网络保障工作中，我们主要有四大工作任务。”刘旭林告诉记者，“这四大任务就是四道关口，气象信息中心以高度的责任感、高效扎实的工作态度投入到通信保障、产品信息服务、设备保障、应用软件系统支持等道道守关任务中去。”

“我们出一点小问题就可能是整个气象服务保障工作的大问题。”进入赛事服务阶段，气象信息中心更是打起了百倍的精神。

激活“大脑”细胞的利器

北京城市气象研究所办公楼前，几天前在“鸟巢”现场承担奥运会开幕式现场气象保障重任的气象应急指挥车和城市边界层探测车静卧一隅，稍事休整。就是这两台不事张扬的车，在开幕式现场观云测雨，为奥运气象服务中心传回了现场服务人员监测的鸟巢天气实况第一手的宝贵资料。而“手握高科技利器”，利用车上装载的先进设备进行探测的正是北京城市气象研究所的科研人员。

为应急、反恐等工作提供科技支撑只是城市气象研究所的工作任务之一。该所作为北京奥运会气象服务中心的科研与业务技术的主要支撑单位，承担着数值预报、大气成分观测及分析、临近预报、GPS水汽观测及产品发布等业务。北京城市气象研究所的奥运时刻早在7年前就开始了。经过7年磨砺与打造，该所开发的0～2小时临近预报系统和72小时以内短期预报系统已于今年6月进入业务试运行，在奥运会气象服务中更是发挥了巨大的威力。

此外，北京城市气象研究所还负责城市边界层的气象探测和大气成分的观测等工作，如微波辐射计资料开发与业务运用、臭氧观测、大气空气质量模式的运行等。

“奥运会对于我们来说，既是挑战，又是机遇。”中国气象局北京城市气象研究所副所长张朝林对这次奥运会气象服务保障工作有着这样的感受。

（来源：《中国气象报》，2008年8月22日，4版，作者：曾涛 韩之）

让“奥运生活”变得简单

“编外”志愿者的爱好

8月21日上午，北京上空飘落着细雨。记者赴奥林匹克公园采访，在换乘地铁时找不到地铁站的具体位置。雨幕中，从附近的志愿者服务亭走来一位男青年，他主动询问记者是否需要帮助，并领着记者迈上天桥，直奔对面的马路。在交谈中，记者得知他并不是志愿服务者，他姓李，在附近一家电脑公司上班，今天正好休息。

小李说：“奥运会期间，每逢休息日都喜欢到街上转转、看看，给志愿服务帮点忙。”虽然没入选志愿者队伍，但他却想当一个没有统一服装的“编外”志愿者。这些天来，这位“编外”志愿者已帮助了不少外地游客。

当得知记者来自《中国气象报》时，小李打开了话匣子：“看天气预报都成我的新爱好了，手机最近开通了气象短信功能，了解天气消息很重要。”奥运会期间，当“编外”志愿者的经历让他养成了出门必看天气预报的习惯。“那么多比赛的场馆，每个场馆的天气预报都有，你们真不简单。”

信息服务亭的“天气预报员”

奥林匹克森林公园南门地铁站入口处的观众信息服务亭前，人头攒动，前来咨询的游客把亭子挤得满满当当。信息栏的左上方写着“中雨转阴，18～24 ℃”的天气信息，显得清晰醒目。

大学生志愿者小曾正在回答一位当晚要进鸟巢观看田径比赛的观众的提问。“今晚会不会下雨？”“下午雨势就会减弱，晚上基本上不会降水，但地面湿滑，要注意防备。”小曾耐心的解释让观众很满意。

“我快成个天气预报员了”。小曾调侃道，“每次得到天气预报后，我们都会根据阴雨、高温等不同天气情况做相应的准备。”

据了解，小曾和他的同事们每天都要通过网络、手机短信、报纸、电视等途径，了解天气情况，信息栏中的“天气信息”一栏每天更新 2 次。他们还给自己定下一条标准：无论遇到什么样的天气，都要做出第一时间的反应，采用不同的方式为游客提供服务。

为了让自己的服务取得满意的效果，小曾除参加志愿者培训外，还在业余时间恶补气象、地理、历史等方面的知识。

离开这个服务亭，记者又走访了奥林匹克公园其他的信息服务亭。记者发现，各服务亭信息栏设计虽有不同，但天气预报一项无一不赫然列在信息栏最醒目的位置。雨中，游客们纷纷将关注的目光投向了“天气预报”。

精彩活动唱响“我和你”

“根据雨天人流量较少的情况，国家电网公司展示中心决定利用今天专门向小记者团开放，并专程邀请来自陕西汉中农村受公司资助的小学生李敏来展示中心感受奥运氛围，与同龄人进行交流。”国家电网公司对外宣传人员李明慧告诉记者。在奥林匹克公司北侧的奥运会合作伙伴展示中心区域内，各参展商使出浑身解数，精心组织了一系列主题活动，凝聚了超高的人气。记者见到，在人气最旺的奥运会特许商品店、秦始皇兵马俑展馆等场馆面前，组织方已在入口处精心铺设了防滑垫，志愿者手拿雨衣站立一旁以备随时所需。一位工作人员对记者说："我们会随时根据天气情况对活动进行适当调整。"

身为北京市民，经历了 7 年奥运筹备历程的李女士对奥运会有着这样的感受："有人说奥运会让人们的生活变得不方便，我却认为交通、天气信息等方面的优质服务能让奥运会从复杂变得简单。"

漫步在奥林匹克公园中心区，《我和你》的悠扬旋律萦绕耳边，微笑挂在中外游客的脸上。此时，人们可以发现，这个伟大的体育盛会更像是一个凝聚着人文关怀的大聚会。也许奥运生活本该就是这么简单、快乐。

（来源：《中国气象报》，2008 年 8 月 26 日，4 版，作者：曾涛）

融合的张力与重量

8 月 24 日，熊熊燃烧了 16 天的奥运圣火在"鸟巢"熄灭。火炬虽然已经熄灭，但是奥运精神的影响却穿越时空、流传深远。在气象人的心中，一种融合的张力和重量正在显现，这是奥运精神与气象人精神的深刻结合与交融，并成为气象人人格和精神力量的重要组成元素。

"勇于担当""开拓创新""无私奉献""团结合作"，气象人用自己的方式对奥运精神进行着最好的诠释与传承。奥运精神中的"更高、更快、更强"的竞争理念、拼搏理念与"勇于担当""无私奉献""开拓创新"的精神有着异曲同工之妙；而奥运精神中的"重在参与"的集体主义理念和团队精神，不正是气象人"团结合作"精神的体现吗？

诺言，在"勇于担当"中兑现

8 月 8 日，中央气象台会商室内，一个激动的声音响起："七年前我代表中国气象局回答国际奥委会评估团主席维尔·布鲁根对于开幕式的天气时就说过'我们会做好准备'。七年来包括今天，我们准备得很充分！"说话者正是昔日的"气象申奥大使"、中国工程院院士陈联寿。

陈联寿的一席话让人们的思绪回到了七年前北京申奥成功的 7 月 13 日。

那一日，举国欢腾，群情激昂；那一日，中国气象人向世界响亮发声，郑重承诺。

一句诺言，起乎承诺，源自责任，归于使命。百年奥运，梦圆之时，中国气象人将向世界展示怎样的风采？这个问题七年来一直萦绕在人们的脑海里。

为了这一刻，气象人踏出了一串串坚实有力的足印。从组织机构到业务体系建设，从思想动员到后勤保障，一个硕大的“奥运工程”在低调而又紧张中搭建。

七年沉淀，七年磨砺，等待着孵化成蝶那一刻的绚丽。

“我们准备好了！”“通过七年来全国气象部门为筹备奥运气象服务所付出的努力以及为期两个月的奥运气象服务工作，要使六大目标经得起检验。”“以百分之百的努力为北京奥运护航！”“让党中央满意，让国际社会满意，让各国运动员满意，让人民群众满意！”这一句句掷地有声的话语，震荡着人们的耳膜。

8月8日清晨，中国气象局大院里闪现出一个脚步匆匆的身影，他便是中国气象局局长郑国光。

那一日，记者记录下了他三进中央气象台天气会商室，两进北京奥运气象服务中心，连夜奔赴“鸟巢”的身影；那一日，记者追随他频频进出气象探测中心、国家气象信息中心、国家卫星气象中心永不知疲倦的脚步；那一日，记者还关注到他手中的一支笔，那支笔在他的紧握下，始终保持着有力的姿势，一如他勇于担当、深沉如海的内心。

会商室、应急办……许小峰、王守荣、宇如聪、沈晓农、矫梅燕等一个个熟悉的身影纷纷闯入人们的视野中。北京奥运气象服务组织工作的有条不紊使世人看到决策者的突出组织能力。

“誓夺服务的金牌。”北京市气象台台长郭虎豪迈出言。

“我和我的同事都以能参加奥运会气象服务工作为荣。”中央气象台首席预报员乔林平和中略带激动。

从决策者到预报员，从豪迈激昂到平和淡定，不可否认的是，中国气象人正以一种主人的姿态跃上前台，展示着坚强和自信。

“气象部门开幕式保障服务工作出色，具有历史意义。”中共中央政治局委员、北京市委书记、北京奥组委主席刘淇对勇于担当的气象人这样褒扬。

魅力，在“开拓进取”中展现

“这是你们的胜利，中国的胜利！”8 月 8 日深夜，面对着在“鸟巢”上空绽放的礼花，俄罗斯人工影响天气专家情不自禁地向中国专家竖起了大拇指。

“气象服务太棒了！”在奥帆赛举办地青岛，中国气象人又一次听到了来自国际帆联技术人员的由衷赞叹。

鲜花和掌声的背后，记载着中国气象人七年来开拓进取、克难攻坚、勇攀高峰的艰苦跋涉历程。2500 个日日夜夜里，气象人啃下一个又一个奥运专项气象科研的“硬骨头”。

“奥运科技行动计划”“北京市奥运科技行动计划”“2008 年奥运气象服务行动计划”等一个个计划已经都在紧锣密鼓地实施当中，奥运气象服务保障登场之时，人们欣喜地看到，一个个“中国造”扛起了大旗。

北京奥运会首次人工消雨告捷，人工影响天气作业指导中有关云数值模式和催化剂这两方面的研究就是人们津津乐道的“中国造”；小尺度风的预报是世界性的难题，青岛气象科研人员迎难而上，对多种数值预报模式进行引进开发和解释应用，为奥帆赛气象保障取得圆满成功奠定了基础。

…………

依靠科技创新“强筋健骨”，通过开发“特色产品”实现奥运气象服务与需求的有效对接，这两者都是中国气象人开拓进取的结果。气象人对“人文奥运”理念的深层解读又为百年奥运写下了厚重的一笔，这一笔因其厚重的内涵显得曲张有致，魅力无穷。

力量，在“团结合作”中凝聚

8 月 8 日 8 点，全国天气大会商正在进行。严肃紧张的会商氛围里，一个“奥运加油、北京加油”的口号出现在会商室的显示屏上，显得格外响亮却又十分协调。这是广西壮族自治区气象局远隔千里，利用 PPT 打出来的口号，这个口号喊出了全体气象人的心声。

为了同一个梦想，北京成了群贤毕至、精英荟萃之地。从 2001 年开始，各地气象部门22名精兵强将抛小家、顾大家，共赴奥运之约，纷纷加盟北京奥运气象服务团队。与此同时，各协办城市也相继组建完成了奥运气象服务团队。1+1>2，叠加在一起的效果自然是力量无穷。

有人说，奥运气象服务团队仅是一支由气象精英组成的小分队，但是它却反映着整个国家气象系统这个特殊的团队为奥运成功所做出的艰辛努力。正是这个团队，历经珠峰火炬传递气象保障、“好运北京”赛事气象服务等重重考验，战果辉煌。

“我们将竭尽全力支持北京奥运气象服务，与北京奥运团队密切协作，共同努力，用实际行动全力做好奥运气象服务技术保障工作。”7月15日，24位国内知名特聘专家进驻北京市气象局，又一次为奥运气象服务提供了强大“智援”。

“我们一点儿小问题就可能导致奥运气象服务保障工作出现大问题。”北京市气象信息中心主任刘旭林对信息网络保障工作有着清醒的认识。

奥运气象服务是一项复杂的系统工程，其间凝结着信息保障、科研支撑、应急、宣传、后勤等各个岗位气象人的心血和汗水。国家气象中心不间断地组织专家进行天气会商，对奥运期间气象服务情况进行分析指导；国家气候中心加强气候条件分析研究，力求提供更为翔实的背景资料；国家卫星气象中心风云二号C星和D星实现双星观测，互为备份，风云三号A星实现全球、全天候、三维和定量化探测，奥运风云全在掌控之中；国家气象信息中心加大网络系统维护，提升信息传输能力，确保信息传输畅通；气象探测中心的气象应急指挥车关键时刻开赴“鸟巢”观云测雨；奥帆赛场雷电防护有了“监控眼”；《奥运天气资讯》和中国天气网在开幕式前“破壳而出”，“直播”奥运盛景……

一个个动人的场景书写着气象人共襄盛举、同挑重担的传奇；一个个“幕后英雄”以那些别人看来似乎琐碎、细微的工作，保障着奥运气象服务高效、有序运转。正是依靠这种众志成城的力量，气象人最终夺取了奥运气象服务的胜利。

价值，在“无私奉献”中闪光

在浩如烟海的故事中，你很难说哪个故事最让人动容，因为他们同样精彩生动，感人至深。七年来，为了这场盛大的聚会，无数气象人付出了艰苦的努力。

——火炬登顶珠峰之时。在火炬登顶的关键时刻，得了重感冒的中央气象台首席预报员何立富、预报员王遂缠不但没有休息，反而主动延长工作时间；中央气象台预报员张志刚丢下怀孕的妻子奔赴珠峰；国家气象信息中心的沈鸿斌在珠峰忍着剧烈的牙痛也要保障前后方的信息安全畅通；来自内蒙古自治区气象局的石少宏自2006年就来到了北京参加奥运气象保障演练，在京工作期间，他的爱人也常出差在外，面临中考的孩子来不及照顾；来自河北的张迎新住在国家气象中心，为了准时参加早上4点的会商，常常要在凌晨3点多赶往北京市气象局，然后再赶往奥组委体育指挥中心。

——北京奥运会举行之时。"虽然长时间在这里感到身体很疲乏，但是为了百年奥运，我们一定会咬牙坚持，保证很好地完成任务。"从7月22日开始，顺义奥林匹克水上公园赛场主看台下面一间不足40平方米的办公室里，韩晓峰和他的同事们每天7点就开始了一天超负荷的工作。

8月21日清晨时分，淅沥的雨下个不停。担任"鸟巢"现场气象服务工作的张明英和吴宏议冒雨监测雨强，传回了第一手观测资料。

——青岛奥帆赛举行之时。"天气过程不结束，我们的心就老揪着，这是我们的职责所在，晕船不算什么。"8月17日4点，青岛市气象台台长徐晓亮在得知有一次暴雨天气过程后，在通信受阻的情况下，为了确保气象信息快速送达指挥部，他直奔码头，做了一回"赶海"的台长。正是凭着这位"赶海"的台长的较真劲儿，已经出海的7艘船被迅速召回，而此时的徐晓亮却因连续奔波，以及5个小时的晕船呕吐，导致颈椎和后背酸痛无比……

——沈阳分赛场足球比赛之时。沈阳奥体中心相继上演了12场足球赛事，辽宁气象部门的应急保障团队距赛场只有百余米。相隔百米之遥，却无法看到赛场比拼的精彩。司机马成伟半个月前刚刚当上父亲，儿子生下来体重只有2300克并因胆红素异常偏高还在观察期，妻子因为剖腹产感染也急需照顾，但他选择了坚守；负责气象应急车技术操作和保障的郭宗凯和陈雨，有时要每天跟车颠簸数百公里，100公斤重的发动机需要搬上搬下几个来回，一天下来腰酸背痛。

这些气象人成了赛场外来得最早、走得最晚的一批人。每天晚上10点观众全部离场后他们才能走。他们中有许多是球迷，别说登上看台观看比赛，就是通过电视屏幕看直播，对于他们来说都成了奢望。“能听到球场内的欢呼声和加油声也值了，我们盼望的是奥运会有个圆满的结局。”他们这样说。

…………

这些，仅仅是众多为奥运会气象服务的气象人的一个个缩影。滴滴水珠折射的精神光芒却能与“鸟巢”“水立方”相映生辉。

“向参与奥运气象服务工作的各国、各地专家和气象工作者致敬、问候和感谢。”中共中央政治局委员、国务委员、北京奥组委副主席刘延东将一句最真切的问候及时送达给了无私奉献的气象工作者。

（来源：《中国气象报》，2008年9月9日，4版，
作者：曾涛 王晓乐，获“泰山杯”奥运气象好新闻二等奖）

天气会商重在“断”

记者近日在北京奥运气象服务中心采访时，目睹了这么一个场景：各位气象专家对第二天的赛事气象服务争执不下，谁都不肯打保票说第二天是否下雨。就在此时，从值班首席发言席传来一个舒缓而坚定的声音：“尽管和大家的预报结论有所不同，但我要坚持无雨的预报结论，按这个报送出去。”

也许是看到了太多的模棱两可、含糊其词，这么一番直白的话语让人感到振聋发聩、神清气爽。面对艰巨而神圣的奥运气象保障任务，多么需要有人确切地给出“Yes”或“No”的答案，多么需要那种敢于负责、勇于担当的气魄和胸怀。

天气会商，重在“商”，但难在“断”。人们常说，当断不断，反受其乱。三国时期的袁绍集团，虽然曾经谋士如云、战将如雨，但由于袁绍的多谋少断，官渡一战，却败于曹操之手。放眼会商室，我们经常看到那些非技术原因造成的预报结论“难产”的现象。

能不能“断”？敢不敢“断”？除了要建立诸如“首席负责制”“总工程师负责制”等机制外，更重要的是要树立一种“负责任、敢担当”的精神。要

勇于承担重任，常怀一颗赤子之心来对待自己的工作，常怀一腔热忱来对待服务的对象。要在预报员乃至整个气象科技人员队伍中建立起果断迅速的工作作风和行事原则。

要做到这一点，预报员必须有迅速做出判断和选择的能力，有敢于对后果负责的勇气和魄力。前瞻后顾，“一停、二看、三通过”的人，不可能成为一个好的预报员。当然，果断绝不是草率鲁莽。草率和鲁莽是愚昧无知和粗心大意的伴生物，而果断则是对信息做了充分加工，做出十分迅速准确的反应，是“短、平、快”式的深思熟虑。

会商室如战场，同样也有着“当断不断，贻误天机”的道理。我们希望看到这个战场上，有着更为响亮的“我来做主”的声音，闪烁着更为耀眼的敢于担当、果断自信的光芒。

（来源：《中国气象报》，2008年9月12日，2版，作者：曾涛）

广西：打响台风防卫战

9月24日清晨，广西壮族自治区气象局防御台风“黑格比”激战正酣，人们浑然忘却了白天黑夜的分界。这时，人们的关注点全部集中在一张普通而又不寻常的命令单上。24日6时，广西壮族自治区气象局党组成员、纪检组长黄立谦签署了命令，宣布启动防御台风Ⅰ级应急响应，这是广西气象部门首次启动台风Ⅰ级应急响应。至此，广西气象部门全面打响了“黑格比”防卫战。

“24日起，台风‘黑格比’将给广西带来风雨天气过程。”早在22日艳阳高照的时候，广西气象台就给予人们清楚的警示。也就是在这个炎热的中午，两辆气象应急车从南宁向防城港疾驰而去。随后，在京开会的广西壮族自治区气象局局长韦力行及时向广西壮族自治区党委书记郭声琨，自治区政府主席马飚、副主席陈章良等发送了台风预报的手机短信息。22日下午，广西壮族自治区气象局响应中国气象局台风Ⅱ级应急响应命令，并于17时启动Ⅱ级应急响应，预报出此次台风“强度大、移速快、影响范围广、破坏力强”的特点。

台风预报与气象应急预案成了防抗台风的“风向标”。9月23日，在京学习的马飚作出重要指示，强调各地各有关部门要以确保人民群众生命安全为中心，以高度负责的精神全力投入到防御台风的工作当中，扎实做好各项防御工作，努力把这次强台风造成的损失降到最低。在桂主持工作的自治区党委常委、政法委书记彭祖意，自治区政府副主席陈章良召开防台紧急会议，要求气象部门密切跟踪监测强台风的发展变化，加强分析研判，切实做好预报预警工作，为党委、政府决策和群众做好应对防范提供科学依据。与此同时，自治区气象局还侧重对防汛、民政、海事等部门开展有针对性的服务。

广西气象部门自身的防台准备工作也在有条不紊地进行中。广西壮族自治区气象局下发紧急通知，要求各级气象部门树立主动服务意识，特别是沿海地区气象部门要协助政府做好渔船回港、强降水引发次生灾害的应对等工作，争取“不让设备在节骨眼上出问题”。为了更好地发挥科技“利刃”的作用，气象部门密切监视各项探测业务系统的实时运行状况。期间，柳州雷达光纤通信突然出现了问题。气象部门沉着应对，仅用了6个多小时就修复了新一代天气雷达。目前，自动气象站、雷达等各项气象现代化设备都实现了运行正常。

（来源：《中国气象报》，2008年9月26日，2版，作者：曾涛 李菁）

不让漓江“喊渴”

“百里画廊”缩短至5公里

山为骨，水为魂，桂林山水甲天下。正是一湾清流造就了“漓江游”这一世界级旅游品牌。说漓江是一条旅游黄金水道一点也不为过，这条全长437公里的河流每年都会吸引超过1400万人次的中外游客。

然而，风光旖旎的漓江却有着自己的难言之痛。近年来，漓江生态问题日益显现，丰水期频频出现洪涝灾害，枯水期则经常出现水源枯竭、河床裸露、险滩阻行、水质恶化等现象。尤其是在广西桂林旅游精华部分的“百里画廊”，漓江水路旅游航程因缺水而严重缩短。在最严重的枯水季节，漓江“百里画廊”通航里程还不到5公里，游船往往只得从磨盘山码头转到下游某个码头。百里漓江旅游航程有时缩短到十几公里，使慕名而来的游客无法全程游览漓江，只得败兴而归。干涸的漓江不仅制约了当地旅游经济的发展，还直接影响了桂林的生产生活用水和生态保护。

漓江“喊渴”引起了人们的关注。漓江为何干渴？气象部门进行了科学解答。

“气候变化是漓江‘喊渴’的主要原因。‘十年八旱’‘抗了大涝后抗大旱’，几乎成了这些年桂林气候的主要特点。”广西壮族自治区桂林市气象台台长周文志说，漓江属雨源型河流，由于自然条件的原因，径流年内分配极不均匀，丰、枯水季节径流年量相差悬殊。在季风气候影响下，漓江每年3—8月为汛期，降水量占年降水量的76%，径流量占年径流量的81.9%；每年9月至第二年2月为枯水期，多年最枯月平均流量约每秒9.8立方米。这种气候特点极易造成连续干旱，如1998年到1999年的秋、冬、春连旱，几乎造成漓江断流。而2007年，一张题为《漓江露出大片河床，象鼻山难觅水中倒影》的图片频频跃上全国各大媒体的显要位置。这一年，漓江再度受旱，河道干涸，局部地区饮水困难。负责枯水期向漓江补水的青狮潭水库，当年降雨量创1971年以来最低纪录。

气象“把脉”为漓江补水

解决漓江缺水之痛，“补水”成了当务之急。当地政府启动了漓江补水工程，利用位于漓江上游的青狮潭水库蓄水给漓江补水。青狮潭水库位于桂林灵川县境内，与临桂、龙胜、资源及兴安等4县相接，总库容量达6亿立方米，是漓江的主要水源地之一，对农田灌溉、防洪抗旱起着举足轻重的作用。然而，要想控制好青狮潭水库的库容量，使其在确保防汛安全的情况下，尽可能多地拦蓄洪水资源，做好水源储备，则是一个技术难度比较大的问题。

周文志说：“汛期前，水库容量如果太多、水位过高，势必会给防洪工作带来压力；可是库容量太少、水位过低，又影响着未来的抗旱工作。”因此，如何根据天气变化，做好水库水资源优化配置、科学调度的气象决策服务工作，成为桂林市气象局一直以来所思考和致力做好的大事。

2007年，桂林市气象台与广西青狮潭水电厂签订协议，联合开展“青狮潭水库短期气候预测与水资源调度的研究”课题。该研究课题分为“青狮潭水库短期气候预测系统”和“青狮潭水库水资源调度系统”两个子系统，桂林市气象台负责用3年时间研发一个比较实用的、能更好地掌握青狮潭水库周边地区在每年汛期前期各月的雨量和汛期中后期各月的降水量趋势的“青狮潭水库短期气候预测系统”。

该系统研发完成后，将建成一个人机交互的短期气候预测服务平台，该平台能够利用所获取的资料进行气候趋势预测。

气象部门根据预测结果及时向广西青狮潭水电厂提供建议。广西青狮潭水电厂根据桂林市气象台研制的“青狮潭水库短期气候预测系统”的内容，研制出相应的“青狮潭水库水资源调度系统”，最大限度地发挥青狮潭水库和电厂的社会效益和经济效益。

目前，桂林市气象局为青狮潭水库提供的服务工作已取得显著效益。从有关部门的分析材料可以看出，近年来，漓江枯水期间游船因缺水而转点通航的尴尬局面逐步消除。2004年漓江游船转点的情况有53天，2005年为24天，而2006年只有6天。

截至目前，青狮潭水库的水位达到223.02米，有效库容为3.6亿立方米，为该水库自1958年建成并投入使用以来同期所罕见，这与专项气象服务是分不开的。自今年7月以来，桂林地区降水明显偏少，为应对后期可能出现的干旱，桂林市气象台在当时发给青狮潭水库的气象服务专报中指出：根据目前高温少雨，蒸发量大的特点，建议做好水库蓄水保水工作。

今年6月，从广西壮族自治区政府传来一个消息：一个投资达24亿多元，包括修建3座水库的防洪补水工程即将于年内动工。

这项工程主要是在漓江上游干流及其支流上修建斧子口、小溶江及川江3座水库，并结合发电、灌溉等综合利用，把桂林市的防洪能力从现在的不足二十年一遇提高到百年一遇，并保证漓江常年达到每秒60立方米的流量。

3座水库建成后，将和现有的青狮潭和思安江等水库一起在漓江枯水期分别向漓江补水，从而从根本上解决漓江枯水期航道不畅的问题，使秀美的漓江一年四季都能使中外游客尽情地游览全程。

“空中水库”让漓江痛饮甘霖

开展人工影响天气作业，打开“空中水库”让漓江痛饮甘霖也是缓解漓江干旱的有效途径。气象部门瞄准了漓江的主要水源地青狮潭水库，将其作为人工增雨的重要作业点。

2005—2007年，桂林市气象局在青狮潭库区共组织实施了近20次人工增雨作业，发射火箭弹60余枚，对青狮潭水库蓄水保水、保障漓江航运、改善大气环境发挥了重要作用。

日前，由广西壮族自治区人工影响天气办公室与桂林市气象局共同组织实施的“青狮潭水库源头增雨和防雹作业试验区建设”及“青狮潭水库库区南面人工增雨防雹试验、培训基地建设”项目已经进入可行性研究阶段。

这些项目和试验区的建成将进一步增加青狮潭库区的降雨量，有效地缓解桂林市的水资源短缺问题，促进和改善青狮潭库区的自然生态平衡，并能够增加当地植被的储水能力，保证桂林市的生产和生活用水。

（来源：《中国气象报》，2008年9月26日，4版，作者：曾涛 李颖婷）

广西壮族自治区党委书记郭声琨充分肯定台风防御气象服务工作

广西壮族自治区党委书记、自治区人大常委会主任郭声琨在自治区人民政府副主席陈章良的陪同下，到自治区气象局检查指导防御“黑格比”台风的气象服务工作。

郭声琨充分肯定了自治区气象局防御“黑格比”台风的气象服务工作，并对自治区气象局局长韦力行两次向自治区主要领导报告台风消息，各级气象部门积极向党委、政府和有关部门发送气象决策服务材料、气象短信表示感谢。

郭声琨要求，气象部门要切实做好预报预警工作，为党委、政府决策和群众防范提供科学依据；要发挥连续作战的精神，切实履行好职责，加强值班，确保各项工作有序、有效进行；要加强预报预警信息的宣传力度并提高其频率；气象、水利等部门要进一步建立协作机制，共同做好各项防御工作。

（来源：《中国气象报》，2008年9月29日，1版，作者：曾涛）

广西壮族自治区党委常委沈北海赴基层气象台站检查指导

近日，广西壮族自治区党委常委、宣传部部长沈北海在崇左市委书记崔智友的陪同下到扶绥县气象局检查指导气象服务工作。

沈北海在听取了崇左市及扶绥县的气象工作汇报后指出，多年以来，气象部门在保障经济建设、维护社会稳定等方面作出了积极的努力，特别是在气象服务中，预报预测准确，组织领导有力，应急反应迅速，避灾减灾措施得力，为抗灾救灾工作的开展和人民生命财产安全的维护做出了突出贡献。

（来源：《中国气象报》，2008 年 10 月 10 日，1 版，作者：曾涛 赵品建）

金秋最是朱槿香

10 月 22 日 9 时许，南宁国际会展中心朱槿花厅，第五届中国—东盟博览会隆重开幕。“五载同心迎盛会，朱槿花开展新颜”，这句博览会的口号唱响了这一国家级、国际性经贸交流盛会的最强音。

相逢朱槿烂漫时

朱槿花，这朵南国的奇葩，每到秋天总会焕发出迷人的风采，热情迎接来自五湖四海的宾朋。

聆听花开的声音，气象服务一路前行。博览会期间的南宁天空更是受到特别关注。尤其是 22 日在露天广场举行的各国政要和 6 万名观众参加的“大地飞歌 · 2008 南宁国际民歌艺术节”更是对天气预报提出了严苛的要求。随后的一系列重要商务考察活动也是对精细化气象服务的严峻考验。

为了向博览会组委会提供优质的气象保障服务，广西气象部门的“博览会时刻”从 9 月底就开始了。广西气象部门抽出专人整理和分析历史气象资料，对10月22—25日气候背景和历史降水概率进行了统计，为博览会期间的气象服务做好了充分的准备工作。为确保各种气象监测网络设备在博览会期间运转正常，南宁市气象局设备网络维护小组对市区内的自动气象站、通信网络、新一代多普勒雷达进行了巡检和维护。

“没想到在宾馆里能看到英文的天气预报。”一些外国友人刚踏进宾馆就有了新发现。南宁市气象局除了按常规向组委会提供天气预报服务信息外，还与市旅游局合作，于10月20—25日在南宁市各大宾馆、酒店的电子信息屏上以中英文双语形式发布广西14个主要城市的天气预报和南宁市天气预警信息。

与此同时，为使与会各界人士了解博览会期间南宁乃至整个广西的详细天气情况，自治区气象局还制作发布了穿衣指数、紫外线强度、空气质量、旅游区天气等精细化生活类天气预报，并利用广播、电视、报纸、手机短信等渠道广为传播气象信息。

岂让风雨摧花枝

随着21日下午各国政要、客商和嘉宾陆续抵达南宁，广西气象部门博览会气象服务保障也进入紧张的实战阶段。业务单位实行24小时值班制度，南宁、百色等地的5部新一代多普勒天气雷达24小时开机观测并上传资料。同时，利用卫星、自动气象站等现代化气象探测设备实现了全天候连续监测。有了高科技的“利刃”，一份份高质量的服务专报次第传出，及时告知人们最新的天气变化。

10月22日这天，是整个活动的关键时间。这天，中国—东盟博览会、商务与投资峰会、民歌节晚会等重头戏接连登场开幕。22日晚上“老天爷”的脸色究竟如何？政府领导、组委会和社会各界将大大的问号投向气象部门。

“22日晚极有可能是南宁长时期晴好天气与阴雨天气的转折点。”冷空气和西南暖湿气流将在南宁形成“夹击”之势。为了把准“老天爷”的脉搏，解开人们心中的疑团，自治区气象台早在17日就做出了如此论断。

自治区气象局迅即组织最强大的技术力量进行“会诊”，同时还通过全自治区大会商以及同中央气象台、广州区域中心会商，最终得出了“22日白天到晚上，阴到多云，有分散阵雨”的结论。

22日早晨，小雨在久晴的南宁天空中飘落，调皮的雨丝在考验着气象人。

“晚上民歌节演出时有没有雨？”“要不要准备雨具？”一个个电话打到了自治区气象台。艺术节演出能否如期在露天广场顺利举行？这一难题又一次抛向了气象工作者。

19时30分，距艺术节演出还有短短的一个小时，一份演出现场“无雨”的服务专报送到了自治区领导和组委会工作人员的手中。

与此同时，广西气象部门还以南宁市为中心，在距离市区50～100公里的范围内布设了南北各两道人工消雨防线，一旦出现突发性强降水，12台流动火箭作业车将开展大规模人工消雨作业，确保民歌节演出期间天气宜人。

当晚，邕城飞歌夜无眠，疑是天上人间。

识得花畔护花人

民歌节的舞台绚丽多姿，气象保障服务也有着自己精彩无限的大舞台。正是这个大舞台让人们见识了那些护佑朱槿盛开的“护花使者”。

——“要提醒来自热带地区的东盟友人注意防范降温造成的影响。”博览会开幕前，中国气象局副局长矫梅燕专门打电话给自治区气象局局长韦力行，了解服务情况，并对做好气象保障服务进行指导。中央气象台、广州区域中心也与自治区气象台进行加密会商，提供了强大的“智援”。

——10月17日，处于紧张备战状态的自治区气象台会商室，出现了一个熟悉却又令人意外的身影——韦力行。刚刚做完手术的他，没有来得及好好休息就投入到紧张的工作中。博览会期间，他那淡定、自信的身影带给了预报员做好气象服务的信心和决心。自治区气象局副局长覃武更是成了气象台的“编外”预报员，与预报技术人员一起通宵达旦地奋战着。

——“还要找问题与差距，以便及时进行针对性的改进。”为了让预报人员对即将到来的冷空气心中有数，10月21日，一个专门针对冷空气的演练在“真枪实弹”地进行。历年博览会期间天气气候及服务经验回顾、10月广西大范围暴雨过程预报要点分析、一周天气视频会商气象服务材料编制发送等一个个模拟演练项目依次有序进行。演练取得了圆满成功，但业务人员仍然对某些细小环节的处理耿耿于怀："气象服务追求无止境。"

——新的科研成果也在关键时期发挥了重要作用。"广西短临预报分析平台""强对流天气临近预报业务系统"首次应用到博览会气象预报与服务工作中，并得以充分检验。

（来源：《中国气象报》，2008 年 10 月 24 日，1 版，
作者：曾涛 李菁 姜月清，获中国气象报社第 19 届好新闻三等奖）

瞄准"空中水库"

"人工影响天气工作是一项利用现代科技造福人类的公益性事业。人工增雨就是给老百姓下'钱雨'、下'黄金雨'。"今年 5 月，广西壮族自治区政府副主席陈章良在出席 2008 广西飞机人工增雨总结会上如是说。

广西降水时空分布不均，每年汛期 4—9 月的降雨量占年降雨量的 60%～80%，加上广西独特的喀斯特地貌和尚不完善的水利设施，季节性的干旱几乎年年发生，且有加重趋势，广西成为全国干旱灾害发生频繁而且严重的省（自治区）之一。

干旱的土地让人们将焦灼的目光瞄准了"空中水库"。开发空中云水资源已成为广西解决水资源短缺矛盾的重要手段和途径。

殊不知，那从天而降的清澈透明的水滴里面包含着的是科技的智慧，科技创新为提升人工影响天气防灾减灾服务能力和作业综合效益提供了核心支撑。

"人工影响天气作业要讲究天时、地利、人和。"一位工作人员对记者说。也正是这句话，让记者领略了广西人工影响天气科研方面三个独具特色的科研项目。

天时——"广西人工增雨云系模式系统"。这是由国家气象中心、自治区人工影响天气办公室合作研发的，该系统是利用国家气象中心研制的人工影响天气模式预报产品进行本地化改进。该系统投入业务运行后，可为全区人工影响天气作业提供数据和图形产品多达 16 种，主要包括 0～24 小时降水场和云宏观场预报以及 850～200 百帕高度形势场和云微物理场预报等。通过该云系

模式系统，可对云的状况了然于胸，为人工影响天气作业条件分析、选择和识别提供有效的依据，提高了人工影响天气作业科技含量、作业效益及决策服务能力。

地利——“广西火箭、高炮实时作业指挥系统”。主要利用天气雷达的平显回波（CAPPI）和作业炮点地理信息的有机结合，依托气象预警系统计算机网络，建立了集实时监测、作业条件识别判断、作业预警指挥、作业信息处理及其数据库管理为一体的人工影响天气实时作业指挥平台。该系统可避免人工影响天气作业的盲目性，并可根据作业点实际情况开展有针对性的作业。这一系统还能将作业指令通过手机短信方式发送给各市、县人工影响天气作业指挥员，大大减少了作业指令传输的时间。

人和——“广西人工影响天气作业空域报批系统”和“广西人工影响天气综合信息数据库管理系统”。这两个系统通过科技手段有效地整合了各方的资源。如“广西人工影响天气作业空域报批系统”是依托地理信息系统（GIS）技术和网络技术，克服作业空域报批中使用电话联系带来的弊端，能快速定位申请作业空域的作业炮点的地理位置，提高了定位准确度。同时能受理多个作业点的空域申请及报批，空域报批流程全部通过计算机来完成，大大减少了空域报批时间，使人工影响天气作业空域报批工作实现了从人工电话报批到计算机信息网络报批的质的改进，在极大减轻了工作强度的同时，显著提高了工作效率。而“广西人工影响天气综合信息数据库管理系统”则建立了完整的作业人员、作业装备、作业弹药、作业炮点等信息档案，大大提高了人工影响天气信息现代化管理的水平。

放眼广西人工影响天气工作，科研的沉淀已绽放“满眼春”的精彩。20 世纪 90 年代后期以来，先后引进和建设了地球同步气象卫星云图接收系统、雷电定位系统、GPS 空地数传系统等，研制和开发了包括广西人工影响天气火箭、高炮实时作业指挥系统、广西人工影响天气空域报批系统、人工影响天气作业指挥手机短信发送平台、飞机作业效果评估系统、人工增雨云系模式系统等业务技术系统以及广西人工影响天气数据库管理系统等。

（来源：《中国气象报》，2008 年 11 月 10 日，3 版，作者：曾涛 蒋枚峻）

和风畅舞　八桂开颜

神奇美丽的八桂大地，用聪明和智慧凝注了令人向往的神韵，将精彩与辉煌刻上了历史的年轮。走进2008年的广西壮族自治区，激荡的年轮刻上了第50道非凡而美丽的痕迹。这一年的12月11日，正值广西壮族自治区成立50周年纪念日。这一天的祖国南疆吸引了世人热切关注的目光，这一天的八桂上空也书写着一段风云传奇。

“自治区成立50周年大庆主要庆典活动大多在室外举行，要把大庆气象保障服务作为2008年气象服务的攻坚战和收官战。”进入下半年以来，广西壮族自治区气象局局长韦力行多次强调。11月21日，自治区气象局向全区气象部门发出“总动员”，气象部门提前20天进入保障服务实战阶段。

出色的服务离不开出色的管理组织。为加强组织协调，自治区气象局决定对此次大庆服务进行“扁平化管理”，成立了大庆气象保障服务协调指挥部。该指挥部打破机关处室、直属单位的界限，对气象保障服务的组织架构进行了整合，进一步优化组织管理机构，规范业务流程。

10月27日，伴随着急促的电话铃声，一份传真从广西电视台传至自治区气象台。11月15—30日，中央电视台将配合大庆推出《直播广西》大型室外移动直播节目。由于天气好坏会对电视现场直播产生较大的影响，电视台希望气象局在这15天里提供全区各地的精细化气象服务。面对这一“额外”任务，广西气象人不言烦琐，从11月12日起，每日10时30分前都为其提供全区天气趋势、直播点城市天气预报等服务产品。《直播广西》实现了大时段、长距离、多点连续的移动直播。殊不知，在其背后，有着气象人默默无闻的奉献。

进入12月以来，广西各地喜庆氛围渐浓。12月1日，运载中央政府赠礼民族团结宝鼎的专机抵达南宁……随着庆典日益临近，气象保障服务也进入了最关键、最紧张的时期。

12月4日，自治区气象局副局长姚才、区气象台台长黄海洪专程赴大庆指挥部，汇报大庆期间天气形势和气象服务工作，并根据指挥部的需求对气象服务适时进行了调整。将从 11 月 24 日起为指挥部提供的逐日 72 小时滚动预报改为 12 月 10 日、11 日每天 3 次提供天气预报。

风云多变幻。12 月 8 日上午，北方一股弱冷空气南下，给南宁市带来小雨。“庆典主办地民歌广场当日上午有雨无雨？”一个大大的问号抛给了气象部门。

虽然“无雨”的判断早在 12 月 6 日就已做出，但为了确保万无一失，自治区气象局在与中央气象台、广州区域气象中心、全区各市气象台进行加密会商的同时，专门瞄准民歌广场上方那块天空，进行集中攻关。

12 月 10 日，姚才召集自治区气象台预报业务骨干，对大庆活动期间的大气环流形势的演变，以及影响广西的天气系统进行分析，尤其是对 11 日即将南下影响广西的弱冷空气进行研究，并重点讨论了 11 日上午的庆典大会主会场和 11 日晚上的焰火晚会会场的天气。

而 10 日 20 时，北方弱冷空气的前锋已经到达贵州省南部，贵阳市附近出现了微弱的降水，广西西北部地区云量也有所增多。此时，人们惊奇地发现造成 8 日降水的环流形势和庆典当日的环流形势有诸多相同之处。南宁市是否会重演 8 日的天气？

“和 8 日不一样的是，这次没西南暖湿气流影响，不会造成降水。”预报员说。10 日晚，在自治区气象台会商室内又是一个无眠之夜。11 日 4 时，预报人员再次为庆典“把脉”，及时为大庆活动筹备委员会提供了“南宁市 11 日上午晴间多云，晚上多云”的预报结论。透过这个看似简单的预报结论，一个个挑灯夜战的身影跃然纸上。

丽日和风下，凭窗把酒歌。11 日上午，南宁市民歌广场上空，阳光灿烂，和风习习。9 时 30 分，广西壮族自治区成立 50 周年庆祝大会在此隆重举行。据了解，这是广西有史以来最大的庆典活动，也是广西气象部门有史以来服务时间最长、服务强度最大的一次保障任务。

（来源：《中国气象报》，2008 年 12 月 12 日，1 版，作者：曾涛 李菁）

面对极端气候，你我如何抗灾？

1—2月，我国南方各省遭遇了51年来罕见的冰冻灾害，给各地造成了很大损失。

4月12日，玉林市7个小时降雨量达250毫米，玉林市首次发布红色警报。

4月18—20日，今年第1号台风“浣熊”从海南省登陆，与广西“擦身而过”，这是我国59年来最早降临的台风。

…………

2008年的春天，极端天气灾害接二连三。读者们纷纷表示自己的担心：今年会不会台风不断？今年会不会出现大涝？老天爷不断“变脸”，“靠天吃饭”的农民和农业，面对极端气候是否只能“束手就擒”？

广西气象减灾研究所专家、生态与农业气象研究室主任谭宗琨高级工程师告诉记者，由于全球气候变暖、南极冰山融化等因素，造成洋流和大气环流的变化，引起各种极端气候出现的频率比以往增多了。

“‘浣熊’虽是59年来最早降临，但不意味着今年台风就一定增多。”谭高工告诉记者，影响台风的因素太多，目前难以预测今年到底会有多少台风降临。专家分析，今年广西防汛抗旱形势比以往更为严峻，在柳江、桂江上游、郁江及南流江流域有可能发生较大的洪水。但只要江河泄洪渠道畅通、出海口不堵，像玉林暴雨造成内涝这种情况只是暂时情况，会很快解决。到秋季，桂中、桂南、桂北地带的旱情可能比较严重，而秋季的旱情又会影响冬季的作物。因此专家提醒，防灾工作一刻不能放松！

防汛抗旱，需要国家各部门大范围组织、投入、运作，听起来似乎都是政府的事情。作为农民，面对洪涝干旱，个人的力量显得如此微小，是否我们就只能等政府的救灾安排？

谭高工告诉记者，今年这次冰冻灾害，暴露出我国农民抗灾存在着不少薄弱环节。在冰灾中，南方各省受灾农民种植的作物、养殖的猪牛羊鸡鸭绝大部分都没有加入保险，虽然在灾害中遭受了很大的损失，却也只能靠政府给予一定救助和补贴。而在西方发达国家，个体都主动加入商业保险，由保险公司赔偿损失，政府和群众都无须太多的操心。

专家认为，我国是世界上自然灾害最为严重的国家之一，旱灾、洪灾、涝灾、地震、台风、雪灾、泥石流等灾害频繁发生，蝗灾、虫灾、瘟疫等灾害也接连不断，给农业、农村、农民造成巨大的损失。自然灾害发生频繁，而个体农民自身经济和生产基础薄弱，抗灾能力极其有限，因此，利用保险手段才是降低农业风险、建立农业保障体系的重要途径之一。

我国作为一个农业大国，农业保险的发展和其他商业保险相比要远远滞后。各大保险公司使出浑身解数，争夺人身、意外、养老、保健、车船、交通等商业保险的市场，农业保险却被冷落一旁。

农业保险无人问津的窘况，折射出我国农业保险的现状：如果按商业化操作制定保费，农民根本交不起保费；按农民能接受标准定保费，保险公司又赔不起。

一位不愿意透露姓名的保险公司的经理告诉记者，作为商业保险公司，利润最大化是其经营的目标。保险公司都希望经营收益快、风险低的险种。农业保险基金主要来自于保户缴纳的保险费，我国农业保险费率是国家统一的，为了照顾农民，属于低保费险种，不允许收费过高；但农业保险赔率却不低，而且灾害面积往往较大，涉及千家万户，一旦大面积索赔，保险公司难以应付。收得少，赔得多，这样的生意谁愿意做？另外，了解农业生产的保险人才少、险种的宣传推广难、灾害核算成本高，也造成了农业保险成为鸡肋的原因。

“交新农村合作医疗保险是保人的，我们宣传了许久才说动农民们交。你再叫他们每年交几十上百元来保水稻、甘蔗、猪牛，他们目前还没这个意识。”一位村干部对记者直言。的确，对于农民来说，本来收入就不高，年年再拿出一笔保费来保农产品，而且当年又未必发生什么灾害，因此农民朋友也不太乐意交保费。据记者调查，目前仅有极少数种养大户买过农业保险。

国家保监会数据显示，我国1982年开始开办农业保险业务，在20世纪80年代曾有过一段较好的发展状况，但从1992年开始，受其他商业保险冲击，我国农业保险市场开始走下坡路，农业保险的险种也在不断减少，已由最多时的60多个下降到目前的不足30个。

面对农业保险“收得少却要赔得多”的现状，专家认为，国家必须“挺身而出”。因为我国农业保险方案目前还无法完全按市场运作，这需要国家提供农业保险方面的支持政策，这也可作为惠农补贴的一项内容。比如仿照新农合做法，农民对于农作物投保20元，国家和地方补助50～80元，这样既促进农民的投保欲望，也保障了保险公司的利益。虽然国家是增大了投入，可从长远利益来看，等于把未来救灾的钱投入保险体系，而且面对自然灾害的整体思路也由被动变为了主动，由“抗灾”变成了“防灾”，这未尝不可试一试。

（来源：《广西日报》，2008年5月5日，9版，作者：周映 周彰 曾涛）

广西全面建成自动气象监测网

日前，从广西壮族自治区气象局传出消息：目前全区建设完成1227个加密自动气象监测站，其中四要素以上加密自动气象站370个、两要素加密自动气象站561个、自动雨量站296个。至此，广西自动气象监测网建设任务全面完成。

为提高对局地突发性气象灾害的监测预警预报和服务能力，广西壮族自治区气象局于2006年全面启动广西气象灾害应急地面自动监测站网项目建设，计划利用两年时间在全区所有乡镇布点建设1225个加密自动气象监测站，构成一个重点城市市内间距小于5公里、全区平均间距15公里左右的气象灾害地面自动监测网。

加密自动气象站在今年年初低温雨雪冰冻灾害性天气、今年6月上旬广西大范围强降雨过程、防御台风“北冕”“鹦鹉”等灾害性天气预报预警服务中发挥了重要作用。

（来源：《广西日报》，2008年9月10日，1版，作者：曾涛 谭龙）

广西召开“两会” 政协委员热议防灾减灾

1月9—10日，广西壮族自治区政协十届二次会议和自治区十一届人大二次会议先后在南宁召开。会议期间，防灾减灾话题成为与会政协委员热议的焦点。

自治区政协十届二次会议科技组的20名政协委员专程赴自治区气象局参观调研，并重点就如何进一步发挥气象部门防灾减灾主力军作用、如何继续推进广西气象现代化建设进程、如何大力开展气象为农服务开展情况、如何建立健全部门联动的应急处置机制以及如何进一步开展应对气候变化工作等问题与工作在一线的气象人员进行了探讨和交流。他们认为，气象防灾减灾工作事关经济社会发展大局，事关人民福祉安康。又好又快地发展气象事业，是积极推进自治区北部湾经济区建设的重要组成部分和重头工作。

（来源：《中国气象报》，2009年1月13日，1版，作者：曾涛）

宇如聪要求增强服务针对性

1 月 11—15 日，中国气象局副局长宇如聪赴广西壮族自治区基层台站进行慰问和调研。其间，宇如聪会见了自治区政府副主席陈章良。

宇如聪一行先后到北海天气雷达站、北海市气象局、涠洲岛气象站、防城港海洋气象综合探测基地等处慰问奋战在一线的干部职工。宇如聪对今年自治区的气象工作提出五点要求：一是继续开展深入学习实践科学发展观活动，全面推动自治区气象事业科学发展；二是全面贯彻落实全国气象局长会议精神，圆满完成全年各项工作任务；三是关注需求，坚持“三个面向”，增强气象服务的针对性、主动性；四是突出抓好三项工作，即突出加快气象现代化建设，突出抓好防灾减灾和应对气候变化工作，突出强化公共气象服务能力建设；五是切实抓好冬春气象服务、安全生产、党风廉政建设、慰问基层台站和困难职工等当前各项工作。

（来源：《中国气象报》，2009 年 1 月 16 日，1 版，作者：曾涛 周启强 姜月清）

广西构建气象影视“集中制作、末端分发”新模式

新年伊始，广西壮族自治区桂林、北海、百色等地的电视观众欣喜地发现，以往“只闻其声不见其人”的本市电视天气预报节目里出现了节目主持人的身影，画面质感、节目质量等都有了大幅提升。两年来，广西气象部门创新思路，开拓出一条气象影视“集中制作、末端分发”之路，实现了地市级气象影视节目全面“更新换代”。

“我们调查发现，有 81.1% 的公众是通过电视来获取气象信息的。电视气象节目是非常重要的气象信息传播阵地，在广西新农村建设中发挥着非常重要的作用。”广西气象影视中心主任郭小军结合近年来的气象服务效益调查数据向记者介绍道。然而，投资建设数字制播系统价格不菲，特别是对于经费投入相对

不足的广西气象部门来说，更是受到资金、技术、人员等诸多方面的约束。

所谓“集中制作、末端分发”，简而言之就是把市级、县级的电视气象节目集中到省级气象影视中心制作完成，再通过网络传送分发到各地播出。具体来说，就是构建以省级影视中心为龙头的“集中制作、末端分发”体系——由省级影视中心负责组织力量，通过全面整合省、市、县三级气象影视部门的技术、设备和人员，精心制作各市级电视天气预报节目，并通过网络分发至各市级电视台播出，合作维护，分工经营，利益共享。

“集中制作、末端分发”有效整合了资金、技术和人员，在科学发展思路、管理方法和技术上均有创新，为短时间内建立较高水准的公共气象影视服务体系进行了有益的探索。它着眼于广西气象影视事业发展的全局，整体推进区级、市级影视业务技术体制改革，实现全区业务整体协调发展，构建起上接中国气象局公共气象服务中心，下连区、市、县的影视双向传输网络，有效提升了市级节目质量，加大了气象信息覆盖面，打破了部门内各单位间的“界限”，实现了多区域影视业务的集约、平衡、高效发展。

“下一步，我们要将更丰富的气象服务产品通过影视公共服务平台发布出去。”郭小军表示。随着气象业务领域的拓展，涉及公共安全、国土安全、生态安全、环境安全、能源安全、食物安全等的气象预警预报、气候预测预估和监测服务产品会越来越多，这些产品可以通过集约化的影视平台发布到市、县。此外，通过建立自治区范围内的传输网络，可以实现多城市气象可视产品的快速采集和传输，以及气象事件现场的视频情报快速收集和传输。

“创新公共气象影视的运行模式，是广西气象部门深入实践科学发展观，大力提升公共气象服务能力的结果。”广西壮族自治区气象局局长韦力行说。

（来源：《中国气象报》，2009 年 1 月 20 日，1 版，作者：曾涛 王艳）

广西：开展“三个年”活动

近日召开的广西壮族自治区气象局长会议提出，广西各级气象部门将全面启动“三个年”活动。自治区政府副主席陈章良、中国气象局副局长宇如聪出席会议并作重要讲话。

今年，广西将在全区气象部门开展主题为“落实年”“推进年”“创优年”的“三个年”活动，通过全面推进、狠抓落实、争先创优，力争在工作上有新突破、新亮点，从而推动全年气象工作迈上新台阶。通过开展“落实年”活动，狠抓一系列大政方针的贯彻落实，精细化设计，精细化操作，精细化管理；通过开展“推进年”活动，全面推进全年各项工作开展，确保各项工作上台阶、达标准；通过开展“创优年”活动，创特色、出亮点，树一批典型，抓一批重点，以点带面，推动全局，努力构建具有特色的先进气象现代化体系。

围绕开展“三个年”活动，广西气象部门将继续做好第六届中国—东盟博览会等重要活动的气象保障服务，出台《广西北部湾经济区气象服务发展规划》，推动广西应对气候变化的领导协调机构建立等工作。

（来源：《中国气象报》，2009年1月23日，1版，作者：曾涛）

踏歌起舞谱传奇

每当夜幕降临，广西桂林阳朔东郊的漓江江面总会有悠扬的山歌响起——这里每晚都会上演一场以真山真水做舞台、以民族风情为内容的大型演出《印象·刘三姐》。在这台由张艺谋导演倾力打造的“文化盛宴”背后，默默奉献的气象人为保障其演出的顺利，在另一个“舞台”上踏歌起舞，书写了一段美丽的传奇。

美丽中有风险

“美丽却带有风险。”这是阳朔县气象局局长吴忠平对《印象·刘三姐》最大的感受。露天演出的《印象·刘三姐》以天为幕、以地为景，演出舞台设在美丽的漓江和田家河交汇的水面上，水面宽度达200米，看台设在江心的一个小岛上，天气情况好坏直接影响着演出的质量。由于舞台和看台受江河水位影响很大，当出现强降水时，三四个小时就可形成田家河急促的流水，极易冲坏演出设备，使演出无法正常进行。尤其是主汛期更让人揪心，当遇有漓江上游普降暴雨或出现连续强降水时，漓江阳朔段水位就会猛涨，直接威胁到演员和观众的生命安全。

破译"印象"的天空

"演出天气"——这是阳朔县气象局干部职工给他们从未涉足的服务领域创造的新名词。

2004年年初，阳朔县气象局主动与《印象·刘三姐》的演出方联系，组织气象技术人员对演出场地进行实地勘察，充分利用自身的气象技术优势和水平，结合阳朔气候条件对演出地的天气进行分析和研究，为《印象·刘三姐》量身打造可以提供定时、定点天气预报的实施方案，为演出提供气象保障服务。"演出天气"的成功问世也给阳朔县气象局短时临近预报提出了一个新的研究课题。阳朔县气象局的领导和业务人员不畏艰难险阻，积极行动起来。功夫不负有心人，大量的研究与探索使该局在短时临近预报方面有了质的飞跃，水位、洪水预测技术更是取得了新的突破。

不让雨点湿舞衣

"不让风云惊游人，不让雨点湿舞衣"，这是气象工作者最朴实的心声。面对变幻莫测的天气，《印象·刘三姐》的每一场演出都会让阳朔气象工作者的心跟着跳动。"一千多个日日夜夜，每一天都会上演一场没有硝烟的战争。"阳朔县气象局一位职工感慨道。

"在自然灾害面前，我们不再听从'命运'的安排，气象是我们的管家。"演出方负责人说。

他介绍，2008年6月13日，收到天气预报后，在漓江遭受有水文记录以来的最大洪水袭击的前一天，所有演出设备和人员被及时转移到安全地带；同年8月8日，根据"演出天气"建议，演出方将演出时间推迟30分钟，成功避开了雷雨交加的天气。

"阳朔县气象局在适应社会需求、开展精细化服务上进行了有益的尝试。"

有关领导对气象部门的保障服务给予了充分的肯定。

（来源：《中国气象报》，2009 年 2 月 2 日，2 版，作者：曾涛 廖桂芬 周有益）

陈章良：气象工作要做到四个“更”

广西壮族自治区政府副主席陈章良日前在自治区政府副秘书长曾东等的陪同下，专程来到自治区人工影响天气基地，慰问了正在那里执行春季飞机人工增雨作业的机组人员和自治区人工影响天气基地的全体干部职工，并为他们送去了慰问品。

陈章良指出，2008 年，全区各级气象部门大力做好气象预报预测服务工作，服务手段多、效果好，出色的服务工作筑起了防灾减灾的防线，为经济社会发展提供了有力的保障。他强调，2009 年，气象部门要全力以赴做好各项服务工作，做到“设备更精、人员更强、准确率更高、服务更及时”；要切实发挥气象部门的工作优势，不断强化气象防灾减灾能力，全力为农业生产和农村发展做好服务；要抓住一切有利时机做好人工影响天气工作，最大限度地发挥其在农业、生态等方面的效益。

（来源：《中国气象报》，2009 年 2 月 3 日，1 版，作者：曾涛 蒋枚峻）

美国期刊登载中国台风科研成果

日前，国际大气学科重要学术期刊——美国《每月天气评论》以首篇论文的显要位置刊载了由广西壮族自治区气象局特聘专家金龙研究员等撰写的《台风强度的非线性人工智能集合预报方法研究》一文。据悉，《台风强度的非线性人工智能集合预报方法研究》用进化计算的遗传算法与神经网络相结合的方法，通过生成几十个期望输出相同的神经网络遗传种群个体，建立了一种类似于数值天气预报集合预报方法的非线性智能计算台风强度客观预报方法。并且，这种新的预报方法在近 3 年参加全国台风预报中，对南海台风强度的预报精度明显好于气候持续法。

（来源：《中国气象报》，2009 年 2 月 6 日，3 版，作者：曾涛）

许小峰在广西强调　科学发展的关键是找准平衡点

3 月 20 日，中国气象局党组副书记、副局长许小峰在广西壮族自治区气象局调研，并对广西气象事业如何实现科学发展进行了指导。

许小峰强调，实现气象事业科学发展的关键是要找准平衡点，把握好平衡发展的原则与工作方法。当前，气象事业面临着硬件建设与软件建设，建设与应用，资金投入与运行效益，人才引进与培养使用，传统经验与新技术和新方法之间不协调、不平衡等突出问题。要根据新形势、新要求，进一步构建促进气象事业科学发展新机制；进一步提高增强气象事业科学发展的能力；进一步狠抓落实，将全国气象局长会议精神落到实处。

就如何抓好公共气象服务工作，许小峰强调，要积极采取措施，促进气象业务科技向现实生产力的有效转化，提高气象服务能力与水平；要以服务需求为引领，积极探索公共气象服务的新领域、新方式，针对不同人群的需要深入细致地搞好好相应的服务。

（来源：《中国气象报》，2009 年 3 月 24 日，1 版，作者：曾涛）

八桂大地“酿”甜蜜

眼下，正值甘蔗榨季的广西，蔗田里一片繁忙景象。蔗农忙着收割，满载甘蔗的卡车穿梭在蔗田与制糖厂之间，榨糖机不停地转动。空气中弥漫着的浓郁甜香和蔗农的满脸笑容昭示着今年又是一个丰收年。

广西是目前我国最大的蔗糖产区，其甘蔗种植面积和产量均居全国首位。近年来，广西气象部门积极寻求气象服务与甘蔗生产的契合点，为甘蔗生产提供有针对性的服务。气象人在甘蔗区打下了“黄金雨”，布设了“天眼”，当上了“全职保姆”，为甘蔗生产开辟了“绿色通道”。

甘蔗的生长主要依靠雨水浇灌，干旱天气将会严重影响甘蔗的产量，因此气象部门能否开展人工影响天气工作就成了蔗农普遍关心的问题。近年来，广西气象部门在蔗区开展了飞机、火箭、高炮增雨作业。“打下的都是‘救命雨’啊。”蔗农对开展人工增雨作业的人员竖起了大拇指。

目前，广西各地已初步建立起政府和受益企业轮流出资支持人工影响天气工作的长效机制。来宾、贵港、百色等地政府多次发文，要求加大人工影响天气经费投入。就在几天前，一笔70万元的人工影响天气作业专项经费又汇到了南宁市气象局的账户，这笔经费是南宁糖业股份有限公司专门用于支持该局开展人工影响天气工作的。据了解，南宁糖业股份有限公司多年来一直出资支持人工影响天气工作，投入经费累计达到280万元。

为了破解甘蔗生产服务中遇到的难题，广西气象部门的科技人员付出了大量的心血。“经过两年的努力，利用‘风云三号’气象卫星对广西甘蔗生产提供服务已经取得了重大技术性突破。”广西气象减灾研究所负责人高兴地告诉记者。这一突破主要表现在三个方面：成功提取了广西区域甘蔗种植空间分布信息；准确地进行了甘蔗年度种植面积增、减趋势估算；开展了灾害对蔗糖生产的影响及甘蔗砍运进度监测，为政府领导及相关部门提供决策参考。

在河池市金城江区，记者见到了连日来在这里开展服务的气象技术人员。他们入蔗田、进农家，为蔗农“手把手”地讲授有关科技知识，被蔗农亲切地称为甘蔗的“全职保姆”。

去年以来，广西气象部门通过与有关部门联办田间课堂等方式，对蔗农进行培训，目前培训人员已达到上千人次。而每年仅自治区气象部门一级就发出包括甘蔗生长、抗旱、砍运等内容在内的气象服务材料30余期，对甘蔗生产进行全程“呵护”。

（来源：《中国气象报》，2009年3月27日，2版，作者：曾涛）

大胆“试水”推特色

“头悬一池水，祸福总相依。”水库除了有供水发电、灌溉养殖等方面的重要功能，更是综合防灾减灾体系的重要组成部分。

广西壮族自治区气象局局长韦力行提出：“要加强气候及其气候变化对水利工程建设的影响分析，提升业务服务能力，力助水库安全无虞，利用气象科技为党政领导分忧、为百姓解难。”

大胆“试水”建立大型水库信息数据库

气候变化与水利工程研究，鲜有人涉足这一领域，缺少可借鉴的经验，广西气象科研人员对此只能“摸着石头过河”。从 2008 年 1 月起，广西壮族自治区气候中心开展了为期一年的广西大型水库上游流域气候变化分析，并在此基础上，初步建立起了“气候变化与水利工程”省级业务系统。

“气候变化和极端气候事件对广西水库的影响，总体来看，弊大于利。”科研人员得出这样的结论。一年时间里，科研人员收集整理了广西最具代表性的 6 座大型水库信息资料和气象数据，完成了国家气候中心研发的“气候变化与水利工程”省级业务系统的测试、检验工作。基于该系统，建立了广西 6 座大型水库气象信息数据库。同时提出了若干广西水利工程建设应对气候变化和极端气候事件的措施和建议。

就是这次过河“试水”的大胆尝试，广西壮族自治区气候中心打出了自己的“特色牌”。

6 大“性能指标”力助水库安全无虞

“小江、岩滩、西津、红花、天生桥一级和澄碧河是广西最具代表性的 6 座水库。”科研人员向记者展开了一幅广西水库分布图。

据介绍，广西气候变化与水利工程业务系统有 6 大“性能指标”，即分别按季、年、主汛期，对降水量、降水日数、最大过程降水量、雨日强度等气象要素进行统计分析，将水库上游区域内所有气象站点值作算术平均；采用潜在蒸散量表征水分蒸发量大小，利用联合国粮农组织（FAO）推荐的彭曼－蒙蒂斯（Penman-Monteith）公式计算蒸散量；利用长序列资料开展整个研究区域的气候变化趋势分析，对线性趋势进行显著性检验；分别对岩滩水库和天生桥一级水库的上游流域气候区域平均值进行蓄水前后时段的差值统计，并对降水量、气温、蒸散量、湿度、风速和日照时数等气象要素两时段差异进行显著性检验；根据世界气象组织（WMO）的降水五分位法，确定降水量异常的等级标准，统计自气象站建站至2007年期间多个统计年代的各降水量等级发生频率，进行水库极端气候事件分析；利用考察资料分析，并参考及引用了所收集到的澄碧河水库周边区域的气象、水文等资料，进行水库局地气候效应分析。

为每个水库精心打造“个性化套餐”

“6个水库，每个水库都有相应的应对气候变化和极端天气气候事件的措施和建议。”翻开厚厚的分析报告，记者发现，报告针对各水库不同的情况和特点，为每个水库精心打造了“个性化套餐”。如对已建成运行40多年、主坝渗漏严重的小江水库的建议是继续控制好库容并在汛前和汛末都进行水库工程建筑的安全检查工作。

“广西‘气候变化与水利工程’省级业务系统，具有快捷处理和管理数据的功能，将为以后开展相关的业务服务和决策服务奠定基础，系统具有一定的推广应用前景。”验收会上，专家们一致给出了这样的意见。

（来源：《中国气象报》，2009年4月3日，3版，作者：曾涛 苏志）

倾听花开的声音

又是一年春草绿，今年桃花别样红。每当三月，广西壮族自治区恭城瑶族自治县大岭山的桃园里桃花怒放，游人如织。来自四面八方的游客争相到此赴一个“人面桃花相映红”的浪漫约会——恭城桃花节。

桃花依旧笑春风，今年却是别样红。提起刚刚落幕的2009年桃花节，总指挥、恭城瑶族自治县副县长唐寿元多了一份自豪。为期24天的桃花节游人首次突破10万。

“桃花节之所以能够成功举办，气象部门支持最大、贡献最多。”唐寿元如是说。让他最津津乐道的是气象人准确地作出了桃花花期预报。解读花语、倾听桃花开放的声音不是一件容易的事情。桃花花期较短，而主办方往往又要提前一个月进行宣传活动，作出节庆活动的初步安排，这就给花期预报增添了难度。在前几届桃花节上，桃树何时开花一直是让人头痛的问题。主办方寻遍各行业、各地专家，但效果不甚理想。

吃尽了“花期报不准”的苦头，主办方和社会各界将热切的目光转向了气象局。

桂林市、恭城县两级气象部门勇敢地挑起了重担，力争要用气象科技拓展服务新领域。桂林市、恭城县气象局联合成立了桃花节观光旅游气象保障攻关小组。

俗话说：“春天孩儿脸，一天有几变。”今年初春，桂林的天气忽冷忽热。气象保障攻关小组经过认真分析历史资料和天气演变趋势，认为今年桃花的花期会因为天气骤冷骤热，不同品种的桃花将分期开放，使总的花期延长，建议主办方在2月下旬到3月中旬举办第七届桃花节。就这样，气象部门提前近一个月做出了桃花花期预报。

接到丰富翔实的花期服务材料后，主办方负责人连连称好，并当即拍板定下桃花节举办日期，即2月21日至3月16日。桃花节日期一定下，各项筹备活动就紧锣密鼓地展开了。

为了吸引更多的游客，恭城县气象局积极与上级业务部门协调，通过每天定时发布的手机天气预报附加随文信息，两次向桂林手机用户发布了恭城桃花节信息。

据悉，桃花节期间，得知消息的远朋近亲接踵而至踏春赏花。

桃花节期间，气象保障攻关小组还制作发布了4期精细化的桃花节天气预报，对两个大型的户外演出活动全部做到了预报准确、保障得力。

山是桃园，桃园是山。大岭山上，春光无限。倾听花开的声音，这一个春天变得格外美好。

（来源：《中国气象报》，2009 年 4 月 7 日，2 版，作者：曾涛 邓树荣 李颖婷，获中国气象报社第 20 届好新闻评选好标题奖）

陈章良夜访气象局　看望慰问一线值班人员

4 月 21 日 20 时，广西壮族自治区政府副主席陈章良赴自治区气象局，检查指导汛期气象服务工作，亲切看望并慰问了坚守在气象服务一线的值班人员，并对做好汛期气象服务提出了要求。

陈章良先后来到自治区气象科技服务中心、气象台、气象信息中心等业务单位进行了指导和慰问。每到一处，陈章良都详细了解气象业务工作开展情况，与一线值班人员进行深入交流。陈章良对战斗在抗灾救灾工作第一线的全区气象部门干部职工付出的辛勤劳动表示衷心的感谢。

陈章良要求，要利用科学手段想方设法提高预报准确率，进一步加强灾害性天气的总结分析工作，提升服务能力，切实做好气象预报预测及灾害防御工作；要适应新时期领导决策的需求和经济社会发展的需求，进一步把气象服务工作做“精”、做“细”，为自治区党委、政府指导抗灾救灾工作和社会公众应急避险提供有针对性的服务；要进一步加强部门合作，建立起信息共享、部门联动、反应迅速的应急联防体系，提升全社会防灾减灾能力。

（来源：《中国气象报》，2009 年 4 月 27 日，1 版，作者：曾涛）

那些流金岁月

2009 年 3 月中旬的一个午后，正在策划“世界气象日”宣传活动的广西壮族自治区气象局机关党办主任卢笙忙里偷闲接受了我的采访。初春和煦的阳光从窗外洒进来，在她的讲述中，过去20载时光如同一轴画卷，在阳光下徐徐展开……

1989 年，休完长假的卢笙回到单位后，发现有了个新机构——《中国气象报》广西记者站。记者站设有专门的办公室，配备了三名专职人员，一个站长两个“兵”，自治区气象局原办公室秘书陈伟中成了广西记者站的第一位专职记者。

卢笙说：“虽然没有多少经验，但还是搞得有模有样。”成立之初，广西记者站通过向报社请教、参照同行做法等，探索性地开展了新闻宣传工作。于是，广西气象人欣喜地发现，自己身边也有了被人称为“无冕之王”的记者。

“1992 年，领导让我参加了报社召开的记者站会议，回来后我就成了气象报广西记者站第二任记者。”卢笙说，当时传稿还需要使用传真机，多年后她仍清楚地记得报社的传真号码。新闻宣传工作为卢笙打开了一扇新奇又风景无限的门。接下来的一年，她过得忙碌而充实，卢笙在干记者的第一年就被评为“优秀记者”。

卢笙说，这些年有几件事让她印象深刻。一件是关于广西气象现代化建设的宣传。20 世纪 90 年代初，广西气象事业发展落后，时任局领导果断作出决策，要抓住“九五”规划的机会，实现区、地、县计算机联网。“在验收前，我就写好了稿子，第一时间发给了报社，报社马上登出来了，头版头条，还配了编者按和评论呢！”时隔多日，卢笙依然难捺心头的激动。这篇报道引起了较大反响，中国气象局时任局长邹竞蒙了解此事后，作出了重要批示，称赞广西“后来居上”。

另一件事情是关于 1994 年大洪水的报道。1994 年夏天，广西遭受特大洪灾袭击。刚发完关于当地领导指导抗洪的稿子，未来得及喘口气，卢笙又和《中国气象报》记者高巍一道连夜开赴柳州灾区。顾不得连日奋战的疲惫和汹涌而来的浪头，他们采访了部门内外各界人士，掌握了第一手素材。迅即，由他们合写的长篇通讯《欲与天公试比高》在报纸上发表了，让读者身临其境地感受到了那些惊心动魄的风雨。

此后，农月枫接任了第三任专职记者，继续了那份精彩与生动。2006 年，我也来到了南疆，走进了气象新闻的“大门”。

二十年来，广西气象事业实现了大发展。在见证这些流金岁月的过程中，《中国气象报》广西记者站也为自己写下了一部传奇故事。

（来源：《中国气象报》，2009 年 5 月 15 日，4 版，作者：曾涛）

陈章良：人工增雨经受住考验

5月18日，广西壮族自治区政府副主席陈章良在全区飞机人工增雨作业总结会上，充分肯定了2009年广西的人工影响天气工作，并对长期驻守人工影响天气作业一线的自治区人工影响天气办公室和承担飞行任务机组人员表示感谢。他说，面对上半年全区旱情较为严重的严峻形势，人工影响天气作业抓住了每一次战机，经受住了每一次考验，取得了良好的经济社会效益。

陈章良强调，在金融危机的影响下，农业增产、农民增收面临着前所未有的挑战，广西人工影响天气工作要牢固树立以人为本的观念，从保护弱势群体、保护农民利益出发，从甘蔗、粮食等农作物的生产需求出发，打下“黄金水”，帮民富民。进入汛期后，气象部门要发挥第一道防线的作用，加强监测预报预警等各项工作，力保人民生命财产安全。

截至5月15日，自治区共组织实施飞机人工增雨作业45架次，作业飞行116个小时；全区14个市的84个县组织实施地面火箭高炮人工增雨防雹作业412次。

（来源：《中国气象报》，2009年5月26日，1版，作者：曾涛 蒋枚峻）

校舍防雷有了“体检档案”

5月21日，记者从广西壮族自治区气象局了解到，该局已建成中小学校防雷设施情况信息库，这是广西气象、教育两部门联手，在全国率先为中小学校量“身”定做校舍防雷安全“体检档案”。

该信息库共收集了全区所有约1.8万所中学（含职业中学）、小学（含乡村教学点）以及幼儿园的防雷安全资料，可为政府和相关部门进行校舍建设和管理工作提供基础性决策信息。据了解，该信息库不仅包括每所学校的各类建筑名称、校舍防雷存在问题和整改要求等信息，而且有各所校舍的防雷安全联系人、检查人和负责人等信息。建立信息库后，可以随时调出全区任意一所学校的防雷安全信息。该信息库现在实行的是县—市—区三级动态管理，一旦相关信息有变更也可随时进行更新。

2008 年，广西各地气象部门在教育部门的配合下，完成了对全区中小学校舍防雷设施情况的普查工作，收集了校舍防雷工作的重要基础资料。为促进校舍防雷安全规范化管理，自治区气象局决定进一步细化校舍防雷安全信息，从今年 4 月起全面展开全区中小学校防雷设施情况信息库建设工作。

广西各级气象部门与当地教育部门加强合作、密切配合，极大地提升了信息库建设质量和建设进度，信息库建设于 5 月初全面告竣。为加强信息库信息的分析应用，广西壮族自治区气象局将力促各地完成信息分析和学校雷电灾害防御方案制定工作，并向当地政府汇报，全面推动校舍防雷安全工作。

（来源：《中国气象报》，2009 年 5 月 29 日，3 版，作者：曾涛 杨召绪）

韩国新闻代表团到广西壮族自治区气象局参观采访

近日，韩国新闻代表团一行 12 人到广西壮族自治区气象局参观，与业务一线工作人员进行了深入交流，并围绕“媒体如何报道自然灾害”这一主题进行了采访。

据了解，韩国新闻代表团此次到广西是参加中韩新闻界研讨会的，研讨会的主题即为“媒体如何报道自然灾害”。代表团在自治区气象局副局长姚才的陪同下，到广西应急移动气象台、区气候中心、区气象减灾研究所等业务单位进行了参观采访。

（来源：《中国气象报》，2009 年 6 月 16 日，3 版，作者：曾涛）

为暴雨预报把握“火候”

6 月 8—11 日，广西壮族自治区出现大范围强降水天气过程，在此次强降水过程中，广西壮族自治区气象局启动了Ⅲ级重大气象灾害应急响应。

“配料决定菜肴的质和量，暴雨预报也是这么配出来的。”6月12日，成功用配料法预报了这次强降水过程的广西壮族自治区气象台总工程师高安宁一边在电脑屏幕前翻看着那一页页花花绿绿的气象资料，一边用半开玩笑的口吻对记者说。所谓配料法，即设计了一个表示强降水趋势的参数，根据历史资料计算，得到该参数与降水的对应关系，之后用数值预报模式进行运算，得到预报时刻的强降水参数值，用来预报强降水的产生。在高安宁看来，预报暴雨和烹制菜肴存在异曲同工之妙——炒菜要选好主料和辅料，掌握好火候；暴雨天气也要做到流场配置“恰到好处”，物理量“咸淡相宜”。

“我们利用配料法预报暴雨天气，是结合广西所处的地理位置进行的。”正因如此，广西利用暴雨预报配料法烹饪出了独具风味的“特色菜”。高安宁选取的配置条件也自有其独到之处，就6月8—11日广西出现大范围强降水天气过程来说，在高安宁记忆的菜谱里有个名称，叫作“锋面暴雨”。形成“锋面暴雨”，具体来说，就要备好四大“主料”，做好若干“案板”工作。

第一个“主料”是高空槽。从6月8日上午500百帕高空槽形势场上可以看到两种变化，首先，东北出现冷涡且不断分裂冷空气南下，而华北一带则出现了一个匆匆向东南方向移动的华北槽，华北槽还在行进的过程中不断加深引导地面冷空气南压，影响广西。

第二个“主料”是副高位置。当时的副高脊线位于北纬18°～20°，与理想的配置条件相比位置略为偏北。“如果脊线刚好位于北纬18°以南，则会出现更强降水，这次降水前期主要出现在广西的中北部，11日晚脊线迅速南落又导致强降水席卷桂南。”

第三个“主料”是水汽。每年的6月，广西总是高温高湿的天气，低层水汽非常充足，所以水汽是最不愁的一个“食材”。

第四个“主料”是水汽的辐合，也就是水汽组织者。这些组织者大都是些中尺度系统，如切变线，低涡、气旋性弯曲等，而切变线在形成暴雨的过程中尤为重要。从当日的数值预报提供的背景可以明显看到，6月8日20时广西上空有切变线、低涡、气旋性弯曲齐齐亮相，使得水汽迅速聚集在广西上空，而过程之前又有西南低空急流将水汽输送到上空，起到了抬升的作用，“这种汇集抬升极有可能出现强降水。”高安宁说。

接下来的“案板”工作也是事关全局的。此时，高安宁就要参考一些物理量了，如水汽条件中的相对湿度、水汽通量散度，反映大气不稳定度的假相当位温K指数，Si指数等。这些指数是要达到一定标准，如6月8日上午，850百帕、925百帕的广西北部低层水汽通量散度为负值，判断水汽可辐合；从850百帕比湿场来看比湿大于15克/千克，水汽丰沛；而从K指数来看，高居38℃以上，一度达到40℃。上述种种都是产生暴雨的迹象。再接下来的“案板”工作就是计算了，通常这时高安宁会计算西南风强度指数、副热带面积和强度指数、冷空气强度指数等，最后一个是综合指数。此时，对于要上桌的这盘菜肴的色香味如何，心里就八九不离十了。

风云变幻中，大自然当起了“主厨”，烹制了一道道菜肴，而预报员则有一双慧眼，读透了那本美食秘籍，一次次捕云捉雨。

（来源：《中国气象报》，2009年6月19日，3版，作者：曾涛）

高歌激扬在浪头

7月2日，暴雨倾盆，洪水借助雨势，不断撕裂着广西罗城县卡马水库大坝。晚上，洪水漫过正在施工的溢洪道，大坝基底被击穿。不过，因为气象部门的准确预报和及时预警，库区1.5万名群众早已提前撤离危险地带。

“好险！”在现场抢险的人们不禁感叹道。罕见的暴雨，接连发生的险情，像幻灯片一样在抢险人员的心头回放，时时击打着他们的神经——

6月24日，水库底坝就曾发生泄漏事故，造成下游河流洪水上涨。经紧急抢险后，水库险情得以暂时排除。但因连续降雨，水库水位一直居高不下。

当日20时接到水库第一次险情信息后，由河池市气象局和罗城县气象局组成的水库抢险应急气象服务工作小组进驻水库，为抗洪抢险工作提供现场气象服务。

7月1日下午，河池市领导专程就抢险气象服务工作到市气象局“问计”，并依据天气预报要求市、县、乡各级政府随时组织人员转移。2日0时30分，大坝外侧出水口处出现山体塌方险情，罗城县紧急启动了疏散转移预案，将需要转移的7000多人全部转移到了安全地带。

7月3日中午，自治区气象局副局长姚才率队的应急抢险气象服务队向水库增援，两辆移动应急车向水库疾驰。3小时后，赶到水库的应急抢险气象服务队顾不上片刻休息，立即与当地政府和水利部门共同投入到抗洪抢险工作中。

“卡马库区还有一次大到暴雨降水过程，产生的地表径流速度会比较快。”7月3日17时20分，河池市气象局局长黄吉安向在卡马水库抢险现场指导工作的自治区党委副书记陈际瓦汇报道。根据最新水情雨情，水库下游的宜州市又紧急转移群众近8000人。

“近期罗城降水对水库爆破无不利影响。”在大坝基底被击穿后，专家决定对卡马水库进行爆破切割，先后于5日上午和中午分两次实施爆破切割，效果良好，水库之患暂时缓解。

在广西，令自治区气象人牵挂的除了卡马水库外，还有融江、柳江、桂江等江河不断上涨的超警戒水位。自7月1日起，从桂北开始的强降雨分别向南、向东和向西扩展，横扫整个广西。融水、融安县城进水受淹，桂林漓江航区停航，柳州遭洪水围城。

4日23时，夜深人静的南宁。刚参加完天气会商的自治区气象局局长韦力行连夜奔赴柳州，现场指导“斗洪”之战。此时，柳江的洪峰水位已超警戒水位7米。

“5日柳州市中雨转阵雨，此次强降水过程趋于结束。”柳州市气象局的预报抚平了人们恐慌的情绪。5日2时，水位高达89.64米、20年一遇的洪峰顺利通过柳州，随后水位平稳下降。

5日，自治区气象台发布信息称，广西主要江河仍处于高水位运行，建议各地、各有关部门坚持做好防汛抗洪和抢险救灾工作。

据统计，1日20时至5日8时，广西出现降雨量大于250毫米的有18个县（区）的59个乡镇，最大降雨量出现在融安泗维乡，达701.3毫米。

“全区大江大河汇集西江，下一个关键点是西江梧州段。”不言疲惫的气象人又瞄准了下一个目标。

（来源：《中国气象报》，2009年7月7日，1版，
作者：曾涛，获中国气象报社第20届好新闻三等奖）

卡马水库险情告急 天气会商在老乡家召开

7月3日晚，广西罗城县怀群镇卡马水库险情告急，就在离水库大坝五六公里处，一次临时天气会商在该镇剑江村后洞屯村民何平的家里进行。

何平家里的这批客人是来参加水库抢险的。当天下午，自治区气象局副局长姚才带领应急抢险气象服务队赶到坝体出现塌方险情的卡马水库增援。他们和河池市局、罗城县局一起在库区大坝开展抢险工作后，一行11人打算于当晚返回县城参加自治区抢险指挥部召开的紧急会议。不料正逢大坝再次出现垮塌，洪水喷涌而出，道路一时之间成为泽国，一行人身处险境，幸亏当地群众指点，几经周折，才来到地势较高的剑江村避险。

20时许，他们借用何平家的锅煮了些方便面，匆匆填了肚子。来不及擦拭身上的泥泞，姚才便就地在老乡家主持起了天气会商会。"今晚到明天的降雨情况将决定大坝库容，直接关系大坝能否保住。""如果3日晚8时到4日晚8时降雨量超过30毫米，就比较危险了。"通过手机和何平家的电话，后方的自治区气象台和河池市气象局的同志也你一句、我一句地参与到会商中来。

"从现在起当地风向由西南风改吹东风了，水汽强辐合区也在往桂中方向走，雨势有减弱之势，建议报中到大雨。"自治区气象台总工程师高安宁点击着电脑屏幕上的卫星云图说道。出发前，他就急忙拷贝了一些资料，他还在现场发现了地处山区的水库有"云拦腰"(俗语：有雨山戴帽，无雨云拦腰）的现象。

雨量究竟报多少毫米？在近3个小时的讨论后，大家心里还是没底。这一晚，姚才睡在车上，他的手机不时叮咚作响，而高安宁也在凌晨时分从老乡家的床上爬起来调看雷达、卫星资料。不平静的夜色下，预报结论在悄悄酝酿。

4日一大早，11人就离开了何平家直奔大坝坝首。姚才当面向自治区政府主席马飚、自治区党委陈际瓦副书记汇报："预计今天早上8时到明天早上8时，库区降水量为20毫米。"

"雨势减弱，赶紧进行切割施工。"马飚略一沉吟，下达了抢险命令。

（来源：《中国气象报》，2009年7月14日，2版，作者：曾涛，获第24届中国产经新闻奖三等奖、中国气象报社第20届好新闻二等奖）

用生命敲响的警钟

7月11日，重庆一支由35名“驴友”组成的探险队，不顾村民“即将出现暴雨”的提醒，在万州潭獐峡流域穿越峡谷时，遭到山洪袭击。截至记者发稿时，已造成16人遇难，3人失踪。这也是近年来国内最严重的野外探险意外事件。面对所谓的激情，面对善意的提醒，面对惨痛的教训，用19个鲜活的生命敲响的警钟，让我们不得不反思，“驴友”的安全该如何保障？

“驴行”天下常遇险

7月12日，当记者打开“驴友空间”网站时，首页的一行凝重的黑体字——“沉痛悼念万州潭獐峡遇难驴友”，将我们带回了11日那个不愿回忆的一幕。

11日，一支通过网站召集自行成团的“驴行”团队，在当地村民的指引下，进入万州与云阳交界的一段未经开发、开放的峡谷——潭獐峡。此峡谷地形复杂，山势陡峭。峡中水势随季节而变化，夏季时有山洪暴发。

11日下午3时许，当地发生强降雨，在一个多小时内，万州区地宝乡降雨量24毫米，云阳县泥溪乡降雨量35.9毫米，陡峭山势迅速汇聚降雨，导致山洪暴发。

“水一下就来了，打起的浪有2米多高。”作为幸存者之一，游客“小张哥”对那场突如其来的灾难仍然心有余悸。

呼啸而至的山洪将35名“驴友”冲到了数公里之外的深谷险滩里。截至目前，已经有16人不幸遇难，3人失踪。

“驴行”“自助游”是一种新兴的旅游模式，随着人们生活水平的不断提高，越来越多的人参与到这种被认为充满新鲜刺激的活动中。但同时，因其无正规组织或部门监管、专业避险和救援知识缺乏等原因，“驴行”野外遇险事件近些年也频频发生。

2006年7月，广西南宁市13名“驴友”相邀在断流的山谷河床中露营，夜间山洪暴发，一名女孩被洪水冲走身亡。2008年8月，又是在广西南宁，23名“驴友”在大明山突遇山洪，其中8人被洪水冲走，3人不幸遇难。2009年

6月13日，5名游客在北京市怀柔区雁栖镇西栅子村附近攀登箭扣长城时被雷电击中，其中一对夫妻坠崖身亡，另3人受伤后获救……

中国登山协会的一份数据显示，2008年内地在山难中遇难人员共报告20人，其中绝大部分是突发灾害导致的死亡。

北京体育大学户外运动中心的林健告诉记者，以北京周边的小五台山和灵山为例，几乎70%以上的“驴友”被困都是气象灾害导致的。

面对这一系列令人痛心的事例和数字，我们在感到无比惋惜的同时，也在不断地思考，在“驴行”逐渐升温、“驴友”队伍不断扩大的今天，他们的安全究竟要由谁来保障呢?

出行前应知晓天气预报

“从此次事件发生到现在，除了哀悼遇难者，我所能想到的就是为什么要在那样的天气下……”重庆“7·11”事件发生后，在“驴友空间”论坛中，天气因素成为众多网友讨论的焦点。从网友大漠天行留言中的省略号中，我们更多看到的是不解和惋惜。

据了解，7月8日、9日、11日，重庆市气象局先后发布了3期重要天气服务快报，指出潭獐峡所在的渝东北地区将出现中到大雨，其中东北部个别地方的降雨量可达100毫米以上。重庆市气象局也将降雨信息在第一时间发布给重庆本地的各大媒体。据云阳县泥溪乡协合村村民卢延双回忆：“我曾劝过他们，马上要下暴雨了，河水涨起来特别快，别去了，太危险。”但是气象部门频发的预警信号和村民善意的提醒并没能挡住“驴友”探险的脚步。

据了解，一些幸存“驴友”还提到，在穿越峡谷之前，活动组织者既没有对峡谷季节特性进行考察，也未及时了解当地的气象状况，导致危险发生时大家措手不及。谈及这一点，幸存者邓科深有感触：“6月和7月正是暴雨、山洪多发季节，很遗憾我们对峡谷的环境不了解，事先也没看天气预报。”

“从近年来发生的户外意外伤亡事件中，可以看出户外运动组织和参与者缺乏必要的户外运动的基本常识，特别是缺乏对于气象灾害以及防御措施的认识。”中国登山协会秘书长张志坚告诉记者，“我们要倡导安全、理性、环保的户外运动。”

在中国登山协会颁发的户外运动指导员资质中，明确要求必须了解野外环境的基本知识及具备野外活动危险的初步识别能力，包括地理、气象、生物、生理等。

林健则告诉记者，户外运动指导员必须熟悉沿途及目的地5年内的天气气候特点以及发生的灾害性天气，并能熟练掌握防御措施。同时，"驴友"应克服麻痹大意的思想，不要放松警惕，要在第一时间采取相应防御措施。

前车之辙，后车之鉴。值得庆幸的是，在重庆"7·11"事件之后，从广大"驴友"的讨论中，记者也发现绝大多数人都认为天气应该是旅行者是否出行的首要参数。各地"12121"气象服务声讯电话统计结果显示，近几天，咨询旅游景区天气的公众也越来越多。与此同时，一些防御泥石流、滑坡、山洪、雷击、中暑等自然灾害的温馨提示语也频频出现在各户外网站中。

当前正值旅游高峰期，同时又是极端气象灾害多发、频发的时期。北京市专业气象台台长丁德平建议，游客及"驴友"在外出前应及时了解最新天气预报或预警信息。同时，广大"驴友"还应提高灾害性天气的预见性。在遇到天空变黑、大风骤起等情况时，应及早采取相应防御措施。

户外运动资深组织者"五星红旗"建议"驴友"，从发布帖子召集"驴行"到出发前，一定要密切关注沿线的最新天气情况，如遇到不适合户外运动的天气，要及时调整路线或取消行动计划，切不可贸然行事。此外，"驴友"平时也应该定期查阅一些关于灾害性天气防御措施的知识。

旅游气象为游客出行指南

记者从重庆市旅游部门了解到，在重庆市已开发的景区内，相关部门已经建立了相对完善的安全与预警机制。正如此次身处潭獐峡已开发景区内的游客，在大雨中安然无恙。

在事发后的第二天，重庆市旅游局就下发了《重庆市旅游局关于加强峡谷旅游等重点环节旅游安全工作的紧急通知》，强调加大对汛期旅游安全工作的监管力度，加强与气象、水文等相关部门的合作，以及加大对旅游景区安全隐患的排查力度，进一步加强完善安全应急预案和预警机制，及时排查各项安全隐患。

指南针是户外运动中必不可少的装备之一。近年来，旅游产业的不断发展，全国各级气象部门不断加强与当地旅游部门的合作，丰富旅游气象信息内容，拓宽旅游气象信息发布渠道，提高旅游气象预报预警准确率及时效性，努力成为游客出行的“指南针”。

在北京，气象因素成为各旅行社在线路规划中必不可少的参考条件。北京市专业气象台一般要提前20天向旅行社提供旅游目的地及沿途的天气情况。

在广西壮族自治区，旅游气象指数成为当地游客出行参考的首要因素。该指数共分为5级，当达到3级时，气象部门则会建议游客针对不利气象条件，采取一定的防护措施，或有选择性地到一些旅游景点游玩；而达到4级和5级，气象部门则建议游客减少外出。

而在“山水甲天下”的桂林漓江，特殊的喀斯特地形地貌易发生雷雨大风等灾害性天气。为此桂林市气象局积极与桂林市海事局、旅游车船公司、交通局等部门加强联系，先后在漓江两岸的大圩、杨木、磨盘山、杨堤、兴坪等五个地方安装了四要素自动气象监测站，及时准确地为漓江航运部门提供雷雨大风天气预报，为漓江旅游安全航运和防灾减灾提供了科学依据。

在旅游名县阳朔，则充分利用气象打造“驴友”天堂，通过在景点建设自动气象站和电子显示屏、组建旅游气象服务气象观测站网体系，进一步分析研究不同季节、不同地形地貌的各类天气要素的变化规律，为户外旅游爱好者选择出游的最佳时间提供科学的气象预报。阳朔县气象部门不断加强对突发灾害性天气的预报预警，通过手机短信、网络、报纸、“12121”自动电话答询和电视台24小时不间断滚动播出等多种手段，及时向社会公众发布最新气象服务信息，提醒公众注意做好因强降水引发的山洪、山体滑坡、泥石流等地质灾害和因干旱、大风或雷击引起的山火、高温引起的中暑等自然灾害的防范工作。

（来源：《中国气象报》，2009年7月16日，4版，

作者：胡亚 曾涛 夏杰 李颖婷，获中国气象报社第20届好新闻二等奖）

在云中漫步

7 月 29—30 日，广西壮族自治区气象减灾研究所无人机项目组与广西壮族自治区烟草公司合作，共同对位于百色市靖西的烟草种植区进行了航空遥感监测。飞行共获取地面影像 600 余幅，经过处理后将为烟草种植区域的规划和调整提供准确的基础资料。此次飞行不仅是无人机服务领域的新扩展，同时也是应用气象科技发展现代农业的一个有益尝试。

气象无人机的“探路者”

“要建立自控无人驾驶飞机遥感系统，组建无人机飞行小组，具备利用无人机获取遥感信息、开展遥感调查的能力，实现其真正的推广。”基于这一出发点，中国气象局于 2002 年下达了“自控无人驾驶飞机遥感”这一气象新技术推广项目，广西壮族自治区气象局的特聘专家孙涵和他的科研团队成为气象无人机的“探路者”。

那么，何谓无人机遥感技术呢？无人机遥感即是以无人机为平台获取航空影像开展遥感应用的技术，这种遥感技术是目前各种遥感手段中最为经济实用的一种，在日常业务中已经成为卫星遥感的重要补充。QT-4 型自控无人驾驶飞机，就是屡建奇功的广西气象无人小飞机。为了让小飞机既能飞上天空，又能在人们的掌控之中，项目组全面地学习了自控无人驾驶飞机飞行原理、飞行操作、维护保养等知识，并掌握了利用遥控手段对小飞机进行启动、起飞、降落等技术。航摄照片看似由飞机上天拍摄而成，但项目组接下来却有一系列的“案头”工作，如要对航摄照片进行拼接处理、制作专题遥感图等，要利用图像处理软件和 GIS 软件开展航摄信息预处理研究，还要完成图像正射投影、地理定位、几何精纠正、镶嵌合成等一道道“工序”。

用智慧与汗水化解问题

气象无人机试飞之初，问题层出不穷，对于“开路先锋”来说能依靠的只有自己。为了实现在较小空域内飞机安全降落，研究人员发明了一种能使无人机安全回收的无人机着陆阻尼缓冲拦网；为了方便摄影摄像，他们又发明了一种无线遥控遥感平台，确保在空域范围小、安全条件要求高的陆地或水体上空可以正常拍摄；此外，他们还采用了包裹铝箔屏蔽等措施，消除电磁场对数码照片产生的晶格效应；通过增加机载电池数量和对地面控制箱的电池供应进行应急备份，增加无飞行的可靠性等。

经过一番沉淀与升华，屡屡在紧要关头或重要时刻，小飞机总能跃上空中，尽情展现着潇洒身姿。2004 年 4 月，气象无人小飞机初试身手，对东湖南半部的“雁中咀”“磨山”附近水域进行遥感监测。当年汛期，气象无人机首次在防灾减灾中立功，7 月中下旬，广西宾阳县、桂平市等部分县市发生暴雨洪涝。为了开展自控无人驾驶飞机遥感监测评估洪涝灾害的试验，项目组利用一片庄稼地作为机场，在玉米地里修建了一条长约 30 米的临时飞机跑道，对位于蒙圩、白沙、厚禄三镇交界处的内涝区进行遥感飞行，获取了第一手的洪灾监测资料。

“太湖”之行和“梧州”之战

而最为人们津津乐道的，还属小飞机的“太湖”之行和“梧州”之战。2007 年 6～7 月，江苏省太湖蓝藻暴发，造成了严重的水体污染，苏州、无锡等地一度出现了水荒，居民生活用水、饮用水等严重短缺。为了配合国家卫星气象中心开展卫星遥感监测蓝藻试验，广西气象无人机机组分别于 6 月下旬、7 月下旬两次赴江苏省无锡市飞行作业。在两次作业期内，无人机总计飞行 7 个架次，正式作业 3 架次，获取太湖鼋头渚区域的蓝藻暴发影像共 1040 余幅，使卫星遥感在地面观测数据之外又有了一个新的参考依据。在 2005 年 6 月广西超百年一遇的暴雨洪涝过程的预报服务中，他们采用无人机遥感资料制作的梧州市水灾重灾区无人机遥感图和桂平市蒙圩镇洪涝区无人机航摄图发挥了重大作用。

“要利用新材料、微电子等方面的技术，研制和开发新的更适用于遥感业务的自控微型无人机，进一步提高性能。”在专家眼里，现有无人小飞机并不完美，他们期待着小飞机的“下一次”有着更为精彩的表演。

（来源：《中国气象报》，2009 年 8 月 6 日，3 版，作者：曾涛 卢伟萍）

【图片新闻】百名气象人在首届广西体育节上展露风采

近日，广西壮族自治区气象局组织 100 人方阵队伍参加了健身走活动，他们整齐着装，面带微笑，展现了气象人的风采；他们还打出了“发展气象、防灾减灾、服务社会、造福人民”的横幅，向社会公众大力宣传气象工作。

（来源：《中国气象报》，2009 年 8 月 21 日，2 版，作者：曾涛）

【图片新闻】广西壮族自治区气象局举办第二届全区气象部门文艺汇演

为庆祝新中国成立六十周年，9 月 22—23 日，广西壮族自治区气象局举办第二届全区气象部门文艺汇演。

（来源：《中国气象报》，2009 年 9 月 25 日，1 版，作者：曾涛 李金宝）

绽放，在高天流云下

“第六届中国—东盟博览会开幕！” 2009 年 10 月 20 日 9 时 30 分，广西南宁国际会展中心朱槿花厅，中共中央政治局常委、国务院副总理李克强朗声宣布。随即，李克强和东盟10国领导人齐齐将盛满鲜花的花盘放到剪彩装置上，由花瓣构成的风车迎风旋转。转动的风车使巨大的灯塔光芒四射，寓意第六届中国—东盟博览会迎难而上，将金融风暴化为动力，点亮灯塔，引领人们共克时艰、破浪前行，共同谱写中国—东盟自由贸易区建设新篇章。

每逢金秋时节，中国—东盟博览会的永久举办地南宁总是宾朋云集，从2004年开始，这场由11国搭台的精彩大戏已经连续上演了5年。2010年1月1日，中国—东盟自由贸易区这一惠及19亿人口、GDP总量近6万亿美元的世界上最大的自由贸易区将建成。在此大背景下举办的第六届中国—东盟博览会具有特殊而重要的意义。

“每年都承担博览会气象保障服务，我们没有‘审美疲劳’，只有精益求精。”一位参加了历次博览会气象保障任务的预报员说。大幕再启之时，对于气象人来说只有一次次的担当，一次次的升华与绽放。高天流云下，金风正送爽，一幕属于气象人的秋之圆舞曲正上演。

“要自我加压，主动服务，进一步做好气象保障。”广西壮族自治区气象局局长韦力行如是说。南宁的天气因盛事的举办受到特别关注，尤其是有各国政要和众多观众参加的20日晚在露天广场举办的“大地飞歌·2009南宁国际民歌艺术节”对天气状况提出了严苛的要求，随之而来的一系列的重要商务考察活动更是对气象服务提出了精细化的需求。

“指挥部要的是4次预报，我们能提供8次。”10月14日，“两会一节”（中国—东盟博览会、中国—东盟商务与投资峰会、南宁国际民歌节，简称为“两会一节”）组委会指挥部副指挥长黄世勇专门主持召开博览会气象保障服务会议，询问气象部门能否一天提供4次天气预报。面对指挥部热切的目光，气象人作出了响亮的回答。

信心来自厚积薄发。早在9月，气象部门就针对这次重大活动的服务工作制定了详细和周密的服务方案，及时向组委会提供会议期间的气候背景；为保证各种气象设备在“两会一节”期间运转正常，南宁市气象局设备网络维护小组还对市区内的自动气象站进行了巡检，对通信网络进行了预防性检修，并对新一代多普勒天气雷达进行系统维护。

10月15日这一天，气象服务似乎提前进入了“博览会时刻”。这一天承担气象保障重任的南宁市气象局和自治区气象台分别召开了“两会一节”服务动员大会、“两会一节”技术准备会，博览会气象保障服务的硝烟味开始弥漫开来，有关单位和个人进入应急工作状态，实行24小时领导带班制度，实时监测、预报预警、业务监控、跟踪服务等各项工作有条不紊地运转起来。

“没想到在宾馆里能看到英文的天气预报。”一些外国友人刚踏进入住的宾馆就有了新发现。南宁市气象局除了按常规向组委会提供天气预报服务信息外，还创新举措，拓展气象信息发布渠道，实现与国际接轨。南宁市气象局与市旅游局合作，于10月17日起在南宁市各大宾馆、酒店的电子信息屏上以中英文双语发布广西14个主要城市的天气预报和南宁市天气预警信息。与此同时，自治区气象局制作了有关穿衣指数、紫外线强度、空气质量、旅游区天气等精细化生活类天气预报，并利用广播、电视、报纸、手机短信等形式广为传播。

19日晚，北来的冷空气将影响南宁，会出现一次降温降雨天气过程；而海面上也不平静，热带低压向西北而来；天气形势显得复杂多变。就在各国政要、客商和嘉宾陆续抵达南宁之时，博览会气象服务保障也进入紧张的实战阶段。业务单位实行24小时值班制度，南宁、百色等新一代天气雷达24小时开机观测并上传资料；同时，利用卫星云图、自动气象站等现代化气象探测设备实行了全天候连续监测。有了高科技的“利刃”，一份份高质量的服务专报次第传出，及时告知人们最新的天气变化。

20日是“两会一节”活动的重中之重。这天，博览会开幕式、商务与投资峰会、民歌节晚会等重头戏接连登场。气象保障服务牵动了众多关注的目光，中国气象局党组副书记、副局长许小峰向韦力行指示，要全力做好保障工作。20日晚是否有雨，雨有多大？“要让组委会方面得到尽可能精细化的预报。”当日一大早，韦力行就坐镇气象台会商室指挥，而副局长钟国平则率领应急保障小分队赶赴现场进行服务。为了把准“老天爷”的脉搏，解开人们心中的疑团，自治区气象局组织最强大的技术力量进行“会诊”，气象科技人员反复推敲着每一张云图，每一个数据，争分夺秒“破译”着天空。同时还通过全区大会商以及同中央气象台、华南区域中心会商，旁征博引各方观点。

“20日晚上，阴天偶有零星小雨。”通过一番“唇枪舌剑”，最终得出了这个结论。19时20分，就在民歌节演出开始前1个多小时，一份演出现场服务专报送到了自治区领导和组委会的手中，组委会方面迅即采取了相应举措。当晚，邕城飞歌夜无眠，疑是天上人间。

“习惯了。”年年民歌节，连电视直播都看不上一眼，这对广西气象人就是一种“习惯”。这种“习惯”分明让人读出了一份责任，一份担当。民歌节的舞台绚丽多姿，气象保障服务也成就了精彩无限的大舞台，这个舞台就绽放在那一幕高天流云之下。

（来源：《中国气象报》，2009 年 10 月 22 日，1 版，

作者：曾涛 廖胜石 李菁）

恋恋山水牵风云

“千峰环野立，一水抱城流。”虽已进入冬季，但山水甲天下的桂林却是伴随季节的变化移步换景，别有情致。佳景更逢盛会，11 月 10—17 日，2009 桂林国际山水文化旅游节拉开帷幕，宾朋云集。不少游客离开桂林之际仍然回味无穷。恋恋山水牵人心，牵动的还有气象人万千情愫。

“总算是有惊无险。”11 月 10 日 22 时 30 分左右，桂林市气象台会商室内，笑意写在每个人的脸上，市气象台台长周文志轻声呼道。过去的几个小时，风雨似乎想故意捉弄人一般。11 月 10 日晚将上演旅游节的重头戏——开幕式暨文艺晚会，而这又恰逢桂林受强冷空气影响的关键时刻。“旅游节第一炮能否打响？”当日白天逐渐加大的北风和不时降下的雨滴，引起了旅游节组委会的高度关注，让人不由焦虑不已。“风力继续加大，会不会影响到舞台安全？”“雨会不会影响晚会的正常进行？”一时间，桂林市气象台的电话响个不停。

“风雨天气对开幕式的影响较小，大幅的降温及降水过程要到 11 日。”得到这样的答复，组委会办公室主任谭兴元松了一口气。

然而 18 时 38 分，小雨再次悄然而至，在北风的陪伴下，急促而密集。在演出现场忙于指挥的谭兴元不禁眉头一紧，掏出手机拨了电话。

“雨不会加大，是短时阵雨，不会影响到开幕式正常进行。”周文志一边紧盯着雷达回波图，一边用坚定的语气回答道。

19时05分，风雨奇迹般地停住了脚步。20时，开幕式晚会如期开始，会场上一派歌舞欢腾的欢乐气氛，市体育中心上空风平、雨息、中外艺术齐聚生辉，将桂林的山水与文化演绎得美轮美奂。

“17天、104人、1768条特别短信。”枯燥的数字背后，凝结着气象人为旅游节付出的心血。在11月1—17日这17天里，每天17时，组委会104名成员都会准时收到为山水旅游节特别制作的未来三天天气预报，在这17天里，市气象局还为旅游节量身定做了近两千条专题气象服务短信。

（来源：《中国气象报》，2009年11月30日，2版，作者：曾涛 李颖婷）

气象科技“上天入地”

应用“3S”技术开展精细化农业气候区划；开展经济林果和蔬菜作物生态监测、森林火险监测与评价……近年来，广西气象部门加大科技投入，着力促进科技成果转化和气象科技进步，积极围绕农业和农村工作，不断拓宽业务服务领域，开展为农服务项目，为全区农业经济的发展做出重大贡献。

业内人士不无自豪地说，气象科技已经“上天入地”！农民朋友形象生动地说，广西推行现代农业气象技术，把“老天爷”和“土地爷”的脾气摸得更准了！

广西壮族自治区气象减灾研究所生态与农业气象研究室主任、高级工程师谭宗琨说，很多群众对于农业气象的了解甚少，只停留在“天气预报”“人工降雨”等少数几项内容上。其实还有许多与农业密切相关的“幕后英雄”，农民朋友很少知道。农民朋友们完全可以利用现代这些先进的农业气象技术，为自己的种植、养殖、生产服务。

“3S”技术由“面”到“点”

谭宗琨首先向记者介绍了最近才逐渐完善的“3S”技术——代表遥感、地理信息系统、全球定位系统三种技术综合起来，对农业气象信息进行精细区划。

谭宗琨说，新中国成立几十年来，农业气象信息的获得，都是利用全区1000多个站点，以县为单位，每个县（2000平方公里左右的面积）就设一个数据收集点，这样的数据收集显然比较粗放，并且是人工监测，很多时候是凭经验的积累，难以做到适时的反映和中长期的预测。这几年，广西壮族自治区气象局全力发展卫星遥感技术+地理信息系统+全球定位系统组成的“3S”系统，把全区的地貌、空间、降水、温度全部建成数据模型，这个数据模型可以把观测的“眼睛”延伸到全区每一个无人监测的角落。比如说，以前对大明山的观测只能划分为若干个大块来估算，但“3S”系统却可以根据庞大的数据库和数据模型，精确地计算出大明山每100米落差的温度、湿度变化，只要你愿意，甚至可以直接指定任何一个点，来咨询这个点的温度、降水等数据。

对于南宁一带的气候，适合种哪种酿酒的葡萄，以前只能做出大概的估算，还要经试种一段时间，才能得出结论。有了“3S”技术，这样的问题可以迎刃而解，而且气候的空间布局的资料大大丰富，更加精细。哪里适宜种什么、养什么，通过“3S”技术，可以非常精确地清楚当地的温度、温差、降雨、干旱、土壤属性等情况，对于选种、避免盲目推广品种都有重要的意义。对于甘蔗、木薯、水稻、热带水果等具有战略意义的农作物的整体布局、调整比例，“3S”系统也给出了重要的参考，避免了不必要的风险。

蔗糖产销有了气象分析师

农业气象是否就只适用于决策者们呢？答案是否定的。农业气象信息，对千家万户农民朋友都有直接的作用。谭宗琨为记者打开了一个“广西蔗糖生产气象决策服务信息”的操作平台，在这个信息平台，可以直接看到通过分辨率20米×20米、300米×300米的多种卫星拍摄的照片，经过处理后显示的全区现时的蔗糖产区图片，在这个信息平台上，还可以直观地看到全区各地、各县，甚至各个村的蔗区的密度、成熟度、哪些蔗区已经在砍伐中、哪些蔗区适合砍伐、该蔗区的降雨情况、未来的温度及其降雨情况分析等十分重要的信息。

谭宗琨解释说，通过这些信息，气象部门可以给每一个糖厂提出建议，告诉他们应该先砍伐哪些比较成熟的蔗区；可以告诉当地的蔗农，未来几天的降雨、霜冻、冰雹情况，让蔗农们决定是砍蔗还是继续留种；还可以综合一年的数据，告诉当地农民，今年蔗区的总体情况，哪些型号生长得比较好，哪些型号比较差，明年的气候走向，发展哪些型号的蔗种比较有利；对于当年估产、明年种植面积、种子调配、灾后重建、具体给哪些地区发放灾区补贴等问题，县、市、区的决策者，也要参考这一平台提供的信息。

谭宗琨告诉我们："我区的地形复杂、气候多变、种植品种繁多，建立起这个蔗糖生产气候信息，相比北方平原地区难度要大很多，这个蔗糖气象信息技术目前走在全国前列，有了这个成功的切入点之后，我们还要继续开发其他如水稻、荔枝、龙眼、八角、木薯等的一对一服务的气候信息平台。"

如今，广西气象部门在开展甘蔗宜植气候区划、甘蔗种植空间分布信息的识别与提取、种植面积的估算、蔗糖产量预测等方面取得了丰硕的成果，并逐渐构建了功能相对齐全的、以重大农业气象灾害监测预警评估服务为主的系统平台，大大拓展了广西农业气象服务领域，气象为农业服务的科技含量也得到有效提高。

"最后一公里"的延伸

2008 年中国气象频道在广西落地，信号覆盖全区，郊区和县城的农民朋友可以随时通过电视打开这个频道看最新的气象信息，以后这个频道信号将逐渐延伸到农村一级。除了生产气候信息平台、气象频道等服务设施外，农业气象还有一个重要的与农民互动合作的项目——气象信息员。

近年来，自然灾害给国内经济、社会、生活造成了很大的影响，解决气象预警信息传递的"最后一公里"问题迫在眉睫。同时，广西越来越多的气象探测装备布设在乡镇、农村等偏远区域，日常维护任务日益繁重。但气象部门的管理体制仅到县级，造成农村气象服务、管理工作基础薄弱。

为了加强基层气象防灾减灾能力建设，广西壮族自治区气象局发展和组建了 2 万多名气象信息员。气象信息员由乡村干部、中小学校长、水库巡查员等组成，主要负责将气象灾害的预警信息，及时传达给人民群众，同时协助气象部门开展气象灾害的调查评估，气象灾害的防御及科普宣传等。目前气象信息员的工作，主要是利用手机接收气象灾害预警信息并及时传播到农户，协助气象部门做好乡镇雷电防御、氢气球施放等监督管理。目前气象部门正在一些乡村普及先进的计算机终端、液晶显示屏等网络设备，以及时获取最新的气象信息。

（来源：《广西日报》，2009 年 3 月 7 日，6 版，作者：周映 周彰 曾涛）

春风满田野

——广西气象全力做好春耕生产服务纪实

春风荡漾，绿满田畴。广西气象部门坚持气象服务以农业生产为重点的方针，夜以继日，全力做好天气观测预报，默默无闻地做了大量工作，为春耕生产做出了突出贡献。

圩日乐赶“气象”集

2 月初的一天，正逢桂林市临桂县会仙乡的圩日。该乡农民李福旺早早赶到了圩场，为的是要赶当天市气象局的“气象”集。上午 9 时 30 分，市气象局的专家们刚刚布置完场地，李福旺就费劲挤到咨询台前，和气象局专家交流了起来。当前，春耕生产期间，各地市气象局纷纷组织气象专家下乡进村服务“三农”，为春耕生产提供气象咨询。近年来，这样的“气象”集成了各地圩日农民最爱去的地方。

李福旺对笔者说，自己就是在去年市气象局组织的“气象”集上和气象结下了不解之缘的。去年初的低温雨雪冰冻灾害到来前，老李根据农谚及多年对天气的关注，预计到冬季将有冰雪，临时改种了近 1000 亩的大白菜，在冰雪灾害期间不仅损失小，还增加了收入。说完，老李忙不迭地从口袋里掏出了一个小本本，说道：“这是我上初中时得到的一本农谚，是桂林气象局收集汇编的，跟了我 30 多年了，里面每一条谚语我都验证过，准确率比较高。”拿着被自己视为“制胜法宝”已经翻得有点破旧的农谚小本子，李福旺说，他经常根据它预测天气，然后提前安排蔬菜种植。和李福旺一样渴求气象资料的农民不在少数，笔者注意到，当天气象局布设的小小咨询台被涌上来的人群围得水泄不通，气象科普资料和春耕生产气象服务资料被分发一空。

“现在不会出现倒春寒了吧？”“今年种水稻要注意些什么？”“蔬菜怎样才能长得好？”……围着气象专家，农民七嘴八舌地问了起来，此时市气象局精心制作的“农村防雷”“蔬菜与气象”“气象条件对果树种植的影响”“水稻气象条件”“气象常识介绍”“气象与身体健康”等科普展板更是吸引了大量前来观看的人群。

“我们的生产生活一天也离不开气象，春耕生产更少不了天气预报。”农民们这样说。

气象小分队服务到田头

“在家门口就可以和气象专家交流，真是方便周到。”南宁市罗波镇布凌村的一位甘蔗种植大户高兴地说。近日，南宁市水利局与市气象局联合组成共计12个小组、450人的工作队伍，开赴全市六县六区开展为期两个月的政策宣传和春季农业生产服务工作。工作组将深入田间地头，宣讲党的十七届三中全会精神、提供技术指导，掀起春季农业生产热潮。从工作实践来看，气象小分队提供的春季农业生产气象预报服务，宣传气象防灾减灾知识等成了农民眼中的“香饽饽”。

连日来，百色、河池、贵港等地的农民欣喜地发现，自己的身边多了个气象小分队，走出天气会商室的气象技术人员总是会将最新最权威的天气信息和最贴心的种养技术指导带给他们。各地开展春耕服务高招迭出。罗城县气象局从维护仪器、信息员和农民讲解自动气象站知识入手，服务春耕。为确保乡镇自动气象站仪器正常运行，该局组织人员深入到各乡镇，对自动气象站仪器进行清洗、检修和维护，保障仪器正常运行。同时，他们还深入乡镇，讲解自动气象站运行知识，让他们进一步了解气象科学知识，更好地投入到春耕生产和生活中去。贵港市气象局则于近日针对农田的“命脉”——水库开展了专题调研，业务人员深入覃塘、港南、港北实地了解中大水库蓄水、人畜饮水、农作物灌溉、农田土壤墒情等，全面汇总春耕生产气象服务信息……

人工增雨助春耕

广西气象部门对今春飞机人工增雨作业做到早谋划、早准备、早实施。今年开春以来，全区共组织实施飞机人工增雨作业34架次，全区受益面积达20万平方公里，增雨效果十分显著。

“春耕生产天气如何？”为了解答这一难题，气象部门密切监测大气环流演变，全力做好预报预测服务。广西壮族自治区气候中心从1月底开始便进行专题预测。随后，广西防汛抗旱指挥部又组织气象、水文等部门进行汛情暨春耕天气会商。通过气象、水文部门间的会商交流，达成了对广西壮族自治区今年春耕期间天气的初步预测意见，为自治区政府领导研究和部署今年的春耕生产提供了科学的决策依据，一份份气象服务信息从自治区首府飞向了八桂大地。

人勤春来早，凝结着责任与呵护的春风吹拂田野，让万物复苏的田野变得格外生机盎然。

（来源：《广西日报》，2009年4月7日，4版，作者：曾涛）

“小东西”的大作为

——我区无人驾驶飞机遥感新技术推广应用侧记

最近，百色市靖西县农民在田里忙碌时，偶尔会看到头顶上“嗡嗡嗡”地飞过一个耀眼的小东西。他们抬头看看，那玩意儿说是风筝吧，又太大；说是飞机吧，又太小。那飞行器在田坎上空盘旋一阵，又飞得不知踪影了，大家好生奇怪。其实，这是广西气象部门开始利用无人飞机服务农业生产。

7月29—30日，广西壮族自治区气象减灾研究所无人机项目组对位于百色市靖西的烟草种植区进行了航空遥感监测。这次飞行共获取地面影像600余幅，经过处理后将为烟草种植区域的规划和调整提供准确的基础资料。此次飞行不仅是无人机服务领域的新扩展，同时也是应用气象科技发展现代农业的一个有益尝试。技术成熟后，“无人飞机”将在广西更大范围为农业生产提供先进、及时、准确的农业气象信息，令广西农业气象迈入新的领域。

弥补气象观察盲点

气象对农业生产影响极大，因此实现有效、及时的气象监控，是农业生产、决策者的一大愿望。目前对农业气象的监控，主要依赖于高空卫星和地面观察。高空卫星具有站得高、看得广的优势，对于宏观的农业气候观察非常有效。但气象卫星也有其不足之处，首先是造价高昂，一般气象卫星都是为全国农业气象服务，不针对某一地域而专门设计；卫星运作程序固定，机动性不足，各省共同分享卫星资源，没有特殊情况，一般不为某一地农业生产提供单独服务；卫星优势是看得广，可是细节和精度不够；卫星站得高，但也容易受大片云层的影响。

而地面气象观察，虽然针对各地，但毕竟观测范围有限。因此农业气象，介于高空和地面之间的观察段，就成为盲点。而无人飞机，正好活动在卫星和地面站之间，观察范围比卫星更细，比地面站更广，很好地弥补了卫星与地面之间的段落观察空白。

小巧的无人飞机比卫星更加机动，卫星看不清的东西，无人机可以直接钻到云层下面拍照。无人飞机拍照精度比卫星好，甚至可以指定水库某片水域、某块山林、某片农田命令无人机实施“点对点”的拍照，从高清晰的图片上，细节上可以看到一棵树的生长情况，可以提供出一片稻田生长形势的信息。在宏观上，无人飞机也不弱，它可以观察到整片水域的赤潮发生情况、污染状态、病虫灾害蔓延趋势……

卫星—无人飞机—地面站的组合，刚好构建起农业气象观察高空、中间、地面的立体观察模式，这个天上飞而不起眼的“小东西”，正默默地创出“大作为”。

适应区情研发配套装置

2002 年，中国气象局下达了“自控无人驾驶飞机遥感”这一气象新技术推广项目，广西壮族自治区气象局马上特聘专家孙涵和他的科研团队组成气象无人机的“探路者”。无人机这个价格不菲的“大玩具”，要玩得好并不简单：比如无人机飞行原理、飞行操作、维护保养等技术；对航拍照片进行拼接处理、制作专题遥感图等，还需要很多后期工作；还要利用复杂的软件完成图像正射投影、地理定位、几何精纠正、镶嵌合成等一道道“工序”。

更麻烦的是，广西地貌环境复杂，山多、树多、沟渠多，首先飞机起降就成了个不小的问题。小小的无人飞机，难道每次都从大飞机场起飞吗？必须实现在广西各地狭窄地形的一些城镇、简陋的跑道起飞降落，这样才能方便服务于各地农业。为此，项目组发明了一种能使无人机安全回收的无人机着陆阻尼缓冲拦网，这样即使当地没有广阔的场地，也可以机动地在各地有限的空间内起降。另外一种气象无人机，还运用了在汽车起飞架上起飞的技术，更加机动。

而广西树林多、山区云多、气象变化快，又成为影响无人飞机拍照的一大问题。研究小组为了方便机上摄像，又发明了一种无线遥控遥感平台，确保在空域范围小、安全条件要求高的陆地或水体上空正常拍摄；此外，他们还采用了包裹铝箔屏蔽等措施，消除电磁场对数码照片产生的晶格效应；通过增加机载电池数量和对地面控制箱的电池供应进行应急备份，增加飞行可靠性等。

2004 年 7 月，广西无人飞机小试身手。当时宾阳县、桂平市发生暴雨洪涝，项目组在一块玉米地里修建了一条长约 30 米的临时飞机跑道，对当地内涝区进行遥感飞行，获取了第一手不依赖卫星的“原创”洪灾监测资料。

拓展为农服务领域

无人机在气象服务中，属于“高档货”，通常只在重大气象事件“出手”，因此无人飞机犹如“公主”一般被小心翼翼地使用，已在近年多次屡建奇功。气象专家认为广西无人机技术已经相对成熟，可以进一步拓展领域，从单纯为重大气象事件服务，拓展到为日常农业生产服务。

因此，“公主”放下架子，飞向各地农村。通过今年 7 月对于靖西县烟草种植的遥感飞行，气象专家和农业专家获得了高清晰的三维影像资料，并通过这 600 多张照片，建立起直观系统的数字影像模型，为当地农业生产决策，提供了重要的参考依据；并通过宏观观察，直接指导农民生产。

专家认为，比如广西大面积的甘蔗、水稻种植，可以通过无人机技术，直观地分析哪一部分甘蔗水稻应该先收获；比如对速生桉的观察，可以实现快速的异地对比；对于近海海水养殖，可以有效地观察细范围的藻类暴发和工业污染蔓延情况；对于灾后农业的毁损，可以提供出更准确的评估依据……无人机遥感技术实施比卫星观察更机动，运作成本更低、速度更快——图片即拍即看，因此无人机在今后广西农业生产中，必然有更加广阔的空间。

（来源：《广西日报》，2009年8月19日，10版，
作者：周映 周彰 曾涛 陈云霞）

马飚到广西壮族自治区气象局考察指导工作

1月14日，广西壮族自治区党委副书记、自治区政府主席马飚到自治区气象局考察指导工作。自治区政府秘书长王跃飞、区气象局局长韦力行以及自治区发改委、财政厅、水利厅、农业厅等有关单位主要负责人陪同考察。图为马飚通过视频会商系统与百色市气象局进行视频连线，并向全区的一线气象工作者表示慰问。

（来源：《中国气象报》，2010年1月15日，1版，作者：曾涛）

广西继续开展“三个年”活动

记者从1月12日广西壮族自治区气象局召开的全区气象局长会议上了解到，广西气象部门将继续开展“三个年”（即“落实年”“推进年”“创优年”）活动。

今年广西气象工作的总体要求是，深入贯彻落实科学发展观，认真贯彻落实国务院关于进一步促进广西经济社会发展的若干意见，贯彻落实全国气象局长会议精神，继续以开展“三个年”活动为抓手，切实做好气象防灾减灾、应对气候变化和开发利用气候资源工作，大力推进气象现代化建设，努力建设“四个一流”，扎实构建气象现代化体系，着力加强基层台站建设、气象法制体制机制建设和党的建设，认真谋划广西“十二五”气象事业发展规划，进一步推动气象事业实现科学发展。

（来源：《中国气象报》，2010年1月21日，1版，作者：曾涛）

北部湾里好风光

“山弯弯，水弯弯，一弯弯到北部湾。湾里有个钦州湾，南国明珠亮闪闪。湾湾里边走巨轮，湾湾里边荡渔帆，湾湾里边风景美……”这首《弯弯歌》，唱的是北部湾的好风光，赞的是“南国明珠”日新月异的巨变。这颗南国明珠就是广西壮族自治区。

放眼如今的北部湾，随着经济社会的发展，气象工作也在不断演绎着精彩华章。通过广西几代气象人的不懈奋斗，自动气象站已经覆盖全区所有乡镇，新一代天气雷达陆续投入使用，数值预报产品解释应用系统、预报制作平台、气象预报预测系统不断完善，北部湾海洋观测网建设不断提速……

“只有精益求精！”

每逢金秋时节，“中国—东盟”博览会的永久举办地南宁总是宾朋云集。从2004年开始，博览会这场由11国搭台的精彩大戏已经连续上演了6年。“广西气象部门每年都会承担博览会气象保障服务。虽然已经历了6年，但是我们没有‘审美疲劳’，只有精益求精！”广西壮族自治区气象局局长韦力行说。6次博览会保障服务，次次圆满成功，这背后凝聚了气象人的心血与汗水！此外，在近年来举行的自治区成立50周年大庆、南宁国际民歌节、北京奥运火炬传递等重大活动中广西气象部门也屡显身手。

由于广西天气气候复杂多变，气象灾害相当频繁，经常受到干旱、洪涝、低温冷害、霜冻、大风、冰雹、雷暴和热带气旋的影响。1998 年罕见大洪水、2007 年柳江洪灾、2008 年低温雨雪冰冻灾害、2009 年河池卡马水库抢险……面对种种挑战，气象人都交出了令人满意的答卷。

“有了气象预报，心里更有数了；气象部门筑起了防灾减灾第一道防线，要进一步发挥防灾减灾主力军作用。”广西壮族自治区党委书记郭声琨如此称赞道。

得天独厚的自然条件造就了广西“天然温室”的美誉。甘蔗、芋头、沙田柚、木薯都是广西的魅力农产品。近年来，针对广西粮食、蔗糖等农作物和亚热带特色水果生产中的农业气象问题，广西壮族自治区气象局加大了科技投入力度，开展科研攻关：在蔗区开展飞机、火箭、高炮增雨作业；入蔗田、进农家，向蔗农面对面地讲授有关科技知识；利用“风云三号”气象卫星成功提取广西区域甘蔗种植空间分布信息，进行甘蔗年度种植面积增、减趋势估算，开展灾害对蔗糖生产的影响及甘蔗砍运进度监测。蔗农对气象部门的人工增雨作业感激万分，称其为“救命雨”“黄金雨”。

做出不一样的节目

“你们的电视天气预报节目不一样了，很好看。”河池都安瑶乡的电视观众拉着前来开展公众气象服务的工作人员高兴地说。

这个“不一样”缘于气象部门创新运行机制，通过“集中制作、末端分发”的模式将高质量气象影视节目覆盖全区。

电视气象节目，是普通公众获取气象信息的一扇窗。如何通过这扇窗，为众多广西百姓展现形式丰富多彩、内容新颖的气象知识，是气象工作者多年来探索和努力的目标。

1999—2001 年，是广西气象影视业务从初出茅庐，到快速成长，再到蓬勃发展的 3 年。可惜好景不长，随着广播电视部门的改革、政府职能的调整，加之广告不足、经费短缺，到 2004 年，广西有一多半的县级气象影视节目难以为继，停止了节目制作。

面对前所未有的“寒潮”，如何攻克坚冰，求变、求新、求发展？如何站在更高的平台上谋划广西公共气象影视未来的发展之路？2007年，经过充分调研，广西壮族自治区气象局从气象影视节目的制作模式、节目质量上开始了大刀阔斧的改革——因地制宜组建了广西公共气象影视“集中制作、末端分发”的业务体系。所谓“集中制作、末端分发”，简言之就是把市级、县级的电视气象节目集中到省级气象影视中心制作完成，再通过网络传送分发到各地播出。

“这样做，一是着眼于广西气象影视事业发展的全局，统筹规划，整体推进省级、市级影视业务技术体制改革，实现广西全区业务整体协调发展。二是有效整合资金、技术和人员，实现资源的优化配置，避免系统建设的交叉、重复。”韦力行说。

2007年，广西河池率先开展了气象影视节目“集中制作、末端分发”模式的试点；2008年底，广西14个地级市一改以往“只闻其声不见其人”旧节目形式，全部推出有主持人的气象节目，画面质感、节目质量大幅提升。

广西气象影视的改版，引起了当地普通百姓的热情关注，认为画面更加清晰，信息更加丰富，形式更加灵活，离老百姓也更近了。

激活“源动力”

“思想决定行动。”韦力行说。精神文明建设在有些人的眼里属于“软制度”“虚功夫”。韦力行却认为，广西气象事业的快速良性发展，正是因为有了精神文明建设这一“源动力”。

2001年，广西壮族自治区气象局荣获自治区“文明单位”称号；同年11月，广西气象部门率先在全区建成了第一个文明系统，并被中国气象局和自治区文明委联合授予“文明系统”称号；2005年10月，被中央文明委授予“全国精神文明建设工作先进单位”；2009年1月，荣获“全国文明单位”称号。

广西气象部门的精神文明建设工作已经“渗透”到各项工作中。以人为本促进精神文明建设，以精神文明建设推动气象事业发展，已成为广西气象部门的“制胜法宝”。

近年来，广西气象部门将改善职工的工作生活条件、创优美环境，作为精神文明建设的一项“硬件工作”，加强规划、加大投入。

在南宁的民族大道上，矗立着一座现代化的摩天大楼——气象大厦。这是广西气象部门为改善职工的工作生活条件，投入近亿元兴建的智能化办公大楼。为解决职工住房问题，广西壮族自治区气象局新建了职工住宅；并对现有生活区进行改造，小区绿化率达 40%；2007 年，又建成了吴圩综合球馆，改造了植物路综合球场。工作和生活条件的改善，激发了广大气象职工热爱气象、献身气象的热情，也提升了气象部门的社会地位。

光阴流转，广西气象人厚积薄发。北部湾经济区的崛起，给了他们施展才能的机会。

2009 年 7 月，广西北部湾海域第一个海岛自动气象站——钦州港青莱头气象站建成，未来将在海洋气象预报服务工作中发挥重要作用。在不久的将来，防城港的江山半岛上，也将有一座包括天气雷达、强风仪、全球定位系统气象观测站、地波雷达在内的海洋气象综合探测基地拔地而起。

回眸广西气象事业几十年所走过的路程，硕果累累。公共气象服务的精准及时、气象影视节目的改革创新、海洋气象服务技术的不断攀升……每个亮点都犹如一粒璀璨的珍珠，串成广西气象事业的辉煌成就。

新时代给予广西气象事业一个很好的发展平台，他们势必将用自己的智慧与汗水细心打磨，让这串南国珍珠更加璀璨耀眼。

（来源：《中国气象报》，2010 年 1 月 22 日，1 版，
作者：高琳 李赛 曾涛 凌颖）

透过大地干裂的伤口

2009 年秋冬迄今，由于高温少雨，一场历史罕见的旱灾在八桂大地上肆虐，在受灾最严重的桂西北地区，水库干涸，河溪断流，农田荒废……

旱魔在干渴的大地上无情地撕开了道道血淋淋的伤口，并将魔爪伸向了灾区人民生产生活的各个角落。

紧盯旱灾的趋向及其可能产生的影响，应是科学抗旱的题中之义。气象科

技工作者也加强了这方面的研究，为灾区人民生产生活提供趋利避害的科学依据，力争全面打赢这场抗旱战役。

叩问水之荒

日前，广西气象减灾研究所发布了一份利用 HJ-A/B 卫星数据对重点水库的监测材料，材料表明各水库蓄水量节节告退，以位于重旱区百色的澄碧河和河池的龙滩水电站为例，3 月澄碧河水库面积 1791.8 公顷，锐减约三成，龙滩水电站库区部分支流明显变窄。江河纵横交错的广西本是全国水资源丰富的地区，已探明的可开发水能资源有 1800 多万千瓦，广西总共建有约 5000 座水库，然而目前却面临水库无水可用的尴尬。

气象专家分析指出，由于水资源在时空分布上不均、复杂的地形地貌和脆弱的水生态环境，使水资源丰富的广西长期面临严峻的水资源挑战，历史罕见的干旱不禁让人再次叩问水之荒。罕见干旱再次给我们警示：水资源安全，才是确保农业快速发展和粮食安全的基础。

水资源安全的责任，不独水利一家所能承担，加强部门合作才会寻求更大的突破口。气象、水利等相关部门应充分发挥各自特点与优势，联合开展对水库特别是病险水库的安全保障工作关键问题的科学研究，深化资源共享、应急联动等机制，共同做好这篇大文章。

近年来，气象灾害和极端天气气候事件频发，又加之水利工程建设迎来发展的新高潮，给水资源安全带来了前所未有的挑战。据了解，目前针对气候变化与水资源安全的研究已取得了一些初步成果，但是广度和深度还不够，一些研究只能定性，不能定量，如可分析逐月、逐旬气候变化的特点，以便为优化水库汛期分期调度和实施汛限水位的动态控制提供更为详尽的资料和理论基础。这些尚未攻克的领地，仍需我们不断地进取与努力。

“看天搞农业”有新解

“通过计算表征生态质量的湿润指数、植被覆盖指数、水体密度指数、土地退化指数及灾害指数等气象指标，表明百色、河池等重旱区生态质量气象评价结果为一般，干旱严重，冬种农作物不同程度受灾。”广西气象减灾研究所日前监测指出。而另一份监测材料还表明，旱灾已让害虫蠢蠢欲动。自2月上旬以来，广西大部分市县受连续高温干旱影响，松毛虫越冬过程不明显，全区松毛虫发生较严重。截至3月中旬，全区马尾松毛虫（含松茸毒蛾）发生面积为40.60万亩，同比上升101%，严重危害面积已达3.53万亩，是去年同期的7.6倍，预测松毛虫的发生将呈扩散蔓延态势，危害有进一步加重的趋势。

被旱魔灼伤的大地的肌肤不再丰腴，目前，广西全区农作物受灾面积超过1000万亩，水稻育秧、农作物播种等受到严重影响，春耕生产形势严峻。

“传统的‘看天搞农业’是无奈之举，现在‘看天搞农业’有不同的内涵。”气象专家说。气象部门建议，目前暂时缺水的桂中、桂北、桂西双季稻地区，要做好有水种稻、无水改旱的两手准备。其中，推广抗旱育秧技术，可增加秧龄弹性，等待降雨的时机。在旱情较重的地方，更要采用集中统一育秧或异地集中育秧的方法，节约用水，待有水时再移栽大田。对确实无法保证用水的田块和水尾田、高坑田，要及时改种旱粮作物或高效经济作物。

“罕见旱灾更能激发研究人员开展石漠化生态环境研究的决心。”近年来，广西气象部门利用中分辨率卫星资料对当地的下垫面状况进行摸底调查，利用高时空分辨率卫星资料对植被、典型水库、河流进行定点定期监测，及时发现广西生态环境的变化情况，并结合天气和气候变化情况，进行生态环境质量气象评价，尤其针对广西桂西北典型脆弱生态环境地区（也是此次旱灾的重旱区）——岩溶石漠化地区进行重点观测，进一步探索石漠化生态环境演变规律和气象条件变化关系，为大石山区的农业发展助一臂之力。

甜蜜中一丝无奈的苦涩

“中国蔗糖看广西。”广西蔗糖产量占中国蔗糖产量的六成以上，广西有53个县（市、区）种植甘蔗，有21个县的财政收入一半来自糖业税收，蔗农占广西总人口的近四分之一。蔗糖产业历来被当地人称为“甜蜜事业”。

然而受旱灾影响，让人不由地在甜蜜中感受到一丝无奈的苦涩。据预计，2009—2010 年榨季广西白糖产量约 700 万吨，比上个榨季减产约 60 万吨。减产可能已成定局，但甜蜜还将继续。由于甘蔗的种植面积也一直是政府所关心、关注的重要数据。近年来，广西气象部门利用先进的卫星资料处理技术，开展多源卫星资料的分析应用，从甘蔗面积遥感调查入手，加强遥感监测技术在甘蔗种植空间分布信息获取、甘蔗长势和估产、灾情方面监控技术研究，结合传统农业气象农情，在提供针对甘蔗的遥感应用服务方面获得突破性进展。

尽管如此，在面对极端自然灾害时，气象科研能力和服务水平还有不少亟待上升的空间。甜蜜芬芳的背后仍要不断付出心血和汗水。

（来源：《中国气象报》，2010 年 3 月 31 日，3 版，作者：曾涛）

郭声琨一行专程看望慰问参加人工增雨作业一线工作人员

4 月 3 日，广西壮族自治区党委书记、自治区人大常委会主任郭声琨等领导专程看望慰问了参加人工增雨作业的一线工作人员，并充分肯定了广西人工增雨作业在抗旱救灾中取得的成效。

（来源：《中国气象报》，2010 年 4 月 6 日，1 版，作者：曾涛）

岩溶石漠化让干旱“雪上加霜”

“同样降 10 毫米的雨，在桂东和地处岩溶石漠化地区的桂西北，效果大不一样。”近日，广西壮族自治区气象局的一位科研人员这样告诉记者，“岩溶石漠化地区江河纵横，降雨量大，但由于岩溶区落水洞和岩溶管道发育，大气降水迅速转入地下，导致地表水匮乏，居民饮水困难。”据分析，目前肆虐云南、贵州、广西等地的旱情，固然因其出现了历史最低值的降水，但当地所处的岩溶石漠化环境却让干旱“雪上加霜”，给抗旱救灾工作增添了不小的难度。

我国石漠化主要发生在滇、黔、桂三省（自治区），据广西壮族自治区林业厅统计，广西石漠化土地面积达 3500 多万亩，潜在石漠化土地面积达 2800 万亩，石漠化面积居全国第三位。在广西，石漠化地区人口达 1200 多万，约占广西总人口的 25%。

气候因子的变化与石漠化演变过程密切相关。近年来，广西壮族自治区气象减灾研究所一直进行广西石漠化生态环境气象监测和评价。该所利用 1986—2007 年的卫星遥感资料，结合典型石漠化实地调查和观测，在碳酸盐岩空间分布和海拔高程等地形地貌分析以及地物遥感光谱特征分析的基础上，建立了石漠化遥感解译模型，解译广西 20 世纪 80 年代、21 世纪初、2005—2007 年 3 个时段的岩溶石漠化遥感信息，依据石漠化程度评价指标，以县、市为评价单元，进行了广西石漠化强度等级综合评价，结果表明岩溶石漠化主要分布于桂西、桂西南、桂中和桂北的碳酸盐岩覆盖地区，在桂东地区有少量分布，整体呈西面重东面轻、北面重南面轻的特征。

气象专家分析，岩溶平原和盆地是岩溶区主要的耕地。在降水偏少年份或旱季，耕地无水灌溉，形成大面积旱片。而在降水偏多年份或雨季，岩溶洼地、岩溶盆地常常因发生洪涝灾害而受淹。有研究指出，长江和珠江近年来频繁发生的旱涝灾害与西南岩溶石漠化区严重的水土流失也有密切关系。岩溶区生态环境类型多样，水土流失过程复杂，危害十分严重，可以说已经到了非治不可的地步。

面对石漠化带来的缺水、贫困等恶性循环，专家建议，宣传引导，逐渐树立保护水土的生态观念；从岩溶石漠化区的具体环境特征出发，因地制宜，多部门配合综合治理。

（来源：《中国气象报》，2010 年 4 月 6 日，3 版，作者：曾涛）

马飚指导抗旱气象服务工作

近日，广西壮族自治区党委副书记、自治区政府主席马飚到广西壮族自治区气象局检查指导抗旱气象服务工作，看望慰问一线气象工作者，并就做好下阶段抗旱工作作出指示。在广西壮族自治区气象局，马飚对广西壮族自治区气象局积极为抗旱救灾工作所做的努力给予了充分肯定。

马飚指出，面对罕见的特大旱灾，广大气象工作者不辞辛苦，加班加点，始终奋战在抗旱工作的一线。气象部门着力加强监测预警预报服务和应急联动，成效明显。尤其是各级气象部门开展的人工增雨工作更是立下大功，在缓解旱情、降低森林火险等方面效果显著。

马飚要求，各主要新闻媒体要加强对抗旱气象服务工作的宣传。要推介气象部门在一线抗旱工作中涌现出的先进事迹，增强广大群众抗旱救灾的信心和决心。同时，自治区气象局要做好今年汛期天气的预测与评估。水利、农业等部门要加强与气象部门的沟通，随时掌握天气情况，有针对性地开展相关工作。

（来源：《中国气象报》，2010年4月9日，1版，作者：曾涛）

大旱之考

题记：这本该是一个生机勃勃的春天，这本该是一个书声琅琅的季节，这本该是一个播撒希望的时令。然而，一场罕见的特大干旱肆虐八桂，土地皴裂，江河断流，水库干涸……记者辗转旱区采访，一些人、一些事总在脑海萦绕，挥之不去。干旱可以侵蚀土地，却不能消磨人们坚定的意志。大旱之考，灼热的是气象人的那一种精神，见证的是气象人那一股执行力，激扬的是气象人那一番情愫。

有一种精神承担着使命

镜头一：3 月 13 日深夜，重感冒多日的韦春霞拖着疲惫的身躯从会商室回家，望着家里闪烁的灯光，她蓦地想起当天是女儿的生日。前一天，女儿在她耳畔提了个生日愿望：希望妈妈早回家，带回街口卖的鸡翅。踯躅门前，韦春霞心情复杂。

韦春霞是河池市气象局局长助理，气象台台长。她和同事们从 2009 年 9 月起就开始了与旱魔的较量。“主汛期启动干旱应急？”当年 9 月初，地处桂西北的河池、百色相继启动干旱Ⅲ级应急响应。迎着人们充满疑惑的目光，气象人的神情坚定而自信。桂西北主汛期雨量大幅偏少、降雨时空离散度大、大气环流异常这三大因素已让旱情悄然滋生。

随后，旱情呈蔓延之势，撕裂着大地。此时的气象部门已做好了抗旱救灾的准备工作。“当好‘消息树’，打好‘发令枪’。”大旱当前，广西壮族自治区气象局局长韦力行如是说。“消息树”传递着科学的声音，一份份监测预报信息安抚着公众焦虑的心；“发令枪”打出了抗旱救灾的节奏，应急预案步步升级。2 月 26 日，区气象局启动了干旱Ⅳ级应急响应，3 月 17 日提升至Ⅱ级；河池、百色两市气象局提升至Ⅰ级……一石激千浪，政府和相关部门的应急响应相继启动。

“仅一个月时间，就开展了 3 次森林火灾现场保障服务。”隆林县气象局有关人员说。2 月以来，桂西北重旱区火情连连，给旱灾“火上浇油”。广西气象部门使用卫星遥感，开展非常规的森林防火气象监测，滚动发布监测和预警信息。2—4 月，区气象减灾研究所发出了逾 70 份林火遥感监测材料。百色市气象局还建议市政府在春节期间下发有关开展人工影响天气作业降低火险的紧急通知，并据旱情变化进一步建议市政府发布禁火令。

4 月 5 日一大早，隆林县气象局的韦金霖和他的同事，披着满身露水，踩着一脚泥巴带回了最新的土壤水分观测数据。从 3 月 2 日起，重旱区气象人多了一项新任务：每天运用便携式自动土壤水分观测仪开展观测，将观测数据第一时间告知旱区政府领导和相关部门。

大旱之年，如何发展生产保民生？气象部门主动与农业部门联系，提供气象信息和农事建议，仅自治区一级就提供相关材料 30 多期。走在重旱区，可以看到一种旱地稀植的育秧方式，幼嫩的玉米苗从地膜中倔强地露出了头，让人们在恶劣的环境里看到了希望。

有一种行动彰显着力量

镜头二：4 月 3 日 12 时许，南宁吴圩国际机场，一架飞机缓缓着陆。冒雨等候在停机坪的广西壮族自治区党委书记郭声琨快步迎上前去，与刚从旱区执行任务返航的中国飞龙通用航空公司的机长赵成涛紧紧握手。

赵成涛和气象结下了不解之缘，在过去的 12 年中，他有 11 年是在广西执行增雨任务并度过春节的。2010 年的春节，对于他和广西气象人有点特殊。今年春节大年初一的早上，区局领导齐齐出现在会商席前；今年春节少了些鞭炮声和觥筹交错的场景，有的是天气图前的沉思、会商室里的热烈讨论、发送服务材料急促的脚步声……

“大旱当前，向我看齐！”区气象局党组叫响了这样的口号。面对步步紧逼的旱情，超常规的工作紧急展开。局党组 5 名成员率先垂范，分头带领工作组深入灾区指导，哪里灾情最重就奔向哪里，韦力行在旱灾期间3次亲赴灾区。各级气象部门和技术人员也纷纷深入旱区一线调研服务。

河池市九圩镇三旺人工影响天气作业点，陆广驰和他的两名伙伴一直在此驻守，饿了泡碗方便面，累了三人挤一个房间，凌晨两三点起床工作更是家常便饭。“一个月只有不到十天在家过夜。”陆广驰说。特殊时期，一支支活跃在旱区的人工增雨作业队伍在攻坚克难。2009 年 11 月，中国飞龙专业航空公司 3835 人工增雨机组抵邕，拉开了广西 50 年来首次秋冬季飞机增雨作业的序幕。从 2009 年秋季起，共组织飞机增雨作业 46 架次，飞行近 124 个小时；开展火箭增雨作业 1076 次，发射火箭弹 2462 枚。

久旱思甘霖，旱区群众对雨季有着更多的期盼。“4 月降雨偏少，雨季推迟。”在 3 月 25 日晚召开的自治区党委常委抗旱救灾扩大会上，韦力行向自治区主要领导汇报。自治区当即组织抗旱救灾领导协调小组。

如何将抗旱气象信息送达“最后一公里”？电视天气预报、手机短信、农信通、“12121”信息电话等各显其能，及时发布干旱、降雨信息，传递抗旱科普知识。其间，河池市气象局出了新招：开发了固定电话主动呼叫系统，有15万人次收到抗旱防火预警信息；同时利用设在人口密集场所的鑫视传媒（一种户外电子媒介）发布天气信息。

有一种情感凝结着大爱

镜头三：在海拔1300多米的隆林县岩茶乡龙台村三叉地屯，唯一的取水点早已干涸。3月31日下午，74岁的吴晓莲老人发现屯里忽然热闹了起来，原来是县气象局副局长尹华军携800多斤，价值2000多元的饮用水和蔬菜前来慰问。

60多公里的崎岖山路，车程近3个小时，回到县城已是晚上8点多。总是一脸笑容的尹华军向记者聊起他这几天“连轴转”的生活：前天到岩茶乡的卡白村送水，昨天和局里干部职工一起参与了县里的种植烤烟义务劳动，当天上午刚给县里报了一份服务材料，还举行了一个面向灾区的捐款仪式。和尹华军一样，旱区气象人劳累但快乐着。

大旱当前，气象人以实际行动书写着大爱。4月2日，一场抗旱救灾献爱心捐款仪式在广西气象大厦举行，在邕气象部门干部职工共捐款27500元。各市县气象局也已纷纷开展捐款活动。

有道是“肥水不流外人田”，但气象人看重的是“雨露共享”。3月8日，广西增雨作业飞机飞到了云南上空，支援兄弟省抗旱工作，取得了良好效果。

“这正是我们急切需要的。”旱区地方政府领导评价。继2月下旬将200枚人工增雨火箭炮弹分送至河池、百色两个重旱区后，自治区气象局领导从3月31日起再携520枚火箭炮弹驰援旱区。截至目前，该局已赠送了700多枚、价值近200万元的火箭炮弹。

旱情牵动全国气象人。中国气象局领导多次通过电话、短信指导抗旱工作，并增加了广西的人工影响天气作业经费和应急支出经费，还派出人工影响天气专家组赴旱区指导。河南省气象局和中国电子科技集团公司第二十七研究所则紧急捐赠了4套便携式土壤水分速测仪。4月8日，一场在南宁举行的广西旱情分析及汛期预报预测会商会，云集了国内众多知名气象专家。

来自国家气候中心、国家气象中心、华南区域气象中心的专家们为广西提供“智援”。

受自然降水和人工增雨的共同影响，广西近期旱情稍缓，但气象人依然紧绷着弦。“要继续发扬连续作战的作风，打赢抗旱救灾这场硬仗。”韦力行不断勉励着全区气象工作者。连日来，自治区党委书记郭声琨、主席马飚、副书记陈际瓦、副主席陈章良纷纷亲赴抗旱气象服务一线慰问指导，高度评价了全区抗旱气象服务工作。亲切的关怀，化作前进的动力，大旱之考的春天，气象人继续在云卷云舒间书写着那一页属于自己的精彩。

（来源：《中国气象报》，2010年4月9日，2版，作者：曾涛）

陈章良强调要做到防汛与抗旱两手抓

广西壮族自治区政府副主席陈章良近日召集水利、防汛办、民政、国土和气象等部门负责人到自治区气象局进行防汛形势紧急会商。陈章良强调，要采取强有力措施，积极应对强降雨天气过程；要进行分类指导，做到防汛与抗旱两手抓，根据各地实际进一步明确抗灾救灾工作重点。

陈章良指出，气象、水文两部门要加强监测，及时提供针对性的预报预警信息，使政府和有关部门能够提前组织做好防御准备。气象、水文、国土资源、水利、防汛办等部门要加强信息沟通，形成应急联动机制。

陈章良强调，当前要进行分类指导，做到防汛与抗旱两手抓，根据各地实际进一步明确下一步抗灾救灾的工作重点。桂东北要转入以防汛为主，桂西以抗旱为主、兼顾防汛，其他地区要做到防汛与抗旱两手抓。全区各地要树立防大汛、抗大灾的思想，要做好防汛抗洪的技术、物资等方面的准备工作，确保安全度汛。

（来源：《中国气象报》，2010年4月28日，1版，
作者：曾涛 陆丹 高安宁）

“无情”汉子的故事

“郭洪权、莫炳杰、刘庆华……”在广西河池市人工影响天气指挥中心门口喊一声，齐刷刷站起几位清一色的汉子。有人打趣道：“指挥中心这间不大的办公室本来就阳刚味十足，一场旱灾更是让这些汉子们变得‘无情’起来。”知情人向记者聊起了发生在他们身上的“无情”故事。

四十出头的郭洪权是指挥中心的“头儿”（业务科科长兼人工影响天气办公室主任），说起他的“无情”来，其妻用“不孝之子、无情丈夫”来形容。3月31日中午，正在下乡途中的郭洪权接到了弟弟的电话，弟弟的语气有些慌张：“二哥，妈现在正在县医院住院治疗，你抽空回来看一下吧。”郭洪权仔细询问了母亲的情况后，缓缓吸了一口气，对着手机话筒认真地说道：“近期有降雨过程，我走不开，妈就拜托你们好好照顾，等我忙完这阵子就回去看妈。”弟弟听后愤愤地撂下了电话，郭洪权盯着手机愣了一会儿神，就又忙碌开了。妻子听闻后，也急忙给他打来电话，恨恨地对他说：“你真是个不孝之子。”其实，妻子的怨气由来已久。大年三十，别人家都高高兴兴地团聚在一起，郭洪权却偏要跑到上百公里外的田阳机场去慰问空域管理人员；正月十五元宵节，他更是跑得远，跑到了首府南宁去拉运土壤水分观测仪等抗旱设备。近日，郭洪权的妻子偶遇风寒，感冒发烧，妻子打电话叫他给买点药，但他却说：“正在值班，没空，自己去买。”听到这“无情”的话，妻子气得连续几天没跟他说话。其实，冷静下来后，妻子和家人们都知道，看似无情的郭洪权有着一颗火热的心，他是母亲最宠爱的儿子，他何尝不想守在年迈老母亲身边尽孝心；他深爱着妻儿，但严重的旱情让他不得不在大爱与小情之间做出选择。“只要老百姓能种上庄稼，有水喝，我们忙点、累点又算啥。”郭洪权经常这么说。他深知旱区老百姓盼雨就像盼星星、盼月亮一样，对人工增雨有着太多的期许，为此，他总是感到自己身上有着千斤重担。

年近六旬的莫炳杰是指挥中心里年龄最大的，即将退休的他仍然战斗在抗旱工作第一线。莫炳杰一忙起来也是不着家，那个劲头丝毫不输给年轻人。4月1日，河池迎来了人工增雨作业的有利时机，作业人员打了个“漂亮仗”。

就在大规模作业后，细心的老莫发现库存“火力”不足了，一些县（市、区）人工影响天气办公室的增雨炮弹所剩无几。“让我去！”老莫立即将情况报告给值班领导，并主动请缨前往南宁调运炮弹。在经历700多公里的长途跋涉后，3日凌晨1时20分，一辆满载火箭弹的货车缓缓地驶入河池市气象局大院，车刚停稳，满脸汗水的他便急忙与大伙一起将一箱箱炮弹移入库房，一直忙到凌晨2点钟，才拖着疲惫的身躯回家。“干我们这行，常常没有休息日，这么多年了，早已习惯了。虽然不能常和家人待在一起，但与在野外作业点待命的作业人员相比，我感觉自己幸福多了。”老莫说。干了十多年人工影响天气管理工作的他，已记不清有多少个假期坚守在工作岗位上了。

“刘忙忙”是大家送给业务科副科长刘庆华的外号。“刘忙忙”之所以忙，是因为他的“全天候”工作状态，不仅要承担日常繁重的地面测报业务管理工作，还要参加应急值班和24小时值班工作。在别人看来难以完成的工作量，乐观的“刘忙忙”总能一一搞定，他说自己分身有术。自从进入抗旱应急状态以来，“刘忙忙”更是忘记了白天黑夜，虽然家近在咫尺，但却很少回去，家人嗔怪地说他的睡床已搬到了办公室。细心的同志会发现，“刘忙忙”以前“丰满”的身体，近来突然变“苗条”了，他也以调侃的语气笑着说道：“想减肥就到人工影响天气指挥中心来，保证您如愿以偿。”

…………

河池市人工影响天气指挥中心的“无情”汉子们，在旱魔肆虐之时有着一番率真性情和炽热大爱。如今，旱情虽已缓解，但在人工影响天气指挥中心，“无情”汉子的故事还在继续上演。

（来源：《中国气象报》，2010年5月14日，4版，作者：曾涛　彭勇刚）

和你一路看风景

“一路上见到电子显示屏播天气预报，还有气象科普知识宣传栏，感觉很妙。”到广西壮族自治区阳朔百里新村旅游的“驴友”们近日欣喜地发现。

阳朔，风景秀丽，处处皆画，近年来，这里成了自助游的“天堂”。阳朔县葡萄乡经白沙镇到城关镇，这是一条日益火爆的“黄金”自助游线路。此条线路总长大约100里，沿途山丘起伏、移步易景，可以看到漫山遍野的金橘树，这里就是闻名遐迩的金橘主产区。近年来，阳朔县着力打造这一百里新农村建设示范带。

“在百里新村这样一个集旅游观光、特色农业于一体的地带进行气象减灾防灾示范工程建设，是县气象局配合政府中心工作开展的。”阳朔县气象局局长吴忠平说。正是因为契合了政府和当地百姓需求，县委、县政府对百里气象减灾防灾示范带建设十分重视。2009年6月，桂林市气象局和阳朔县气象局启动示范带建设，白沙镇蕉芭林村观音山屯成为第一个建设示范点。针对农村防灾减灾实际，示范点共确定了三个方面的建设项目：气象科普宣传、防雷减灾和气象灾害防御，建设项目均于去年完工并已发挥效益。

2010年初夏，迎着和煦的阳光，记者造访蕉芭林村。村委会办公楼所在地是村民们的活动中心，在这里放眼一望，随处可见气象“元素”。村委办公楼左侧是一个自动气象站，右侧有一个气象科普宣传栏，办公楼外墙上安装的气象电子显示屏则格外引人注目。而在不远处一排村民新房的房顶，可以看到一根根避雷针挺立，宛如“保护神”。据了解，市县两级气象局在观音山屯共制作了两块气象科普宣传栏；为10户村民及村委办公楼免费安装防雷设施；安装了气象电子显示屏和气象信息接收机（DAB接收机）。“这是好东西，老师要我们保护好它。”自动气象站围栏外，正在嬉闹的小孩认真地说。

“现在到村头就可以看天气预报了，很方便。”刘世杰坐在自家新房前接受记者采访。已经70岁的他，从年轻时起就和全村人一起种金橘，现在更是靠着金橘走上了致富路。“金橘可是个金贵东西，雨多了怕霉，冻了怕伤果。”阳光下，刘世杰眯着眼，笑呵呵地说。侍弄了金橘大半辈子的刘世杰对天气格外关注，希望气象信息能更有针对性。

“此外，还要安装39块减灾防灾宣传路标牌，还要对葡萄乡、兴坪乡、白沙镇、阳朔镇开展特色农业精细化区划，还要对沿途经过的中小学生进行气象防灾减灾科普教育活动……”谈到示范带的近期工作，吴忠平一项项地数了起来。

百里新村，或疾或徐行走的“驴友”们不时驻足观看气象电子显示屏和气象科普宣传栏。“安全保障空白是自助游意外事故频发的一个重要原因。”旅游业人士指出。如何加强自助游的安全性？阳朔百里气象减灾防灾示范带建设进行了积极有效的探索。徜徉山水间，撑起一把遮风避雨的伞，一起去看最美丽的风景……

（来源：《中国气象报》，2010年5月26日，2版，作者：曾涛 阳菊）

全区气象工作会议暨人工影响天气工作会议召开

近日，广西壮族自治区政府召开全区气象工作会议暨人工影响天气工作会议。自治区政府副主席陈章良出席会议并发表讲话，他要求以提高气象和人工影响天气服务质量和效益为中心，以增强趋利避害能力建设为重点，充分发挥气象和人工影响天气工作的基础性、现实性和前瞻性作用，为广西经济社会发展提供有力保障。

陈章良指出，广西气象和人工影响天气工作思路清晰、措施得力，初步形成了“政府统一领导、各部门齐抓共管、全社会共同参与”的气象灾害防御工作局面，气象监测预报、防灾减灾、应对气候变化等能力进一步增强，气象和人工影响天气事业的发展为自治区经济社会持续健康发展做出了积极贡献。

陈章良要求，各部门要增强责任感和紧迫感，把气象防灾减灾工作放到科学发展的大背景下进行谋划，加快气象防灾减灾服务体系建设，做好气象灾害防御应对工作，最大程度减轻灾害造成的损失，确保人民群众生命和财产安全。

（来源：《中国气象报》，2010年5月28日，1版，作者：曾涛）

激战特大暴雨

“有3个乡镇降水量超过400毫米。”6月1日，广西壮族自治区气象台发布的最新降雨数据令人大吃一惊。

从5月31日12时至6月1日12时，强降水狂袭桂中、桂北，整个自治区累计降水量超过400毫米的有2个县（区）的3个乡镇，最大降水量出现在来宾市兴宾区迁江镇，达449.9毫米，降水量在300毫米至399.9毫米的乡镇有6个，在50毫米以上的多达256个。

在降雨中心区域，险情连连，来宾市实验中学院内积水深及胸部，800多名学生被围困；防城港市港口区发生山体滑坡，1人被埋、2人受伤；湘桂线良江至平塘段铁轨被洪水淹没，客车受阻。

激战，在前一天就已酝酿。“近两天我区将有明显降雨。”自治区气象台于5月31日上午向自治区党委、政府和相关部门报送了气象服务信息。当日16时30分，暴雨蓝色预警提前发出。“全力以赴做好强降水防御工作。”自治区气象局局长韦力行对此次“遭遇战”下达了动员令。18时30分，自治区气象局启动了Ⅳ级应急响应。

5月31日晚，区市县各级气象部门的值班室里灯火通明，战势节节“升温”。来宾、贵港、南宁等地首先嗅到了风雨欲来的气息。

6月1日2时发布暴雨橙色预警信号；4时发布暴雨红色预警信号；6时启动重大气象灾害Ⅰ级应急响应……平南县气象局的值班记录本上写着这样短短几行字，然而字字力透纸背，从中人们不难体会到那一夜的惊心动魄。不止平南一地，红色预警信号在八桂频频拉响。据自治区气象科技服务中心统计，该中心短信平台已发布29次手机预警短信，其中红色预警6次、橙色预警6次，接收人数达267万多人次。

“中午前，桂平、平南将出现100毫米以上的强降水。”6月1日1时，贵港市气象局与市国土局地质环境监测站的工作人员坐到了一起，共同会商防御强降水和地质灾害。双方信息共享，协商一致，迅即结合自身职能特点展开有针对性的防御工作。“你有没有接到暴雨红色预警？”1日凌晨时分，马山县里当、加芳两个乡镇的气象信息员的手机响起了急促的铃声，县气象局通过电话对信息员进行回访。当确认两位信息员均已收到预警信号，并已通知相关群众后，县气象局工作人员悬着的心才放了下来。气象人心系百姓，使防灾减灾的链条不断向基层延伸。

“将应急响应级别提升至Ⅲ级。”6月1日9时，自治区气象局副局长覃武签署命令。该局同时还向自治区党委、政府和相关部门报送重大气象信息专报，指出“我区局地出现特大暴雨，强降水仍将持续”。激战犹酣，无畏的气象工作者越战越勇……

（来源：《中国气象报》，2010年6月3日，1版，作者：曾涛）

广西：木棚下的悲剧

5月27日16时许，柳北区石碑坪镇石碑村老枫屯的村民吴云和丈夫朱小庆，在自家地里劳作。当时天气异常闷热潮湿。“还是赶紧回家躲雨，免得挨淋。”吴云看到天上翻滚的乌云，对丈夫说。两人迅速收拾好工具，快步往村子里赶。走到离村子还有三四百米的地方时，瓢泼大雨倾泻而下。两人看到半山坡上有一木棚，决定进去暂时躲避。随后，在附近地里劳作的村民赵连芳、黄秋梅等4人也跑到木棚里躲雨。

这个木棚其实是个高脚屋，占地6平方米左右，分上下两层，是村民晚上看守葡萄园用的。

刺眼的闪电不断划过天空，隆隆的雷声接二连三地在木棚附近炸响。“所有人几乎同时倒了下去。”朱小庆后来说，当时他也感到半边身子一阵发麻，不过他还能保持意识清醒。事后吴云说，她突然感到右半身一阵发麻，接着全身软了下来，身体不由自主地往后倒下去，失去了知觉。当她清醒过来时，和丈夫摇了摇躺在地上的几名村民，发现他们都没有回应。意识到遭遇雷击后，吴云在丈夫的搀扶下，冒着瓢泼大雨，踉跄地赶回村子呼救。

“肇事”的石棉瓦木棚搭设在一块种植葡萄的半山坡上，四周都是坡地，山顶有一个高约20米的水塔，四周十分空旷。在木棚的一根柱子上留下了骇人的雷击痕迹——柱子从上到下被劈开，碎裂的木块散落在直径为3米左右的范围内。

事发后，柳州市气象局和广西壮族自治区防雷中心工作人员立即赶到事发现场调查。对广西雷电监测定位系统当日的柳州市地闪记录进行查询、分析后发现，被击石棉瓦木棚半径1公里范围之内在17时8分有疑似“肇事”雷击地闪1个。当日该时间段内石棉瓦木棚所处区域（柳州市）有强雷暴发生，闪电频数多、强度高。

吴云在事发时坐在栏杆上，并抱住一根柱子，且脚上穿解放靴，因而只受轻伤。其他人均站在地上，其中，有两人光脚未穿靴且两脚呈八字形站立，此两人被雷击身亡；其他三人或穿鞋或站在木板上，此三人受伤。

“人的两脚分开站立时，两脚之间就存在一个电位差，使电流通过两脚和躯干的下部，导致伤亡。”广西壮族自治区防雷中心阳宏声介绍说，这其实是形成了一个“跨步电压”。一次闪电约能产生360千瓦时的电能，足以同时启动2000万个电饭煲。当人体被雷电击中时，强大的电流会顺着阻力最小的部位而下，最终进入地下。雷电流通过人体，可引起心脏、中枢神经系统严重失调，导致呼吸和心跳停止，造成组织的灼伤。此外，当木桩距地面一人高的地方与地面的电位差大于该处到附近的人的头部之间的空气击穿强度时，空气被击穿而导电，雷电流从木桩经空气向人体放电，导致伤亡。

石棉瓦木棚搭设在半山坡，四周空旷，属于旷野孤立建筑物，无任何防雷装置。由于云与大地之间发生的雷电，是有选择性的，一般情况下，孤立而突出的物体容易被雷击。而与周围比较，石棉瓦木棚处于最高点，也就是处于尖端的位置，由于尖端放电而导致雷击。

广西防雷专家就入汛以来频频出现的雷击事故提出了三点建议：一是加大对农民的雷电灾害防御科普知识的宣传力度；二是加强农村房屋防雷设施的安装，在农田建造避雷亭等防雷安全基础设施，为雷雨天气务农的群众提供避雷去处；三是完善现有的雷电监测系统，例如，在有特殊需求的地区，布设大气电场仪等，提高雷暴天气预警预报水平。

（来源：《中国气象报》，2010年6月4日，3版，作者：曾涛 周扬天）

一条短信救了45名工人

“一条手机短信救出了我们45名工人。”6月3日，在广西壮族自治区容县六王镇兴霖选矿厂，该厂厂长陈广激动地向前来开展灾情调查的玉林市气象局、容县气象局工作人员说起了“救命短信”的事来。

5月底以来，容县雨水不断。陈广因此格外关注天气预报，生怕位于山区半山腰的工厂遭遇地质灾害。6月1日22时左右，陈广的手机收到了一条容县气象局发来的暴雨红色预警短信，短信显示："在过去3小时内，容县容西雨量自动站测得雨量已达100毫米以上，且降水仍在持续，请注意防范。"

红色预警！陈广知道这已是最高级别的预警了。他读完这条短信后便坐不住了，心中忐忑不安。随即，陈广冒雨跑到厂里，将气象局发出的红色预警信息告知工人们，提醒大家小心提防。陈广还安排了4名工人连夜值守，巡查、监视后山的动静，一有情况立即向厂里报告。

6月2日3时左右，雨势加强。值守的工人发现有少量泥浆、石块从山上滑落下来。他当即将此情况报告给陈广。"赶紧转移！"陈广马上组织正在休息的工人们进行转移。在不到20分钟的时间里，45名工人全部从宿舍里撤出，转移到了安全地带。过了短短十几分钟，随着一声恐怖的巨响，上百立方米的泥土从山上倾泻而下，原来住满了工人的宿舍顷刻间倒塌了。

"真是太悬了！"工人们望着眼前轰然倒塌的宿舍楼惊魂未定，仅仅十几分钟前，他们还睡在那里，要不是及时转移，恐怕难逃一劫。大家都由衷地感谢这条救命的红色预警短信。

（来源：《中国气象报》，2010年6月9日，1版，
作者：曾涛 林飞飞 彭武坚，获中国气象报社第21届好新闻二等奖）

群众安危大于天

一次又一次强降水来袭，江河满溢，群众的生命财产面临严重威胁。在接连不断的汛情灾情面前，广西气象部门树立"群众安危大于天"的意识，讲求科学、勇挑重担、锐意创新、无私奉献，在危难之际经受住了考验，筑牢了防线。

部门联动 造福群众

"从6月19日20时至20日12时，特别提醒短信共计发出766万条，红色预警信号全网发送397万多条。"广西气象科技服务中心发布的统计数据显

示。该中心联合移动、联通、电信三大通信运营商，向预计受暴雨影响较大的近30个县（市）群发了天气特别提醒短信，提请注意防范洪涝和地质灾害；与此同时，还实行暴雨红色预警信号在影响区内的全网发送。

从19日8时起，广西红色预警信号等重大气象灾害预警发布有了新变化，受影响区域的手机用户可以免费接收到预警信息及防灾提示，全区2000多万手机用户均可自动免费享受此项服务。为将重大气象灾害预警信息及时传送到千家万户，18日上午，自治区政府办公厅召集区工信委、气象局、通信管理局等部门和通信运营商共同协调，达成共识：通信公司在10分钟内完成预警信息审批流程，并在其后30分钟内发完预警信息。

“气象和国土的合作是打破常规的。”在防御此次暴雨过程中，气象、国土两家加强合作，加密地质灾害气象临近预警预报信息发布频次。从19日21时开始，每小时制作发布小时雨量实况，加强天气趋势、地质灾害落区预报会商，连夜紧急联合发布广西地质灾害临近预报预警信息，把河池市区、天峨、南丹、环江、罗城、马山、上林、平果、田东、田阳等地的地质灾害预报等级提升为Ⅳ级，提醒当地群众注意防范地质灾害引发的伤亡和财产损失。接获预报信息后，各受影响区域立即采取防灾避灾措施。

“中考、期末考期间遭遇暴雨天气可延考。”19日下午，在自治区教育厅召开的全区中小学校防汛减灾工作视频会议上提出上述举措。会议邀请了自治区气象、国土、水利、地震等部门专家，通过视频向全区万名教育行政管理干部、中小学校校长、幼儿园园长进行防汛、防洪、防地质灾害知识的培训。

准确预报 服务群众

“暴雨下到哪里，预报服务就提前做到哪里。”广西壮族自治区气象局局长韦力行对全区各级气象部门下达了指令。15日上午，该局副局长覃武签署命令，将Ⅳ级应急响应升级为Ⅲ级，各项应急服务按照流程有序展开。

每一次预报都要做到像第一次那样认真。经过屡次强降雨洗礼的预报员们不敢有丝毫怠慢。17日，前一轮降水已成强弩之末，就在人们稍微松了口气之时，一则从自治区气象局发布的消息“20—21日新一轮强降水将影响我区”再次引起了大家的警觉。自治区党委、政府依预报紧急部署新一轮强降水的防御工作。

强降水如期而至后，《桂北部分地区出现强降水，19日夜间起新一轮强降雨将影响我区》《我区再次出现暴雨到大暴雨》等4份决策服务材料又次第发出，为防汛救灾的几个关键点提供了有力的科技支撑。

“向自治区主要领导和各市的市委书记、市长3小时报告一次雨情和天气预报。”这是一项打破常规的举措，自治区气象局因此也增加了不少的工作量，但为了让地方领导能够科学决策、让群众生命财产安全有保障，他们毫无怨言。

勠力同心 情系群众

灾情最重的地方，总有气象工作者的身影。6月19日，韦力行紧急赶赴梧州重灾区，深入一线指导防汛救灾气象服务工作。

6月以来，值班的副局长覃武把会商室当成他的第二个“家”，在那里，他和预报员们分享酸甜苦辣。

在暴雨肆虐之际，会商室里迎来了到广西进行技术指导的中央气象台首席预报员杨贵名，他在这里被称为“关键先生”。“在暴雨服务最关键的时期来到广西，在最关键的环节进行把关指导。”广西气象台预报员这么形容杨首席。

15日，杨贵名受中国气象局委派，紧急驰援广西。当时，广西气象台的两名总工程师都出差了，正是技术力量薄弱的时候，杨贵名的到来提供了强大的技术支持。17日晚，一场针对新一轮强降水的全区天气会商正在紧张进行中。强降水会在哪个时间点影响广西？强度有多大？这几个关键问题成了各方激辩的焦点。此时，一个沉着冷静的声音响起，是杨首席，他广征博引，作了科学翔实的专题发言，并“画定”暴雨行踪，“20—21日新一轮强降水将影响我区”。当晚，一份高质量的服务材料从气象局发出，为防汛抗洪提供了决策参考。“做预报员要有自己的职业准则，现在心中只想一件事：全力以赴做好服务。”杨贵名对于自己所做的一切都很淡然。

（来源：《中国气象报》，2010年6月22日，1版，
作者：曾涛 吕平 李菁）

中国气象局与广西壮族自治区政府签署合作协议 共同推进气象防灾减灾体系建设

7 月 15 日，中国气象局与广西壮族自治区政府签署《共同推进广西气象防灾减灾体系建设合作协议》。中国气象局党组书记、局长郑国光和广西壮族自治区党委副书记、自治区政府主席马飚出席签署仪式。中国气象局党组成员、副局长矫梅燕、自治区政府副主席高雄分别代表双方签字。仪式由自治区政府秘书长王跃飞主持。

根据协议，中国气象局和广西壮族自治区政府将重点在三方面开展合作：

一是共建广西北部湾经济区气象监测预报预警服务系统。为进一步做好《广西北部湾经济区发展规划》实施的气象保障工作，率先建成以现代气象监测网络为基础，气象预报预警和公共气象服务能力全面提升的广西北部湾经济区气象防灾减灾体系。双方合作建设广西北部湾海洋气象监测与预报预警系统，建设广西北部湾经济区陆路交通和海洋航运气象服务保障系统，建设广西北部湾经济区重大工程建设项目气象灾害风险评估和服务系统。为广西北部湾经济区经济社会的快速发展提供优质气象服务，为广西北部湾经济区率先实现全面建设小康社会目标提供坚强保障。

二是共建广西西江流域致洪暴雨监测预警系统。为了更加有效监测广西西江流域致洪暴雨的发生发展，提高对洪涝灾害的防御能力，建设广西西江流域布局合理的综合气象监测网络；建立完善气象、水文、水利、国土资源、民政等部门的信息共享机制；建设广西西江流域暴雨精细化预报预警系统，实现时空上对暴雨加密监测预警的发布；建设覆盖流域全境广大城乡、人口密集及防洪重点地区的暴雨预警信息发布系统；建立广西西江流域致洪暴雨风险分析评估系统。

三是共建广西农业气象服务体系、农村气象灾害防御体系。建立完善农业气象观测网络，建设专业化的农业气象监测预报预警服务体系；建立有地方特色的农业气象服务体系；加强人工影响天气作业的能力建设；适当增加村屯自动气象站建设密度，建设“预报到乡、乡乡有站”的农村气象灾害监测预报体系；建设覆盖广的气象预警信息发布网络；建立“政府主导、部门联动、社会参与”的农村应急减灾组织体系和气象灾害应急体系，实现县乡有领导分管、乡乡有气象信息服务站、村村有气象信息员，提高农业发展和农村防范气象灾害风险的能力。

按照统筹协调、共同支持的原则，双方共同加大对广西气象防灾减灾体系建设的经费投入，并在“十二五”规划的项目立项等方面给予大力支持；建立中国气象局和广西壮族自治区政府合作联席会议制度，形成长效合作机制。

签约仪式结束后，马飚会见了郑国光一行，双方就深入推进广西气象事业发展进行了深入交流。

（来源：《中国气象报》，2010年7月19日，1版，作者：曾涛 陈博杰）

郑国光在广西调研时强调 充分认识气象事业发展方式转变的重要性

7月13—16日，中国气象局局长郑国光到广西壮族自治区气象部门进行指导与调研。郑国光在调研时强调，要充分认识气象事业发展方式转变的重要性和必要性；要大力发展现代气象业务，不断提高预报准确率、精细化水平和服务能力；要始终坚持改革开放，不断提高事业发展的活力和动力。中国气象局副局长矫梅燕参加了调研。

郑国光就进一步推动气象事业发展提出了五点要求。一要充分认识转变气象事业发展方式的重要性和必要性。一方面要从国家经济社会发展的大局来认识，经济社会发展的需求是气象事业发展的牵引和推动力，另一方面要从气象事业发展自身规律来认识，及时、全面分析形势，准确地把握事业发展中的主要矛盾和突出问题，调整气象事业发展的重心和改革方向。二要大力发展现代气象业务，不断提高预报准确率、精细化水平和服务能力。三要始终坚持改革开放，不断提高事业发展的活力和动力。四要高度重视基层基础工作，努力促进气象事业协调发展、科学发展。五要高度重视党的建设和气象文化建设，努力建设和谐部门。

郑国光在广西壮族自治区气象局干部大会上表示，自治区气象局党组是一个具有战斗力和凝聚力的领导班子，广西气象事业发展思路清晰；大力加强基层基础工作，基层台站面貌大有改善；干部职工队伍的精神状态良好；气象服务工作得到了自治区党委、政府和社会公众的肯定。

郑国光说，社会对服务的需求越来越多、要求越来越高，要认真思考如何进一步提高预报服务能力，要让服务工作更加紧密结合地方经济社会的实际，更加融入地方经济社会发展大局，更好地融入老百姓的生产生活中。当前和今后一段时间，要紧紧抓住中国气象局与广西壮族自治区人民政府共同签订推进广西气象防灾减灾体系建设协议的契机，以合作的项目为抓手，做好广西气象事业“十二五”发展规划，科学谋划广西气象事业发展。

（来源：《中国气象报》，2010 年 7 月 19 日，1 版，作者：曾涛 凌颖）

“第一资源”支撑“第一要务”

“人才是事业发展的基石和源动力，是转变气象事业发展方式的内核动力，我们一直坚持这样的理念：以人才这一‘第一资源’支撑事业发展这一‘第一要务’。”广西壮族自治区气象局局长韦力行说。基于此，自治区气象局近年来依托人才工作，不断蓄力于“智慧资本”，才智涌动，智慧迸发，为气象事业发展提供了强有力的支撑。

畅通“引水渠”

“思路更宽一点，力度更大一点，心更诚一点。”近年来，求才若渴的自治区气象局党组深谙“常格不破、人才难得”的道理。说起引才，不得不提到两位来自东部地区的“外援”——特聘专家金龙和孙涵。2001 年，自治区气象局在人才引进中向发达地区“引水灌渠”。近年来，在金龙和孙涵两位特聘专家主持和组织指导下，自治区气象局共完成国家自然科学基金、科技部和省部级有关课题 18 项，在核心期刊上发表论文 160 多篇，获得省部级科技进步二等奖两项，两位特聘专家还于 2009 年获得全国气象部门二级专业技术岗位任职资格。

近年来，由金龙主导，广西自主开发的人工神经网络台风客观路径预报工具已作为少数几个客观工具之一，参加了全国的台风路径预报。孙涵则在广西农业气象领域大展身手，他先后主持了科技部“利用3S技术开展千米网格气候区划”和广西科技厅“基于3S技术的广西优势农产品气候区划细化研究”等项目，促进了精细化农业气候区划与其应用系统研究的推广工作。

做深“蓄水池”

“引水灌渠”之后，自治区气象局又着力打造“蓄水池”工程。一方面让被引进的人才自由翱翔，另一方面积极向内部挖掘潜力，走培养本土人才的路子。

“蓄水池”的深度决定着人才的储备量。为让“非常之人”脱颖而出，自治区气象局于2009年制定出台了《广西气象部门科技人才工程实施办法》，稳定吸引高素质的科研、业务骨干，通过加强重点培训、发放特殊津贴、安排个人自主科研经费等措施，使在重点岗位和关键岗位上工作的优秀人才得到实惠。目前，广西气象部门共聘任特聘专家2人、学科带头人5人、业务科研骨干37名、青年新秀88人。

“蓄水池”的厚度决定着人才的竞争力。自治区气象局把握住了社会需求和自身特色间的契合点，着力建设广西卫星遥感应用、广西气象灾害的人工神经网络（预报建模理论方法与应用）、广西热带气旋预报技术研究、广西主要江河流域降水和广西气候变化研究等五个人才团队，不断增强核心竞争力。

涌动泉源“活水”

没有科学的机制，就不会有人才泉源的充分涌流。近年来，自治区气象局已推动管理干部和业务人员“上挂下派”实现常态化。近三年来，共有56位处级干部进行了交流，先后选派20多人到处级班子挂职锻炼。如今，自治区气象局启动机关工作人员交流轮岗工作，八成以上机关工作人员进行换岗交流，机关的工作效率和干部职工精神面貌大为改观。

围绕“进得来、稳得住、用得上”这一目标，自治区气象局致力于建设长效机制。首先是加强教育培训工作，开展各类新知识、新技术、新业务的岗位培训，每年举办各类培训班 20 多个。支持在职人员提升学历层次，共有 409 人参加本科以上学历教育，其中 85 人参加了硕士研究生在职教育。完成中国气象局安排的气象远程教育培训，约有 3979 人次参加。其次是推进事业单位聘用制改革，抓住科学设岗、公开招聘、竞争上岗等主要环节，尤其是业务关键岗位、首席岗位、特聘岗位实行竞争上岗或公开招聘，调动职工的工作积极性，促进人员的合理流动和人才队伍结构的改善。三是制订针对业务质量、研究型业务、服务效益等不同标准的分配激励政策，坚持分配向关键岗位和优秀人才倾斜。四是加强聘用人员劳动管理工作，制定了《广西气象部门编制外劳动用工管理暂行办法》，加强对编外用工行为的规范指导和管理，保障用人单位和编制外用工的合法权益。

"用 5 年的时间，培养 4 个层次的广西气象部门骨干人才 250 人，其中第一层次'特聘专家'5 人、第二层次'科技带头人'15 人、第三层次'业务骨干'80 人、第四层次'青年新秀'150 人。"日前，记者走进广西壮族自治区气象局人事处处长苏用能的办公室，摆在案头的一份新鲜"出炉"的人才规划夺人眼球。

（来源：《中国气象报》，2010 年 8 月 25 日，1 版，作者：曾涛）

将台风放入神经网络"放大镜"

"在'康森''灿都'台风预报工作中，南海热带气旋遗传神经网络客观预报方法再次立功，共发布 24 小时预报 12 次，台风路径的平均误差为 98.3 公里，台风中心强度的风力误差为 4.7 米 / 秒。"记者日前从广西壮族自治区气象台了解到。

近年来，广西自主开发的人工神经网络台风客观路径预报工具已作为少数几个客观工具之一参加全国的台风路径预报。而在此基础上研发的"广西热带气旋防灾减灾气象预警、预报技术研究与应用"还一举拿下广西科学技术进步奖二等奖。

项目提出的利用遗传算法同时优化神经网络连接权和网络结构的热带气旋

强度、移动路径预报建模理论方法，是国内外大气学科中台风业务预报研究和应用的首创性工作。

人工神经网络方法的运用是该项目最具特色的地方。所谓人工神经网络，简单地说就是规范化表示人的思维方式，模拟人的思维，可以使电脑自己进行学习和判断。看似玄妙的人工神经网络方法是这样一种机理：如看到一个人也就是识别对象以后，首先提取其关键的外部特征比如身高、体形、面部特征、声音等，然后根据这些信息大脑迅速在内部寻找相关的记忆区间，有这个人的信息的话，就是熟人，否则就是陌生人。

将人工神经网络方法运用于气象预报中，是一项创新。广西壮族自治区气象局特聘专家金龙多年来从事人工神经网络气象预报建模理论方法与预报应用的研究。现已建立了神经网络的各种短期气候预测模型、时间序列的神经网络预报建模、神经网络的混合预报模型，开展了神经网络的数值预报产品释用、能见度预报等应用研究等。

“将影响台风的各种因子进行归纳，对各种参数进行计算，这种计算要达几万次，然后将各因子比例调到最佳，在此基础上建立预报方程，用人工神经网络方法建立了台风强度和路径的预报模型，在实际业务中用于预报台风的强度和路径。”区气象台科技人员用通俗易懂的语言向记者介绍了人工神经网络方法在台风预报中的运用。

“通过人工神经网络方法，台风的行踪好像进入了‘放大镜’，尽在掌握之中。”科技人员说。如 7 月 22 日上午，台风“灿都”进入广西台风警戒期后，区气象台利用基于神经网络的台风客观预报产品，对台风“灿都”登陆地点、进入广西的时间、地点均做出预报：“强度有所减弱，风暴中心于 22 日晚上从玉林到钦州之间进入我区。”预报的时间、地点均与实况较为吻合，为部署抗台防台工作赢得了主动。

广西热带气旋预报技术研究项目填补了广西过去在台风路径和强度预报方面无客观预报工具的空白。项目立足于广西，也走向了全国“大擂台”。依托该项目建立的南海台风客观预报工具，制作南海台风路径和强度的客观预报参加全国广播，屡有斩获。摆在记者面前的是一份长长的成绩单：“路径预报 2006 年 24 小时、48 小时和 2007 年 48 小时名列全国统计预报工具第 2 名，

2007 年 24 小时名列第三。强度预报 2006 年、2007 年连续两年 24 小时和 48 小时名列全国第一。”该项目共发表论文 29 篇。

近年来，该项目已在广西气象台、广西气候中心、北海、玉林等气象部门的实际业务预报中进行推广应用，并在各地的热带气旋防灾减灾工作中发挥了重要作用，得到地方政府、领导和部门的表扬，取得了重大的社会和经济效益。

（来源：《中国气象报》，2010 年 8 月 27 日，3 版，作者：曾涛 黄明策）

青春放歌　激扬风云

8 月 28 日晚，广西南宁，下了几天的雨“善解人意”地退出了舞台，微风习习，凉爽宜人。新启用不久的广西体育中心成为一片欢乐的海洋，3000 名越南青年和 2.8 万名来自全国各地的中国青年欢聚一堂。

8 月 25—28 日，以“中越友好、青春携手、世代相传”为主题的中越青年大联欢活动在广西南宁、柳州、桂林、北海、防城港、钦州、百色、崇左等 8 个市隆重举行。活动期间正是广西台风活跃、高温天气频繁的季节，对户外活动的影响大，气象保障服务工作任务重、难度大。

8 月 11 日下午，广西壮族自治区气象局局长韦力行在全区气象部门汛期服务紧急电视电话会议上对大联欢气象保障服务工作进行了部署，并对全区气象部门进行了动员。副局长覃武召集管理和业务人员进行“大会商”，为活动“量身打造”了服务方案。8 月 12 日，随着一份题为《“中越青年大联欢活动”期间气候概况》的专项服务材料发出，中越青年大联欢活动气象服务正式启动。

为做好本次重大活动气象保障服务工作，自治区气象局加强了三方面工作。一是切实加强领导值班带班和业务值班工作。二是加强技术准备和天气会商，为活动提供全方位的气象服务。做好重要天气过程和区域天气预报的技术准备，加强对地市级中短期天气预报和短时临近预报技术的指导。三是强化服务意识，“中越青年大联欢活动”气象服务产品统一以“专项气象服务”的形式提供，统一预报意见。

自治区党委副书记陈际瓦要求大联欢组委会根据未来气象预测，对有关活动做好防降雨的有关预案，确保有关活动顺利进行。组委会副主任、自治区党委副秘书长张宣东也要求自治区气象局针对8月28日中越青年大联欢大会和联欢晚会当天的天气情况进行更为精细的预报。

就在25日中越大联欢活动前一天，强热带风暴“蒲公英”这位“海上来客”前来搅局。自治区气象局于23日启动台风Ⅳ级应急响应，并提醒中越青年大联欢组委会及时做好应对措施。25日早晨，3000名越南青年代表团成员分批从凭祥友谊关、东兴等地口岸顺利入境。随后几天，越南青年在广西8个市开展了系列活动，区、市、县各级气象部门一路“护航”。

“在半个月时间里，仅自治区一级就向组委会发出24份专项服务材料。”记者从自治区气象台了解到。翻开服务详单，记者读出了其间承载那份超常规的重量。以26日为例，工作人员就要分上午和下午两个时段制作出广西区域及南宁、桂林、柳州、北海、钦州、防城港、百色、崇左等8市市区未来3天天气预报；而28日更是要逐小时提供南宁市天气实况和未来3小时天气预报以及南宁市区和东兴、凭祥市未来24小时天气预报。

28日晚的大联欢活动大会和文艺晚会是整个系列活动的重头戏。28日上午，雨水依然淅淅沥沥地眷恋着南宁，当晚露天活动举办地是否有雨呢？“28日晚上，阴天，气温23～25℃，偏北风1～2级。”16时，从自治区气象台发出的一则天气预报信息引人关注。组委会据此开展了各项工作，参会嘉宾和观众也安心走进了会场。

“你来我往有情缘……”中越青年深情的歌声中，荧光棒摇起来，彩扇舞起来，小号吹起来，青年人用火热的激情表达内心的喜悦，激扬着风云。

（来源：《中国气象报》，2010年9月1日，1版，作者：曾涛）

约定金秋　花润果硕

“第七届中国—东盟博览会开幕！”10月19日14时36分，中共中央政治局常委、全国政协主席贾庆林朗声宣布。随后，来自中国和东盟10国的领导手捧象征中国—东盟自贸区建设成果的果汁，共同倾入主席台前的“成果之杯”，表达着“水润花开、共享硕果”的喜悦。为期 6 天的第七届中国—东盟博览会大幕徐徐拉开。

20 日上午，秋阳灿烂，暖意融融。在会展中心前方左侧，大型电子显示屏在滚动播报着气象信息。会展中心前坪的重型机械露天展区，湖南客商老陈一边忙碌着，一边和伙伴讨论着天气：“天气预报说了，台风这两天还过不来，尽管放心吧。”会展中心内，更是一番熙来攘往的景象，精美的展台、琳琅满目的商品间映衬着中外客商的张张笑脸……

每逢金秋时节，中国—东盟博览会的永久举办地南宁总是宾朋云集，除博览会外，此地还将同期举行中国—东盟商务与投资峰会和南宁国际民歌艺术节，即“两会一节”。在中国—东盟自贸区于 2010 年 1 月 1 日如期建成的背景下举办的第七届博览会具有特殊意义，备受关注。因此，博览会期间的南宁天空也牵动着众人的心。

“要将博览会气象保障作为下半年的一出重头戏抓紧抓好。”广西壮族自治区气象局局长韦力行多次强调。刚度过主汛期，气象人再扬征尘。早在 9 月，气象部门就抽出专人分析历史气象资料。9 月 30 日，一份详尽的气候背景分析材料送抵博览会组委会。国庆长假期间，正值出游好时节，气象人却在默默地精心准备即将到来的“两会一节”。

10 月 14 日，广西壮族自治区气象局发出《2010 年“两会一节”气象服务方案》，副局长覃武担纲气象服务小组组长，气象保障服务进入“博览会节奏”。南宁市气象局和自治区气象台在此次气象保障服务中担当主力军，两支主力军想的是如何能实现“1+1 > 2”，盛会来临之际，更是频频“你来我往”。15 日下午，两家单位共同举办“两会一节”天气预报技术与气象服务交流会。除了内部加强联动外，广西壮族自治区气象局还积极向外寻求“智援”，与中央气象台、华南区域中心多次进行会商，听取各方观点，共同为南宁天空“把脉”。

“常规工作要抓实，非常规任务要有应急准备、不畏难。”历经 6 载博览会气象保障实战，气象人仍不敢松懈，“每一次都要像第一次”那样去做。翻开厚厚的服务产品详单，能想到的气象资料是“一个也不能少”。而对于组委会临时加急气象需求、遇到突发天气时的预报预警信息、根据需要实施的人工影响天气作业等气象部门也已做了周全的准备。从 19 日开始，市气象台向自治区党委、政府和组委会提供的气象服务转入了精细化和短临预报进程，每天 8 时到 20 时，通过手机短信、电台、互联网等方式，每 3 小时向组委会及民众滚动提供一次未来 3 小时天气预报。值得一提的是，该局针对自治区领导和博览会组委会领导建立起了“手机短信服务群组”，领导们可“零距离”掌握天气情况。

超强台风“鲇鱼”会不会到博览会上来捣乱呢？面对公众的疑问，自治区气象局组织强大的技术力量进行“会诊”，气象科技人员反复推敲着每一张云图、每一个数据，争分夺秒地“破译”着天空密码。“受冷空气和台风‘鲇鱼’西北侧下沉气流共同影响，博览会关键期的 19 日和 20 日，南宁天气晴好。”气象部门提前发布消息称。

约定金秋，大幕再启，这对于气象人来说又是一次担当，一次绽放。

（来源：《中国气象报》，2010 年 10 月 22 日，1 版，作者：曾涛 廖胜石）

刘实到广西检查指导气象工作

10 月 23 日，中央纪委驻中国气象局纪检组组长、局党组成员刘实到广西壮族自治区气象局检查指导工作。刘实肯定了广西气象部门的气象服务、党风廉政等项工作，强调要采取切实措施，形成抓党风廉政的合力；要加强风险管理，推进反腐倡廉规范化、制度化建设，推进气象服务等各项工作实现科学化。

刘实先后来到自治区气象影视中心、天气会商室等业务平台检查指导，并慰问一线业务人员，了解广西气象业务服务开展情况。他就党风廉政工作提出了要求。一是提高对党风廉政工作的思想认识，形成抓好工作的合力。要努力克服业务服务与党风廉政“两张皮”现象的出现，实现业务服务与党风廉政的有机结合。二是加强风险管理。要查出风险、堵塞漏洞；要规避风险、管理风险；要推进反腐倡廉规范化、制度化建设，坚持完善政务公开、廉政文化建设、审计等项工作；要推进气象服务等各项工作实现科学化，进一步提高工作效率与工作质量。

此前，刘实还到桂林、梧州等地气象部门进行了调研。

（来源：《中国气象报》，2010 年 10 月 26 日，1 版，作者：曾涛）

十年风雨路　八桂气象新

“唱山歌，山歌好比春江水……”耳畔回响着这首经典老歌，置身于素有“八山一水一分田”外加“一片海”的广西，记者悉心感受着八桂“印象”……

在 23 万多平方公里的八桂大地上，在西部大开发的十年发展机遇期，广西从南到北，从内陆山区到北部湾经济区，从农业主产区到工业区，社会各行各业都发生了喜人变化，这其中，气象事业的发展更是日新月异、令人瞩目。

十年磨一剑铸就硬实力

“硬件”决定硬实力，硬实力助推“硬功效”。借助西部大开发的历史机遇，广西气象现代化水平明显提升，防灾减灾体系进一步完善，气象服务效益十分显著。

“广西是我国面向东盟的重要门户，是西南地区最便捷的出海大通道，具有一定的区位优势。2008 年初，国务院批准实施《广西北部湾经济区发展规划》，北部湾经济区开放开发被正式纳入国家发展战略。这对广西经济的发展是一个机遇，同时也对气象服务提出了更高的要求。”广西壮族自治区气象局副局长覃武向记者娓娓道来。

经过十年的发展，广西气象事业的“硬件”建设有了突飞猛进的发展。气象现代化水平明显提升，已初步建成了由新一代天气雷达、探空雷达、地面气象观测站组成的气象综合观测系统，气象灾害监测能力明显提高。建立了比较完善的气象预测预报系统和重大灾害性天气预警发布体系，有效保证了预报预测的准确率。

随着广西气象防灾减灾体系的进一步完善，气象服务效益凸显。目前，广西气象部门已建立了气象预警信息发布平台，并组建了 26000 多人的气象信息员队伍，完善了重大气象灾害应急响应机制。在应对低温雨雪冰冻灾害、秋冬春特大干旱等重大灾害性天气时，气象部门都交出了令人满意的答卷。

一份份满意的答卷，彰显了气象服务的“威力”，也促进了气象部门影响力的提升。正如南宁市气象局局长全文杰所说：“无服务带动，就如无米之炊。近年来，通过示范带动和科技支撑，我们加强部门联动，努力做好专项气象服务。通过推广专项气象服务，我们与当地民政局、水利局、旅游局等多部门加强合作，大大提升了气象部门的影响力。”

位于广西北海的涠洲岛气象站是国家五类艰苦台站，也是广西唯一的海岛气象站。回忆起2003年那次惊心动魄的防台经历，涠洲岛气象站副站长杨永兴记忆犹新。“那次台风是至今以来对涠洲岛影响最大的台风，香蕉树倒了，房子塌了，岛上的经济损失超过1亿元。由于风大雨大，我们气象站的10个人全部坚守在这里，当时还是人工观测，在每次观测的时候，我们都要用绳子捆绑住身体，连在一起，才能走出去……现在，气象站全部实现了自动观测，对于台风，我们也没有那么害怕了。”

朴实的语言道出了海岛气象人的心声，十年来，受益于综合台站改善，涠洲岛气象站发生了很大的变化。在这里，记者看到了即将建成的涠洲岛海洋探测基地，这对于海洋气象预报业务和海洋气象服务的开展，无疑是个充满希望的利好消息。

凝聚“内力”锻造软实力

如果说硬实力是气象事业发展的源动力，那么软实力就是气象事业发展的“内力”。只有坚持“软硬结合”，才能推动气象事业快速发展。

一直以来，广西气象部门都致力于发展气象事业的软实力，在科技创新、人才队伍建设、党风廉政建设和精神文明建设等方面做足文章。

始终把科技创新放在首位。通过大力加强科技创新体系布局，充分发挥科技创新的重要支撑作用。如今，整个广西气象部门的科技创新能力和业务应用转化能力进一步增强，在卫星遥感应用、热带气旋预报技术研究、主要江河流域降水等领域取得了丰硕的成果。

大力推动人才队伍建设。气象事业的发展离不开人才，广西气象部门十分重视对人才的培养，在全区范围内实施了“广西气象科技人才工程”，形成了以特聘专家、学科带头人等高层次人才为核心，以业务科研骨干等高级专门人才为主体的人才结构。

党风廉政建设和精神文明建设取得实质性进展。2009 年 9 月，广西壮族自治区气象局成立了党组党建工作指导办公室，创新了气象部门指导基层党建工作的体制机制，与此同时，广西气象部门的党风廉政建设和精神文明建设也取得了实质性进展。

在桂林市气象局宽敞明亮的办公楼内，到处可见的廉政文化宣传牌吸引了记者的注意，“廉如梅花不畏寒”等警示语，看后撼人心灵。桂林市气象局纪检组组长刘福洲说：“党风廉政建设和精神文明建设是气象事业发展的‘助推剂’，我们通过深入开展主题教育活动，强化党员干部的廉洁意识与和谐意识。”近年来，桂林市气象局全体干部职工上下齐心，取得了一个又一个佳绩。在 2008 年，桂林市气象局被中国气象局评为“全国气象部门廉政文化示范点”，在 2009 年，桂林市气象局又获得了“全国文明单位”的荣誉称号，在桂林市气象局会议室里摆放了不同时期的“全家福”，从中也可依稀感受到这个集体强大的凝聚力。

探索“试金石”打造集约化

通过统筹集约，优化资源配置，广西气象部门在解决“上下一般粗”的弊端方面，做了一些有益探索。

“如何引领基层台站转方式、促发展？这是一个现实而紧迫的问题。广西属于欠发达省区，许多基层气象台站的资金、技术和人员都很匮乏，为此，我们进行了一些初步探索，采取了集约化的运作方式。”广西壮族自治区气象局局长韦力行如是说。

在打造集约化的路上，广西气象部门大力加强气象信息的发布工作，在全区范围内，逐步实现了气象影视“集中制作、末端分发”的运行机制，是全国第一个将设置了主持人同时具有省级高质量制作水平的气象影视节目覆盖所有地级市的省区。与此同时，广西气象部门充分发挥手机短信快捷高效的作用，提高气象短信的定制率，目前，广西全区定制气象短信的用户达 1000 万户，定制率稳定在 50% 左右。

今年，在广西壮族自治区气象局的努力下，广西壮族自治区政府明确要求“各大移动通信运营商在接到预警信息后，要在 10 分钟内审批，30 分钟内发布完毕”，这一举措开通了气象灾害防御信息快速传递的“绿色通道”，使气象灾害防御工作迈出了实实在在的一步。此外，在财务管理“县账市管”、预报业务“市代县”等集约化管理模式方面，广西气象部门也进行了初步的探索。

在旅游大县阳朔，记者采访了阳朔县气象局局长吴忠平。“近年来，阳朔作为中外闻名的旅游大县，吸引着越来越多的游客，承办的重大活动也逐渐增多，尤其是一些外事活动，以及每年的漓江渔火节和大型山水剧《印象·刘三姐》的演出。我们在做好原有气象服务的同时，也要为这些重大活动提供及时的预报服务。”吴忠平说，如今，实现了“市代县”预报，由市局做预报，县局负责订正服务，这在一定程度上减轻了基层台站的工作量，同时也更能保障预报的准确性。

十年风雨兼程，八桂气象更新。前不久，中国气象局与广西壮族自治区人民政府签订了《共同推进广西气象防灾减灾体系建设的合作协议》，协议内容涵盖了整个广西的气象服务能力建设。韦力行说：“我们的目标是力争用五年时间，把合作协议的内容落实好，争取到 2015 年，使广西气象的整体实力，在西部地区处于领先地位。”回望西部大开发的十年成果，展望未来发展，这位广西气象事业的领军人踌躇满志、成竹在胸。

（来源：《中国气象报》，2010 年 11 月 3 日，1 版，
作者：宛霞 曾涛 凌颖）

让气象科学走近你我他

近年来，随着公众对气象事件关注度的提高，社会对气象知识有了新的认知和渴求。为此，广西壮族自治区气象局和广西气象学会于 9 月起，在全区范围内开展气象科普宣讲大行动。大行动为期一年，全区气象系统两千多名干部职工将走进学校，走进农村，走进社区、企业和机关，多渠道、多形式向公众

普及科学知识和气象防灾减灾知识，让气象科普“唱”响八桂大地。

防灾减灾社会关注

“右江河谷是芒果适宜种植区，但平果县并不太适宜种植芒果……”11 月 24 日下午，广西壮族自治区气象局局长韦力行以通俗易懂的语言，深入浅出地为田东县近千名干部职工作了题为《气象灾害防御与气候变化》的科普报告。

田东首场报告会之后，广西气象科普宣讲大行动千场报告会就此拉开序幕，每个市、县至少举行 10 场气象科普报告会，全区每个宣讲员至少组织一场气象科普报告会。

选择在田东县进行千场气象科普报告会第一场，缘于该县党委、政府增加科学发展内涵，推动田东科学发展、和谐发展的需求。该县县委书记王西冀认为，田东是科学发展示范县，必须充分运用各学科成果科学决策，而气象又是最重要的学科之一；今后要进一步加大对气象的支持力度，加强对气象规律成果的利用，促进经济社会发展。

为此，11 月 5 日，王西冀专程到访广西壮族自治区气象局，力邀韦力行和其他气象专家到田东县给全县干部讲课。在双方的共同努力下，广西气象科普宣讲大行动千场报告会在田东县成功启动。

韦力行表示，实施广西气象科普宣讲大行动意义重大。这是推动农业气象服务体系和农村气象灾害防御体系建设，提高全社会对气象灾害及气候变化的关注度和参与应对能力，保障人民群众福祉安康的一项活动。

“一十百千”深入万户

培养一批气象科普创作专家，编写 10 篇以上气象科普宣讲课件，培训 100 名以上气象科普宣讲员，举行 1000 场以上气象科普报告会，简称“一十百千”，这是此次宣讲大行动确定的活动主要目标。全区各级气象部门围绕该目标，积极行动，踊跃参与，为传播气象科普知识做了大量的工作。

宜州市气象局、市科协和市电影放映站工作人员深入到田间地头，用山歌和 PPT 课件合成的气象科普宣讲材料进行宣讲，让气象科普“唱响”山村，受到广大群众的欢迎。

贺州市气象局利用“流动党校”平台向全市党员干部开展气象科普宣传。

防城港市气象局积极参加由市政协主办的“情系边陲·关爱民生”文化、科技、卫生“三下乡”活动，为当地村民答疑解惑。

广西气象影视中心针对当前自治区天气灾害发生特点，用通俗易懂的图文形式，在省级和市级共30多套节目中，增加了多种气象灾害应急防范办法的版块或滚动字幕，并利用中国气象频道插播节目及时更新、快捷滚动等特点，及时设计新版面，增加了洪灾、暴雨、滑坡、泥石流等灾害应急办法专版，每半小时一次滚动播出，最大限度地把防灾减灾信息，及时传播到城乡千家万户。

山歌传唱喜闻乐见

“楼顶安上避雷针，晓得防雷护自身；哪怕雷声响破天，也难惊我半点魂……”近日，在河池市气象宣讲员培训课上，人称“山歌副局长”的河池市气象局副局长黄运丰，又拉开嗓门唱起了气象山歌。“鲜活、亲切”，这是大家对气象山歌的评价。

黄运丰说：“气象科普宣传只有贴近实际、贴近社会需求、贴近民众生活，易懂易记，才能收到好的宣传效果。”据悉，为确保这次行动有特色、有实效，河池市气象局对全区统一的气象科普宣讲课件进行了地方化，在每个课件的开头和片尾都加入了当地山歌，并要求宣讲员在宣讲中要结合本地气候特点，注重知识性和趣味性的有效结合。

采用山歌和PPT课件合成气象科普宣讲材料，让宣讲内容和形式充分体现广西特色，是此次大行动最大的亮点和创新。

广西气象学会秘书长黄海平表示：“广西是刘三姐的故乡，人人酷爱山歌。我们把老百姓喜爱的山歌融入气象科普知识宣传和气象服务中，为的是让气象科普内容丰富多彩，公众喜闻乐见。”

（来源：《中国气象报》，2010年12月28日，3版，作者：曾涛）

重大气象灾害预警短信“绿色通道”开通

从6月19日8时起，广西各级气象台站如果发布红色预警信号等重大气象灾害预警，受影响区域的手机用户一般可在半小时内免费接收到预警信息及防灾提示，全区所有2000多万手机用户均可自动免费享受此项服务。

近段时间以来，广西屡遭强降雨袭击，为将重大气象灾害预警信息及时传送到千家万户，18日上午，自治区政府办公厅召集区工信委、区气象局、区通信管理局等部门和移动、联通、电信等运营商共同协调，达成四点共识：气象部门负责制作全网发送的预警信息，各通信公司负责向影响区网内全体用户发送；区气象局与各通信公司各自明确对口合作机构与负责人；各通信公司在10分钟内完成审批流程，并在其后30分钟内发完预警信息；区通信管理局负责协调以及监管气象预警信号发布的相关工作。

（来源：《广西日报》，2010年6月20日，1版，作者：曾涛）

气象万千为我用

——“十一五”广西气象工作扫描

风云变幻，晴雨暑寒，摸准老天“脾气”，预防和减轻自然灾害，顺应“天时”造福人类，有一项专业性很强、越来越受到重视的工作——气象。

“十一五”以来，广西气象事业沿着科学发展的道路，在六大方面取得长足进步。

——气象监测预警能力逐年提高。建立了由1256个自动气象站组成的气象灾害地面自动观测网，基本实现全区每个乡镇都建有自动气象站的目标。建成7部新一代天气雷达，对灾害性天气短时临近监测预警预报发挥了重要作用。建立了比较完善的天气预报和气候预测业务系统，预报预测准确率逐年上升，暴雨预报准确率提高了3%。

——气象服务深度和广度同时拓展。全区气象短信手机定制用户发展到近

1000万，占全部手机用户约50%，普及率位居全国前列；区、市、县三级兴农网站开通，气象信息电子显示屏等正在全面发展，利用各种媒体快速广泛地传播天气预报信息，气象影视节目成为收视率最高的节目之一。推进与农业、水利、林业、通信、卫生等部门的合作，气象服务的深度和广度进一步拓展。气象灾害防御管理体制进一步理顺，初步建立了“政府主导、部门联动、社会参与”的气象灾害防御体系，基本实现了气象服务信息“进农村、进企业、进社区、进学校”的目标。完成全区54所中小学校作为首批雷电灾害防御示范工程进行建设。

——气象服务效益越来越显著。在防御暴雨洪涝、台风、干旱、低温雨雪、冰冻灾害等重大气象灾害中，气象服务主动、准确、及时。面对2008年初历史罕见低温雨雪冰冻灾害、2008年9月台风“黑格比”、2009年6月罗城卡马水库抢险、2009年8月至2010年4月上旬的秋冬春特大干旱等重大灾害性天气过程，发挥了气象防灾减灾第一道防线作用，为抗灾救灾提供了科学决策依据，保障了人民生命财产安全。在历届中国东盟博览会、自治区50周年大庆等重大活动中，气象服务做到了保障有力。完成首批54所中小学校雷电灾害防御示范工程建设，建成全区1.8万所中小学防雷设施信息库。

——气象为农服务工作日益强化。农业气象服务体系和农村气象灾害防御体系两个体系建设在全区有序推进。在农业气象服务体系上，围绕水稻、甘蔗、木薯、蚕桑、油茶等大宗农作物生产，开展精细化农业气候区划，气象部门开发了蔗糖生产气象决策服务，开展了全区水稻种植面积遥感调查和林业有害生物发生发展气象条件研究等，生态环境卫星遥感应用服务能力也有较大提升。在农村气象灾害防御体系上，围绕解决农村气象预警信息传递“最后一公里”问题，组建起一支覆盖全区87%行政村，人数达2万多人的基层防灾减灾气象信息员队伍；安装了250台气象预警信息DAB卫星数字音频广播接收系统、建设了41块农村气象信息电子显示屏。

——人工影响天气作业显现威力。五年来共组织实施飞机人工增雨作业201架次，开展火箭高炮人工增雨防雹作业3289次，增雨受益面积约20万平方公里，防雹保护面积约5万平方公里，增雨直接经济效益约6.4亿元，减免雹灾损失约0.5亿元。基本建成区、市、县三级人工影响天气作业指挥系统，在自治区人工影响天气指挥中心建立了气象自动站分中心和广西人工影响天气模式产品共享平台。全区用于人工影响天气的各种投入累计 7717 万元，投入产出比约为 1∶40。

——气象事业发展环境不断优化。近年来，广西加强地方性气象法规政策建设，自治区人大常委会颁布实施《广西壮族自治区气象条例》和《广西壮族自治区气象灾害防御条例》两部地方性法规，自治区人民政府出台了《广西壮族自治区防御雷电灾害管理办法》政府规章以及《关于加快我区气象事业发展的意见》《关于进一步加强气象灾害防御工作的意见》和《广西应对气候变化方案》等依法发展气象事业的政策文件。广西气象部门近年来发布了 11 个强化社会管理的规范性文件，出台了 2 项气象地方标准。各地积极开展气象执法检查，逐步形成了依法管理社会气象防灾减灾事务的浓厚氛围。

"十一五"以来，经过各地各有关部门的共同努力，初步形成政府统一领导、各部门齐抓共管、全社会共同参与的气象灾害防御工作局面，气象监测预报、防灾减灾、应对气候变化等方面能力进一步增强，气象事业发展蓬勃向上，为广西经济社会持续健康发展做出特殊贡献。

根据自治区党委政府的部署，今后五年，气象工作将围绕防灾减灾和应对气候变化两个主题，针对防灾减灾决策、经济社会发展和人民生产生活三方面需要，突出气象防灾减灾体系建设、提高人工影响天气能力和改善气象服务三个重点，以提高气象服务质量和效益为中心，以提高趋利避害能力为重点，发挥好气象工作的基础性、现实性和前瞻性作用，全面推进广西气象事业迈上新台阶。

（来源：《广西日报》，2010 年 5 月 12 日，10 版，作者：谢彩文 曾涛）

全区气象工作会议暨全区人工影响天气工作会议提出广西气象事业要实现更大发展

5 月 10 日，全区气象工作会议暨全区人工影响天气工作会议在南宁召开。实现广西气象事业和人工影响天气工作更大发展，成为这次会议的主要议题。

会议要求，要加强气象防灾减灾体系建设，加强灾害性天气事件的会商分析，着力加强极端天气事件以及旱涝、冷暖等气候趋势的监测预测工作，最大限度地减轻灾害损失。要加强气象为农服务工作，重点是健全农业气象服务体系、农村气象灾害防御体系，做好农村中小学校、农村危房改造的雷电防御工作。要加强人工影响天气工作，实现人工影响天气由应急作业向主动防御作业转变。要加强“两区一带”建设的气象服务。进一步做好《广西北部湾经济区发展规划》实施的气象保障工作，加强监测西江流域致洪暴雨的发生发展，提高对洪涝灾害的防御能力。要加强应对气候变化和气候资源开发利用工作，进一步做好风能、太阳能、空中云水资源和农业气候资源等监测、预测和评估等工作，合理开发、科学利用和有效保护气候资源。要加强气象法律法规的贯彻落实，进一步健全“政府主导、部门联动、社会参与”的气象灾害防御体系，形成气象灾害防御的合力。

会议表示，当前全区各地已进入汛期，各级气象部门要做到思想、组织、制度、服务、机构“五到位”，密切监视天气变化，落实业务值班，加强天气会商，努力提高天气预报预测准确率，确保汛期气象服务万无一失。

（来源：《广西日报》，2010年5月12日，5版，作者：邓萍 曾涛）

气象：与我们息息相关的“千里眼”

气象关乎各行各业，关系国计民生。及时、准确地把握气象信息，不仅可以减少或避免损失，甚至可以创造效益。从某种程度上说，气象就是经济。

近年来，广西壮族自治区气象服务的经济社会效益十分显著。全区因气象灾害造成的死亡人员数由20世纪90年代平均每年200人左右，下降到本世纪以来平均每年90人左右。气象灾害造成的经济损失占GDP的比例从20世纪80年代的3%～6%下降到1%～3%。根据2007年的气象服务效益调查估算，气象工作的投入产出比达到1∶50。

如今，人们发现，气象预报悄悄“变脸”，交通气象、医疗气象、遥感气象、气候资源开发等新名词逐渐出现在人们的视野中。气象与农业、林业、水利、环保、国土资源、交通、海事、教育、广电、卫生等部门也广泛“联姻”，关系越来越紧密，合作的领域不断深化。

2009年12月23日，自治区气象局又与区卫生厅、林业厅、民政厅三个单位签订了应急工作合作协议，建立气象应急和卫生、林业、民政等部门的应急合作机制，共同及时应对相关突发事件，加强协调联动，实现气象灾害及其相关信息的资源共享，积极推动气象灾害防御工作。

人工影响天气作业：给百姓下“黄金雨”

新闻回放：久旱甘霖。1月9—11日，全区普降小到中雨、局部大雨，让久渴的甘蔗、玉米和冬种作物喝饱了水。

其实，这场喜雨是自然降水和人工增雨作业共同制造的“结晶”。隆冬时节，广西出现了较为严重的旱情，给人们的生产生活带来较大的影响。1月9日，广西大部地区出现了有利人工增雨的天气过程。在气象、驻桂空军、民航等部门协作配合下，广西连续组织实施飞机人工增雨作业3架次，作业飞行近9个小时，与此同时，贵港、南宁2个市的5个县（市、区）也实施火箭人工增雨作业共5次。

受喀斯特地貌影响，广西秋冬季节经常出现旱情。在全球气候变暖的背景下，今年旱情更是来势汹汹。2009年，广西从8月底以来一直旱情告急，农田干涸、农民急了！2009年11月17日，广西今冬明春飞机人工增雨工作全面拉开序幕。此次飞机人工增雨作业比往年提早了约两个月。气象部门除在冬春季节开展飞机增雨外，还根据需要随时进行火箭、高炮增雨作业。“人工影响天气作业”已实现常态化。

人工增雨对缓解各地的旱情意义重大。2008年，广西共组织实施飞机人工增雨作业52架次，作业飞行134个小时；全区14个市的86个县实施火箭高炮增雨防雹作业856次。全区累计防雹保护面积约1.7万平方公里，防雹保护区内没有发生冰雹灾害。这对缓解旱情、促进甘蔗玉米和冬种作物的生长、降低森林火险等级、增加水库蓄水发电、改善生态环境建设及有效保护广大人民群众的生命财产安全发挥了积极作用。广西甘蔗主产区的崇左市蔗农和制糖企业，一直受益于“人工降雨”，他们戏称“人工影响天气作业”就是给蔗区老百姓下的“黄金雨”。

气象预报：减灾防灾的“高参”

新闻回放：2009年7月3日，河池市罗城县卡马水库水位急剧暴涨，水库溢洪道开始排洪，水库导流洞垮塌，溃坝随时可能出现，下游1.5万人被紧急转移。

在防御这次强降水天气的过程中，广西各级气象部门充分发挥第一道防线的作用，密切监视天气变化，及时发布预报警报；河池市气象局和罗城县气象局在第一时间组成了应急气象服务工作小组驻守现场。自治区气象台每3小时通过手机短信向自治区领导及相关部门更新天气实况和预报。这些气象信息为政府防洪救灾决策提供了科学依据。

广西气候复杂。每到汛期时，广西各级气象部门精心组织，全力以赴做好强降雨天气的监测、预报和预警服务工作，把灾害造成的损失尽可能降低到最低程度。从2007年开始，与国土资源、水利水文部门合作，加强部门之间的合作交流，联合开展广西地质灾害水文气象预警预报。每年主汛期（5—9月），气象部门与国土部门、水文部门加强地质灾害落区预报会商，及时发布地质灾害预警信息。

人人共享：气象信息全知晓

新闻回放：“快看，气象电视！”2009年5月17日，横县云表镇新仲村的大人小孩像过节一样，人人脸上笑逐颜开。原来，南宁市气象局在村头安装了2块“新农村气象综合信息电子显示屏”，上面不仅有气象预警信息、天气预报，还有农情信息。“看一眼，近期天气全知道，大伙将其称为‘保护神’。气象信息对新农村建设太有用了。”村支书梁昌学赞不绝口。针对新仲村的茉莉花、桑蚕、西瓜等产业，气象部门还将开发相应服务产品。

“如今，气象服务手段和方式不断完善，信息覆盖面不断扩大，气象服务产品不断丰富。”广西壮族自治区气象局科技减灾处处长黄永新说。气象信息发布涵盖了广播、电视、报纸、电话、手机短信、因特网、警报系统等多种现代化传播手段。2008年，中国气象频道在广西实现落地，气象预报预警信息、科普知识、防灾减灾指示等，公众每天都通过电视天气预报节目知晓。

广西气象短信用户和覆盖面不断增加，全区接受气象短信的用户达900万，更多的城乡群众能够及时获知气象信息。气象部门还于2008年开始着手建立气象灾害信息员队伍，基本实现“一村一名”。

同时，还不断满足用户在精细化和个性化方面的需求，积极开发与公众工作、出行、健身、医疗和日常生活息息相关的气象服务产品；根据不同的需求群体制作不同内容、不同风格的气象影视节目，实现公众气象服务多样性。

专项专业：服务更精细

新闻回放：2009年11月上旬，受强冷空气影响，广西香蕉外运不畅，香蕉滞销、价格下降，严重影响蕉农的利益。

广西气象部门积极行动起来，用专业知识分析天气对香蕉产销影响及应对措施。记者从气象部门提供的《近期我区天气气候演变特征及其对香蕉产销影响评估分析》材料看到，上面不仅有10天的气温、降水概况，未来十天天气预报，以及强冷空气对广西香蕉产销影响，还提出相关建议。

“我们的气象预报和以前大不相同。过去，只有一个笼统的天气预报，现在更注重结合社会需求，开展专题服务，还做评估提建议。产品注重服务性，更有针对性、更精细，更专业了。有需求的部门和公众也看得懂、用得上。”广西壮族自治区气象局的一名工作人员透露。

广西气象部门不断深化专业专项气象服务，满足社会不断发展的需求。针对广西香蕉丰产滞销的情况，向各市党委和政府领导报送了天气气候演变特征及其对香蕉产销影响评估分析的服务材料，从气温、降水等方面分析天气对全区香蕉产销影响，对全区香蕉主要产区天气趋势作出预报，提出注意做好香蕉护理、收储和运输工作建议。

广西气象部门还围绕农业生产具体要求，加强农业气象情报业务，提供针对性气象灾害评估与风险分析产品，为农业生产决策服务。根据广西经济支柱产业需要，认真做好蔗糖专项气象服务工作，开发完善了“蔗糖生产气象决策服务系统”“糖厂农务气象决策服务系统”，为蔗糖气象服务产品的制作、发布提供了有力支撑，及时将气象服务信息传输到各级糖业主管部门、制糖企业。还开展木薯、马铃薯、中药材、名贵花卉等作物精细化农业气候区划技术研究，建立农业气候开发利用及区划信息服务系统，为种植业优化布局、品种引进及发展特色、精准农业提供气象咨询服务。

长效合作：提高气象保障能力

新闻回放：2009 年 12 月 23 日，广西壮族自治区气象局与自治区卫生厅、民政厅、林业厅三个单位签订应急工作合作协议，气象部门将预报、预警信号及时传递到合作部门；接到预警信号后，对方根据灾情，采取相应的防范和应对措施。气象部门与其他部门的应急合作将成为常态。这是广西气象部门积极探索如何让相关部门对即将发生的灾害性天气及时反应的一个重要举措。

“气象服务是经济社会发展的需要，必须进一步扩大和深化部门合作，提高气象为社会经济发展保障的能力。目前，气象与其他部门合作的机制有待进一步建立和完善；合作领域较单一；信息资源共享不充分，共享水平不高；部门的优势互补没有得到充分的发挥。”黄永新认为，气象部门要拓展与各部门的联系，必须建立长效合作机制，才能更好地服务于民。

——明确合作职责。合作部门之间通过签署合作协议、会议纪要、联合发文等方式，明确和规范部门之间的职责，互派技术人员交流学习，互派专家参加会商会等，及时沟通情况，共同研究解决部门合作中遇到的问题。

——信息交换，资源共享。农业、林业、水利、国土资源、气象等有关部门针对农情、森林火险、汛情、险情、灾情及重大气象灾害监测预警时联合会商。遇到重大灾害天气，实行信息交换，资源共享，及时组织专家分析研究对策，并联合报告政府和上级主管部门，并可共同组织专家组联合赴灾区开展灾情调查评估，分析灾害原因，评估灾害损失，指导灾后生产恢复。充分利用各方优势，进一步拓宽合作研究领域。

（来源：《广西日报》，2010 年 1 月 22 日，8 版，作者：谌怡秋 曾涛）

广西政协副主席黄日波调研气象工作

1 月 5 日，广西壮族自治区政协副主席黄日波率区政协教科文卫体委员会委员共 30 余人赴自治区气象局参观调研。政协委员高度关注气象防灾减灾、应对气候变化等热点问题。

黄日波等一行饶有兴致地参观了自治区气象影视中心、气候中心、气象科技服务中心、气象台等业务单位，听取了情况介绍，并与工作在一线的预报员、影视节目主持人等进行了交流。如何进一步发挥气象部门防灾减灾“主力军”作用、继续推进广西气象现代化建设进程、大力开展气象为农服务开展情况、建立健全部门联动的应急处置机制、进一步开展应对气候变化工作，这些问题得到了政协委员们的特别关注。

调研组认为，气象防灾减灾工作事关经济社会发展大局，事关人民福祉安康；又好又快地发展广西气象事业，是建设富裕文明和谐新广西的重要组成部分。一些政协委员还表示，将更好地发挥参政议政职能，为推进广西气象事业发展进言献计。

（来源：《中国气象报》，2011 年 1 月 7 日，1 版，作者：曾涛）

抚平冰冻的伤口

人们在慨叹八桂南疆顿显北国风光之时，低温雨雪冰冻灾害却已成伤。1月3—15日，受北方较强冷空气不断南下与南方低空暖湿气流交汇的影响，广西大部分地区阴冷天气已超过10天。桂东北局部一度出现雨夹雪或冰冻天气，部分地区出现道路结冰或电线覆冰现象。

甜蜜，不应被冰冻

连日来，桂北产糖大县融安打响了甘蔗“保卫战”。据了解，当前正值进入甘蔗新榨季，连续降温、冰冻天气对甘蔗生产非常不利，受冻的甘蔗重量会减轻，蔗根和梢部会霉烂，造成大面积减产、减收。

甘蔗是广西主要农作物，然而一场低温灾害似乎要将甜蜜冰冻。1月12日，广西气象减灾研究所发布题为《低温阴雨天气持续，甘蔗受害呈加重趋势，需加强砍运调度及留种工作》的服务材料。材料分析了入冬以来各蔗区天气实况，指出近期广西大部分蔗区出现入冬以来较大范围的降水天气，气温明显下降，部分蔗区达到寒潮标准。

服务材料认为，根据甘蔗寒害冻害评估与监测结果，综合甘蔗干冷型、湿冷型寒害冻害等级指标及广西年度甘蔗种植空间分布遥感信息，持续阴冷天气给各地甘蔗造成不同程度的影响。据统计，轻度寒害冻害面积约占全区种植面积的17.39%，中等程度受害面积占6.93%。

服务材料预计，1月中旬阴冷天气的维持，不仅严重影响各蔗区甘蔗的正常砍运，同时也将导致甘蔗受害呈加重趋势，给甘蔗的正常留种以及宿根带来不同程度影响。

气象部门就此提出了两点建议。一是及时调整砍运计划，优先砍运前期受冻或位于低洼地带容易受冻的甘蔗，对不耐寒的甘蔗品种，如新台糖系列，应优先砍收，以减少寒害冻害造成的损失。二是注意做好甘蔗留种计划。由于受霜冻、冰冻及阴冷天气叠加影响，部分蔗区甘蔗宿根及蔗种不同程度受损。为了确保下一季甘蔗种植面积，各地要注意做好甘蔗留种计划，未受害或受害较轻的蔗区，尽可能多留蔗种，确保种源供应。

覆冰，可承受之重

覆载在送电线路导线上的冰冻，称为“覆冰”，这是危害电力、交通、邮电部门的严重灾害，分为雨凇、雾凇、雨雾凇混合物、湿雪等 4 种。

覆冰挡住光明路，社会各界高度关注。为了避免广西电网再次遭受低温冰冻灾害的破坏，对广西输电线路覆冰进行区划研究提上了重要议事日程。广西壮族自治区气候中心、电力设计院携起手来，共同开展“广西架空输电线路覆冰气象条件区划研究”，以摸清广西导线覆冰的强度和分布范围，保证输电线路安全可靠运行，为电网建设保驾护航。

科研人员结合广西导线覆冰和地形特点，首次采用雨凇覆冰模型、地理信息数据和气象资料进行导线覆冰计算，并通过覆冰历史记录和实地调查资料对计算结果进行订正，解决了广西无覆冰观冰资料下的覆冰计算难点。还结合广西电网特点，分析断线、倒塔等事故区域的荷载和冰冻情况，考虑微地形、微气象点对覆冰增大的影响，从而判断各地区离地 10 米高 15 年、30 年和 50 年一遇密度为 0.9 克 / 厘米 ^{3} 的标准冰厚，然后经综合考量绘制出广西电网覆冰区划图，这一新的广西覆冰区划图，填补了广西在该领域的空白，对广西电网工程的规划、建设、运行有实际的指导意义，对农业、林业、交通等行业也有重要的参考价值。

准确划分冰区，对合理设计架空线路和保证线路安全可靠的运行意义非凡。科研人员利用广西 90 个气象站建站以来历年冬季温度低于 0 ℃最长连续日数的风速、降水资料，输入到 Kathleen F. Jones 雨凇模型，得到广西 90 个站建站以来历年的覆冰厚度值，然后利用经验极值方法计算每个站 15 年、30 年、50 年一遇的覆冰极值，再利用各个气象站每个重现期的极值资料及对应气象站的经度、纬度、海拔高度数据建立覆冰回归方程，把网格高程数据和对应的经纬度资料，代入覆冰回归方程，得到 1∶25 万分辨率的网格覆冰厚度值，最后利用绘图软件绘制得到各个重现期的冰区分布图。科研人员在此基础上进行冰区划分，并利用覆冰模型，计算得到 90 个气象站的重现期极值。

科研人员从气象角度提出输电线路抵御冰冻灾害献上六条计策：提高现行电网设防标准、提高设计气象条件重现期；当输电线路无法避开重冰区时，应认真做好覆冰调查，力争“避重就轻”，避开易成冰的不利地形；同一条输电线路经过多个冰区时要明确各个冰区的分界点；按照输电线路在电网中的重要程度进行差异化设计；输变电线路翻山越岭时，应尽量避免大档距、大高差；对于有些覆冰严重的地段，宜增加覆冰验算条件，提高铁塔和导线的抗覆冰能力。

（来源：《中国气象报》，2011 年 1 月 24 日，3 版，作者：曾涛）

广西：为“富民强桂”提供保障

1 月 20—21 日，2011 年广西壮族自治区气象局长会议召开。自治区党委副书记陈际瓦为会议召开作出批示，自治区政府副主席陈章良出席会议并讲话。会议提出要转变发展方式，提高服务能力，努力为实现富民强桂新跨越提供优质气象保障。

陈际瓦批示指出，面对 2010 年自然灾害多发重发的严峻考验，全区各级气象部门在人工增雨抗旱、提供各种气象服务等方面做了大量卓有成效的工作，为广西经济社会发展和人民安全福祉提供了优质的气象服务。陈际瓦要求，在新的一年，全区气象部门要以科学发展为主题，以加快气象事业发展方式为主线，加快气象现代化建设步伐，依靠科技着力提升气象服务的质量和效益，在“富民强桂”新跨越中迈出坚实步伐。陈际瓦强调，当前要针对广西部分地区出现的连续低温雨雪冰冻天气，做好气象防灾减灾工作。

陈章良对广西气象工作提出了三点要求和希望。一是要把天气预报做得更准确，精益求精。二是要完善各项应急措施，做好重大气象灾害防御工作。三是要加强气象防灾减灾的科技支撑。要着力开展广西的灾害性天气研究，要做好广西的气候变化研究，要加大气象基础设施的建设力度。

会议部署安排了2011年工作，提出了“十二五”期间广西气象工作总体思路。

（来源：《中国气象报》，2011 年 1 月 27 日，1 版，作者：曾涛）

他们都有一颗奔腾的心

“团体第四名，两位选手获全能三等奖，这是广西气象部门参加全国气象行业技能竞赛的新突破。”提到前不久举行的全国第五届气象行业职工技能竞赛，广西壮族自治区气象局观测与网络处处长、广西代表队领队韦京华高兴地说。

广西代表队参赛人员一共有三个人，分别是李静锋、赵丽英、廖铭超。这是一支年轻的队伍，他们平均年龄不到三十岁，取得如此佳绩，的确让人刮目相看。“他们都有一颗奔腾的心，所以他们表现出了一种团结拼搏、不畏挑战、敢于争先的精神，表现出了强大的战斗力。”韦京华总结道。

李静锋是三人中间的“老大哥”，他已是第三次参加全国技能竞赛了。“这可能是我最后一次参赛，我想给自己的‘竞赛生涯’画一个圆满的句号。”李静锋对记者说，第一次参加全国技能竞赛时，他获得了个人第二十八名，他所在的团队获得团体第十八名。回想当年，李静锋说，当时并不是特别在意，只是想着下一次有机会取得更好的成绩。当李静锋第二次走上全国技能竞赛的赛场时，比赛结果给了他沉重的打击，成绩还不如第一次好。比赛一结束，他就暗下决心，给自己定下了全国技能竞赛个人进“前十三”、团体进“前十”的目标。“李静峰是一个非常认真的人。”和李静锋同宿舍的廖铭超对记者说，每次熄灯睡觉后，他总会发现李静锋偷偷从床上爬起来，认真看着技能竞赛的书。

“赵丽英是我们三个人中进步最大的。”李静锋和廖铭超异口同声地说。赵丽英是参赛队员中唯一的女性，她完成了从“市局替补”到“全国个人全能三等奖”的飞跃。当初，没有几个人看好这名“替补”选手，但她却在比赛中出色发挥，接连拿下全区第三名、全国第十三名的好成绩。

与参加全国技能竞赛的其他选手相比，年仅 27 岁的廖铭超是个不折不扣的“小字辈”，他也是所有参赛选手中年龄最小的一个。“我妈妈身体不好，想回去看看她，但是总没有时间。”在经历了四个多月的集训和比赛后，廖铭超坦言，他想家了，很想回家看望母亲。

许嘉玲是广西代表队的技术总教练，这个在生活中对选手体贴照顾的温柔女子，在训练中，却有着严厉的一面。地面气象报告编制是广西代表队的弱项，在集训中，许嘉玲要求队员们每天限时编制一份大报，在保证准确率的前提下，尽量提高速度，这极大地考验着队员们的编报准确性和熟练程度……在许嘉玲的带领下，通过对一个个科目的强化训练，队员们的成绩有了明显提高。

“我们团队成员之间也经常会发生一些争吵。”李静锋和廖铭超笑呵呵地对记者说。这三个人中，李静锋和廖铭超是急性子，赵丽英性格比较沉稳，他们经常会针对学习上的某个疑难问题进行激烈争辩。“有一次，我们做一套题，廖铭超和我们的答案不一样，我们各执己见，争论起来，结果证明廖铭超是对的。”李静锋对记者说。

“我们有一个学习方法值得推广。”廖铭超说，这个能将枯燥的学习变得有趣的学习方法就是他们发明的“互问互答”法。实践证明，这个方法的效果很好。

“你要写一下甘姐。”队员们纷纷向记者提出这一要求。甘姐就是广西壮族自治区气象局观测和网络处副调研员甘一忠，她是广西代表队主教练。自从集训第三阶段起，她的咳嗽一直没好，但她坚持带队比赛。在队员们取得佳绩后，她终于松了一口气，与此同时，她发起了高烧，回南宁后就病倒了……

“这次比赛不是终点，是新的起点。我们要主动学习新技术，继续发扬气象测报人员勤于学习、积极向上的精神，争取在下次取得更好的成绩。”赵丽英说。

在比赛中，他们用一颗颗青春、炽热、进取的心，书写了一段精彩的故事。回归平淡后，他们那奔腾的心依然振奋。

（来源：《中国气象报》，2011年3月23日，4版，作者：曾涛 李颖婷）

依法规范气候资源保护利用

新建筑物要避免或减轻热岛效应、风害、光污染和大气污染；建设项目未进行气候可行性论证要罚款……从5月1日起，这将在广西变成现实。日前召开的广西壮族自治区十一届人民政府第78次常务会议审议通过了《广西壮族自治区气候资源开发利用和保护管理办法》（以下简称《办法》），自治区政府主席马飚签署第64号政府令，《办法》于2011年5月1日起施行。地方政府出台专门针对气候资源开发利用和保护的规章，此举在全国开创了先河。

广西有着丰富的气候资源，但是与之相悖的是近年来气候资源却遭到了破坏，或是在城市规划时没考虑气候影响，导致局地气象灾害增加。南宁、柳州、梧州等城市每年汛期屡屡遭受内涝之痛，桂北山区因冰冻雨雪灾害电网线路大面积受损……

从资源的角度来看，气候是一种宝贵的可再生自然资源，但开发利用较少。目前，广西的气候资源开发利用主要集中在农业领域，而且开发利用程度相对较低，开发利用范围不广，主要限于粮食作物。空中云水资源的开发主要限于气象灾害防御，经济建设领域较少利用云水资源。此外，太阳能、风能等在能源总量中的比例和在可开发总量中的比例都明显偏低，与经济社会发展不相适应。

“《办法》直击广西气候资源开发利用和保护工作与丰富的气候资源不相适应的尴尬现状，力求通过法律手段有效破解广西经济社会和资源环境协调发展的困局。”自治区气象局局长韦力行说。

“不能让‘盲区’继续存在下去，”广西壮族自治区法制办巡视员陆瑞华对记者说，“我们要制订专门的法律，通过法律手段规范全社会气候资源开发利用和保护活动，强化政府和部门社会管理职责，提升开发利用和保护能力。”自治区气象局党组决意寻求突破，该局自2010年以来主动汇报、广泛调研、撰写草案，为《办法》出台做了大量细致、周密的工作。

作为率先将《中华人民共和国气象法》中关于气候资源开发利用和保护的条款与当地实际情况有效衔接的省区之一，该《办法》力求新意。其中特别提出，城市总体规划、重点领域或者区域发展规划，应当由气象主管机构组织气候可行性论证。对可能影响气候变化或直接涉及公众气候环境权益的项目，应当举行气候环境影响听证会。导致气候环境恶化的项目不得实施；因国民经济建设、居民生活确需实施的，应当在项目实施的同时，采取保护措施，减轻对气候环境的破坏。

《办法》鼓励开发利用气候资源。以前人工影响天气工作由政府主导实施，现在则扩大到有关单位也可向气象主管机构申请开展专项人工影响天气作业。与此同时，《办法》也对相关行为作出明确的处罚规定，如“建设单位未对本办法第二十一条规定的建设项目进行气候可行性论证的，责令改正，并可处 1 万元以上 5 万元以下罚款”。

作为广西应对气候变化法规体系的一部分，《办法》还要求开发建设项目、工业生产项目、工程建设项目和气候资源开发利用项目，应当与当地气候资源相适应，避免气候和生态环境恶化。同时，还规定气象主管部门应当会同有关部门组织开展气候变化对生态环境和经济社会发展的影响分析评估，向政府和有关部门提出应对气候变化的措施和建议等。

“此次出台的《办法》在充分调查研究的基础上，结合广西气候资源开发利用和保护实际，细化了政府及相关部门职责、气候资源调查和规划、各行业开发利用和保护气候资源的具体措施等法律事项，具有鲜明的时代特色和广西特色，体现了新的气候资源治理理念和指导思想，是一部立足实践、着眼发展、突出广西特色的政府规章。”陆瑞华评价道。

（来源：《中国气象报》，2011 年 4 月 19 日，1 版，

作者：曾涛 廖柏林 廖雪萍）

大写平安第一笔

——我国气象防灾减灾工作综述

五月的延安，春意盎然，大片的果树花儿开得正艳，显得格外美。走进全国有名的苹果生产大县洛川县，果园里是一番繁忙的景象，果农们正忙着给苹果树喷药。而在洛川县气象局，防雹增雨作业的各项工作准备就绪。

频发的雹灾，曾让洛川果农遭受重创。不过，这些年，洛川果农的日子好过了。洛川县旧县镇袁甲村支书袁海军笑呵呵地告诉记者：“这几年气象局的服务越来越周到，气象预报预警信息越来越及时，苹果的收成也越来越好了。”

近年来，洛川县气象防灾减灾能力大幅提升，为以苹果产业为支柱的县域经济发展、农村稳定、农民增收发挥了重大作用。

洛川的气象防灾减灾仅是我国气象防灾减灾的一个缩影。在全国各地，气象灾害的监测预报预警服务有了较大进步，气象防灾减灾奇迹不断出现。

预报更精准——气象现代化建设全面推进，天气预报逐步走向精细化

准确监测和预报灾害性天气，是气象防灾减灾的第一道防线。近年来，中央和地方财政对气象事业的投入保持较快增长，综合气象观测系统、预报预测系统等气象现代化体系建设不断迈出新步伐，气象综合实力大幅提升。

在“十一五”期间，有这样一张结实的网——

全国已建成3万多个自动气象站，覆盖全国85%以上乡镇，数据收集实现每5分钟一次，对灾害性天气的监测能力已跻身于国际先进行列。

截至2010年11月底，已建成的164部新一代天气雷达覆盖了全国重点地区，实现了6分钟组网观测，业务可用性超过95%。

新一代极轨气象卫星“风云三号”B星成功发射，实现了极轨气象卫星上、下午星组网观测，将全球观测时间分辨率从12小时提高到6小时。

与之相应，也有这样一张骄人的成绩单——

建立了短时临近（SWAN）和极端天气气候事件监测诊断业务系统，全球中期数值天气预报分辨率提高到30公里，灾害性天气预警能力明显提高。

24小时全国晴雨预报准确率提高4.9%，暴雨预报准确率提高2%，最高温度预报准确率提高9.4%。国内气象数据收集、分发能力分别提高6倍和16倍。

超强台风“桑美”、川渝特大干旱、南方低温雨雪冰冻、淮河流域特大暴雨洪涝、西南特大干旱、新疆和东北等地特大暴雪……为何我们能够有效应对这些重大气象灾害呢？中国气象局预报与网络司司长毕宝贵认为，天气预报精细化水平的提高，为开展有效的防灾减灾工作提供了重要的基础支撑。

“十一五”期间，在深入推进天气业务发展与改革试点、深化数值预报研发业务、建设专家型预报员团队、强化顶层设计等系列大动作实施后，我国天气预报的时效性、准确率和精细化水平明显提高，总体水平接近或达到了国际先进水平。

我们高兴地看到：超强台风“罗莎”登陆我国，无一人因灾死亡，这与较为准确的台风预报密不可分。我国气象部门对“罗莎”的预报误差比日本、美国气象部门小。

在2007年淮河流域发生新中国成立以来仅次于1954年的全流域性大洪水时，紧急转移80多万群众，没有一人伤亡。从中央气象台到地方气象台，加密观测、加密预报，精准的气象预报为淮河防汛取得胜利提供了有力支持。

在汶川特大地震、玉树强烈地震、舟曲特大山洪泥石流抗灾救灾中，精细化的天气预报为党中央、国务院和各相关部门科学实施防灾减灾提供了重要的决策依据，并在整个防灾减灾链条中起到“发令枪”的作用。

服务更高效——冲破“最后一公里”瓶颈，公众防灾减灾“从我做起”

在广西壮族自治区，气象预警信息“绿色通道”深受百姓推崇。各级气象台站一旦发布红色预警信号等重大气象灾害预警，受影响区域手机用户可在半小时内免费接收到预警信息及防灾提示。对“绿色通道”的开通，广西壮族自治区党委书记郭声琨予以称赞，气象部门发挥了防灾减灾主力军作用，筑起了“第一道防线”。

云南省玉溪市红塔区洛河乡农民的收入来源主要是种植烤烟。烟农要控制好烟苗大棚温度，要选择雨天移栽烟苗、晴天采烟叶，对天气信息依赖很强。该乡乡长普伟明欣喜地说：“以前，气象灾害预警信息需要干部逐村打电话通知，村干部还未通知农民，灾害就来了。现在，有了电子显示屏，村民一看预报有暴雨，就会做好烤烟排涝准备，明显降低了气象灾害造成的农业损失。”

曾几何时，预警信息难以突破“最后一公里”，偏远地区百姓常无法及时获知，这是我国防灾减灾中的薄弱环节之一。近年来，一个“土”“洋”结合的立体化气象灾害预警发布平台，为气象灾害预警信息在与灾害赛跑中赢得优势。

在山东石岛、浙江舟山、广东茂名，海洋气象广播电台让海上作业人员可及时收听海洋气象预警信息；在福建，仙游县气象局在仙游国家级台湾农民创业园中安装LED气象预警显示屏，可自动将天气预报、旬报和农事建议等信息定时进行语音播报；在湖南，包括电视、广播、电话、手机短信、网络、警报系统、电子显示屏等传播手段，使分区域、分时段的气象预警成为防灾减灾的一大亮点。

而在全国，还有超过 30 万名奔走在防汛抗洪前线的气象信息员，他们是连接气象工作和老百姓的纽带，是基层防御气象灾害的“中坚”力量。他们冲在防灾减灾的第一线，第一时间将气象预报、预警信息传递给村庄、学校、厂矿、社区以及地质灾害、水库防汛等责任人，为有关部门和广大群众抢险、自救赢得了宝贵的时间；第一时间收集上报灾情，为政府决策部门指挥抢险救灾提供第一手资料。

不仅如此，做好科普宣传，也是气象防灾减灾的亮点。各地气象、科协、教育、交通等部门携手，广泛开展了气象防灾减灾知识进农村、进学校、进社区、进企业、进公交、进列车活动。从 2009 年开始，“气象防灾减灾宣传志愿者中国行”活动已形成品牌效应。这些，都极大地增强了全社会的气象防灾减灾意识，提高公众防灾减灾能力。

应急更有力——制定完善各类气象灾害应急预案，建立气象灾害防御机制

在应对暴雨洪水中，湖北、湖南、江西等地及时启动应急预案，确保了不发生群死群伤事件。在防抗强台风时，福建、广东、浙江等地组织大规模群众转移避险，应对井然有序。在新疆和东北地区防御罕见暴雪时，气象应急服务成为政府应急最重要的组成部分。

我们不难发现：各类气象灾害应急预案体系日趋完善，各种气象应急措施细化到人，气象灾害应急演练成为常态化，应急响应启动及时到位，气象灾害应急管理工作成效显著，各地的防灾减灾之棋因气象应急而盘活。

在“十一五”期间，《气象灾害防御条例》《国家气象灾害防御规划》《国家气象灾害应急预案》先后颁布施行，明确了相关应急处置部门职能，细化了分类分级响应任务，使气象灾害防御的各项政府职能落实到位。特别是《国家气象灾害应急预案》出台后，全国已有 30 个省（自治区、直辖市）印发地方政府气象灾害专项应急预案，全国地（市）、县政府出台气象灾害应急专项预案 1396 个。

中国气象局根据气象灾害预警服务部际联络员会议制度，组建了由 25 个

国务院工作部门组成的部际联络员队伍，实现气象灾害防御部际联动工作的常态化、规范化。在每次应急减灾中，气象与水利、民政、交通运输、农业、教育以及民航和电力等部门加强应急联动，在灾害防御中发挥了“消息树”的先导作用。

目前，我国已经逐步建立“政府领导、部门联动、社会参与”的气象灾害防御机制和“功能齐全、科学高效、覆盖城乡”的气象防灾减灾体系。通过建立健全应急预案、应急管理体制、机制、法制，我国应对气象灾害的能力大大增强。

中国气象局局长郑国光表示，防御天灾，不能指望“天帮忙”，只能依靠“人努力”。“十二五”期间，气象部门将继续把防灾减灾作为一个重要的工作，继续把“提高气象预报准确率”作为气象工作的核心任务。

（来源：《中国气象报》，2011 年 5 月 9 日，1 版，作者：郭起豪 王龙 杨玲 曾涛，获中国气象报社第 22 届好新闻一等奖）

“绿色通道”直达百姓家

“5 月 11 日 12 时至 12 日 12 时，全区通过‘绿色通道’发布暴雨红色预警信号 12 次，橙色 31 次，黄色 8 次；雷电橙色 8 次。共发送短信 6095513 条。”广西壮族自治区气象科技服务中心短信发布平台统计显示。在应对新一轮强降雨过程中，“绿色通道”又一次立下了汗马功劳。而 5 月 9 日下午，在全州咸水镇洛江村采石矿泥石流抢险救灾现场，气象信息员杨再明展示着他通过“绿色通道”收到的气象预警短信，并说他一直依据预警信息参加救灾。

气象预警信息如何在最短时间内跑完“最后一公里”，广西壮族自治区气象局党组一直努力破解这道难题。从 2003 年起，广西就通过建设气象短信系统平台和运营商的短信系统开展手机短信气象服务。2005 年，自治区气象局与广电、通信管理部门建立合作机制，实行重大天气影响区预警信息全网免费发布。但在实际操作中，往往会碰到预警信息发送不畅、审批时间长、速度慢等难题，预警信号的“消息树”作用没有得到充分发挥。

“原来全网发送预警短信，审批方面要递交书面材料、盖公章，大概要花至少1个小时，发送到用户手机上要四五个小时。”自治区气象科技服务中心主任粟华林介绍。

2010年6月中旬，正值汛期，在这防汛抗洪的关键时期，一个破解难题的契机出现了。6月15日，广西壮族自治区党委书记郭声琨到自治区气象局检查指导防汛工作，了解了预警信号发布情况后，要求更加及时有效地将气象服务信息传递给广大群众。17日，自治区党委召开常委会，郭声琨再次指示，要将暴雨红色预警等信息及时传送到千家万户。

为了贯彻落实好指示精神，在自治区气象局的积极促进下，自治区政府召开了气象预警信息发布协调会，自治区工业和信息化委员会、气象局、通信管理局、广西电信公司、中国移动广西分公司、中国联通广西分公司的负责同志与会并达成了四点共识，以会议备忘录的形式下发给各有关单位执行。

这四点共识是：气象部门负责制作全网发送的预警信息，各通信公司负责向影响区网内全体用户发送；区气象局与各通信公司各自明确对口合作机构与负责人；各通信公司在10分钟内完成审批流程，并在其后30分钟内发完预警信息；区通信管理局负责协调以及监管气象预警信号发布的相关工作。

这样，一条气象预警信息发布的“绿色通道”在新一轮强降水来临之前进行着紧张的搭建：自治区气象局在最短时间内组织人手开发出新的信息发布模板，通信公司抽出技术力量排除信息发布难题……经过通力合作，“绿色通道”终于开通。当广西各级气象台站发布台风预警和暴雨红色等级预警信号时，各电信运营企业接到气象预警后10分钟内完成审批、30分钟内发送完毕。在实际操作中，拥有几十万手机用户的县（市），公众往往十几分钟就能第一时间获取当地重大气象灾害预警信息。从至少1个小时到10分钟，从4个多小时到30分钟，从少数人群接收到全网发送，“绿色通道”防灾减灾直达千家万户。

2010年6—9月，广西各级气象台站累计向社会公众发布暴雨、台风、高温、冰雹、雷电等预警信号共2700多次，近1.6亿人（次）通过手机接收到预警信息，特别在暴雨频繁发生的6月下旬，全区发布暴雨红色预警57次，2000万余人次接收到预警短信。广西壮族自治区党委书记郭声琨赞扬气象部门充分发挥了“第一道防线”的作用。

“绿色通道”一举成功，自治区气象局再接再厉，不断完善气象灾害预警短信全网发布工作流程，与区通信管理局和基础电信运营企业等部门建立了预警发布的长效机制，提高了预警发布的提前量和时效性，强化了气象灾害预警信息向基层的延伸和跟踪服务。

“我们下一步将从四个方面推进预警信号发布工作。”自治区气象局局长韦力行说。这四个方面包括推进精细化预报业务建设、加强部门合作、强化气象部门公共服务能力和社会管理职能、开展防灾减灾预警知识宣传。而为了使“绿色通道”更为畅通，该局将积极推进“政府购买服务”的方式，争取政府公共财政的投入，通过财政支持来确保“绿色通道”有效运行、服务群众。

（来源：《中国气象报》，2011 年 5 月 17 日，1 版，
作者：曾涛，获中国气象报社第 22 届好新闻三等奖）

陈章良要求做好人工影响天气工作

5 月 30 日下午，广西壮族自治区政府在自治区气象局召开了 2011 年广西飞机人工增雨作业总结会议。自治区政府副主席陈章良充分肯定了人工影响天气工作的重要作用，并强调要发扬成绩，再接再厉做好下一阶段的人工影响天气工作。

陈章良指出，执飞机组、人工影响天气作业人员及各级气象部门和人工影响天气办公室充分发扬了不怕苦、不怕累、连续作战的精神，他代表自治区党委、政府对长期以来奋战在人工增雨一线的人工影响天气工作者，及配合支持人工影响天气作业的相关部门和单位表示感谢。他强调，人工影响天气工作为促进广西经济社会发展发挥了重要作用。要发扬成绩、再接再厉，争取工作再上新台阶。当前已入汛，冰雹等强对流天气灾害频发，要扎实有效地开展好防雹消雹工作。部队、民航等有关部门要团结协作、密切配合，继续大力支持人工影响天气工作开展。

（来源：《中国气象报》，2011 年 6 月 1 日，1 版，作者：曾涛 程鹏）

广西合山煤矿塌陷事故救援现场气象服务专报凌晨发出

“合山市矿井塌陷事故现场7月4日12时天气实况：气温31.7 ℃……未来两小时晴间多云，气温32～34 ℃。午后气温较高，需注意防范。”7月4日12时，一份服务专报紧急发出，这已是广西合山煤矿塌陷事故现场抢险救援气象应急服务保障组向救援指挥部领导发布的第29期专项气象服务短信。

同时，来宾市气象局制作《合山市矿井塌陷事故专项气象服务》材料也在第一时间呈送至现场救援指挥部。

截至7月7日8时，应急气象服务保障组已向合山矿难指挥部发布专项服务材料40多期，现场汇报最新天气变化10余次，发布专项预报短信900多人次。

7月2日12时30分左右，广西壮族自治区合山市煤业公司八矿樟村井矿区发生一起地面塌陷引发井下事故。事故发生后，广西壮族自治区气象局、来宾市气象局迅速作出反应，移动应急车第一时间到达现场。

事故发生时，井下共有煤矿工人71人，其中49人安全升井。22人被困离地面垂直距离310～390米的区域。矿难现场地形复杂，塌陷面积大，救援过程如遇强降雨，后果将不堪设想。

“立即开展各项应急气象服务。”7月2日下午，在接到煤矿塌陷的报告后，广西壮族自治区气象局局长韦力行、副局长覃武等当即作出指示，要求来宾市气象局加强预报服务，紧急启动应急保障预案，加强与区气象台会商联动。

7月2日17时15分，来宾市气象局组织气象应急服务小分队第一时间赶赴矿难现场，带队局领导在现场向市委书记张秀隆、市长杨和荣、副市长周长青及合山市代市长莫莲汇报天气实况及未来天气趋势信息。

与此同时，来宾市气象局开始滚动向来宾市和合山市政府及相关部门提供救灾专项气象服务信息。

7月2日23时左右，应急移动气象站在救援现场的一栋小平房顶上安装完毕。3日凌晨，第一期包括救援现场气温、风向、风速、空气湿度的天气实况和精细化的短时临近预报等更为详细的专项服务信息“出炉”。接着，每两到三小时一期的滚动实况和预报信息通过手机短信、邮件、传真等方式传到抢险救援工作领导和有关单位。

“气象服务很周到，你们辛苦了。”7 月 3 日 1 时，得知气象局的应急移动气象站已安装调试完毕，来宾市委书记张秀隆立即放下手中工作，到现场检查应急移动气象站的安装情况。

“夜晚没法休息，但看到我们的气象服务能够为救援工作提供及时有效的保障，再累些也是值得的！”来宾市气象局主要负责人郭小军说。此时，连续奋战的郭小军声音已十分沙哑。

目前，合山市煤矿塌陷救援工作还在继续，广西应急气象服务工作人员依然在紧张地制作精细化气象预报，为救援指挥部提供气象保障。

（来源：《中国气象报》，2011 年 7 月 8 日，2 版，作者：曾涛 黎惠全）

引入“3S”技术　广西农业气候区划更直观

农业生产目前仍在很大程度上受制于气候条件。在全球气候变化的背景下，温、光、水在时空分布上发生怎样的变化，它们将怎样影响农业生产？在现代农业精细化的发展趋势下，如何做好气候资源开发利用这篇文章？近年来，广西气象部门大力开展气候区划工作，为精细化农业生产“导航”。

在广西气象减灾研究所，一个名为“广西蔗糖生产气象决策服务信息”的操作平台正在平稳地运行。通过这个信息平台，人们可以直接看到通过分辨率为 20 米 ×20 米、300 米 ×300 米的多种卫星拍摄的照片。经过处理后显示的广西现时的蔗糖产区图片，还可以直观地看到全区各地、各县，甚至各个村的蔗区的密度、成熟度，哪些蔗区已经在砍伐中、哪些蔗区适合砍伐，该蔗区的降雨情况、未来的温度及其降雨情况分析等尽收眼底。

据专家介绍，该信息平台可以给每一个糖厂提出建议，告诉他们应该先砍伐哪些比较成熟的蔗区；可以告诉当地的蔗农，未来几天的降雨、霜冻、冰雹情况，让蔗农们决定是砍蔗还是继续留种；还可以综合一年的数据，告诉当地农民，今年蔗区的总体情况，哪些型号生长得比较好、哪些型号比较差，明年的气候走向，发展哪些型号的蔗种比较有利；还会给出当年估产，明年种植面积、种子调配、灾后重建、具体给哪些地区发放灾区补贴等问题的答案，俨然一个“蔗糖产销分析大师”。

“蔗糖产销分析大师”是广西开展精细化农业区划的一个缩影。近年来，广西壮族自治区气象局全力发展“卫星遥感技术（RS）+ 地理信息系统（GIS）+ 全球定位系统（GPS）”组成的 3S 系统。“基于 3S 技术的广西特色农业气候区划精细化研究”在广西数字化地形数据、多源卫星数据及全区气候资料基础上，运用 GIS、GPS、RS 技术及气候资源小网格分析等方法，使农业气候区划技术有了根本性的改变。项目重点研究解决了基础地理信息处理、气候资源空间分析模型构建、卫星遥感云覆盖率和陆面温度（LST）数据在区划中的应用，基于中分辨率成像光谱仪（MODIS）和增强型专题绘图仪（ETM）数字影像的农业背景信息解译，区划系统软件开发等关键技术与难点问题。

该项目的创新点在于首次将“3S”集成技术完整地应用于农业气候资源调查；首次将卫星遥感云覆盖率、LST 等作为重要气候资源和独立因子应用于农业气候区划；首次制作了广西年、季云覆盖率和 LST 气候分布图；首次开发了基于组件式 GIS 的农业气候区划应用系统。

2007 年，该成果经广西壮族自治区区划办和自治区气象局共同上报自治区政府办公厅，自治区政府批转农业厅、林业局在实际工作中予以应用。目前，成果已先后在广西农业、区划、粮食、气象等部门近 20 个单位推广应用，并在农业种植结构调整、规划制定、新品种引种、灾害监测等方面发挥了重要作用。

（来源：《中国气象报》，2011 年 7 月 11 日，3 版，作者：曾涛）

气象局长的网友见面会

“市气象局最好以单位发言人的名义在论坛上注册一个账号（ID），有灾害性的天气时能及时发帖。”“希望能在网络上更多地看到关于气候变化的科普宣传信息。”近日，广西壮族自治区防城港市气象局召开气象服务座谈会，市气象局局长杨宝回和来自广西新闻网红豆社区防城港论坛的 8 名网友坐在一起，共话气象服务。

“网友来自基层，代表基层，希望广大网友为我市的气象事业建言献策，积极反映百姓对于气象服务的心声，最好能给出些‘金点子’，也可以‘拍砖’。”杨宝回一番幽默的开场白拉开了座谈会的序幕，也使会场气氛变得活跃起来。

“市气象局开门纳谏，一把手与网友见面，在全市机关单位中首屈一指。”版主“阳光灿烂”感谢市气象局的热情相邀。她在会上简要介绍了红豆社区防城港论坛的版块功能、管理模式等基本情况，并和网友“欢乐老家”一起建议气象部门更多地利用网络渠道在论坛中发表关于气象话题的帖子，就气候变化这一热门话题与网民展开互动。杨宝回听后频频点头，坦言以前确实对网络舆情重视不够。

网友“gxyyj”建议气象部门以单位发言人的名义在论坛上注册一个 ID，即将出现灾害性天气时及时发帖，将气象预警信息通过网络告诉广大网友并传递到每一个角落。杨宝回局长认为这个主意不错，并与版主“阳光灿烂”商议将预警帖子置顶，让广大网友和群众能够第一时间及时获知气象信息。

“最好结合每一阶段的天气情况，或近期即将出现的重大天气过程，就网友最关心的问题开展在线互动，每次互动最好提前一个星期进行预告。”网友“绵绵春雨”提议。

“气象部门要跟网友们建立一种联系，让更多的人关注气象事业，为提升气象服务水平贡献一份力量。”杨宝回表示，将不定期地召开类似的网友见面会。

（来源：《中国气象报》，2011 年 7 月 19 日，2 版，作者：曾涛 周启强）

山歌声声响　不唱情歌唱气象

“气象科普有意义，它是一把金钥匙；钥匙打开千重锁，防灾减灾更有力。”山歌悠扬起，响彻夜空。8 月 23 日晚，广西河池市巴马瑶族自治县寿乡广场成了县城最热闹的地方，5000 名观众聚集于此，参加一场气象山歌会。这场山歌会由河池市气象局、市科协，巴马县政府、县全民科学素质行动计划领导小组联合举办。

河池是刘三姐的故乡，人人爱唱山歌，经常以歌代言、以歌传情，举办山歌会在当地并不是什么新鲜事。但老乡们觉得这次山歌会有点不寻常：不唱情歌唱气象。

"寿乡广场办歌圩，气象科普是主题。"河池市气象局、市科协的领导首先带头上台唱响开台歌。随后，在观众的热烈掌声中，开始了对歌，对歌的双方是市气象局歌队与巴马县科协、县直机关歌队。

"上级文件到基层，石灰见水我开心；你是专业大哥佬，做个辅导给我听。"巴马县直机关歌队开始向市气象局"发难"，"知识靠你来传递，防灾靠你多出力；国务院的新文件，请问怎样来实施？"

"气象预警要及时，防范措施要有力；懂得灾害要来到，群众首先要转移。"

"听你讲解我心定，预警可以避灾情；气象信息用得好，人命财产可安宁。"

歌手们针尖对麦芒，插科打诨，令在场观众捧腹大笑。

山歌响起，笑声响起，歌手们有来有往间，气象科普知识入脑入心。

听着一曲曲山歌，感受着现场热烈的气氛，"观战"的群众按捺不住，主动上台来，与气象工作人员对歌并抢答气象科普问答题。整个现场生动、活泼。

当主持人向观众提问"气象灾害包括哪些内容"时，一位70岁的老叟走上歌台，用山歌答道："狂风暴雨和寒潮，老天大旱和大涝；还有雷电和冰雹，气象灾害最糟糕。"

山歌会即将结束时，群众意犹未尽，一些人找到市气象局希望每年都举行一两次这样的气象科普山歌会。河池市气象局副局长黄运丰表示，每年都要来巴马开展气象科普宣传。

"'山歌嫁接气象科普知识'，这使得少数民族地区气象科普工作活起来了，气象科普山歌既有少数民族歌谣源远流长的历史积淀，又有与时俱进的新内容。我们将继续采取这种行之有效的方式开展科普宣传。"河池市气象局局长韦定宁说。

（来源：《中国气象报》，2011年8月31日，3版，作者：曾涛 罗雅，获第26届中国产经新闻奖三等奖、中国气象报社第22届好新闻一等奖）

紧跟天气变化的节拍

主汛期“雨贵如油”！今年 7 月中旬以来，广西的百色、河池、贺州、梧州等县（市、区）出现不同程度旱灾，约 15 万人出现饮水困难，干旱还对农业生产、水电发电等造成了不利影响。截至 8 月 31 日，全区 109 个县（市、区）中有 79 个县（市、区）发生不同程度的气象干旱，其中有 8 个县（市、区）出现特旱。

“把握服务节奏，根据天气变化适时启动抗旱气象服务。”自治区气象局局长韦力行多次强调。从 7 月初开始，自治区气象局积极组织部署抗旱气象服务，要求各有关单位和市、县气象部门及时开展旱情监测预警和服务工作。此外，自治区气象局领导还及时通过电话、手机短信等方式向自治区领导汇报旱情。“要做到防汛抗旱两手抓、两不误。”8 月 8 日晚，广西壮族自治区党委书记、人大常委会主任郭声琨专门给韦力行打来电话，对做好下一阶段的汛期气象服务工作提出了明确要求。

随着旱情演变，抗旱气象服务深入开展，7 月 22 日至 8 月 31 日期间，自治区气象局共发布干旱气象服务信息 12 期、重大气象信息专报 1 期。

与此同时，自治区气象部门超常规开展人工增雨工作。7 月 29 日至 8 月 7 日，受第 8 号强热带风暴“洛坦”外围云系和高空槽云系影响，广西出现了有利的人工增雨作业条件，全区气象部门适时开展了大规模的地面火箭人工增雨作业，影响区内普降中到大雨，局部暴雨到大暴雨。7 月 28 日至今，全区实施增雨作业 265 次，对缓解当地的干旱、增加水库蓄水和江河径流量等都起到了积极的作用。

8 月 8 日 21 时许，自治区政府副主席陈章良一到自治区气象局天气会商室，就迫不及待地调看了卫星云图等最新气象资料，并不时与陪同的韦力行进行交流。随后，陈章良通过视频系统连线全区气象部门干部职工。他指出，气象预报准确及时，人工增雨作业缓解旱情成效明显，气象部门要抓住一切有利时机，大力开展好人工增雨作业，增加有效降水，缓解当前旱情。8 月 9 日上午，陈章良的身影又出现在上林县气象局，他专程到现场观摩人工影响天气作业，慰问基层一线气象工作者，为抗旱气象服务加油鼓劲。

为了有效减轻干旱造成的损失，自治区气象局从人畜饮水、用电紧张等社会关注的民生热点问题入手，先后与农业厅、民政厅、电网公司等进行会商，并针对农业干旱、旱灾影响评估、电力供应等提出了建议与对策。8 月 3 日，自治区气象局副局长覃武率领专家和技术人员来到广西电网公司，与技术人员共同“把脉”电力气象服务工作。

针对 7 月、8 月广西早稻收割、晚稻插秧的重要时期，以及玉米、花生等旱地作物的夏收夏种关键季节，自治区气象局与农业厅联合制作发布了服务材料《未来十天我区天气多变，夏收夏种宜抓紧》，进一步指导各地做好农业生产服务。

（来源：《中国气象报》，2011 年 9 月 5 日，1 版，作者：曾涛 廖铭燕）

为百姓打下“黄金雨”

9 月 3 日 14 时，广西壮族自治区田东县城南人工增雨作业点，一场人工增雨作业即将拉开序幕。增雨作业人员欣喜地发现，作业现场来了一位特殊的“客人”——广西壮族自治区政府副主席陈章良。这是陈章良近期第二次到广西基层人工影响天气作业点检查指导抗旱增雨工作。

14 时 10 分，降雨云系往城南作业点方向移动。现场作业指挥人员立即申请空域，几分钟后，空域申请获得批准，陈章良下达作业命令，两套人工影响天气作业发射架立即轮番向空中云系发射增雨火箭弹。

在增雨火箭弹升空后不久，作业影响区开始下起了雨，现场人员一片欢腾。

陈章良强调，人工增雨是当前一项有效的科学抗旱措施，各级各部门要切实抓好该项工作，气象部门要密切监视天气变化，一旦出现作业机会要立刻作业，不可错失人工增雨的最佳时机，切切实实为老百姓打下“黄金雨”“救命雨”。

7 月 1 日至 9 月 2 日，广西平均降水量 230.8 毫米，比常年同期偏少近五成，为 1951 年以来同期最少。监测显示，截至 9 月 2 日，全区 109 个县（市、区）中有 81 个县（市、区）出现不同程度的气象干旱，其中特旱 5 个，重旱 11 个，中旱 22 个。降水偏少导致广西大部分水库蓄水量低，部分小溪、河流断流，给工农业生产和人民群众生活造成了严重影响。

灾情就是命令，气象人冲锋在前。“不放过任何一次人工增雨作业的有利时机，要有为民解难的责任心和使命感，要有勇于担当的气魄，要有超常规的举措和强大的执行力。”广西人工影响天气指挥部副指挥长、自治区气象局局长韦力行坐镇南宁市郊人工影响天气基地，指挥调度全区增雨抗旱作业。

自 7 月初以来，广西壮族自治区气象局调整了服务重点，做到防汛抗旱两手抓、两不误。8 月 8 日晚，广西壮族自治区党委书记、人大常委会主任郭声琨专程给韦力行打来电话，对做好下一阶段的汛期气象服务工作提出了明确要求。

随着旱情演变，抗旱气象服务深入开展，7 月 22 日至 9 月初，广西壮族自治区气象局共发布干旱气象服务信息 12 期、重大气象信息专报 1 期。

8 月 31 日，自治区气象台预报，自 9 月 2 日起，受季风低压环流西南移动的影响，广西多地将出现有利作业时机。9 月 2 日晚，自治区人工影响天气指挥部发出《关于贯彻落实自治区领导重要指示精神 做好当前人工增雨作业的紧急通知》，拉开了新一轮大规模增雨作业的序幕。

“下雨了！”9 月 3 日一早，人们推开门窗发现，一场夜雨过后，八桂大地空气格外清新。从 9 月 1—3 日，广西受旱较为严重的百色、河池、柳州等地普降中雨，局部大到暴雨，旱情稍缓。

9 月 1 日 18 时 30 分，梧州市藤县人工影响天气办公室作业人员前往潭东镇开展作业。18 时 44 分，乌云翻腾，隆隆炮声划破天空。4 枚增雨火箭弹从作业点呼啸升空。炮弹打上去，雨水落下来，百姓喜笑颜开。

根据随后的地面自动气象站统计显示，此次人工增雨作业效果明显，作业影响区域普遍出现小到中雨。9 月 1 日 8 时至 9 月 3 日 12 时，全区共有百色、河池、柳州、来宾、贺州、南宁、崇左、玉林和梧州等 9 市的 33 县、区实施了火箭增雨作业 41 次，发射火箭弹 98 枚。

（来源：《中国气象报》，2011 年 9 月 9 日，2 版，
作者：曾涛 翟殷斌 黄伟圣）

广西：全社会共同参与抗旱气象服务

今年秋季，八桂大地，旱情肆虐！桂西北的百色、河池等市局部旱情更超纪录。旱情当前，广西抗旱气象服务出现了新景象，政府、相关部门、企业等共同参与到抗旱气象服务中。

“能不能作业啊？有什么资金困难我来解决。”8月以来，田林县气象局办公楼频频出现县糖厂负责人的身影。由于持续高温少雨，全县13.8万亩甘蔗没有能像往年一样拔节长高，面临低产。对此，县糖厂负责人是看在眼里，急在心里，隔三岔五就往气象局跑。当听到增雨作业经费不足后，县糖厂不说二话，出资10万元提供经费支持。同样的场景还出现在武宣县。近日，武宣县博宣食品有限公司拨付13.6万元给县气象局以支持人工影响天气指挥系统建设，这已是该公司今年第二次出资赞助人工影响天气工作。

旱情严重的隆林县介迁乡，一块平整的场地上，崭新的增雨作业设备矗立路边，新建的作业间、仓库引人注目。这是该县政府专项拨款15万元建起的标准化的人工增雨作业炮位，这也是广西第一个标准化的作业点。据了解，该县还专门划拨了46.5万元用于增雨抗旱，这对地处偏远、少数民族聚居、经济相对落后的隆林县来说，实属难得。不只在隆林，广西各级政府都采取各种措施，加大对增雨抗旱工作的投入力度。

“切切实实为老百姓打下‘黄金雨’‘救命雨’。”9月3日，田东县城城南人工增雨作业点，自治区政府副主席陈章良紧紧握住了增雨作业一线人员的手，这已是陈章良近期以来第二次到广西基层人工影响天气作业点检查指导抗旱增雨工作。政府主导，各方共同参与，广西超常规全面启动人工增雨的各项工作。仅7月28日8时至9月20日8时，全区共有桂林、贺州、柳州、河池、百色、来宾、贵港、南宁、梧州、玉林和崇左等11市的71县（区）实施增雨作业396次，累计发射火箭弹1049枚。

连日来，自治区气象局加强与政府及农业、民政、水利等相关部门的沟通联系，从人畜饮水、用电紧张等社会关注的民生热点问题入手，针对农业干旱、旱灾影响评估、电力供应等开展服务工作。

（来源：《中国气象报》，2011 年 9 月 28 日，1 版，
作者：曾涛 翟殷斌 杨再位）

广西气象“十二五”规划明确六项重点建设工程

近日，广西壮族自治区发改委、气象局联合印发了《广西壮族自治区气象事业发展“十二五”规划》（以下简称《规划》），明确了“十二五”期间广西气象事业六项重点建设工程。

《规划》在中国气象局和自治区政府部区合作协议的基础上，凝练了广西北部湾经济区气象监测预警服务系统工程、广西西江流域致洪暴雨监测预警系统工程、广西农业气象服务和灾害监测防御系统工程、广西人工影响天气工程、广西气候变化应对决策支撑及气候资源利用系统工程、基层气象台站建设工程等六大重点建设工程，是谋划今后五年广西气象事业发展的纲领性文件。

《规划》明确了 2011—2015 年广西气象事业发展的指导思想、目标任务和重大举措，对于进一步提高广西气象事业的科技含量和整体水平，增强气象预报预测能力、气象防灾减灾能力、应对气候变化能力和开发利用气候资源能力，促进广西科学发展、和谐发展、跨越发展，推进富民强桂新跨越，具有重要意义。

（来源：《中国气象报》，2011 年 11 月 29 日，1 版，作者：曾涛 李强）

摸清台风“暴脾气”

11 月 14 日，西北太平洋台风强度遗传神经网络集合预报系统在中央气象台台风业务平台上安装完成。这一算法的引入拓宽了台风强度主观预报的参考来源，将有助于提升西北太平洋台风强度的预报能力。

“算法应用已经从南海台风扩展到整个西北太平洋台风。”遗传神经网络集合预报系统主要研发负责人、广西壮族自治区气象局特聘专家金龙对记者说。

“将影响台风的各种因子进行归纳，对各种参数进行计算，这种计算要达几万次，然后将各因子比例调到最佳，在此基础上建立预报方程，用人工神经网络方法建立台风强度和路径的预报模型，在实际业务中用于预报台风的强度和路径。”自治区气象台科技人员向记者介绍人工神经网络方法在台风预报中的运用。

“将遗传算法与神经网络相结合来进行集合预报，是这一系统的最大特色。”金龙一边展示系统平台，一边介绍道。利用遗传算法同时优化神经网络连接权和网络结构的热带气旋强度、移动路径预报建模理论方法，是国内外台风业务预报研究和应用的首创性工作。多年来，金龙从事人工神经网络气象预报建模理论方法与预报应用的研究，现已建立了神经网络的各种短期气候预测模型、时间序列的神经网络预报建模、神经网络的混合预报模型，开展了神经网络的数值预报产品释用、强降水云图预报等应用研究。将遗传神经网络算法发展成智能计算的集合预报方法，在统计预报领域甚为少见。

“在2010年南海台风的强度预报中，遗传神经网络集合预报误差最小。”上海台风研究所统计国内各个台风强度预报算法后得出结论。翻开2011年的记录，遗传神经网络集合预报战绩不俗，在影响广西的6个台风的强度预报中，24小时误差为2.8米/秒，48小时误差为4.2米/秒。

2009年，国际大气科学重要学术期刊——美国《每月天气评论》以首篇论文的显要位置刊载了金龙等撰写的《台风强度的非线性人工智能集合预报方法研究》一文。近年来，金龙带领的“广西非线性人工智能气象预报技术研究”创新团队，在这一研究领域发表了40多篇科学引文索引（SCI）、工程索引（EI）和国家自然科学核心期刊论文，举办了3届“智能计算气象预报应用”国际学术专题会议。在十年间，连续获得3个国家自然科学基金的资助，并在2009年和2010年连续两年获得广西壮族自治区科技进步二等奖。

目前，遗传神经网络集合预报系统已在广西气象台、广西气候中心、北海、玉林等气象部门的实际业务预报中得到推广应用，并在各地的热带气旋防灾减灾工作中发挥了重要作用，得到地方政府领导的表扬，取得了重大的社会和经济效益。

（来源：《中国气象报》，2011年11月29日，3版，作者：曾涛 黄奕武）

危朝安一行到广西壮族自治区气象局调研指导

11月30日，广西壮族自治区党委副书记危朝安在自治区党委副秘书长朱学庆的陪同下，到自治区气象局调研指导。危朝安实地参观、考察了气象业务平台，慰问了一线业务人员，与气象干部职工深入研讨如何更好地开展气象防灾减灾工作。危朝安充分肯定了气象服务在富民强桂工作中发挥的重要作用，要求广西气象工作做到“好上加好”，取得新的更大的成绩。

（来源：《中国气象报》，2011年12月2日，1版，作者：曾涛）

矫梅燕调研广西气象工作

12月15—16日，中国气象局副局长矫梅燕到广西壮族自治区气象部门调研。矫梅燕强调，要在气象工作融入经济社会发展方面进行更加积极的探索，要在现代气象业务的能力建设上下足功夫。

15—16日，矫梅燕一行先后来到桂林市、柳州市和自治区气象局检查指导工作，强调气象工作要紧密结合经济社会发展需求，以提高预报准确率为出发点，抓好预测预报等基础业务，以提高精细化水平为方向，抓好公共气象服务，面向气象事业未来发展大力做好人才、科技支撑工作。

近年来，广西气象事业取得了新进展，现代气象业务体系建设呈现出良好的发展势头，整体工作取得了平稳的进展。矫梅燕强调，在现代气象业务能力建设方面，要更多地依靠科技、依靠人才，在实践中锻炼培养好人才，要围绕需求，把工作做扎实、做深入，要结合广西实际，学习借鉴和消化吸收发达地区的经验。在气象工作融入经济社会发展方面，做出更加积极的探索，着力拓展社会管理和公共服务职能，加强市、县两级的气象预警服务能力建设。

在桂期间，矫梅燕先后与自治区党委副书记危朝安、自治区政府副主席陈章良进行了交流。

（来源：《中国气象报》，2011年12月20日，1版，作者：曾涛）

广西：为富民强桂做出新贡献

1月11日，广西壮族自治区气象局召开全区气象局长会议。自治区政府副主席陈章良出席会议并讲话。

陈章良指出，一要高度关注和重视气象工作。要对气象事业发展尽可能给予资金、人才、物质等各方面的支持，采取切实有效的措施推动气象事业再上新水平、新台阶，要进一步提升全社会利用气象知识防灾减灾的能力。二要努力提高气象预报预测能力。要进一步加大对新一代天气雷达等气象基础设施的建设力度，不断完善监测站网布局；要进一步提高利用气象资料的应用能力，不断提升监测预报预警的“软实力”。三要在气象防灾减灾上再做新贡献。要为自治区党委、政府防灾减灾决策提供更为主动、及时、准确的气象服务，要千方百计提高监测预报预警的能力与水平。四要进一步加强人工影响天气工作。五要进一步加强科研和人才工作。

广西壮族自治区气象局今年将重点做好七方面的工作：全面做好气象防灾减灾和各项气象服务工作；扎实推进现代气象业务体系建设；大力加强气象科技创新和人才发展；切实提高管理科学化水平；推进气象科技服务快速发展；

不断加强基层工作，促进事业稳定发展；继续加强党的建设和气象文化建设。

（来源：《中国气象报》，2012年1月13日，1版，作者：曾涛 白春妮）

融入富民强桂大局

2011年10月26日，广西壮族自治区发展和改革委员会、气象局联合印发了《广西壮族自治区气象事业发展“十二五”规划》（以下简称《规划》）。《规划》的出台，踏循中国气象局与广西壮族自治区人民政府共建合作的轨迹，主动融入广西努力实现“富民强桂”新跨越的经济社会发展大局。

透过《规划》，广西气象事业未来五年发展的美好蓝图在我们面前展现无遗。

风生水起新气象

“‘十二五’时期是广西深入贯彻落实科学发展观，加快‘富民强桂’的关键时期。前不久闭幕的自治区第十次党代会更是提出了加快实现‘富民强桂’新跨越的总体要求、奋斗目标、战略部署和重大举措。新的发展形势对气象服务提出了更高和更迫切的需求。”广西壮族自治区发展和改革委员会副主任高旭对记者说。

广西北部湾经济区发展提升到国家层面，《国务院关于进一步促进广西经济社会发展的若干意见》出台……中国南疆、北部湾畔已是风生水起，这方热土散发着前所未有的活力与魅力。《规划》正是在此背景下出台的。

高旭指出，解读《规划》，应当把握广西气象事业发展面临的新形势，具体来说有四个方面。一是党中央、国务院和自治区党委、人民政府十分重视气象工作，《国务院关于加快气象事业发展的若干意见》《国务院办公厅关于加强气象灾害监测预警及信息发布工作的意见》和《广西壮族自治区人民政府关于加快我区气象事业发展的意见》要求加快气象事业发展、提高气象防灾减灾能力，中国气象局、广西壮族自治区人民政府签署的《共同推进广西气象防灾减灾体系建设合作协议》，给广西气象事业发展带来重大机遇。二是金融危机的持续影响使发展问题更加突出，气候变化、灾害防御、粮食安全、能源安全等问题把气象推到了风口浪尖；推进城镇化、促进城乡经济社会发展一体化，建设资源节约型、环境友好型社会，绿色低碳发展对气象工作提出了新的要求。三是解决“三农”问题，建设社会主义新农村必须加大气象为农服务的力度。解决好农业、农村、农民问题，事关全面建设小康社会大局，农业增产、农民增收、农村繁荣都离不开气象服务作保障。为广大农民的福祉安康保驾护航，有效保障粮食安全，科学调整农业结构，加快发展现代农业、特色农业，建设社会主义新农村，对气象服务提出了更多更高的需求。四是经济社会发展和人民生活水平提高需要更多更好的气象服务。气象防灾减灾关系千家万户，关系各行各业，关系社会稳定，关系发展大局，是深入贯彻落实科学发展观、保障人民群众生命财产安全和经济发展、社会稳定的需要，是防灾减灾、服务民生的基本要求，更是构建和谐社会、全面建设小康社会的重要任务。

新的目标新的征程

“到 2015 年，建成气象业务现代化体系，达到结构和布局合理、适当，功能先进齐备，不断满足广西经济社会发展和防灾减灾的需求，使气象整体实力进一步提升，力争接近全国先进水平。”广西壮族自治区气象局局长韦力行说。

新的目标，新的征程。《规划》徐徐展开的是一幅壮美生动的画卷。在提高天气预报准确率和精细化水平方面，《规划》明确提出要建立广西区域中尺度数值天气预报模式，提供分辨率达 5 公里的数值预报产品，气象要素预报基本覆盖全区所有乡镇；暴雨、强对流等灾害性天气预报准确率在现有基础上提高 5%，24 小时台风路径预报误差在 100 公里内。在公共服务方面，《规划》提出，“十二五”期间公共气象服务信息覆盖率达到 95% 以上，气象服务公众满意度达到 90% 以上。在备受公众关注的为农气象服务、人工影响天气等方面，《规划》也提出明确发展目标：农村气象灾害防御体系要实现防御规划到县、组织机构到乡、精细预报到乡、气象服务站到乡、应急预案到村、风险调查到村、科普宣传进村、气象信息员到村、预警信息发布到户、灾害防御责任到人、灾情收集到人，实现农村突发气象灾害的监测预报准确率接近城市水平；人工影响天气作业要实现年防雹有效保护面积达到 3 万～4 万平方公里，直接经济效益比“十一五”期间增加 15% 左右。

完美衔接切中发展脉搏

高旭说，《规划》的一大亮点就是紧紧围绕广西经济社会发展大局，目标明确、重点突出。具体来说，广西将在“十二五”期间重点建设广西北部湾经济区气象监测预报预警服务系统、西江流域致洪暴雨监测预警系统、农业气象服务和灾害监测防御系统、人工影响天气、气候变化应对决策支撑及气候资源利用系统、基层气象台站建设等六大工程。

韦力行介绍，在《规划》编制过程中，自治区气象局一直与自治区党委、自治区人民政府及发改委等相关部门保持着良好的沟通，在2010年自治区党委郭声琨书记和自治区政府马飚主席多次到气象局指导、检查工作期间，自治区气象局就气象事业发展进行了专题汇报，在《规划》编制和重大项目配套资金的安排上都获得了的大力支持。同时，自治区气象局主动与自治区发改委等部门沟通，就编制《广西壮族自治区国民经济和社会发展第十二个五年规划纲要》从气象事业发展的角度汇集了各方面意见和建议。在自治区人民政府颁布的《广西壮族自治区国民经济和社会发展第十二个五年规划纲要》中，“加强水利建设”要求“加强防汛抗旱预警预报信息化系统和基层防汛体系建设，提高防汛抗旱应急处置能力”。同时还要“完善建设山洪灾害预警预报系统、加密和升级气象监测站网、广西中尺度数值天气精细化预报系统、主要旱片旱情监测系统”；“加强防灾减灾体系建设”要求“加强地震和气象灾害预测预警、灾害防御和应急救援能力，以及适应气候变化特别是应对极端气候事件能力的建设。推行自然风险评估，强化地质灾害抢险救灾措施”。

2010年7月，在中国气象局局长郑国光考察广西期间，中国气象局与自治区政府签署了《共同推进广西气象防灾减灾体系建设合作协议》，共同商议在建设广西北部湾经济区气象监测预报预警服务系统，建设广西西江流域致洪暴雨监测预警系统，建设广西农业气象服务体系、农村气象灾害防御体系等三个方面进行合作，并按照统筹协调、共同支持的原则，共同承诺加大对广西气象防灾减灾体系建设的经费投入，并在“十二五”规划的项目立项等方面给予大力支持。以上三个合作领域分别凝练成了《规划》的三个重点建设项目，实现了部区合作与“十二五”规划的完美衔接。

（来源：《中国气象报》，2012年2月2日，3版，作者：曾涛）

打造壮乡瑶寨防灾的“金桥”

“气象预警真及时，防范措施很有力；懂得灾害要来到，群众首先要转移。”广西壮族自治区河池市大石山区是刘三姐的故乡，悠扬的山歌在壮乡瑶寨再次响起。这次，村民夸赞的是当地的义务气象信息员。

河池市的基层义务气象信息员全部都由基层党组织远程教育站点的1797名管理员兼任。2011年，市气象局和市委组织部联合成立远程教育基层气象信息服务工作领导小组，规划了远程教育平台以推进农业气象服务体系建设，制定农村气象灾害防御体系建设方案，在全市开展“六个一”工作：开展一轮“两员”（村级远程教育站点管理员和气象信息员）的强化培训；开发一批气象防灾减灾音视频课件；建设一批气象信息宣传站点；建立一批远程教育农业气象信息服务与气象灾害防御示范村；开设一个气象防灾知识远程教育手机课堂；用好一批气象灾害预警信息大喇叭。这样一来，遍布全市壮乡瑶寨的基层党组织远程教育站点成为气象防灾减灾知识的“宣传点”、气象预警信息的“发布站”和气象防灾减灾工作的“指挥所”。

都安县高岭镇定福村支书、远程教育站点管理员黄侣杰收到气象局发来的春耕服务短信后，用“远程教育喇叭”向群众广播道：“今年春天雨水不停，多亏了天气信息的指导，救了我们的蔬菜。”定福村是全市蔬菜示范基地，今年元月以来，持续的低温阴雨天气，延误了西红柿等蔬菜的生长。定福村群众在黄侣杰的带领下，采取大棚下再套小棚的措施进行保温，提高了蔬菜成活率和壮苗率，减少了损失。

“有了‘远教’这座‘金桥’，农民需要什么，我们就可以培训什么。”市气象局业务科科员何振伟说。市气象局业务科负责全市气象信息员的管理和培训，并结合春耕生产等不同时期的气象灾害特点，上传《气象信息员培训科普电视片》《气象灾害预警信号发布与传播办法》等一些在远程平台上随时可以学习的电视片，及其他具有针对性的培训课件。市气象局还开发制作了一批群众喜闻乐见的气象防灾减灾知识山歌，让农民在轻松的氛围中学习气象知识。

“利用远程教育平台推进基层气象信息服务工作，是解决我们这个少数民族聚居地区气象灾害预警信息传递‘最后一公里’问题的有效途径，我们会一直抓下去。”河池市气象局局长韦定宁说。目前，组织部门和气象部门正在联合培育一批远程教育农业气象信息服务与气象灾害防御示范村。选取一批远程教育工作开展得好，灾害频发或农业产业基础好、发展快的村，加强这些村气象信息服务硬件、软件建设，加强培训和指导，培育其成为远程教育气象信息服务与气象灾害防御示范村，作为远程教育气象信息服务工作平台，服务“三农”的研究、观摩、推广基地。

（来源：《中国气象报》，2012年4月6日，4版，作者：曾涛 罗雅）

郭声琨、马飚会见郑国光

4月7日，广西壮族自治区党委书记郭声琨，广西壮族自治区党委副书记、主席马飚会见了来广西调研的中国气象局党组书记、局长郑国光。双方就深入推进部区合作，促进广西气象事业发展，为“加快富民强桂新跨越”战略部署提供更为优质的气象服务进行了深入交流。自治区党委副书记危朝安，党委常委、组织部部长周新建，自治区政府副主席陈章良参加会见。

郭声琨说，广西是自然灾害频发多发的地区，暴雨、台风、洪涝等气象灾害对人民群众生命财产安全、经济社会发展造成严重影响。面对近年来严峻的抗灾救灾形势，广西各级气象部门提供了及时、准确的气象预报，积极发挥了参谋助手作用。自治区党委、政府将进一步加大对气象基础设施的投入力度，想方设法提升广西气象服务能力与水平，努力创造有利于气象工作开展的条件，营造有利于气象事业科学发展的环境与氛围。中国气象局与自治区政府于2010年签署部区合作协议以来，双方合作愉快，卓有成效。希望中国气象局在资金、项目、人才、科技等方面进一步加大对广西的关心、支持力度，通过落实部区合作协议，使双方合作更加深入、成效更加明显，形成推动广西气象事业发展的强大合力。

郑国光说，自治区党委、政府历来高度重视气象工作，始终大力支持广西气象事业的发展。自治区政府与中国气象局开展的部区合作目前已取得了实质性进展，态势良好，希望双方以此为契机推动广西气象事业发展再上新台阶。当前广西气象事业发展虽然取得了长足进步，但仍存在着艰苦台站多、发展不平衡、基础设施薄弱等问题，中国气象局将进一步加大对广西的支持力度。广西气象工作要紧紧围绕自治区党委、政府的中心工作来开展，当前和今后一段时间要按照自治区"加快富民强桂新跨越"的战略部署，紧密围绕"五区"建设和"翻两番、跨两步、三提高"等奋斗目标，扎实有效地做好各项工作，切实提升气象现代化水平和气象服务能力。

2010 年 7 月，中国气象局与广西壮族自治区政府签署了《共同推进广西气象防灾减灾体系建设合作协议》，在建设广西北部湾经济区气象监测预报预警服务系统，建设广西西江流域致洪暴雨监测预警系统，建设广西农业气象服务体系、农村气象灾害防御体系等三方面加强合作。

（来源：《中国气象报》，2012 年 4 月 9 日，1 版，作者：曾涛）

郑国光在广西调研时强调
积极主动融入地方经济社会发展大局

4 月 7—8 日，中国气象局党组书记、局长郑国光在广西气象部门调研工作。他强调，做好新时期气象工作的切入点、着力点就是积极主动地融入地方经济社会发展大局。

郑国光先后到自治区气象服务中心、气候中心和气象台等单位调研。每到一处，郑国光都认真检查业务服务情况，与一线业务人员进行深入交流，着重了解现代气象业务发展及公共气象服务建设情况。

郑国光强调，做好公共气象服务的前提是要将预报做准、做细，要面向市场、面向社会将预报产品有针对性地转化为公共服务产品，要善于利用多种方式、调动各种社会资源来体现气象服务效益；做好气候预测就是要在提高准确率和增强业务能力上下功夫，要着力提升延伸期预测水平，要大力开展气候灾害风险区划和气候可行性论证。

在自治区气象台，郑国光强调，预报员要做数值预报的主人，提高对数值预报的修正和解释能力；要在观测和数值预报业务中进一步调整预报服务需求，使得观测、数据同化、预报、服务四者之间形成互动，从而提高服务效益；要深化现代天气预报理念，进一步提高对于预报准确率和精细化水平的认识；要进一步理顺业务流程；要关心、理解、支持预报员的工作，加大培养力度。

针对下一阶段广西气象工作，郑国光提出了六方面要求。一是紧紧围绕自治区党委、政府的中心工作和全国气象局长会议的各项部署来谋划发展。二是认真落实好部区合作协议和广西“十二五”气象事业发展规划。三是大力推进现代气象业务发展，着力提高预报预测水平。解放思想、发挥主观能动性，抓住业务试点契机，统筹谋划、科学推进现代气象业务建设；将提高预报准确率和精细化水平真正作为核心任务与“生命线工程”，全面、正确、完整地理解其内涵与实质。四是大力发展公共气象服务，着力提高服务能力与水平。将气象服务融入经济社会发展大局，融入百姓生产生活，融入各行各业。五是加强学习，加强调查研究，提高领导气象事业科学发展的能力与水平。通过改革发展创新，进一步适应经济社会发展；着眼全局，重视基层，帮助解决基层台站面临的困难和问题，推动基层气象机构改革试点工作，实现科学发展、和谐发展、可持续发展。六是认真贯彻落实党风廉政责任制，大力推动气象文化建设、反腐倡廉建设和党的建设，为党的十八大召开营造良好的氛围。

（来源：《中国气象报》，2012 年 4 月 9 日，1 版，作者：曾涛）

调查研究要身动心下

习近平同志指出：“调查研究是做好领导工作的一项基本功，调查研究能力是领导干部整体素质和能力的一个组成部分。”2012 年春季中国气象局党组中心组学习会议强调，进一步转变工作作风，深入基层一线，加强调查研究。笔者认为，气象服务面向公众，事关民生，服务人民，做好气象工作要始终坚持并不断加强调查研究。

深入基层调查研究，不但要“身动”，更要“心下”。首先，要带上一颗真诚的心。大张旗鼓、前呼后拥式的下基层，总让人心里不是滋味，到底有多少诚意也就打上了问号。不做表面文章、只求实际效果的做法，是真心面向基层、面向群众应有的姿态，我们应为之鼓掌。其次，要带上一颗谦虚的心。领导干部下基层，要谦以待人，真正尊重群众、理解基层、融入群众。只有这样，基层台站干部职工才会倾诉心声、吐露真情，群众才会直陈心扉、说出需求。第三，要带上一颗宽广的心。调查研究就是要掌握未经“粉饰”的真实情况，特别是工作中的不足。走访基层台站、与老百姓拉家常，他们很可能是当场就直截了当地提出困难、意见和要求，甚至还有一些怨言。这就需要有宽阔的胸怀、容人的雅量、闻过则喜的态度。听得进表扬听不得批评，就只会是“叶公好龙”的新传。

深入基层调查研究，如何才能“深”下去？关键在于如何“动”。“火车跑得快，全靠车头带。”首先，各级领导干部要切实增强“走在前面、当好表率”的意识，做到谋划思考在前面、深入基层在前面、调查研究在前面。要注重和善于起到“带动”作用，率先垂范、身体力行，鞭策和激励干部职工做好调查研究。其次，个人要发挥主观能动性。要充分认识到调查研究工作的作用与意义，主动深入基层一线、调研走访，主动将调研与学习思考相结合，发现问题、思考问题。最后，单凭一己之力不足以做好新形势下的调查研究，只有发动更多的单位和人员参与，调研工作才能拥有“取之不尽、用之不竭”的活力源泉。要善于“用众力”“用众智”，力争建立“全员参与、上下联动”的长效机制；要坚持不懈，推动调研工作常态化；要采取定期召开联系点工作例会，通过通报情况、交流经验、布置工作等多种方式做活做实调研工作；要把调研工作纳入目标考核范畴，建立起奖惩激励制度。

基层是一本永远读不完的书，调查研究是一门永远学不完的课。期望各级领导干部时刻谨记肩上的责任，身动心下走向基层，走近群众。

（来源：《中国气象报》，2012 年 4 月 11 日，1 版，
作者：曾涛，获中国气象报社第 23 届好新闻二等奖）

矫梅燕强调：深入推进卫星资料应用

4 月 12 日，气象卫星应用发展专项规划实施研讨会在广西南宁召开，总结《气象卫星应用发展专项规划（2010—2015 年）》（以下简称《规划》）实施以来取得的阶段性进展，总结交流技术成果，进一步推动全国气象卫星资料应用工作。中国气象局副局长矫梅燕要求，紧紧围绕《规划》，深入推进卫星资料应用工作。

矫梅燕提出，一要充分认识气象卫星应用工作面临的形势和要求，加快提升我国气象卫星资料应用水平；二要着力提高气象卫星资料应用科技水平，面向国际卫星资料应用的先进水平和卫星资料应用的新需求，着力在提高卫星产品的质量、资料应用的定量化水平等方面下功夫；三要认真组织《规划》成果的推广应用，特别是卫星天气应用平台（SWAP）和卫星监测分析与遥感应用软件系统（SMART），以及卫星资料的数据集和共享平台等阶段性成果在试点省份应用，有针对性地推动精细化遥感应用方面的深入发展；四要持续抓好《规划》实施的组织领导，明确重点任务，扎实推动各项任务实施。

本次会议是《规划》2010 年印发以来首次召开的全国性规划实施进展交流研讨会。

（来源：《中国气象报》，2012 年 4 月 13 日，1 版，作者：张静 曾涛）

见证祖国西南风云变幻

2002 年，广西气象卫星遥感基地（以下简称“基地”）成立，这是国家卫星气象中心和广西壮族自治区气象局合作，在全国成立的第一个气象卫星遥感应用试验基地。

“十年来，我们以基地建设为依托，着力提升卫星遥感业务能力与服务水平，卫星遥感现已成为广西气象业务服务的一大特色。”广西壮族自治区气象局局长韦力行说。

卫星遥感助力预报业务

广西地处云贵高原东南侧，是印度洋水汽输送带和沿西北太平洋副热带高压边缘的太平洋水汽输送带的汇合区，天气系统复杂多变。卫星遥感在预报业务中的应用研究进展顺利，显著提高了气象预报准确率。

“目前，我们已经建立起基于卫星资料的天气概念模型，通过开展‘卫星云图定量处理辅助系统’和‘广西前汛期强降雨过程卫星云图定量分析和预报方法研究’等项目，探索卫星资料的应用方法，开发本地卫星资料分析工具。”韦力行介绍说，“通过与国家卫星气象中心合作，基地承担起中国气象局新技术推广项目 FY-2C 产品质量检测及在暴雨预报中的应用的子项目，并开发了气象卫星云图和产品集成显示系统，建立起基于卫星遥感资料和产品的新型暴雨分析与预报平台。”

记者了解到，在广西气象卫星遥感应用试验基地，卫星资料的应用研究从小尺度推进到了中尺度，并与自动站的其他资料结合使用，建立了广西中尺度暴雨发生发展概念模型，为暴雨预报服务提供了新的工具。

韦力行说：“通过基地的建设，我们形成了研发团队，发表了 10 余篇与卫星、暴雨相关的核心文章；获得计算机软件著作权 3 项以及广西壮族自治区科技进步三等奖 1 项。”

遥感灾害监测屡建战功

利用多源卫星遥感数据，基地开展了林火、干旱、洪涝、冰雪等灾害的遥感监测与评估研究，有力提升了广西防灾减灾能力。

2011 年 10 月，金秀县三江乡出现森林大火，利用卫星遥感林火业务系统，气象部门有力地保障了服务的时效性。韦力行说：“随着多源卫星数据的获取以及林火监测业务平台的不断改善，林火遥感监测工作在精细化、时效性等方面得到了极大提高。”

在干旱监测方面，广西壮族自治区气象局借助多源卫星晴空资料，并结合农业气象观测数据等，针对2009—2010年出现的特大秋冬春连旱开展监测工作，为广西的抗旱服务提供了有力支持。

基地除了开展上述监测外，还对洪涝、台风、低温雨雪冰冻等灾害进行了监测，如在台风“黑格比”影响广西期间和2008年低温雨雪冰冻灾害中，遥感监测提供了科学的信息保障。

农业与生态建设显身手

蔗糖业是广西的经济支柱产业，产量占全国的60%以上。自2005年以来，基地开展了广西甘蔗遥感监测试验工作，在每年5—12月针对甘蔗长势以及干旱、寒害等进行遥感动态监测，及时了解广西甘蔗生长情况，为开展甘蔗产量预报提供依据。

“我们以需求为引领，基于环境减灾卫星数据开展了甘蔗种植面积、面积变化趋势调查，结合多源卫星数据开展了甘蔗长势动态监测与估产业务，为糖业公司及地方糖业发展提供了决策依据。”韦力行说。

水稻占广西全区粮食总产量的70%以上，是保障本地粮食安全的关注重点。据悉，基地从2005年开始应用中分辨率成像光谱仪数据开展晚稻遥感监测服务试验，并针对广西水稻种植区零散、成片区少、气象卫星监测困难等问题，进行了高分辨率卫星资料与低分辨率气象卫星资料融合研究。

广西盛产水果，基地利用常规气候资料和GIS系统结合长序列卫星云覆盖率等资料，开展了广西千米网格气候资源分析，进行了龙眼、荔枝、香蕉等8种作物的精细化农业气候区划。

此外，该基地还开展了生态环境的遥感监测和评估服务，在水体生态环境遥感监测、岩溶石漠化遥感监测与评估等工作中均取得了应用成果。

（来源：《中国气象报》，2012年5月2日，3版，作者：张静 曾涛）

危朝安、陈章良到广西壮族自治区气象局检查指导防御强降雨工作

5 月 12 日，广西壮族自治区出现强降雨。广西壮族自治区党委副书记危朝安、自治区政府副主席陈章良等领导于 5 月 13 日专程赶赴自治区气象局检查指导工作，慰问一线气象业务人员，听取气象局、防汛办、水利厅和国土资源厅等单位关于雨情、汛情、灾情的形势分析和防御建议，并对做好全区防御强降雨工作进行了部署和安排。

（来源：《中国气象报》，2012 年 5 月 15 日，1 版，作者：曾涛）

广西：抢出速度抢出效益

5 月 11—14 日，广西壮族自治区迎来了今年入汛以来强度最强、范围最大的一次降雨天气过程。面对暴雨的侵袭，气象服务抢在前面，抢出速度，抢出效益。

畅通“绿色通道”

在暴雨来临前，气象部门已进入实战状态，预警短信业务演练在全自治区范围内紧锣密鼓地展开。“本次预警短信业务演练旨在检验预警短信发布‘绿色通道’是否畅通，预警信息发布是否及时、准确。”自治区气象局副局长覃武说。

5 月 10—11 日，自治区气象局主动联合各通信运营商，组织各市气象局和自治区气象台、自治区气象服务中心，模拟“绿色通道”的发布流程，采用随机发布方式，有针对性地检验预警信息发布“绿色通道”的各个环节。演练取得了预期效果。

11 日深夜，针对演练中出现的问题，自治区气象局发出紧急通知，提出

了四项“硬指标”。当辖区内出现强降雨并可能致灾时，各级气象部门主要领导要在第一时间向地方党政主要领导汇报，有条件的市（县）气象局要直接打电话通知预警区域的气象信息员，提出防御建议；加强灾害监测联防，努力增加预警信息发布的提前量；如果预警信息发布不及时，以及漏发、错发预警信息，导致出现重大人员伤亡，将追究相关人员的责任；多手段、多渠道及时播发预警信号。

抢发“红色预警”

5月11日，自治区气象台的监测预报显示，12—14日，桂北、桂中将有一次暴雨天气过程。从12日开始，广西各地风雨大作。12日中午，自治区气象局启动Ⅳ级应急响应。这也是广西气象部门今年入汛以来首次启动应急响应。随后，自治区气象局又发布了暴雨黄色预警。

12日21时30分，入汛以来第一次全区加密会商准时召开。自治区气象局局长韦力行指出，要全力以赴做好气象服务工作。这一晚，气象人挑灯看风云，一夜无眠。

针对此次暴雨天气过程，广西各级气象台站共发布11站次暴雨红色预警信号和60多站次暴雨橙色预警信号。气象部门通过短信平台共发送预警信息96次，有3000多万人次接收到预警信息。

“这次强降雨气象服务工作做得很好。”13日上午，自治区党委副书记危朝安、自治区政府副主席陈章良等领导检查指导气象工作，对气象服务给予肯定。

“雨带转向桂东，需加强防范这一区域的强雷电、大风及强降水诱发的山洪、滑坡、泥石流等灾害。”降雨还在持续，气象服务要继续跟进，面对自治区领导，气象人再次提出了防御建议。

（来源：《中国气象报》，2012年5月16日，2版，作者：曾涛 陈业国）

广西人大常委会副主任文明：加大地方气象立法工作力度

6 月 8 日下午，广西壮族自治区人大常委会副主任文明到自治区气象局调研指导工作。文明强调，加快富民强桂新跨越，气象防灾减灾工作是关键，自治区人大将从地方性立法、执法检查等方面加大工作力度，推动气象事业依法发展、科学发展。

在自治区气象局局长韦力行的陪同下，文明先后参观了气象影视业务平台、应急移动气象台、预报预测服务业务平台，并与一线业务人员就气象影视节目“集中制作、末端分发”、突发气象灾害中应急移动设备作用发挥和公共气象服务平台拓展等问题进行了深入交流。

文明强调，气象工作是在经济社会发展中一项不可替代的基础性工作。经济社会发展越快，就越需要气象防灾减灾工作多做贡献。广西各级气象部门要切实按照自治区党委、政府的战略部署扎扎实实地做好各项工作。要重点落实好广西气象事业“十二五”规划，全力抓好当前汛期气象服务。

文明着重了解了广西开展气象探测环境保护、气象法律法规执法检查等方面的情况。

（来源：《中国气象报》，2012 年 6 月 14 日，1 版，作者：曾涛）

河池地质灾害防治成效初现 两次准确预警 116 人成功脱险

“气象局新建的气象设施是我们的救命‘恩人’。”6 月 11 日一大早，广西壮族自治区河池市天峨县八腊乡的 116 名刚脱险的村民齐声感谢“恩人”。而他们口中的“恩人”就是天峨县在今年汛期前新建成的山洪地质灾害监测预警系统。

10 日晚到 11 日，一场入汛以来影响范围最广、强度最大的降雨过程袭击河池地区。天峨县八腊乡八腊村两小时内的降雨量达 103 毫米，过程最大雨量达 147.1 毫米。

“八号水库情况紧急。”10 日 21 时许，天峨县气象局通过山洪地质灾害监测预警系统发现八腊乡八号水库上空有强降雨云团盘踞，雨势凶猛。县气象局当即发布暴雨橙色预警信号；22 时 5 分，又升级为红色预警。预警信息通过手机短信第一时间发送给气象信息员。

“水库出现冒灌险情！”收到暴雨预警信息后，八腊乡气象信息员、八号水库管理员龙达贵加密巡查水库，22 时 30 分左右发现了冒灌险情。他立即将险情报告给县防汛办和县气象局。

冒灌险情事关下游 63 户 307 人的生命财产安全，县委、县政府当即组织人员到现场进行处置。雨夜中，一场人员转移战正在紧急进行。10 日晚，天峨县气象局依靠山洪地质灾害监测预警系统发布重要河段、病险水库、地质灾害隐患点等山洪地质灾害预警信号两次，发送预警短信 400 人次。天峨县防汛指挥部紧急启动救灾应急预案，连夜转移群众 116 人。经过长达 6 个多小时的奋战，11 日凌晨 5 时许，险情被排除，受灾地区没有发生人员伤亡事故，水库也恢复正常。

“多亏了气象局及时发布预警信息，让我们及时处置水库险情，迅速转移地质灾害隐患点的群众，没有出现一例伤亡事故。”6 月 12 上午，天峨县副县长、防汛指挥长龙慧芬专程致电气象局表示感谢。

据悉，2012 年，河池市加快推进山洪地质灾害防治气象保障工程项目建设，在中小河流重点河段、病险水库及地质灾害隐患点，加密建设自动雨量监测站，暴雨监测能力提高一倍，局地突发性气象灾害观测预警能力明显增强。

（来源：《中国气象报》，2012 年 6 月 19 日，2 版，作者：曾涛 罗雅 蒲廷超）

陈章良：“三个必须”应对强降雨

6 月 13 日，正值广西出现强降雨，防汛形势严峻的关键时期，广西壮族自治区政府副主席陈章良来到自治区气象局，参加了由气象、水文、水利、防汛、国土等多部门参加的防汛会商会。陈章良强调，要加强预警，一旦有强降雨发生做到“三个必须”，即必须立即向受影响区域政府预警和提醒，必须通知市、县气象部门联合布防，必须保证防汛第一责任人坚守一线坐镇指挥。

陈章良指出，广西气象部门在每一次重大气象灾害前都提前做出了预报预警，灾害过程中的每一天都提供了及时有效的服务信息，及时准确的汛期气象服务为自治区党委、政府部署防汛抗灾工作抢占了先机，取得了主动。针对做好下一阶段气象服务工作，他强调，要进一步加大工作工度，提供更为精细化的气象服务；要加强联动，气象、水文、水利、国土等相关部门要建立起联动机制，形成防灾减灾合力。气象、水文等防汛各相关单位要继续保持昂扬斗志，加强监测预报、信息发布、应急值班等项工作，把工作责任制落实到位，把各项防灾减灾措施落实到位，扎实做好各项防汛工作，确保人民生命财产安全。

（来源：《中国气象报》，2012 年 6 月 20 日，1 版，作者：曾涛）

暴雨中的“救命热线”

“合群村委公婆山受困人员 72 户，380 多人！”6 月 23 日 5 时 30 分左右，广西壮族自治区贺州市钟山县燕塘镇办公室，副镇长雷志华的手机响起，急切的声音从话筒那边传来。6 时 30 分左右，镇长邱贵祥带领第一批抢险救灾工作组 10 余人抵达公婆山。在尚未破晓的天色里，工作组冒着滂沱大雨，淌着泥水争分夺秒地投入到抢险中。

此时，县气象局也是一夜无眠。“及时通知燕塘镇领导。”看到电脑屏幕上卫星云图刺目的红色和不断跳跃的雨量统计数，县气象局局长李忠党坚定地说。

“有什么事情就说，我正在抢险救灾！”全身心投入抢险的邱贵祥在接到李忠党的电话时显得有些不耐烦。而当得知是县气象局主动提供气象服务时，他又顿时变得兴奋起来：“抢险救灾很需要了解降雨情况，能不能保持热线联系，半个小时一次？”

半个小时一次的应急气象服务，钟山县气象局以前从未开展过，但李忠党还是硬着头皮答应了下来。在抢险需求面前，县气象局全体人员迅速转入“连轴转”的工作状态，30分钟一次的“救命热线”在雨中拉了起来。

“县气象局继续发布暴雨红色预警，预计我县还将出现大暴雨，请做好防范，人员撤离至安全区域。”一场生死大救援在雨中全面展开。道路被淹，积水深且浑浊，抢险救灾进展缓慢，直到23日12时尚有200多人未得到转移。

“降雨还将持续，建议派出救援船只施救。”县气象局提出建议。

13时30分，钟山县委副书记黄强、副县长陶金可赶赴公婆山受灾现场指导抗洪抢险工作。14时许，武警、消防救援人员共18人及救援船只等到达公婆山，救援工作取得突破性进展。

“暴雨红色预警信号变为橙色预警，雨势稍缓。”14时50分，“救命热线”里传来最新气象信息。依据信息，县领导要求加快现场救援进度。至20时许，在镇应急分队和县水电局、民政局，武警、消防救援人员的共同努力下，近400名受困群众全部撤离到安全地带，无人员伤亡。

“真称得上‘救命热线’！”高兴之余，邱贵祥连忙给李忠党拨去电话，进行了第29次“热线”联系。

（来源：《中国气象报》，2012年6月28日，2版，作者：曾涛）

部门联动　让“绿色通道”畅通无阻

为了加强预警信息发布，强化预警信息传播，有效发挥预警信息作用，广西壮族自治区气象局率先开辟了预警信息发布“绿色通道”，将原本需要递交材料、审批、盖公章等手续的预警信息发布化繁为简，大大缩短了预警信息传递到用户手上所需的时间。

“汛期灾害性天气多，灾害损失却不多，‘绿色通道’发挥了重要作用。”广西壮族自治区气象局应急减灾处处长郑宏翔一边翻阅电脑上的数据资料，一边对记者说。数据显示，上半年广西各级气象台站共通过“绿色通道”发布暴雨、雷电、大风等预警信号1809次，2.4亿人次通过手机短信接收到预警信息。

“我们当前的重要工作就是提升‘绿色通道’的通畅性和时效性。”自治区气象局副局长覃武说。2010年汛期，在自治区党委主要领导的要求下，自治区气象局与各电信运营商联手，在全国较早开通了气象预警信息全网免费发送的“绿色通道”。近两年的时间里，自治区气象局以贯彻落实国办 33 号文件为契机，千方百计让“绿色通道”变得越来越通畅。

在国办 33 号文件的指引下，“绿色通道”走上公共服务路子，它的建设由政府财政支持，并被列入政府绩效考核。2012 年，自治区财政拨专款用于预警信息发布“绿色通道”运行维持及气象为农服务“两个体系”建设。

自治区政府提出，要完善广西气象监测体系和精细化天气预报系统，使预警信息发布“绿色通道”信息来源更广、发布手段更多；建立健全灾害防御工作问责机制，加大相关立项和资金支持力度。

5 月 10 日晚，一场预警短信业务演练在自治区范围内紧锣密鼓地展开。这次演练中，自治区气象局与各通信运营商联手，检验预警短信发布“绿色通道”的通畅情况，检查预警信息发布的及时性、准确性和规范性。

针对演练中出现的问题，自治区气象局提出了“硬指标”：辖区内出现强降水及发布各类最高等级预警信号并可能致灾时，单位主要领导或值班领导要第一时间面对面或通过电话向地方党政主要领导报告预警信息，有条件的市（县）要直接打电话通知预警区域的气象信息员，提出防御建议。

（来源：《中国气象报》，2012 年 7 月 13 日，2 版，作者：曾涛）

危朝安赴气象局指导台风防御工作

7 月 23 日 22 时许，台风“韦森特”步步紧逼，广西壮族自治区党委副书记危朝安赶赴自治区气象局，检查指导“韦森特”气象服务情况，坐镇指挥全区防台抗台工作。在晚上中央气象台组织的加密会商会上，危朝安通过视频系统，与中国气象局党组书记、局长郑国光，党组成员、副局长矫梅燕、于新文连线，共商台风防御工作。

在连线时，郑国光指出，广西防台抗台工作准备充分、措施到位，这是自治区党委、政府高度重视，相关部门加强联动的结果。危朝安代表自治区党委、政府感谢中国气象局一直以来对广西气象工作的大力支持，并对“韦森特”气象服务给予高度评价，他表示要依据气象预报，更为科学地指导防台减灾工作。

危朝安在听取天气会商后，对广西加强台风防御工作提出三点要求。一是各地、各相关部门尤其是受台风影响较大的市、县要紧急行动起来，积极应对，抓好落实。二是相关部门要及时启动应急响应，切实加强与自治区防汛抗旱指挥部及气象部门等单位的衔接和联系，及时研判、及时预警，全力以赴做好各项防御工作。三是抓住台风防御工作的重点环节，严防山洪地质灾害的发生，及时组织转移、疏散重点防范区域群众；要确保水库、江河的安全，尤其要做好病险水库的排查；要做好沿海地区船只回港避风工作，务必不漏一船一人，确保人民生命财产安全。

（来源：《中国气象报》，2012年7月25日，1版，作者：曾涛 凌颖）

解读风之语

它盘旋着，生长着，吼叫着，释放着无穷的力量。它是今年以来登陆我国的最强台风，也是今年第一个进入广西内陆的台风“韦森特”。气象人循其嗅，解其语，辨其踪，觅其迹，交出了优质气象预报服务的满意答卷。

捕风，力求精益求精

“‘韦森特’将对广西造成影响，北部湾和南海北部海域活动的船舶需注意防范大风大浪的危害。”7月22日，广西壮族自治区气象局就发布了服务材料。

台风何时来袭，究竟有多强？面对人们的疑问，跟踪气象服务不断发出：“台风将于23日晚开始对广西产生风雨影响。”“台风将于24日下午进入桂东南。”“台风强度强，在广西境内滞留时间长，影响范围广，有较重的风雨影响。”

挟风裹雨，汹汹而至。24日12时30分左右，“韦森特”从梧州市岑溪水汶镇进入广西。此时，广西气象部门已进入全面迎战状态。从24日13时起，玉林、梧州、贵港等8个市及所辖县的所有自动气象站每10分钟上传一次自动气象站观测资料。

23 日 22 时 30 分，广西壮族自治区气象局局长韦力行代表自治区气象灾害应急指挥部签署命令，将台风应急响应提升至Ⅱ级。这是广西入汛以来首次以气象灾害应急指挥部名义启动应急响应，也是广西今年以来启动的最高应急响应级别。应急响应也在当天完成了两连跳。

追风，站在风雨前线

24 日上午，南宁上空已是天色暗沉，乌云低垂。两辆车体两侧标有“广西应急移动气象台”“广西气象应急雷达”的白色应急车开往正受台风影响的玉林，这是广西壮族自治区气象局副局长刘家清带领应急气象服务小组增援防台抗台第一线。

在风雨交加中，应急气象服务小组在抵达目的地后立即投入工作。随即，台风最前沿现场的气温、湿度、风向、风速等实时数据、灾情现场图像及视频等翔实资料次第传回。

追风的晚上总是无眠无休。连日来，气象人“以局为家”“以台为家”的场景成了点缀这漆黑夜空的一抹亮色。自治区气象局业务平台上总有局领导带头值守、参加天气会商、部署预报服务工作的身影。

驭风，力保民生平安

“气象部门能够很好地发挥职能作用。”广西壮族自治区党委书记郭声琨 24 日致电韦力行。郭声琨要求进一步加强监测预警，加密天气会商，尽最大努力提高预警时效。各市、县，各相关部门要高度重视气象灾害的防御，共同努力最大限度地减少人民群众的生命财产损失。

23 日 22 时许，自治区党委副书记危朝安赶赴自治区气象局，检查指导防御“韦森特”气象服务，坐镇指挥全区防台抗台工作，对广西壮族自治区气象局防御“韦森特”气象服务工作给予了充分肯定。

部门联动，力保民生平安。在梧州，国土、气象、水文联合加强地质灾害隐患点等监测工作，风雨来临之时全市无灾情发生报告；在钦州，海事、气象等部门联动，24 小时不间断发布“韦森特”最新动态，值守搜救监听，沿海的 1747

艘渔船及船上渔民已全部进港避风，1198名近海养殖人员也已全部上岸……

23日以来，广西壮族自治区气象局通过短信向相关人员发送台风、天气预警等决策气象服务信息共计600多人次。“绿色通道”在防台减灾中再立新功。23日以来全区短信平台向公众发送预警40次。其中，台风蓝色预警30次，暴雨橙色预警4次，暴雨黄色预警4次，雷电橙色预警2次，预警接收人次2200多万人次，通过“绿色通道”全网发送1800多万人次。

（来源：《中国气象报》，2012年7月27日，1版，作者：曾涛，获第27届中国产经新闻奖三等奖、中国气象报社第23届好新闻一等奖）

发挥“一加一大于二”的防灾减灾效益

“畅通‘绿色通道’是我们共同的责任。”日前，在送走台风“韦森特”后，广西壮族自治区气象服务中心与自治区移动、联通和电信等三大通信运营商进行热线联系，各方对“绿色通道”能够再次“立功”感到欣慰，一致认为携手合作，发挥各自的资源优势，就能发挥“1+1>2”的防灾减灾效益。

“这里是气象预警短信值班室，北海市发布台风蓝色预警，请立即发布。”7月25日5时许，广西移动、联通和电信等通信运营商的“绿色通道”值班室依然灯火通明，电话铃声此起彼伏。随着气象部门不断传来的发送指令，值班人员正在紧张有序地忙碌着。

预警信息要在台风来临前“飞”到千家万户。百姓之事大于天，气象部门与各通信运营商进行了应急联动。各通信运营商特事特办，专门安排业务骨干24小时值班，并开展发布工作巡查。据悉，三大通信运营商为北海、钦州、防城港等多个市（县）预警区域的手机用户免费发布台风和暴雨红色预警信息，仅在24日一天的发送量就超过2000万人次。

2010年，自治区气象局与各通信运营商联手开通了气象预警信息全网免费发布“绿色通道”。在两年的时间里，“绿色通道”屡次“立功”，仅去年就发布各种气象预警信息1.28亿人次。

“我们近期还专门开发了一套灾害预警群发系统。目前，该系统已完成测试工作，在上线后，实际发送速率将提高近一倍。”自治区移动公司负责人告诉记者。

（来源：《中国气象报》，2012 年 8 月 10 日，2 版，作者：曾涛 张许斌，

获中国气象报社第 23 届好新闻二等奖）

郭声琨指导广西防台预报服务工作

8 月 16 日下午，在台风“启德”步步紧逼的重要关头，广西壮族自治区党委书记郭声琨，自治区党委常委、常务副主席黄道伟等到自治区气象局检查指导台风预报服务工作，并看望慰问一线预报服务人员。

在自治区气象局天气会商室，郭声琨与北海、钦州、防城港等市气象局局长进行了视频连线。针对台风防御工作，他表示，气象部门是“信息部”“参谋部”，没有科学的信息指导，各级党委、政府就不能做出正确的决策。他要求，气象部门要及时主动向各级党委、政府报送气象信息，向社会公众提供更准确、更及时的预报信息；防汛、国土、农业、水利等相关部门要做到应急联动，着重抓好重点区域、重点人群、重点行业的防台减灾工作。

当天 23 时 30 分，自治区政府副主席陈章良来到自治区气象局，检查指导台风“启德”防御工作，部署安排全区防台减灾工作。他指出，气象、水文、海洋等部门要加强会商分析，强化预警预报；相关部门和单位要抓好避险转移工作，做好水库防洪等工作，确保人员安全。

（来源：《中国气象报》，2012 年 8 月 20 日，1 版，作者：曾涛）

让气象信息跑赢台风

“台风‘启德’今天下午起将严重影响广西南部及北部湾。”8 月 17 日 11 时，一份重大气象信息专报从广西壮族自治区气象局天气会商室新鲜出炉后，迅即被发送给自治区领导及相关部门。台风预警手机短信的“绿色通道”一次次开启，千万条短信飞入寻常百姓家；气象影视节目主持人频现荧屏，适时提

醒人们注意防台减灾；气象预警电子显示屏不断刷新，带给人们最新的台风动态……在“启德”来袭前，气象信息已跑赢台风。

一切为了群众平安，一切以人为本。“‘启德’有可能对我区造成影响。”早在8月14日，自治区气象局发出第一份有关“启德”的气象服务材料，将人们的视线转向了遥远的太平洋海面。15日，自治区气象局又发布消息，进一步指出“启德”将对广西有明显的风雨影响。

“启德”步步紧逼，气象服务有条不紊展开。16日上午，广西壮族自治区党委书记郭声琨听取了自治区气象局局长韦力行关于“启德”最新走向、未来趋势及气象服务开展情况的汇报。郭声琨要求自治区气象局进一步加强监测预警，及时向党委、政府及相关部门汇报、通报相关情况。

当日上午，韦力行先后给广西沿海三市气象局局长打去电话，要求迅速展开各项防台减灾气象服务工作，尤其要按照“不漏一船、不漏一人”的目标，以切实有效的气象服务保障出海船只及时回港，提前转移至安全区域。自治区气象局还印发通知，向各市气象局下“硬任务”：一定要及时向当地市委、市政府及相关单位报送专题气象服务材料和发布灾害天气预警预报服务信息。16日下午，自治区气象局副局长刘家清还带领工作组到北海防台风一线指导工作。

16日下午，郭声琨在自治区党委常委、常务副主席黄道伟等的陪同下，来到自治区气象局看望慰问一线预报服务人员，部署安排全区防台风减灾工作。在天气会商室，郭声琨与北海、钦州、防城港等沿海三市气象局局长进行了视频连线，听取各市防台风减灾服务情况汇报。当了解到自治区气象局已按照“不漏一船、不漏一人”为目标，督促指导沿海三市气象局向市委、市政府主动汇报气象信息时，郭声琨表示赞许。

16日22时，自治区气象灾害应急指挥部宣布将重大气象灾害（台风）Ⅲ级应急响应提升为Ⅱ级。16日23时30分，自治区政府副主席陈章良也到自治区气象局检查指导防御台风“启德”工作，看望慰问深夜仍坚守预报服务一线的业务人员。

自治区气象局加强部门应急联动，及时将应急响应的情况告知气象灾害预警服务厅际联络员，通过手机短信发送强降水等决策服务信息900多人次，共同做好台风防御工作。自治区气象局还为水产畜牧兽医局和海事局提供专题气象服务，加强与水产、海事等部门的沟通联络，协同做好渔船进港、渔民上岸工作。

在台风来临前，预警信息抢先发出。从16日14时至17日22时，自治区气象局每3小时为广西广播电台、广西电视台、广西新闻网提供实时的“启德”动态信息。自17日以来，全区短信平台向公众发送预警28次，预警接收人次为1323万，其中通过“绿色通道”全网发送1204万人次。

17日晚，自治区党委副书记危朝安对气象部门卓有成效的工作给予了高度赞扬。

“这次预报准确、效果非常好，对战胜台风起到了重要作用。”18日上午，自治区政府副主席陈章良向韦力行发来短信，感谢所有参与预报服务的工作人员。

（来源：《中国气象报》，2012年8月21日，1版，作者：曾涛）

雨消云散见明月

朱槿怒放，绿城着锦。9月21日，第九届中国—东盟博览会在广西南宁国际会展中心朱槿花厅开幕。第九届博览会会期与此前8届相比整整提前了一个月左右，而9月下旬还是南宁的主汛期，台风和冷空气等高影响天气比较活跃，相比往年天气气候背景更为复杂。这个时候举办博览会，尤其是要在户外举办博览会开幕式暨民歌节、商务考察等大型活动，无疑给气象预报提出了更为精细化的要求。

预报，把握瞬息风云

就在开幕当晚，南宁上空不时飘落的雨丝让人们对当晚的民歌节露天演出捏了一把汗。露天的开幕式晚会会不会受影响？从组委会领导到普通市民，每个人心中都打了一个大大的问号。

21日下午，应急移动气象车在广西体育中心西侧的辅道上驻扎下来，接好防雷地线、组装自动雨量计、升起车顶风杆、视频会商屏幕亮起……一系列动作过后，各种要素也很快被反映在车顶的LED显示屏上，当地的气温、雨量、风向、风速一目了然。

19时，雨势突然加大，户外的人们纷纷撑起了伞或穿起了雨衣。调皮的雨丝似乎在煎熬和考验着气象人。“开幕式还会不会下雨？”“对烟火表演有没有影响啊？”“要不要准备防雨工具？”组委会领导直接把电话打到了负责现场服务的副局长杨宇红的手机上——大家最为关心的就是当前的雨情和未来降雨趋势。

通过结合现场气象小组的监测，南宁市气象台会商室预报员经过天气形势图分析，重点对天气雷达回波强度、移动方向及其生消变化进行研究，得出了降雨将很快停止的重要结论：“预计20时至23时，广西体育中心阴天转多云。”同时，气象短信温馨告知各位市民：“预祝第14届南宁民歌艺术节暨第九届中国—东盟博览会开幕式晚会圆满成功！”

20时15分左右，南宁市上空雨消云散，气温舒适宜人，一勾弯月在浮云中若隐若现。美丽璀璨的烟花在夜空中朵朵绽放，欢乐畅快的民歌在南宁上空阵阵回响……

“天气预报真神了……”一位路过的市民冲着气象应急车内工作人员比画了一个胜利的手势。

服务，早在120天前

关键时刻显身手，得益于充足的准备和训练。“要将第九届中国—东盟博览会气象保障服务作为全年气象服务的重中之重来抓。”早在年初，广西壮族自治区气象局局长韦力行就着手部署博览会服务工作。5月21日，承担保障重任的南宁市气象局向组委会提供了第一份专项气象服务材料《南宁市9月气候背景》，为博览会择期提出了科学参考。

7月到9月底，广西连续遭受台风“韦森特”“启德”以及寒露风天气影响，紧绷的弦还未来得及放松，气象人又马不停蹄投入“博览会时刻”。此次保障服务按常规与非常规共提供两类服务产品。其中非常规服务产品包括由自治区“两会”指挥中心、南宁市服务“两会一节”组委会要求提供的气象服务信息，遇到突发天气加密发布的未来1小时天气预报预警信息，根据需要适时启动人工影响天气应急预案，领导小组要求提供的其他服务产品。

保障，直达“核心地带”

“气象服务送到了会展中心的核心地带。”组委会负责人称赞道。9月3日，一个崭新的自动气象站在会展中心“亮相”，实现了对气温、雨量、风向、风速等气象要素的不间断监测，为市气象台开展会场精细化预报奠定了基础。

8月15日和21日，气象部门分别提供了“南宁市9月20—25日气候概况”等气候前期材料；从8月27日起，每日滚动更新《南宁市未来三天天气预报》，期间每逢周五发布《未来一周天气趋势预报》；到9月19日起气象服务信息加密至逐6小时精细化天气预报；再到9月21日起又升级到逐3小时短时临近预报，一份份气象材料传送至自治区和南宁市党委、政府领导和自治区会议指挥中心、南宁市服务“两会一节”领导小组办公室的案头和手机上。

“这几天天气会商一轮接着一轮，决策服务的对象换了一拨又一拨，几乎感觉不到间断！”值班预报员感慨道。针对博览会保障服务的预报技术分析和加密会商在紧张进行中，南宁市气象局、自治区气象台加强预报技术分析和历史个例普查工作；组织全区会商并主动与中央气象台、广州区域中心气象台等台站进行专题会商。

他们或许没有想过，开幕式当晚充满喜庆与胜利的礼炮，和那一轮从云雨背后闪亮而出的明月，就是对气象人辛勤努力的最好回应。

（来源：《中国气象报》，2012年9月27日，1版，作者：曾涛）

冰冻中的力量

连日来，强冷空气频繁影响广西，桂林、柳州、河池等地陆续出现雨雪冰冻恶劣天气，严重影响人民群众的生产生活，一场防寒抗冻保民生的战役在全区范围内打响。广西气象部门全力以赴开展防寒抗冻保民生气象服务，为冬日添暖。

“会不会出现与2008年一样的雨雪冰冻灾害？”1月5日，自治区政府副主席陈章良刚到区气象局，就急切地询问自治区气象局局长韦力行。在随即召开的全区低温冰冻天气应对情况汇报会上，这个问题有了明确答案。

一张与2008年雨雪冰冻灾害天气对比分析图，让前来参会的自治区领导及农业厅、水产畜牧兽医局、林业厅等单位负责人心里有了底。“再接再厉，继续密切关注当前低温冰冻天气。”握着一线气象业务人员的手，陈章良郑重叮嘱。

5日晚，朔风凛冽。自治区气象局灯火通明，一派忙碌场景。19时，自治区气象局启动重大气象灾害Ⅲ级应急响应。这也是今年启动的首个应急响应命令。冰冻橙色预警、道路结冰橙色预警、大风预警……一个个预警信号从气象预警平台飞入千家万户。仅1月5日和6日两天，全区短信平台向公众发送发预警信号37次，受众达227万人次。

桂林、河池相继出现冰冻或道路结冰。气象部门加强应急联动，主动及时地向政府及交通运输等有关单位发布气象服务信息专报，并通过手机短信发布道路结冰预警信号。交通运输系统先后投入3000余人、428万元道路抢修资金抗冰保畅通，并根据气象服务信息，重点在结冰路段设置警示、疏导、分流标志，对受阻车辆进行疏导分流。

电网运行正常！强冷空气一时之间造成广西电网16条输电线路出现覆冰现象，最大覆冰厚度达14毫米。连日来，广西电网加强与各级气象部门联系沟通，实时关注气象变化情况。气象信息就是发令枪，广西电网于1月6日发布冰冻灾害蓝色预警并全面启动线路覆冰预警系统，确保电网安全稳定运行。

自治区气象局还指出，当前低温冰冻天气对马铃薯、冬菜、甘蔗、香蕉等越冬作物和果树，以及水产养殖和畜禽有不利影响，相关单位应注意采取有效的防寒防冻措施以减轻危害。

"要进一步增强服务意识、大局意识，切实抓好监测预报预警各项工作。"8日上午，在参加中国气象局视频会商后，韦力行对防寒抗冻保民生气象服务进行了再动员、再部署。

（来源：《中国气象报》，2013年1月10日，2版，作者：曾涛）

广西召开全区气象局长会议　部署2013年任务

1月30日，广西壮族自治区气象局召开2013年全区气象局长会议，明确2013年七项重点工作，即加强气象防灾减灾体系建设和做好各项气象服务工作；全面推进气象现代化建设和基层气象机构综合改革；加快发展现代气象业务；大力加强气象科技和人才工作；深化改革和加强气象社会管理；规范发展气象科技服务；全面提高气象部门党的建设科学化水平。

（来源：中国气象局网站，2013年2月8日，作者：曾涛）

春茶一早贵如金

“高山深处春露香，半坡芳茗芽初放。”连日来，南国茶园已是满目春色。

2月中旬以来，在广西壮族自治区贺州市昭平县的龙湾生态茶园和大脑山高山茶园，茶农忙着抢采2013年的第一茬有机春茶。由于近期广西气温回升、雨水充沛，全县茶园陆续进入春茶采摘期，比去年提前15天左右。

有“茶叶之乡”美名的昭平县，目前有茶园16万亩、茶叶生产企业100多家，年产茶7000多吨，总产值近8亿元，茶叶种植面积、产量均居广西首位。

霜冻和低温冻害是茶叶种植和采摘过程中的两大“杀手”。昭平县气象部门与县茶叶办开展合作，由茶叶办提供茶叶生长实况，气象部门提供灾害性天气预报和每周为农气象服务天气预报，为茶叶种植、采摘提供准确全程跟踪服务和生产建议。

昭平县气象局还及时向社会和相关部门公开发布相关气象信息，提醒茶农采取措施，防御低温冻害等气象灾害。在春茶采摘前10天左右，县气象局和县政府办、县茶叶办发布春茶生长分析和春茶采摘指数预报，为茶商和茶农提供春茶采摘、上市等方面的信息。

“春茶一早贵如金。”今年春茶品质如何？气象分析提供了科学数据。2012年11月至2013年1月，昭平县总降雨量为279.6毫米，1月下旬至2月上旬，日平均气温为15.2 ℃。这样的气候条件为春茶提供了良好的生长动力，所以昭平今年的春茶发芽比去年早。此外，昭平的阴雨天气较多，高山上常常云雾缭绕，对高山茶的品质产生了有利影响。

昭平县每年都举办“摘茶王”“茶叶论坛”“炒茶王”等春茶节系列活动。贺州市气象局和昭平县气象局开通了热线电话，解答茶农相关问题，通过昭平在线网站、县电视台和手机短信等多种渠道广泛传播气象服务信息。

（来源：《中国气象报》，2013年3月1日，2版，

作者：曾涛 董州 吴健杰）

观影旧事

妻一时兴起，拉着我说要去街头的电影院找浪漫。坐在充满现代化气息的电影院里，感受声与色的惊喜和悸动。光影流转间，尘封的记忆一一袭来。

胶片倒带，回到那个旗袍盛行的年代。袅袅的女子从黄包车上下来，走进了十里洋场的电影院。张爱玲曾说："现代的电影院，本是大众化的王宫。"想必她也未曾预料到，斗转星移只几十年，"大众化的王宫"竟成了一代人的集体记忆。排队买票，场场座无虚席，无数观众聚集在门口等着开场……20 世纪的七八十年代就是这么一个属于大众的电影黄金时代。

小时候住在矿区，矿里有个大礼堂，每周都有一两个晚上放映电影。每逢放映电影那天，父亲一回到家总是将刚买到的两三张电影票叠成扇形，扬起来笑呵呵地向我们炫耀。当天的晚餐比往常要早些，我和哥哥匆匆地扒完碗中的饭，催着父母早点动身。电影院离我们家住的家属院有两三里路呢。而母亲却不理睬我们，总要不慌不忙地换上体面的衣服，照镜梳头一番才肯出门。

离开映还有一两个小时，影院前面已是人山人海，好像全矿的人都来这儿聚会了，甚至还有不少闻讯赶来的周边十里八村的人。碰上好的电影，父母往往也会多买上几张票，捎话让外公、外婆、舅、姨等亲戚过来看。在空坪上，相熟的大人们扎堆儿聊天，男人们抓紧时间抽上一根烟，小孩子们兴奋地笑着、叫着、到处乱跑。记得电影院门口有卖瓜子的小摊儿，摊上吊着个昏暗的煤油灯，随着嘈杂的叫卖声左右摇摆。摊上尽是一包包用报纸或者旧书旧杂志包裹成漏斗状的葵花子。买上一包瓜子，够一家人在影院里消遣了。

检票时，我和哥哥就挤在父母前面，生怕进不了电影院。那时候可羡慕把门儿的叔叔阿姨了，心想长大也要去电影院把门儿，多神气呀。他们有看不完的电影，还能拿着手电筒在影院照着吸烟的观众说："不许抽烟，把烟掐了！"那该多威风呀。

电影放映前，大礼堂像是一片沸腾的海洋，谈笑声、呵斥声此起彼伏，小孩子们瞎跑瞎闹，这时候大人们是不会管的。这也是女人们大谈八卦的时候，她们的眼睛像探照灯似的，搜寻着蛛丝马迹。进入影院的一对对未婚青年男女总会引起她们猜测、谈论。记得那时矿上的年轻小伙子，刚刚穿上时兴的喇叭裤。他们追女孩子最新潮的方法就是买上两张电影票，邀请对方一起去看电影。在那个年代，未婚男女牵着手一起看电影就意味着一段婚姻已在孕育中。

喧哗间，清脆的铃声突然响起，提醒着人们电影快开始了。不久，影院头顶的大灯熄灭，两侧的壁灯隔三岔五地亮起了微弱的灯光，电影开始了。这时，人们逐渐安静下来，享受着银幕前的惬意。那时候，开场前要放幻灯片，如水稻栽培、玉米除虫之类的，有时候也放《小蝌蚪找妈妈》这类的动画片。尽管看了无数次，大家依然看得津津有味，记得我当时还能将台词背个滚瓜烂熟。

小时候看电影都是一头热，过了兴奋劲儿，便倒在父母的怀里进入了梦乡。电影结束，灯光亮起，这时的我便醒了过来。回家路上，母亲会牵起哥哥的手，我则趴在父亲的肩头。一家人有一句没一句地谈论着关于电影的细节，走进了柔软的夜色中……这一幅幅带有温度的画面，如今想来竟恍如隔世。

我也曾拿着小板凳，跟着大人到处去看露天电影。往往一块晒谷坪就成了露天电影院。电影在哪儿放映，哪里的村庄就如过年般热闹。幕布后面往往也坐得满满当当的，虽然看的是反着的影像，大家仍乐在其中。在小孩眼里，放映员简直是明星。我们会一起守在电影机旁边，看着放映员操纵两个大转轮，灯光下照着带子一格一格地转带，“卡卡”地响着。

在放映间隙，小孩子争先恐后地凑到灯光出口前，做出狗、猪、兔子等各种动物剪影。寒冷的冬季，大家自觉将板凳紧紧挨在一块儿，互相取暖；夏天时，小孩子经常向大人要钱买根甜甜的冰棍儿。其实，电影在放什么内容变得不那么重要了，大家享受的是那种喜悦情绪和融洽氛围。

长大以后，经历了电视的普及、录像厅的沉浮、网络的兴起，难得有闲心跑出家门去看电影了。即使坐在高档舒适的影城放映厅中，当年的感觉也荡然无存了。我想，那些观影旧事不光是我的回忆，也已成了一代人的集体记忆。

（来源：《中国气象报》，2013年4月16日，4版，作者：曾涛）

槐花依旧深一寸

北京的龙爪槐吐露新叶了，家乡的刺槐该是花满枝头了吧。暮春初夏，一棵棵其貌不扬的槐树变得明润、鲜活，屈曲骨瘦的虬枝由灰黑变得青绿，冷寂了一载的枝头芽苞鼓胀。温润的风拂过，催开了一树的笑靥，那些花儿就像冒泡的泉水般，“一嘟噜一嘟噜”地在蝴蝶状的叶瓣间绽放，一簇簇、一串串，如雪似银，绚烂铺张。

在田埂，在溪畔，在山坡，在庭院，汪洋恣肆的槐香，浓郁成乡野的味道，在季节的深处肆意流淌。行至槐荫深处，有飘落的花瓣划过鼻尖，暗香残留。风起时，落英纷纷扬扬，如入花雨。似水流年，那一树槐荫里回荡着稚儿抢食槐花的喧嚣与喜悦，那一掬芬芳里记取了少年情窦初开的青涩往事。

薄暮宅门前，槐花深一寸。树下，零落成泥碾作尘的槐花，似积攒着一寸一寸的寂寥与忧伤，堆积出诗人白居易的不尽心绪。槐花无言，诗人有意。“衡门有谁听？日暮槐花里。”“袅袅秋风多，槐花半成实。”当年白宅门前的满地槐花，就成了诗人时时排遣意气的载物。

沉钩于史海，槐花竟这么奇妙地上庙堂、下江湖。“面三槐，三公位焉”，昔年的周朝宫庭，槐树处庙堂之高。据《周礼》记载，太师、太傅、太保等三公朝见周天子时，就分别站在宫庭外种植的那三棵槐树下。“弛担披襟岸帻斜，庭阴雅称酌流霞。三槐只许三公面，作记名堂有几家。”宋人洪皓的这一首《咏槐》又将槐树写得如此亲近、平和，庭院槐荫下，开怀畅饮的人们活得简单、达观。

香魂雪魄的槐花，注定牵动着文人的情思。在西汉都城长安的槐树林中，出现了买卖书籍的集市，人们称之为“槐市”。当时的槐市虽处市井之地，但槐香与书香交织，想也是寻常百姓间，一“阳春白雪”处。

浅吟低唱的唐诗里，槐花跃然而出，香气浸润。“欲到清秋近时节，争开金蕊向关河”，是罗邺的豪迈意气；“雨过前山日未斜，清蝉嘒嘒落槐花”，是许浑返乡的急切；“风舞槐花落御沟，终南山色入城秋”，是子兰心忧政事的惆怅……

做不了“梁材”的槐树，往往能躲过斧锯之劫，百年以上的槐树就不鲜见了。槐花开处是故乡，离家的游子频频回首村口的大槐树，徒惹泪水洒满衣襟。听闻山西洪洞的大槐树，不管严寒酷暑，游客络绎不绝。我想，仰望古槐，盘桓眷恋的那份怀想就寄托于此了吧。

槐花依旧深一寸，任庙堂至尊，或江湖凡俗；任诗词歌赋，或家长里短。它们宠辱不惊，心澈如镜，不以物喜，不以己悲。千百年时光流淌，花开依旧，花香不褪，变化的不过是赏花人的心境罢了。

（来源：《中国气象报》，2013年5月9日，4版，作者：曾涛）

“没有这个电话，人员伤亡将无法估量”

“这次暴雨非常特殊，不到两个小时水就涨上来了，以往降水持续几个小时之后才会发生险情。”5月15日晚至16日，广西恭城瑶族自治县遭受暴雨袭击，龙虎乡乡长许小燕想起当晚的情景，十分庆幸自己在接到暴雨红色预警信息后，果断作出人员撤离的决定。“15日22时至16日1时，降雨量达293.1毫米，过程雨量达319.8毫米。根据恭城县降雨历史同期资料，这3个小时相当于下了1个月的雨量。”县气象局局长邓树荣说。

15日22时，正在值班的邓树荣通过雷达回波图发现一块红色云图始终停留在该县北部，他分析一场大暴雨即将来临，最先影响到的是该县龙虎乡。来不及汇报县领导，他在发布雷电橙色和暴雨橙色预警后，直接拨打了龙虎乡乡长许小燕的电话，建议紧急撤离群众。随后，县气象局将暴雨橙色预警升级为红色预警。“当时我没有丝毫迟疑，马上集中各村村干部、生产大队长等，挨家挨户通知人员赶快撤离，并用预警大喇叭等设备拉响警报。”许小燕说。

就在此时，处于龙虎乡下游的栗木镇也处于出现险情的边缘。该镇镇长李杰在收到暴雨红色预警信息后，立即派人到各村屯核实降雨情况，发现河水正以飞快的速度上涨，她立即分派值班人员挨家挨户敲门，并利用预警大喇叭和警报将熟睡的村民叫醒。

在收到预警信息后的几个小时内，恭城县迅速转移群众1400户6500余人。

“我的房子被冲掉了大半，好险！如果乡里干部迟一分钟通知撤离，我这条命就完了。”龙虎乡龙虎街一户居民庆幸地说。

“‘5·16’暴雨过后，这里好似汶川地震的受灾现场，大部分的房屋被泥石流冲毁，道路因塌方被滑坡的山体阻塞。”许小燕说。暴雨造成恭城县发生崩塌地质灾害，据统计，受灾人口达2.44万人，倒塌房屋235间，多条农村公路及村屯道路遭受不同程度损毁，受损公路达41.2公里，农作物受灾面积482公顷。

尽管财产损失严重，但这次强降雨却没有造成大范围人员伤亡。“每个季度我们都会与县气象局等防汛单位开展应急演练。前不久，我们刚开展过演练。因此，在接到邓局长的电话后，我们便立即有条不紊地开展自救工作。”许小燕说，“如果没有气象局及时的预警信息，我们也不会有如此宽裕的时间来组织财产转移和群众撤离。”

而对于恭城县气象局工作人员来说，5月15日晚至16日凌晨，这注定是一个不眠之夜。

15日22时，县气象局值班人员死死盯住卫星云图、雷达回波图、自动站监控平台等，当发现雷达资料显示龙虎乡上空有一块强回波时，“暴雨天气过程”的结论被果断地定下。随即，雷电橙色、暴雨橙色和红色预警信号及时发出。5月16日2时，恭城县防汛挥部启动了县山洪灾害防御预案，邓树荣前往县防汛办，每半小时向指挥部汇报未来天气趋势和天气实况。15—16日，恭城县局向县相关部门发布抗洪抢险专题天气预报两份、气象服务信息5条，为县政府科学指挥调度抗洪抢险资源、成功抗洪抢险做出巨大贡献。

“如果没有你这个电话，不知道要伤亡多少人。”5月18日，恭城县县长林武民在致电邓树荣时说，对他及时将预警信息通知给龙虎乡表示感谢和赞扬。

（来源：《中国气象报》，2013年5月22日，2版，作者：刘成成 曾涛 李颖婷 严启兴，获中国气象报社第24届好新闻二等奖）

谁在“主宰”沙尘暴？

每年春季，风会如约带来春天的气息，而通常会如期造访的瀚漠来客——

沙尘暴，也带给人们不少隐忧。

的确，前些年接二连三、铺天盖地的沙尘暴让人们不堪其苦，北京、天津等许多大城市的居民祈求着“无沙的春天”。

如今，北方不少地方的人们深有同感：沙尘天气减少了。监测结果也支持这一点。从历年统计资料来看，我国沙尘暴呈现波浪式递减趋势，特别是近十几年来，长期肆虐我国北方地区的沙尘天气发生频次和强度都处于近50年来较低水平。2012年春季北方地区平均沙尘日数仅有2.1天，为1961年以来历史同期最小值。

2013年沙尘暴发生情况如何？中国气象局的监测结果显示，截至目前，全国仅出现8次沙尘天气过程，其中，北京出现了3次，无论是次数、规模或危害程度，较高发期均明显减少。

沙尘天气少了，防沙治沙起到了多大作用？到底是谁在“主宰”沙尘暴？逆着沙尘行进轨迹，记者近日踏访了京津风沙源头之一的内蒙古浑善达克沙地。

风沙源里探嘎查

春风吹开了冰封的大地，冰雪尚未完全消融，浑善达克沙地只是打了个盹儿，似睡非睡，然而在暗黄色的大地下却已萌动着又一季的风吹草低。

车行至伊和塔拉嘎查（嘎查：蒙古族的行政村），眼前出现一排排整齐划一的小院，这是一个生态移民聚居点，也就是转移禁牧区。牧民们由原来在草原上散放牲畜变成现在的圈养牲畜。

一下车，嘎查主任巴亚尔就领着记者参观起奶牛养殖标准化棚圈、奶站、兽医站、青贮窖等设施，这里俨然已是一个现代化的奶牛养殖基地。巴亚拉告诉记者，牧民们原来都是在草原上扎蒙古包进行游牧，大伙儿为了多赚钱都攀比着多养牲畜，结果草不够吃，草场沙化严重，一年到头挣不了几个钱。如今，大家都住进了水、电等基础设施齐全的房子里，从散养肉牛变为圈养经济价值更高的黑白花奶牛，还有政府按人头每年发放3000元的补助，日子越过越有滋味。

在嘎查图书室，记者见到了前来借阅书籍的牧民仁青道日吉和苏伊拉。他们笑呵呵地说，现在不像以前放牧时那样日晒雨淋了，每月收入能达四五千元，闲暇时间还能到旗气象局援建的图书室、健身场、活动室参加一些文体活动。

而在离伊和塔拉嘎查不到半小时车程的巴格额仁嘎查则是另一番景象。这个嘎查的党支部书记朝格图说，现在是草场返青期，牲畜都关在圈里呢，要等到 6 月才赶到草场上散放。

他介绍，这里曾是旗里最贫穷的嘎查之一。全嘎查有 40 多户人家，目前以养牛为主，各家都有草场，并有一个集体牧场，人均收入在万元以上。朝格图回忆道，10 年前，当地牧民最愁的是干旱少雨天气，风沙大则牛羊少、收入低。最近这几年雨水好、风沙少，草长得一年比一年好，虽说按照要求牲畜比以前养得少了，但收入增加了，每年政府给的 3000 元补助能占到收入的三分之一。

牧民宝力德是这一政策的受益者，他说："我们家三口人，总共能拿到 9000 元的补贴。虽然草场小了，养的羊也少了，可是我们的收入不受影响。草场好了，我们有了更好的发展空间了。"

天苍苍，野茫茫，蒙古族的长调依然悠扬，唱响的却是草原新曲。风沙源里的嘎查，嘎查里的牧民，牧民们珍爱的牛羊儿都在悄然发生着变化。说起两个嘎查的新变化，朝格图和巴亚尔都不约而同地说起这是国家开展的风沙源治理工程让他们得了实惠。

沙丘，不再躁动

伊和塔拉和巴格额仁两个嘎查位于内蒙古自治区锡林郭勒盟正蓝旗，这里地处浑善达克沙地腹地。浑善达克沙地是离北京最近的沙地，也是京津风沙源治理的主要区域。20 世纪末，这里的流动沙丘面积占 9.3%，半固定、半流动沙丘达 51.7%，固定沙地占 38.9%。

"风大沙多，干旱少雨，草场退化沙化严重，自然灾害频繁。"旗政府办副主任阿拉腾高娃这么形容 10 年前当地的生态环境。

"防沙治沙不仅要还北京一方蓝天，也要给牧区发展一个空间。"正蓝旗农牧局副局长张继说，沙区不仅生态脆弱，经济也很落后，农牧业生产受自然条件的制约大，农牧民生计问题也很突出。治沙与治穷能否兼顾？生态建设与经济发展能否双赢？

根据草场生态状况的不同，正蓝旗将全区牧区划分为两类，即转移禁牧区和调整休牧区。巴亚尔所在的伊和塔拉嘎查属于转移禁牧区，正蓝旗对包括此嘎查在内的 31 个嘎查（村）实施了移民搬迁，禁牧草场面积 205 万亩。通过生态移民，搬迁后的草场得到休养生息，恢复率达到 85% 以上，产草量由 2001 年的 200 万斤提高到 900 多万斤。迁居的牧民人均纯收入从搬迁前的 1500 元增加到 6700 元。

而朝格图所在的巴格额仁嘎查被旗里划为调整休牧区。所谓调整休牧区就是对生态环境退化沙化相对较轻，草场尚有一定生产能力的地区，推行休牧政策，使草场得以自然恢复。目前已对 1356 万亩退化沙化草场实施休禁牧。资料表明，休牧区牧草平均高度达 30 厘米，平均盖度达 70%，较非休牧区分别高 80% 和 90%。

浑善达克沙地沙丘移动不明显，沙地治理成效明显——内蒙古自治区气象局发布流动沙丘定位观测数据称，这里的沙丘已从躁动变得安静。

国家林业局和中国气象局提供的资料表明，京津风沙源治理工程实施以来，工程区生态环境好转，风沙天气和沙尘暴天气减少，沙化土地扩展趋势基本得以遏制，呈现出林草植被增长、农牧民收入增加、社会可持续发展能力增强和沙化土地减少的良好局面。

从全国来看，开展了包括京津风沙源治理在内的生态治理工程，防沙治沙工作取得明显成效。2001 年前后，我国沙化土地面积出现拐点，由此前年均增加 3436 平方公里沙地变为年均减少 1717 平方公里沙地，相当于由每分钟增加 10 亩沙地变为每分钟减少 5 亩沙地。国家林业局防沙治沙办公室高工王信建表示，十几年来，长期肆虐我国北方地区的沙尘天气得到很大缓解，沙尘天气发生频次和强度都处于近 50 年来的较低水平。

“风沙源治理的成功实践就在于将原来单纯的‘就治沙抓治沙’，变为‘把治沙与治穷、生态建设与发展经济结合起来’。在治沙的同时因地制宜搞发展，实现生态、生产双赢。”专家称。

沙地“掘金”的不变规律

在生态环境脆弱的沙地“掘金”，自然要遵循一定的自然规律。在锡林浩特国家气候观象台，台长王英舜向记者聊起了一件有关“紫花苜蓿”的事儿。紫花苜蓿是蛋白质含量很高的优质牧草，但作为一个外来品种，它是否适应当地的气候条件？锡林浩特观象台为此开展了引种栽培研究，并结合光、热、水等气候条件提出：南部地区气象条件基本满足紫花苜蓿生长需求；中部偏南地区在人为干预条件下也能满足种植需求。依托研究成果，当地气象部门和农牧业部门签订了种植紫花苜蓿的合作协议，紫花苜蓿就这样走进了锡林浩特的南部牧区。

紫花苜蓿牵出一个气候环境话题。“浑善达克沙地上的草场具有多样性，都有各自的小气候、小环境，如果不考虑气候条件、土壤和植被条件等因素来发展农牧业，肯定是行不通的。”张继介绍道，旗里依据不同气候生态环境，对牧场进行分类：一个是禁牧区，以养牛为主，通过天然草场实际产草量合理确定载畜量，每150亩草场养1头牛；另一个是草畜平衡区，每50亩草场养1头牛或每25亩草场养1头羊。“风沙源治理尤其要尊重自然规律，依据气候条件安排植树造林。”锡林郭勒盟林业局副局长李福生总结道。就拿沙地上植树造林为例，要根据生物气候带的特点，确定乔木、灌木和草的比例及其种类和时空配置结构。在沙尘源区特别要增加灌木和草本组合；要充分发挥生态系统自然修复功能，充分利用对当地生态条件长期适应的本土植物。在荒漠化地区和荒漠化地区边缘地带有条件的地段营造农田防护林、草原防护林等防风固沙林。通过科学开展防沙治沙工作，浑善达克沙地植被状况明显好转，长420公里、宽3公里、横跨5个旗县的浑善达克沙地南缘防护体系初步形成，有效抑制了沙地南移。“再完美的治理，也消灭不了沙地，要尊重气候规律，尊重生态的多样性和生物的多样性。”内蒙古自治区生态与农业气象中心副研级高级工程师王永利说。

沙尘暴并不是孤立存在的，它和其他许多自然现象相互关联、互为因果。而这些自然现象，也并非对人类都是不利的。假如我们消灭了（实际上永远不可能）世界上的沙尘暴及其源头的沙漠干旱地区，那么也就消灭了地球上的多种自然生态，绝灭了适应干旱气候的一切物种，并会引起全球所有自然系统的更加可怕的反应、报复，甚至引发难以想象的灾难。因此，王永利认为：“风沙源治理，治的不光是沙尘暴，保持当地生态稳定度，这才是最重要的。”

一个绕不开的气候资源承载力话题

“从气候承载力出发，沙地的气候生态环境能支撑什么就支撑什么，有专家突出‘宜林则林，宜草则草’，我认为还得加一句‘宜荒则荒’。”王永利从气候资源承载力的视角来阐述防沙治沙工作，“大自然不让一个地方长草，就不要硬栽。不是所有地方绿起来之后，都是好的生态。”他认为这是对尊重自然规律、因地制宜的另一种解读。

地球表面本就是由不同尺度的自然带控制的，大尺度的气候带决定了一个地区最基本的状态，如热带、温带、寒带等。小尺度的气候带是按地貌、植被、气温、降水等划分的自然区域，比如按不同的降水量，我国可以分成湿润区、亚湿润区，干旱区、半干旱区等。一个地区是否成为干旱区和沙漠，最根本是由这一区域的降水量决定的，因此，从这个角度说，如果大的气候条件不变，沙尘暴或者沙漠是不具有毁灭性的，因为自然已经为其划定了界限。“气候可行性论证其实更应当运用在生态建设中。”王永利认为，利用一个地区范围的气温、光照、降水量、风力等气象资料作气候潜力分析，指导生产发展和生态建设是很有意义的。人类活动要根据气候生态的承载能力来安排，要根据自然规律的要求来治理风沙源，再也不能把人与自然对立起来，搞“向沙漠进军”和“人定胜天”那一套。尤其是在生态脆弱地区，人类的经济活动一旦超出了气候环境制约和资源约束，必将导致生态环境的恶化。

古已有之的沙尘暴作为一种自然现象，是地球自然生态系统不可或缺的一部分，人类不可能完全避免沙尘天气。但同时它也是一种人文现象，人类活动的加剧会破坏原有的地表植被，从而加速沙尘天气发生的频率，加重沙尘天气发生的程度。“造成沙尘暴的天气过程是人类无法控制的，但地面的沙化过程则可以通过改善人类活动加以控制。要减少沙尘物质的供给，减轻其危害。”许多专家认为。

沙尘暴本身也是个环境气象问题。“丰富的沙尘源、强风和极不稳定的大气是引发沙尘暴的三个不可或缺的因素，后两者主要与气象条件有关。也可以说大气环流在一定程度上‘主宰’沙尘暴。”中央气象台天气预报室博士张恒德说。当前，最为紧迫的应当是加强沙尘暴防治重大科学问题的研究，认识和掌握沙尘暴的形成与演变规律，并进行风沙源区的气候资源承载力研究。

不该降温的“治沙热”

“两年后，我们的生活就成问题了，牲畜养得少，外出打工也老了。”朝格图抽着烟，望向远方，向记者述说了他的隐忧。由于政府和调整休牧区的牧民签订的是为期 5 年的合同，每年 3000 元补助只发放到 2015 年。所幸的是京津风沙源治理二期工程即将启动，朝格图和牧民们有望继续得到生态补偿。

阿拉腾高娃认为，通过几年的休牧禁牧和草畜平衡制度的实施，草原生态环境得到了明显改善，促进了草原畜牧业的可持续发展，但农牧民付出了极大的代价。虽然国家生态补助奖励机制的实施发挥了重大作用，并能进一步使休禁牧工作制度化，但若想让此制度形成长效机制，只有连续建设和稳定投入，建设成果才能长期得以巩固。

防沙治沙，不进则退，在这样一个关键时期，若后期建设跟不上，将会前功尽弃，而农牧民依托生态建设项目刚刚发展起来的后续产业也会受到影响。沙尘天气少了，不能见好就收，生态环境建设是一个系统工程，缺少哪一环都不行。从某种意义上来说，“治沙热”还需升温。“好像沙尘暴热已经过去了。前些年，人们谈沙色变，政府和社会关注度大，监测站点建得多，连韩国也来中国参与监测。这些年，沙尘天气少了，重视程度少了，感觉对沙尘暴的研究发展力度比较弱。”一位气象科技人员说。“沙尘暴热”已降温，但相关气象服务的社会需求却很大。“对沙尘暴的预报，时间提前量越多越好。”张继说。“锡林郭勒盟 20 多万平方公里的土地上，就三四个沙尘暴监测站点，覆盖面太小，政府投资太少。”李福生说。

沙尘暴，未曾完全揭开面纱

“成功的沙尘暴预报是建立在海量的监测数据上的。”张恒德说。目前，中国气象局在中国新疆、甘肃、内蒙古，以及蒙古国等沙尘暴发生和移动路径地区先后建立了包括 10 个中韩沙尘暴联合监测站在内的 29 个沙尘暴观测站。但受条件所限，无法建立完善的沙尘暴预报计算模型。也就是说，以目前的气象科技水平，尚不能做到完全揭开沙尘暴的面纱。

“沙尘暴预报还很难达到精细化程度。”内蒙古自治区气候中心副研级高级工程师冯晓晶说，目前对于沙尘天气预报还只是定性的过程和落区预报，缺乏系统配套的定时定点及其强度的数值预报方法，对沙尘暴的形成和发展机理还要进一步研究。

专家指出，目前常规资料的时间分辨率还难以捕捉和追踪那些由中尺度系统引起的造成严重灾害的强沙尘暴源地及其动态和强度变化，因此，加强探测手段是十分必要和紧迫的。除了建设国家级沙尘暴监测预警服务业务系统外，应针对重点地区逐步建立省一级甚至延伸到地、县级的实时沙尘暴监测预警服务业务系统，并且要扩展预报警报的服务手段和途径。

包括沙尘暴监测预报在内的生态气象业务都面临着缺人、缺钱、缺技术的问题。“生态气象业务系统在站网布局、监测项目设置、仪器设备配备等方面存在许多不足。如在湿地、水体、森林生态观测以及通量观测等项目上，缺少先进的仪器设备，使一些监测项目（要素）无法开展。”一位气象科技人员坦言。

问题在于，近年来气象部门服务于生态建设与保护的投资并未纳入生态建设工程之中，人工增雨技术装备建设及相关非工程类措施因资金制约而受到影响。

生态文明建设，科技是基础。研究生态问题，更要关注大气圈、生物圈等多方面已经发生或可能发生的变化，这一切都离不开坚实的科技支撑。强化生态文明建设领域的科技创新能力建设，加强基础科学研究和技术开发，切实提高预测预估、影响评估的科技水平，已成为一个迫在眉睫的现实问题。

记者手记：离开浑善达克沙地之际，一场春雪飘洒而至，润泽植被，清新空气。在巴亚尔温暖的家里，奶茶倒上，手把肉摆上，歌儿唱起来……凝望窗外披上银装的草场，巴亚尔的眼睛里蕴含深情：“不要打扰她，春天马上来了！”此情，此景，岁月静好！人类与大自然本就该共存于这样一幅和谐图景中。有了认识的深度，才有行动的力度，处处尊重自然、适应自然、保护自然，开展生态文明建设就不会是“空中楼阁”，美丽中国才会由憧憬变成现实。

（来源：《中国气象报》，2013年5月27日，4版，
作者：曾涛 王晨 冯君，获中国气象报社第24届好新闻二等奖）

三问恭城：特大暴雨缘何未酿大难？

319.8 毫米！这是广西壮族自治区桂林市恭城瑶族自治县龙虎乡自动气象站监测到的 5 月 15 日 21 时到 16 日 5 时的降雨量。“这个降雨量在广西有气象记录以来都比较少见。”自治区气象台总工程师林开平说。

5 月 15 日晚，恭城县天降暴雨，16 日 0 时 30 分，暴雨诱发的山洪泥石流汹涌地冲下山来，百余栋房屋倒塌，有些房屋瞬间被淹埋。令人啧啧称奇的是，在灾害发生前，恭城县 2 万多人成功转移，无群死群伤事件发生。自治区政府副主席陈章良在相关材料上批示指出，应就这次暴雨成功救灾经验进行全面总结并推广，表彰相关人员。

历史罕见的暴雨从天而降，缘何未形成大难，反而创造出这般突出的防灾减灾效益？

一问：救命时间怎么抢出？

“就如一个人站在那里，一盆水从头上浇下来。”恭城县气象局局长邓树荣说。从 15 日 22 时至 16 日 1 时，短短 3 个小时，该县龙虎乡的降雨量达到 293.1 毫米，据历史同期资料分析，这 3 个小时相当于下了 1 个月的量。全县 9 个乡镇不同程度受灾，其中龙虎乡和栗木镇灾情最严重，共造成 1 人死亡，119 户 295 间房屋倒塌，100 余处山体塌方，5.5 万多亩农作物受灾，直接经济损失 8200 多万元，满目疮痍的灾区景象堪比当年的舟曲。“财产损失一点，我们还可以重新来过，庆幸的是大家保住了性命。半夜三更的，如果信息不灵，后果不堪设想。”龙虎乡龙虎村村委会主任刘继辉心有余悸。“我刚背出孩子和 80 岁的老母亲，10 多分钟后，山洪泥石流就将我家 6 间土坯房全部推倒埋住了。如果乡干部迟一点通知撤离，我们可能就没命了。”38 岁的郑远军说。

打这个救命电话的就是邓树荣。“正是这个救命电话，使得龙虎乡、栗木镇进一步加大了转移群众的力度，为避免群死群伤赢得了宝贵时间，取得了大灾无大难的成果。”恭城县副县长陈义军说。

在暴雨来临前的 5 月 13 日下午和 15 日上午，县气象局先后两次将有强降雨的信息告知县领导和相关单位，同时夜间安排两名监测预警技术过硬的业务员值班，局长带班。15日22时58分，气象部门通过灾害性气象预警短信平台“绿色通道”全网发布暴雨橙色预警短信，提醒大家注意防范；22时31分，全网发布红色暴雨预警短信，提醒人员撤离至安全区域。

15日22时，正在值班的邓树荣通过雷达回波图发现一块红色云图始终停留在该县北部，他分析一场大暴雨即将降临到该县龙虎乡。“人盯人”的针对性服务立即展开。23时26分，邓树荣打电话给龙虎乡乡长许小燕：“据雷达资料显示，你乡上空有一块强回波，移动十分缓慢，暴雨会继续下，极有可能成灾。”

“当时我没有丝毫迟疑，马上集中各村村干部等，挨家挨户通知人员赶快撤离，并用预警大喇叭等设备发出警报。”许小燕说。

一时间，手摇报警器、高音喇叭、哨子、铜锣的声音响彻龙虎乡，乡、村干部倾巢出动，通过挨家挨户敲门等方式，通知群众撤离安全地带，做到转移群众乡不漏村、村不漏组、组不漏户、户不漏人。

一个小时后，山洪泥石流暴发。

“如果没有气象局及时的预警信息，我们也不会有一个小时宽裕的时间来组织财产转移和群众撤离。”许小燕说。

“正是由于较为健全的预警机制和强大的信息支撑、为科学救灾赢得了宝贵的时间。”恭城县常务副县长黄强说。他认为，罕见暴雨之所以没有形成大难，有几个重要原因，一是政府对防灾减灾舍得大手笔投入；二是未雨绸缪连年组织灾害应急演练；三是预警早、信息灵，尤其是气象部门起到了“发令枪”“消息树”作用；四是县、乡两级政府和村委会反应迅速，一环扣一环，环环过硬得力。

二问：2万人如何成功转移？

“政府主导、部门联动、社会参与”的基层气象防灾减灾体系在重大气象灾害面前发挥了重要作用，“准备充分、科学决策、预案完备、启动迅速、责任明确”为最大限度取得防灾减灾效益提供了有力保障。“每个季度我们都会与县气象局等防汛单位开展应急演练。前不久，我们刚开展过演练。因此，在接到邓局长的电话后，我们便立即有条不紊地开展自救工作。”许小燕说。“各个职能部门、县乡两级政府，明白自己的责任，第一时间应该干什么，下一步应该干什么。”暴雨来临前，防汛、气象、国土、民政、交通、公安、武警、消防等单位主要领导 24 小时值守。防汛、消防等部门把冲锋舟分装在两辆卡车上，整装待发。交通局组织调派 6 辆客货运车辆及 14 台抢险机械，随时待命。

15 日晚，强降雨甫至，恭城县立即启动灾害应急预案。气象预警信息发布不到 30 分钟的时间里，县领导坐镇防汛指挥部，与县防汛办、应急办、气象局等相关单位人员会商，认真分析研判灾情，协调防汛救援等工作。

雨夜中，县领导带领抢险小组，根据降雨实况和预报信息，紧急赶赴降雨量最大的龙虎、栗木一线，指挥抗洪抢险工作。公安、武警、消防及乡镇干部当晚救出被洪水围困的群众 12 人。

随后，县领导带队，从各乡镇、县直单位、民兵预备役抽调 300 多人，组成抗洪救灾队伍，分赴各受灾村屯抗洪救灾。民政、教育、卫生、农业、交通等部门也纷纷行动起来，投入到应急抢险中去。三天后，受灾地区道路交通、电力供应、安全饮水已全部抢通。

三问：这个加减法怎么算？

与很多地方一味追求看得见的 GDP 相比，恭城县舍得将钱花在看不见的防灾减灾体系建设上。也正是算清了这个“加减法”，才取得了实实在在的效益。

恭城县财政十分困难，但县委、县政府历来高度重视气象工作，只要是县气象局呈报的项目请示都是全票通过，如 2010 年车载式移动雷达天气探测系统匹配 18 万元，2012 年山洪气象项目匹配 16 万元，都是桂林各县中最早落实的。此次洪灾前所发布的精确预警，主要就是得益于雷达项目和 2012 年投入 600 万元建成的山洪地质灾害非工程措施项目，其中的山洪地质灾害非工程措施项目建成才 10 个月就发挥了巨大的防灾减灾作用。

据陈义军介绍，每年进入汛期，该县都要对山塘、水库、堤坝和地质灾害隐患点进行拉网式排查。今年，该县还补充了防洪物资和冲锋舟、橡皮艇、竹排等救援设施。另外，每年该县都要在山洪地质灾害隐患区组织应急避险演练，强化群众的安全防范意识。气象、防汛部门发布预警信息，按时进行应急流程预演已渐渐常态化，重大气象灾害预警信息不但通过手机发、政府公文网发，还进行“人盯人”的电话通知。

向全县人民全网发送的暴雨红色预警短信在这次防灾减灾中发挥了重要作用。“通过‘绿色通道’发布气象灾害预警信息是我们共同的责任。”广西气象服务中心与移动、联通和电信等运营商对“绿色通道”能够在恭城发挥效益倍感欣慰。2010年汛期，自治区气象局与各通信运营商联手，在全国开通了气象预警信息发布“绿色通道”，遇有台风预警和暴雨红色等预警信号时，全网免费发送预警信息。在不到3年时间里，“绿色通道”屡次建功，仅2012年度就通过“绿色通道”发布预警信息416次，共有2.4亿人次接收到信息。

（来源：《中国气象报》，2013年6月17日，4版，
作者：曾涛，获中国气象报社第24届好新闻一等奖）

山洪咆哮为哪般？

“雨急山溪涨，云迷岭树低。”随着南方各地相继入汛，暴雨倾盆，溪沟溢流，泥石流、滑坡等地质灾害屡有发生。

咆哮的山洪，似脱缰的野马，释放着巨大的能量，在肆意横行时频出杀招。这个“杀手”有点冷，想当年甘肃舟曲、云南巧家、贵州关岭……一场场山洪地质灾害，无情地吞噬了一个个鲜活的生命。近年来，中小河流洪涝灾害和山洪地质灾害造成的伤亡人数约占全国洪涝灾害伤亡人数的80%。“共工怒触不周山引发洪水”，虽是见诸《山海经》的神话传说，却也说明我国自古以来就饱受山洪肆虐之苦。我国是一个多山的国家，山区面积约占全国陆地面积的三分之二。受复杂的地形地质条件、暴雨多发的气候特征、密集的人口分布和频繁的人类活动的影响，山洪地质灾害频发。

如何在山洪灾害中让生命免遭劫难？生态环境与山洪灾害有何关系？山洪灾害防治情况如何？我们该采取怎样的行动应对山洪灾害？记者于近日来到全国山洪地质灾害重灾省份之一的江西省，开展采访与调查。这里属典型的南方丘陵地区，山多、降雨量大，灾害规模虽不及西南地区，但点多面广，以此为样本进行解读与思考，颇具价值。

愤怒的小溪

5 月的赣鄱大地，草木葱茏，雨水不断。降雨稍歇，记者启程前往地处赣鄂边界的江西省九江市武宁县。山路盘旋间，不断映入眼帘的是起伏的山丘、连片的田野和静谧的村舍。

车行至澧溪镇罗坪村，我们在一条不知名的小溪边停了下来。“当时这里的水喷涌而出，庄稼全被淹没了。”村支书黄义华指点着。2012 年 7 月在此处暴发的一场山洪灾害至今仍令他心有余悸。但此时的小溪，水流潺潺，温驯安静。溪水向坡下蜿蜒而去，下游是稻田万畴，炊烟袅袅，难以想象当初山洪滔滔的惊心动魄场景。“去年 7 月 13 日，我县出现局地强降水，县城和澧溪镇街上雨量并不大，但是罗坪村出现了 3 小时内超 90 毫米的强降水。”县气象局局长干思燚介绍。所幸在此前两个多月，罗坪村新装了雨量监测站。县气象局在监测到该站的强降水后，迅即发出预警。镇、村及时组织了群众转移。山洪发作了两个多小时，房屋、桥梁、道路被毁，但并未出现人员伤亡。事后，澧溪镇党政领导特地赶到县气象局致谢。“新装的气象设备为防灾减灾提供了科学有效的依据。”镇党委书记段朝武至今仍念念不忘。

在山洪肆虐中保平安，固然值得欣慰，却也引人深思。黄义华就很纳闷，村里这条小溪近年来脾气见长，一下雨就咆哮不已，村道上全是溢水，车辆根本没法通过。

小溪为何突然发怒成为“杀手”？江西省气象台副台长、首席预报员郭达烽认为，由于山地对气流的抬升作用，对流天气容易积聚成降水，带来暴雨的可能性比平原地区大。“山洪具有暴涨暴落的特点，瞬间可以淹没村庄、房屋，极易引发山体滑坡、泥石流等次生灾害，人类在其产生的巨大破坏力面前非常渺小和脆弱。”江西省气象科学研究所副所长、正研级高工单九生说。

国家气候中心正研级高工高歌进一步分析，认为山洪灾害的形成有“老天”的因素：地质、地貌、地形条件、植被覆盖等是内在因素；气候因素是外动力，其中起最大作用的是降雨。降水强度大小对于灾害是否发生及强烈程度有重要的影响。

还有“人为”的因素。过度开垦土地、边坡开挖、陡坡开荒、乱砍滥伐等不合理的人类活动，会改变下垫面的自然状况，破坏天然植被，导致生态环境恶化，并使得森林水源涵养能力下降，对降水强度削弱作用减少，加快山洪形成的时间，并加剧危害程度。

灾害是条链，生态是个圈

“过去山上住人，在山上种玉米、红薯，把树也差不多砍光了。”仰望着绿色山丘，黄义华说。近年来，通过封山育林，山里的植被正在慢慢恢复。“河床已抬高不少了，要清淤了。”过去乱砍滥伐以及不当的农作物种植一度让这里水土流失现象突出。山上的泥土冲刷下来，垫高了河床，淤塞了出水口。

山下，溪畔，一栋栋民房切坡而建，离山坡近在咫尺，有的甚至将山坡切成了锐角，看着令人心惊胆战。“山区本来平整的地方就少，这些年人口增加，只能切坡建房了。”黄义华解释道。

不止罗坪村，切坡建房在南方丘陵山区经常可见。“往往在人多地少的山区大量傍山切坡建房，加上修路、矿山开发等行为对地质环境破坏，易成灾致灾。”江西省国土资源厅地质环境处高级工程师纪仁刚说。

“生态环境好、人为破坏少的话，茂盛的植被可以截留一部分流水，也可以减缓水速，不那么快形成径流。”单九生说。

郭达烽指出，过度的人类活动会改变局地小气候，加剧或者说是“放大”山洪灾害的严重程度。他还进一步指出，暴雨诱发的山洪灾害具有链锁性和叠加性，与人类活动相伴而生，与生态环境关系密切。

崩塌、滑坡、泥石流，是暴雨诱发的“三剑客”，常被称为次生灾害，这就存在灾害链。专家称，自然灾害虽无法避免，但可以寻找自然规律，斩断灾害链，避免诱发更多的灾害，有效减少伤亡和损失。

鉴于此，郭达烽认为，在山洪地质灾害隐患区，不仅要调查监测尚未发生滑坡、泥石流的地带，已发生灾害地区的破坏程度以及将来可能发生灾害的危险度，更重要的是考虑今后还可能发生灾害链的情况。

与灾害链相比，生态则是个更大的圈。在这个圈内生存发展，就必须尊重气候承载力和自然规律。类似的经验教训，时刻提醒着我们。

提起甘肃舟曲，人们联想到的是那场泥石流的惊世劫难。其实，在 20 世纪50年代，舟曲森林覆盖率高，山清水秀，空气湿润。后来，由于大面积开荒、毁林，植被破坏严重，森林覆盖率从67%下降到20%，水土流失严重，不得不吞下生态恶化的苦果。

再如云南东川，当地的铜业生产以木材和薪炭为燃料。历经两千多年的铜矿开采和滥伐森林，这里的生态已严重失衡，成为“泥石流博物馆”。

做好生态“加减法”是大智慧。近年来，江西省主动做“减法”，启动地质灾害隐患点移民搬迁工程，从重点隐患点迁出人员超过10万人，全省地质灾害隐患点也从2.6万多处减少到2.2万多处。

必做的“加法”

除了减法，还有必要做“加法”。“山洪往往发生在很小的流域，也就是几十平方公里，以前可能没有监测点。”单九生说。易出现山洪灾害的地区多位于经济基础薄弱的农村。这里往往缺少必要的雨情水情监测设施，无法对山洪灾害进行有效的监测预报预警。

“如果没有建这个雨量站，后果不堪设想。”黄义华说，山洪过后，他和村民们总会谈起这一点。2012年，武宁县气象局在全县的山洪地质灾害隐患点安装了31个雨量站。也许是看到了雨量站在防灾减灾中的作用，县气象局在开展雨量站建设时，镇、村干部和群众爽快地对下乡选址的气象局工作人员说“要哪块地你就挑”。“在山区多建雨量站，对于地质灾害预警的效果是显而易见的，雨量站的建设为我们提供了全省地质灾害隐患点的资料。”纪仁刚说。他指出，从江西省地质灾害的生成规律来看，崩塌、滑坡、泥石流多由强降雨所引发，两者具有较强的相关性。“目前，我省共建成601套自动雨量站，覆盖了全省11个设区市和94个重点防治县（区），覆盖率为100%；建成了省、市、县三级数据处理中心，覆盖率为100%；建设了47个一键式发布的县级气象业务服务系统，年内实现覆盖率100%。”江西省气象局副局长詹丰兴用三个“100%”来介绍正在开展的山洪地质灾害防治气象保障工程（以下简称“山洪项目”）。

目前山洪项目已在全国范围铺开。2011年4月6日，国务院审议通过了《全国中小河流治理和病险水库除险加固、山洪地质灾害防御和综合治理总体规划》。其中防治分为工程措施和非工程措施。工程措施主要包括山洪沟、泥石流沟及滑坡治理、病险水库除险加固，水土保持工程等。非工程措施主要包括防灾知识宣传、监测通信及预警系统、防灾预案及救灾措施、搬迁避让、防灾管理等。

与罗坪村一样，星罗棋布于全国各地的山洪项目监测点，同样发挥了不容小觑的作用。全国山洪灾害防治县级非工程措施建设项目在 1836 个重点防治县得到推进实施，新建雨量监测站点 6542 个，站点数量和密度增加一倍以上，暴雨监测能力明显提高。

卡片和短信能否撑起安全重任?

“宁肯被群众骂十次，不能看到群众哭一次。”在离武宁约两个小时车程的万载县，县地矿局局长龙成宇说。这是县委、县政府对于地质灾害防御的总体要求。一有灾害预警，首要措施是主动避让，组织群众转移。

有着多年地质灾害防御经验的龙成宇向记者递上了一张“责任”卡，上面列有各乡镇地质灾害分管领导、地矿局工作人员及重点地质灾害防治联系人的姓名和手机号。此外，他们还印制了“避险”卡，一起发放给群众。

尽管该县和全国不少地方一样建立了地质灾害群测群防机制并且取得了明显成效。但是，应当看到当前许多的地质灾害监测是一些针对地表的肉眼观察，对于较远距离的、较高隐蔽性的、较复杂的地质灾害隐患显得办法不多。

纪仁刚说，目前的地质灾害气象预报是根据中、短期降雨趋势预测，以及区域地质灾害易发性、对降雨的敏感度，进行叠加分析得出的。也正因如此，目前的地质灾害预报是区域总体趋势的预测，并受限于降雨趋势预测精度。“连续三天出现强降雨，就考虑发地灾预警。”县气象局局长汤剑保说，语气透着点无奈。现有科学水平，尚无法将经验判断上升为理论依据。当出现可能诱发山洪地质灾害的较长时间强降雨时，两部门将联合发布山洪地质灾害预警预报。

但两位局长也苦恼地表示，由于能力有限，常会产生“空报”。预报的灾害未发生，老百姓一两次转移还能接受，但次数多了，就容易产生侥幸、麻痹心理。

黄义华也说：“像‘狼来了’的故事一样。等狼真的来了，就已经来不及了。”他兼任村里的义务气象信息员，每当县气象局发来预警短信，就组织村民进行转移。他担心，如果多几次折腾，有些村民们就不愿意转移了。

此外，还有信息传播的“最后一公里”问题。目前，防御山洪灾害的服务手段除了最管用的手机短信外，还有电视、电话等方式。但山区人员居住比较分散，尚存在信息传递的盲区和死角。

而且仅凭“卡片和短信”也撑不起安全预警的重任。近年来，外来人员遭遇山洪灾害袭击的事件屡屡发生，已成为灾害防御的薄弱环节。本地人也许习惯当地的气候，知道大雨很可能带来泥石流，而外来人员可能就没有这种防范意识。那么，当地政府或所属企业是否应该尽告知之责或加以培训？相关部门在制定应急预案，组织撤离、逃生演练时，是否也考虑到他们呢？

问题虽在，却不能因噎废食。纪仁刚认为：“从实践来看，专业地质灾害监测没有降雨监测的效果好，成本也要高得多。”诚然，防治结合，还当以防为主。灾前预防不仅比灾后救灾更人道，而且更经济。因此，切不可一味重视“救”，而轻视“防”。更不能陷入“有钱买棺材，无钱买药”的怪圈。

逐步识别山洪的诡异

“山洪项目建好后，硬件上去了，就怕软实力跟不上。”汤剑保说。如何防，的确是一个大问题。“暴雨诱发的山洪灾害预报还处在边研究边试用的阶段，预报水平还有很大的提升空间。”郭达烽说。就江西来说，在山洪灾害风险区划、山洪灾害临界雨量指标和预报预警模型等方面都开展了一些研究。即便如此，也还远谈不上摸清了山洪的诡异个性。

在中国气象局山洪办，专家向记者介绍了山洪与大河流洪水灾害防御的不同之处。大江大河的洪水往往响应时间长、预警期长，有一定的时间采取灾害减轻措施。而山洪则响应快、预警期短，要做到真正意义的水文气象监测预警难度较大，且要考虑到土壤水分等监测信息。

突发性强降水是诱发山洪等地质灾害的直接因素和激发条件，它大多是在中小尺度天气系统里生成。从技术上讲，目前在大范围的天气预报上比较准确，但局部性的、小尺度的预报就比较弱。同时局部性天气预报在预见期上也不如大范围预报，难以实现较长时间的准确预报。这是一个世界性的难题。

破解难题，行进在路上。风险普查是暴雨洪涝风险预警评估的基础。2013年，中国气象局开展1000多个县的暴雨诱发中小河流洪水、山洪和泥石流、滑坡地质灾害的气象风险普查，并会同水利部门完成214条3级以上河流的水利数据普查。

临界雨量确定，是决定能否对暴雨诱发的山洪地质灾害做出科学预警的关键。2012年，中国气象局已经确定致灾临界雨量41947个，其中中小河流洪水4546个，山洪9574个，泥石流12466个，滑坡15361个。

2013年4月21日18时，国土资源部与中国气象局首次联合发布“地质灾害气象预警”。基于基层防灾减灾体系逐步完善和数据库逐步建立，建设风险预警平台也具备了条件。

亟待突围的窘境

“全镇247平方公里，只有5个雨量站，能否再布密一些？”望着罗坪村的雨量站，段朝武说。

在山洪防灾防治的非工程措施方面，突出的问题表现在监测网点少覆盖面积有限，预测预防难度大，通信预警系统建设还处于起步阶段，防灾知识宣传、防灾管理及救灾措施等有待加强等方面。“如果能够提前做出精准的落区预报，转移人员会更少，防灾成本也会随之降低。”纪仁刚说。

面对呼声，保持清醒的认识很重要。“山洪灾害预报预警，最关键就是两点——准确率和提前量。”郭达烽说。“准确的山洪预报，要有精准的地理信息和水文资料来支撑。”单九生认为。针对山洪灾害这种复合灾害，虽已初步建立水利、国土、气象等部门之间的应急联动机制，但是信息和资源的共享、深层次科研合作和业务平台的联合开发等还有待进一步加强。“原来有32个站点，加上山洪项目新增了17个站点。全局就8个人，安装、维护设备得来回跑。有的点从县城开车出发就要走上一个半小时。”汤剑保说。的确，仅靠县气象局来维持山洪站的正常运行有着现实的困难，人、财、物、技术等方面都跟不上。目前，当地也正在探索气象装备的社会化保障机制。汤剑保认为，长久之计就是要得到公共财政的支持和保障，实现灾害防御的政府化。

同样的问题还出现在基层防灾减灾队伍建设上，全国不少地方政府在农村建立了地质灾害群防群测队伍，并给予监测员一定的经费补助。然而，对于同样处于防灾减灾“第一道防线”的基层气象防灾减灾信息员队伍，各地支持力度不一，发展也不平衡，缺乏长效运行的保障机制。

目前，民政、国土、气象、水文等防灾减灾相关部门都在基层各自设立了信息员或联络员，这就存在着统筹集约发展的问题。专家建议，能否采取“多元合一”的建设发展模式，以利于更充分地发挥防灾减灾效益。

后记：记者结束采访离开江西之际，信丰、崇义两县接连发生两起暴雨诱发的泥石流、滑坡灾害造成人员伤亡事件。山洪咆哮，猛于虎！每一个生命的重量都应当深深镌刻于人们的心里。当我们学会了谦虚谨慎，科学真理会不断为我们拨开迷雾；当我们学会了敬畏与尊重，大自然会还我们以笑脸；当我们学会了生态治理与保护的加减法，人水和谐、人地和谐的美丽画卷将变成鲜活的现实。

（来源：《中国气象报》，2013 年 6 月 18 日，4 版，
作者：曾涛 顾燕杰 喻迎春）

刺花的夏天

公园里的蔷薇、月季开得明媚娇艳，美则美矣，却多点儿匠气，少点儿天然。无端，我便惦记起那些一蓬一蓬盛放在乡野间的刺花来了。那些久违的花儿，料想依然迎着火辣的阳光在傲然生长吧。

刺花是一种在家乡随处可见的野花，我一直不知道她的学名，因枝上带刺，大家都管她叫“刺花”了。她生命力极强，既“野”又带“刺”，在田间荒坡，溪边篱下，处处可见。也许正因如此，人们对她进行“披荆斩棘”就不会那么怜香惜玉了。那时候，父亲单位的家属院周边有许多空地。闲暇时，人们喜欢开荒种菜，垦出了一个个小菜园。为了让菜园避开淘气小孩的践踏和各类家禽的侵扰，人们往往随意扯来些野刺荆条，再加上几根竹条，就能在菜地四周扎出个篱笆，既简便又实用。

初夏时节，荆条变得暗青，坚挺的茎上布满了小刺，还长出了边缘呈小锯

齿状的椭圆形绿色叶子。爽朗的夏风一吹，刺花就绽放开来，只有极简单的五片花瓣，清新明快，像不着粉黛的青春少女。或红，或白，或粉，一株能开出不同颜色的花儿并不鲜见，奇的是同一朵花的花瓣也有红白两色，往往花瓣边沿是红的，到花瓣根部却突然成了白色。花蕊轻盈地跳脱而出，活泼妩媚。那些花儿，一簇簇，一丛丛，泼泼洒洒，肆意奔放。风拂过，花香若有若无。

缀满鲜花的篱笆，是乡野间难得的美景。小孩儿爱在菜园边撒野，记得大伙儿常会采摘带野刺的嫩茎梢，边玩边嚼，其汁液自有一股清新的味道，还会在篱笆旁捕捉萤火虫、蝉等。刺花既招人爱，又惹人恼，一不留神花刺就会在手上、脚上留下道道血痕。纵然如此，孩童们也毫不介意。

刺花最盛时，从菜园通往家属院的小径变成了一条花径。夕阳西下时，母亲挎起一个菜篮走出家门，到菜园里采摘全家人当晚餐桌上的菜蔬。我总是乐滋滋地跟着她，赖着要去大人们轻易不允许去的菜园里玩耍一阵子。在一垄菜地里，青椒尖角朝天，有点凛冽霸气；黄瓜长条垂垂，鲜嫩得能掐出水来；豆角肆意地伸展，几乎要压弯了支架；丝瓜依依立于水沟旁，藤牵蔓绕，花开烂漫，引来蜜蜂情话絮絮；还有冬瓜懒懒地躺在棚架里沉睡入梦……趁着母亲专心摘菜的时候，我偷偷地溜向那丛野刺花，猛地摘几朵花儿来把玩，却惊扰了那些蜂儿和蝶儿。不一会儿，菜篮就装满了。余晖静静洒落，斜映出大小两个回家的身影，和着一路花香。

倾盆暴雨，烈日骄阳。在夏日某个空气清新的早晨，你会看到地上花瓣已“零落成泥碾作尘”，而枝头又见刺花热烈绽放。仿佛在这世上，怒放就是她的使命。

暮秋，菜园变得冷寂了。人们往往会用锄头将篱笆挖掉，将野刺卷压成团，或弃之不顾，或点火燃烧。绚烂了一季的刺花就这么静默地化为养料，回归乡野，无怨无悔。

也许一抹花痕抑或一枚花刺让你短暂地记住了她，但终究没有多少人将她放在心上。少有文人骚客为之抒情诉怀，也鲜有画匠为之挥毫泼墨。

刺花，素面朝天，土生野长，对人无所求，亦不为谁而改变。你来或不来，留步赏爱或无心漠视，都是淡然一笑。

刺花的夏季，静谧、悠然，恍然于那时光里，竟觉得生命和花一样静好。

（来源：《中国气象报》，2013年6月20日，4版，作者：曾涛）

为了 1300 名游客的安全

海面浩渺，水波微漾。

6 月 28 日下午，广西壮族自治区北海市客运码头，在人们的欢呼雀跃声中，北部湾 1 号、2 号两艘客船破浪而归。至此，受台风和季风影响而滞留在涠洲岛上的游客平安抵达市区。

镜头拉回 4 天前。在距离北海市区 36 海里的涠洲岛，这个有着中国最美海岛盛誉的火山岛，自 6 月底以来进入旅游旺季。然而，徜徉于碧海银沙的游客们没想到，比美景更令人难忘的是一次与台风“贝碧嘉”和西南季风的“邂逅”。“海上突然刮起大风，而且是七八级西南风！”24 日中午，北海市气象台传来值班预报员的惊呼声。虽然出现西南季风在市气象台的预料之中，但西南季风在不到 1 个小时内从 5 级飙升至 8 级确实让人大跌眼镜。

北海至涠洲岛航线必须全线停航！十万火急之时，市气象台立即发布强风警报，并连忙通过电话通知北部湾旅游公司、涠洲岛海事处、侨港海事处等单位。

“巨浪比房子还高。”在涠洲岛上经营渔家乐的周真华说。

24—28 日，北海至涠洲岛旅游航线持续停航四天。一时间，有 1300 多名游客滞留在涠洲岛上。大陆到岛上的物资运输暂时中断，蔬菜、禽类等生活物资价钱“水涨船高”，给岛上居民和滞留游客的生活造成一定影响。

涠洲镇镇长王晓烽说，目前岛上的游客有部分人因为要赶航班或者上班的原因，情绪不稳。如果这样的天气持续下去，当地相关部门只能寻求更大的船舶进行帮助。

“风力再不减小，就不好办了。”涠洲岛海事处负责人接二连三向市气象台打去电话。

从游客到岛民，从各级政府到相关救援部门，一致将焦急的目光投向天气——西南季风还将“发作”几时？

此时，市气象台台长黄燕波心中有一个“大胆”的想法：西南季风并非一直维持在 8 级，可利用风力减弱的短暂空隙期派出抗风能力强的客轮把滞留游客运送回来。涠洲岛海事处在得知黄燕波的这一想法后，认为可以一试。

27日16时，市气象台发出“傍晚至上半夜西南风7级”的预报。预报发出后，黄燕波的双眼一刻都离不开电脑的风力监测数据。这次预报十分精准，27日下午至夜间，西南季风明显减弱并一直维持在6级左右。尽管风力减弱了，但有关部门考虑到海面西南浪涌仍然很大，且高速客轮不能夜航，普通客轮运力和航速都不足，为安全起见，暂不开航。

28日早晨，肆虐多日的西南季风略显“疲态”，市气象台一大早就把风力预报由8级降为7级，建议部分恢复通航。接到气象预报，北部湾1号、2号客船于9时左右分别从北海侨港码头和外沙码头出发，奔赴涠洲岛运载滞留游客。

10时，海面风力趋于缓和，气象台将风力预报降至6级。根据预报，海事部门加大运营力度。28日傍晚，岛上滞留人员全部返抵陆地。“一海之隔，电话打了好几年，也该见个面了。”在得知滞留旅客安全返回后，市气象台和海事处工作人员如释重负，高兴之余他们相约一聚。

（来源：《中国气象报》，2013年7月3日，2版，作者：曾涛 贝海）

浦北：“抢稻”记

“我县绝大部分早稻已抢收完。”7月3日，从广西壮族自治区钦州市浦北县农业局传来消息。台风“温比亚”过后，该县只有少量未完全成熟的水稻出现倒伏现象。

“台风会经过我们这儿吗？风和雨有多大？我家的早稻还没来得及收割呢。”浦北县气象局的值班电话一直响个不停，县乡干部和农民纷纷来电询问即将来袭的台风的情况。也难怪他们心急，眼下又到水稻成熟季节，浦北县28万亩早稻长势喜人，丰收在望。

“台风‘温比亚’很有可能正面袭击浦北，我们不能有丝毫放松。”面对社会各界的关注，县气象局局长刘世业和全体气象人的心揪了起来。

打破常规，人少事多的县气象局高效运转了起来。6月30日，天气预报短信发出，提醒广大群众关注台风“温比亚”的发展动态；7月1日11时，浦北县气象局启动重大气象灾害（台风）Ⅲ级内部应急响应。“请抢收成熟稻谷。”几天内，县气象局向县委、县政府和县农业局相继发出多份服务材料，并通过手机短信、电视、广播、电子显示屏、气象信息服务站提醒农民朋友做好防台风准备。“我们接收到气象局的预警信息后，在台风来临前已经向各农业站发了服务信息，通知农民抢收已成熟的早稻。”县农业局负责人说。一场“抢稻”行动在全县迅速展开。

7 月 2 日上午，台风“温比亚”挟风裹雨，汹汹而来，平静的稻田里风卷云低。

县气象局已全面进入迎战状态。通宵奋战的刘世业红着眼，有条不紊地部署各项防台服务工作。10 时 40 分，发布台风蓝色预警；11 时 16 分，发布暴雨橙色预警信号；11 时 45 分，更新发布暴雨红色预警。“南部大成、石埇都是香蕉种植的大镇，得马上通知相关镇做好防范工作。”看着不断跳动的自动站雨量数据，刘世业又连忙拿起电话，向相关镇的负责人告知风势、雨情，并提出防御建议。

截至 7 月 2 日 14 时，该县最大降水量达 170.7 毫米，最大风速出现在六根镇达 25.5 米 / 秒，14 个站点达到暴雨量级，11 个站点的雨量达到了大暴雨量级。“台风让浦北很受伤。”网友如此调侃。然而，该县未出现人员伤亡，早稻抢收也未受大的影响。

正面袭击浦北的台风“温比亚”总算是没有“得逞”，县气象局全体人员这才松了口气。但是，他们并没闲着，2 日下午，气象工作者就出现在下乡调查灾情的路上。

（来源：《中国气象报》，2013 年 7 月 5 日，2 版，作者：曾涛 施佩宏）

许小峰在广西壮族自治区气象局干部大会上强调
探索符合实际独具特色的气象现代化

7 月 22—23 日，中国气象局党组副书记、副局长许小峰一行到广西调研指导工作。在广西壮族自治区气象局干部大会上，许小峰强调，要探索符合广西实际、具有广西特色的气象现代化。

会议宣布中国气象局党组有关人事任免的决定，刘家清任中共广西壮族自治区气象局党组书记、局长；丁凤育任广西壮族自治区气象局巡视员；免去韦力行中共广西壮族自治区气象局党组书记、局长职务。

许小峰就做好广西气象工作提出四点要求。

一要切实抓好全面推进气象现代化和县级气象机构综合改革工作。把气象现代化工作放到各级党委、政府全局工作中谋划部署，积极创造有利的政策环境。坚持统筹兼顾，全面推进气象现代化，使气象业务、服务、科技、人才、管理等实现综合一体推进。要坚持区域特色，探索符合广西实际、具有广西特色的气象现代化。

二要切实加强领导班子、人才队伍建设。要认真贯彻落实好全国组织工作会议精神，加强学习、坚持实践，坚持好民主集中制，提高干部工作的科学化水平，坚持党管人才，认真抓好人才队伍建设。

三要以整风的精神抓好党的群众路线教育实践活动和党风廉政建设。加强领导、精心谋划，高标准、严要求，把教育实践活动组织好、开展好，努力取得“党员干部深受教育、作风形象普遍改善、人民群众普遍满意”的效果。

四要全力以赴做好汛期气象服务工作。提高敏感性和针对性，强化预警及信息发布，着力为重大气象灾害应急处置提供及时准确的服务和保障。

许小峰还到自治区气象局各业务单位检查指导工作。在广西期间，许小峰会见了自治区党委副书记危朝安、政府副主席黄日波，就广西气象事业发展进行深入交流。

（来源：《中国气象报》，2013年7月25日，1版，作者：曾涛）

记者感悟：倾听内心深处的声音

我笃信，价值和判断隐藏在每一个人内心深处的某个地方。那个内心深处的声音，如同古老智慧的种子，沉睡在泥土中，等待着被唤醒。它蕴涵着长成参天巨木的能量，一旦被唤醒，无论怎样严酷的环境，无论怎样贫瘠的土壤，都无法阻碍它的成长与绽放。

十余年间，我辗转了省、市、县各级媒体，以及报刊、广播、电视等各类媒体，俨然是一名“老记”了。大学刚一毕业，我就从事了新闻记者的工作。开始工作时，对记者的真正含义还懵懂无知，只是仰慕那份职业的光环与自由。蜕变，来自内心深处的第一次心跳。那年盛夏，我刚满二十岁，一个人扛着一台摄像机奔走在乡村田野，跟踪采访一起假水稻种子案。颗粒无收的稻田，农民朋友们哀伤的哭诉，让不谙世事的我听到了自己内心深处的强烈心跳，似乎心中有个声音在呼唤。拍摄、记录……我要得到最真最全的素材。短短两三天，摄像素材竟录满两大本120分钟的录像带。熬夜写作、剪辑……竟浑不知劳累为何物。当我红着眼做完这个现在看来显得稚嫩的专题报道时，还不忘偷偷将当时的稿纸拿了出来，珍藏至今。随后，电视台领导帮助我顶住了一些单位和人员的游说，播发了专题报道。报道播发后，社会反响之好超出我想象，卖假种子者得到了制裁，农民利益得到了维护。这是我新闻从业生涯的第一个批评报道，青涩、朴拙。那一年的盛夏，阳光炙热，心也很热。“新闻写作，后一篇要胜过前一篇。”当初不知天高地厚的小子，以一位新闻名记的名言悄然立志。

一直奔波在路上，由青涩变得成熟，由单纯变得沧桑。不经意间，现实磨平了棱角，分割了梦想，新闻的本真似乎逐渐褪色，心灵也开始变得麻木。当新闻报道成了一种机械的“熟练工作”，我才猛然警醒，那来自内心深处的声音已渐行渐远，那出发时的梦想已变得模糊不清。“没有激情了”，我一度以此为由远离新闻岗位。阴差阳错间，从湖南来到广西，我竟然当上了中国气象报社的驻站记者。原以为做行业新闻，喧嚣归于平静，浮华流于平淡。然而，心却一次次被感动。心动于第一天到气象部门上班就遭遇台风“碧利斯”来袭，气象人闯进雨幕、踏足泥泞；心动于低温雨雪冰冻灾害“冰封”南国之际，天气会商室的闪闪灯光温暖了寒夜；心动于干涸的大地上，镜头定格于旱区小学那名小女孩捧起一碗水痛饮后的幸福微笑……

相对于社会媒体的丰富多彩，记者站的工作单调、枯燥。守得住这份孤寂，也就更加了解自己和这个世界，更加领悟到新闻工作的真谛，更加享受内心的平和与快乐。近些年来，自己有幸受邀先后参加了北京奥运会、“绿镜头·发现中国”等多次主题报道，这份人生积淀就像一笔笔无形的财富给予我深邃的思考和厚重的力量。鸟巢旁，外国运动员对着《奥运天气资讯》比出的“ok”手势；浑善达克沙地，蒙古族牧民聚在一起阅读《中国气象报》……这些场景一次次让我升腾起自豪与暖意。

我想，其实新闻的本真一直在新闻人心中某个安静的角落里默默生长。当我们忙于虚荣、享乐和野心的时候，它就悄悄回避了，隐忍地等待主人的觉醒，像一个迷途的孩子。尽管没有人能一路单纯到底，但是别忘了有时要停下脚步，让心宁静下来，去微笑，去倾听。那一抹感动里，有最纯净的色彩和最悠扬的余音。记者节之际，与同道中人共勉。

（来源：《中国气象报》，2013年11月8日，3版，作者：曾涛）

聚焦今年最强台风“海燕” 广西早预警早行动

“让暴风雨来得更猛烈吧！”高尔基笔下的海燕是“暴风雨的预言者”。现实生活中，第30号台风“海燕”让那一幕重现。于是，“在苍茫的大海上，狂风卷集着乌云。在乌云和大海之间，海燕像黑色的闪电，高傲地飞翔……”

挟疾风来，裹狂雨飞，自西向东穿过广西壮族自治区，在11月奔袭而至的“海上来客”似乎有着无穷的力量。河流水位超出警戒线、航班延误、学校停课……广西气象部门提前应急预警、部署联动，为政府决策和群众自救赢得了时间。

听风，听起飞的声音

听风，听“海燕”起飞的声音。站在风雨最前线的气象人循其嗅，解其语，辨其踪，觅其迹。“从10日开始，台风‘海燕’有可能对我区北部湾海面和南部造成较大风雨影响。”早在11月6日和7日，在台风生成初期，广西壮族自治区气象局就这样预测。

秋台风能有多强？人们难免有心小觑。“受台风‘海燕’影响，桂西、桂南将有一次较强降雨天气过程”“我区将出现强风暴雨天气，请有关部门做好防御”……8日以来滚动发布的气象服务信息，让人们的视线投向海平面。

当日下午，广西壮族自治区气象局发出紧急通知，要求沿海和桂南各地市和有关单位，利用全区 7 部新一代天气雷达、所有自动气象站开展加密观测，尤其强调要充分发挥农村气象预警大喇叭、显示屏的作用。“把预报服务做在第一线。”10 日下午，自治区气象局派出预报服务工作组，赶赴受台风影响较大的防城港，指导当地开展防台风预报服务。

观云，观展翅的表情

一路奔袭，汹汹而来。“海燕”展翅，来自太平洋的紧张气息顿时弥漫。“启动Ⅱ级应急响应。”10 日 17 时，自治区气象局局长刘家清签署命令。台风应急响应从 9 日 10 时的Ⅳ级直接提升至Ⅱ级。

让气象信息跑赢台风，掌握防御台风主动权。6 日以来，刘家清与自治区气象局副局长覃武多次通过电话、短信等方式向自治区党委副书记危朝安、政府常务副主席黄道伟、副主席黄日波和自治区防汛办等汇报台风最新信息。连日来，自治区气象局通过手机短信、邮件等方式，将 3 期 150 多份台风预报预警和应急信息，及时发送给自治区 20 余个预警服务联络单位。

气象服务信息成了“风向标”。9 日上午，在自治区气象局启动应急响应后，自治区防汛抗旱指挥部召开紧急视频会议，下发紧急通知部署台风“海燕”的防御工作。9 日 16 时，自治区启动防御台风Ⅳ级应急响应，并于 10 日 18 时提升为Ⅱ级。自治区海事、水产、交通、教育等相关部门也采取相应应急措施。

“‘海燕’虽然不在我区直接登陆，但其带来的强风、巨浪将对北部湾海面造成较大影响。”在自治区防汛抗旱指挥部召开的紧急会议上，自治区气象局领导强调。自治区领导当即要求各地各部门切实做好预测预报、船只回港避风，人员上岸、滨海旅游人员安全保障和山洪地质灾害防范等工作。

问雨，问来袭的状态

“海燕”在越南登陆后，以磅礴的气势潇洒转身，于11日上午直“扑”广西。

“降雨超过 300 毫米的有 8 个乡镇，防城港防城区垌中镇 451 毫米。”“玉林市博白县，钦州市浦北县、灵山县等多个市县区发布暴雨红色预警，强降雨将继续，请做好防范，人员撤离至安全区域。”一时间，红灯频闪，警报迭起。

问雨，问“海燕”到底有多强？气象人以雄厚的科技实力和精准的判断力，频频出招化解“海燕”威力。10 日以来，自治区、市、县气象台站共发布台风、暴雨预警 119 次，发送短信达 1500 万条次，通过电视、网站、电子显示屏、大喇叭等及时向公众发布气象预警信息和台风防御指南。

广西北部湾海上作业的 1.8 万余条船全部回港避风；北海至涠洲岛及海口的航班停航；沿海北海、钦州、防城港三市辖的中小学、幼儿园停课一天。

（来源：《中国气象报》，2013 年 11 月 13 日，1 版，作者：曾涛）

广西壮族自治区政府研究解决基层气象事业发展中面临的问题

11 月 13 日，广西壮族自治区政府副主席黄日波主持召开会议，研究解决当前基层气象事业发展中面临的“人少、事多、投入不足”等问题。黄日波强调，各部门要尽快落实设立气象防灾减灾机构问题，争取将乡镇气象自动站维持经费、气象预警大喇叭建设经费、气象信息员经费纳入财政预算；要做好基层气象基础设施建设规划，争取列入重大基础设施建设项目。

（来源：《中国气象报》，2013 年 11 月 14 日，1 版，作者：廖柏林 曾涛）

广西壮族自治区政府副主席黄日波一行到自治区人工影响天气基地调研

12 月 4 日，广西壮族自治区政府副主席黄日波一行到自治区人工影响天气基地调研。黄日波强调，要充分认识当前和今后人工影响天气工作的重要性，把握新形势对人工影响天气工作的新需求，着力拓展新的服务领域，并在科技、业务、人员素质、管理协调等方面下功夫。

（来源：《中国气象报》，2013 年 12 月 10 日，1 版，作者：曾涛）

走向幸福的归宿

365 天，涌动向前的生活，如同数码相机的存储卡，旧照尚未清理，新的画面又迫不及待地挤了进来。新的一年就要来到了，暂时停下来静一静，想一想。那倥偬而过的时光里有辙痕划过，要一份真实，要一份心动。

白雪飞舞的时候，行进在粗犷的浑善达克沙地腹地，那野茫茫的大地上分明萌动着又一季的风吹草低，牧民朝格图是否还在因牛羊养少了而愁于生计，巴亚尔家里是否正在准备着奶茶和手把肉，祝酒歌有没有唱起来。春雨霏霏的季节，穿行在柔美的赣鄱大地，有醉心的绿、甜润的风，那条安静温驯的小溪是否又会在刚过去的这个汛期里发怒咆哮，那座座切坡而建的民房是否安全无虞。有幸参加中国气象报社“绿镜头·发现中国”主题采访活动，且行且摄中，对“美丽中国”“生态文明”等字眼的理解和感悟仿佛从纸上、网上跃然而出，变得可以触摸。

记得启程赴内蒙古采访的夜晚，北京的天空下起了泥雨。看着淋在衣服和包上的雨点变成小泥斑，长于南方的我大感惊奇。“老北京”此时却说：“淡定。不稀奇，只是浮尘吸附于雨水上而已。”有人沉重地说，站在北京的 CBD（商务中心区），你脸上拂过的是风沙源地的眼泪。

在雾和霾的迷城，$PM_{2.5}$ 指数连“爆表”。当我们为得到一个蓝天都要生出无尽赞美的时候，就不再需要论证生态文明建设的必要性了。正如一位生态学家所说，生态问题如不解决，人类将生活在幸福的“坟墓”中。

“从气候承载力出发，沙地的气候生态环境能支撑什么就支撑什么，宜林则林，宜草则草，宜荒则荒。”站在浑善达克沙地，一位气象专家对我们说。的确，地球是一个圆，从这头到那头，走不出地心引力的牵绊。站在圆里，不能再妄言征服自然，而要听自然的心跳和呢喃，尊重自然、顺应自然、保护自然。

犹记得冰心老人说：“我们都是自然婴孩，卧在宇宙的摇篮里。”时至今日，文明出现了转折点。生态文明，是一种反思与超越，相对于工业文明；是一种传承与借鉴，相对于人与自然和谐相处的传统文明。

“美丽”，很有文艺范儿的词语，这是对生态文明进行具象和生动的表述。这种“美丽”，表达了对生态文明的一种期待，也表达了对破解现实难题的一种信心。美丽中国，在这幅愿景里，该有着蓝天白云、绿水青山，环境优美、资源丰富、生态平衡。

面对生态文明建设，忧中带着期望。一愿有“长久计”，对生态文明建设常抓不懈。沙丘从躁动变得安静，缘自从 2001 年就开始的长达 13 年的风沙源治理。同时，我们也看到不少地方搞应急救火的“急就章”，雾和霾来了，城市内涝来了，才想起要出台解决办法。生态文明建设的效果不可能“立竿见影”，愿多做些“打基础、立长远”的工作。二愿“从我做起”，在日常生活中注意细节、关注小事，自觉维护环境，共建生态文明。垃圾分类、低碳出行、节约用水、随手关灯这些生活中的琐事，都能够践行绿色生活方式的理念。大家的自觉行动可以让中国越来越美。

感悟自然，沉思生态。行动让思考更必要。“辞旧迎新”，这一辞一迎之际，便是希望所在。

（来源：《中国气象报》，2013 年 12 月 31 日，4 版，作者：曾涛）

浑善达克沙地变“安静”了

中国气象局统计资料表明：我国沙尘暴呈现波浪式递减趋势，特别是近 10 多年来，沙尘天气发生频次和强度都处于近 50 年来较低水平。今年春季（3—5 月），我国仅出现 6 次沙尘天气过程，为 1961 年以来历史同期最少。

沙尘天气少了，防沙治沙起到了多大作用？到底是哪些因素在“主宰”沙尘暴？我们近日踏访了内蒙古浑善达克沙地，这里是离北京最近的沙地，也是京津风沙源治理的主要区域。

沙丘移动不明显，治理成效明显

内蒙古自治区锡林郭勒盟正蓝旗，这里地处浑善达克沙地腹地。

车行至伊和塔拉嘎查（嘎查：蒙古族的行政村），眼前出现一排排整齐划一的小院。一下车，嘎查主任巴亚拉就领着我们参观奶牛养殖标准化棚圈、奶站、兽医站、青贮窖等设施，这里俨然已是一个现代化的奶牛养殖基地。

巴亚拉说，牧民们原来都是在草原上扎蒙古包进行游牧的，大伙儿为了多赚钱都攀比着多养牲畜，导致草不够吃，草场沙化严重，一年到头挣不了几个钱。如今，大家都聚居在一起，住进了设施齐全的房子里；散养肉牛或圈养经济价值更高的黑白花奶牛，政府每年按人头发放 3000 元补助，日子越过越有滋味。

牧民仁青道日吉说，现在不像以前放牧时那样日晒雨淋了，每月收入能达四五千元。

在离伊和塔拉嘎查不到半小时车程的巴格额仁嘎查，嘎查党支部书记朝格图回忆道，10 年前，当地牧民最愁的是风沙大、牛羊少、收入低。最近这几年雨水多些，草长得好了，虽说按照要求牲畜比以前养得少，但收入却增加了。

“风大沙多，干旱少雨，草场退化沙化严重，自然灾害频繁。”正蓝旗政府办公室副主任阿拉腾高娃这么形容 10 年前当地的生态环境。

“防沙治沙不仅要还北京一方蓝天，也要给牧区发展一个空间。”正蓝旗农牧局副局长张继说。根据草场生态状况的不同，正蓝旗将全区牧区划分为两类，即转移禁牧区和调整休牧区。包括伊和塔拉嘎查在内的 31 个嘎查被划分为转移禁牧区，禁牧草场面积 205 万亩，产草量由 2001 年的 200 万斤提高到现在的 900 多万斤。而包括巴格额仁嘎查在内的其他牧区，因沙化相对较轻，草场尚有一定生产能力而被划为调整休牧区。如今休牧区牧草平均高度达 30 厘米，平均盖度达到 70%，较非休牧区分别高了 80% 和 90%。

内蒙古自治区气象局发布的流动沙丘定位观测数据显示：浑善达克沙地沙丘移动不明显，治理成效明显。这里的沙丘从“躁动”变得“安静”。

风沙源治理，保持当地生态稳定度最重要

“风沙源治理要尊重自然规律，依据气候条件安排植树造林。”锡林郭勒盟林业局副局长李福生说，就拿沙地上植树造林为例，要根据生物气候带的特点，确定乔木、灌木和草的比例及其种类和时空配置结构。在沙尘源区特别要增加灌木和草本植物组合；在荒漠化地区和荒漠化边缘地带有条件的地段，营

造农田防护林、草原防护林等防风固沙林。

“再完美的治理，也消灭不了沙地，要尊重气候规律，尊重生态的多样性和生物的多样性。”内蒙古自治区生态与农业气象中心高级工程师王永利认为，风沙源治理，治的不光是沙尘暴，保持当地生态稳定度才是最重要的。

“从气候承载力出发，宜林则林，宜草则草，宜荒则荒。”王永利认为，“大自然不让一个地方长草，就不要硬栽。”专家介绍，地球表面本就是由不同尺度的自然带控制的，大尺度的气候带决定了一个地区最基本的状态，如热带、温带、寒带等；小尺度的是按地貌、植被、气温、降水等划分的自然区域，比如按不同的降水量，我国可以分成湿润区、亚湿润区、干旱区、半干旱区等。一个地区是否成为干旱区和沙漠，最根本的是由这一区域的降水量决定的。沙尘暴和沙漠不可能被消灭。

“丰富的沙尘源、强风和极不稳定的大气，是引发沙尘暴的三个不可或缺的因素，后两者主要与气象条件有关。也可以说大气环流在一定程度上主宰沙尘暴。”中央气象台天气预报室博士张恒德说。古已有之的沙尘暴是一种自然现象，人类不可能完全避免沙尘天气。

当前，最为紧迫的应当是加强沙尘暴防治重大科学问题的研究，认识和掌握沙尘暴的形成与演变规律，切实提高沙尘暴预测预报的科技水平。

（来源：《人民日报》，2013年6月15日，10版，
作者：曾涛　王晨　冯君）

水桐花开

“奶奶，这是什么？”家乡的缠绵春雨里，一个蹒跚学步的小孩捡起地上一瓣花，仰着脸稚声稚气地问着。“水桐花，水桐花又开了。”小孩身旁的老人一边回答着，一边紧走几小步跑上前去为孙儿撑上雨伞。

“水桐花！”匆匆走在清明祭祖路上的我缓下了脚步，不由在心里轻呼了一声，仿佛听到了一位老友的名字。看看脚下，水桐花洒满一地。拾起一朵，我有点粗鲁地闻了起来，尽管浸润了雨水，还是那般熟悉的淡雅芬芳，这就是

家乡的味道。

水桐在家乡普通得如同空气和水，极易存活，房前屋后随处可见。清明前后，树上光秃秃的枝条上挂满了一串串乳白色的小喇叭花儿，随着春风在枝头左右摇摆。此时，母亲总会用欢快的语调向全家人宣告这个好消息。临近黄昏，心情大好的母亲总会哼着歌儿把小餐桌搬到小院里，一家人最隆重的晚餐就在水桐树下开始了。喊声笑声中，菜肴飘香里，月亮就悄悄爬上树梢头。

水桐花开得最盛之时，夏季将至。这时候，我家小院里总会响起“叮叮当当”的声音，这是父亲在做着纳凉的竹躺椅呢。父亲年轻时当过电工，手很巧，家里的不少桌椅板凳，哥哥和我玩的弹弓、高跷等都是由他一锤一钉地打制出来的。尤其是他做的竹躺椅结实美观，人人称好。父亲帮人做躺椅分文不取，有时还垫钱帮人买材料，忙起来家务活也顾不上了，母亲急起来就会奚落他是只会帮人卖苦力的“大老粗”。面对母亲的唠叨，不善言辞的父亲总是憨憨一笑，不置一言。

我记得在水桐相伴的秋夜，那时父亲刚刚做了车间主任，变得特别忙，母亲又到城里脱产学习去了，偏偏这时我的脚板莫名长起了疮，不能行走。那半个月的治疗时间里，每天晚上八九时，忙完了家里家外的父亲就会拿起电筒将我背上，走到二三公里外的矿医务室去换药上药。旷野小径上，脚步踏在落叶上沙沙作响，胆怯的我感受到了父亲脊背传来的体温和力量，望着黑夜里若隐若现的水桐树的高大身影，心里涌满幸福。

我想，是水桐树和树下的家人，给了我最初的依靠，让我无论站在哪里，都尽可能地挺直。而那些桐花芬芳，伴随我在温暖记忆里呼吸成长，也让我把这份温暖带到走过的每个地方，尽可能地带给身边的每个人。

“家乡那棵水桐树不知道还在不在，要开花了吧？”步履蹒跚的母亲走到窗前眺望家乡的方向，喃喃地说。父亲离世后，母亲来到这个没有水桐的城市与我同住。正在整理归乡行囊的我听到她的话眼睛湿润了，背转身来攥紧了手中那张回乡祭祖的车票……

（来源：《广西日报》，2013 年 4 月 3 日，11 版，作者：曾涛）

矫梅燕赴广西慰问调研

1月15—18日，中国气象局党组成员、副局长矫梅燕赴广西、广东基层气象台站慰问调研。

矫梅燕一行赴广西都安瑶族自治县、环江县、河池市气象局进行慰问和调研。在此期间，矫梅燕先后会见广西壮族自治区政府副主席黄日波，就推进广西气象事业发展进行座谈。

在广西，每到一个基层台站，矫梅燕都到业务平台实地仔细察看，并与基层气象职工座谈交流，深入了解气象业务服务、县级气象机构综合改革等方面情况。她要求广西气象部门以改革创新促发展，大力推动公共气象发展，强化体制机制创新，促进事业发展；以提质增效强能力，提升气象业务和服务等各方面能力；抓实抓好党风廉政及气象文化建设，保障气象事业持续健康发展。

（来源：《中国气象报》，2014年1月20日，1版，作者：曾涛 罗雅）

广西气象局长会议强调
以改革创新促发展　以提质增效强能力

1 月 21 日，广西壮族自治区气象局召开 2014 年全区气象局长会议，明确工作总体安排。主题是以改革创新促发展。主线就是以提质增效强能力。五个意识就是以服务需求引领发展，以项目建设带动发展，以改革开放合作促进发展，以科技人才支撑发展，以和谐稳定保障发展。七个方面的重点工作包括：一是以十八届三中全会精神为指导，推进改革创新；二是扎实做好各项气象服务；三是努力提升气象防灾减灾和应对气候变化能力；四是不断提升气象现代化水平；五是大力加强基层基础工作；六是强化支撑保障能力；七是加强和改进气象部门党的建设。

（来源：中国气象局网站，2014 年 1 月 24 日，作者：曾涛）

广西重大气象信息须报党政主要负责人

日前，广西壮族自治区党委办公厅和区政府办公厅联合印发《广西壮族自治区关于重大气象信息和重要汛情旱情报告各级党政主要负责人的规定（试行）》（以下简称《规定》）的通知。自《规定》发布之日起，重大气象信息和重要汛情旱情必须报告党政主要负责人。

应报告的重大气象信息和重要汛情旱情主要有五类，包括上级领导指示批示，上级和本级防汛抗旱工作部署，本级防汛抗旱重要工作进展情况；本辖区气象形势、重要气象变化；本辖区水文信息、江河重要水情变化；本辖区突发重大险情、灾情、启动应急响应的决定；其他需要报告的重大气象信息和重要汛情旱情。

《规定》明确提出，各级气象部门负责向本级党政主要负责人和本级防汛抗旱指挥机构报告气象形势分析和重大气象变化。

针对信息传递“最后一公里”问题，《规定》明确提出，县级防汛抗旱机构负责传达至乡镇一级，乡镇一级除向本级党政“一把手”报告外还将传达至村委会（居委会、社区）一级。各级党政主要负责人接到报告后，应及时部署应对，必要时应靠前指挥。对未执行规定，造成人民群众和财产重大损失的相关责任人，要予以追究。

（来源：《中国气象报》，2014 年 2 月 27 日，1 版，作者：曾涛）

广西人工影响天气管理办法实施

记者从广西壮族自治区法制办和自治区气象局于 2 月 26 日联合召开的《广西壮族自治区人工影响天气管理办法》新闻发布会上获悉，该办法从 2014 年 3 月 1 日起实施。

广西壮族自治区政府第 21 次常务会议已审议通过《广西壮族自治区人工影响天气管理办法》。该办法明确，县级以上地方人民政府应当加强对人工影响天气工作的领导，建立和完善人工影响天气工作的指挥和协调机制，配备必要的人员和设备、设施，保证人工影响天气工作顺利开展。县以上气象主管机构负责本行政区域内人工影响天气工作的组织实施和指导管理。

发展和改革、财政、公安、农业、林业、水利、国土资源、民政、环境保护、交通运输、安全生产监督管理、民航、飞行管制、通信等有关单位应当按照各自职责，做好人工影响天气的相关工作。乡镇人民政府应当协助做好人工影响天气作业地点的场地选择、标准化建设和场地维护等工作。

广西壮族自治区法制办副主任潘东指出，出台人工影响天气工作的政府规章，对于加强全区人工影响天气工作的管理，防御和减轻气象灾害，科学开发利用空中云水资源有着十分重要的意义。

（来源：《中国气象报》，2014 年 3 月 6 日，1 版，作者：曾涛 林飞飞）

规范气象信息处置　推进治理能力现代化

日前，广西壮族自治区党委办公厅和政府办公厅联合印发《广西壮族自治区关于重大气象信息和重要汛情旱情报告各级党政主要负责人的规定（试行）》（以下简称《规定》）的通知。这是首次以党内法规形式规范党政“一把手”重大气象信息处置工作，在全国开创了先河。围绕《规定》出台的背景及具体落实情况，记者于3月24日对广西壮族自治区政府副主席黄日波进行了专访。

记者：为什么要以党内法规形式规范重大气象信息处置工作？

黄日波：党的十八届三中全会已经吹响了新一轮改革的号角。今年2月17日，习近平总书记在省部级主要领导干部学习贯彻十八届三中全会精神全面深化改革专题研讨班开班式上发表重要讲话，提出了要扎实推进国家治理体系和治理能力现代化。《规定》的出台，正是自治区党委、政府大胆推进改革、推进防灾减灾治理能力现代化的重要体现。《规定》首次以党内法规形式规定各级党政主要负责人接到重大气象信息和重要汛情旱情报告后，要亲自研究部署应对，在全国开创了先河，是一个重大的制度创新，具有重要的里程碑意义。

包括《规定》在内，自治区新出台了7个防汛抗旱重要文件，意义体现在三方面：一是自治区党委、政府对防汛抗旱工作的重视达到一个新高度的重要体现；二是自治区党委、政府大胆创新，锐意改革，努力形成防汛抗旱工作长效机制，推进治理能力现代化的重要举措；三是自治区党委、政府认真总结防汛抗旱工作的经验教训，有效应对重大自然灾害，保护人民群众生命财产安全的重要成果。

记者：《规定》主要规范和强化了哪些方面的工作？

黄日波：主要规范和强化五方面的工作：一是重在人民利益至上，使广大人民群众生命财产安全的组织保障更加坚强；二是重在对行使权力的规范，把责任落实放在更加突出位置；三是重在操作规程的统一，保障机制更加规范和明确；四是重在推动落实，督促检查和责任追究更加强化；五是重在形成总体效应，配套制度更加完善。

包括《规定》在内的7个文件从不同方面解决了这些关键问题，强化了以行政首长负责制为核心的各项防汛抗旱责任制的落实，强化了防汛抗旱工作的管理，为指导自治区部署防御工作提供了重要的制度保障。

记者：《规定》出台的基础是什么？

黄日波：广西属于典型的亚热带季风气候，容易出现旱涝交替、旱涝并存、旱涝急转，局地性的洪涝灾害每年都会发生。从经济损失、人员伤亡和危害程度来看，洪涝灾害居广西各种自然灾害之首。近年来，极端天气气候事件发生频繁，台风和局地强降雨影响严重，给广大人民群众的生产生活和生命财产安全造成了较大威胁。2013年，广西先后发生了14次洪涝灾害和局部较为严重的春、秋旱灾害。面对复杂多变的防汛抗旱形势，各级各部门采取了及时有效的措施积极应对，千方百计把受灾损失降到了最低，涌现出很多好的典型。2013年5月16日，恭城县发生了特大暴雨泥石流灾害，由于气象预报准、预警早、信息灵，各级党政主要领导高度重视，成功连夜组织转移群众2万多人，避免了重大人员伤亡，受到社会各界的广泛好评。但是，在应对灾害过程中，也存在一些亟待改进的突出问题，尤其是2013年在防御台风“尤特”过程中，暴露出防汛防台风工作中的一些薄弱环节。通过对正反两方面的总结，我们深刻认识到，要做好防汛抗旱工作，必须在党政领导重视、信息报告及时准确、各级各部门各单位密切配合反应迅速、群众提前安全转移等关键环节上下足功夫，才能有效避免人员伤亡事件的发生，最大限度减少生命和财产损失。

记者：贯彻落实好《规定》，事关防汛抗旱的大局，事关人民生命财产安全。汛期将至，如何让《规定》在防灾减灾的具体实践中发挥效益，这方面有什么具体部署？

黄日波：制度的生命在于执行，再好的制度如果得不到有效的贯彻实施，也是一纸空文。当前，我们要迅速行动起来，以超常规的办法推动文件精神的贯彻落实，使自治区党委、政府的决策部署落到实处，让广大人民群众早日受益。今年汛期即将来临，防汛抗旱工作重要文件精神贯彻落实好坏直接影响到备汛工作的质量，也将在汛期工作中得到检验。

具体来说，第一，各市、县要重点抓好贯彻落实和出台实施意见两方面工作；第二，自治区防汛抗旱指挥机构成员单位要重点抓好推动落实和加强配合两方面工作。对于气象部门来说，就是要充分发挥好“发令枪”的作用。要加强对天气形势的研判，不断提高预报的准确率，为各级党委、政府的决策当好参谋和助手。要在本系统研究如何确定重要气象信息报告的具体方案，做到既不漏过一条重要信息，又不能不加选择地报送，给党委、政府领导造成不必要的影响。要研究信息的共享问题。重要气象信息应及时与相关部门、单位实现共享，提高社会应对气象灾害的效率。

记者：《规定》的出台，对于承担“发令枪”作用的气象部门来说，意味着承担更大的责任。您对气象部门贯彻执行好《规定》，进一步做好气象服务有何要求？

黄日波： 气象工作关系国计民生，气象服务惠及千家万户。长期以来，自治区气象部门发挥着“消息树”“发令枪”的作用，为经济社会发展提供了优质服务。

新时期，广西气象部门要认真贯彻落实党的十八大和十八届三中全会精神，在中国气象局的有力指导下，改革创新，提质增效，进一步强化观测基础，提高预测预报水平，加快科技创新，努力提升气象事业对全区经济社会各个领域的保障与支撑能力，为广西“两个建成”提供优质气象服务。当前，要完成这一任务的关键，就是加快推进气象现代化。

一是推进气象设施保障的现代化。现代气象事业是用现代物质条件装备的事业。没有大容量的系统、广覆盖的站点、高精度的设备，就没有气象事业的现代化。自治区政府与中国气象局于2010年签署《共同推进广西气象防灾减灾体系建设合作协议》。该协议签署3年多以来，有力地促进了广西气象事业发展，在项目建设、资金投入、科技创新、服务能力提升等方面取得了明显成效。下一步，希望双方共同努力，按照全面推进广西气象现代化的目标，加快部区合作项目的进一步实施。

二是推进气象体制机制的现代化。气象服务是社会公众广泛受益的公共产品，是政府应当履行的基本职责。作为西部欠发达地区，广西气象现代化的重点和难点都在基层，而破解这一难题的关键就是建立起适应现代化需要的基层气象体制机制。过去一年，自治区、市、县各级党委、政府在这方面采取了一系列措施，重点解决基层气象工作面临的“人少、事多、投入不足”问题，取得了较好的成效。自治区政府就此先后召开协调会、督办会，通过上下努力，解决了基层气象机构编制、维持和建设经费等一揽子问题。接下来，我们要持之以恒地做好强基层、打基础的工作，进一步提升基层气象服务能力。

三是推进气象科技支撑的现代化。现代气象事业是用现代科学技术提升的事业。没有现代科学技术的突飞猛进，气象事业就不可能有这样高的预测水平，也不可能有如此强大的服务功能。

四是推进气象服务功能的现代化。现代气象事业就是用现代服务体系架构的事业。我们要积极引入现代服务手段和服务形式，丰富公共气象服务的内涵，拓展公共气象服务的深度和广度，不断创新公共气象服务的途径和方法，加快构建起沟通更加亲切、速度更加快捷、渠道更加通畅、信息更加精确的现代公共气象服务系统。

过去一年，气象部门在防汛抗旱、农业生产、生态文明建设等诸多方面做了卓有成效的工作，发挥了积极作用。希望广西气象部门在中国气象局的支持下，继续加强灾害性天气监测预报预警，进一步做好气象灾害防御有关工作，推进农业气象服务体系建设，科学开展人工影响天气作业，在广西经济社会发展中发挥更大的作用。

（来源：《中国气象报》，2014年3月31日，1、2版，
作者：曾涛　林飞飞，获中国气象报社第25届好新闻三等奖）

彭清华调研广西气象工作

5月19日，广西壮族自治区党委书记、自治区人大常委会主任彭清华到自治区气象局就汛期气象预报预测、防灾减灾情况进行调研。

彭清华先后考察了气象影视业务平台、应急移动气象系统、气象预报预警平台等，了解业务平面流程和装备设施的性能和功用，主持召开座谈会，听取广西气象工作和今年汛期降雨及台风预测分析汇报。彭清华代表自治区党委、

政府向全区广大气象工作者表示问候和感谢，充分肯定了各级气象部门为服务全区经济社会发展、保障人民群众生命财产安全做出的积极贡献。他强调，要充分认识气象工作在整个防灾减灾体系中的重要作用，在国民经济社会发展中的重要作用，在坚持以人为本、保障人民群众生命财产安全中的重要作用，切实增强做好气象工作的责任感和使命感。

彭清华就做好当前和今后一段时期的气象工作提出四点要求。一是充分运用科学手段，提高气象预报预测的准确率和精细化水平；创新气象科技体制机制，强化预报预测能力建设和技术支撑；密切关注雨情、汛情变化，培养一批既掌握前沿科技知识又了解广西气候、自然地理特点和天气变化规律的气象专家。二是切实加强气象灾害预警信息发布能力，扩大覆盖面；建立多途径、高效率、广覆盖的灾害预警信息发布体系，积极开展气象信息进农村、进社区、进企业的活动，特别是要打通气象灾害预警信息进入边远山区的通道，加强气象科普工作。三是适应群众需求，积极拓宽气象服务领域，积极引入现代服务手段和形式，加强公共气象服务、综合观测等体系建设，不断拓展公共气象服务的深度和广度。四是建立健全合作联动机制，形成防汛抗灾的合力。各级民政、水利、农业、林业、国土、海洋等部门要加强与气象部门的协作，完善联席会议制度、信息资源共享机制、应急响应联动机制，加强信息沟通和业务协作，进一步整合资源。

彭清华强调，各级党委、政府要大力支持气象工作，把气象事业的发展纳入本地经济社会发展的规划，努力为气象事业发展营造良好的环境。

自治区党委副书记危朝安，自治区党委常委唐仁健，自治区党委常委、秘书长范晓莉一同调研。

（来源：《中国气象报》，2014 年 5 月 22 日，1 版，作者：曾涛 韦坚）

唐仁健调研广西人工影响天气工作

近日，广西壮族自治区党委常委、自治区政府副主席唐仁健率自治区发展改革、财政等部门负责人到人工影响天气基地调研指导，并就做好当前和今后一段时期的人工影响天气工作提出要求。唐仁健看望慰问了自治区人工影响天气办公室工作人员和在广西执行飞机人工增雨作业任务的珠海中航通用航空有限公司“3758”机组，观看了业务技术系统演示，并参加了人工影响天气工作座谈会。

在座谈会上，唐仁健指出，这些年来，自治区人工影响天气指挥部按照“政府领导、部门联动、气象部门组织实施”的运行机制，抓住一切有利天气时机，全力开展飞机、火箭人工增雨防雹作业，降下了及时雨，防御了冰雹灾害，为防灾减灾和经济社会发展做出了突出贡献。

他就做好当前和今后一段时期的人工影响天气工作提出四点要求。一要认真学习贯彻落实广西壮族自治区党委书记彭清华 5 月 19 日在自治区气象局调研时的重要讲话精神。二是围绕大局开展好人工影响天气工作。紧紧把握党和政府促进经济社会发展、保障人民群众安全福祉的这个中心，在保障粮食安全、水安全、生态安全，提高气象防灾减灾能力、应对气候变化能力、开发利用气候资源等方面发挥重要作用。三是加强协作配合。各级人工影响天气指挥部成员单位要充分发挥职能作用，形成做好人工影响天气工作的强大合力。四是积极谋划明年和下一步的工作，继续组织实施好各项人工影响天气作业。

从 2013 年 10 月中旬至 2014 年 5 月，广西共实施飞机人工增雨作业 53 架次，作业飞行 173 小时；各市（县）开展地面火箭人工增雨防雹作业 126 次。

（来源：《中国气象报》，2014 年 6 月 4 日，1 版，作者：曾涛 农可）

有容乃大

连日来，广西玉林荔枝狗肉节闹得沸沸扬扬，网上辩论、对骂；媒体、名人加入阵仗，推波助澜；更有甚者，食狗人士与动物保护主义者起了冲突，上演了一出出“全武行”……吃狗肉在某些地区是一种传统，爱狗人士关爱动物也没错。站在各自的立场，谁都有理。岂料人们眼中原本的民俗差异，却演化成了一场民意激辩。

“狗肉节”已落幕，但热议未歇。这场风波清楚不过地反映了地域文化和价值观的多样性。在现实生活中，“梅有梅的高洁，竹有竹的翠绿，杏有杏的优雅”。文明进步的一个重要标志，就是包容个性的张扬。中华文明本就集合了不同民族、思想、信仰、文化和居民生活习惯。56 朵民族之花之所以开得绚烂，正是见证了中华文化永不衰败的生命力及其开放性与包容性。

在绮筵歌飞的大唐盛世，崇尚浪漫豪放的李白与思考现实沉郁的杜甫惺惺相惜；浅斟低唱的宋代烟雨里，记录了两位文化巨人在度尽政治劫波后从对立到相知相惜的过程，那是王安石与苏轼在诗词应和中的一笑泯恩仇。古人尚能做到“和而不同”，在当今这个多元化的社会中，我们应该如何面对文化和价值观的冲突？又该如何阐释立场、说服别人、谋求共识？

首先，对立不如对话。文化冲突没有道德高下之分，个人或某个特定群体的主观认知，并不能强加给别人或全社会，动辄上升到道德层面进行口诛笔伐，必然会激起更为强烈的反对情绪。就拿“狗肉节”风波来说，对立双方都应该以道德和法律为底线，自己认定或信仰的，也应当照顾到对方的感受。有吃狗肉习俗的人士，不妨多一些对动物的尊重，做到不虐杀，不滥杀；爱狗人士也应在法律的空间内宣传和劝导。彼此多一些设身处地，多一些相互尊重，才不致戾气升腾。

其次，对抗不如包容。社会是复杂人群的集合体，理应求同存异，允许各种观点的存在，理解包容对方。不同利益群体在面对各种利益时，多多少少是存在矛盾的。我们必须正视这一客观存在，并设法将其控制在合理的冲突范围内，秉持一种“和而不同”的态度，而不是采取“非左即右”的偏激做法。古语云：“独木不成林。”求同存异，和而不同，这一点做好了，立人、立业、立国也许便不是问题。

有容乃大，当是培育和践行社会主义核心价值观的一大要义。包容像阳光，融化冰霜；包容像桥梁，通向心灵；包容像堆篝火，送去温暖。

（来源：《中国气象报》，2014 年 6 月 30 日，4 版，作者：曾涛）

机顶盒变身气象“报警器”

数字电视机顶盒上，红色的警灯闪烁，蜂鸣声起；电视屏幕上，正在播出的节目被打断，鲜红的屏幕被切换出来，气象预警信息跃于屏上："都安县气象局发布暴雨红色预警。"

7月1日，这一幕出现在广西壮族自治区河池市都安县澄江乡桑里村村民韦启武的家里。当天，县广电网络公司的工作人员给他家安装上了带有气象预警功能的数字电视机顶盒，并与县气象局进行了预警演练。得知韦启武家成为广西全区第一家拥有气象"报警"功能机顶盒的电视用户，村民们争相挤进他家，来瞧瞧这个新鲜玩意儿。

机顶盒变身气象"报警器"，这是广西壮族自治区气象局和广电网络公司携手合作，创新农村气象预警信息发布方式的成果。

机顶盒具备三种模式下的预警功能：一是在正常收看电视时接收到一般性预警，会在所有电视频道播出滚动字幕；二是在收看电视时接收到重大气象预警信息，报警器将发出蜂鸣声、报警灯闪烁并打断正在播出的节目，闪出警示屏；三是在关掉电源或待机状态下接收到突发重大气象预警，则会响起报警声、亮起报警灯，提醒用户接收预警信息。

"机顶盒气象报警功能的开发成功，是落实自治区领导指示精神，解决'最后一步路'问题的有效举措。"自治区气象局副局长覃武说。

从"最后一公里"到"最后一步路"

"特别是要打通气象灾害预警信息进入边远山区的通道，逐步消除气象信息服务的盲区。"5月19日，广西壮族自治区党委书记彭清华在自治区气象局指导调研时强调。

"不仅要打通气象预警信息传递'最后一公里'，更要走好'最后一步路'。"6月5日，自治区人民政府召开农村气象预警信息发布专题协调会，提出硬要求。

预警大喇叭、电子显示屏、手机短信……近年来，广西气象部门围绕"测得到、报得准、发得出、收得到"的目标，初步建立了包括广播、电视、手机、网络等多种发布手段的气象灾害预警信息发布体系。

然而，广西地形复杂，山区多、灾害多，边远山区、海域的群众在获取气象预警信息上仍有不便。台风、暴雨、冰雹等气象灾害易给灾害防御能力薄弱的偏僻农村带来重大经济损失和人员伤亡。

“电子显示屏成本高、适合放置于人口密度大的地方。”“农村老人、小孩大多没有手机，也看不懂短信。”“预警大喇叭虽然好，但广播范围有限，易受山阻挡，晚上雨下得大时也听不清楚。”

2013 年以来，自治区气象局开展了农村气象预警信息发布的专题调研，俯下身子，掌握第一手材料，摸清了农村群众对气象预警信息的需求。

怎么走完“最后一步路”？

“究竟怎么走顺、走好‘最后一步路’？”自治区气象局党组一直在谋划，并于 2013 年年底想到了一个新点子——从大多数家庭都有的电视入手。

“我们选择与广西广电网络公司合作，更大的优点是可以实现预警信息定点、定村甚至定户的精准发布；广电网络公司也希望通过增加气象报警这个公益服务，更好地推进‘村村通’建设。”自治区气象局减灾处副处长莫生兆介绍。结合正在展开的广西广电网络公司农网数字转换工作，利用其自治区、市、县、乡（镇）、村五级贯通的资源优势，全区可实现农村预警信息传递到“最后一步路”。

在电视屏幕上游走气象预警信息不是什么新鲜事，但光这一项功能有其局限性。不开电源、不放电视、不看固定的几个频道，气象预警信息就发挥不了作用。

怎么突破这些局限性，发挥电视预警更大的功能？一种新型电视机顶盒的开发提上了日程。两部门协商制定了《广西广电网络公司数字电视发布平台播发气象灾害预警信息项目技术方案》，派出专家深入农户，调研了解开展数字电视发布平台播发气象灾害预警信息的服务需求，进一步完善数字电视机顶盒的功能。

让每个机顶盒都能“报警”

“电视报警结合农村实际，很实用，希望能推广到全区。”

“直接插播预警信号，并能在夜深人静、关掉电源状态下报警，信息传递无死角了。”

“预警能定点到户，有利于组织人员转移。”……

6月25日，在广西“三农”气象服务专项建设推进会上，通过电视机顶盒接收气象预警信息的场景一经演示，就得到自治区政府办公厅、应急办、防汛办、国土厅等单位和部门领导的一致认可。

关掉电源也能报警！无条件插播气象预警信息！增加报警信号灯！……一个个关键技术被攻克。2014年5月，机顶盒改造试验获得成功后，气象与广电网络便选取了都安县的10户农村家庭作为试点。

“从技术层面上来看，这种预警方式未来还应增加语音提醒功能；从推广上来看，还需要得到政府和相关单位、部门的大力支持。”覃武说。

“抓好试点、完善技术、适时推广，要让这种新型的气象预警信息发布方式在汛期切实发挥防灾减灾效益。”自治区气象局局长刘家清提出要求。

（来源：《中国气象报》，2014年7月8日，1、3版，作者：曾涛 林飞飞，获首届全国气象宣传作品观摩交流活动文字新闻一等奖、中国气象报社第25届好新闻二等奖）

携手，风雨无阻

大地飞歌，穿越风雨。9月16日晚，广西壮族自治区体育中心，中国—东盟博览会的重头戏——南宁国际民歌艺术节如约上演，灯璀璨，歌飞扬，风雨只是这炫彩华章的点缀。“你们的服务做得好，我们提前有所准备，没有因为降雨而扫了兴致。”曲终人散，一些观众特意致电南宁市气象台。

9月16—19日，第11届中国—东盟博览会、中国—东盟商务与投资峰会、第16届南宁国际民歌艺术节（以下简称“两会一节”）在广西南宁举办。事实上，因台风“海鸥”扰局，此次博览会的气象保障任务之艰巨远胜往届。广西气象人正是用贴心、细致的服务，保障了上述活动顺利进行。

“一样”与“不一样”

“要将自治区气象业务服务发展的最新成果运用到‘两会一节’保障服务中去。”自治区气象局局长刘家清曾这样说。

“最新”，首先意味“不一样”。“两会一节”气象服务平台升级更新，新增乡镇精细化预报、南宁市街区3小时精细化预报和空气污染气象条件等级预报功能；气象服务平台增加了英文版模块，实现双语气象服务。

有了“不一样”，也得保持“一样”的好做法。普查历史天气个例，调整和修订服务方案；完善气象设施，做好气象仪器装备及场馆气象保障设施检查工作；加强巡查通信网络，确保视频会商系统、气象手机短信发布平台的正常运行。

尽管已经积累了十届“两会一节”气象保障服务的丰富经验，但自治区气象局和南宁市气象局仍然不敢大意，早在一个月前，就加强与中国—东盟博览会组委会的沟通汇报，制定服务方案。8月15日，气象部门向组委会提供第一份专项气象服务材料；从9月10日起，每日滚动更新制作《南宁市未来三天天气预报》。

不惧“海鸥”来扰局

“今年第15号台风“海鸥”预计16—18日对广西有明显风雨影响。”这一预报结论刚刚发出，就引起各方高度关注。

“两会一节”开幕式天气究竟如何？天气会不会影响飞机起落？16日晚在户外举行的民歌节演唱晚会能否如期举行？组委会和民众的担忧，传到气象人心里，化为沉甸甸的责任。13日，广西壮族自治区党委书记彭清华连夜作出指示，要求充分预判台风对中国—东盟博览会的影响，从各方面做好应对准备。

事实上，从9月12日开始，广西壮族自治区气象台天气会商室、南宁市气象预警中心就一直灯火通明。预报员早早进入“应急状态”，在那些无眠的夜晚，他们面对多台电脑，不断地搜集、分析和对比气象信息和数据；连续多次天气会商，气象专家综合来自中国气象局、邻省气象局同事的会商意见，一次一次地订正预报结论。

15日9时，自治区气象局启动气象灾害（台风）Ⅱ级应急响应。此时，各国政要、宾客已经齐聚南宁，“两会一节”准备工作也进入倒计时阶段。自治区气象局及南宁市气象局全体业务、预报、服务人员就位，24小时密切关注台风动向。一份份短时临近预报服务产品通过各种渠道发送给组委会及公众。

16 日 9 时，南宁市区局部地区开始飘起了雨滴，实况与预报吻合。当天，中国—东盟博览会开幕式在室内场馆顺利举行。

演，还是不演?

在这次“两会一节”气象保障服务过程中，最令人印象深刻的是，气象专家对于名为《大地飞歌 2014》的户外大型演出是否取消的判断。“海鸥”的脚步越来越近，15 日晚，南宁国际民歌艺术节组委会再次向气象部门求援，希望能在 16 日上午 12 时前，给出当晚能否进行室外演出的最终判断。“这不仅仅是一次单纯的气象预报服务，更是一项重要的政治任务，要把预报报准，要把服务做好。”刘家清连夜组织召开紧急会议，再次为天气“把脉”。

演，要考虑大风大雨带来的安全等一系列问题；不演，对上万名的观众，组委会整整一年的准备如何交代?

“估计雨势加强在 17 日零点以后。”“演出场所并非全露天，应急措施已到位，设备已加固，场地受风雨影响没那么大。”“如果降水在 10 毫米以下，可以演；但如果在 25 毫米以上，建议不演。”

经过缜密判断，气象部门指出，16 日 20 时至 23 时有间歇性中到大雨，如果组委会做好相应准备，演出是可以进行的。为保证万无一失，16 日当天，自治区气象局的专家赶赴演出场地，开展现场气象服务。

16 日 20 时 40 分，演出开始，此时，自动雨量站记录显示降雨量不足 10 毫米。由于组委会已提前按照气象部门提供的预报信息做了充分准备，演出进展平稳，安全无虞。

（来源:《中国气象报》，2014 年 9 月 22 日，1 版，
作者：曾涛　林飞飞　马艺）

腾跃，于风轻云淡之际

鲜花、掌声、笑容、金牌……10 月 7 日晚，广西壮族自治区体育中心已经成为一片欢乐的海洋。18 时，第 45 届世界体操锦标赛（以下简称“世锦赛”）

开幕式在南宁市举行。在长达10天“力与美”的较量中，各国体操健儿是聚光灯下的“宠儿”，而在竞技台背后，默默奉献的气象人密切“把脉”风云，只为选手们每一次精彩腾跃。

“特殊”安排迎大赛

本届体操世锦赛10月3—12日在南宁举行。比赛期间，天气情况是否会影响比赛进程、是否利于出行，都成为人们关注的焦点。

“要举全区气象部门之力服务好世锦赛。”在9月29日召开的世锦赛气象保障服务动员视频会议上，自治区气象局局长刘家清如是说。事实上，早在今年8月，市气象局就为组委会提供了赛事期间南宁的气候背景信息、历史降水概率等气象服务材料。随着赛事临近，广西气象部门还陆续提供开（闭）幕式天气预报、重要地点短时临近天气预报、空气污染扩散气象条件等级预报等服务材料。

南宁市气象局对各比赛场馆区域的自动气象站进行优化完善，为开展定点精细化预报提供有效的观测支撑；完成世锦赛气象服务数据中心建设，开发建立世锦赛气象服务平台，不但能显示常规气象预报产品、预警信号、常用气象观测要素，还能显示气象场馆、重要交通路线的精细化预报；开发建立“一键式”气象信息发送平台，使信息能通过短信、传真、电子显示屏、微博等多种渠道快速发布。

世锦赛中英文气象服务网站也于9月正式上线投入使用，方便公众和相关部门实时查询。

“特制”服务送到赛场

“相比常规预报，世锦赛期间的工作多了不少。光是逐3小时预报，我们每天要比平时多做8份。”南宁市气象局副局长杨宇红介绍。

据了解，南宁市气象台每天除制作24小时天气预报外，还针对广西体育中心，各客运站、火车站、机场等人流大的场所提供逐3小时、6小时预报，方便人们出行。此外，对上下班高峰期的天气、每天的空气质量等，南宁气象部门也有“特制”的服务内容。在广西体育中心，气象部门还设置了专用气象信息电子显示屏，可收集场馆自动气象站气象数据，每小时发布更新一次场馆所在地天气实况信息，分中英文版本，定时发布24小时、12小时、6小时、3小时南宁市天气预报，并及时更新突发性及转折性天气预报。

气象部门为赛事组委会提供的决策服务也实现了“无缝隙”。赛事期间，南宁市气象局共向组委会提供气候背景服务材料、未来一周天气趋势预报、空气污染扩散气象条件等级预报、世锦赛开幕式预报等世锦赛专项服务材料64期，通过手机短信向组委会领导及工作人员发送气象保障服务短信15次。从10月1日开始，南宁市气象局滚动制作未来3天南宁市区逐12小时精细化天气预报、重要地点未来逐3小时天气预报、紫外线强度指数预报、舒适度指数预报、空气污染扩散气象条件等级预报、交通气象服务信息等世锦赛专项服务材料。

“特别”天气早预报

“开幕式及比赛期间，南宁以晴到多云为主，气温适宜，有利于赛事活动的举行。”气象信息让组委会和观众吃了“定心丸”。

开幕式时天气究竟如何？自治区气象局一方面与中央气象台、华南区域气象中心加强会商沟通，寻求技术支持，另一方面加强对南宁市气象局的指导。10月6日下午，经过天气会商，自治区气象台发布了“开幕式期间全市以晴天为主”的预报，并每3小时向组委会及现场工作人员发布重要地点未来3小时天气预报。

7日开幕式当晚，矗立在广西体育中心的气象综合电子显示屏格外醒目，中英文滚动显示现场实时气象监测数据，细致入微地融入世锦赛激烈的比赛氛围中。这一刻，风轻云淡。

（来源：《中国气象报》，2014年10月16日，1版，作者：曾涛 张薇）

气象预报精细化　灾害预警广覆盖

——解读广西《关于全面推进气象现代化建设的意见》

今年6月，自治区人民政府出台《关于全面推进气象现代化建设的意见》，明确提出要大力推进气象预测预报系统建设，提高广西防灾减灾能力、公共气象服务和气象预测预报准确率、精细化程度等，到 2020 年力争建成气象现代化体系。当前，广西气象工作面临的形势怎么样？如何加快推进气象现代化建设？记者就此采访了相关人士。

自治区气象局科技与预报处处长黄永新介绍，目前，广西初步建成由新一代天气雷达、探空雷达、地面气象观测站组成的气象综合观测系统，监测范围可覆盖全区；建成 2515 个自动气象站，覆盖每个乡镇和重点村，建成了区—市两级天气视频会商系统；引进了运算速度为 8 万亿次 / 秒的高性能集群计算机，气象资料的分析处理能力显著提升。开展了乡镇、城市和海洋精细化预报业务，气象预报预测准确率和精细化水平逐步提高，广西的气象预报准确率属全国中等偏上水平，台风路径预报和强度预报达全国先进水平。同时广西在全国率先开通了手机气象预警短信“绿色通道”，目前已建成气象信息服务站 1094 个（乡镇覆盖率 93.2%），气象显示屏 1153 块，预警大喇叭 1100 个；组建了 2.6 万名气象信息队伍，预警信息覆盖面和时效均得到了提高。

但广西属于气象灾害多发地区，且处于低纬度地区，预报预警难度高，气象观测特别是海洋观测存在空白和盲区，气象预报预测准确率和精细化水平还不高，气象预警信息发布的手段不够多，时效性不够强，覆盖面不够广，还不能有效解决广大农村地区气象预警信息发布“最后一公里”问题。

为此，《意见》明确指出，广西气象现代化的主要目标是：到 2020 年，力争建成结构科学、布局合理、功能先进、基本满足广西经济社会发展需求的气象现代化体系，与全国同步实现气象现代化目标。

为了实现这个目标，进一步加快实现气象业务现代化，有效提升气象服务能力，《意见》对构建广西气象观测、预报预测体系提出新的要求。广西将开展覆盖全区和北部湾海面的高分辨率网格点气象要素精细化预报，开展和完善全区乡镇精细化预报；大力推进主要江河、山洪地质灾害气象预警平台建设；针对广西海洋经济发展需求，加强自治区、市、县三级海洋气象预报中心建设，建立北海、防城港、钦州海洋气象探测基地，在海岛、船舶、浮标、石油平台等建设自动气象站，建成广西北部湾海洋气象观测网；建立完善气象灾害相关信息共享机制，建设气象、水文、水利、国土资源、林业、海洋、环境保护等部门之间的信息共享平台。

在应对气候变化和开发利用气候资源方面，《意见》要求，开展气候变化监测、影响评估与应对研究。建立气候变化对广西农业、旅游、水资源、能源、生态系统等方面的综合影响评估指标体系和评估模型，积极开展风能、太阳能、空中云水资源等精细化评估，逐步推进清洁型、可再生资源的评估和开发利用。

在推进公共气象服务体系方面，《意见》要求各地要将气象服务纳入政府公共服务体系，推进气象服务现代化进程，加快推进自治区、市、县三级突发事件预警信息发布系统建设，建成气象应急预警信息发布平台。各地要统筹推进农村（社区）、灾害易发区、人员密集区和公共场所等气象预警大喇叭、电子显示屏建设，解决预警信息传递“最后一公里”问题。

“到2020年，广西力争天气预报精细化到乡镇，24小时城镇天气预报准确率提高2%～3%，台风、暴雨等灾害性天气预报准确率提高5%，突发灾害性天气预警提前量达20分钟以上，短期气候预测准确率提高3%～5%，综合气象观测网建成率达90%以上，气象要素观测自动化程度达90%以上，气象观测数据传输区内到达时间小于3分钟，气象灾害预警信息发布覆盖面达95%以上，气象服务社会公众满意度达85%以上，基层气象防灾组织健全率达95%以上，台站基础设施建设达标率达90%以上。”自治区气象局减灾处处长郑宏翔表示，如果目标能顺利实现，将有利于提升各地防灾减灾能力，全面推进广西气象事业迈上新台阶。

（来源：《广西日报》，2014年8月19日，10版，作者：周映 曾涛）

李静锋：一朝南极行　一生风雪情

北京时间2014年12月底，广西南宁市气象局国家基本气象站站长的李静锋出色完成国家布置的科考任务后，从南极平安回到了南宁。眼前的李静锋皮肤黝黑，开朗健谈。在他的讲述中，南极天空的湛蓝、冰雪的纯净仿佛近在咫尺，暴风雪的肆虐依然历历在目。

基层气象工作者参与南极科考

南极深藏着地球气候变迁的自然密码，一直吸引着世界各地的探索者。对于一名基层气象工作者来说，能到南极发挥所长机会难得。而且，这是中国气象局第一次在广西选拔南极气象科考队员。

要前往南极，除了专业技能，还必须具备强健的体魄应对恶劣天气，优秀的心理素质承担超常规昼夜不分的工作强度，不是所有人都能胜任的。

从事气象观测工作超10年，李静锋不仅是一名大气探测高级工程师，更是局里的青年业务骨干，各项能力突出。获知报名信息后，他在第一时间提出了申请。

经过层层筛选，通过了在黑龙江亚布力南极考察集训的各项测试，当时 36 岁的李静锋最终入选中国第 30 次南极科考队长城站的越冬队伍，也是当年中国气象局远赴南极 3 名越冬队员中的 1 名，承担起为期一年的科考任务。

报文代表国家形象

“国内下雪像逛街，南极下雪像打仗。”李静锋笑着形容南极天气，“那里的天气变化非常频繁，毫无征兆，常常几种天气现象交替来袭。”气象观测对他来说并不陌生，但在这样的环境下工作依然是一个挑战。

每天 4 次定点观测，李静锋承担了其中的 3 次。而刚到长城站的几个月，他更是负责了全天的气象观测任务，一天只能分几次来睡觉。“要强迫自己睡，即使躺一下也好。”当时，他还赶上了“雪龙”号到长城站卸货，队员们轮流接力卸货也花了一个星期。

观测收集的各类气象数据，需输入电脑形成报文传给智利站，再由智利站汇总传到世界气象组织。“以前的地方站报文，会经过省、国家两级把关才传到世界气象组织，在南极，报文直接对口世界气象组织，而且必须在整点后的 10 分钟之内传出去，压力很大。”一年下来，李静锋发出的上千份报文准确无误，因为他知道，每一份报文都代表着国家的形象。

除了观测，仪器的修理、维护也由他负责。有一次，日照传感器出了问题，当时室外达到 −10 ℃，李静锋赶往观测场进行修理。但手套太厚，不好操作，他立即脱下手套。“没几分钟手就动不了了，”他说，“只能戴上手套，暖和一点儿脱掉再修，来来回回两个多小时才修好。”每周三，他还得到室外更换温度和湿度自记纸。在暴风雪中行走已不易，换纸更加困难。“每次都有两个队友主动来帮忙，一个帮我把着百叶箱门，一个用身体挡着风。”

就是在这样的环境下，李静锋完成了《南极长城站气候特征及其趋势》《南极半岛气温特征及趋势分析》两篇论文，并在报刊上发表了不少南极科考文章。

家人队友都是爱的动力

而对李静锋来说，在南极，远隔重洋思念家人才是最大的挑战。

刚开始，上小学四年级的儿子觉得去南极很勇敢，很支持爸爸，后来得知要去一年，态度大转变，不乐意了。“每次通电话，儿子都在电话里说，爸爸你快回来吧！”李静锋的眼里满是愧疚，“回到南宁刚下飞机，儿子第一个冲过来抱住我。我突然发现他又长高了。”

“但是如果国家有需要，我会再次提出申请。”李静锋坚定地说。

有一帮来自天南海北的队友陪伴，这是他南极行最大的收获。“团队意识在那里极其重要。”他告诉笔者，在积雪上行走，根本不知道下面是什么。系在自己身上的救命绳索，另一头系在队友的身上。

“有一次我要给风传感器除冰，那时是极夜的晚上 8 点，天很黑。有队友说可不可以第二天再弄，我说这样会有十几个小时的数据失准了。”队友们一听，全都过来帮忙。李静锋爬上 10 米高的风杆，落脚地只有一根约 50 厘米长的钢筋。“当时风很大，风杆左右晃，队友们在下面给我用手电照明，不时提醒我注意安全，我很感动。”他笑道，感觉当时照在他身上的不是手电光，而是镁光灯的光。

现在的李静锋只有一个简单的想法：“在南极的极端环境下都能把工作做好，回来更要努力。”

（来源：《中国气象报》，2015 年 1 月 23 日，3 版，作者：黄姿娜）

【图片新闻】小朋友参观气象台

1 月 10 日，广西壮族自治区气象台向社会免费开放。通过电话、官方微博等途径预约前来的近 500 名市民，与气象科普知识来了一次“零距离”接触。图为在气象台参观的小朋友。

（来源：《中国气象报》，2015 年 1 月 15 日，3 版，作者：黄姿娜，获中国气象报社第 26 届好新闻图片类三等奖）

重大气象信息报告有了“硬杠杠”

两个强台风正面袭击，11次暴雨肆虐……2014年汛期，广西天气形势并不平常。日前，广西壮族自治区民政厅统计表明，2014年汛期没有出现群死群伤事件，全区因气象灾害死亡的人数不到2013年的五成。

这得益于2014年2月《广西壮族自治区关于重大气象信息和重要汛情旱情报告各级党政主要负责人的规定（试行）》（以下简称《规定》）的执行落实。

“《规定》可以让党委、政府根据重大气象信息的情况采取相应的应对防范措施。”广西壮族自治区党委书记彭清华在自治区气象局调研时称。

“《规定》的出台是自治区党委、政府大胆创新、锐意改革而形成的长效机制，是推进治理能力现代化的重要举措。”广西壮族自治区政府副主席黄日波对记者说。

“重大气象信息报告有了‘硬杠杠’，我们感觉气象服务地方党委、政府决策的渠道更直接、更通畅了。”河池市凤山县气象局局长陈安世对此很有感触。面对重大气象灾害，如何使决策更加法治化、科学化、规范化，广西理出了问题清单，晒出了责任清单，亮出了服务清单。透过三张清单划出的这条“硬杠杠”，正是以法治思维和法治方式规范重大气象信息处置工作的生动体现。

理出问题清单：灾害中的涅槃

“在防御2013年8月中旬第11号台风‘尤特’过程中，我区防汛防台风工作暴露出一些薄弱环节。”2014年年初，黄日波在总结全区防汛抗旱工作时拉下面子，自揭其短。

同样引起关注的还有2013年5月16日桂林市恭城瑶族自治县发生特大暴雨泥石流灾害，由于气象预报准、预警早、信息畅通，特别是县、乡党政主要负责人有效处置重大气象信息报告，成功连夜组织转移群众2万多人，避免了重大人员伤亡，得到了社会各界的好评。

“通过对正反两方面的总结，我们深刻认识到，做好防汛抗旱工作，必须在信息报告及时准确、各级部门密切配合、群众提前安全转移等关键环节上下功夫。”黄日波说。

有了“揭短”的勇气，更要有静下心来思考的从容。重大气象信息报告如何更规范，“一把手”接到重大气象信息该如何处置，气象灾害防御如何更科学有序，基层信息传递如何突破“最后一公里”、走完“最后一步路”？一个个问题的解决，考验着执政者的智慧。止住风雨之殇，得有“新点子”。自2014 年 2 月起，自治区党委、政府连续出台包括《规定》在内的 7 个防汛抗旱制度性文件。

“《规定》主要规范和强化以下几个方面的工作：一是重在人民利益至上的理念，使广大人民群众生命财产安全的组织保障更加坚强；二是重在对行使权力的规范，把责任落实放在更加突出的位置；三是重在操作规程的统一，保障机制更加规范和明确；四是重在推动落实，督促检查和责任追究更加强化；五是重在形成总体效应，配套制度更加完善。”黄日波说。

晒出责任清单：该做的“加法”

“我县灾情可谓‘险象环生’，能做到有惊无险，准确及时的天气预报和预警信息功不可没。”河池市凤山县委书记廖锦成在 6 月初召开的暴雨天气抢险救灾工作总结会上说。

“决策气象服务就是应当抓住‘关键人’。”决策气象服务经验丰富的自治区气象台首席预报员李菁说。其中，抓住防灾减灾“关键人”，尤其是决策指挥的“一把手”至关重要。

《规定》明确，各级党政主要负责人接到报告后，应立即亲自研究部署应对工作，必要时要亲临一线、靠前指挥。

“地方党委、政府要把气象部门当成自己的工作部门来看，因为气象部门是直接为地方服务的，受益的是地方。”彭清华说。围绕气象信息“测得到、报得准、发得出、收得到、用得上”的目标，自治区党委、政府切实为气象发展营造环境、落实项目、解决难题，着力补齐气象防灾减灾的“短板”。

2014 年以来，仅自治区就出台了有关气象发展的 4 个政策性文件；各级地方党委、政府已连续两年将气象防灾减灾指标纳入绩效考核；落实气象项目建设经费达近年来最高水平；解决了多年以来困扰气象发展的基层地方气象体制机制、基层信息员队伍整合等重大问题。

亮出服务清单：角色的新定位

“在防汛办上班，感觉自己真正起到‘发令枪’的作用。”陈安世说。在防御特大暴雨中，受县领导急召，陈安世到凤山县防汛办上班。

在防汛办上班，虽然是高强度、快节奏，陈安世却也很有成就感。长洲乡水电站附近 100 多名受洪水围困群众被消防救援人员成功解救，长洲乡百乐中学 170 名师生在宿舍楼垮塌前安全转移……一份份“捷报”不断传来，让人感叹气象信息贴身服务的魔力。

“强化责任意识，切实履行担负起《规定》赋予的职责，做好气象服务工作。”中国气象局副局长矫梅燕对广西气象部门贯彻落实好《规定》提出要求。

《规定》出台后，自治区、市、县级气象部门分别制订了本级的实施细则，进一步明确报告内容、报告方式、报告标准、报告对象、报告流程、记录监督等内容。

“既不漏掉一条重要信息，又不能不加选择地报送，给党委、政府领导造成不必要的影响。”自治区气象局成立了信息报告研判小组，对启动重大气象信息报告制度进行科学研判。

接到重大气象信息报告后，部门联动和应急处置屡次交出了漂亮答卷。“沿海三市 1.2 万艘渔船全部进港避风，3 万名船上作业人员和 3270 名近海养殖人员全部上岸避险；景区、景点紧急关闭，旅游人员提前撤离，危险地区、危险部位群众及时转移避险，全区先后转移安置群众 20.91 万人。”在防御 2014 年第 9 号台风“威马逊”（超强台风级）的过程中，各级各部门严格落实重大气象信息报告的规定，在短时间内防灾减灾成效显著。“精准、到位！”自治区党委副书记危朝安对防御台风“威马逊”的气象服务打出了高分。

（来源：《中国气象报》，2015 年 1 月 30 日，1、2 版，
作者：曾涛，获中国气象报社第 26 届好新闻三等奖）

广西钦州："1 号议案"追踪记

新年伊始，踏上广西壮族自治区钦州市三娘湾乌雷村的风屏石岭，海风拂面。不久的将来，作为钦州市海洋气象综合预警中心项目之一的三娘湾海洋气象探测基地将在这里拔地而起。"以后出海，渔船安全就多了一份保障！"三娘湾乌雷社区党支部的莫愈南高兴地说。

莫愈南口中的这份保障，正是近年来钦州市以人大常委会议案推动气象事业发展结出的硕果。这个前后历时 5 年多、牵动全市上下的工程就是当地的人大常委会"1 号议案"。如今，海洋气象综合预警中心项目建设正在南海之滨如火如荼地开展。

"1 号议案"顺势而为

2008 年，国家批准实施《广西北部湾经济区发展规划》，自此，守着一片海的钦州人民对如何挖掘利用海洋气象资源、发展海洋经济有了更多的梦想。

在 2009 年 2 月的钦州市三届人大常委会五次会议上，市人大常委会农业与农村委提出《关于建设钦州市海洋气象预警中心的议案》，要求建设海洋气象探测基地和气象信息综合业务楼，搬迁气象观测站，希望借助钦州战略地位的提升和发展机遇，改善海洋气象工作环境，提升海洋气象综合监测能力，服务海洋经济发展。

市人大常委会农业与农村委副主任委员郭宇文说："在广西沿海三个市中，钦州气象工作硬件条件是最落后的，与我市经济发展很不适应。"

当年，这份议案被市三届人大常委会五次会议列为"1 号议案"。

2011 年 2 月 18 日，自治区气象局与钦州市政府签署合作协议，双方计划利用 3 到 5 年时间，共同建设完善钦州气象防灾减灾体系，重点开展共建海洋气象预警中心、落实钦州国家基本气象站搬迁工程和共建钦州农业气象服务体系、农村气象灾害防御体系等三个方面合作。

该协议开创了广西气象部门"区市合作"的先例。"1 号议案"和"区市合作"成为推动钦州气象事业发展的"组合拳"。

协调联动 凝心聚力

“1号议案”涉及的选址、征地以及规划设计、资金筹措等事项不仅繁杂且困难重重，议案办理时间长、跨度大。但议案的内容关系当地改革发展，也是人民群众关心的热点问题。

2010年12月1日，时任钦州市市长肖莺子主持召开海洋气象综合预警中心项目建设研究会，要求各有关部门加强协作，共同推进项目建设。

2010—2014年，为加快“1号议案”项目建设，钦州市政府按先易后难、先急后缓的原则，就议案3个关联项目的建设作了安排，并逐步推进。同时，钦州市人大常委会每年至少跟踪检查3次。

“人大常委会一定要乘势而为，全力破解‘1号议案’办理工作中的突出问题。”2014年，市人大常委会将“1号议案”办理作为党的群众路线教育实践活动典型案例剖析，查找办理缓慢原因，提出加快办理的对策。

同年，钦州市人大常委会副主任陈丽丽6次听取市气象局的汇报，4次到现场检查，召集市政府和有关职能部门召开督办会，跟踪检查工作进展，更加直接地刨根问底，更加主动地对接服务。

2014年7月，钦州市住建委对三娘湾海洋气象探测基地规划设计方案提出了符合地方长远发展的意见：雷达塔楼要建成三娘湾旅游景区地标性建筑。为此，市气象局组织专家优化设计方案，市住建委进一步完善三维模拟图，市财政局为无偿划拨土地作积极努力……当地政府主导、部门联动、社会参与的气象防灾减灾工作机制和体系建立初见成效。

主动选择 共谋发展

作为“1号议案”的建设项目，气象观测站搬迁有了实质性进展。位于钦南区高岭社区黄屋村搪耙岭的钦州国家基本气象站新站已初步完成观测场地建设和仪器安装，从2015年1月1日开始对比观测。在市区，气象信息综合业务楼也已完成了外墙贴砖、玻璃幕墙及消防工程的施工。

“尽管督办议案非常艰辛，但是来到这里一看非常感慨，这几年的辛苦是值得的。”历经多年的跟踪监督，陈丽丽言语中饱含由衷的欣慰。

“我们力争在今年完成市人大常委会‘1 号议案’的办理，即气象业务楼建成启用、三娘湾海洋气象探测基地雷达塔楼建成、地面气象站完成搬迁。”钦州市气象局局长陈德林说。

目前，钦州市发改委、财政局、国土资源局、住建委等部门从各自职能出发，在资金筹措、土地划拨、规划设计等方面加强沟通，抓住中国—东盟港口城市合作网络钦州基地建设的机遇，加快建设进度，合力推进“1 号议案”的办理进程。

气象工作与经济建设、国防建设、社会发展和人民生活息息相关，在实施可持续发展战略，防灾减灾，促进生态、经济、社会协调发展中起着重要作用。以人大常委会议案推动钦州气象事业大发展，是钦州市的主动选择。

（来源：《中国气象报》，2015 年 2 月 5 日，2 版，作者：刘锻 施佩宏 黄姿娜，获中国气象报社第 26 届好新闻二等奖）

有温度的风景

“仁者乐山，智者乐水”。踏着早春的脚步，那就到桂林山水间走一趟吧。象鼻山下，倚一崖青黛；漓江岸畔，掬一泓清浅；于碧翠处望群鸭戏水，抚平了繁杂疲惫的心绪。

桂林山水何以甲天下？人说，山清水秀，洞奇水美。诚然，其自然景致当属天公厚爱。但是，同样拥有喀斯特地貌的景区却罕有名头响过桂林的。我想，那里的山和水，是有魂与根的，是有温度的风景。

有人说，中国文学有一半是旅游文学。山水和血肉相连，秦砖汉瓦的遗存仅是表象的存在。大到世界观、人生观，小到小情绪、小感动都在山川凝神处、水云聚散间刻下了深刻的烙印。桂林山水有两千多年的历史，早期许多自然环境尚未被开发，处处皆无景可言，秦朝开凿灵渠，汉代以来辟“读书岩”、孔庙等，帝王将相、文人骚客的纷至沓来，使桂林山水成为名声大噪的旅游胜地。“游山如读史，看山如观画”，山水与文化“联姻”，自然资源与人文资源相得益彰。

地处偏远的广西，无论是当地人还是被贬谪或流放到此地的人，他们身上都有一种奇特的性格，即乐观豁达，爽快直率。这就是人们说的，山水能陶冶人的情操吧。古往今来，多少文人骚客在山水间得到慰藉。学学韩愈在“江作青罗带，山如碧玉簪”的佳处小酌一番，人生快意莫不如此，何来烦心事萦怀。

每晚当夜幕开启，阳朔县城两百多位渔民走进了《印象·刘三姐》实景演出场地，他们的任务很简单：演自己。在八桂大地上，生活着这一片神奇的土地上，生活着壮、汉、瑶、苗、侗、仫佬等12个世居民族。各民族各具特色、淳朴热烈的习俗，编造了许多美丽古老的传说。这里的山歌好比春江水，点缀了山水；这里的风情如同水墨画，浓淡相宜间为山水染上一层神秘而绚丽的色彩。我想，如果这种“和而不同”的精神能那么持久、牢固地植根于山水之间，那么，这里的呼吸当是甜蜜的、温热的。

桂林市中心城区以四五层的楼房为主，鲜有高楼大厦。不慕虚荣，要留风景，这是一种与山水共进退的姿态吧。什么是和谐？“山水虚化了，也情致化了”，山水美与精神美融为一体，把个人情感投射到自然中去，实现个人生命与宇宙生命的合一。

于是，人们的喘息吟唱，言谈笑话，都赋予桂林山水一种美，给山水间的日子带来悠然自得的乐趣。风景，还是有温度的好。去吧，去寻找那些有温度的风景！

（来源：《中国气象报》，2015年2月6日，8版，作者：曾涛）

广西：以三个“建设年”推进气象事业发展

2月5—6日，广西壮族自治区气象局召开2015年全区气象局长会暨党风廉政建设工作会议，明确要以开展“项目建设年”“作风建设年”“开放合作年”等“三个建设年”推进发展。一要以项目建设带动发展。切实抓好在建项目建设，积极抓好规划编制和项目落实，下大力气抓好项目管理。二要以作风建设保障发展。强化“守纪律、讲规矩”的意识，强化勇于担当的作风，强化求真务实的作风。三要以开放合作促进发展。以部区合作为契机推动发展。加强部门合作、局市合作等。

（来源：中国气象局网站，2015 年 2 月 10 日，作者：黄姿娜）

一碗米粉挑动的乡愁

籍贯总是写在纸上、存在档案里，但其实，人的籍贯还流淌在嘴上、存活在人们的记忆里。纵使走过大江南北，一句乡音、一种家乡的味道就轻易挑动了乡愁。难怪汪曾祺说："一到下雪天，我们家就喝咸菜汤，不知是什么道理。"

在我现在生活的城市，各式米粉花样繁多。人们酷爱吃粉，有些人三餐吃粉也不嫌腻。即便如此，也抵不了我对家乡那一碗米粉的向往。可见，入乡随俗这种事情，说起来容易做起来难。

家乡的米粉店是破旧的，也是热闹的。夏天，一把硕大的、沾满油腻的风扇"霸气"地从灶台扫向餐桌，带来浓烈的辣椒香和肉香。冬天是不开空调的，老板往往搬来一个烧得通红的煤炉，将板凳摆成一圈供大家烤火。

桌上总是横七竖八地摆放着前一拨人吃剩的碗筷。这时就得彪悍地大叫一句："老板！收下桌子！两碗米粉！一碗木耳多放杂菜，一碗生炒牛肉多放咸辣椒！"老板忙应着："晓得哩晓得哩，马上咯。"

说实话，家乡的米粉没什么特别，甚至有些粗糙，如同地处湘中的家乡人要强、刚烈的性格。这粉要紧的是不能太光滑，必须有一点韧性。下粉的师傅往往轻描淡写地捞起一把米粉，丢进滚水里浸，粉随沸水翻滚，龙吐珠一般。倒进碗里，米粉便跳了两跳，仿佛有了鲜活的生命。

然后换只手，从熬煮了不知道多久的骨头汤锅里舀出一勺高汤，浇进盛满葱花的碗里。高汤必要，但不可过多。要紧的是粉上那一层红油，对于无辣不食的湖南人来说，这是决定一碗米粉成败的关键。这时，师傅的面色变得凝重起来，一小勺红油小心翼翼地往上浇，既是调味，也是调色，这奥妙，多一分则腻，少一分则失其味。

红油浇好，舒了一口气，接着便是上滗子了。这时，师傅便将眼前的滗子料一个个大方地掀开给你看，无非那几样：木耳肉丝、生炒牛肉、杂菜肉丝。那些荤的、素的，新鲜的、腌制的，仿佛陈酿，香气满溢地往你鼻子里钻，这时你就要把持不住了，口水咕咕地往上冒。

第一口是急不得的，须将米粉和臊子翻过来，又拌过去。当看到红油、臊子和米粉打成一片了，红油如珠、米粉鲜滑，这粉便彻底活了。面对这一碗浓墨重彩的米粉，你怎么还矜持得下去？

低下头去，一手拿筷，一手得攥几张纸巾以备随时揩汗、擦鼻水。在“呼哧呼哧”声中，米粉和汤汁滑溜入嘴，肉香味、椒香味、葱香味，从四面八方往喉咙里冲。不烫出汗和鼻水来，不辣得低呼出“咝咝”的过瘾声来，那是米粉没有吃“到位”。一屁股坐下，一碗粉下肚，眉梢眼角都变得生动起来。那个烈日下沉默流汗或在冷风中颤抖的人就消失了，取而代之的是最鲜活的你。

这些年，县城里开过不少“外地风味”的粉店，如重庆酸辣粉、桂林米粉、常德牛肉粉等，但人气都不是很旺，人们依然爱往本地粉店跑。家乡人经商的多、当兵的多，天南海北地跑。一到过年，米粉店生意就格外火爆。游子们一窝蜂地拥进一个个粉店，不管混得怎么样，坐在简陋的粉店里，同样端着一碗粉，没有贵贱之分。当抽吸着眼泪和鼻涕干掉一碗、长呼一声后，才能回家。仿佛没有闻到那个熟悉而特有的香味，就不能确定已经返乡了。这味道，就似家中厨房里传来的母亲千年不变的菜香，是如此让人笃定。

在家乡刚参加工作时，我们单位有一大帮二十出头的姑娘、小伙，每天早上上班前的头等大事就是相聚到粉店吃早餐。今天你请客，明天我买单。年少轻狂，笑声、闹声能掀翻屋顶。那时候，快乐很简单，在街角坐着小板凳，吹着微风，随便一个笑话就笑倒一片人。如今，那些奔走在四方的伙伴们又在哪个灯火阑珊处？你们还好吗？

如同一名上岸太久的船长会想念咸而湿的海风，我总会无端想念那碗热辣滚烫的米粉。乡愁是什么？大约来自对某种食物的渴望，久在异地而思之不得，进而怀念这个地方，怀念生活在这里的人。是啊，所有的渴求，原来都是乡愁。

（来源：《中国气象报》，2015年3月2日，4版，作者：曾涛）

和三个女人“斗戏”

编辑约我为“三八”妇女节写篇稿子。电话里我哑然失笑了，心想找我就对了，我家有老、中、小三个女人呢。人说，三个女人一台戏，和她们“斗戏”已成为我每天的“必修课”。

和母亲斗的是“枪战片”

母亲是典型的湖南人性格，一生要强，爱霸蛮（倔强）。母亲年轻时麻利泼辣，声音洪亮，语速较快。以前是家乡小有名气的教师，叱咤讲台，说一不二，严厉得很。然而，站了讲台大半生，就在她快退休那年，突发脑溢血，死里逃生后却落下语言障碍，普通话全忘光了，家乡话也说得词不达意。每隔三两天我和母亲就会拌上几句嘴，在她看来也许是一种乐趣吧。

如今在南宁这个陌生的城市里，尽管对异乡的气候、饮食、语言、风俗等都千般不习惯、百般不满意，但她在人前硬是不多说一句，每当说起，也是“来都来咯，怕么子”。如果说，我们母子以前打的是火星四溅、硬碰硬的“阵地战”，现在就变成力道柔和、推去还迎的“太极拳”了。以前我会为她经常记不住交代她的事情而恼火，现在渐渐习惯了跟她说上三遍、四遍也不企求她能记住。母子俩慢慢明白和接受了时光对人的巨大改写。母亲的性格也变得随和些了，我也老大不小、心火渐平，早已习惯了把她当作“老小孩”。尽管如此，从小养成的与她拌嘴的习惯却改不了，日子在磕磕碰碰中流动向前。今天，可能从冰箱里找出一大碗她收起来多天的冷饭；明天，可能从哪个角落里寻出一捆霉变的腊鱼腊肉，让我们哭笑不得。但是家有老妈，是我们莫大的幸福。

和妻女上演“肥皂剧”

我和妻子是同月同日同时辰出生，按说应当是很投缘才对。事实上，我们每天斗的是一部平淡如水的“肥皂剧”。在工作中，她是精明强悍的法官、仲裁员，而在家庭生活中，柔弱的妻子在柴米油盐的磨炼中逐渐成长，从不会做饭到现在家务事的得心应手，从曾经的大大咧咧到现在的处事得体。加上小孩出生后，在手忙脚乱中走上了成长的“快车道”。

这些年，我见证了身边这位女性从女孩到女人的蜕变。工作中、生活中的不易需要我给她更多的关爱。虽然我们依旧每天在争吵喧嚣中迎来阳光灿烂的新一天，但是，我们携手在岁月深处，相互宽容、相互磨合。我想，太复杂的生活，我们不要。就从简单开始，携手细数日子的流转，相互挑拨渐生的华发，轻轻地相拥，变成“老伴”，这就是一部简单而啰嗦的“肥皂剧”的剧情。

女儿还不到两岁，但她却是家中戏码最足的一个，让我们平凡的小日子多了许多乐趣。打防疫针她从没哭过一声，转身却会被一只活鸡吓得大叫；要她叫“爸爸”，她会坏笑地偏偏喊“妈妈”；她为了讨要最爱嚼的甘蔗，会像小狗一样吭哧吭哧地蹭到你身上来，将大人都不好对付的甘蔗嚼得有模有样……不敢想象，等她也长成女人的模样。这个古灵精怪的小家伙也不简单，戏有得斗。

与三个女人的戏，每天都在上演。记得许久以前读过《乐羊子妻》，那位贤惠的女子从光阴远处、墨香深处带给人们以力量。感谢平凡朴素的生活，让我能不断品读出身旁女性的美好。女人的名字是美丽的，女人的故事是精彩的，她们在自己的戏台上，演绎出一幕幕锦绣华章。女人是一本内涵丰富的书，写着春的温和、夏的热情、秋的高远、冬的坚毅……深深地，祝福女人，身旁的和所有的。

（来源：《中国气象报》，2015年3月9日，4版，作者：曾涛）

广西：大喇叭把气象信息送到家

在今年广西壮族自治区“两会”期间，自治区政协常委，自治区民政厅党组副书记、副厅长韦力行去年提交的关于加强农村大喇叭建设的建议获评2014年度自治区政协优秀提案。

在“八山一水一分田”的广西，农村大喇叭建设确实已成为当地解决灾害预警信息传递“最后一公里”问题的有效途径。

2014 年 6 月 19 日，柳州市融安县发生暴雨诱发山体滑坡事件，融安县大坡乡的气象预警大喇叭多次发布气象预报信息和实时雨量信息，为避险争取了宝贵的撤离时间，成功保障了 39 户 173 名群众的安全。

同年 7 月 5 日，南宁市马山县 24 小时降水量达 358 毫米，超过历史极值的 105 毫米，导致县城受淹严重。全县紧急转移安置 4647 人。全县 162 套气象预警大喇叭在向广大群众及时滚动发布气象预警等服务信息的同时，还担负起了多个部门的消息发布重任：为县政府播发组织群众避险转移消息，为防汛部门播发水库值守通知，为国土部门播发各地质灾害隐患点负责人工作要求，为公安部门播发安抚灾民消息……

实践证明，气象预警大喇叭的建成提高了预警信息发布的时效，并扩大了预警的覆盖面，在防灾减灾工作中成效显著。

“广西自然灾害严重，尤其是台风、暴雨洪涝、冰雹等极端气象灾害及其衍生的地质灾害等常常造成重大经济损失和人员伤亡，而重大人员伤亡又往往多发生在农村、山区等灾害防御能力薄弱区域。”韦力行表示。

为此，2011 起，自治区气象局争取中央财政“三农”气象服务专项资金支持，先后在阳朔、灵山、陆川、马山、灌阳等 10 个县开展农村气象预警大喇叭试点建设；2014 年，又以暴雨及地质灾害易发村屯为重点，在都安、东兰等 33 个县（市、区）建设预警大喇叭 3533 套。

据广西气象部门数据统计，截至今年 2 月，通过多方筹措资金，广西已经建成并使用近 5000 套预警大喇叭系统，覆盖自治区一半以上县（市、区）。

在完成大喇叭硬件设施建设的基础上，去年，自治区气象局还进一步明确了气象大喇叭发布的内容、频次、流程等，保证全区农村气象预警大喇叭系统的安全稳定运行。

每天，各市、县气象局都会播送两次以上的天气预报，并结合气象灾害预报预警，及时发布气象灾害预警信息；同时，不定时播报各类农业气象服务信息，林业、水利、国土等部门发布的行业（部门）服务信息及地方政府和相关部门发布的有关政策等。

农村气象预警大喇叭播天气、说科普、宣政策，深受广大群众欢迎，已成为农村不可或缺的公共设施。而在部分还没有安装大喇叭的村屯，群众也纷纷到村里或乡里提出申请，要求为本村加快建设大喇叭系统。

今年春节，大批回乡干部、外出务工人员一回到家乡，听到熟悉的大喇叭声再次响起顿感亲切。“从前想都不敢想，气象预报信息能送到我们家门口来。”一村民如是说。

为了整合现有的大喇叭资源，韦力行还在提案中建议，自治区政府要组织气象、宣传、广电、应急、民政、水利等部门，大力推进农村大喇叭建设，认真总结试点经验做法，整合资源，并将其纳入政府为民办实事项目；同时，加强管理，建立保障运行的长效机制，政府要明确各相关部门的责任，建好、管好、用好这一平台，充分发挥大喇叭在农村基层政权建设、教育宣传、普及知识、精神文明建设等方面的作用，特别是在应急防灾减灾救灾中不可替代的作用。

目前，由广西广电部门在整合现有资源的基础上，自主研发建设的包括省级、市级、县级、乡镇级、村级的应急广播系统已在龙州、那坡两地试点，该系统可实现卫星、地面数字电视、调频广播、数字中短波、第三方通信网络（如手机）等多通道进行传输，保障预警信息及时送达。

（来源：《中国气象报》，2015年3月11日，2版，作者：黄姿娜 丘昊）

郑国光在广西调研时强调
强化气象服务“三农”工作

3月30日，中国气象局党组书记、局长郑国光一行在广西壮族自治区党委常委、自治区政府副主席唐仁健的陪同下先后来到南宁市西乡塘区“美丽南方”休闲农业（核心）示范区和隆安县气象局、南宁市气象局考察调研，强调围绕现代农业发展需求，强化气象服务“三农”工作。

在“美丽南方”休闲农业（核心）示范区，郑国光听取了示范区建设情况汇报，实地了解了示范区内洛克玫瑰庄园、忠良屯综合示范村等种植示范基地和农业休闲旅游项目建设发展情况。郑国光指出，近年来，广西农业气象服务体系和农村气象灾害防御体系建设取得了显著成绩。下一步，广西气象部门要坚持需求导向，围绕自治区实施“双核驱动”、构建“三区统筹”格局、实现“两个建成”的目标，大力推进具有广西特色的气象现代化；要主动适应广西现代农业发展的新要求，创新气象为农服务机制，加快建立健全现代农业气象服务体系，为实现农业现代化提供优质气象服务。

唐仁健指出，在中国气象局的高度重视下，广西气象工作取得长足进步，在过去一年圆满完成了台风、暴雨等重大气象灾害防御和一系列重大活动保障任务，积极开展甘蔗生产等特色农业服务，适时组织实施人工增雨防雹作业，并利用气象预警大喇叭有效提升了农村气象信息的覆盖面，对此代表自治区党委、政府表示感谢。他表示，将一如既往地推动广西气象事业发展，提升广西气象现代化水平。

在隆安县气象局和南宁市气象局，郑国光一行深入观测场、业务平台，与市、县领导和干部职工座谈交流，详细了解地方经济社会发展对气象服务的需求、基层气象现代化与改革、台站建设、干部职工工作生活等情况，对业务服务等相关工作进行具体指导。郑国光充分肯定基层气象部门在防灾减灾、为农服务等方面付出的努力和取得的成绩，并向地方党委、政府对气象工作给予的关心支持表示感谢。郑国光指出，要大力推进气象业务的现代化、气象服务的社会化、气象管理的法治化，充分利用各方面资源，凝聚各方面力量，推动基层气象现代化，切实发挥基层气象工作效益，为地方经济社会发展做出更大贡献。

（来源：《中国气象报》，2015 年 3 月 31 日，1 版，
作者：曾涛 韦坚 张薇）

中国气象局和广西壮族自治区政府召开部区合作联席会议

3 月 31 日，中国气象局和广西壮族自治区政府召开部区合作联席会议。会

议总结了《共同推进广西气象防灾减灾体系建设合作协议》签署以来的合作进展情况，部署下一阶段重点任务。广西壮族自治区党委副书记、政府主席陈武，中国气象局党组书记、局长郑国光，广西壮族自治区党委常委、自治区政府副主席唐仁健出席会议。

郑国光指出，部区合作平台好、效果好，应当坚持。自治区各级党委、政府历来高度重视和支持气象事业发展，发展环境进一步优化；气象业务服务能力大为提升；气象防灾减灾和公共服务成效明显。他强调，要深化双方合作，加快推进广西气象现代化。随着国家推进“一带一路”建设，广西在国家对外开放大格局中的地位更加凸显，要进一步提升气象服务保障能力和水平；要以部区合作重点项目为抓手，加快推进广西气象现代化；要进一步做好广西气象事业发展“十三五”规划编制工作；要进一步完善双重计划财务体制和相应的资金渠道。

陈武说，部区合作是中国气象局支持广西经济社会发展的重大举措，此次会议是站在新起点上进一步推动广西气象事业更好更快地发展。他指出，五年来部区合作工作扎实推进，气象工作法治化迈上新的台阶；气象设施建设顺利推进，气象服务能力得到新的提升；气象服务工作精细化取得新的成效，特别是针对农业需求开展了直通式气象服务和甘蔗、砂糖橘、桑蚕、芒果等特色服务；灾害性天气预警准确率稳中有升。他强调，以部区合作为载体推进广西气象现代化，意义重大，要进一步规范部区合作联席会议制度；要抓好北部湾经济区气象监测预报预警服务系统、西江流域致洪暴雨监测预警系统、农业气象服务和灾害监测防御系统等重大项目的落实；要协调解决好财务保障机制相关事宜。

双方表示，要按照本次会议精神，在资金、技术、人才等方面加大对广西气象工作的支持力度；要切实做好沟通衔接、督办落实各项工作。

（来源：《中国气象报》，2015年4月1日，1版，作者：曾涛 韦坚）

广西召开全区气象现代化建设工作会

3 月 31 日，广西壮族自治区气象现代化建设工作会议在南宁召开，旨在进一步贯彻落实《广西壮族自治区人民政府关于全面推进气象现代化建设的意见》，部署加快推进全区气象现代化建设工作。

中国气象局党组书记、局长郑国光，广西壮族自治区党委常委、自治区政府副主席唐仁健出席会议并讲话。自治区政府副秘书长蒋家柏主持会议。

郑国光指出，全面推进气象现代化是新形势下广西经济社会发展的现实需要，是提高气象保障全面建成小康社会能力、提升气象预报服务水平的根本保障。他表示，近年来，广西各级党委、政府在政策环境、项目安排、资金投入等方面加大了对气象事业的支持力度；部区合作重点项目进展顺利；全区气象服务整体实力得到明显提高。

郑国光强调，要围绕自治区经济社会发展需求，加快推进具有地方特色的气象现代化。一是突破灾害天气监测预报预测核心技术，着力提高气象业务现代化水平；二是全面提升公共气象服务水平，着力推进气象服务社会化；三是认真履行政府职能，大力推进气象工作法治化。同时，要加强领导，凝聚力量，形成合力，充分发挥各级政府对气象现代化建设的主导作用。气象部门要认真落实好全面推进气象现代化的主体责任。中国气象局将大力支持广西气象现代化建设。

唐仁健充分肯定了广西气象工作，评价气象保障服务“信得过、用得上、靠得住”。他指出，全区气象现代化建设已迈出坚实的步伐，基层气象综合实力得到提升；气象发展后劲得到增强；防灾减灾成效明显；业务服务能力稳步提高。他强调，推进气象现代化，要突出抓好四项重点工作：一是坚持项目带动，全面加强气象能力建设；二是坚持强化基层，大力夯实基层基础工作；三是坚持服务宗旨，全力做好防灾减灾工作，提高时效性、扩大覆盖面、强化针对性；四是坚持深化改革，切实提高预报水平。各地要加强组织领导，明确具体措施，把气象现代化摆上议事日程，纳入目标考核，持续加大投入；要坚持和完善气象防灾减灾工作机制；要加强考核评价和监督。

自治区编办、发改委、科技厅、水利厅、气象局等单位负责人，各市人民政府副市长及相关部门负责人参加了会议。

（来源：《中国气象报》，2015年4月1日，1版，
作者：曾涛 韦坚 陈设广）

郑国光在广西调研时强调
以“四个全面”为指导协调推进气象改革

3月31日，中国气象局党组书记、局长郑国光到广西壮族自治区气象局进行指导调研，强调以“四个全面”战略布局为指导协调推进气象改革。

郑国光先后到自治区气候中心、气象服务中心、气象台、减灾研究所进行了调研与检查指导。在听取了自治区局党组工作汇报后，郑国光对广西气象工作取得的成绩给予肯定。

郑国光强调，要深入学习和贯彻落实“四个全面”战略布局，深入推进广西气象事业发展，协调推进气象改革发展重点任务。一是加强对“四个全面”战略布局的领会学习，全面推进气象现代化、全面深化气象改革、全面推进气象法治建设和全面加强气象部门党的建设，是当前和今后一个时期气象改革发展的重点任务，必须坚持问题导向、任务倒逼、重点攻坚、协调推进。二是大力推进广西气象现代化，积极落实好部区合作联席会议、气象现代化建设工作会议的成果，要紧密结合自治区“双核驱动”“三区统筹”战略的实施，把握气象服务需求；按照气象业务现代化、气象服务社会化、气象工作法治化的内在要求，梳理出薄弱环节和突出问题，认真加以解决；面对矛盾和问题，要处理好局部试点和全面推进之间的关系，处理好当前和长远之间的关系。三是深入推进气象改革，要以气象服务体制改革为重点，以防雷体制改革为突破口，提高对气象改革的认识，不等不靠，大胆尝试。四是全力做好气象服务工作，要充分认识到今年汛期天气气候的复杂严峻形势，提前做好准备工作。五是加强气象部门党的建设和党风廉政建设，落实好“两个责任”。

（来源：《中国气象报》，2015年4月2日，1版，作者：曾涛 韦坚）

春天里的三月三　流淌在壮乡的歌

“唱山歌，这边唱来那边和。山歌好比春江水，不怕浪险弯又多，弯又多……”三月的广西，铺天盖地的花红柳绿，早已渲染成一幕盛春图景。悠扬的歌声在山间回荡，在涧边流连，在城镇游弋，这就是壮乡的“三月三”。

作为壮族最具代表性的传统节日之一，“三月三”有着深厚的历史底蕴，寄托着壮族人民勤劳朴实的生活观和对美好生活的向往。在广西过“三月三”，有三件事是少不了的：赶歌圩、抛绣球、吃五色糯米饭。

“三月三”到广西，不赶一回歌圩，那是白来了。壮乡的“三月三”是“歌的海洋”，到处是嘹亮的山歌声，到处是唱歌的人。那唱的人唱得带劲，那听的人听得过瘾。到了这里的人，唱歌的、听歌的各得其所，都毫不例外地融入了山歌的海洋。壮族是稻作民族，在生产力低下的年代，天气、劳力等是决定当年收成的主要因素。因此，祭祀神灵和先祖成为壮族先民祈求丰年的主要手段，而以歌代言的壮民族认为唱歌可以乐神，因此歌唱成为祭祀祈祷的主要形式。壮乡的“三月三”也是爱情萌动的季节。花前树下，江畔岭旁，屋前院后，青年男女成群结队。男的潇洒，女的漂亮，互对情歌，用歌表情，用情唱歌。在一唱一和中，爱情萌芽了、发展了、成熟了。有专家考证，“三月三”可能是中国最古老的情人节了。《诗经·郑风·溱洧》有记载：“维士与女，伊其相谑，赠之以芍药。”时下，史册翻新篇，壮族青年男女依然在这春情盎然的时日，以歌抒情，美妙的山歌随着春水荡漾开去。

在“三月三”，壮族还有一项特有的活动——抛绣球。在著名电影《刘三姐》里，刘三姐抛给阿牛哥的定情信物就是壮族的特有手工艺品——绣球。一抛一接，含蓄而浪漫。电影为媒，让壮族这种抛绣球的浪漫传遍了国内外。不过，这抛绣球一开始并非男女传情而产生的。在崇左花山岩石上，有距今2000多年的壁画，描绘了壮族先民最早抛绣球的场景。只是画上的人抛的是青铜铸制的名为“飞砣”的兵器，这种的兵器主要是用于作战和狩猎。到了宋代，抛飞砣变成了抛绣球，“男女目成，则女爱砣而男婚已定”。浪漫沿袭至今，绣球飞处，情感在流淌。

在壮族“三月三”里，一定会出现的美食就是五色糯米饭。黑、红、黄、紫、白五种颜色伴随着香糯的浓浓米香，清香、艳丽、软绵而富弹性，让人们的舌尖享受着味觉盛宴。五色糯米饭，俗称五色饭，又称乌饭、青粳饭或花米饭，因糯米饭呈黑、红、黄、紫、白五种颜色而得名，是壮家用来招待客人的传统食品。黑色是五色中最重要的一种颜色。时至今日，评价五色糯米饭制作的优劣，还是以黑色的纯黑程度作为最重要的标准。民俗学者认为，五色糯米饭的产生，客观上与壮民族生活的地理区域有着直接联系。在用料上，是由黄姜、枫叶、红兰草、紫藤兰的汁浸染而成。这些植物本身都有一定的药用功效，因此五色糯米饭也有滋补、健身、医疗、美容等作用。不仅如此，五色糯米饭还有消灾难、交好运的祈福含义，与“三月三”的节日内涵相对应。吃上一口色香味俱全的五色糯米饭，舌尖上回味并延续着壮民族千百年来的饮食文化积淀。

壮乡的三月三，就是一首流淌的歌。这首歌里，有着对历史的传承、对自然的尊重、对现实生活的豁达自信。若你在壮乡过一次“三月三”，那淳朴的民风，快乐的歌板，会年年岁岁在记忆中飘荡。

（来源：《中国气象报》，2015年4月17日，8版，作者：曾涛）

小清新者勿入：侗家“牛瘪”

少数民族吃之大胆、崇尚自然，早有耳闻。两年前在广西三江侗族自治县的一次采风之行，有幸品尝到当地一原生态美食“牛瘪”，其味之妙，若无几分大义凛然的胆量与勇气，轻易不敢言吃。起笔思索再三，终得告诫一句：小清新者勿入。

接风洗尘一番，同行者皆是三江常客，当地友人早早安排好了第二场。“走，带你去吃好吃的！”吃货本色顿现：“什么好吃的？”友人颇为神秘：“到了你就知道了。”

在县城的小街巷中穿行许久，拐进了一家二层小店。相熟的老板很快端上了一锅泛着绿沫的汤，煮的是牛杂等肉类，浓烈的香气夹杂着腥味弥漫开来，众人即刻鼓励我先尝尝，“汤是精华！”

心有疑惑，借着酒劲，舀起一口汤小心翼翼放在嘴里，入口极苦，先是一股臭味直冲鼻腔，似有阵阵青草香气，随即涌上丰富的佐料层次感，苦、辣、麻中兼有一丝香甜，因酒精刺激的肠胃舒畅不少，口有回甘，果是奇物！

“这是什么？”席间哄堂大笑，“这叫‘牛瘪’，来三江不吃一顿算白来一趟了！”友人笑谈，往时有一媒体女汉子同行，初次尝食甚是欢喜，得知何物立即捂嘴扭头夺门而出。

店老板称，只要听闻宰牛，“牛瘪”当天就会被分抢一空。好这口的人，愿意从市区驱车几小时赶来一尝；不喜欢的人，只会敬而远之。

关于“牛瘪”，《三江导游词》中有详细介绍，这种侗家美食有一个很雅的名字叫“百草汤”，这名字也很形象。但是，侗家人还是喜欢叫它们的俗名“牛瘪”（瘪，biě，侗语音译）。“牛瘪”是用食草木叶的牛肚里的胃液，即肠胃里尚未消化的部分草料做主料，在宰杀时及时提取，通过多道制作工序，拌以多种佐料制作而成的汤类菜肴。

当地友人满满的自豪感。牛食草最精，有毒的绝对不吃，可以放心食用。“牛瘪”不但营养价值很高，而且是药用食物，尤其对胃病患者的疗效特别明显，人们称之为侗族的“三九胃泰”。

在杀牛之前，要让牛饱餐一顿青草，取出的“牛瘪”熬煮之前需经多次过滤，既保留草汁的原味又保证口感。煮沸之后，放入姜、辣椒、茶辣、薄荷、蒜苗和香菜等配料去腥除菌，再滴入几滴自家酿的米酒，“牛瘪”的鲜香就提炼出来了。

加工好的“牛瘪”冷藏后可存两三天，用时舀取几勺原汁，选取新鲜牛杂、牛肉加入，以葱、姜、蒜调味，不同的食材在汤汁中相遇融合，将香菜和一些不知名的野菜一撒，即可起锅。热腾的汤，配以当地特色美食糯米饭、油茶、酸鱼酸肉，深受侗家人的喜爱。

“牛瘪”的历史，可以追溯到宋代朱辅所写的《溪蛮丛笑》：“牛羊肠脏，略洗摆羹，以飨食客，臭不可近，食之则大喜。”说的就是“牛瘪”。这种吃法，除广西三江、融水等县以外，还见于湖南、贵州的侗族、苗族居住区。在当地，无“牛瘪”不成宴，只有尊贵的客人才能品尝到专门预备的“牛瘪”。

一头牛就这么点胃液，不是贵宾还真吃不上。

如今，从前不登大雅之堂的“牛瘪”，已从侗家餐桌走向市场，这种带有浓郁地域性的少数民族饮食文化，因其散发着原始生命力的神秘吸引着络绎不绝的尝鲜者。每每回想，若我先知情，是否还动得了筷。现在久居他乡，却是久久回味，后悔当初没多下手。一句形容臭豆腐的话：香臭本无定性，作为食物，只有好不好吃。“牛瘪”亦然。

（来源：《中国气象报》，2015 年 5 月 15 日，8 版，作者：黄姿娜）

张秀隆调研指导广西气象工作

5 月 19 日，广西壮族自治区政府副主席张秀隆到自治区气象局调研指导气象工作，强调气象部门要加强对灾害性天气的预测预报工作。

张秀隆先后参观了自治区气候中心、气象服务中心、气象台等，详细了解气象应急移动装备工作及各项业务建设和开展情况，并与业务服务一线人员亲切交流。

张秀隆指出，气象部门在提升气象监测预报预警能力、加强公共气象服务、气象为农服务及人工影响天气作业等方面取得了明显的进步。他要求，一要进一步做好今年灾害性天气的预测预报工作，积极主动为党委政府、相关部门和社会公众提供预报服务，切实强化暴雨、台风等灾害性天气预报预警，做好预警信息发布和传播工作。二要以部区合作项目为龙头，切实提高气象预报预测水平。要抓紧抓好北部湾经济区气象监测预警预报服务系统、西江流域致洪暴雨监测预警系统等项目建设；突出业务重点，加强技术攻关，研判气候变化规律，提高气象预测预报的针对性、有效性；积极推进基层气象防灾减灾工作融入地方社会治理体系，实现基层气象服务的可持续发展。三要进一步完善气象防灾减灾工作机制，整合各方面有效资源，努力取得更大更好的防灾减灾效益。四要进一步抓好党风廉政建设，重点抓好项目和资金监管。

（来源：《中国气象报》，2015 年 5 月 22 日，1 版，
作者：黄姿娜 孔毅民 韦坚）

【图片新闻】广西首个海洋气象浮标成功布放

5 月 22 日，广西首个海洋气象浮标在涠洲岛南面海域成功布放，并投入使用。它的建成填补了气象部门在北部湾海域无浮标自动观测站的空白，为我国海洋气象监测预警应急工程海洋气象浮标站网建设奠定了基础。图为布放现场。

（来源：《中国气象报》，2015 年 5 月 26 日，1 版，作者：陈平 黄姿娜）

为何暴雨能致动车停运

6 月 8 日上午，南宁铁路局发布消息，贵广铁路部分线路区间遭遇强降雨天气，为确保列车运行安全，经由贵广铁路的 8 趟动车临时停运。

事实上，由于天气原因导致动车、高铁限速或停运的消息，并不罕见。此次列车停运与广西境内遭遇的暴雨天气有关；而雷电、大风等天气过程，也时常会给列车的正常运行带来考验。

暴雨导致 8 趟列车停运

6 月 8 日 10 时左右，不少准备出行的旅客发现，包括贵阳至桂林北的 D3551 次、贵阳至广州南的 D211 次、广州南至贵阳北的 D2830 次在内的 8 趟列车宣布停运。南宁铁路局表示，因广西境内多地遭遇大暴雨天气，必须采取降速、封锁区间、临时停运等措施来保障列车行车安全。

那么，事发当天，广西境内天气情况究竟如何？广西壮族自治区气象台总工程师高安宁告诉记者，6 月 8 日，广西中部及东北部地区普降大雨到暴雨，局部地区 24 小时累计雨量达 120～150 毫米，特别是从南宁往贵阳、西安方向的铁路沿线，多处出现暴雨，且短时雨强很强。

接下来几天，降雨还会影响列车运行吗？据了解，从 6 月 10 日 20 时起，广西境内的雨势再次增强，北部地区多地有暴雨或大暴雨，且降雨影响范围与 9 日的降雨区域有所重叠，可能再次对铁路交通造成影响。高安宁说，影响广西的较强降雨将持续到 6 月 15 日之后，才会迎来数日的间歇。

灾害性天气威胁铁路交通安全

对于暴雨导致列车停运，一些网友表示了质疑。“8 日当天雨是很大，但动车与飞机不同，也会受到天气的影响吗？”南宁市民文俊骁问道。

“比起航空、水路、公路交通，铁路交通受天气影响的程度的确是最小的，但要确保高速运行的高铁、动车行车安全，天气因素仍不可忽视。”广西壮族自治区气象服务中心专业服务室科长熊文兵解释说。

熊文兵指出，事实上，大风、雷电、暴雨洪水、冰雹、积雪、大雾等灾害性天气以及极端高温、低温，都可能对高铁、动车的运行及其路基、桥梁、电网等设施产生影响。

譬如，瞬间大风可能吹翻列车；纵然铁轨、隧道有一套排水装置，但在短时雨强过大时，暴雨有可能冲毁路基；雷暴活动可能导致列车及铁路通信、信号出现故障，埋下极大的隐患；在夏季高温情况下，铁轨纵向压力增大，如果没有及时采取措施，高速列车通过时可能发生胀轨跑道翻车事故。

除了直接影响列车自身运行外，灾害性天气过程引发的地质灾害、路桥塌陷、铁路两旁设施损毁倒塌，也可能影响到铁路交通，并引发事故。今年 5 月 31 日，一场突如其来的雷雨、大风天气袭击了我国东北地区。哈大高铁沿线的一座地方通信塔被大风刮倒，塔尖落入四平东至昌图西的铁轨，致使部分高铁出现晚点的情况。

部门合作 兼保速度与安全

中铁二十二局集团有限公司总工程师王爱国告诉记者，在规划高铁线路前期，设计者就已经与气象专家合作，开展了大量的工作，譬如进行气候可行性论证，使铁路交通行驶轨道最大限度地避开气象灾害的高发区。

而在列车、铁路的设计与建造过程中，也充分考虑了气象因素的影响。譬如，京沪高铁在设计时就使用自动喷淋实验装置，模拟出 −50～70 ℃的温度状况；铁路科研部门也模拟过各类气象条件对铁轨及列车的影响。此外，为了尽量避免极端气象灾害可能造成的损失，在高铁沿线也建有气象观测站点及防风、防雷击等设施。

不过，王爱国坦言："就目前的技术而言，高铁运行仍会受到极端天气的影响与制约。如果一味追求列车在任何气象条件下都能高速运行，付出的成本将会非常高。"

熊文兵说，任何一种交通设备都会存在自身局限性，为了减少气象因素对高铁、动车运行的影响，铁路专家、气象专家一直在不懈努力。6 月 9 日下午，熊文兵就专程到南宁铁路局，参加了气象与铁路部门的会商。在这次会商中，铁路部门就汛期重大天气过程的预报预警服务提出了更多的需求。

"气象与铁路部门之间有着长期的合作。比如，我们共同研究气候变化对路基的影响，优化气象因素导致列车限速、停开的信息发布机制。我们的目标是，让速度与安全能够兼得。"熊文兵告诉记者。

（来源：《中国气象报》，2015 年 6 月 12 日，4 版，作者：段昊书 黄姿娜）

地质灾害气象预警预报工作协调领导小组会召开

7 月 16 日，全国地质灾害气象预警预报服务工作协调领导小组第三次会议在广西壮族自治区柳州市举行。国土部资源部副部长汪民、中国气象局副局长矫梅燕与来自安徽、云南、四川、甘肃、湖北、福建、贵州、重庆等地国土、气象部门相关负责同志，共同总结合作经验，围绕新时期进一步推进地质灾害气象预警预报和应急联动工作进行深入交流。

自 2003 年国土资源部和中国气象局决定联合开展地质灾害预警预报工作以来，地质灾害预警预报工作从无到有、逐步发展、深入推进。矫梅燕充分肯定地质灾害气象预报预警工作成效。她指出，部门合力推动地质灾害气象预警预报业务体系逐渐完善；能力建设推动地质灾害气象预警预报水平全面提升；

防灾需求推动地质灾害气象预警预报成效日益彰显。

矫梅燕说，近年来，我国平均每年发生1.7万多起地质灾害事件，其中3/4以上地质灾害与气象条件有关。她指出，要在地质灾害气象监测预警体系上下功夫，建立两部门统一的标准和规范，进一步完善地质灾害监测网络，提高地质灾害气象风险预警的精细化水平；要在完善基层地质灾害防御体系建设上着力，加强基层气象灾害防御体系和地质灾害防治群测群防体系的对接；要在部门合作联动上求深化，完善信息互通机制，建立地质灾害气象预警预报技术总结和联合攻关机制，建立两部门一体化、精细化预报业务模型。

汪民表示，准确的气象预警预报信息是成功预报地质灾害的重要条件。2010—2014年，全国平均每年成功预报地质灾害1371起，避免人员伤亡78301人，预报成效数倍增长。地质灾害防治，气象预警预报工作功不可没。两部门多年来深入合作，地质灾害预警预报业务能力和减灾效益提升显著。要进一步提高预警预报精细化水平；强化基层预警预报体系建设，努力扩大覆盖范围；大力推进地灾非易发区预警预报工作。

会前，矫梅燕、汪民等一行还实地查看柳州市马鹿山、马鞍山危岩地质灾害治理工程项目，并现场观摩突发地质灾害应急救援演练。广西壮族自治区党委常委、自治区政府副主席蓝天立参加地质灾害演练活动。

（来源：《中国气象报》，2015年7月20日，1版，
作者：黄姿娜 孔毅民 韦坚）

矫梅燕调研指导广西气象工作

7月16—17日，中国气象局副局长矫梅燕到广西壮族自治区柳州市调研指导气象工作，强调要紧密围绕地方党委、政府要求和经济社会发展需求，着力提升气象灾害监测预警能力和水平，丰富基层气象服务形式，拓宽服务内容，以现代化建设成果服务地方经济社会发展。

矫梅燕先后来到柳州市新一代雷达、风廓线雷达塔楼和柳江县气象局调研。矫梅燕充分肯定了广西基层气象部门在防灾减灾、为农服务等方面付出的努力

和取得的成绩，对地方党委、政府长期以来给予气象工作的关心和支持表示感谢，特别对当地党委、政府积极推动落实气象职工地方性津补贴工作表示赞许。

就下一步工作，矫梅燕提出两点建议。一是基层气象部门要紧密围绕地方党委、政府要求和经济社会发展需求，有效提高基础业务能力和现代化水平。要按照现代化建设计划、区局部署安排有序推动各项工作，着力提升气象灾害监测预警能力，强化面向地方党委、政府的气象服务。二是希望市、县政府继续帮助气象部门搭建平台，推动气象服务融入式发展，确保气象现代化水平在地方公共服务、防灾减灾、为农服务等方面得到进一步体现。

（来源：《中国气象报》，2015 年 7 月 21 日，1 版，
作者：黄姿娜 孔毅民 韦坚 雷晓霞）

郑国光为广西领导干部作气候安全生态文明报告

8 月 28 日上午，中国气象局党组书记、局长郑国光应邀在广西领导干部“时代前沿知识”系列讲座第 101 讲中，作了题为《高度重视气候安全 大力推进生态文明建设》的报告。广西壮族自治区党委书记、自治区人大常委会主任彭清华，自治区政府主席陈武，自治区政协主席陈际瓦，自治区党委副书记危朝安等出席报告会。广西壮族自治区党委常委、自治区政府副主席唐仁健主持报告会。

郑国光从党中央、国务院关于生态文明建设相关决策部署讲起，运用丰富的事例、翔实的数据，阐述了气候变化的概念、事实、风险及气候安全问题；立足国际社会应对气候变化的进程，介绍主要国家应对气候变化的立场及措施，分析了气候变化给我国带来的挑战和机遇，及我国应对气候变化的行动；解读了生态文明建设与气候安全的紧密关系，从全球安全观认识和理解气候安全问题。他围绕广西实际，详细介绍了一系列有关科学应对气候变化、加强气象防灾减灾能力建设、大力推进生态文明建设的理论和实践问题。

郑国光说，广西山清水秀生态美，要树立尊重自然、顺应自然、保护自然的生态文明理念，要科学认识气候，重视气候安全问题；要主动适应气候，

重视气候灾害风险管理，提高应对灾害风险能力；广西光、温、水资源优势得天独厚，应该科学利用气候，合理开发气候资源和能源，同时构建起气候治理制度，在全社会倡导绿色发展，大力推进生态文明建设。郑国光建议，要树立气候安全观，积极应对气候变化，坚持“生态立区、生态兴区、生态强区”发展理念，推进生态环境治理，建设生态城乡，推动广西走向生态文明新时代。

在报告会前，彭清华、陈武、危朝安、唐仁健等自治区领导会见了郑国光，并就共同推进广西气象现代化建设交换了意见。

又讯 8月27日，广西壮族自治区政府主席陈武在南宁会见中国气象局局长郑国光，就进一步加强部区合作推进广西气象现代化建设、发挥广西在深化东盟合作的区位优势、提升气象服务保障能力和水平等事宜进行会谈。广西壮族自治区政府副主席张秀隆参加会见。

陈武对气象部门为地方经济社会发展做出的重大贡献，尤其是在保障民生、防灾减灾、大气治理及生态文明建设等方面提供了优质的气象预报和决策服务表示肯定。他表示，随着国家“一带一路”建设的推进，广西在东盟合作中区位优势凸显，与东盟国家开展气象方面的合作也将大有可为，自治区党委、政府将一如既往地全力支持广西气象现代化建设工作，支持广西气象事业发展。

郑国光表示，广西壮族自治区党委、政府重视和支持气象工作，为气象事业发展营造了良好的环境，特别是在落实部区合作联席会议精神方面，切实解决了很多实实在在的问题。下一步，中国气象局将继续支持广西加快推进气象现代化建设，凝练部区合作重点项目，特别是在“一带一路”建设中，加强海洋气象监测预报预警能力建设。同时，以国务院副总理汪洋在西藏调研时的重要讲话精神为指导，在广西扶贫攻坚工作中充分发挥气象部门的优势，坚持资源开发与生态保护、防灾减灾相结合，保障地方经济社会的发展；以加快推进气象现代化建设提升气象服务保障能力和水平，做到预报要准、服务要好、防灾减灾要有针对性，以气象现代化建设的成果服务地方经济社会的发展。

（来源：《中国气象报》，2015年8月31日，1版，作者：黄姿娜 韦坚）

风雨同行　护航盛会

——第十二届中国—东盟博览会气象保障服务纪实

承载丝路愿景，相聚东博盛会。9月18日9时，第十二届中国—东盟博览会和中国—东盟商务与投资峰会（以下简称“两会”）在广西壮族自治区南宁市开幕。

中国—东盟博览会成功举办11届，见证了中国与东盟合作的“黄金十年”，也见证了广西气象部门书写的气象保障服务精彩篇章。今年，广西气象部门再次全力以赴，以饱满的热情、优质的服务为盛会保驾护航。

风险评估打足“提前量”

广西壮族自治区气象局局长刘家清告诉记者，“两会”期间，南宁正值夏末和汛期，天气系统复杂多变。虽然重要活动在室内场馆举行，但气象工作者不敢有丝毫懈怠。“要充分把握今年‘两会’时间长、活动多的特点，全力以赴做好决策服务和公众服务。”自治区气象局副局长覃武表示。

今年上半年，广西气象部门就已启动“两会”活动气象保障服务工作，完成《“两会”活动气象服务保障工作方案》。8月17日，气象部门向自治区和南宁市委、市政府领导和组委会提供了第一份专项气象服务材料《“两会”及民歌节期间气象风险评估报告》，此时距离“两会”开幕还有一个月。

“与往年不同，气象风险评估报告对活动期间气象要素的分析更加精细化。”广西气象台决策服务首席李菁表示。报告指出，“两会”期间出现降雨的概率为29.5%，雷电概率为21%，个别年份有台风影响，风雨较大，出现高温和大风的概率小于5%。

基于此，广西气象部门建议相关部门提前制定应对不利天气的应急预案；根据天气科学安排嘉宾行程及户外活动，做好重要设备和露天活动场所的雷电防护；午后气温较高，紫外线较强，户外活动需注意防暑防晒。

9月，气象保障服务进入实战阶段，广西气象部门陆续召开“两会”气象服务专题工作会议、“两会”及民歌节气象服务技术准备会、“两会”气象服务部署会等，对气象服务工作再动员、再部署、再落实。

现代化成果高效运用

正值汛期，南宁市在“两会”期间降雨的不确定性大大增加，预报时间长，精细化定点定量预报需求高，这给气象保障服务工作提出了高要求。

“要用现代化建设的成果服务‘两会’”，这是广西气象工作者一直秉持的信念。

现场移动应急车一辆，自动气象站267个，天气雷达一部，风廓线雷达两部……南宁市气象局派出一支拥有过硬本领的“高精尖”观测队伍，协同周边地市，开展云量、云高、能见度等的人工加密观测。今年新增加移动天气雷达，建立了从地面到高空的立体观测网。

从调取历史资料到分析研判观测数据，利用天气预报业务集约化系统，预报员们通过反复比对、推敲，在与广西气象台、广州区域气象中心、中央气象台不断加密的天气会商中，滚动跟进气象服务，一次次地订正预报结论。

“预计‘两会’期间，多阵雨天气，无高温天气，气温适宜。其中，17日白天到晚上，多云转小到中雨，东南风2级，24～30 ℃；18日白天，阴天有间断小雨，东南风1～2级，23～29 ℃……”9月16日上午，“两会”天气趋势预报新闻发布会首次权威发布了“两会”期间的天气趋势预报。

17日晚，南宁市区局部地区出现小到中雨，南宁国际民歌艺术节首场晚会在室内场馆顺利举行，并未受到太大影响。18日上午，南宁市区出现短暂晴天，午后转为间歇性降雨，实况与预报非常吻合，这更增加了气象工作者的信心。

在天气预报中，除常规要素外，气象部门还增加了湿度、天空状况、风向风速等有针对性的气象要素预报；内容涵盖天气展望、逐小时天气预报及天气实况等。通过短信、传真等方式，服务产品被及时送达活动组织机构及相关决策者手中。截至开幕当天，南宁市气象局已向组委会提供“两会”专项服务材料33期。

部门协作服务“广覆盖”

今年“两会”及民歌节重要活动均在室内场馆进行，天气影响不大，但其他文化经贸旅游活动仍以室外活动为主，因此，做好活动场馆及城市道路交通运行的气象服务，成为服务保障工作的重中之重。为此，气象部门积极“走出去”，与相关部门对接协作。

早在“两会”活动筹备时期，南宁市气象局副局长杨宇红带着业务科及气象台业务人员，就服务保障事宜主动前往南宁市城市管理局进行商讨。经协商，双方确定了“两会”期间联合会商制度，并将根据气象预报联合发布城市内涝风险预报。气象部门积极主动做好气象服务的严谨态度，获得了城管局领导的高度肯定。

随着“两会”临近，气象部门“走出去”的步伐愈加紧密有序：南宁市气象局与南宁市交警支队建立联动机制，共享资源信息，为组委会和市民出行提供参考；和南宁市环保局建立空气污染监测预警和联防联控机制，每天开展空气质量监测预警会商，联合发布空气质量预报。

在此基础上，南宁市气象局还与南宁人民广播电台进行连线直播，开辟专家详解“两会”天气节目；在出租车上播放“两会”期间南宁市天气预报；利用南宁市“两会”及民歌节气象服务网站、中国天气网广西站、南宁气象官方微博、微信等媒体，提供紫外线强度指数预报、舒适度指数预报、空气污染扩散气象条件等级预报、南宁市交通气象服务信息和广西旅游景点天气预报等，方便相关部门和公众实时查询了解天气，保障气象服务“广覆盖”。

（来源：《中国气象报》，2015 年 8 月 31 日，1 版，
作者：黄姿娜 张薇 韩嘉乐）

广西举办防灾减灾与可持续发展专家论坛研讨推动中国与东盟防灾减灾区域合作

9 月 21 日，以“做好防灾减灾工作，更好地服务‘一带一路’”为主题的广西防灾减灾与可持续发展专家论坛在广西南宁开幕。来自中国及东盟科技、气象、地震、水文等领域近 200 位专家参加论坛。与会专家围绕东盟区域防灾减灾对策建议、进一步推动中国与东盟防灾减灾合作、提高区域防灾减灾能力等问题进行深入探讨。

本届论坛结合中国与东盟经济合作全面深入的大背景，关注中国与东盟国家在防灾减灾、适应与减缓气候变化方面的学术合作。多名专家围绕天气、气候、水利、地质、地震、火险灾害的监测、预测、防御等问题，深入分析灾害形成的原因和机理，研讨减轻灾害影响、促进经济社会可持续发展的对策措施。

本届论坛由广西壮族自治区气象局与自治区科协等单位联合主办，广西气象学会承办。

（来源：《中国气象报》，2015年9月25日，1版，作者：韩嘉乐）

一纸“纪要”的背后

“各级人民政府应将气象事业单位职工绩效工资按属地标准足额纳入同级财政年度预算。”6月17日印发的《广西壮族自治区人民政府 中国气象局共同推进广西气象防灾减灾体系建设部区合作联席会议纪要》（以下简称《纪要》）明确提出。解决气象职工绩效工资问题，不仅开创了广西地方财政解决驻桂中直单位绩效工资的先河，而且在全国气象部门中也处于前列。

“广西局抓落实做的几件事都很实。”郑国光、许小峰、沈晓农、矫梅燕等中国气象局领导先后在有关材料上作出批示。

实就实在《纪要》中所列事项都是有分量的“干货”。中国气象局和广西壮族自治区政府在五个方面达成共识：一是进一步完善部区合作联席会议制度；二是继续推进广西北部湾经济区气象监测预报预警服务系统、西江流域致洪暴雨监测预警系统、农业气象服务和灾害监测防御系统等三大部区合作重点项目建设；三是共同加强广西基层气象台站基础设施建设；四是加快推进广西气象现代化建设，中国气象局和自治区政府将广西气象项目列入“十三五”规划或专项规划；五是落实气象系统事业单位职工绩效工资，各级人民政府在国家未作出统一规定前应将气象事业单位职工绩效工资按属地标准足额纳入同级财政年度预算。

薄薄一纸《纪要》，却凝聚力透纸背的坚定。在深化气象改革和全面推进气象现代化的奔涌大潮中，敢想、敢干，循大势才会立于潮头。《纪要》背后，踏出的是“抢、逼、围”的坚实脚印。

“抢”出来的效益

今年 3 月 31 日，广西壮族自治区政府与中国气象局召开部区合作联席会议，自治区政府还于同期召开了全区气象现代化建设工作会议。这也被广西气象人称之为气象“两会”。

“机遇来之不易，抢抓机遇就是要找准聚焦点。”自治区气象局局长刘家清强调。聚焦点在哪儿？自治区气象局在谋划气象“两会”时，突出既要务虚更要务实，牢牢把握中国气象局的部署要求，将目标定位于“落实项目和解决绩效工资”上来。

一方面是经济社会发展需要更优质的公共气象服务，另一方面是双重计划财务保障体制有待进一步完善。这是深化气象改革不得不面临的“阵痛期”。“绩效工资（地方性津补贴）”的解决有可能是进一步推进改革发展的“破窗之举”。自治区气象局党组统一了思想认识，认为“绩效工资”能否解决，不仅影响气象职工的工作积极性，还关系到单位持续、稳定发展，关系到气象改革和现代化的有效推进。为此，他们决定立足于一个“抢”字，敢于担当，盯住这块“硬骨头”不动摇。

在广西，为中直单位解决“绩效工资”无先例可循。在自治区政府办公厅第一次就自治区气象局代拟的会议纪要征求意见时，有关职能部门提出了不同意见。面对这种情况，中国气象局领导和有关职能司给予了精心指导，自治区气象局领导分工协作，多次主动上门与有关部门联系沟通，强调落实气象职工绩效工资的重要性和必要性。

5 月 27 日，自治区气象局与自治区财政厅共同召开协商会议，专题研究气象职工地方性津补贴问题。经协商，双方就落实气象职工地方性津补贴问题达成了一致意见。双方还同意联合发文到各市、县，抓好贯彻落实。

6 月 17 日，《纪要》正式印发，明确“在国家未作出统一规定前，各级人民政府应将气象事业单位职工绩效工资按属地标准足额纳入同级财政年度预算”。就是凭着这么一种“抢”的意识，一股“咬”的劲头，一番不达目的不罢休的定力，将不可能变成了可能，吃到了第一只“螃蟹”。

“逼”出来的效率

“这是‘逼’出来的效率。”捧着《纪要》，自治区气象局办公室主任凌颖有着很深的体会。两天时间里，她星夜兼程打着“飞的”从南宁到北京跑了个来回，只为了让《纪要》尽快出台。

“目前，自治区气象局正抓紧与自治区财政厅联合发文，进一步落实气象双重计划财务体制。”自治区气象局副局长钟国平说。《纪要》出台，不是“空中楼阁”，市、县两级也将很快生根落地。下一步，自治区气象局将积极组织各市、县气象局抓好具体落实。

“联合发文主要包括三个方面：一是将气象防灾减灾运行维持、气象现代化能力建设项目等经费纳入各级财政预算；二是地方各级人民政府应将气象事业单位职工绩效工资按属地标准足额纳入同级财政年度预算；三是加大资金监管力度，确保专款专用、提高使用效益。”已不知跑了多少趟财政厅的自治区气象局计财处处长全文杰介绍。

在部区合作的示范引领下，各市积极行动起来。南宁市政府全额落实全市气象事业编职工绩效工资和绩效奖金，玉林、河池、崇左等市政府召开气象现代化工作会，柳州等市还召开了专题协调会。

一分部署，九分落实。自治区气象局党组对各项重点工作、重点项目分线、分块、分项调度，定期分析推进，以任务来倒逼，查找差距，细化方案，狠抓落实；实行“限时倒逼机制”，每项工作明确到分管领导、落实到部门和人头、具体到时限、细化到节点，不留余地、不留退路，确保完成。

“围”出来的效果

“要把气象部门当作自己的工作部门来看。”自治区党委书记彭清华在自治区气象局调研时说。

“以部区合作为载体推进广西气象现代化意义重大。”自治区政府主席陈武在部区合作联席会议上说。

“信得过、用得上、靠得住。”自治区政府副主席唐仁健则如此评价。

自从2014年起，自治区本级财政每年安排5000万元以上用于广西北部湾经济区气象监测预报预警服务系统、西江流域致洪暴雨监测预警系统、农业气象服务和灾害监测防御系统等部区合作三大重点项目建设。

近年来，自治区党委、政府连续出台了推进广西气象现代化的意见、重大气象信息报告党政主要负责人的规定等政策文件；各级党委、政府将气象防灾减灾指标纳入绩效考核，自治区、市、县三级政府成立了气象防灾减灾指挥部等协调机构。气象部门还与民政、农业、国土、应急办等部门和单位建立起预警联动、应急响应、信息共享等工作机制。基层防灾减灾组织不断完善。

这些都是广西气象工作紧密围绕地方需求，主动融入大局取得的效果。“围”得紧，根本还在于“干”得出。近年来，广西气象部门先后有效应对多发频发的暴雨、台风、干旱等一系列灾害天气过程，全区因气象灾害造成的死亡人数明显降低。今年上半年，广西连续遭遇春季干旱、旱涝急转、6次大范围暴雨等天气过程，气象服务主动及时，各级党委、政府依据气象信息科学组织防灾减灾，效果明显。“气象部门发挥了独特作用。”自治区政府副主席张秀隆评价。

“以服务需求引领发展，以项目建设带动发展，以改革开放合作促进发展，以科技人才支撑发展，以和谐稳定保障发展。”刘家清说，自治区气象局党组将继续以“五个发展”的思路来推动改革发展各项工作开展。

（来源：《中国气象报》，2015年7月14日，1、3版，
作者：曾涛 黄姿娜）

郑国光会见张秀隆　共商广西气象防灾减灾工作

9月24日，中国气象局局长郑国光在京会见来访的广西壮族自治区政府副主席张秀隆。双方就进一步加强广西气象防灾减灾工作进行会谈。中国气象局副局长矫梅燕参加会见。

郑国光对广西壮族自治区党委、政府高度重视和大力支持气象事业发展表示感谢。他说，近年来，广西气象事业尤其是气象防灾减灾工作取得了新发展

与新成效。中国气象局将继续紧跟需求，从基层气象基础设施和能力建设、生态及旅游气象服务等多方面加大对广西气象工作的支持，围绕实现气象现代化目标，推动广西气象事业发展水平进一步提升。他希望广西结合地缘等多方面优势，加强国际交流与合作，共同为区域经济发展、改善民生做出更大贡献。

张秀隆介绍了今年上半年广西经济社会发展情况和当前广西气象防灾减灾工作情况。他说，今年以来，广西连续遭遇春季干旱、旱涝急转、多次大范围暴雨等天气过程，气象服务保障有力，各级党委、政府依据气象信息科学组织防灾减灾成效明显；在中国气象局支持下，广西气象业务服务能力不断提升、气象防灾减灾机制逐步健全。他希望中国气象局一如既往地关心、支持广西气象防灾减灾工作，双方在生态监测、旅游发展、应对气候变化及气候资源评估、人工影响天气等多方面加强合作。

张秀隆一行参观了中国气象局相关业务单位，详细了解气象卫星发展及应用、公共气象服务、防灾减灾气象服务及天气预报业务等情况。

（来源：《中国气象报》，2015年9月28日，1版，作者：贾静淅 曾涛）

广西壮族自治区政府审议通过气象设施和探测环境保护办法

11月25日，广西壮族自治区政府审议通过《广西壮族自治区气象设施和气象探测环境保护办法》（以下简称《办法》）。

《办法》主要规范了气象设施和气象探测环境的保护工作体制、规划、保护范围和要求等内容，明确禁止危害气象探测环境的行为，包括修建高度不符合要求的建筑物、构筑物；修建距离不符合要求的公路、铁路、水塘、垃圾场、排污口等干扰源；种植生长高度不符合要求的作物、树木等。

《办法》对全区各级政府、各有关部门的职责及有关法律责任进行明确，并规定气象设施和气象探测环境保护专项规划应当纳入城乡规划、土地利用总体规划。城乡规划部门在组织制定控制性详细规划时，应根据气象设施和气象探测环境保护专项规划，征求当地气象主管机构的意见。

针对气象探测环境保护违法行为查处难的实际，《办法》也明确了相应查处机制，规定县级以上政府应当结合本地实际，定期或者不定期组织气象、城乡规划、住建、国土资源等部门，对本行政区域的气象设施和气象探测环境保护情况进行联合监督检查。

（来源：《中国气象报》，2015 年 12 月 9 日，1 版，
作者：黄姿娜 白春妮 丘良）

握紧灾害防御“发令枪”

预报预警：随着气象现代化发展，预报员“底气”越来越足

“汛期天气变幻莫测，暴雨天气多，降水强度大，极易造成人员伤亡和财产损失。”湖南省气象局局长常国刚对记者说，“随着气象现代化的不断发展，我们做出预报预警时的‘底气’越来越足，预报预警的准确率大幅提升，在防御气象灾害中发挥着越来越重要的作用。”

准确及时的预报预警，来自日趋完善的气象灾害监测系统。

国家卫星气象中心里，一排排电脑，不停接收着风云气象卫星传回的清晰云图。在气象卫星“天眼”监测下，台风踪迹一览无余。8 月 8 日，今年第 13 号台风“苏迪罗”先后登陆台湾和福建。中央气象台 24 小时路径预报误差为 47.6 公里，强度预报误差为 4.3 米 / 秒，处于世界领先水平。

目前，我国已编织了一个捕捉变幻风云的“天罗地网”，由 7 颗气象卫星、181 部新一代多普勒天气雷达、120 个高空气象观测站、5.8 万个自动气象观测站等组成，综合气象观测能力总体接近世界先进水平。预报员们鼠标一点，就能调阅各类观测资料，如同有了“千里眼”“顺风耳”。

准确及时的预报预警，来自不断加强的数值天气预报能力。

现代天气预报的关键是数值天气预报，也就是根据大气运动变化规律编写一系列数学方程，将观测到的气象数据输入高性能计算机进行运算，推演未来天气发展变化。我国已建立比较完整的数值预报业务体系，并不断完善。

“数值天气预报是预报员的好帮手。”国家气象中心主任毕宝贵介绍，今年

汛期，中央气象台对中尺度数值模式的产品加强了研发和应用，预报员可以对中尺度天气系统的发生、发展、移动进行细致分析，从而提高暴雨和台风预报精准度。

准确及时的预报预警，来自仔细“把脉”“会诊”的预报员们。

7月8日，今年第10号台风“莲花”登陆；7月9日，第9号台风“灿鸿”紧随其后。9日13时，中国气象局台风与海洋气象预报中心专家高拴柱仍在值班大厅里忙碌。他嘴里念叨着“实在太累了，眼睛都睁不开了，得去休息一下”，但身子却牢牢定在电脑前。“双台风”接连袭来、变数颇多，对这个预报难题，他不敢掉以轻心。

汛期，预报员们夜以继日细细“把脉”，认真“会诊”，在数值天气预报的基础上，根据自己的经验作“订正”，比如调整降水的量级、中心、落区等，千方百计提高预报准确度和精细化水平。

6月28日，陕西省佛坪县遭遇历史罕见大暴雨侵袭，当地气象部门提前发布预警，为防御灾害赢得宝贵时间。西岔河镇西岔河村收到暴雨黄色预警信号后，村干部立即组织村民转移。23时，全部撤离；23时30分，洪水暴发。“就差了半个小时！幸好我们及时撤离，不然后果真是不堪设想！”村支书郑成立说。

十万名气象工作者24小时监测风云变幻，发挥防灾减灾“消息树”和“发令枪”的作用，为保障经济社会平稳健康发展做出了积极贡献。

部门联动：联防联控机制不断完善，织牢防灾减灾“防护网”

“预计今天晚上到明天，广东东部局地发生山洪灾害可能性大。”7月20日19时30分，从中央电视台《新闻联播》后的天气预报节目中，广东省紫金县龙窝镇居民温丽红看到预警信息，马上提醒家人和邻居注意防范。

这是中国气象局与水利部首次联合向公众发布山洪灾害气象预警。“以往政府部门会根据预报一级一级部署，组织村民进行防御，像这样直接面向公众发布山洪灾害气象预警，还是第一次。”中央气象台天气预报室副主任谌芸说。

部门联动，为汛期防灾减灾织牢了“防护网”。目前，中国气象局牵头建立了气象灾害预警服务部际联络员会议制度，在 29 个部门与单位的共同努力下，气象灾害防御部际联动机制日益规范完善。

在各地，各级政府普遍成立气象灾害防御指挥部、气象防灾减灾领导小组等指挥协调机构，进一步完善“政府主导、部门联动、社会参与”的气象灾害联防联控机制，在今年汛期中发挥重要作用。

广西 2014 年专门印发规定，要求各级党政主要负责人接到重大气象信息和重要汛情旱情报告后，要亲自研究部署应对。这是国内各省（自治区、直辖市）中，首次以党内法规形式规范党政“一把手”对重大气象信息的处置工作。今年入汛以来，广西全区气象部门共发送重大气象信息报告 200 多次，各级党委、政府接到报告后迅速行动，各部门有效联动，积极应对灾害性天气的袭击，没有出现群死群伤现象。“《规定》可以让党委、政府根据重大气象信息的情况，采取相应的应对防范措施。”广西壮族自治区党委书记彭清华表示。

河北近年来不断完善气象灾害防御体系，在省、市、县普遍成立气象灾害防御指挥部，针对暴雨等出台了相应的防御办法，将气象防灾减灾纳入政府绩效管理试点范围。随着防灾减灾防线不断前移，队伍不断壮大，防御能力和减灾效果显著提升。7 月 27 日 17 时 50 分左右，一场暴雨突袭河北承德市区，短时强降水、雷电大风和冰雹一起猛烈袭来。根据气象部门预警，水务、交通、环卫、园林绿化等部门紧急行动，各司其职，排涝抢险，将灾害损失降到最低。

贴身服务：气象信息员、手机客户端、农村大喇叭等大展身手

“村民们刚撤出来，泥石流就来了！”甘肃省张掖市红湾寺镇副镇长张登斌回想起泥石流发生时的那一幕，仍然心有余悸。

张登斌同时也是镇里的气象信息员。7 月 4 日凌晨，他收到张掖市气象局发来的手机短信：“预计当晚局地有暴雨。”在年降水量不足 195 毫米的张掖，暴雨罕见，极易引发地质灾害。“我看情形不对，赶紧喊上同事去挨家挨户敲门。”当晚，全镇 26 户 70 多人从危险地带转移到安置点，躲过了泥石流灾害，没有出现人员伤亡。

在全国，有 73 万余名气象信息员奔走在汛期防灾减灾一线。气象信息员

在村屯的覆盖率达 99.7%。接收传播预警信息，组织协助群众防灾避灾，收集上报灾情，气象信息员成为让信息传递畅行“最后一公里”、使防灾减灾工作融入基层的关键环节。

为确保气象预报预警信息“发得出、收得到、用得上”，各级气象部门充分利用手机客户端、短信、微信、微博、电视、广播、电子显示屏、大喇叭等渠道，最大范围传播预报预警信息及相关科普知识。

在新媒体快速发展的今天，手机客户端成为及时有效传播气象预报预警信息的新渠道。在浙江，通过气象部门自主研发的“智慧气象”手机客户端，公众可随时了解自己所在区域未来 1 小时的天气情况。“如果预报没有降雨，它会告诉我‘未来一小时内不会下雨，放心出门’，这正是我需要的功能。”杭州市民张遥说。

“智慧气象”客户端上，近 1 小时的降水变化趋势，每 10 分钟就会更新一次。浙江省气象服务中心网络服务科科长李建告诉记者，高频率滚动更新信息是该客户端的一大特点。投入应用以来，它的下载量已达近 5 万人次。

类似的气象服务客户端呈“遍地开花”之势，增加了很多贴身又贴心的服务。网友评价说：“这种天气预报以‘我’为中心，终于不用跟‘局地’较劲了！”

手机客户端等很“潮”的传播新渠道发挥作用，农村大喇叭等很“土”的预警老办法也大展身手。

重庆各乡村里，大喇叭在汛期不时响起，播送气象预报预警信息，受到农民们的欢迎。目前，重庆的农村大喇叭多达 6.6 万个。

“气象灾害及其衍生的地质灾害，容易造成经济损失和人员伤亡，而重大人员伤亡，往往发生在农村、山区等灾害防御能力较薄弱的区域。农村大喇叭提高了预警信息发布的时效，扩大了预警的覆盖面，在防灾减灾中效果明显。”重庆市气象局局长王银民说，重庆致力于在西部率先基本实现气象现代化，已经构建了基本覆盖城乡的气象服务信息发布体系，气象信息公众覆盖率达 90%，气象服务公众满意度稳定在 85 分左右。

（来源：《人民日报》，2015 年 8 月 30 日，4 版，作者：刘毅）

气象春风拂田野

——我区开展直通式气象为农服务

10 月 28 日下午，东兴市华石镇冲敏村南美白对虾养殖基地，江源水产养殖公司的虾农忙着拉网收虾，今年这最后一造虾收成不错。

江源水产养殖基地是东兴市京岛海洋渔业（核心）示范区，实行“公司 + 合作社 + 农户”的模式，养殖面积 3280 亩，涉及农户 230 户。公司办公室主任罗意景说，今年基地养了两造虾，亩产虾已由过去 800 公斤提高到 1000 公斤，总产量预计可达 1700 吨，而每亩虾苗的投入量由 10 万尾减少为 8 万尾。

虾苗投入减少，产量反而大增，奥妙何在?

“溶氧：6.66 毫克 / 升；水温：33.1 ℃；pH 数值：9.46……”公司海水养殖智慧气象综合服务系统的终端显示屏上，显示着这样一组虾塘监测实时数据。

“这套系统实时监测虾塘的水质、温度、酸碱度等，帮我们实现了养虾全自动化管理，省时省力省成本。”罗意景说，对虾养殖效益提高，这套系统起到至关重要的作用。

去年 11 月，获悉防城港市委、市政府将向自治区申报京岛海洋渔业（核心）示范区，市气象局立即组织深入调研，并学习外省成功经验，为示范区量身打造“互联网 + 海水养殖”智慧气象综合服务系统。

市气象局副局长周启强介绍，海水养殖对气象服务需求较高，特别是持续阴雨天会导致虾塘水质发生激烈变化，对虾会因不适应而发病甚至死亡。该系统利用互联网技术，将气象水质远程监控、水产养殖病害远程监测和诊断等高新科技项目集成在一起，虾农既可以通过手机随时看到养殖池实况监控视频画面，也能轻松启动增氧机，实时自动控制。

这是自治区气象局大力推进“一对一”直通式为农服务的一个成功案例。

在隆安县香蕉种植区，县气象局利用气象综合业务平台，为蕉园开展香蕉特色农业气象服务，每天手机短信、大喇叭、显示屏多渠道为蕉农播报天气预报、预警信号，打通了气象技术服务生态农业的“最后一公里”，当地群众纷纷点赞。在都安瑶族自治县火龙果种植区，农田小气候自动观测站已经安装完毕，集空气温度、湿度、雨量、风向、风速、太阳辐射、土壤含水量、酸碱度等要素观测为一体，根据观测实况开展指导服务。在环江毛南族自治县桑蚕养殖村，九要素自动气象站、电子显示屏、每半月发布的桑蚕专项气象服务信息等，让桑农随时随地了解天气实况，掌握桑树、蚕虫的生长状况，提高科学管理水平，有效防控病虫害。

如今，遍布全区的直通式气象服务，成为田间地头一道亮丽风景线。目前，全区气象部门已经开展面向5169个农民合作社、种植大户等新型农业经营主体的直通式气象服务，开展甘蔗、砂糖橘、桑蚕、芒果等特色农业气象服务。按照自治区领导的要求，联合国家气象中心开展了世界甘蔗主产国蔗糖产量预报研究与服务。

“广西是农业大省区，开展精细化、直通式的气象服务，是广西气象部门做好新形势下气象为农服务工作的重点。”自治区气象局局长刘家清表示。

2012年以来，广西得到中央财政支持，在环江、上思等20个县开展“三农”气象服务专项建设，占全区县级行政单位的18%，累计完成中央投资1430万元。在项目实施县，记者看到气象局与涉农部门、合作社、种养大户等形成直通式联系，安装配备小气候仪建立农业气象试点田，建立县级农业气象业务服务平台，开发县域特色农业气象服务产品，完成了1～2种当地主要农作物和特色农作物的农业气候区划和多种农业气象灾害的风险区划。

（来源：《广西日报》，2015年11月17日，1、2版，作者：周映曾涛 黄姿娜，获第2届全国气象宣传作品观摩交流活动文字新闻二等奖）

预警预防　有备无患

——广西建设气象灾害防御体系纪事

“多亏大喇叭预警啊！”6月14日上午，站在刚倒塌的房屋外，村民虽然及时逃生，仍然心有余悸。柳江县穿山镇定吉屯村村委会主任刘茂专介绍说，是日前夜，村里大喇叭突然响起，播报暴雨将至，提醒村民赶快撤离危房。

此前，柳江已经遭受过一场暴雨。13 日清晨，该县气象台值班人员发现，南北强降水回波大有“包抄合围”柳江之势。相关预警很快发出，不久北部山区果然大雨倾盆并向南蔓延。

“强降水还会来。”是日 15 时，县气象台分析得出结论，当即发布强降水预报。18 时许，暴雨再度袭来，县内穿山镇和华侨农场 24 小时降雨量创下有气象记录以来最大值。

防御此次强降雨过程中，柳江县气象局共发布暴雨、雷电等预警信号 10 次，通过手机短信、电话、传真、气象预警大喇叭等渠道向县委县政府、防汛指挥部门、乡镇气象信息员发送气象信息累计 1000 余条，电话服务 40 余次。县气象局每小时发一份最新雨量统计至防汛办，并实时提供趋势预测。县政府及时部署，多部门联动配合，积极有效地组织应对。民政部门统计，全县先后紧急安置转移 1402 人，无一人伤亡。

气象部门的预报预警服务受到市、县领导肯定和赞扬。柳江县县长田雯说，气象部门主动服务，提前发布预警信息，使受淹村民及时安全转移，避免了人员伤亡，取得“雨大灾小”的好效果。7 月 17 日，中国气象局副局长矫梅燕到柳江调研，也对气象服务予以肯定。

今年入汛以来，广西暴雨过程频繁，局地强度大，先后出现 7 次区域性暴雨过程，受 1 个台风影响，各级气象部门及时有效开展气象保障服务，得到各级党委政府和有关部门的好评。

广西受洪涝、台风、干旱等气象灾害影响较重，农村更是气象灾害防御的薄弱地带。近年来，广西气象部门加强覆盖城乡的气象防灾减灾体系建设，完善“政府主导、部门联动、社会参与”的气象防灾减灾机制，健全气象为农服务长效机制和农村基层气象防灾减灾组织体系；加强重大气象灾害、极端天气气候事件、短期气候趋势的预报预测，提高灾害性天气预报预警的提前量和精准度；还动员全社会力量加强科普宣传，扩大气象灾害预警信息的覆盖面，提高全民防灾减灾意识和技能，为气象防灾减灾奠定坚实基础。

2012 年以来，广西得到中央财政“三农”气象服务专项支持，在马山、灌阳、陆川等 8 个县开展农村气象灾害防御体系建设，每个实施县均成立领导小组，县政府召开专题会议，印发应急预案和应急准备认证管理办法，并组织了认证工作；完成了暴雨风险普查，开展暴雨诱发中小河流洪水和山洪地质灾害气象风险预警；实现了气象信息服务站覆盖所有乡镇，气象信息员覆盖所有行政村。

目前，广西应急气象频道和气象灾害应急预警信息发布平台正在建设，并与自治区各委办厅局对接，信息互通资源共享，对手机短信、电视电台插播、电话、大喇叭、网站、微博、微信、手机 APP 等手段，实现一键式多渠道发布。广西广电部门也整合现有资源，自主研发建设包括省级、市级、县级、乡镇级、村级的应急广播系统，已经在龙州、那坡两地试点，可实现卫星、地面数字电视、调频广播、数字中短波、第三方通信网络（如手机）等多通道传输。

去年 2 月开始，广西建立重大气象信息向党政主要负责人报告制度，要求各级党政主要负责人接到重大气象信息和重要汛情旱情报告后，立即亲自研究部署应对工作，必要时要亲临一线、靠前指挥。这是国内首次以法规形式规范党政“一把手”对重大气象信息处置工作。自治区气象局以此为契机，在全区建立起报告有序、处置有规、保障有力的重大气象信息报告和处置工作机制。2014 年以来，区、市、县三级共启动重大气象信息报告 655 次。各级党委、政府根据重大气象信息迅速行动，提前采取防范措施，有效应对 17 次大范围暴雨天气和“威马逊”“海鸥”2 个强台风的袭击，没有出现群死群伤现象。

近年气象部门还将人工增雨防雹作业体系建设作为为农服务项目加快推进，加大投入力度，撑大人工影响天气这把“保护伞”。2012 年以来，中央、地方共投入人工影响天气经费 5500 多万元。2015 年度，全区防雹保护面积约 1.7 万平方公里，防雹保护区内没有发生冰雹灾害，有效缓解旱情、促进春耕春种、增加水库蓄水、降低森林火险气象等级。

（来源：《广西日报》，2015 年 11 月 18 日，3 版，作者：周映 曾涛 黄姿娜，获第 2 届全国气象宣传作品观摩交流活动文字新闻二等奖）

大喇叭起了大作用

——气象预警大喇叭提升乡村防灾能力

“气象大喇叭，服务送到家，欢迎收听天气预报：预计今天白天到晚上……”八桂乡村不少已经安装有气象预警大喇叭，农民一天不听已经不习惯。

“把文字输入系统，就自动转换为语音，通过大喇叭对外发布。”环江气象局技术员小覃介绍，“气象大喇叭一组 3 个，半径 2.5 公里范围内能听到，很多大喇叭配备有太阳能电池，停电也能播报。”

“天气好坏对种桑养蚕关系大了，天气预报及时准确，帮了大忙，连不识字的老人都可以听广播懂天气养好蚕。”10 月 30 日，该县大才乡新坡村平治屯养蚕大户韦世冠介绍说，他们村几乎家家户户养蚕，以前凭经验、靠感觉，一场意外暴雨或低温霜冻就可能“全军覆没”。

如今，大喇叭早晚两次准时响起来，报天气、说科普、讲政策，遇特殊天气还随时广播，把农业和气象信息送到家门口，韦世冠和乡亲们桑蚕养殖有了“气象法宝”，从“靠天吃饭”变为“看天管理”，养蚕风险小产量高收入增。

2011—2013 年，自治区气象局争取中央财政“三农”气象服务专项资金支持，先后选择阳朔、灵山、陆川、马山、灌阳等 10 个县，开展农村气象预警大喇叭试点；2014 年，又以暴雨及地质灾害易发村屯为重点，选择都安、东兰等 33 个县（市、区），建设预警大喇叭 3533 套。

截至今年 2 月，全区建成使用大喇叭近 5000 套，覆盖全区一半以上县区，每天至少播报两次，上线率达到 75% 以上。规模之大、分布之广、使用频率之高，在全国备受瞩目；技术先进、标准统一、运行稳定，在业内得到好评。

今年 6 月，马山县前期降水较多，已形成易发局部次灾态势。县气象局密切注意天气变化，13 日 22 时 48 分发布暴雨橙色预警信号，一小时不到更新为“红色”，同时通过短信形式发送至各乡镇气象信息员、水库管理员以及直通式服务对象，并通过专送、传真、短信等方式报告给县四大班子、相关单位和领导，还通过手机短信、电子显示屏、电视等方式向公众发布，全县乡村 163 套大喇叭实时播报，滚动发布雨情信息和未来天气预测。

13—14日，马山县大部出现大暴雨、局部特大暴雨，白山镇民族村干红、弄怀两个屯受灾最为严重，玉米地变成一片汪洋，民居一楼全部被淹，干红、弄怀之间交通中断。村民大多接到预警信息后提前撤离，只有200余行动不便的空巢老人、留守儿童，由村干部组织自制“冲锋舟”及时转移。

“如果多数群众没有提前撤走，‘土冲锋舟’救援是来不及的。”村党支书蓝敏生的另一个身份，就是气象信息员，“14日下半夜，大喇叭把全村人叫醒，说有暴雨，还不停广播。在村干部挨家通知转移前，大家已经做好了避险准备。全村没有死伤，大喇叭起了大作用！”

全区农村气象预警大喇叭建设，成为消除灾害预警信息传递“最后一公里”的有效途径，预警信息发布提高了时效，扩大了覆盖面，防灾减灾成效显著，各地群众欢迎，党委政府重视。

今年5月13日，自治区党委、政府在加快转变农业发展方式促进农业农村可持续发展的若干意见中特别指出，要加强气象预警大喇叭设施建设。广西气象预警大喇叭信息发布系统下一步将与国家突发事件预警信息发布系统对接。到2016年，广西可望在所有行政村实现气象预警大喇叭全覆盖，保障各类气象服务信息发得出，群众收得到，生产生活用得上。

（来源：《广西日报》，2015年11月19日，3版，作者：周映 曾涛 黄姿娜，获第2届全国气象宣传作品观摩交流活动文字新闻二等奖）

纵横通基层　服务零距离
——广西基层气象业务步入现代化轨道

“看，香蕉长得多好！多亏了县气象局给蕉园提供的气象服务，每天手机短信、大喇叭、显示屏多渠道播报，种蕉管蕉心中有谱。”金秋时节，隆安县金穗香蕉产业（核心）示范区技术负责人迟广志特别开心。

“真是想不到，香蕉种植能享受这样专业、到位的气象服务。”迟广志介绍，论天时，隆安今年气候条件不算好，入夏前少雨，香蕉最怕旱。气象局向公司提出缓掀地膜、加强滴灌等建议，妥善应对了旱情。“收蕉前夕，我们及时掌握秋季气候趋势，决定首批香蕉提前两周上市，被预订一空。”

去年以来，广西壮族自治区气象局统一规划、统一建设、统一研发，在全区建设“两系统、一平台”，即天气预报服务集约化业务系统和农业气象业务集约化系统，加上县级综合服务平台，气象工作者称为“两工厂一商店”，让基层气象业务信息化、集约化、标准化步伐迈得更稳、走得更好。

“气象部门充分利用自治区级业务单位的技术力量，统一研发建设基层业务平台，试验成功以后推广到各个县统一使用，切实发挥效益。”自治区气象局局长刘家清表示。

目前，广西天气预报服务集约化业务系统已经基本建成，主要提供天气预报、灾害性天气监测和预报、预警等方面信息。通过该系统，从自治区到各市、县各级气象部门预报员可以实时共享监测、预报、预警、服务等数据与产品，调用模式产品或上级指导预报，还可以制作预报产品和服务材料。

“以前要调阅卫星云图、雷达图或是上游地区预警，需要在不同软件界面切换，现在利用集约化系统，工作效率至少提高三成，出错概率也大大降低。”隆安县气象局预报员马继华说，特别是县气象局在启动重大气象信息报告和发布灾害天气短时临近预报预警时，集约化平台可实现重大灾害天气实况信息自动提示、预报制作初始气象要素场自动提供、预报产品快速分发等功能，保障了基层重大气象信息报告的科学性和权威性，提高了灾害天气预报预警的准确性和及时性。

广西农业气象服务集约化业务系统正在建设中，主打为农业生产服务等各类农业气象产品，系统建成后可实现横向涉农业务的“集约”和纵向区、市、县三级业务服务的联动。目前，该平台正在推进建设。

自治区气象局副局长覃武形象地将上述两个系统比作“工厂”：既然市、县级气象部门人手不足，技术实力不够强大，就由自治区气象局来统一“生产”；“工厂”做出的产品“分送”基层，市、县级气象部门再进行本地化加工，最后摆上“商店”——综合气象服务平台。

2014年，南宁市政府出资500万元建成县级综合气象服务系统，这是在集约化平台的基础上开发出的一个面向各级政府、部门及多类用户的服务平台。

该系统率先在隆安县试点，内容包括决策服务、为农服务、地质灾害、人工影响天气指挥、应急服务、一键发布、信息服务站等基本模块，以及森林防火、交通气象、旅游气象、环境气象、手机系统等业务模块。工作人员拿鼠标圈定香蕉种植分布图中的信息传播区域，近期天气趋势预测与蕉园生产田间管理建议一键发布，位于各香蕉种植基地内的气象大喇叭同步发声……

县级综合气象服务平台在推动基层气象业务现代化的过程中，突出服务需求与业务发展相结合，为地方农业发展提供了准确、精细的气象服务，提升了气象服务保障经济社会发展的能力，目前正在全区推广。

在“两系统一平台”构架上，隆安结合当地特色，研发了隆安县香蕉特色农业服务系统。如今，县气象局制作预报主要参考上级气象部门的指导，香蕉生长发育期指标库和香蕉病虫害指标库也由自治区气象局协助研发。

自治区气象局凝聚内力与借用外力相结合，自治区一级通过整合业务科研资源和力量，打破各业务单位的条块分割，设立天气气候研究室和天气预报技术开发中心，以科研项目为导向，组织专门团队开发完善建设集约化平台。自治区气象台也加强与北京超图软件股份有限公司、广西师范学院等的合作，引入“外智”，加大对集约化业务平台的协作攻关力度，“软硬结合”提升基层业务的综合实力。

（来源：《广西日报》，2015 年 11 月 20 日，3 版，作者：周映 曾涛 黄姿娜，获第 2 届全国气象宣传作品观摩交流活动文字新闻二等奖）

广西明确全面推进气象现代化八大任务

近日，广西壮族自治区政府办公厅印发《广西全面推进气象现代化实施方案（2015—2020 年）》（以下简称《方案》）。《方案》明确指出，到 2020 年，建成适应需求、结构完善、功能先进、保障有力，基本满足广西全面建成小康社会需求、符合国家气象现代化要求的气象现代化体系。

《方案》提出，以预报精准、监测覆盖、服务及时、支撑有力为主要工作目标，构建自治区级和市级气象现代化指标体系，以加强组织领导、加大经费投入、深化部区合作、加强基层基础设施建设、强化考评督查为保障措施，确保全面推进气象现代化建设有序进行。

《方案》明确了气象部门的八大主要任务。一是全面推进综合气象观测体系现代化建设，提高气象观测现代化水平及完善观测网络，增强气象信息网络支撑能力和信息系统安全稳定运行保障能力，建立完善气象灾害相关信息共享机制。二是全面推进气象预测预报体系现代化建设，提高预报精细化水平和灾害性天气监测预警水平，加强现代气象预报预测系统建设和机理研究。三是提高应对气候变化能力，加强气候变化监测评估能力建设和气候资源开发利用与社会管理。四是全面推进公共气象服务体系现代化建设，健全气象灾害防御机制和应急减灾组织体系，加快推进公共气象服务均等化，加强专业专项气象服务体系建设和地质灾害气象风险预警服务，增强气象为农服务保障能力。五是加强人工影响天气工作能力建设，建成高水平的人工影响天气指挥体系，强化人工影响天气基础设施建设。六是加强气象探测环境和设施保护。七是加强气象法治建设。八是加强气象科技创新与人才体系建设，加强气象科学应用关键技术研究，创建面向东盟国际气象业务技术合作研发机制，建立完善气象科技创新驱动和支撑气象现代化建设的体制机制。

（来源：《中国气象报》，2016年1月11日，1版，作者：韩嘉乐）

于新文赴广西基层台站调研慰问

1月23—26日，中国气象局党组成员、副局长于新文到广西壮族自治区看望慰问基层气象台站职工，调研指导气象工作，并与自治区政府副主席张秀隆就深化部区合作、推动广西气象事业改革发展进行会谈。

于新文先后前往崇左、百色、南宁所辖艰苦贫苦地区基层气象台站看望慰问一线工作人员，针对台站建设、基础业务、气象服务和改革发展等方面进行调研与指导。他表示，广西气象干部职工干事创业积极性高，地方党委、政府对气象工作支持力度大，广西气象事业发展迎来大好机遇并进入快车道。要认真学习习近平总书记系列重要讲话精神，准确把握经济发展新常态对气象工作的新要求和气象改革发展面临的新变化，坚持公共气象发展方向和全面推进气象现代化的目标任务不动摇；切实把五大发展理念贯彻落实到自治区气象局“项目建设年”“作风建设年”和“开放合作年”活动中，推进气象发展提质增效；紧紧围绕各方需求，不断丰富气象服务方式方法，拓展服务渠道，拓宽服务覆盖面，提高服务针对性，更好地发挥气象对经济社会发展的保障作用；以创新精神推进气象改革，不折不扣地落实好国家、地方和中国气象局各项改革部署；扎实推进气象法治建设工作；坚定不移地抓好党风廉政建设工作，把“两个责任”始终抓在手上。

在调研期间，于新文与张秀隆进行了会谈。张秀隆对中国气象局长期以来对广西给予的政策、项目、资金等各项支持表示感谢，并对气象部门在服务地方经济社会发展、防灾减灾等工作中取得的成绩表示肯定。于新文表示，广西气象事业发展基础扎实后劲足，中国气象局将进一步落实部区合作相关工作，希望地方党委、政府一如既往地关心和支持气象事业发展。

（来源：《中国气象报》，2016 年 1 月 28 日，1 版，

作者：黄姿娜 韦坚 刘中花 张薇 农镜民）

骑楼街寄乡愁

骑楼，状如其名，房子架半空，廊下走行人，可避风雨防日晒，对于地处亚热带气候的广西、广东、福建等地来说，这样的建筑在旧时可谓实用性与商业性兼具。而今，在广西许多城市的旧街区中，骑楼历经沧桑，早已褪尽繁华，已成为众人寻旧怀古的陈迹。

也许是骨子里对旧事物的迷恋，我在柳州生活的几年里，闲暇时总爱寻觅这座历史文化名城的古迹。骑楼在柳州，的确是一段承载记忆、不可替代的辉煌历史。

国内骑楼建筑最早出现在 19 世纪末的广东。受岭南文化的影响，柳州于 20 世纪初也出现了大量的骑楼，许多街道，尤其是主要商业街区，骑楼都是通连在一起的，不仅美观，还具有实用价值：一年之中，柳州的日照时间比较长，雨水也比较多，有防雨遮阳功能的骑楼既有利于顾客往来选购商品，同时也方便行人通行，因而一度成为柳州主要的建筑形式。为此，柳州骑楼因仿造沿海城镇的建筑模式，俗称“粤式骑楼”，风格中西合璧，上楼下廊，楼上住人，楼下商铺，完全称得上是“屋”尽其用。

而柳州骑楼的精髓，当数长安。此“长安”自然非彼“长安”，但能唤作“长安”，定是不凡。长安是柳州融安县城下辖的镇，这里曾因便利的水运交通，成为湘、黔、桂三省（自治区）交界中心区域和商品集散地，为近代广西四大名镇之一。而当时长安镇的商业经济中心，正是一条骑楼连片的街区。当年，

商家根据当地雨水较多的特点，借鉴当时欧洲流行的古希腊商业建筑风格，建成骑楼商铺。而这里，也是目前广西规模最大、保存较为完好的骑楼街之一。

长安镇的骑楼街道并不算宽，骑楼多为二、三层高，均为砖木结构，或整齐或弧形地相连在一起。沿街的一面在各层窗台以下的墙面或檐口窗楣处大多都有丰富的装饰花纹或浅浮雕，部分墙体虽已斑驳脱离，但歌德式、巴洛克式、古希腊等各种风格雕梁画栋的建筑外观，依然格外醒目，展现着中西交融的文化风情，向人诉说着往日的热闹与喧嚣。

当地人说，以前住在有骑楼的房子别有一番情趣。炎热的夏日黄昏，在骑楼空地上洒一盆水降温，一家人支上桌子围坐，晚饭时光凉快又惬意。入夜之后，左邻右舍搬出躺椅，闲话家常，骑楼长廊连通了房屋，也拉近了彼此的距离。如果到了冬天或者阴雨天，有骑楼的人家更是显现出几分优越来，风腊肉、晾衣服、晒棉被，根本不用担心随时袭来的雨水。每逢春节或农历传统节日，骑楼街的各家各户还会扎花灯悬于骑楼廊下，夜间彩灯通明，美不胜收。对于爱唱山歌的柳州人来说，在骑楼下唱山歌、唱戏则又成了县城的一道风景。

这样的场景，在许多当地人的心里，散发着一股陈旧岁月的芬芳。

在城市改造的大潮中，骑楼不可避免面临着逐渐消失的困境。随着融安县城商业中心的东移，长安骑楼街大部分房屋已无人居住，只有一些老人还生活在这里。当地人说，在保护的同时进行有序开发、重聚人气，也许是这些骑楼街未来的出路。而可喜的是，如今在广西许多城市，仿照骑楼街样式新建的商住楼随处可见，许多老骑楼经过修缮再次焕发青春，在城镇化的建设中延续着这一份埋藏心底的乡情乡愁。

骑楼是一种近代商住建筑，在广东、广西、福建、海南等地曾是城镇的主要建筑形式。商业骑楼最早见于2000多年前的古希腊，后来流行欧洲，近代传至世界各地。

骑楼按建筑特点可分为五类。仿哥特式：这种形式较为少见。广州市北京路新华书店以强烈的垂直线条和拱形窗体现出哥特式装饰风格。南洋式：这种骑楼有南洋地区独特且有创造性的形式，在女儿墙上开出一个或多个圆形的洞口。这是一种建筑智慧，可以预防台风袭击，减少建筑物的负荷。古罗马式：这种骑楼底层有券柱，券心处以旋涡装饰，风格雄伟。仿巴洛克式：这类骑楼采取巴洛克式装饰，多运用在山花装饰及女儿墙的曲线中。现代式：建于 20 世纪 80 年代以后，在尺度、结构、材料、造型风格等方面与传统骑楼有明显区别。

（来源：《中国气象报》，2016 年 2 月 19 日，8 版，作者：黄姿娜）

广西重点加强七方面能力建设

记者从近日召开的 2016 年广西壮族自治区气象局长工作会暨党风廉政建设工作会上了解到，“十三五”时期，广西将重点加强气象监测预报核心技术、公共气象服务、气象为农服务、生态文明气象保障、人工影响天气、气象信息化和基层基础等 7 个方面的能力建设；继续推进西江流域致洪暴雨监测预警、北部湾海洋气象等项目建设；建设面向民生的公共气象服务平台，构建气象与经济社会发展高度融合的智慧气象；建立统筹集约、部门协调的人工影响天气工作体系；开展中越边境基层气象台站和国家级贫困县气象台站建设。

（来源：《中国气象报》，2016 年 2 月 22 日，1 版，作者：黄姿娜 韩嘉乐）

侗家人的文化符号“三江程阳桥”

侗家人逢山开路，遇水建桥。在侗乡，横跨江河、溪沟的一座座木质桥梁随处可见。这些桥梁，因桥廊板壁上有各色奇花异草、飞禽走兽及人物等图腾图案，被侗族称为花桥、福桥。而建有廊和亭、行人过往能躲避风雨的桥，被称为风雨桥。

坐落于广西壮族自治区柳州市三江侗族自治县林溪河上的程阳桥则是风雨桥的代表。在柳州工作之余，有幸受当地友人邀请，走近这座集侗乡人民智慧结晶的中国木建筑中的艺术珍品。

当地友人介绍，程阳桥由程阳、马安等八个村寨的 50 余位侗族老人带头与村民于 1912 年始建，前后耗时 12 年，现已被国务院公布为国家重点文物保护单位，是世界四大历史名桥之一，为世界十大最壮观桥梁之一。诗人郭沫若惊叹程阳桥的壮美，为其题字并赋七言律诗。此外，中国侗族第一部电影《金画眉》也在这里取景。三江县地处丘陵地带，山地气候春多寒潮阴雨，夏有暴雨高温，伏秋易旱，冬有寒霜，四季分明。这里盛产杉树，杉木抗虫耐腐，也是风雨桥的主要建筑材料。程阳桥石墩木面，5座塔式桥亭建于墩台之上，与19间桥廊和谐连为一体，浑然天成。而让侗家人最引以为傲的，是整座桥梁不用一钉一铆和其他铁件，皆以质地耐力俱佳的杉木凿榫衔接，大小条木纵横交错，丝毫不差。这也是让中国乃至世界的桥梁专家惊叹之处。

沿着石阶拾级而上，繁复的木质架构带着历史沉淀的幽香扑面而来。桥上两旁设有长凳，坐在廊前远眺，青山环绕满目苍翠，侗家吊脚楼依山傍水，与奇特精巧的风雨桥连成了一幅秀丽的风俗画卷。如果碰巧，还能赶上侗家人在这里表演侗戏、吹芦笙、“多耶”（侗语，唱歌之意），载歌载舞好不热闹。重要的客人来了，全寨人还会集中在桥头，轰轰烈烈把客人迎接过桥，最后再依依不舍地把客人送到桥头去。

程阳桥重檐翘角，悬柱挑梁上有绘画，顶部和翘角飞檐上饰有图腾物，个个活灵活现。当地友人笑称，别人都把家里装饰得富丽豪华，侗家人却把最好的雕檐画栋用在了风雨桥上。由此，“雕檐画栋桥上盖”便与“没有鼓楼不成寨”“贵客拦在寨门外”“合唱不用指挥带”“酸鸭酸鱼当大菜”“油茶待客单只筷”“村村寨寨祭老太”“新娘进门悄悄来”被合称三江“八怪”。

风雨桥是侗族独有的桥，三江县全县境内就有风雨桥百余座，当地有“无桥不成人”的说法。侗家人对桥的尊崇超出了人们的想象。桥上的每一个构件、每一处装饰都是侗族的文化符号，几乎每座桥都有自己的传奇。侗族崇拜万物有灵，崇尚自然和谐。侗族的桥在侗家人心中不仅是生活生产之桥，还是为侗家人进出寨子歇脚避风雨的生命之桥，承载着连通阴阳的隐喻，更是带来幸福的桥，吸引着八方来客，庇护着侗乡。为此，侗乡部分村寨还有祭桥的习俗，每年在大年三十或者农历三月初三这一天，各家杀鸡宰鸭，带着茶叶、盐、酒等来到桥上祭祀，祈祷来年健康平安、风调雨顺。

侗家的桥，不仅仅是一座桥。读懂了桥，才能读懂侗族文化。

（来源：《中国气象报》，2016年2月26日，8版，作者：黄姿娜 龚普康）

广西“十三五”规划纲要提出统筹推进气象防灾减灾能力建设

日前，广西壮族自治区政府印发《广西国民经济和社会发展第十三个五年规划纲要》(以下简称纲要)，明确“十三五”时期气象事业发展任务，推进气象防灾减灾能力建设。

纲要提出，要健全公共安全体系，统筹推进气象等防灾减灾能力建设，提高防灾减灾监测预警、灾害防御和紧急救援水平；完善预警预测、信息报告、应急处置等机制。把建设全区应急平台列入社会治理重点工程。要加强生态文明建设，积极应对气候变化，提升应对极端天气和气候事件能力。此外，要加强城市排涝与调蓄、公园绿地等生态设施建设，打造海绵城市，把加强海绵城市建设列入新型城镇重点工程。

“十三五”时期，广西气象部门将重点加强气象监测预报核心技术、公共气象服务、气象为农服务、生态文明气象保障、人工影响天气、气象信息化、基层基础等七个方面的能力建设。

（来源：《中国气象报》，2016 年 3 月 14 日，1 版，作者：黄姿娜）

本报“绿镜头”聚焦广西生态乡村生态扶贫

3 月 25 日，由本报和《光明日报》《经济日报》《中国科学报》等媒体记者组成的报道团队走进广西，拉开了“绿镜头 · 发现中国”2016 年系列采访活动的序幕。报道团队将围绕广西生态文明建设中生态乡村建设、生态扶贫等相关主题开展为期一周左右的实地采访报道。

25 日，报道团队与自治区党委办公室、自治区乡村办、自治区扶贫办、自治区农业厅以及自治区气象局等部门有关负责同志和专家进行座谈。各部门负责人和专家围绕生态乡村建设、生态扶贫、生态农业经济发展情况、生物多样性保护与适应气候变化、生态文明建设气象服务等方面工作的开展情况，进行了全面详细的介绍。双方就相关话题进行了深入探讨交流。随后，采访报道组将深入了解广西各地在生态乡村建设、生态资源开发保护、生态扶贫等方面的实践和经验。

（来源：《中国气象报》，2016年3月28日，1版，
作者：李一鹏 黄姿娜 刘晶 韦坚）

“美丽南方”的特色生活

在碧水盈盈的邕江北畔，翠绿的田野间坐落着一座别致的村庄。青砖灰瓦的岭南民居错落有致，悠悠巷陌、亭台池塘，带人走进江南水乡。街头巷尾卖着原生态果蔬的老乡，骑车穿梭于村间的游客，将村落点缀得生机勃勃。

这里，就是位于广西壮族自治区南宁市西乡塘区的忠良屯综合示范村，她还有一个响当当的名字——美丽南方。

“‘美丽南方’这名字，源自作家陆地先生在土改时期创作的长篇小说《美丽的南方》，我们忠良村就是小说故事背景所在地。”说起“美丽南方”的起源，忠良村的村民颇感自豪。“家园美了起来，钱袋鼓了起来。”这里村民最实在的感受便是如此。

如果是在十几年前，“美丽南方”还算不上名副其实。

牛圈臭气熏天、满是脏水蚊虫、生活垃圾到处都是……“那个时候完全想象不到会有现在这样翻天覆地的变化。”忠良村支部书记梁安芝表示。

如今的“美丽南方”，有设施齐全的现代化运动中心、在建的大型水上活动中心，也有色彩亮丽的玫瑰园、产业化的农业种植园区以及蕴含着古朴气质的农家乐，游客们可以骑马赏花、农业观光、休闲旅游。

“现在村民一部分是农家乐的老板和经营者，一部分是产业工人，还有一部分是商贩，通过乡村旅游和农产品种植，村民人均年收入可以超过一万元。在节假日，这里每天平均可以有两万到三万的游客，在街头巷尾卖本地水果蔬菜的村民，一天都能有200元的收入。”梁安芝说。

在以前，村民还都以种地为生，每年的收入仅够维系一年的口粮。经营农

家乐、做产业工人、向游客销售土特产，这些看似寻常的事情都是“新鲜事”。情况发生转变是在 2013 年。那时，自治区政府开始推进“美丽广西”乡村建设，忠良村成为乡村建设的示范点。西乡塘区副区长林拓说：“区政府主要推了两件事——村中改造和村中发展。”

从 2013 年开始，区政府下大力气来强化村里的基础设施建设，路修通了，路面硬化了，自来水安上了，池塘的水干净了。青砖灰瓦白粉墙的建筑风格，让整个村子文化气息浓厚；悉心的照料，更让村庄格外整洁。有了这些基础设施的投入和建设成果，随之而来的是政府推动土地流转，将村民土地流转至大户，通过招商引资形成产业化的经营模式。农民们有的几家合力经营起农家乐，有的通过培训成为产业工人，年龄大的就向游客卖起了土特产，乡亲们都有了新的营生。

“开始的时候，很多人都不愿意流转土地，最难的事就是做他们的思想工作。后来有的人思想工作做通了，去改变了，赚的钱也就多了。看到能通过这事儿赚钱，大家就纷纷效仿起来。”梁安芝说。“这其中政府的坚持最为关键，不管是基础设施建设还是产业发展，实际上都不容易，比如农家乐旅游的规划、居民安置，都是政府投资重新修建的房子，保证大家既有工作，又有定所。”

随着建设的不断完善，这里得到了越来越多的认可。在今年农业部公布的评选结果中，“美丽南方”入选 2015 年中国最美休闲乡村“特色民居村”。如今，看到村子越来越兴旺，连外出打工的村民都开始回来谋生。村民们都说，生活好起来了，村里很多人的终身大事也都随之解决了。原来由于生活拮据，很多男子都找不到媳妇，现在相亲介绍的人都快踏破门槛儿了。

（来源：《中国气象报》，2016 年 4 月 1 日，5 版，
作者：李一鹏 黄姿娜 张薇）

糖料生产里的生态密码

从 20 世纪 80 年代开始，经过几十年的探索与努力，来宾市已成为广西壮族自治区第二大糖料甘蔗和食糖生产基地，蔗糖产量稳居全国第二位。

如今，这里甘蔗种植面积达 220 万亩，种植蔗糖农户达 30 万户近 140 万

人，占农业人口的62.9%。蔗糖总产量近900万吨。每年制糖产值达55亿元至60亿元，延伸产业造纸、酒精、酵母、酵母提取物、有机肥料等，产值达30亿元至40亿元。

“阳光、雨水和昼夜温差的巧妙组合，是这里甘蔗产业发展的基础。”来宾市糖业发展局局长黄昶说。每年春季甘蔗播种的日子，快速回暖的天气非常利于甘蔗生长。这里的甘蔗成熟期正值冬季，较大的昼夜温差恰恰适宜甘蔗成熟期糖分的积累。

来宾市气象局局长郭小军表示，甘蔗在生长过程中对雨水的要求比较高。来宾连续几年出现秋冬春连旱，再加之当地是喀斯特地貌，即便是降雨量多也很难留住水，导致缺水现象尤为凸显。因此，开展人工增雨至关重要。据悉，当前，来宾市已有人工影响天气车载探测系统6部，作业火箭发射架14套。当地人工影响天气作业装备水平、规模及作业人员队伍和素质达到全区地级市先进水平。

为保障当地甘蔗产业稳步发展，市气象局还根据甘蔗生长发育期观测结果，开展针对性的专项气象服务；与相关部门合作，进行糖料蔗糖量测定和产量预估实地调查，提供糖量产量情报，开展重大气象灾害对甘蔗生产的影响及灾情调查，了解甘蔗生产受灾影响程度，为救灾再生产提供保障；建立健全蔗区农业气象防灾减灾体系，实现甘蔗生产的灾前及时预警、灾中跟踪服务、灾后影响评估。

与甘蔗生长相适宜的气候是基础，如何能够进一步促进甘蔗产业不断向前发展？黄昶说：“近年来，这里市、地、县三级良种繁育基地不断探求优良甘蔗品种，在保证高糖的同时培育了其他品种，以适应气候变化。”

在来宾市兴宾区凤凰镇黄安“双高”糖料蔗生产基地，记者了解到，近年来，这里探索了“小块并大块”的经营发展模式。农民合作社初期由9位农民自愿发起设立，将分散的土地整合后统一规划，以合作社名义承包土地共同建设。土地整合，不仅实现了机械化生产，提高了生产效率，降低了生产成本，而且实现了耕作与收割机械化、水利现代化、经营模式化。当前，基地合作社已经发展到286户，不断创新的甘蔗发展道路促进了蔗糖产业稳定发展。

（来源：《中国气象报》，2016年4月1日，5版，
作者：刘晶 孔毅民 黄姿娜 韦宝辉）

广西乡村：守着绿水青山摆脱了穷日子

保护好生态环境，绝不是让老百姓守着山水没饭吃。如何将生态优势转化成经济优势，让老百姓从绿水青山中享受到更多经济实惠？

2013 年 12 月，广西壮族自治区党委常委会通过《美丽广西乡村建设重大活动规划纲要（2013—2020 年）》，决定从乡村建设入手，用八年时间，分清洁乡村、生态乡村、宜居乡村、幸福乡村四个阶段推进美丽广西建设，从环境综合整治、基础设施建设铺开到发展生态经济、塑造乡村文化等方方面面，探索欠发达地区改善农村人居环境的新路子。

那么，靠着生态致富的这条路到底怎么走，广西基层又做了哪些探索呢？

整洁的家、清洁的水、现代化的田园——美了村庄固住根

对于广西 18 万个自然村落来说，过去因为穷，也因为观念落后，不良的村容环境破坏了山水环绕的惬意。

“大大小小的‘火柴盒’民居充斥乡村，户型简陋、朝向不一、杂乱无章，垃圾靠风刮，污水靠蒸发。”这是广西多数村民从前对家园的印象。

广西壮族自治区党委办公厅二处副处长彭书华说，过去在农村地区，垃圾围村、垃圾进田、垃圾上路、垃圾入河等问题特别突出，尽管自然和气候环境宜人，但人居环境很差，村民生活窘迫。

“没有美好的家肯定留不住人。由此，自治区党委决定从改善人居环境出发推进美丽乡村建设，建设新农村、发展新产业、培育新农民、打造新风貌。”彭书华说。

如今走在恭城瑶族自治县红岩村，硬化路面上，每隔一段就能看到立着的垃圾桶；在村里的街上，时而还能看见清理卫生的保洁员，整个村庄整洁秀丽。

不仅是红岩村，在恭城各地，整洁的环境、高标准的污水处理装置和成熟的沼气系统几乎成了“标配”。在恭城，10 任书记、8 任县长换届换人不换思路，“一张蓝图绘到底”，传承“绿色接力棒”。在红岩村开发建设中，首先考虑到的就是污水处理系统的建设和布局，以及垃圾回收站的建设。这里有污水

处理厂，有串起了全县生态产业链的沼气池，让种植养殖和生活垃圾得到了妥善处理。

借着美丽乡村建设，广西各个县都组建了保洁员队伍，成立了清洁乡村自治组织，制定了清洁乡村村规民约，配备了垃圾收集、转运设备，建设了垃圾、污水处理设施。目前，广西村落垃圾处理率达到93.1%，每个地方每个村都有垃圾处理的设备、机制、人员。

村民们感慨，过去“河水当肥用，垃圾堆成山”，如今“河水能洗菜，垃圾分类卖”。

家园环境好起来了。随着生态乡村建设的开展，全区近5万名“美丽广西”乡村建设（扶贫）工作队员常驻基层一线，绿化村屯、净化饮水、硬化道路，加大农村生活垃圾处理设施建设力度，对重点河流加强整治，不断完善道路、饮水等基础设施。截至2015年底，全区111个县（市、区）有75个基本完成“村收镇运县处理”试点区域内乡镇垃圾中转站建设，预计今年底将共计完成2000个村屯垃圾综合处理示范村建设，城镇污水处理率和生活垃圾无害化处理率将达80%以上。300多万人的饮水问题将得到解决。

生态乡村建设，不仅是让家整洁起来，在房屋建设上更融入了古朴的文化内涵，让家具备了景观的功能。许多村落呈现“村在林中、院在绿中、人在景中”的乡村生态格局。民居运用传统的白粉墙、小青瓦、坡屋顶、马头墙、花格窗、福寿元素等乡土符号，不仅能住人，而且有韵味、有特点。

迎来新环境、具备好基础，“小拼大”拼出新机遇——游子归乡谋生态产业

曾经，山村奔小康只有一条路：离开大山出去闯。但随着乡村具备了发展生态旅游的能力，都市里的需求与绿水青山相连接，产生了旺盛的旅游需求。

忠良屯村支书梁安芝回忆说，以前务农收入低，村里的年轻人都出去打工了。现在随着村里发展生态旅游，很多打工的人都回来了。他自己，从2005年前后就开始做农家乐，但一直没什么效益，现在大环境好了，他的农家乐生意也红火了起来。

西乡塘区副区长林拓说，区政府做的主要工作是村中改造和村中发展，帮

助村民建设好水、电、网络等公共基础设施，改造房子，引进最先进的技术净化水源。路修通了，路面硬化了，自来水进家了，池塘的水干净了。有了这些基础设施的投入和建设成果，当地政府推动土地有偿流转，将“散着”的土地整合处理，统一规划，招商引资发展产业。

不仅在西乡塘，“将村民自家闲散土地流转给当地农业开发公司从事规范化经营管理”这个思路在很多村庄都取得了不错的成效。

韦云是马山县古零镇乔老村小都百屯的村民。2015 年之前他在富士康公司干了 6 年，听闻家乡发展生态观光农业之后就回来了。现在小都百屯子里引进当地旅游公司投资建设并开办的农家旅馆，以“公司 + 农户”的模式发展农家乐。韦云等一大帮村民办起了农家旅馆，经营农家餐馆，销售自家生产的农特产品，还开发了自行车游览及水上娱乐项目。

有人依托政府支持致富，有人则结合了政府创造的机会与自身优势辛勤打拼致富。在来宾市金秀瑶族自治县长垌乡滴水村，当了 14 年乡村医生的全桂莲几年前突然“失踪”。两年后，她带着经营农家乐的本事回来了。“这里附近有两个 4A 级景区，2012 年政府又修了公路，我就觉得，公路开通之日，就是经济腾飞之时。”她拿出积蓄，投资 20 多万元办了个农家乐。现在，她不仅自己富了，还成立了休闲农业与乡村旅游专业合作社，带动当地瑶族村民一起致富。

在马山县，古零镇弄拉屯已经成了石漠化治理的典范。曾经的大规模砍伐让山都成了毫无生机的“荒漠”。经过几代人的改造，这里才逐渐恢复了生机，并逐渐形成“山顶林、山腰竹、山脚果药、地上粮桑”的立体生态发展模式。后来，在外打工的李荣光看到了这里的发展潜力，在政府的支持和村民的配合下，投资建设景区。他们成立了生态旅游专业合作社，村民们贡献土地，合作社集中规划经营，如今度假区初步建成，2015 年村民人均纯收入超过了 1.1 万元。

实际上，作为旅游目的地来说，仅依靠农家乐和乡村休闲还很难提供更丰富的旅游体验。在广西，天然生态果蔬产品是吸引城市游客的大卖点。在恭城、荔浦、阳朔等县，人们因地制宜种植月柿、砂糖橘、香蕉、金橘、高山茶等，将农产品与旅游相结合，产生了“1+1>2”的效果，一条旅游休闲农业观光的生态产业链正在形成。

借科技提品质，升级模式出效益——零散耕地拼出现代农业版图

“尽管广西全年的降雨量不少，但由于喀斯特地貌往往留不住雨水，所以还是很旱。”广西壮族自治区气象局局长刘家清说。过去，由于自然条件不好，种植方式低效，靠天吃饭的农业不赚钱。经营方式的转变，生产技术的提高，以及气象、农业和旅游等各方面的保障机制逐渐完善，让曾经靠天吃饭的农业发生了大变化。

蒋建文是恭城县西岭乡朝川合作社理事长。2010 年，县政府在他的合作社试点开展 1000 亩恭城月柿标准园项目，用标准化的方式种植月柿。试点的结果让他自己都不太敢相信：通过统一采用技术、统一用药、统一采购，每亩节约成本 210 元左右，农药残留还降低了。以前每亩地喷农药要用 1000 斤水，现在只要 700 斤。每亩增产 1034.7 公斤，平均果价增加 0.45 元 / 公斤。最后整体算下来，每亩能比以前多赚 3681 元。

“合作社的经营模式，就是把大家的力量组织起来，什么时候该做什么、怎么做，则需要统一的指挥和安排。我们把人员组织起来共同学习技术，一个人学会再教其他农民，效果很好。此外，当地政府组织专家对月柿种植进行科学研究，在剪枝、施肥等方面建立统一标准。我们把所有信息整合到专有信息平台上共享，只要是登录到这个平台，预警信息、种植技术、市场信息，什么都看得见。这样，效益就高多了。”蒋建文说。

香蕉是隆安县的龙头水果。在广西金穗农业集团有限公司的产业园，万亩香蕉树连绵不绝，却鲜能看到在地里耕作的人，塑料管道纵横铺设绵延在地里，自动气象观测站立在旁边。

据该公司技术总监李保深介绍，公司采用的是当前国内香蕉行业领先的水肥灌溉一体化技术，浇水施肥都通过这些管道同时进行，每 40 厘米一个孔，每个孔的流量是 1.6 升每小时。控制好时间即可把每株香蕉树用水量控制得非常精准。就连每一株香蕉要在哪天施肥，施多少肥，也都可以精准到克。这不但节省人力，实现一人浇灌 2000 亩，而且每年能节约成本 1500 万元左右。

公司化经营模式的实现则有赖于政府的大力推动。“把周边农户的土地先承包过来，按照小块、大块整理好以后，再由农民返租回去。”隆安县副县长翟珊妹说，这是当地“统租分包”的土地流转模式。农户在坐享土地租金福利

的同时，还可以到公司务工，获得“地租 + 承包工资”的收入。

在来宾，甘蔗种植同样以规模化的形式进行。在兴宾区凤凰镇黄安糖料蔗生产基地，9 个农民自发成立合作社，将分散的土地整合后统一规划，将原来不平整的土地填平，实现耕作与收割机械化、水利现代化、经营模式化。如今，基地合作社已经覆盖了 286 个农户。由于甘蔗在生长过程中对雨水要求极高，来宾市气象局制作了甘蔗种植区划图，提出不同地区种植甘蔗的可行性，进行糖料蔗糖量测定和产量预估。

在荔浦、阳朔等县，“三避”技术几乎家喻户晓。“三避”即通过剪枝、支架、盖膜，让砂糖橘与金橘避雨、避光、避寒。据阳朔县金橘协会理事会理事长赖玉梅介绍，金橘的生长对气象条件要求很高，比如因其皮薄质脆，在成熟期遇小雨就会造成裂果，伤口感染病菌后落果，对产量影响极大，暴晒、低温也都对金橘有致命威胁。盖膜后，果实接触不到雨水，也就不再裂果、落果，还可以避晒、避寒。同时，金橘树冠盖膜后，树冠内昼夜温差大，有利于糖分转化和促进着色。树冠盖膜后，也可控制温度抑制病虫害，减少农药使用。由于品质提高，这里金橘的市场批发价格已经由原来的每公斤 2～3 元提高到了 8～12 元。

荔浦县副县长关小菊说，无论是制定种植标准，还是进行灾害防御，都离不开气象科技。

从环境整治到生态产业腾飞，把生态优势转化为产业优势——神奇的生态经济链

良好的生态就是广西的“金字招牌”。

“随着消费观念的转变，很多产品的定价依据早就不是它的成本，而是其本身带有的符号意义。比如一瓶普通的矿泉水，成本可能就一块钱，但当水被赋予更多内涵后，它的价格就会翻好几番。公众认可的，不仅是品质，更是它的品牌。”彭书华说，“既然广西生态的金字招牌这么响，未来我们要着重发展的，也就是广西的生态品牌了。”

对于公众来说，数据是最有说服力的文化符号，而品牌的建立需要数据的支持。“都说这里负氧离子含量高，那么到底高到什么程度呢？目前，气象局和林业局合作建立了观测站，共同对负氧离子进行观测，提供数据支撑。再比

如，作物生长的好坏与天气气候密切相关，如果有详细的作物生长气象数据，也能为品牌建设提供支撑。”刘家清说。

金秀县旅游局局长李雪认为，品牌要响就需要形成合力。对于旅游业来说，形成合力的一个关键就在交通上。“交通方便了，去哪儿都会方便。这样游客来了，参观到的就不是一个点，而是整个面，生态旅游的内涵就丰富了。”彭书华则表示：“广西未来的思路，也正是打造一条线的旅游，让游客体验到更多壮乡的风情。”

除了品牌外，思想认识是总开关。要让农民群众真正认识到好处，让他们真正投入进来，就必须转变思想。而这也是广西各级政府此前推进起来最不易的地方。

“思想的转变，是最为不易的。让人们看到实在的好处，看到希望，转变起来就容易了。农民的思想变了之后，政府要做的就是把顶层设计做好，把规划做好，把管理工作做好，给百姓一个放心的创业环境。”马山县古零镇镇长陆辉说。

“我们主要是跟乡亲们交流沟通，让他们看到发展旅游的潜力，然后通过入股的形式，对我们的旅游产业进行支持。这里的入股当然不是钱的入股，主要是土地和山林。他们入股之后，我们就一起统筹谋划生态旅游产业的发展方向，让他们也参与进来。”弄拉旅游合作社监事长李荣奎说。

除了这些，广西美丽乡村的建设发展还面临垃圾污水处理终端处理技术的顶层设计问题，还有资金问题，这里需要建立市场机制与企业对接，搭建社会融资平台，需要政府做好各方面规范、标准、要求。同时，无论是旅游，还是农业，都需要各方面的保障。广西多山，小气候复杂，一旦出现突发强对流天气，或出现山洪，就会给山区游客带来很大安全威胁。在水上旅游项目多的地区，一旦发生洪水，不早做准备，就会威胁生命安全，带来经济损失。气象灾害防御也是农业生产不能避开的话题，应该有更好的保障措施和途径。

前路尚漫漫，但在如今的广西乡村，生态经济接力让人们看到了更多的希望。

（来源：《中国气象报》，2016年5月20日，5版，李一鹏 郭起豪 王晨 刘晶 孔毅民 黄姿娜 张薇 韦宝辉 李颖婷 韦坚）

许小峰检查广西汛期气象工作时强调 把现代化与改革成果体现在汛期服务中

6 月 2 日晚，正值广西壮族自治区气象局启动Ⅳ级应急响应迎战新一轮强降雨之际，中国气象局党组副书记、副局长许小峰到该局检查指导汛期气象服务工作，并慰问汛期一线业务值班人员。他指出，要充分认识今年汛期所面临的严峻形势，并在汛期气象服务保障中体现气象现代化与改革的成果。

许小峰先后到自治区气候中心、气象服务中心、气象台等检查汛期气象服务保障工作，围绕广西天气预报预测业务发展、突发事件预警信息平台建设、专业气象服务等进行调研。他对广西推进农村气象预警大喇叭建设、农村雷电监测预警服务系统工程建设、“两系统一平台”基层业务集约化发展等工作充分肯定。

许小峰强调，面对当前汛期气象服务的严峻形势，必须加强领导，提高警惕，全力以赴做好气象防灾减灾各项工作。

针对广西气象工作，许小峰提出两点要求。一要提升预报预测基础能力。要加强气象监测预报核心技术能力建设，实事求是地找出差距，直面短板，在精细化上多下功夫。要针对自身服务需求和业务优势推进具有地方特色的气象现代化，高度重视气象科技创新和人才队伍建设。二要主动适应新形势，直面挑战和压力，做精、做深、做宽气象服务。要把握广西经济社会发展需求，开展有针对性的服务；要重视管理理念的现代化，为社会公众提供个性化、快速便捷的服务；要不断创新体制机制，充分利用市场机制，提升公共气象服务质量和效益；要主动跟上科技发展新步伐，结合实际充分利用大数据、云计算等推进气象信息化。

（来源：《中国气象报》，2016 年 6 月 6 日，1 版，作者：曾涛 黄姿娜）

中国气象行业企业东盟双边贸易推介活动举行

7月6日，中国气象行业企业东盟双边贸易推介活动在广西壮族自治区南宁市举行。来自中国气象行业20余家知名企业代表和越南、老挝、缅甸、泰国、柬埔寨等东盟国家驻南宁总领事馆总领事、工商界、气象水文部门人士开展合作交流，推进中国—东盟双边气象领域技术、产业领域深度合作，共同应对区域气象灾害风险，维护区域经济繁荣稳定。

此次活动由中国气象服务协会和广西—东盟经贸促进会联合主办，广西壮族自治区气象局协办。活动重点介绍了东盟各国经贸投资政策、气象水文事业发展现状以及政府应对气候变化的主要举措，中国气象企业发展现状和最新的技术发展情况，并在进一步加强中国—东盟气象产业领域合作，促进区域气象防灾减灾风险应对机制建立以及推动气象装备服务领域技术标准一体化等方面达成共识。

中国和东盟国家共同面临台风、暴雨等严重气象自然灾害的影响，在气象服务业务系统、卫星资料运用等方面一直保持着良好的合作关系。加强气象防灾减灾领域的沟通、交流与合作，对于中国和东盟国家提高区域内气象防灾减灾能力具有重要意义。

（来源：《中国气象报》，2016年7月14日，1版，作者：黄姿娜 孔毅民）

一个海岛气象站的诗与远方

岛不大，山不高，海就在眼皮底下的不远处。人不多，7男2女总共9个。山巅之上的小气象站，面朝碧波万顷的大海。

盛夏八月，是草木繁盛的时节，从广西北海市向南、向南，一小时乘船航渡，踏上了位于北部湾海面的涠洲岛。这是中国最大、最年轻的火山岛。岛很美，数次获评中国最美十个海岛之一。蜿蜒山路而上，穿越重重香蕉林，就在山巅之上的制高点上有一个国家基准气候站——涠洲岛气象站。

一湾碧水数篷船，一畦青草几栋楼。只有 9 个人的涠洲岛气象站，淡漠繁华，远离尘嚣。六十多年来，几代气象工作者在观云测雨中将最美好的青春留在了这座小岛，坚定执着地传回一个个数据。磅礴北部湾之上，海岛气象工作者就是祖国的“耳朵”和“眼睛”。质朴的坚守，无悔的奉献，在云卷云舒之间，气象职工写下了坚守海岛的“诗与远方”。

最美的姿势

中午 11 点，在涠洲岛地面观测场，强烈的阳光炙烤着大地。59 岁的袁彩贵拿着铅笔和观测簿，站到观测场正中央，向四周远望，又抬头看了看天，然后用铅笔在记录簿上记下了一个个数字。

对观测场的“宝贝”，袁彩贵如数家珍：“日照仪用来测量每天的日照时间；这是地温传感器；那是雨量筒；高高的那个自动风速仪是用来测风速和风向；百叶箱离地面 1.5 米高……”

作为国家基准气候站，观测员需要 24 小时值班，三班倒，早上 7 时到 12 时为早班，12 时到 18 时为中班，18 时到次日早上 7 时为夜班。

“晚上值班经常能看到满天的星星，城里看不到。”还有一年就退休的袁彩贵很是留恋现在的工作。他从 1986 年 2 月到站里工作，至今已有 30 年时间。从值班室到观测场那条不足百米的鹅卵石通道，袁彩贵不知走了多少个来回。

“作为国家基准气候站，涠洲岛气象站监测的数据不仅能为每天的天气预报提供基础数据，而且参与亚洲乃至全球区域的数据交换。”涠洲岛气象站站长杨永兴自豪地介绍。

海上小岛，遭遇台风是常事。“上次台风‘威马逊’把我们院落水泥钢筋灌注的围墙都‘撂倒’了。”杨永兴说。有几次台风，大风把观测员整个人吹起来，只能双手紧紧抓住值班室的门把手，就像电影中“功夫高手”一样悬浮在风雨中。

“一根绳索”的故事，是留存在全站观测员脑海里的集体记忆。1982 年，第 17 号台风来势汹汹，12 级以上的大风持续了很长时间，岛上大多数房屋吹飞了盖瓦。面对室外肆虐的风雨，观测员焦急万分，大家心中只有一个想法：“绝不能因受台风影响而缺测！”众人商议出一个好法子：用一根绳索将 4 个人像串糖葫芦一样捆在一起，然后爬出去观测。经过伙伴们的共同帮助，系在绳索最末端的那位观测员爬到了近百米外的观测场，在大风大雨中成功采集到了气象资料。

就在他们沾着满身泥水相互庆贺之际，偏偏又出现了一个紧急状况：发电机线路被台风刮断了，如不关掉，后果不堪设想。于是，3名观测员再接再厉，又用绳索捆在一起，再次冒着风雨爬出门去，沿着房屋边缘爬到了200米外的发电机旁，在千钧一发之际关掉了电源，避免了事故发生。“一根绳索”的故事激励着一代又一代海岛气象工作者。2003年台风“科罗旺”、2014年台风“威马逊”……一次次台风猛烈来袭，气象观测从未缺位。

“家里人以我为荣。”袁彩贵是岛上本地人，深受台风之害的岛上居民对他所从事的气象工作高看一眼。

袁彩贵和他的同事们，日复一日、年复一年地用一支铅笔和一本观测记录簿，记录天公的每一个“表情”，每天24小时轮流值班，承担着5次观测、5次发报、“重要天气报”的繁重任务，为每天的天气预报提供基础数据。观云测雨，这就是气象观测员的最美姿势。

“我们住的都是海景房”

涠洲岛气象站是1955年6月建立的，属于三类艰苦台站。六十载风云奔来眼底，小站如今已是旧貌换新颜。

“这是新建的公寓楼，我们住的都是海景房。”在一幢崭新的小楼前，杨永兴打趣道，语气有些自豪。

阳光洒满小站，一派生机盎然的景象。在观测场外的绿地上，灌木拼出四个醒目大字——“中国气象”。一小块单独围起来的菜地，蔬菜都绿油油的。一个简易的水泥篮球场，两棵高大的龙眼树，还有香蕉、木瓜等热带果树……气象站里洋溢着家的温馨。

“原先这里是树林，只有两排旧平房，没有卫生间，没有厨房，缺电缺水。”杨永兴说。

“就怕岛上的蜈蚣咬，咬肿了就上不了班了。”杨永兴说。当时，工作人员住在两排平房里，蚊虫成群，常有毒蛇、蜈蚣爬进屋里。

“晚上值班，手电筒常照到草丛里的小蛇。”袁彩贵说。上岛工作，不仅要不怕累、不怕苦，还要不怕蛇。

台风没能吹倒他们，艰苦的生活条件就更不能击垮他们。远离人群和大陆，打小蛇、种蔬菜、戏海水、看云识天……这是老气象人苦中作乐的特殊生活方式。“1982 年，当时的广西壮族自治区气象局领导现场指导，给我们打了口 150 米深的水井，从此不用再到山下挑水了。”杨永兴说，“我们气象站是岛上第一家有电视机、有汽车的单位。”

近年来，受益于台站综合改革，涠洲岛气象站发生了很大变化，这里已建成了现代化的海洋探测基地。“现在的设备好用多了。”袁彩贵熟练地操作着电脑。2004 年以后，地面观测实现了自动化，不再进行手工发报。

“参加远程学习，感觉不到站里的偏远。”杨永兴一边点击着电脑屏幕上的课件，一边介绍。最近，涠洲岛气象站被列为国家级气象远程学习示范点，站里职工通过远程教育网就能接受到最新的气象业务知识。

在远方，在足下

“将在站里拍到的云彩和星空发到朋友圈，有不少人点赞。”站里的两位年轻人向笔者展示他们手机拍的照片。郑武超，重庆人，毕业于原成都信息工程学院，2012 年上岛，已是涠洲岛气象站副站长；李侣推，南宁人，毕业于南京信息工程大学，2013 年上岛。

“海岛上的很多经历都是独特的。”郑武超说。涠洲岛东南方向约 9 海里处还有一个更为偏僻的小岛——斜阳岛。气象站职工也承担着斜阳岛自动气象站的维护工作。坐进敞开式快艇，浪大时海水会泼进艇内，行进时要忍受大幅度的颠簸，犹如坐“过山车”“海盗船”般刺激惊险。上岛后，年龄大的职工带着维修设备搭乘拖拉机，年轻人轻装跑步前进。40 多分钟的颠簸行驶再走上 1 公里的山路，这才到达自动站。仪器设备因盐分侵蚀故障较多，维修任务往往很重，雨量计、温湿计、太阳能转换器、无线发射天线等小件仪器还好说，最大的工程就是十米风杆的更换。吃饭问题很简单：包子、馒头和矿泉水。“斜阳岛的气象观测资料对北部湾大风灾害的监测预警起到非常关键的作用，维修再艰难也只能坚持。”杨永兴说。

“虽然只做观测，不做预报服务，但我们的工作很有价值。”杨永兴说。这个北部湾唯一的气象站采集的数据，对观测站点相对稀疏、临近国界的北部湾地区加强海洋气象服务、研究气候变化具有重要意义。“渔民和岛上的其他部门对气象服务还是有强烈需求的。”在日常工作中，杨永兴有如此感受。适应社会需求，加强海洋气象服务的各项举措已在逐步推进中。

“把台站建设成美丽的‘桃花岛’，打造为宣传气象事业的一张亮丽名片。”7月底，广西壮族自治区气象局局长刘家清专程到涠洲岛气象站慰问指导，要求站里的业务工作要从单一的气象观测转变为集气象观测、气象服务为一体的综合型气象业务，结合海岛站特点，开展旅游气象、海洋气象等有针对性、精细化的气象服务。

一块块暗红色的火山岩，倾听着浪花的心跳，守卫着连绵的海滩。在这个美丽海岛上有一群气象卫士，日月为伴，风雨同行，在足下，在远方，书写着平淡人生和精彩故事。

（来源：《中国气象报》，2016年8月17日，4版，作者：曾涛 刘文杰 郑武超，获第2届全国气象宣传作品观摩交流活动文字新闻二等奖、中国气象报社第27届好新闻二等奖）

中国—东盟博览会今年新增设气象论坛

8月17日，广西壮族自治区政府副主席张晓钦、张秀隆分别主持召开会议，听取气象等部门2016年中国—东盟博览会期间各论坛筹备工作情况，对办好论坛进行具体部署。

今年中国—东盟博览会期间将新增气象等论坛。张晓钦指出，气象等新增论坛是今年博览会的一大亮点，要办好办出成效来。各论坛相关责任单位务必高度重视，精心组织，做好活动的应急预案等工作，论坛活动内容设计要务实，争取形成共识，达到预期效果，进一步提升会展活动的服务能力和服务效益。

张秀隆在听取气象论坛筹备工作后要求，抓紧抓好各项筹备工作，确保论坛顺利举行。

目前，中国—东盟气象合作论坛已进入举办倒计时的关键阶段。据悉，广西壮族自治区气象局在 8 月 11 日已召开此次论坛倒计时 30 天动员会，动员各相关单位抓紧推进各项筹备工作，确保今年首届中国—东盟气象合作论坛圆满成功举办；下一步将细化论坛各项安排，继续做好与博览局的对接、沟通，落实相关事宜。

（来源：《中国气象报》，2016 年 8 月 23 日，1 版，作者：曾涛 韩嘉乐）

守护一方水土

——广西地质灾害气象预警预报工作纪实

今年入汛以来，广西先后遭遇多次暴雨天气过程、强对流天气和台风影响，强降雨和人为活动等造成广西上半年共发生地质灾害 117 起，因地质灾害气象预警预报发挥实效，部门联动处置及时，全区纳入监控的 7869 处地质灾害监控点和 5342 个易发村没有人员伤亡，60 多起突发地质灾害均未发生二次灾害事故。

作为我国地质灾害严重省（自治区）之一，地质灾害气象预警预报已成为广西地质灾害防治工作的“发令枪”和“消息树”。

联合开展地灾气象风险预警

位于云贵高原前缘地带的广西，地质灾害易发区面积占全区面积的 95% 以上，汛期的地质灾害防治工作尤为重要。

7 月 1 日 23 时至 2 日 8 时，北流市出现强降雨，气象部门与市国土局联合将降雨量大的南部沙垌镇、平政镇等地质灾害蓝色预警信号提升为橙色。当地党委、政府立即启动应急预案，全镇上下迅速行动，组织受山洪地质灾害威胁的群众紧急转移避灾，3000 多名危险区域群众连夜转移，无一人伤亡。

这样的例子在广西还有很多。每年汛前，广西气象、国土部门联合召开汛期地质灾害防治工作视频会议，分析年度降雨趋势，部署年度地质灾害防范工作。

“每年气象、国土两部门还联合开展汛期地质灾害巡查检查，以此修正不同地区、不同地质环境条件下的降雨临界值、人类活动程度等预报预警参数。”自治区气象局应急与减灾处处长莫生兆表示。

在此基础上，广西各地气象部门与国土部门开展广泛合作，14个市50多个县的气象与国土部门签订合作协议。广西区级气象、国土部门建立起定期会商机制，联合开展地质灾害气象风险会商及地质灾害气象风险预警，联合发布风险预警产品。自治区气象台环境科科长莫雨淳表示，两部门每日通过网络、电话等进行联合会商，及时通过多种渠道对公众发布预警信息。

共同打造“互联网+”系统

钦州市浦北县位于广西南部花岗岩丘陵地区，地质灾害点多面广，境内已发现隐患点多达1063处，占全区近十分之一，威胁着2万人的生命财产安全。

“县级地质灾害气象监测预警系统基于气象部门的数据环境，创新使用了‘互联网+’技术，对科学防治地质灾害意义重大，要大力推广运用。”自治区国土资源厅副巡视员黄位斌表示。

在浦北县启用的广西首个县级地质灾害气象监测预警系统，由县气象局和县国土资源局联合开发，包括灾害监测、灾害预警、灾害分析等10个功能模块，可利用气象预报业务系统和地质灾害预警预报系统共享信息，实现地质灾害自动监测、自动预警。目前，该系统已覆盖全县气象信息服务站，并开发运用手机APP版本。“我们的手机和村委里边都安装有这套系统，如果下雨超过100毫米或者200毫米，系统就会报警，我们就预先通知地质灾害户，并跟踪处理。”浦北县大成镇联成村党支部书记叶佳旺说。

该系统自2014年试运行以来，效果明显，截至目前已成功预警14次崩塌、滑坡地质灾害，由于当地村干部和地灾监测员收到信息后及时组织人员转移，避免了94人伤亡，避免经济损失262.8万元。

黄位斌说，两部门今后将加强地质灾害气象预警工作，完善乡村气象、地质灾害自动监测站建设，开发县级地质灾害预警预报分析系统。

建立信息共享长效机制

4 月 21 日，柳州市融安县浮石镇六寮小学旁边发生一起山体崩塌地质灾害，导致该校的 22 名小学生和 1 名工作人员出现不同程度受伤。在灾情发生后，柳州气象部门立即成立突发事件应对小组，特别是与国土部门应急联动，加强受灾地点周边的天气情况监测和预报服务。在此次事件中，气象部门实时共享灾害点周边降水量数据，为当地政府和相关部门开展救援工作及后期风险排查提供了决策参考。

一直以来，如何建立资料信息共享长效机制、形成防灾减灾合力，是广西气象、国土部门密切合作，确保预报预警信息迅速、及时、准确发布和传递的着力点。

为此，自治区气象局、国土资源厅签订了《气象信息专项服务合作协议》。气象部门为国土部门提供全区的所有县站及 2445 个乡镇自动气象站的雨量、温度，以及全区 10 部天气雷达、卫星云图等实时资料；国土部门则为气象部门提供全区地质灾害隐患点经纬度及责任人数据，共享全区 3.5 万个地质灾害易发村屯、1.2 万个地质灾害隐患点资料，开展有针对性的地质灾害预警服务。在气象部门开展的暴雨风险普查中，国土部门提供关于地质灾害隐患点的数据资料及相关的图形图像资料。

“这样一来，改变了原来传统的人工传输数据模式，实现了地质灾害、气象等资料的专线传输和实时共享，为地质灾害气象风险预警、应急值守和应急指挥工作提供准确的基础资料。”莫生兆说，特别是去年以来，由自治区气象局牵头建设的广西突发事件预警信息发布系统也实现了与国土部门的预警信息接入，成功开展了预警信息的多渠道测试发布。

据统计，“十二五”期间，广西成功预报地质灾害 61 起，避免了 4424 人伤亡，避免直接经济损失 4076 万元。

（来源：《中国气象报》，2016 年 8 月 30 日，1、2 版，
作者：黄姿娜 陈阳 黄芳 韦玉洁）

约在金秋　共商区域气象灾害联防大计

——中国—东盟气象合作论坛诞生记

12年来，每逢金秋时节，在绿城南宁，那座以巨大白色朱槿花为造型的会展中心里，总是聚满了中国和东盟国家的政商要人。2016年，中国—东盟博览会（以下简称“东博会”）中将出现一位引人注目的“新成员”——2016中国—东盟气象合作论坛（以下简称“气象论坛”）。

聚焦“区域气象灾害监测与共同防御”主题，中国和东盟国家气象部门、港澳地区气象部门、国际机构的决策者，以及相关企业界代表、专家学者将于9月11—12日齐聚一堂。气象论坛同期还将举办中国—东盟防灾减灾与可持续发展专家论坛、中国—东盟博览会气象装备和服务展览等。那么，这场气象领域的“华山论剑”是如何促成的呢？

携手，站在“一带一路”大格局下

共建海上新丝路，共享精彩东博会。连续12年成功举办，在促进中国与东盟经贸往来、促进中国—东盟自贸区建设、推动区域一体化建设上，东博会发挥着“南宁渠道”的独特作用。那么，气象议题为何会融入“南宁渠道”？

2015年8月27日，广西壮族自治区政府主席陈武与来南宁调研的中国气象局局长郑国光围绕进一步加强部区合作、推进广西气象现代化建设、发挥广西在深化东盟合作的区位优势，提升气象服务保障能力和水平等方面进行深入交谈。

“气象工作要主动对接‘一带一路’倡议”“广西在东盟合作中区位优势凸显，与东盟国家开展气象方面的合作将大有可为”……在陈武与郑国光的共同倡议与推动下，双方决定联合举办中国—东盟气象合作论坛。

为了落实这一设想，中国气象局副局长沈晓农多次听取论坛筹办情况汇报；副局长矫梅燕主持专题会，协调筹办具体事宜。

中国气象局国际合作司、应急减灾与公共服务司等对筹备工作多次进行具体指导；中国气象服务协会牵头组织东博会气象装备和服务展览。

自治区政府副主席张秀隆曾三次听取气象论坛筹备情况的汇报，协助解决实际问题；2015年9月，他在京与中国气象局领导进一步对接论坛筹办等工作。

在各方的持续努力下，论坛筹备工作步入“快车道”。今年春天，双方最终明确共同主办论坛，并由广西壮族自治区气象局承办。至此，气象论坛申报完成所有程序，并成为博览会框架体系内的高层次论坛。

首次承办高层次国际论坛，对自治区气象局来说是一次“大考”。自治区气象局积极与相关部门沟通对接，并建立定期汇报沟通机制。嘉宾邀请、领导日程安排、举办地确定、落实展位等工作千头万绪，但一切都在有序进行。

承办者也兼任服务者的角色。从常年来看，南宁9月中旬天气形势复杂，易受台风影响，预报难度大。已有十余年博览会保障服务经验的预报团队提早谋划，天气风险分析报告已递交东博会指挥中心，英文版天气预报小册子送达外宾下榻酒店……9月5—14日，全区气象部门进入特别工作状态。

搭台，唱响国际气象合作交流重头戏

“务必要从落实‘一带一路’倡议、广西‘三大定位’的高度、服务国家整体外交的高度去认识论坛举办的现实意义。”作为承办方，自治区气象局局长刘家清感到身上的担子沉甸甸。事实上，举办国际论坛，主题和议程设置尤为关键。几经斟酌，“区域气象灾害监测与共同防御”成为首届东博会气象论坛的主题。

从气象灾害类型上看，中国与东盟国家陆海相连，经常遭受台风、暴雨等气象灾害袭击。在全球气候变暖的背景下，这些国家和地区的天气气候灾害呈频发、重发趋势。加强中国和东盟各国气象防灾减灾领域的沟通、交流与合作，联动监测及防御气象灾害，对于提高区域内各国气象防灾减灾能力，服务“一带一路”倡议具有重要意义。

此外，从历史上看，中国和东盟国家在天气气候监测、气象资料和信息交换、气象技术和装备进出口、人员和专家交流等方面有着良好的合作基础。

此次气象论坛在内容设计上力求丰富而有实效，邀请了中国和东盟国家高级官员及专家参与研讨及对话，正式代表近百人，其中境外代表占三成，旨在通过开展政策对话及学术交流活动，增进中国和东盟国家对气象灾害防御现状的相互了解，加强“一带一路”倡议框架下的气象领域交流与合作，建立气象灾害监测及联防机制。

论坛同期举办的中国—东盟防灾减灾与可持续发展专家论坛邀请中国和东盟国家气象、水利、地质、地震等领域专家学者参与讨论，以“做好中国—东盟防灾减灾工作，更好地服务‘一带一路’”为主题，共同研讨自然灾害发生发展的机理、特征与影响及防灾减灾协同机制，提出应对措施，构建合作平台。东博会气象装备和服务展览主要依托东博会平台，展示最新气象技术装备与产品，以期促进中国和东盟国家在气象装备、站网设施、业务系统、服务产品等方面的交流与合作。

论坛举办期间，还将召开中国—印尼气象和气候领域合作联合工作组会议，并将开展巴基斯坦、孟加拉国、尼泊尔等国气象局长参加的多国别考察活动。

“力争通过《中国—东盟气象合作南宁倡议》，达成有可能的双边气象合作（援助）意向。”金秋的约定，注定是一次有力握手。

（来源：《中国气象报》，2016年9月9日，1、2版，
作者：曾涛 张薇 韩嘉乐）

郑国光在广西壮族自治区气象局调研时强调
发展智慧气象　实现更高水平现代化

9月10日上午，中国—东盟气象合作论坛召开前夕，中国气象局党组书记、局长郑国光到广西壮族自治区气象局进行指导与调研。郑国光强调，要以发展智慧气象为标志，努力实现更高水平、更高质量、更可持续的气象现代化；要以改革为动力，推动气象现代化持续发展；要以部区合作和中国—东盟气象合作论坛为平台，推动广西气象事业发展。

郑国光先后深入广西气象数据中心、气象监测预报中心及突发事件预警信息发布中心调研。每到一处，他都详细了解业务服务情况，与一线业务人员深入交流，并着重调研智慧气象、现代预报预测业务服务、气象为农服务、突发

事件预警信息发布、专业气象服务等方面工作。

在听取了自治区气象局党组和党组纪检组工作汇报后，郑国光指出，广西气象工作践行五大发展理念，在推进事业发展的理念、方式、成果等方面都有了新变化，气象现代化水平明显提高。自治区气象局牢牢把握气象预报服务主动权，准确预报，主动服务；围绕气象现代化“四大体系”建设，加快推进气象服务现代化；以落实部区合作协议为抓手，推进防雷减灾体制改革，引领气象事业可持续发展。

郑国光对广西气象工作提出了五点要求。一要以发展智慧气象为标志，努力实现更高水平、更高质量、更可持续的气象现代化。气象现代化是途径、手段，其根本目的是提升保障地方经济社会发展的能力和水平；随着经济社会的发展，气象现代化的内涵要不断丰富。构建气象现代化“四大体系”的核心就是发展智慧气象，要主动围绕地方经济社会发展，建设有特色的气象现代化。二要以改革为动力，推动气象现代化持续发展。当前要强化措施，大力发展专业气象服务。三要以部区合作为平台，扎实抓好广西气象发展“十三五”规划和部区合作重点项目的落实。四要以中国—东盟气象合作论坛为平台，推动开放式发展。抓住面向东盟的优势，充分利用好中国—东盟博览会平台，推进更大发展。五要落实全面从严治党主体责任，持之以恒抓好作风建设。要推进党风廉政建设和反腐败工作，压实“两个责任”；严格落实中央八项规定精神，把纪律挺在前面；支持、理解纪检工作，认真履行监督执纪问责职责，运用好监督执纪“四种形态”。

（来源：《中国气象报》，2016 年 9 月 12 日，1 版，作者：曾涛 韩嘉乐）

面向区域需求　推动气象合作
南宁倡议获积极反响

9 月 11 日，在首届中国—东盟气象合作论坛上，与会代表以全体热烈鼓掌的方式通过了《中国—东盟国家气象合作南宁倡议》（以下简称《南宁倡议》），区域气象合作由此迈向新的台阶。《南宁倡议》面向区域气象发展需求，提出多项务实合作措施，得到东盟国家代表一致欢迎和高度赞赏。

根据《南宁倡议》，中国与东盟国家将加强机制性气象合作，中国气象局支持中国—东盟气象合作论坛以每两年召开一次的方式持续举办；加强区域气象观测和资料交换，包括加强“风云”卫星和中国气象局广播系统等应用合作；加强气象灾害联防和灾害风险管理领域合作，探索建立基于互联网的灾害性天气讨论和信息通报互动平台，开展相关业务预警技术、平台研发的交流；建立气象业务技术交流互动机制，组织针对台风、暴雨的研究项目，加强区域高分辨率数值预报模式研发和应用合作，开展台风和区域应对气候变化联合研究；在全球气候服务框架下，加强季节气候预测与气候服务特别是与农业和水有关的服务合作；加强航空气象服务合作；加强区域气象仪器标定合作以及区域气象培训工作等。

对于论坛取得的成果，缅甸气象和水文局局长Hrin Nei Thiam表示高度认可。她说，通过论坛可以学习中国在防灾减灾等气象业务技术方面的先进经验，获得培训机会，对于提高缅甸的气象服务能力十分重要。目前，中国向缅甸捐赠的中国气象局广播系统和气象信息综合分析处理系统运行良好，已成为缅甸气象部门的主要业务系统。未来，她希望在预警制作与发布、数值天气预报、云计算等方面进一步与中国气象部门加强交流与合作。

通过来华培训，究竟能起到多大的作用？印度尼西亚气象、气候和地球物理局局长安迪·埃卡·萨卡亚（Andi Eka Sakya）打开手机上的天气APP，向记者展示这个可以随时查看印尼任意城市天气预报的软件。他自豪地告诉记者，这是工作人员在中国培训后制作出来的。“通过来中国参加培训，他们的视野开阔了，思想改变了。”萨卡亚告诉记者，仿照中国的做法，他们在印尼各地举办了针对农民的气象知识培训，这些培训增强了农民的防灾意识和能力。在萨卡亚看来，中国与印尼气象合作的成效是显著的，他对于未来双方合作寄予厚望。

出席论坛的联合国亚洲及太平洋经济社会委员会信息通信技术与减灾司减灾处处长桑杰·斯里瓦斯塔瓦（Sanjay.K.Srivastavas）称论坛取得很大成功：“我非常高兴地看到，《南宁倡议》抓住了东盟国家的需求，是一个很好的、务实的倡议。”目前一些东盟国家气象部门的业务服务能力亟须加强和改善，而《南宁倡议》则针对这些问题，提出了具体措施。他认为最重要的是，通过

《南宁倡议》，看到中国对东盟国家帮助和支持的承诺。中国气象局致力于促进区域气象合作，发挥领导作用，这是最令人高兴的，他说。

世界气象组织（WMO）发展和区域活动司教育培训办公室主任因卡·阿德巴约（Yinka Adebayo）表示，《南宁倡议》为中国与东盟国家加强气象合作奠定了基础，使中国与东盟之间的合作进一步扩大。论坛为增强区域合作提供了新的平台，并将有利于促进 WMO 减轻灾害风险路线图、全球气候服务框架等有关计划的实施。

台风委员会秘书长喻纪新则表示，《南宁倡议》体现了东盟各国希望与中国加强气象合作的强烈愿望，台风委员会将与这一机制积极互动，共同提高区域台风防御能力。

（来源：《中国气象报》，2016 年 9 月 13 日，1 版，
作者：张永 徐文彬 曾涛）

盛会如期　精心护航

——第十三届中国—东盟博览会气象保障服务纪实

“预计 20 时至 23 时，广西体育中心以阴天为主，偶有小阵雨……天气不影响民歌节晚会的举行，请观演嘉宾出行携带雨具。”就在演出开始数小时前，南宁国际民歌艺术节组委会在收到气象部门的短信后，终于长舒了一口气。9 月 11 日 20 时，第十八届南宁国际民歌艺术节 2016“本色花山·大地飞歌”晚会在阵雨后拉开了帷幕。

而这只是第十三届中国—东盟博览会和中国—东盟商务与投资峰会及南宁国际民歌艺术节（以下简称“两会”及民歌节）气象保障服务成效的一个缩影。

对广西气象人来说，盛会如期，气象保障服务亦从未缺席。

周密部署 全力确保任务落实

今年，广西壮族自治区气象局首次在中国—东盟博览会框架下承办中国—东盟气象合作论坛，国内外气象界领导、专家云集广西，气象保障服务任务尤

为艰巨。

“务必做好智慧化、精细化气象保障服务，全力确保‘两会’及民歌节和论坛气象服务万无一失！”自治区气象局局长刘家清一声令下。

早在距离“两会”及民歌节举行两个月前，气象保障服务就已启动。《2016年“两会”及民歌艺术节气象服务方案》《2016年“两会”期间天气风险分析》专题报告等相继出台。针对新增的气象合作论坛，气象部门还专门制定《2016中国—东盟气象合作论坛气象保障服务工作方案》，提供全程跟踪气象服务保障措施，制作英文版天气预报小卡牌，并送至外国嘉宾下榻酒店。根据历史气候背景及今年大气环流异常情况，气象部门提前作出决策服务，建议“两会”领导小组及相关部门制定好应对强降雨、雷电、台风等不利天气的应急预案。

与此同时，广西气象部门加紧对新一代天气雷达、区域自动气象站等观测设备进行全面检查；设备网络维护小组24小时待命，保证“两会”期间区域自动站和气象信息电子显示屏正常运行；各地面观测站人员加强值守班，对各类业务信息系统加强监控和巡查，确保天气会商系统、气象信息监测预警和发布平台正常运行。

9月5—14日，全区气象部门进入“两会”及民歌节、“中国—东盟气象合作论坛”气象保障服务特别工作状态。

随着盛会临近，海内外宾朋陆续抵达南宁，复杂的天气形势依然牵动着各方的心。特别是9月9日晚到10日，南宁市城区大部出现了大到暴雨。就在大家为11日“两会”及民歌节开幕天气捏把汗的时候，已有多年“两会”及民歌节气象保障服务工作经验的预报团队再次给出了预报结论：“两会”期间，南宁市以阴到多云有短时阵雨天气为主，无强降水，有利于各项活动的开展和公众出行。

贴心服务 高效运用现代化成果

“如果你要去看民歌节晚会，出门前轻轻一点就可以精确地查到广西体育中心的天气实况及未来天气趋势。”南宁市气象局科技服务中心主任郑贤信心满满地说。

自开展“两会”及民歌节气象保障服务以来，气象部门利用集卫星云图、天气雷达、风廓线雷达、自动气象站、闪电定位系统和环境气象观测站等设备为一体的立体观测网加密观测，基于中尺度数值预报模式产品开展空间分辨率达 5 公里、时间分辨率为 3 小时、最长预报时效可达 10 天的降水量、温度、风向、风速等要素精细化预报，基于移动互联的手机 APP 进行精细定位服务，提供重点场所定点温度、降水、相对湿度要素服务产品，有效提升了气象监测预报的定量化、客观化和精准化水平。

而由广西气象台自主研发的“广西灾害天气实时监控预警业务平台”“广西天气预报服务集约化业务系统”，南宁市气象局的“南宁市气象数据中心”“客观精细化天气预报系统”“一键式”气象信息发送平台等一系列现代化的数据监控和服务平台也在为气象保障服务保驾护航。

“我们的服务工作要真正做到‘无微不至、无所不在’。”南宁市气象局局长杨宝回表示。

利用电视、广播、网站、微博、微信等渠道，气象部门还推出“两会”天气预报服务专题，包含南宁市主城区积涝气象风险等级监测和预警预报、城市火险气象等级预报等专业服务，并提供紫外线强度指数预报、舒适度指数预报、空气污染扩散气象条件等级预报、南宁市交通气象服务信息和广西旅游景点天气预报，方便相关部门和公众、游客了解实时天气。

内外联动 群策群力护航盛会

“历年 9 月，南宁市的日最高气温一般在 32 ℃、33 ℃，分别占 17% 和 19%。”“南宁城区站 2000 年以来 9 月的降雨概率为 35%，平均每月 10.5 天。”……9 月初，自治区气象台和南宁市气象局的骨干预报员共同研讨，为“两会”及民歌节期间的天气预报做好服务技术准备。

气象部门上下联动做好保障服务已是多年的惯例。“两会”及民歌节期间，自治区气象台不仅与中央气象台、华南区域中心加密会商，还与相关地市进行视频、电话等形式的天气会商，对各市县进行降水落区和最高、最低温度预报指导，保障预报预警服务信息准确发布。

这种联动合作也走出了气象部门，“两会”及民歌节的气象保障服务工作得到了社会各界、各部门的积极配合。

“两会”及民歌节开幕前夕，南宁市气象局与民航广西空管分局召开专题座谈会，确定9月9—14日加强天气会商，每天固定两次，如遇高影响天气，每3小时进行1次电话天气会商，充分利用气象部门的技术实力和民航空管部门的专业优势，共同全力做好“两会”期间南宁市航空气象服务保障工作。

与此同时，南宁市气象局与市交警支队建立了联动机制，共享资源信息，为组委会和市民出行提供参考；与市城管局建立专题会商制度，根据实际天气情况，适时联合对外发布城市内涝风险预报；与市环保局建立空气污染监测预警和联防联控机制，每天开展空气质量监测预警会商，联合发布空气质量预报。

（来源：《中国气象报》，2016年9月14日，1、2版，
作者：张薇 张芳琳 陈伟斌 黄姿娜）

十年，初心未改

十年，一个岁月的符号。光阴之外，或光阴之里，我们都是时间的孩子。记忆似水，清晰地勾画着行走的样子。时间煮过的雨，岁月渲染过的情怀，总有一些画面在平淡的日子里发光。

2006年7月，我从湖南来到广西，从媒体人变为气象人，但却没想到竟然又要重操旧业做新闻，成了《中国气象报》广西记者站的记者。上班第一天，“老天爷”就给了我一个下马威。当天，广西正遭遇台风“碧利斯”来袭，南宁内涝严重，单位地下停车场被淹。时任广西壮族自治区气象局办公室主任卢笙带着我来到停车场，并一路叮嘱“你的任务就是做好宣传”。停车场水深及膝，又比较黑，急着抢角度拍照的我一不小心跌进了水里，一双新买的皮鞋报废了。“换好衣服、鞋子没有？马上要跟局长去钦州救灾，气象报有约稿。”卢主任的电话又追进了宿舍。“气象报的记者也不好当！”我在心里嘀咕着。

从嘀咕中起步，十年来，心却一次次被感动。心动于每次台风、暴雨等来袭，气象工作者闯进雨幕、踏足泥泞，越危险的地方越要主动开展气象服务；

心动于低温雨雪冰冻灾害将南国“冰冻”之际，会商室的闪闪灯光温暖了寒夜；心动于干渴的大地上，镜头定格于桂西北旱区小学那名小女孩捧起一碗水痛饮后的幸福微笑……

相对于社会媒体的丰富多彩，相对于昔日同事的发光焕彩，驻站记者工作单调、枯燥，不显山不露水。在中国气象报社领导和编辑的鼓励下，我守住了这份孤寂，重新领悟到新闻工作的真谛，更加享受内心的平和与快乐。8 年驻站记者生涯，我经常问自己，你是否对得起这份工作。所幸的是我坚持了初心，不动摇，不放弃。不管别人的眼光怎么看，我一直行进在自己的路上。如今，虽已不再从事记者站具体工作，但依然对气象报、记者站初心不改。

2008 年 7 月，中国气象报社给我打来电话，电话的内容令人兴奋：抽调我去支援北京奥运会报道工作。接完电话后，我又惴惴不安起来，我能做好吗？在“北京欢迎你”的歌声里，我和俞骆波、王龙、王晓乐 4 人来到了报社。“你今天要采访到乔林”“今天要蹲在应急办出新闻”报社并未因为我们初来乍到就放松了要求。终于，《“鸟巢”上空书写绮丽诗篇》《阅尽风云作画卷》《“幕后”也是“战场”》……一篇篇作品被“挤”了出来。奥运会期间，我快乐地工作着，并受益良多。

2013 年初，我再次被报社抽调，和陆铭老师一起策划深度报道。行业媒体如何做活社会关注的大文章？在社领导的带领下，我们最终策划推出了“绿镜头 · 发现中国”采访活动。现在，“绿镜头”活动已在全国推广开来，并获评中国气象局创新项目。就像看到一棵小树苗慢慢茁壮成长，我倍感欣慰。

十年，都是温暖的剪影，晃过的是熟悉而亲切的面孔；鸟巢旁，外国运动员对着《奥运天气资讯》比出的“ok”手势；浑善达克沙地，蒙古族牧民聚在一起阅读《中国气象报》……一次次让我升腾起自豪与暖意。十年间，《中国气象报》这一平台给了我很多，连续 8 年获评优秀记者，1 次获中国气象局办公室表彰，4 件作品获评中国产经新闻奖。

收获，不忘感恩，这份人生积淀就像一笔笔无形的财富给予我深邃的思考和厚重的力量。翻看我的远程投稿系统，10 年时间，204 页，2038 条稿件。放在《中国气象报》4000 期的大背景下，这显然微不足道。但渺小的我会因了不起的你而自豪。4000 期，每一份报纸都散发着墨香、凝聚着心意。4000 期，你关注过那些春雨，那些秋风，那些花儿，那些流云，那是流金岁月。我更期待4001期以及以后，那是又一季的生机盎然。

（来源：《中国气象报》，2016年9月27日，4版，作者：曾涛）

跨越国界的握手

——首届中国—东盟气象合作论坛综述

9月11日18时许，广西南宁南湖畔夕阳向晚，而此时，一场国际盛会正渐入高潮——首届中国—东盟气象合作论坛进入了《中国—东盟国家气象合作南宁倡议》（以下简称《南宁倡议》）的讨论环节。经过细致讨论、缜密修改，在多国语言组成的欢呼声和热烈掌声中，《南宁倡议》获得一致通过。

作为第13届中国—东盟博览会及商务与投资峰会系列活动之一，首届中国—东盟气象合作论坛于9月11—12日在南宁举办。此次论坛由中国气象局和广西壮族自治区政府主办，自治区气象局承办。来自中国和越南、印度尼西亚、老挝、马来西亚、缅甸、菲律宾、新加坡、泰国等东盟国家气象水文部门的主要领导，世界气象组织、联合国亚洲及太平洋经济社会委员会、台风委员会等国际组织的代表，以及中国香港和中国澳门地区的代表齐聚一堂，共话气象合作发展。

一个对话的平台

在广西壮族自治区党委书记彭清华、主席陈武与中国气象局党组书记、局长郑国光的共同倡议与推动下，中国—东盟气象合作论坛首次纳入中国—东盟博览会框架。“举办气象论坛，是落实国家‘一带一路’倡议、服务国家整体外交和服务广西‘三大定位’的重大举措和具体实践。”自治区气象局局长刘家清说。

中国与东盟国家陆海相连，台风、暴雨、区域干旱等相近的气象灾害多发频发。对于中国与东盟国家来说，建立气象领域的区域合作机制，在观测资料共享、灾害联防、气象服务和科研、气象仪器标定及业务技术人员交流培训等方面开展合作，重要而迫切。

论坛主题被定为“区域气象灾害监测与共同防御”后，一份份邀请函跨海越山，被送至东盟各国及相关国际机构的气象“大咖”手上，约定金秋开启一场国际气象合作交流的重头戏。

“中国气象局将秉承‘一带一路’区域合作原则，推动与沿线各国，包括东盟各国的合作。合作成果不仅有利于提升区域内气象防灾减灾和应对气候变化等气象服务能力，还有助于 WMO 全球战略的实施。”中国气象局局长郑国光在论坛开幕式致辞中说。中国气象局副局长矫梅燕还就未来合作建议作特邀报告。

“促进防灾减灾工作的融合发展、最大限度避免和减少灾害损失，是中国和东盟各国的共同使命。”自治区政府副主席张秀隆希望增进中国与东盟国家在气象领域的互信互通、合作共赢。

越南自然资源与环境部副部长周范玉显说，在气候变化背景下，亟需加强国际合作，凝聚区域力量，更好地监测和预防自然灾害。

以此次论坛为平台，与会代表纷纷谈体会、提建议。

论坛同期举办了中国—东盟博览会气象装备与服务展，中国—东盟防灾减灾与可持续发展专家论坛，中国气象局与印度尼西亚气象、气候和地球物理局气象和气候领域合作联合工作组第一次会议等，并组织中外代表参观自治区气象局，活动内容丰富多彩。

其中，有 30 家单位参展的中国—东盟博览会气象装备与服务展，是我国气象装备和服务领域的现代化成果首次在博览会亮相，吸引了自治区政府主席陈武、副主席张晓钦等前来展区参观。“气象装备与服务展丰富了中国—东盟博览会的内容，展示了中国气象事业发展水平。”自治区政府副主席黄世勇在展览开幕式致辞中说。

而 2016 年中国—东盟防灾减灾与可持续发展专家论坛则成为“气象粉”最期待的活动之一。中国工程院院士丁一汇、郑皆连，印度尼西亚技术评估与应用局教授埃德温·安德里安，国家“千人计划”专家、中山大学特聘教授杨崧等知名气象专家，共同带来一场国际性学术交流盛宴。

一种合作的机制

薄薄一纸《南宁倡议》，却有着厚重的分量。

根据《南宁倡议》，中国气象局支持中国—东盟气象合作论坛以每两年召开一次的方式持续举办；继续加强区域气象观测和资料共享，包括加强“风云”卫星和中国气象局广播系统等应用合作；探索建立灾害性天气讨论和信息通报互动平台，并开展相关业务预警技术、平台研发的交流；建立气象业务技术交流互动机制，加强区域高分辨率数值预报模式研发和应用合作；加强季节气候预测与气候服务，特别是与农业和水文有关的服务合作；加强区域气象仪器标定合作以及加强区域气象培训工作等。

《南宁倡议》面向区域气象发展需求，提出的多项务实合作措施，得到东盟国家代表的一致认同和高度赞赏。

缅甸气象和水文局局长 Hrin Nei Thiam 认为，通过论坛可以学习中国在防灾减灾等方面的先进经验，对于提高缅甸的气象服务能力十分重要。她说，中国向缅甸捐赠的中国气象局广播系统和气象信息综合分析处理系统运行良好，已成为缅甸气象部门的主要业务系统。

亚太经社会信息通信技术与减灾司减灾处处长桑杰·斯里瓦斯塔瓦表示，通过《南宁倡议》看到了中国对东盟国家帮助和支持的承诺。

世界气象组织发展和区域活动司教育培训办公室主任因卡·阿德巴约称赞道,《南宁倡议》为增强区域合作提供了新的平台，有利于促进世界气象组织减轻灾害风险路线图、全球气候服务框架等计划的实施。

“中国气象局愿与各国气象水文部门，共享气象业务发展和服务经验，通过展览进一步推进气象装备、气象服务方面的区域合作和交流。”在气象装备与服务展上，郑国光与东盟国家及国际组织的代表参观了各个展台。各方代表纷纷向参展方了解和询问气象仪器和服务情况，并对中国气象装备和服务水平表示赞赏。一名来自老挝气象水文局的官员表示，此次展览令他大开眼界，希望未来与中国加强合作，提高老挝气象部门的基础设施水平。

据了解，此次论坛共取得六项显著成果：一是论坛自2016年起正式纳入中国—东盟博览会框架，服务国家整体外交大局，成功搭建中国与东盟气象合作新的重要平台，主动融入“一带一路”建设；二是通过《南宁倡议》，填补了中国与东盟国家气象区域机制合作的空白；三是气象装备和服务展首次在中国—东盟博览会亮相，为中国与东盟国家加强区域气象技术产业合作提供了机遇，华风气象传媒集团有限责任公司与东南亚电信集团签署了战略合作协议；四是中国—东盟防灾减灾与可持续发展专家论坛从科学和技术的角度提出减轻灾害对策和举措；五是确定了中国与印尼气象、气候领域合作联合工作机制，审议批准了未来合作计划；六是展示了中国气象的国际影响力。

一次发展的契机

“9 月 5—14 日进入特别工作状态。”刘家清在 9 月 5 日召开中国—东盟博览会、中国—东盟商务与投资峰会及国际民歌节气象保障服务和气象论坛工作视频动员会议上宣布。

首次承办国际论坛，对自治区气象局来说是一次考验，更是对气象现代化水平的真正检验。自治区气象局高度重视，以精细的谋划，举全局之力抓好落实各项工作，先后多次向中国气象局和自治区领导汇报，积极与相关部门沟通对接。嘉宾邀请、领导日程安排、举办地确定、落实展位等一系列工作有条不紊地进行。

广西气象现代化建设成果在论坛中得到充分展现。广西气象监测预报中心、气象数据中心、突发事件预警信息发布中心等均于 9 月初进入业务试运行阶段。对于广西气象信息化、突发事件预警信息发布、现代预报预测业务、气象为农服务等新成果，出席论坛的中外代表给予广泛赞誉。

一边是论坛活动，一边是博览会保障服务，这是摆在自治区气象局面前的双重考验。“预计 20 时至 23 时，广西体育中心以阴天为主，偶有小阵雨……天气不影响民歌节晚会的举行，请观演嘉宾出行携带雨具。”就在演出开始数小时前，南宁国际民歌艺术节组委会收到了气象部门的短信。9 月 11 日 20 时，第十八届南宁国际民歌艺术节晚会在阵雨后的清新中拉开帷幕。

“历年 9 月，南宁市的日最高气温一般在 32 ℃、33 ℃，出现概率分别占 17% 和 19%。”9 月 1 日，在南宁市气象局预警中心，自治区气象台和南宁市气象台的骨干预报员正在探讨南宁 9 月气候概况及降水预报技术指标，为中国—东盟博览会期间天气预报做好前期准备。9 月中旬，南宁天气形势复杂，易受台风影响，天气预报难度大。针对此次保障服务，已有十余年博览会保障服务经验的自治区、市两级预报团队严阵以待，提早谋划。天气风险分析专题报告，分钟级雷达降水估测、雨温时空分布等微信平台新产品，英文版天气预报小册子……博览会期间，自治区气象部门累计发布各类服务材料39期。

跨越国界的握手，热情而有力。序幕开启，将继续演绎着精彩与生动。回眸，幅幅画面，引人入胜；展望，盛大图景，光明灿烂。

（来源：《中国气象报》，2016年10月18日，1、2版，作者：曾涛 韩嘉乐）

广西“十三五”将建多项气象重点工程

日前，广西壮族自治区气象局与自治区发展和改革委员会办公室联合印发《广西气象事业发展“十三五”规划》。根据该规划，到2020年，广西将基本建成以智慧气象为重要标志，适应需求、结构完善、功能先进、保障有力，由现代气象监测预报预警体系、现代公共气象服务体系、气象科技创新和人才体系、现代气象管理体系构成的气象现代化。

该规划提出5年内的主要任务是：提升公共气象服务均等化水平、加强气象预报预测能力建设、提高应对气候变化服务能力、加强气象基础保障能力建设、加强气象科技创新与人才体系建设。

根据该规划，“十三五”期间，广西将重点建设北部湾海洋气象能力系统工程、西江流域致洪暴雨监测预警系统工程、农业气象服务和灾害监测防御系统工程，同时结合广西气象发展面临的新形势和新需求，还将建设气象信息化系统工程、生态文明气象保障工程、人工影响天气工程、气象台站基础设施工程等。

（来源：《中国气象报》，2016年11月10日，1版，作者：韩嘉乐）

广西54个国家级贫困县实现气象信息全覆盖

日前，记者从广西壮族自治区气象局获悉，2016年气象部门将气象服务融入各级政府扶贫工作中，着力强化贫困地区气象防灾减灾、气候资源开发利用、生态文明建设等工作，并取得显著成效。目前，广西 54 个国家级贫困县已实现气象信息行政村全覆盖，建立 7260 个气象预警大喇叭和 531 块电子显示屏。

为贯彻落实国务院和广西壮族自治区扶贫工作有关要求，今年以来，自治区气象局从气象预警信息发布与响应体系、人工影响天气作业能力、智慧农业气象服务、旅游气象服务等方面，狠抓扶贫工作落实。气象部门成立扶贫开发工作领导小组，制定广西打赢脱贫攻坚战气象保障行动计划，明确未来五年气象扶贫的重点工作和各项工作的责任单位；构建气象预警信息发布与响应体系，建立区、市、县三级一体化的国家突发事件预警信息发布平台，实现与国土资源、交通等 18 个部门信息资源的共享；组织实施人工增雨作业，在全区 50 个贫困县建设 50 个地面人工影响天气标准化作业站；开展智慧农业气象服务，在巴马县等 10 个贫困县建设气象为农服务示范区，围绕特色农业开展新型经营主体直通式服务。

下一阶段，自治区气象部门将积极开展中央财政“三农”专项建设，大力发展智慧旅游气象服务，提升直通式服务针对性。

（来源：《中国气象报》，2016 年 12 月 8 日，1 版，作者：韩嘉乐）

“美丽广西”：好生态引领致富路

对一些经济欠发达地区而言，如何将生态优势转变成经济优势，是一个普遍性的难题。近日，记者随中国气象局组织的“绿镜头 · 发现中国”报道团深入广西南宁、来宾、桂林等地，发现过去守着绿水青山过穷日子的群众，如今探索出了一条发展生态文明的大道，让绿水青山变成了金山银山。

生态乡村：“美丽中国”的广西实践

南宁市郊的忠良村，前些年以牛栏臭气熏天、土地贫瘠闻名乡里。如今，村里白墙青瓦，碧水盈盈，游人如织。

西乡塘区副区长林拓介绍，借着“美丽广西”乡村建设的东风，政府帮助农民建设好了水、电、网络等公共基础设施，农民的土地进行了有偿流转，忠良村建立了农业休闲示范区，农户办起了农家乐，现在这里环境美了，百姓富了。

“曾经的广西，‘远看比近看美’，因为贫困。”广西壮族自治区乡村办材料信息小组组长彭书华说，尤其在农村地区，过去“垃圾围村、垃圾进田、垃圾上路、垃圾入河”等问题突出。2013 年 5 月，广西决定在全区范围开展“美丽广西”乡村建设重大活动，实施“村屯绿化”“饮水净化”“道路硬化”等，这是“美丽中国”的广西实践。

据介绍，如今“美丽广西”建设从“清洁乡村”推进到“生态乡村”，建设活动纳入各级党委和政府年度绩效考核，8 万多名干部进驻全区所有行政村。广西乡村三年大变样，村村寨寨废水有了“家”，垃圾有人拉，村头有绿荫，河里有鱼虾。乡村建设促进了乡村旅游、特色农业等产业集聚，每年乡村旅游人数超七千万人次，甚至有不少欧洲人来广西的乡村定居。

彭书华告诉记者，现在广西流传这样一句话：“如果有一天我老了，我愿意在乡村等你！”

不考核 GDP：绿水青山带来金山银山

金秀瑶族自治县是珠江流域重要的水源地，也是全国第二大物种基因库。这样一个生态地位极其重要的县，过去为了完成 GDP 指标，却不惜以破坏环境为代价。

“金秀以前砍了不少树木，全县森林年砍伐量最高逾 100 万立方米；后来挖铜矿，又搞铁合金，破坏了土壤和植被，污染水源。”金秀县副县长李成金介绍，这种生态与工业“双输”的状况，并没有帮助县里摘掉贫困县的帽子。后来，金秀不再考核 GDP，不考核财政收入，转为考核生态环境保护、旅游产业发展和城镇化建设。

李成金介绍，不考核 GDP 后，金秀关闭了所有的铁合金厂、铜矿山等；“木头财政”逐步退出，全县森林年砍伐量下降不到 10 万立方米，生态得到全面恢复。金秀人把精力放在瑶山医药、茶叶、水果等产业的发展上，当地的野生茶、优质水果等逐渐发展到五万余亩，当地的石岩茶、绞股蓝、甜茶等产品远销到东盟国家。大瑶山生态民俗旅游发展红火，“世界瑶都”品牌愈发响亮，圣堂山、莲花山等风景区的游客越来越多。

来宾市金秀瑶族自治县长垌乡滴水村，这几年发展起了旅游业。当了十四年的乡村医生全桂莲经营起了瑶族药浴，现在，她不仅自己富了，还成立了休闲农业与乡村旅游专业合作社，带动当地的瑶族村民一起致富。

“善事可做，恶事勿为。滴水之恩，当涌泉相报。”在广西桂林市阳朔县阳朔镇矮山门村，村屋墙壁贴着这样的标语。阳朔镇党委委员谢次睇介绍：“当地老百姓靠生态旅游致富后，村民们主动把传统的村训和家规贴上墙，潜移默化，宣传抵制唯利是图，最大程度保留当地的优良文化和淳朴民风。”

（来源：《光明日报》，2016 年 4 月 11 日，7 版，作者：袁于飞）

信息服务助力气象灾害防御

——万亩橘田的丰产“天机”

夏初时节，记者跟随中国气象局组织的“绿镜头 · 发现中国”活动，走进广西桂林市荔浦县修仁镇，这里成片橘田绿意盎然，今年新栽下的砂糖橘树枝头已簇满新叶，显露出勃勃生机。

荔浦县是全国砂糖橘种植面积最大的县，这里砂糖橘种植面积 32 万亩，挂果面积 20 万亩，仅去年一年产量已达 100 万吨，产值超过 20 亿元。此外，荔浦人还在周边市县拓展出 10 万亩的砂糖橘田，荔浦砂糖橘被列入全国“名特优新”农产品目录，并获得了“国家地理标志保护产品认证”。

荔浦县气象局局长李忠波告诉记者，砂糖橘种植对温度的要求最为挑剔，既扛不住低温苦寒，也不喜高温闷热，纵使荔浦县每年的霜冻期仅有十几天，却依然成为考验各家橘农能否力保橘树丰收挂果的最后一道难关。

为了避免低温冷害，提前加盖塑料薄膜成为护养砂糖橘的关键。何时盖膜？何时又要取下防护膜避免温度过高？在修仁镇的万亩砂糖橘高产核心示范基地，两个小气候观测站派上了大用场。通过对气温、光照、降雨量等数据的监测度量，小气候观测站能够为农户提供整个示范区里雨情、虫情和霜冻期到来的信息服务，及时通知农户采取相应措施与低温冻害“赛跑”。

“就算寒潮来了我们也不怕。”正在田地里松土引流的修仁镇拓村橘农陈桂云告诉记者，“一有情况我们就会收到短信提醒，村口的气象大喇叭和显示屏也没闲着，每天都在给大家预报气象信息。”

“从去年12月以来，我们经历了3次较为明显的强冷空气，其中两次都达到了寒潮级别，但有了直通式气象信息服务的跟踪发布，提醒农户及时盖膜抗冻，橘田基本没有受损。”李忠波说。

“以前地里都种水稻，一亩田的效益每年只有几千元，后来改种砂糖橘，每个村都配备了气象员，经常下到田间给我们讲解气象预报知识，定期还有农科院的专业人员来指导大家什么时候该打药、施肥等，这些都是我们农户种橘的贴心保障，让农民的种田效益大大提升。”陈桂云说。

从原来的“靠天赏饭吃”到如今摸清天气脾性的“对症下药”，越来越多的荔浦人和陈桂云一样，不仅守着自家土地种起果树，还在周边村庄扩种了大片橘田，一到丰收挂果时，红红火火好不热闹。

“现在地里种满了橘子树，每家农户都有几十亩地，一亩地每年能带给我们3万到4万的收入，和原来比真是千差万别。”陈桂云说。

“气象局还根据桂东北砂糖橘种植的气象条件研究课题成果，专门编制了砂糖橘各生长期的气象指标手册。”李忠波说，下一步，荔浦县将印成10万份手册分发到每一个农户的手上，帮助农户科学利用气候条件优势，规避气候灾害所带来的不利影响。

“结合气象服务，全县组建覆盖市、县、乡、镇的四级技术团队，开通了为农服务的24小时技术咨询电话；我们还实行土地网格化规划与管理，精细化指导生产。”荔浦县副县长关小菊说。

有了气象服务与科学技术的保驾护航，荔浦砂糖橘不仅为消费者带来了实实在在的味觉享受，也成为广西的一张亮丽名片。

（来源：《经济日报》，2016年5月10日，11版，作者：杜芳 郭静原）

既要“面子” 又要“里子”

——“美丽广西乡村”初印象

青砖白墙，鱼塘木桥，乡风淳朴，游人如织。既有成片的特色农业产业园与观光农业交相辉映，又有别致的田间小道与乡村柏油公路交织缠绵……2013年起，广西启动了包括清洁乡村、生态乡村、宜居乡村、幸福乡村四个阶段的“美丽广西乡村建设”活动。日前，记者跟随“绿镜头·发现中国”采访团，实地探访这里的美丽乡村建设经验。

生态乡村 休闲后花园

在广西南宁忠良村，一家装饰别致的农家乐不时传来欢笑声，户主老两口端坐在门前，望着面前清澈的池塘。

“原先，这个池塘上面漂满了垃圾，村里人习惯性地把垃圾丢在这里，既不环保，也不卫生。”忠良村党支部书记梁安芝对记者说，得益于“美丽广西乡村建设”活动，忠良村的面貌已有天壤之别。

忠良村人通过“清洁乡村”活动，乡村美了、游人多了；通过农民土地流转，产业兴了、农民富了；通过对旧村中96栋老宅进行修缮，使忠良村形成了以岭南民居建筑风格为特色的街巷式布局。

“现在，愿意回乡创业的年轻人越来越多，仅去年就回来了20多人。”梁安芝自豪地说，在忠良村，农民不但可以通过土地流转享受集体收益，还能参与生态旅游、生态产业的建设运营，获得工资性收入。

“政府更多的是做引导，也愿意把政策、资金、项目向群众积极性比较高的地方投。”南宁市西乡塘区副区长林拓说，这使得忠良村成了乡村建设的样板，包括村庄改造建设、产业发展、水体净化等生态建设，已经成了南宁生态乡村休闲的后花园。

特色农业转型升级

在广西，像忠良村一样的“美丽乡村”不胜枚举。马山县的小都百综合示范村、恭城县红岩村、矮寨村、黄岭村……

“从已经完成的第一阶段‘清洁乡村’建设来看，广西的农村垃圾处理率达 93.1%，远高于全国平均水平。”广西壮族自治区党委办公厅综合二处副处长、自治区乡村办材料信息小组组长彭书华对记者说。

如果说广西的美丽乡村建设注重的多是“面子”，那么，重视现代特色农业产业，让农民真正得到经济实惠则是一项“里子”工程。

广西农业厅农业生态与资源保护总站办公室副主任刘常伍告诉记者，如今，广西已经全面启动“现代特色农业产业品种品质品牌‘10+3’提升行动”，以糖料蔗、罗非鱼等十大优势特色种养产业及休闲农业等三大新兴产业为龙头，推动现代特色农业转型升级。

“通过实施‘10+3’、实施科技兴农、引导农民土地流转、引进农业公司产业化运营、建设农业产业示范区、农业观光园等措施，广西探索出一条适合自身发展的兴农之路。”刘常伍说。

以来宾市凤凰镇黄安高产高糖“双高”糖料蔗基地建设为例，当地采取“专业合作社 + 农户 + 基地”的模式，对蔗区采取良种选育、节水灌溉、规模种植、甘蔗生产全程机械化等手段降低成本，统一规划、统一技术标准，带动农民持续增收。

生态保护是发展之源

弄拉是广西马山县古零村的一个自然屯，由于 60 年前的乱砍滥伐，弄拉 25 个山头的树几乎全被砍光，群众饱受石漠化之苦。

“我们从自发地管住一把柴刀做起，禁伐造林、栽竹种果、移植中草药，从消耗端保护植被，守住发展之源。”弄拉党支部书记李荣光说。

经过几十年如一日的封山造林生态保护，弄拉人把几乎面临生存绝境的荒山变成自治区级生态自然保护区，成为全国石漠化治理的典范。

如今，弄拉山林茂密、翠竹摇曳，森林覆盖率提高到 95%，植被覆盖率更是高达 98%，成了名副其实的“天然氧吧”，为发展生态旅游提供了有利条件。

在李荣光的带领下，弄拉组建了广西第一个以农民为主体的生态旅游专业合作社，在生态保护的基础上发展生态旅游、民俗旅游，当地农民以自己的山林、耕地承包经营权量化入股。在获得股份分红的同时，很多村民成了弄拉景区的员工，每月领取工资，形成了远近闻名的“弄拉模式”。

“原先，一方水土养不活一方人。”自治区扶贫办项目处副处长赖检发说，“现在，我们在全广西大力开展乡村旅游与旅游扶贫工作，对贫困户实施精准帮扶、定点帮扶，在美丽广西乡村建设方面、产业增收项目方面、农业适度规模经营方面、农民就业培训获得工资性收入等方面加快步伐，实现农民早日脱贫致富。”

（来源：《中国科学报》，2016 年 5 月 3 日，4 版，作者：王超）

首届中国—东盟气象合作论坛在南宁召开

9 月 11 日，在第 13 届中国—东盟博览会和中国—东盟商务与投资峰会召开之际，由中国气象局和广西壮族自治区政府联合主办的首届中国—东盟气象合作论坛在南宁举行。本届论坛的主题为“区域气象灾害监测与共同防御”，旨在针对区域气象灾害特点，分享气象防灾减灾和应对气候变化方面的经验与成果，研讨如何建立中国与东盟国家气象灾害联合监测与防御的机制。

来自广西壮族自治区人民政府，越南、印度尼西亚、老挝、马来西亚、缅甸、菲律宾、新加坡、泰国等东盟国家的气象水文部门，世界气象组织、联合国亚洲及太平洋经济社会委员会、台风委员会等国际组织的代表出席了论坛。

中国气象局局长郑国光在致辞中表示，中国政府提出的“一带一路”倡议，秉承“和平合作、开放包容、互学互鉴、互利共赢”的精神，旨在促进沿线各国经济繁荣与区域合作。中国气象局将秉承“一带一路”区域合作的原则，推动与沿线各国，包括东盟各国的合作。合作的成果有利于提升区域内气象防灾减灾和应对气候变化能力。

越南自然资源和环境部副部长周范玉显说，当前气象灾害越来越频繁，对经济社会可持续发展带来巨大挑战，特别是在气候变化的背景下，亟需加强国际合作凝聚区域力量，更好地监测和预防自然灾害。此次论坛为中国和东盟国家搭建了很好的平台，为促进各国气象水文部门之间的交流和合作提供了新的渠道，相信论坛的举办将有利于增进交流和扩大合作，提高区域内各国防灾减灾水平。

与会其他代表均表示，气象灾害对经济社会发展产生的影响越来越大，东盟地区气象部门面临着提升业务科技能力的迫切需求，希望论坛能为加强区域气象合作，提升区域防灾减灾和应对气候变化能力，在服务于区域发展和人民安全福祉方面发挥积极作用。

另外，会议介绍了中国气象局倡议的《中国—东盟国家气象合作南宁倡议》，与会代表对倡议的合作建议表示积极支持，一致同意通过该倡议。根据倡议，未来中国与东盟国家将在区域气象合作机制建设、气象观测、气象灾害联防、业务技术交流、气象培训、航空气象等方面加强合作。

（来源：新华网，2016年9月12日，作者：钟泉盛）

广西从八个方面部署 2017 年重点工作

1 月 20 日，广西壮族自治区气象局召开 2017 年全区气象局长会议，部署重点工作任务。一是全力做好气象防灾减灾工作；二是着力改善气象服务供给；三是积极保障生态文明建设；四是大力推进气象业务能力建设；五是落实气象现代化工作部署；六是推动重点领域改革；七是实施创新驱动发展战略、人才优先发展战略；八是全面加强党的建设和气象法治建设。

（来源：中国气象局网站，2017 年 1 月 20 日，作者：韩嘉乐）

张秀隆调研指导广西气象工作

2 月 6 日，广西壮族自治区政府副主席张秀隆一行到自治区气象局慰问气象干部职工，调研指导气象现代化业务服务工作，并就今年重点工作任务进行座谈。

张秀隆指出，在过去的一年里，气象工作取得优异成绩，亮点多，社会化气象服务好，社会地位和影响力不断提高，气象现代化建设取得突破性进展，预报准确率和气象服务水平有较大提升。首届中国—东盟气象合作论坛成功举办，取得务实的成果，提升了中国气象的国际影响力。希望自治区气象局在新的一年里，按照中国气象局、自治区党委和政府的有关要求，谋划好工作目标和任务，使广西气象工作迈上新台阶。

针对今年的气象工作，张秀隆提出，要继续推进各项改革工作；加快推进全区气象现代化建设各项工作，积极向发达省份学习有关经验做法，力争到2018年全区基本实现气象现代化，为“三农”、经济社会发展和公众提供更可靠的气象保障服务；充分利用预警大喇叭发布气象预警等信息，扩大微信、微博和手机短信服务范围，做好休闲农业与乡村旅游等气象监测预测，为市民出行游玩提供优质的气象保障服务；注重横向沟通，密切与各个部门交流合作，共同为社会和谐稳定保驾护航；加大宣传力度，继续扩大气象部门的社会影响力。

（来源：《中国气象报》，2017年2月14日，1版，作者：韩嘉乐）

政府投资建设监测预警服务系统
雷电预警服务直通广西校园

日前，记者从广西壮族自治区气象局了解到，气象、教育部门将加强合作，争取在今年内将全区所有中小学校和幼儿园纳入校园雷电预警公共安全服务范围。在雷电临近发生前，广西气象部门将向雷电发生区域的学校和幼儿园点对点发出预警信号，指导其及时采取雷电安全防范措施。

校园雷电预警信息以手机短信为主要载体。按照雷电活动强度和致灾可能性大小，预警级别分别由轻到重分为橙、红两级。广西气象部门将监测和预判可能发生雷电的学校和幼儿园，提前5～15分钟向中小学校、幼儿园防雷安全责任人直通式自动发送雷电预警短信。收到短信后，中小学校和幼儿园将按照预警信号级别和指南，及时实施雷电安全防范措施。

目前，广西气象部门已在南宁市近2000所校园开展了雷电预警公共安全服务，惠及师生近142万人。

广西是全国雷电高发区之一。由自治区政府投资建设、自治区防雷中心承办的雷电监测预警服务系统工程，去年已完成所有硬件站点及基本软件布设，包括三维闪电定位仪20个、大气电场监测仪227个、雷电流监测仪60个，使广西成为全国首个建成多要素雷电监测全域覆盖的省份。该系统可将雷电定位资料、气象卫星数据、雷达回波资料、大气探空资料、大气电场监测数据及雷电流峰值数据发送至广西雷电监测预警综合业务平台，由该平台对数据进行分析，制作成雷电预报预警产品，通过广西气象灾害应急预警信息发布平台和雷电预警专业服务发布平台向社会公众及专业用户发布。

为做好雷电监测预警服务，扩大服务范围，自治区气象局将启动市级雷电预警专业服务分中心的业务运行，将雷电基本业务服务推广至全区；广泛通过短信、网站、电子显示屏、大喇叭等渠道向公众发布预警信息，并通过新媒体微信公众号“广西防雷公共服务”、微博“广西防雷”进行防雷公共服务及防雷科普宣传，增强公众防灾减灾意识。

（来源：《中国气象报》，2017年3月15日，1版，
作者：韩嘉乐 陈小艳 黄烨）

矫梅燕在华中华南区域气象中心工作会议上强调
强化科技人才支撑 发展智慧气象

5月17日，华中、华南区域气象中心工作会议在广西南宁召开。中国气象局副局长矫梅燕强调，要面向发展智慧气象和智能预报，强化科技人才支撑和技术创新，提升区域预报模式发展水平，推进气象信息化建设和大数据应用，持续推进区域气象业务现代化建设。

会议总结了华中、华南区域气象中心及区域各省（自治区）气象局在信息化建设、大数据应用及区域预报模式应用等方面的进展和成果，明确了2017年工作任务和安排。矫梅燕强调，区域气象中心及各省（自治区）要持续推进区域气象业务现代化建设，加强核心技术攻关，提升区域模式发展水平；依托数值预报模式，发展智能网格预报应用技术；以大数据为核心推动气象信息技

术发展；在机制创新、开放合作、成果共享等方面打造区域开放性、众创性平台，带动气象业务现代化能力提升。

矫梅燕强调，要认真谋划省级气象部门科研攻关重点方向，围绕未来智能预报、智慧气象发展需求提升科研能力；加强人才队伍建设，促进人才队伍向信息技术应用研发、适应未来智能预报发展等方向转型；创新优化体制机制，激励科技创新和人才成长。

矫梅燕同时对抓好汛期气象服务工作进行再强调，要求绷紧责任之弦，强化风险意识，把握好汛期气象服务的关键环节，加强预警信息的有效传播，并加强督促检查。

在桂期间，矫梅燕深入广西壮族自治区气象局，崇左市、扶绥县气象局以及甘蔗气象服务示范基地，围绕智能网格预报业务建设、基层防灾减灾服务等进行调研。

（来源：《中国气象报》，2017年5月23日，1版，作者：黄姿娜 潘汉海）

许小峰到广西调研时要求
做好汛期服务　推进现代化建设

日前，中国气象局副局长许小峰到广西调研指导气象工作，强调加强监测预报预警，做好汛期气象服务；继续加强人才队伍建设，深入推进气象现代化建设。

许小峰在广西气象数据中心、突发事件预警信息发布中心及气象监测预报中心调研和检查指导，与一线业务人员深入交流。他要求，加强监测预报，以高度的责任感、严格的要求做好重大天气预报预警服务，严格执行领导带班和24小时值班制度；加强专业气象服务，勇于面对市场挑战，把握机遇，结合实际转换体制机制，规范管理，提升科技人员创新能力，不断拓宽专业气象服务领域；结合地方特色，利用卫星遥感等业务优势继续做好生态环境监测、甘蔗气象服务等，在“一带一路”建设中发挥重大作用；要积极培养人才，推进创新团队建设，不断壮大人才队伍。

（来源：《中国气象报》，2017年6月28日，1版，作者：韩嘉乐）

八桂遭暴雨　行动作答卷

暴雨、大暴雨、特大暴雨……6 月 25 日起，广西壮族自治区遭受今年以来范围最大、强度最高、持续时间最长的一次暴雨天气过程。全区 99% 的县（区）过程累计雨量超过 100 毫米。其中永福县罗锦镇 13 小时雨量达 610 毫米，刷新广西有气象记录以来的最大降雨量值。

水、洪水、滚滚洪流……从 6 月下旬至 7 月初，八桂之地的多条河流出现建站以来最大洪水，洪涝灾害致 12 个市 52 个县（区、市）的百万群众受灾。

在暴雨与洪水来袭之时，历史忠实记录下幅幅画面——预警迅速发布、应对及时高效、影响充分减轻。这正是广西气象工作者用行动交出的履职答卷。

重大气象信息必报“一把手”

镜头一：7 月 1 日 8 时 10 分，全国天气会商正在进行。“广西这次过程持续时间长、范围广、强度大，且雨区重叠，预计局地累计雨量超 300 毫米。”自治区气象台首席预报员陈见在会商会上发言。“立即启动重大气象报告！”自治区气象局局长刘家清在会商后果断部署。

镜头二：“庙头镇过去 24 小时雨量已超过 110 毫米，强降雨还将持续。”7 月 1 日，全州县气象局启动重大气象信息报告党政主要负责人流程，县气象局局长王畅立即向县委书记、县长汇报降雨实况并提出防范建议。

镜头三：庙头镇镇长陈郭福在接到重大气象专报后，立即走村串户组织群众转移撤离。

早在 2014 年，广西壮族自治区党委办公厅和政府办公厅就联合印发关于重大气象信息和重要汛情旱情报告各级党政主要负责人的试行规定，要求各级气象部门必须向本级党政主要负责人和本级防汛抗旱指挥机构报告重大气象信息；各级党政主要负责人接获重大气象信息和重要汛情旱情通报后，必须及时部署应对。

6 月 25 日以来，面对一再紧迫的雨情汛情，广西气象部门纷纷启动重大气象信息报告党政主要负责人流程，先后发布重大气象专报 48 期，气象服务信息543期。7月1日9时，自治区气象局启动重大气象灾害（暴雨）Ⅲ级应急响应，自治区气象局向自治区领导报告暴雨天气情况；2日9时，应急响应级别提升为Ⅱ级。

“6月25日以来发布的5期决策服务材料，每期都有足够的提前量。强降雨预报的落区、强度与实况相符。”广西壮族自治区气象局应急与减灾处副处长黎惠金欣慰地说。

接到重大气象信息报告后，广西壮族自治区党委书记彭清华、政府主席陈武连日来对防汛抢险工作作出一系列指示，强调要密切监视天气趋势，加密监测预报、会商研判和预警发布。30日，自治区政府副主席张秀隆组织14个设区市和112个县（市、区）政府分管领导召开防汛会商会。

“你们辛苦了！服务很及时。”陈武在防汛部署会后特意对刘家清说。

重大气象信息必报党政“一把手”，这一规定在基层也发挥了重要作用。“此次降雨强度特别大，气象部门及时提供预报预警信息，全县积极组织抢险救援，无人员伤亡。”在过程降雨量最大的永福县，县委书记蒋昌桂由衷感慨。

响在洪水里的大喇叭

镜头一：7月1日22时，融水县城河段水位达到109.42米，超警戒水位2.82米，且在继续上涨。23时许，县气象局局长段毅强收到县委办指示：“马上利用气象预警大喇叭在受灾区域播放实时水情！”自此，县气象局大喇叭每十分钟就播报一次水情。

镜头二：“7月1—4日我县将再次出现强降雨天气。”6月30日下午，河池市东兰县隘洞镇纳盘村气象信息员韦世超收到气象局发来的预警手机短信。他挨家挨户通知隐患点的84名村民转移到安全地带。次日清晨，泥石流压垮了人去楼空的房屋。

镜头三：“因连日来连续强降雨，国道321线龙胜路段发生塌方，请7月1—2日欲通过该路段的车辆绕行。”7月1日晚，自治区政府应急办通过广西突发事件预警信息发布中心向桂林、柳州进行全网信息发布。

目前，广西气象部门初步建成“有平台、有渠道、有机构、有制度、有联动、有组织、有叫应”，横向连接相关部门，纵向连接国家突发预警信息发布平台的一体化预警发布平台，实现了预警信息一键式、靶向精准发布。

该平台将全自治区 2.7 万多名气象信息员、6000 多名应急责任人以及水库责任人、地灾隐患点责任人等重点人员手机信息数据纳入其中，连通 1.2 万多套农村气象预警大喇叭。在灾害来临前，这一平台可确保至少有一种手段能够实现快速、精准发布。与此同时，全区各乡、村各自明确一名气象信息员落实气象灾害预警传播和组织叫应责任，实现“预警到人”。

（来源：《中国气象报》，2017 年 7 月 10 日，1 版，

作者：曾涛 黄姿娜，获中国气象报社第 28 届好新闻二等奖）

精准预报 防范得力

——记广西强降雨气象保障服务

自 6 月 25 日的强降雨天气过程后，8 月 13—16 日，广西北部再次遭强降雨袭击，桂林灵川兰田乡过程累计雨量最大 814 毫米，柳州融安长安镇泗维河水库 8 月 14 日 3 时一小时雨量高达 93.4 毫米！持续出现的强降雨给广西 5 个市 23 个县（区）带来严重洪涝灾害，八桂大地再次遭受重创。

精准预报、及时预警、科学决策，广西气象部门积极迎接暴雨带来的考验。

当好“消息树”，打好“传令枪”——为各方调度争取时间

“这次过程具有雨量大、强度大、持续时间长、降雨集中叠加、中后期雨区南扩的特点，预计 15 日前桂北和沿海地区强降雨范围将扩大，强度进一步增强，暴雨区部分重叠，可能引发严重灾情。”8 月 13 日，自治区气象台首席预报员刘国忠研判道。

“立即启动重大气象信息报告党政主要负责人流程和暴雨Ⅲ级应急响应！”自治区气象局局长刘家清立刻部署。

一份份专题气象服务材料向自治区领导和有关部门陆续发出。当日 17 时，自治区防汛抗旱指挥部根据预报，启动洪涝灾害Ⅳ级应急响应；桂林、柳州、河池等市相继启动暴雨Ⅲ级应急响应。

8月13—15日，桂林中北部持续出现暴雨到特大暴雨过程，兴安县同仁村和灵川兰田乡过程雨量均超过500毫米。桂林漓江等江河水位上升，14—15日，漓江出现两次洪峰，水位分别高达147.51米和147.33米，均超警戒水位1米多。上涨的江水致使市区多处沿江道路被水淹没，部分路段积水达1米以上。

“现在形势严峻，希望你们继续发挥‘消息树’和‘传令枪’的作用，为各方调度争取时间。”14日22时，桂林市副市长谢灵忠连线气象局并提出要求。

桂林市气象局根据要求迅速开展更细致、更精准的服务，给各部门的预报，不仅有详细的暴雨量级，落区还精确到县，并再次将强降雨预报结论报送市委、市政府主要领导及市防汛办、水利局、供电局等部门。随后，各部门开始发布灾前信息、采取安全防范措施，做好应急准备……一切都在有序进行。

而重大气象信息必报党政“一把手”这一制度再次发挥了重要作用。“关于这次强降雨过程的雨量和落区，气象局预报很准确并且能够及时预警，迅速响应。”全市防汛工作会议上，桂林市市长周家斌充分肯定了气象服务工作。

深夜连发预警，紧急组织撤离——保障村民躲过洪灾

另一头，柳州市融水县几乎全县瘫痪。截至12日5时，该县已经下了三天三夜的暴雨，杆洞乡武装部部长、气象信息员李竞成变为最忙的人。三天的暴雨让这个乡摇身变成了“水城”，而12日早晨只有十几分钟的山洪，就让乡里的街道如同浸泡在河道中心的孤岛。由于李竞成通知及时，300余名群众在20分钟内安全转移。

“目前雨区与前期叠加，极有可能再次引发山洪！”融水县气象台台长史俊伟果断给出结论。融水县指挥部立即召开抗洪救灾工作紧急会议，并将气象灾害（暴雨）Ⅳ级应急响应提升为Ⅲ级，立即组织群众再次撤离。

13日凌晨，融水县气象台连发两条红色预警，预警大喇叭在午夜显得格外响亮。声声预警抢出转移的宝贵时间，杆洞乡民众成功躲过两次洪灾。

“杆洞乡12、13日连续两天爆发山洪，现在电力、交通、通信仍然中断，无法取得联系，灾情暂无法统计。”融水县气象台业务人员向柳州市气象局局长李家文汇报最新灾情。洪水导致全县道路出现严重塌方，村屯道路塌方约

650 处，全县所有班车已经暂停发车。而降雨仍将持续，杆洞乡的失联，牵动着所有工作人员的心。

“现在正是防汛救灾的关键时期，气象部门一定要加密监测、及时发布预警信号和实时气象信息，为当地党政机关开展抗灾救灾工作提供强有力的气象服务保障。”一宿未合眼，13 日一大早，李家文便带着检查组深入融水县，召开紧急会议后亲临受灾现场，指挥调度；同时，与电网、铁路、公路等部门加强应急联动，各方均通过最新气象信息进行抢修。

用上现代化成果，进行科学决策——取得良好服务效益

8 月 16 日，汛情再度告急。自治区防汛办召开紧急会议，水利、水文等部门领导对天气十分关注，“未来天气怎么样？我们必须得根据气象部门的精准预报调整防范措施。”针对提问，刘家清从容地汇报了本次强降雨的工作情况和未来的天气趋势。

“气象部门此次预报准确，预警及时，为各部门部署防范措施提供了科学依据。”会上，广西壮族自治区党委书记彭清华肯定气象部门的精准预报。

广西气象部门运用各种数值预报产品，结合雷达、卫星、自动气象观测站等多渠道、多层次观测数据，利用广西智能网格气象预报业务系统平台进行监测预警预报。自治区气象局充分利用建成的“两系统一平台”及广西气象数据中心、监测预报中心、突发预警信息发布中心、雷电观测网，结合现代化手段，在今年的历次天气过程中取得了良好的服务效益。

据自治区气象局减灾处副处长黎惠金介绍，该局还及时、较为准确地做好了此次致洪暴雨天气的短时临近、短期、中期的预报预警服务工作，并对中小河流洪水和山洪地质灾害风险进行预估，产品由气象预报预测向气象灾害风险延伸。

目前，广西“有平台、有渠道、有机构、有制度、有联动、有组织、有叫应”的一体化预警发布平台，横向连接相关部门，纵向连接国家突发预警信息发布平台，实现了预警信息一键式、靶向精准发布。

（来源：《中国气象报》，2017 年 8 月 24 日，2 版，
作者：韩嘉乐 董良森 唐莉梅 雷晓霞）

中国—东盟防灾减灾与可持续发展论坛在邕举行

9月13—14日，2017中国—东盟防灾减灾与可持续发展论坛在广西南宁举行。来自中国、越南、泰国、法国、巴基斯坦、中国香港等12个国家和地区，以及亚洲备灾中心、联合国粮食计划署等20个境外单位或团体的专家汇聚一堂，围绕“加强科技创新，提升防灾减灾水平”的主题，共同探讨中国与东盟国家防灾减灾协同合作机制完善和自然灾害预报预警等议题。

本届论坛由广西壮族自治区政府、中国科学技术协会共同主办，中国国际科技交流中心、民政部国家减灾中心和自治区科协、气象局、投资促进局、民政厅等部门承办。

自治区政府副主席黄伟京指出，自然灾害是人类社会面临的共同挑战，一部人类社会发展进步的历史，就是不断与自然灾害作斗争的历史。广西与东盟陆海相连，共同面临相近的台风、暴雨、区域干旱等气象灾害，共同面临气候变化带来的巨大挑战。本次论坛为国内外气象水文、地质地震、海洋、生物和生态环境等领域的杰出科学家与企业家搭建了交流合作的平台，探讨如何整合政府、科研院所、企业等方面的资源，充分发挥民间科技组织的重要作用，开展民间科技创新合作交流。希望中国与东盟各国进一步携起手来，深化交流，扩大合作，共同推动中国—东盟提升防灾减灾能力与可持续发展水平，为人类更加美好的未来保驾护航。

（来源：《中国气象报》，2017年9月18日，1版，作者：韩嘉乐）

匠心护航东盟“两会” 气象伴奏“大地飞歌”

9月12日上午，以“共建21世纪海上丝绸之路，旅游助推区域经济一体化”为主题的第14届中国—东盟博览会、中国—东盟商务与投资峰会（以下简称“两会”）在广西南宁拉开帷幕。

受弱冷空气影响，开幕式前几小时，南宁国际会展中心所在的城区出现小到中雨，局地大雨。开幕临近，市区转为阴天到多云天气，局地有短时阵雨，对盛会的如期举办未造成不利影响。

实况与预报吻合。广西气象工作者用准确的预报和周到的服务为盛会献礼。

倾心献“两会” 打足提前量

适逢夏末，南宁天气复杂多变，9月更是台风活跃期，广西气象工作者片刻不敢松懈。

早在年初，“两会”工作就已纳入气象部门年度重大活动保障工作重点。在开幕前两个月，《第14届中国—东盟博览会 中国—东盟商务与投资峰会气象保障服务工作方案》《2017年“两会”开幕式人工影响天气应急预案》适时出炉，为“两会”气象保障服务打足了提前量。

7月以来，气象部门对新一代天气雷达、L波段天气雷达、区域自动气象站等观测设备进行了全面检查，重点对“两会”气象服务网站的服务信息模块、灾害性天气监测模块和天气预警预报模块进行更新，确保各项技术装备运行正常。

“建议提前制定应对强降雨、雷电、台风等不利天气的应急预案；做好重要设备和露天活动场所的雷电防护，确保人员和设备安全；户外活动需注意防暑防晒；做好防雾、霾准备。”依据多年历史气象资料和预报研判，气象部门对“两会”期间及开闭幕式关键时间点的气候背景、灾害天气影响风险进行了详细的科学分析，并提出了针对性建议。

8月2日，2017年第一期“两会”专项气象服务信息《第14届“两会”期间天气风险分析》送达自治区“两会”指挥中心，气象保障服务也随之加快节奏。截至9月12日开幕当天，气象部门共发布“两会”专项服务材料24期。

预报精细化 服务有底气

9月12日下午，距离“两会”重头戏——第19届南宁国际民歌艺术节“大地飞歌·2017”晚会的时间越来越近，南宁市城区局部却出现了大到暴雨。

突如其来的大雨让组委会和到场的嘉宾、观众不免忧心。这时，护航历届

“两会”的预报队伍给大家吃了一颗“定心丸”：预计未来3小时天气有利于交通出行；预计晚会期间（20—23时），主城区以多云天气为主，局地有短时阵雨，无强降雨，对晚会举行没有明显不利影响。

精准的预报离不开得力的预报团队和预报技术的支持。“经过一年多的关键技术研发及试运行，广西精细化格点预报服务创新团队和短时临近预报技术创新团队在今年初步实现了精细化的短临预警。”广西气象台首席预报员陈见表示，运用集合预报技术，广西暴雨预报技术创新团队还研发出了本地最优百分位、概率匹配、确定性、集合平均等降水预报产品，以及基于卫星云图、雷达资料及自动站等非常规资料的0～6小时短时中尺度变压场强降水预报产品，并在应用中取得显著效益。

广西气象数据中心、广西气象监测预报中心、广西突发事件预警信息发布中心及广西天气预报服务业务集约化系统、客观精细化天气预报系统、“一键式”气象信息发送平台等一系列现代化的服务平台和业务系统，也为气象部门保障“两会”增强了信心。

不仅如此，“‘南宁气象’官方微信中新建了‘两会天气’栏目，逛展天气早知道。”据南宁市气象局科技服务中心主任郑贤介绍，自9月11日起，“南宁气象”每隔3小时更新一次天气预报信息，通过6分钟刷新一次的分钟级雷达降水预报，可自动定位到场馆并预报两小时内的降雨情况。

利用电视、广播、网站、微博、微信等渠道，气象部门还推出“两会”天气预报服务专题，结合气象服务信息、灾害性天气监测模块和天气预警预报模块，以图文并茂的形式，为大家提供方便快捷的气象服务。

积极走出去 实现“大合唱”

“两会”气象保障服务的成功，离不开部门内外的合作联动。中央气象台、广州区域中心的专家给广西气象台和南宁市气象台提供了强有力的技术指导和支持。9月10—15日，南宁市局与民航广西空管分局加强天气会商，每天固定两次，如遇高影响天气每三小时一次电话天气会商，充分利用气象部门的技术实力和民航空管部门的专业优势，共同做好“两会”期间南宁市航空气象服务保障工作。

南宁市气象局还主动出击，联合多部门积极做好各项保障服务工作。市气象局与交警部门连线，通过全市“天网”系统实时监测各路段交通情况，在灾害性天气发生时有针对性地开展监测预警，有力保障城市运行；与市环保局建立空气污染监测预警和联防联控机制，每天开展空气质量监测预警会商，联合发布空气质量预报。

在气象部门的保障服务下，自治区“两会”指挥中心、南宁市服务“两会”组委会办公室和相关部门进一步完善有关方案，调整相关措施，开幕式和当晚的南宁国际民歌艺术节圆满成功。气象部门多口对接、全程跟进的服务方式，为向四海宾朋展现魅力广西贡献了一份力量。

（来源：《中国气象报》，2017 年 9 月 18 日，1 版，
作者：黄姿娜 谢宗圣 黄芳）

广西：多源卫星遥感监测多点“开花”

近年来，“山清水秀生态美”成为人们对广西的新评价。今年 2 月 14 日，广西壮族自治区气象局发布的 2017 年第一期重大气象信息专报指出，2016 年广西植被生态质量正常偏好区域达 96.6%，高于全国平均水平（81.8%），石漠化生态脆弱区植被生态质量为 17 年以来最好。目前，广西森林覆盖率达 62%，居全国第三位、西部第一位。

广西同时也是自然灾害频发区，干旱、洪涝、台风、低温等灾害性天气时常侵袭。守护这方独具魅力的水土，既需要悉心的呵护，也需要有效的科技手段。广西气象部门充分利用多源卫星遥感技术进行综合监测，为这片被山水和人文浸润的美丽土地编织细密的保护网。

首创省级生态监测评估体系

如果回到多年前的八桂大地，让人无法忽略的一个重要问题就是，当地大部分地区逐渐石漠化。“水在地下流，人在地上愁，禾苗田中旱，吃水贵如油。”一句顺口溜道出昔日石漠化给人们带来的尴尬。

由于喀斯特地貌广布，且西北部干旱少雨，乱砍滥伐，开荒现象严重，导致水土流失，广西成为全国石漠化最严重的省份之一。

2007 年，中国气象局多轨道业务建设项目中的遥感监测业务为破解石漠化难题带来福音。项目中提出利用遥感监测石漠化，为做好生态植被评估提供了可靠的数据支撑；而国家卫星气象遥感应用试验基地、气象 GIS 应用联合实验室成立，需要大量的省级遥感监测数据，广西首创的省级植被生态监测评估指标体系便应运而生。

“我们在利用国家卫星气象中心的监测评估体系的基础上，结合广西地形、气候等特点，对指标进行本地化改造，从而形成我们自己的省级植被生态监测评估指标体系。这一改造，在全国属首创。”自治区气象减灾研究所（以下简称“减灾所”）副所长钟仕全说。

针对该指标体系，自治区气象局还于 2016 年底成立创新团队，充分利用遥感监测时效长、分辨率高、种类多、覆盖面广、更新快、数据客观的优势，探索国家级和省级合作开展生态气象研究型业务新途径。

“我们充分利用卫星遥感技术优势，结合气象观测资料，构建广西植被生态质量评估技术方法，研发了广西植被生态综合监测评估报告、统计报表等产品，并以重大气象信息专报形式服务政府。”减灾所高级工程师何立说。2016 年以来，自治区气象局多次向自治区党委、政府报送生态植被质量监测评估报告，得到高度关注。

“我们还利用现有技术大力支持地市级气象局开展石漠化生态脆弱区植被生态质量监测服务。”减灾所高级工程师陈燕丽说。2017 年 3 月 22 日，自治区气象局协助河池市气象局开展全国滇桂黔石漠化片区区域发展与脱贫攻坚现场推进会气象保障服务，得到河池市政府的好评。

开展国内外甘蔗遥感监测

原料甘蔗集中在广东、广西、海南和云南 4 个省（自治区），其中广西占全国产量近七成。甘蔗种植面积和产量变化信息是政府科学合理管理蔗糖生产的关键指南之一。

以往，监测甘蔗气象灾害只能单纯依靠自动站、农气观测站和人工调查，数据单一而效率低下。自治区气象局在多项省部级专题项目研究成果基础上，申请“蔗糖产量预测及气象灾害监测评估技术研究”课题，大力助推广西糖料蔗“双高”（高产、高糖）基地建设。

该课题在国内甘蔗种植区域建立了基于“风云三号”等卫星遥感、地面农业气象观测及地面光谱实验等数据的精细化、网格化、动态化的甘蔗气象灾害监测、预警与评估模型，将遥感技术与应用气象、农学、统计学、生物学等多种技术集成，建立全国甘蔗产量与蔗糖产量预测模型，利用LANDSAT8、GF1、HJ 等卫星数据开展了广西甘蔗种植面积遥感监测评估工作，并对广西、广东湛江、海南、云南等甘蔗主产区进行遥感监测，提交广西甘蔗面积评估和国内甘蔗长势监测报告，为甘蔗产量预报专项工作提供了参考依据。

“遥感监测数据宏观、精细化、时效频率高，地面的观测站数据会对遥感监测数据进行验证，点面结合监测到的数据更加真实有效。”减灾所高级工程师、生态遥感业务首席莫伟华说。

减灾所积极配合国家气象中心，利用多源卫星数据开展了国外甘蔗主要出口国巴西、澳大利亚、印度、泰国的甘蔗面积估算、长势监测和产量预测信息分析，为国家制订食糖价格和进口配额方案提供决策参考。其中，提交澳大利亚、巴西圣保罗州等地区的甘蔗种植面积数据以及泰国、印度甘蔗主产区甘蔗长势情况，取得良好服务效果。

推进卫星资料在预报中的应用

自治区气象局高度重视并积极推进气象卫星资料在天气预报中的应用研究与试验，并在天气概念模型、台风遥感监测和天气分析、预报平台建设方面取得成果。

在国家自然科学基金项目和科技部社会公益研究专项资金项目等支持下，自治区气象局把卫星资料的应用研究从天气尺度推进到了中尺度，并与自动站等其他资料结合，建立了广西中尺度暴雨 MCS 发生发展概念模型，为暴雨预报提供了新的工具。

同时，自治区气象局把国家自然科学基金、气象关键技术集成与应用等项目所取得的科研成果转化应用到强降雨监测预警应用业务中，其中，“卫星云图量化处理方法”和“中尺度变压场”理论成果业务应用取得较明显进展，为暴雨预报业务提供了有效的技术支撑。

“业务应用表明，强降雨监测预警产品为提高自治区暴雨短临预报准确率提供了有力的技术支撑，成为具有广西特色的暴雨预报产品之一。”钟仕全说。而这些准客观定量的强降水预报监测产品，充分表现了科研成果转化对促进强降水预报业务发展的重要性，尤其是对转折性和大范围暴雨预报具有较高的准确度。

（来源：《中国气象报》，2017年10月27日，3版，作者：韩嘉乐）

再造业务流程　创新技术支撑

——广西率先开展地面气象观测无人值守业务改革纪实

2016年7月1日，作为全国试点，广西壮族自治区气象局率先开展了地面气象观测无人值守业务改革运行工作。今年7月1日，这项工作在全区所有国家级地面气象观测站全面铺开。如今，地面气象观测无人值守业务改革已在广西落地生根、结出硕果：今年7—9月，地面观测业务平均数据传输及时率、数据可用率和业务可用性分别达99.98%、100%、100%，稳定在较高水平。

打破传统：重构观测业务流程

“没有基层气象现代化，就没有全区的气象现代化。”自治区气象局局长刘家清带领干部职工着眼全局、着力基层，推动地面气象观测无人值守业务改革。

在设备自动化运行的情况下，如何保障业务质量？以问题为导向，广西气象部门在优化业务流程、整合工作任务、异地辅助观测等方面积极探索，边试点边推广，重点解决地面观测业务系统运行需要依赖基层台站人员值守问题，减轻基层台站人员观测业务工作强度，使台站综合业务运行更加协调，观测数据分析应用、预报和服务水平不断提升。

试点伊始，涉及地面气象观测无人值守业务工作流程、岗位职责等方面的12项规范性文件陆续出台，明确将台站负责的观测设备运行、数据采集、数据传输、数据质控和供电系统运行监控等工作整合到省级业务单位。重构业务流程，成为推进改革的关键一招。

通过运用大数据技术，气象部门研发了广西台站观测设备监控系统和地面观测无人值守监控告警平台，涵盖对数据采集、数据处理、报文生成等环节的监控，使监控端前移，推动监控时限由“小时级”提升为“分钟级”。两个平台均能自动给台站业务人员发送告警信息，实现监控、告警自动化。

强化支撑：采集传输“双保险”

“双站采集、双套数据替换、双线路热备，真正实现了地面观测无人值守。”自治区气象信息中心主任任晓炜表示。

目前，全区所有国家级台站的业务运行自动气象站和备用自动气象站互为备份运行。备用自动气象站的观测数据不仅在台站存储备用，还与业务运行自动气象站观测数据同步上传至自治区气象信息中心。如果业务运行自动气象站出现缺报或“要素级”缺测，平台系统能自动获取并上传备用自动气象站的观测数据，确保不缺报、漏报。

“我们还在全区国家级台站布设了专属的4G无线备份传输线路，在主用传输线路中断的情况下，无缝切换到无线备份传输线路，有力保障报文传输的及时性。”任晓炜说。

依托加了“双保险”的综合观测系统监控信息大数据，广西气象部门开展了设备运行状态数据与故障智能定位技术研究。“故障定位从人工判断转为智能定位，哪个节点出故障、故障原因、维修方式等都一目了然。”自治区气象装备中心副主任李艳萍说，该装备中心梳理出自动气象站运转维修的7大类141个小类状态、61类告警标准，确保统一标准、统一监控、统一发布。

自开展业务改革以来，自治区气象台、气候中心、减灾所和气象服务中心等主要业务单位和14个地市气象台，对改革前后业务系统数据获取时效、数据准确性、对预报服务业务总体影响等方面，一致评价“与改革前一致”，甚至“比改革前要好”。

地面气象观测无人值守业务改革的“广西模式”引人瞩目。2016年以来，全国已有广东、湖南等13个省（自治区、直辖市）气象局到广西交流调研改革经验成效，部分省气象局还将广西地面气象观测无人值守业务改革工作成果用于当地业务。

减轻压力：综合业务运转更协调

过去，“起早贪黑”是基层台站特别是局站分离台站业务人员的常态。广西地面气象观测无人值守业务改革的成功，改变了这一状态。“从人工观测到自动观测，再到如今的无人值守，地面观测依赖业务人员值守的历史就此结束。”南宁市宾阳县气象局副局长覃雪菲感慨道。

包括宾阳在内，广西现有19个局站分离的台站，开展地面观测业务不仅是大家的工作难题，也是生活难题。通过改革，台站增建了降水类天气现象仪、雪深仪，实景监控系统被升级为高清红外摄像机，工作人员还可采取多种手段开展辅助观测，异地观测业务得以实现。

实践证明，台站观测业务所需的工作时间比改革前平均减少46%。从已进行岗位人员调整的台站来看，改革后台站综合业务人员平均减少20%。这意味着，大家可将更多的时间和精力投入到分析应用观测数据、提升气象预报服务水平等领域。

作为首批6个试点台站之一，桂林市资源县气象局的业务轮岗取得了明显成效。“测报人员从值守工作中抽离出来，与预报服务人员一起轮班，使得台站观测、预报、服务综合气象业务运转更加协调。”资源县气象局副局长黄子芹说。桂林市气象局组织全市各站的测报、预报综合岗业务人员开展技能培训，业务人员必须参加培训并通过考试才能上岗，有效提高了预报服务能力。

（来源：《中国气象报》，2017年11月10日，1版，

作者：黄姿娜 唐丽梅 赵艳玲）

标准先行　集约整合　成效显著

——广西推进更高水平气象现代化纪实

“没有气象信息化就没有气象现代化，务必坚持吃透上头、了解外头、熟悉下头的工作方法，加快项目建设，积极推进广西气象现代化建设。”广西壮族自治区气象局局长刘家清说。凭借这样的认识和方法，该局走出了一条具有地方特色的气象信息化路子。

自治区气象局成立气象信息化工作领导小组，学习调研，深入基层了解基础现状和发展需求，按照标准先行、集约整合、流程再造、依托创新团队的建设思路，建成了广西气象数据中心等一批重点项目，在标准规范建设、资源集约整合、业务流程再造等方面取得显著进展。

标准先行 规范推进气象信息化

2016年以来，自治区气象局坚持标准先行，不断加大在硬件基础环境建设、观测系统数据质量控制、运维平台技术开发、业务运行管理制度等方面的创新改革力度，规范有序推进气象信息化建设。

点滴力量汇成看得见的变化：建成了自治区级标准化的核心机房，实现全国综合气象信息共享平台（CIMISS）业务化运行，完成CIMISS-MICAPS4分布式数据环境和智能网格预报系统安装部署，推进从文件到数据库、从集中式到分布式的转变，突破了并发性能低、访问效率差等瓶颈，系统综合性能得到大幅提升。“目前以CIMISS为核心的国一省两级统一的数据中心从根本上解决了气象数据标准化的问题，为进一步消除信息孤岛、实现数据共享提供了可能。”自治区气象信息中心主任任晓炜说。

自治区气象局陆续推出地面气象观测无人值守改革系列规定和《广西基础设施资源池建设实施方案》《广西基础设施资源池管理办法》等制度，推进项目建设、业务规范标准化。为确保全局核心业务系统稳定高效运行，自治区气象局实行集约化、可视化和智能化管理，利用互联网技术开发了一体化业务运维管理平台，通过业务运行指标监视、运维知识库关联分析等对基础设施资源、重要业务系统、数据传输流程实现全天候监控、故障提前告警快速定位等，打破传统运维管理模式，变被动应对为主动管理。

自治区气象局还开展了自建雷电观测网及其数据标准化建设，在全国率先完成了广西雷电特色数据接口开发配置和雷电观测数据接入 CIMISS 系统，实现雷电数据接口成果全国共享；同时，针对南方特有的“回南天”天气，建立观测数据标准格式。

集约整合 高效推进气象信息化

过去，由于气象数据标准不统一，服务器功能单一，出现了储存空间浪费、耗能大等问题。如何有效利用储存空间，降低耗能，让服务器实现效益最大化，是有效推进气象信息化的关键。自治区气象局以问题为导向，集中技术力量在硬件资源、前端观测系统、数据资源和业务系统等方面实现集约整合。

“我们将分散的 271 台服务器纳入统一管理，基础硬件设施集约化程度提升 44%；县级综合气象服务业务平台、气象业务内网、一体化业务运维管理平台等 60 多个业务应用系统迁移进广西基础设施资源池运行管理，有效地消除了各业务系统数据的重复生成、存储和传输，完成了硬件资源的集约整合。”自治区气象局观测与网络处处长韦京华说。同时，还通过建设气象为农服务集约化系统、气候监测与评价系统等核心业务系统，整合了 7 个功能零散的业务系统。

而前端的观测系统则实现了全区 2400 多个区域自动站和 6 个大气负氧离子站统一区域自动站中心站的整合，有效地节约了维护成本，降低了维护难度，提高了业务时效。

为进一步实现数据共享，加强各单位的交流合作，自治区气象局还针对庞大的数据资源进行摸底，通过梳理数据资源，形成了广西气象大数据资源目录清单，各业务单位的业务系统与 CIMISS 系统对接，初步建立了以 CIMISS 系统为共同数据源的业务应用生态圈。同时广西气象业务内网实现权威观测数据、预报预测和气象服务产品的统一发布、展示与共享。

成效显著 促进业务服务能力提升

“气象现代化建设取得了突破性进展，预报准确率和气象服务水平有较大提升，社会地位和影响力不断提高。”自治区政府副主席张秀隆认为广西气象现代化的变化带动了整个气象工作。

为保障监测预报和气象服务顺利开展，自治区气象局加强智能网格预报业务系统建设，开展华南区域数值预报模式产品业务应用和技术联合攻关，推进中国气象局全球同化预报系统（GRAPES）区域模式降水预报实时检验业务，开展多灾源的风险区划、基于多部门数据融合的决策服务、“互联网+”为农服务以及生态、旅游研究与应用等多项建设项目。在今年举办的“环广西”自行车赛上，自治区气象局充分利用气象现代化科技成果，研发“环广西”赛道气象服务产品制作共享平台，气象服务效益良好。

气象信息化建设推进观测信息获取和处理能力明显提升。目前，自治区气象局与水利、国土、海事等16个部门实现43类数据信息共享，建成了区、市、县一体化突发事件预警信息发布体系，参与了由自治区政府主导，气象、农业等5部门共建的农口部门信息共享平台建设，实现了农口部门数据的集约共享。

下一步，自治区气象局将进一步发挥气象信息化建设工程效益，继续完善气象信息资源环境建设，全面提升气象大数据的业务应用能力。

（来源：《中国气象报》，2017年12月26日，1版，作者：韩嘉乐）

广西从七个方面部署2018年目标任务

2月1日，2018年广西壮族自治区气象局长会议在南宁召开，部署目标任务。一是切实抓好规划实施，推进气象业务能力建设；二是服务保障民生，做好气象综合防灾减灾救灾工作；三是发挥气象优势，保障生态文明建设；四是助力乡村振兴，建设现代气象为农服务体系；五是推动科技创新和人才队伍建设；六是提高气象法治化水平；七是深化开放合作。推动“一带一路”气象发展，力推气象军民融合发展，深化全方位开放合作交流。

（来源：中国气象局网站，2018年2月2日，作者：韩嘉乐）

暖流行动温暖“铁骑大军”回家路

每年春运，在我国两广地区，都会有这样一群人，面对严峻的乘车形势和对家的渴望，他们选择骑摩托车回家。火车票难买、骑摩托花费少、能直达最后一公里，是大多数农民工选择骑摩托车返乡的原因。

作为两广独有的春运现象，每年都有超过40万人的返乡“铁骑大军”。今年也不例外。他们或者三五成群，或者独自一人，骑行几百公里，返回广西、湖南、江西、贵州等地过年。

位于两广交界处的梧州，是骑手必经的休息地。为了让这些奔波的骑行客能暂时休息，每年梧州市委、市政府都会牵头，在位于两广交界处的321国道梧州东出口，开展党员志愿者服务工作。这段日子，“暖流行动”服务站很是热闹，返乡的农民工们在此可享受24小时茶水、食物、医疗、车辆保养等服务，大屏幕上滚动播放的天气预报信息服务也是为他们量身定做的。

在2018年春运开始前，老天就给了个下马威。1月26日以来，受强冷空气影响，广西出现今年入冬以来的最冷时段。寒风彻骨的天气，无论对于返乡的农民工还是志愿者，都是一大考验。

虽然考题早早亮相，但人们已做足准备。梧州市气象局于1月26日向市2018年春运工作领导小组发出第一期春运专项气象服务信息。持续冷空气影响、气温低迷并伴降水的消息引起了各方高度重视，各成员单位立即部署不利天气对春运影响的应急处置工作：梧州交警结合天气趋势对春运道路交通安全形势进行分析研判，加强摩托车返乡沿线的安全防护；梧州市直属机关工作委员会发起“暖流行动”；卫生计生委做好因气温骤降引起突发疾病的紧急医疗救援准备工作……

果不其然，1月28—31日，梧州市的最低气温跌破4 ℃，寒风凛冽，冻雨彻骨。31日，梧州市气象局再次向有关部门发布霜（冰）冻天气的服务信息。

2月1日，春运拉开序幕。作为“铁骑大军”的一员，李大哥从广东三水出发。他和妻子手戴皮手套，身穿防风雨衣，用塑料袋包好手脚抗寒，一路骑行到了梧州。夫妻俩脸被吹得通红，停靠服务站下车休息时不断向双手哈气取暖。服务志愿者急忙为他们送上热腾腾的方便面和姜糖水，二人表示谢意后便匆匆地吃起来。泡面的香味顿时弥漫在服务站里，寒气袭人的小站里多了一丝暖意。

李大哥边吃泡面边走到大屏幕旁细声地读着屏幕上的数据，还拿出手机查看梧州天气的官方微信。“当前气温5.5 ℃，无降水。”李大哥说，自己早在春运前一星期就关注了沿路天气情况，从广东三水返回广西贵港要七八个小时，寒冷早已算不上什么挑战。他最怕的是下雨，道路湿滑，雨水沾湿头盔防风罩，还得不时停下擦擦，特别影响返乡进程。

“现在用手机查天气方便了，关注官方公众号就有天气趋势推送，也不用像以前在电视前蹲点，看完新闻联播才等到天气预报。前段时间一直低温阴雨，天气预报说今天降水暂歇，我立马决定今天返程。来到服务站，还能看到实时天气信息，你们的服务太贴心了。”李大哥颇有感触地说。

相比起别人的三五作伴，从惠州赶回来宾忻城的蓝大哥略显形单影只。陪伴他的是摩托车后座上那几箱用胶带捆绑的行李。“一个人的骑行辛苦吗？”看着蓝大哥已被冻僵的双手，记者忍不住问道。蓝大哥只是微微咧嘴笑了笑：“辛苦？回家团圆是最幸福的事，骑摩托车回家比打工轻松多了。”他小心地将志愿者递过来的《气象灾害防御知识手册》收好，“我们常年不在家，带回去给家里人看看，让他们也懂得灾害防御”。他戴上头盔，再次启程。

（来源：《中国气象报》，2018 年 2 月 13 日，1 版，作者：韩嘉乐 陈嘉谊）

借力遥感监测　根除顽疾“地球癌症”

“山清水秀生态美”是大多数人对广西的印象。根据中国气象局发布的《2017 年全国生态气象公报》，广西植被生态质量在 2014—2016 年连续三年位居全国第一，2017 年位居全国第二。不过，早前的八桂大地，并非全都是“山清水秀”的景象，还有成片的石漠化生态脆弱区植被稀疏、石头裸露。

石漠化被称作“地球癌症”。广西又是自然灾害频发的地区，干旱、洪涝、台风、低温等灾害性天气给石漠化治理带来了巨大的挑战。尤其在全球变暖的背景下，广西石漠化生态脆弱区的生态安全形势愈加严峻。

为更好地服务石漠化治理工作，广西壮族自治区气象局打破常规，利用卫星遥感监测石漠化，首创省级植被生态监测评估指标体系。

“我们在国家卫星中心监测评估体系的基础上，结合广西地形、气候等特点，对指标进行本地化改造，从而形成了适合本地的植被生态监测评估指标体系。这一改造在全国范围内尚属首创。”自治区气象减灾研究所副所长钟仕全介绍。利用卫星遥感技术优势，自治区气象局定期编写植被生态综合监测评估报告，制作统计报表，并编写重大气象信息专报，为政府提供参考。

针对首创的省级植被生态监测评估指标体系，自治区气象局还成立创新团队，充分利用遥感监测时效长、分辨率高、种类多、覆盖面广、更新快、数据客观的优势，探索国家级和省级气象部门合作开展生态气象研究型业务新途径。

监测数据显示，自 2000 年以来，广西石漠化区气温升高、降水量增加，有利于植被生长，加之石漠化综合治理工程稳步推进，石漠化区植被生态质量指数呈增加趋势，2017 年区域生态质量达到 2000 年以来最高水平。2017 年广西有 97.3% 的石漠化区植被生态质量正常偏好，偏好区域主要位于广西中部和西部地区。

为进一步研究局地气候条件与石漠化区植被恢复的联系，气象部门在典型石漠化区新建生态气象观测站，对遥感监测结果真实性进行检验。

2017 年 12 月 19 日，广西第一套生态气象观测试验站在南宁市马山县弄拉风景区建成。"试验站以一个主站带两个子站的方式实现了对石漠化山区植被生长状况和局地小气候的梯度观测以及石漠化区生态环境的大气观测，通过 WEB 版生态观测数据综合处理平台实现数据实时采集和运行状况监控。"广西气象减灾研究所高级工程师、生态遥感业务首席莫伟华说。石漠化生态气象观测试验站获取的数据为卫星遥感监测的真实性检验和评估提供了科学参考，为开展石漠化植被生态质量遥感监测和定量化评估奠定基础。

此外，在区域生态保护红线划定工作中，自治区气象局主动作为，承担科学评估核心工作，完成降雨侵蚀力、地表径流、蒸散发植被覆盖度等 20 多个关键性评估因子精细化计算和 250 米分辨率制图，完成水源涵养、水土保持、生物多样性维护、防风固沙等生态功能极重要区域及水土流失、石漠化极敏感区域的叠加合并工作。未来，自治区气象局还将继续开展生态保护红线划定工作，为根除"地球癌症"顽疾贡献力量。

（来源：《中国气象报》，2018 年 2 月 23 日，5 版，

作者：韩嘉乐 何立 丁美花）

邂逅初春的马拉松

“草在结它的种子，风在摇它的叶子，我们站着，不说话，就十分美好。”这是顾城的春天，很美。最近很喜欢一句话：停下来的世界只是风景，一路向前的风景才叫世界。在这春花渐醒的时令，脚步和身体似乎都在受到大地的召唤，动起来，跑起来！踏着春天的节拍，我选择以一场马拉松来与这个初春作个美丽邂逅。

从小到大，我从来都不是运动健将。跑步曾经是我最痛恨的事情，但这个春天，没有体育老师逼迫我、没有输赢胜负压迫我，我却自信而自在地在春意盎然的城市里慢跑着。生活是不可思议的，有时候只需要一个意念上的转机就能突破撞墙期。

走上久违的跑道，是在四年前拿到医院体检报告的第二天。人届中年，又长期从事案牍之劳，且是容易发胖的体质，日渐“油腻”是逃不掉的。

我承认，功利性是促使我跑起来的初衷。但是，这个功利性带动起跑步的愿望，树立了一个里程碑似的标杆。从最开始的三公里、四公里到半程马拉松、全程马拉松，我不得不承认我爱上了跑步这项运动。坚持跑步的过程，是内心和身体的双重修炼，身体经过历练，心灵如同涅槃。

春天的马拉松是宁静的。呼出吸入，身心放空，感受着自己。身处尘世喧嚣，跑步能让你倾听内心最深处的声音。当你在奔跑，没有了簇拥感、没有了包围感，远离了城市的喧嚣，远离了嘈杂的人群，你的眼前只有道路两旁的风景；当你在奔跑，你会发现自己的原貌，你会找到自己的初心，你会学会独立思考，你会找到心绪的平静。跑步的过程就是身体与思想在对话，给了人们一个自我平静、自我沉淀的机会。试想，全世界都安静了，你还有必要那么浮躁吗？

春天的马拉松是自由的。跑起来，经过一家米粉店，路过一排红绿灯，穿过一条小巷，用双脚亲吻着城市的脸庞，用心感受这座城市的烟火气息，于是城市变可爱了。小区里，紫荆花瓣撒落在车窗，这是昨夜风雨使的坏，就这么看着却也无端便有些诗意。街角边，螺蛳粉店里热辣酸香的味道扑鼻而来，一树灿黄映入眼帘，想是黄花风铃木也受不住诱惑了吧。湖边的咖啡馆，簇簇三角梅肆意绽放。桥边拉小提琴的老者，你在他总是在的，旋律融入春水中，挑起微澜。终点处，微嗔的女儿翘起小嘴巴，埋怨我跑太快没有带上她……

春天的马拉松是适合怀念的。朝霞映着跑道，思念那第一个将我领上跑道的人——父亲。印象中的父亲简直是文体全才，跑步、打球、游泳、书法、拉二胡，样样精通。但是他的这些本事，我们兄弟俩却没遗传多少。面对没有天赋的我们，父亲却总是不厌其烦地教，脸上带着宽容的笑，从无半点责备。有一段时间，我十分讨厌父亲那双宽厚的手，这双手会将我从温暖的被窝拉起来，这双手会在你跑得筋疲力尽时拍掌加油。霞光里大手牵着小手，跑道上便映出一大一小的斜斜身影。父亲已离世数年，我也早已为人父，但是那种温暖坚定的力量是可以传承的。

春天的马拉松是适合修炼灵魂的。不开心的时候，就应该出去跑一跑。让忧愁和烦恼变成汗水，从毛孔里钻出来，在皮肤上打滚，在空气里蒸发。微风拂过，汗水流进嘴角，那微微的咸味就像生活苦涩的那一面，却只是一滴汗而已。有人说，跑步时大脑非常接近冥想时的状态，处于一种既不是完全飘散，又不是完全集中的状态。但与冥想不同的是，跑步是在动态下进行。那些跑前没有解决的问题，跑后依然要面对。但不同的是，在跑的过程中，要么放任自己暂时逃避压力，要么积极地想出解决方法。不管怎么样，都能得到一丝休憩。跑步，不仅仅是跑出去，而是把自己找回来。跑步不一定可以让你起死回生，但它可以把心灵的褶皱熨得平平整整。一场春天的马拉松，不是因为跑步本身有多么强大，只是因为你曾经那么的烦恼、多愁、无助、患得患失，当历经跑步的千锤百炼，你变得比以前更强大。

站在哪里？春天里。春天的鲜花开满了墙，恰好今天，世界调低音量，时间进入春天，以一场马拉松的名义，赴一季花红柳绿的约会。因为这场马拉松，甚是感怀关于春天的一切。

（来源：《中国气象报》，2018 年 2 月 23 日，8 版，作者：曾涛）

因为烟雨

桂林何时最美？我的推荐是 3、4 月，此时草木葱茏、水体丰盈，天气亦不冷不热，更是因为烟雨，这个季节看到“烟雨漓江”是大概率事件。进入 4 月，随着温暖的南风吹来，广西桂林进入多雨多雾的季节，欣赏“烟雨漓江”的黄金季节也就到来了。蒙蒙烟雨中，船行江上，江面烟云氤氲，漓江披上薄纱，群山影影绰绰、浓淡有致，一改素日“江作青罗带，山如碧玉簪”的常态，身处其间宛如仙境，不由惊呼是谁在天地间挥墨画就了一幅水墨山水画。

“烟雨漓江”，浑然天成。烟雨其实就是一种雨雾天气现象。桂林属于中亚热带湿润季风气候，年均降水量 1926 毫米，雨量充沛，出现烟雨的情况比较多，一般是在春天，特别是 4 月。当偏南暖湿气流遇到潮湿的地表，低层因冷却而凝结成雾，这种雾就是平流雾。在靠近水面的地方，因为气温相对较低，会形成相对更浓的平流雾。平流雾一旦形成，持续时间会较长，往往要等到暖湿空气来源中断，风向转变，抑或新的冷空气到来，雾才会消散。

烟雨如妙笔，着墨、留白，远山近水都被晕染成了极简的黑白两色，勾勒成一幅幅独属于中国的飘逸和悠然。见过西湖的烟雨，影影绰绰的断桥、雷峰塔，虽是极简约的轮廓，但却分明听闻到半生缠绵后的那一声叹息；见过岳麓山的烟雨，青瓦飞檐，清新委婉，浸润了千年诗书，写意风雅；见过周庄的烟雨，湿漉漉的深巷，长着青苔的古桥，走着一位撑着油纸伞的姑娘；见过黄山烟雨，奇松、怪石、云海，远山层叠的墨色，浓淡交织，勾勒出磅礴雄姿；还有参差错落的村镇，被薄雾笼罩着，像是被包裹在了清风中，有种云雾缥缈的感觉，却给人一种安静幽远的氛围。烟雨中国，江山如画，或宁静或深远，或酣畅或迷离，构成意蕴无穷的意境。

因为烟雨，浸润了诗文。“一汀烟雨杏花寒”是落寞的清冷；“满川芳草迷烟雨”是怀古的感慨；“蒙蒙吹湿汉衣冠”是出征的豪迈。“桥如虹，水如空，一叶飘然烟雨中”，这样的陆游是何等的自在潇洒。最喜“半壕春水一城花，烟雨暗千家”这句，苏轼登超然台，眺望春色烟雨，写下这首豪迈与婉约相兼的词。托物于烟雨，其豁达超脱的襟怀和“用之则行，舍之则藏”的人生态度跃然纸上。趁“春未老”“诗酒趁年华”，这般意境便高人一筹了。

我想，也是这烟雨给了画家以灵感，创作出那一幅幅中国传统的水墨山水画。只用黑色和白色，通过控制水和墨的交融、冲撞，使画面的水墨淋漓氤氲，使人感受到画面的穿透力和水墨的张力。“绚烂之极归于平淡”，在意境清雅的水墨画中，一切繁杂的色彩都淡化了，水墨渗化所产生的淡雅意境和神秘悠远的效果，表现出古人所追求的天人合一思想。

因为烟雨，宁静致远。烟雨着墨画山水，留白处是天际浩渺；烟雨着墨画村镇，留白处是厚地苍茫。留白，留出了想象的空间，留出了生长的空间，让人觉得整个世界活了起来。画画要留白，不能用颜色填满整张图；生活同样如此，色彩繁杂的世界会使眼睛迷乱，需要给自己的心留下一片空白处，找回那最纯真的自我，否则便是杂乱无章、凌乱乏味的人生。推开一扇窗，将一抹素净镌刻心底吧。

因为烟雨，处处写意。山水因烟雨的淡化、虚化和美化，使人们往往产生一种错觉：山峰似乎变得更高更远，水面似乎变得更宽更深。烟雨，把这奇山秀水修饰得情韵悠长、意境幽远，写意无限。生活也是需要写意的，诗和远方不是奢侈品。如今的生活，充斥着数不尽的会议、应酬、出差……人生如旋转不停的陀螺，也许在外人眼里你有着所谓的光鲜成就，但抵不过的是内心的疲惫。要让繁忙的生活写意起来，找到一种从容、闲适的分寸感，在烟雨深处找寻几分诗情画意。

不问人生几何，不管世事沧桑，天青色等烟雨，守着一份宁静。用自然的灵性深远，以天地为幕，简单着墨，勾勒出万象云烟。

（来源：《中国气象报》，2018 年 4 月 19 日，4 版，作者：曾涛）

警戒线上的抉择

“导流隧洞排水量有限，水位已经超警戒线。”6 月 20 日 23 时，一通急促的电话让广西壮族自治区柳州市落久水利枢纽工程建设指挥部副总工程师陈文土神情十分凝重。

落久水利枢纽是“十三五”期间全国172个重大水利项目之一，上个月主坝基的混凝土浇筑工作刚刚完成，坝基之上的围坝还是泥土临时堆砌的。自20日开始累积雨量达300毫米至400毫米的暴雨，以及上游来水的影响，加剧了当地的防汛形势。

落久水利枢纽坐落在融水苗族自治县的贝江深谷之中，一到汛期，暴涨的河水常常冲到县城，工程进度事关民生福祉。按照计划，主体建设要在2019年3月完工。

“由于围坝还是土筑的，导流隧洞排水量有限，雨太大就有溃坝风险。”陈文土介绍。3天前，他收到气象部门的强对流天气专项服务信息，立刻撤离了施工团队和机械设备。

大雨还在持续，要不要开挖围坝泄洪就成了关键问题。一旦围坝被挖开，上游的来水将淹没整个施工现场，在汛期结束之前都无法开工作业。但不泄洪更有危险，尽管下游附近村民已经搬走，但溃坝后水势难以估量，不但会冲毁施工现场，更会危及较远住处的村民，也可能带来其他风险。

21日2时，融水县安太乡小桑村降雨量已达311.6毫米。面对严峻形势，融水县气象台立即与市气象台会商，对未来天气情况开展更加精细的预报分析。“目前融水镇的回波非常强，预计未来3个小时，落久水利枢纽所在的地区将有40～60毫米降雨量。”得出预报结论后，融水县气象局立即向县领导汇报：“后续强降水仍将持续，考虑到强降水可能与上游贵州境内来的洪水形成叠加效应，建议防汛部门立即采取措施！”

根据气象预报，融水县政府迅速与水利部门召集专家组会商，研判调度指令。最终决定，将沿岸村庄群众转移到安全地带，于6月21日4时30开挖落久水利枢纽围坝。

“先把围坝挖开一个小口，让水慢慢流出，这样我们就能把握水量和流向，不至于发生意料之外的危险。”陈文土说。

工程还是停了下来，尽可能减少的经济损失，以及没有人员伤亡的报告，便是最好的褒奖。

（来源：《中国气象报》，2018年6月26日，1版，

作者：雷晓霞，获中国气象报社第29届好新闻三等奖）

孙大伟检查广西汛期气象服务工作时要求
守好防灾减灾第一道防线

6月25日，广西壮族自治区党委副书记孙大伟到自治区气象局检查指导汛期气象服务工作，要求气象部门切实守好全区防灾减灾工作的第一道防线，全面做好应对准备，防止重大人员伤亡和财产损失。

孙大伟对气象现代化、信息化建设等工作表示肯定。针对当前防汛抢险救灾工作，他强调，要充分认识天气的多变性和形势的复杂性，增强做好气象服务的责任感和使命感。要提高极端灾害性天气监测预报预警精准度和提前量，加强部门协同和跨区域协作；深化部门间信息共享、灾害会商、应急联动、灾害评估等。要优化服务供给，决策气象服务要注重提供灾害性天气可能的影响区域、范围、行业及可能的灾害损失程度；针对重点流域、重点区域、重点行业，特别是大江大河、大中型水库等防洪度汛保障提供精细化预报预警服务。要确保气象服务工作责任、组织、制度、装备、技术、人员等全面到位；强化应急值班值守，规范应急响应流程，加强工作留痕管理。

其间，孙大伟到广西突发事件预警信息发布中心、气象监测预报中心等业务单位，调研气象影视平台制播、突发事件预警信息发布、现代化预报预测业务发展、为农气象服务、生态文明建设气象保障服务等工作。

（来源：《中国气象报》，2018年6月28日，1版，作者：黄姿娜）

捕捉开航“窗口期” 六千游客急撤离
——气象服务保障涠洲岛游客撤离

“及时准确的气象预报，为游客平稳有序疏散争取了有利时间。”近日，广西壮族自治区北海市领导致电市气象局局长陈润珍，充分肯定气象部门在涠洲岛紧急撤离游客时提供的气象保障服务。

7月是中国十大最美海岛之一——涠洲岛的旅游高峰期，每天有上万名游客前来旅游观光。但当北部湾海面风力达到8级时，北海到涠洲岛航线将会全面停航，航运公司也无法开航运送游客，可能会导致近万名游客滞留。

7月16日18时，一份“北部湾海面阵风7～8级”的气象信息，预示着一场紧张的游客撤离工作即将开始。而此时，台风“山神”以每小时40公里左右的超快速度在移动，留给游客撤离的时间不多了。北海市政府紧急召开视频会议，要求各部门紧急部署、保障运力，市气象局寻找适宜开航的天气条件。

“热带低压最新实况如何？”“航务公司请做好调度准备！”气象服务信息一出，涠洲岛旅游区党工委书记、管委会主任林德光片刻不敢松懈，每隔一段时间就与气象部门、游船公司联系。

16日晚，管委会根据气象服务信息启动紧急预案，通过电话、短信等方式通知相关旅行社做好游客行程安排，提醒游客提前购买离岛船票。海事、交通、气象部门及航务公司也随即进入紧急状态。

“要在气象部门捕捉到台风‘窗口期’之前做好充分准备，只要达到开航气象条件，就组织游客疏散。”16日22时10分，林德光连夜召集旅游区各部门，在岛上召开紧急工作会议，部署现场秩序维护、警力调动、车辆保障、物资供应、医疗救援等措施。

天气突变、台风移动速度快、研判反应时间短，就在管委会紧急部署的同时，北海市气象局与自治区气象台、中央气象台也在进行联合天气会商。市气象台台长梁宝荣判断：目前沿海自动站风力资料实况显示，涠洲岛以北的沿海自动站只出现最大7级风，且越往北的沿海自动站风力越小，17日白天距海岸线5公里海域内风力为5～6级，“有开航条件”。

从17日6时开始，涠洲岛及附近海岛自动气象站显示风力逐渐减弱。一夜未能安眠，此刻，北海新绎游船有限公司航班调度室副主任黄鹏程仍然密切关注每小时更新的北海—涠洲岛航线专业气象服务信息，等待适宜的调度时机。

而在涠洲岛，一大早，林德光就带队来到西角码头现场指挥，与气象、海事等部门联动研商，公安、边防、消防、交警、城管、海事等部门工作人员在现场维护秩序，准备分批次接送游客离岛。

8时15分，北海市气象台做出“北海—涠洲岛航线，今天白天到晚上，东北风5～6级，阵风7级”的预报结论，为游客撤离捕捉到了满足开航气象条件的“窗口期”。

这时，北海新绎游船有限公司航班调度室里一片忙碌，黄鹏程有条不紊地安排着接载航班，码头上 10 个客轮等候指令依次向涠洲岛驶去。在各部门的共同努力下，终于赶在“山神”来临前，顺利运送 6600 名游客离岛。

“精准的气象服务，为安排游客离岛提供了可靠依据。”林德光表示，当天自愿留岛的游客还大约有 6000 人，管委会根据气象预报，安排村镇干部进村入户宣传，确保留岛游客及时掌握天气和航班停航、复航信息；并协调供水、供电、通信、医院等部门，做好台风期间岛上防御工作。

（来源：《中国气象报》，2018 年 7 月 26 日，2 版，作者：黄姿娜 刘文杰）

方春明调研广西气象工作并要求重点加强灾害天气监测预报

7 月 25 日，广西壮族自治区政府副主席方春明到自治区气象局检查指导汛期气象服务工作，随后在自治区防汛办主持召开防汛抢险救灾工作专题会，要求气象等部门深入贯彻落实习近平总书记关于防汛抢险救灾工作的重要指示精神，把握防汛抢险主动权。

方春明先后在广西突发事件预警信息发布中心、气象监测预报中心调研，了解突发事件预警信息发布、现代化预报预测业务、气象为农服务、生态文明建设气象保障、专业气象服务等方面工作。

在专题会上，方春明听取了自治区防汛办，以及气象、民政、国土、住建、交通等部门的工作汇报。他对近期气象工作表示充分肯定，特别指出，覆盖全区行政村的 1.2 万套气象预警大喇叭，在气象预警“最后一公里”、政策解读、农业生产、灾害防御科普等方面发挥了重要作用。

对汛期气象服务工作，方春明强调，要重点加强灾害天气的监测预报，提高预报精度、延长预见期、扩大预警信息覆盖范围；加强部门信息共享和应急联动，做好成功避险、转移人员经验的总结推广；统筹做好防汛抗旱工作，强化长期预测分析，密切跟踪旱情变化，提供准确数据和科学建议；强化防汛责任落实，做好信息收集、报送及督查检查。

（来源：《中国气象报》，2018年7月30日，1版，作者：黄姿娜）

东盟九国预报员在邕学习强对流天气临近预报技术

8月29日，东盟国家灾害性强对流天气临近预报技术示范培训班在广西南宁开班。来自马来西亚、印度尼西亚、泰国、菲律宾、文莱、越南、老挝、缅甸、柬埔寨等9个东盟国家的预报员，将在10天时间里，学习和了解风云系列气象卫星和多普勒天气雷达产品的应用、中国在强对流天气灾害方面的防灾减灾政策和措施、中国现代化气象业务系统以及临近预报技术。

中国气象局一直致力于为发展中国家和欠发达国家提供气象国际培训课程。作为亚洲区域合作专项资金项目，东盟国家强对流天气临近预报技术示范培训班是中国气象局首次面向东盟国家开展的教学培训活动，并被纳入了第二届中国—东盟气象合作论坛的重要日程。培训课程包括强对流天气的临近预报、多普勒天气雷达基本回波识别、风云四号卫星产品在临近预报中的应用、华南西部飑线大风组织性探讨、广西强对流天气云图分型等，学员将到广西壮族自治区气象局现代化业务平台、南宁市突发事件预警信息发布中心、崇左市扶绥县“甜蜜之光”甘蔗气象服务示范基地等地进行现场学习，其间还将组织预报员参加实训和学员论坛。

2016年，中国气象局和广西壮族自治区政府共同发起了中国—东盟气象合作论坛这一全新机制，进一步加强区域气象灾害监测与共同防御。此次培训也是落实《中国气象局与世界气象组织关于推进区域气象合作和共建“一带一路”的意向书》和《中国—东盟国家气象合作南宁倡议》的具体行动。

此次培训由中国气象局气象干部培训学院主办，广西壮族自治区气象培训中心协办。

（来源：《中国气象报》，2018年9月3日，3版，
作者：黄姿娜 杜枚 周美丽）

刘雅鸣在广西调研气象工作时强调
主动融入地方发展　全力推进现代化建设

9 月 11—12 日，中国气象局党组书记、局长刘雅鸣深入广西壮族自治区调研指导气象工作，看望慰问一线气象干部职工。她要求广西气象部门以实际行动深入贯彻落实党的十九大精神和习近平总书记系列重要讲话精神，进一步提高政治站位，主动融入地方工作整体部署，坚定不移推进具有广西特色的气象现代化建设，依托中国—东盟气象合作论坛借势发展，不断提升气象服务保障广西经济社会发展的能力和水平。

刘雅鸣先后调研了中国气象局东盟大气探测合作研究中心，广西气象数据中心、气象监测预报中心、突发事件预警信息发布中心以及南宁市气象局等单位，充分肯定广西气象改革发展成果和干部职工积极干事创业的精神风貌。她强调，在深入贯彻习近平总书记视察广西重要讲话精神，落实“三大定位”新使命和“五个扎实”新要求的过程中，气象工作面临新机遇、新挑战，要聚焦重大战略部署，结合地方和部门实际全方位提升气象发展水平，为服务经济社会发展大局做出更大贡献。

一要围绕生态文明建设、军民融合、综合防灾减灾救灾等重大战略以及“一带一路”建设，从全局高度谋划落实好各项气象保障服务工作。

二要围绕重大决策部署地方经济社会发展需求找准气象着力点，主动融入大局，打造好中国—东盟气象合作的品牌和窗口，在气象服务经济社会高质量发展等方面取得新突破。

三要坚定不移推进气象现代化建设，充分总结广西在推进观测自动化、智能网格预报、预警信息发布等方面的经验，以改革思维推进气象现代化建设，提升预报预警精准度，最大化发挥气象服务效益。

四要加强干部和人才队伍建设，严格按照程序选准配强干部队伍，积极落实各类人才培养交流制度，为人才成长营造良好环境。

五要坚定不移推进全面从严治党，把党的政治建设摆在首位，完善基层气象部门全面从严治党组织体系并加强考核管理，确保层层传导压力、层层压实责任。

自治区政府副主席方春明陪同调研。在广西期间，刘雅鸣到中国—东盟博览会气象装备和服务展馆察看并指导展览工作。

（来源：《中国气象报》，2018 年 9 月 14 日，1 版，作者：黄姿娜）

中国气象局东盟大气探测合作研究中心在广西启用

9 月 10 日，在第二届中国—东盟气象合作论坛即将开幕之际，中国气象局东盟大气探测合作研究中心在广西气象技术装备中心启用。这是中国气象局和广西壮族自治区气象局积极推进落实《中国—东盟气象合作南宁倡议》的具体举措和重要成果，将为中国与东盟各国开展观测系统共建、数据共享、大气探测技术交流提供合作平台。

据了解，中国气象局东盟大气探测合作研究中心依托广西气象技术装备中心、减灾研究所和信息中心资源，按照国家级计量实验室标准建设。内容包括降水现象实验室、采集器实验室、土壤水分实验室、计量标准器比对室、计量培训与交流室以及技术装备保障业务平台。业务平台涵盖了计量检定、运行监控、维护维修、供应管理等气象装备综合业务，满足中国与东盟国家开展仪器检测服务、技术交流、业务培训、气象计量标准器国际比对等活动，有助于实现中国与东盟国家气象计量互认和共同发展，提升区域气象技术装备保障服务能力。

（来源：《中国气象报》，2018 年 9 月 17 日，3 版，作者：黄姿娜 覃伟）

朱槿花开十五载　气象服务添精彩

——第 15 届中国—东盟博览会气象保障服务纪实

共建 21 世纪海上丝绸之路，构建中国—东盟创新共同体。9 月 12—15 日，第 15 届中国—东盟博览会和中国—东盟商务与投资峰会（以下简称“两会”）

再次与海内外宾朋相约在广西南宁。

朱槿花开十五载，在中国—东盟博览会这个舞台上，广西气象工作者不忘初心、全力以赴，用精准细致的预报服务保驾护航。

提前部署，绷紧服务之弦

9月11日16时，距离“两会”开幕不到17个小时，今年第23号台风“百里嘉”步步逼近广东沿海；而在菲律宾以东洋面上，第22号台风“山竹”身躯硕大，虎视眈眈。“立即进入重大气象灾害（台风）Ⅳ级应急响应状态！”经过预报团队严密监测和反复研判，自治区气象局果断决策。

“‘两会’期间，南宁适逢夏季，有雷暴和台风影响风险……”早在8月1日，第一份专项气象服务材料已送达“两会”指挥中心及相关部门，应急措施逐项得到落实。

由中国气象局和自治区政府主办的第二届中国—东盟气象合作论坛也与“两会”同期举办，来自中国与东盟国家、国际气象组织气象界的代表云集广西，气象保障服务任务尤为艰巨。

“要当好东道主，高质量高效率做好气象服务工作！”自治区气象局多次作出部署。开展“两会”场所防雷装置安全生产专项执法检查、检测维护主要活动场所周边自动气象站、制作发布中英文双语预报产品……9月7—14日，全区气象部门进入气象保障服务特别工作状态。

提升能力，聚焦精准之策

9月12日8时30分，天空多云，阳光透过云隙洒落大地，“两会”开幕式在南宁准时开启。这样的好天气，气象部门早已提前精准预报。新投入应用的风云四号气象卫星等“利器”，为预报团队增加了底气。

预报员根据观测仪器反演的大气不稳定指数，结合500米高分辨可见光以及水汽云图，及时捕捉到北方干冷空气南下与副热带高压下沉加强南宁本地大气的稳定性，以及对流系统发生环境条件变弱的信号，作出了“开幕期间南宁以多云天气为主”的准确预报。

即便已有十余年“两会”保障服务经验，预报团队仍不敢松懈。从 9 月 13 日下午开始，南宁市区出现小雨天气。当晚，作为“两会”的重要活动，第 20 届南宁国际民歌艺术节“大地飞歌 · 2018”晚会将要上演。

预报人员反复比对、推敲每张云图、每个数据，经过严谨讨论，“民歌节晚会期间，南宁市阴天有阵雨，气温 24～26 ℃，东南风 2 到 3 级，相对湿度 90%”的预报结论于会前发出。最终，实况与预报非常吻合，阵雨天气影响不大，预报团队交出优质答卷。

携手联动，凝聚多方之力

9 月 13 日 8 时，出席第二届中国—东盟气象合作论坛的中国气象局副局长沈晓农，在广西气象台参加了全国天气会商。“台风‘山竹’个头大、强度强，登陆时间恰逢周末及中国—东盟博览会闭幕，务必要高度重视，切实做好气象服务工作。”沈晓农要求。

上下联动做好服务，已然成为重大气象保障的经验传承。9 月初，广西气象台就与南宁市气象台预报员进行研讨，并与广西空管南宁分局气象台建立专家会商联席研判机制，共同滚动提供精准、无缝隙的气象预报服务产品，并特别提醒关注风雨对“两会”期间临时搭建展台的影响。

这种联动合作也走出了气象部门，得到各部门广泛支持。南宁市交警支队与气象局加强联动，在道路交通屏幕上滚动播放天气信息；市环保局与气象局建立空气污染监测预警和联防联控机制，共同发布空气质量预报。

此外，气象部门还在多个媒体上开设“东博会天气”栏目，设立“会场天气”版块，提供基于场馆的两小时内降雨情况。南宁市气象局影视中心增设中英双语天气预报节目，全方位服务“两会”及各国来宾。

（来源：《中国气象报》，2018 年 9 月 19 日，1 版，

作者：黄姿娜 张芳琳 陈业国）

从南宁再出发

——第二届中国—东盟气象合作论坛综述

陆海相连，气象无界，一纸倡议，两年之约，开启了中国与东盟国家区域气象合作的新航程。

9 月 12—13 日，由中国气象局和广西壮族自治区政府联合主办的第二届中国—东盟气象合作论坛（以下简称“气象论坛”）在南宁召开。来自中国与东盟国家，联合国亚洲及太平洋经济社会委员会、台风委员会等国际气象组织，以及港澳地区气象部门代表再次相聚，共商区域气象灾害联防大计。

一纸倡议：搭建区域合作“气象桥梁”

两年前，在中国气象局和自治区政府的共同倡议和推动下，首届气象论坛成功举办，搭建起中国和东盟国家开展气象防灾减灾政策高层对话，促进交流、推动务实合作的“气象桥梁”。

“第二届气象论坛的举办标志着《中国—东盟气象合作南宁倡议》（以下简称《南宁倡议》）进入了从理念到行动、从规划到实施的新阶段。”中国气象局局长刘雅鸣在论坛开幕式致辞中说。

《南宁倡议》为中国与东盟国家区域气象合作打开了一扇门：两年来，风云卫星遥感数据服务网的新增注册用户中，有 20 个来自东盟国家；中国气象局东盟大气探测合作研究中心在南宁落成；中国气象局自主研发的气象信息综合分析和处理系统已在亚洲 20 多个国家和地区落户；先后有 100 名来自东盟国家的人员参加了中国气象局组织的国际培训，首次面向东盟国家开展的灾害性强对流天气临近预报技术培训班在南宁开班。

在气象论坛的推动下，双边气象合作的成效也实实在在：在中国的支持下，缅甸气象部门数值预报模式产品的分辨率达到 9 公里；中越建立灾害天气联合会商机制；中国气象局向老挝捐赠了气象视频演播系统；中国与马来西亚开展人工影响天气技术交流……

在气象论坛背景下，加强技术培训、共享风云卫星资料、学习中国发展经验、提高预警能力等成为代表们讨论建议的热词。

围绕“区域气象灾害的监测与信息共享”主题充分讨论，代表们进一步达成共识：未来两年，中国与东盟国家将加强风云气象卫星资料的共享和应用，运用风云气象卫星国际用户防灾减灾应急保障机制，提供灾害性天气的卫星区域加密观测服务；加强区域气象灾害联防和预警信息共享，推进亚洲多灾种早期预警系统建设；继续通过中国承办的世界气象组织区域培训中心举办国际气象培训班；发挥中国承担的世界气象中心（北京）等全球和区域气象中心的职能，提高中国气象局为东盟等区域和国家提供气象服务的能力。

一份承诺：筑牢互信共利灾害联防机制

气象论坛同期举办了论坛技术交流会、中国—东盟博览会气象装备与服务展，签署了中越气象科技合作联合工作组第十二次会谈纪要。

在技术交流活动中，代表们围绕世界气象中心建设、风云气象卫星发展及产品服务、亚洲区域气候监测预测业务、国际气象资料服务、亚洲多灾种早期预警系统建设、亚洲航空气象中心建设、国际培训与教育等议题深入交流，探索深化合作的技术路线。

50 家单位参与气象装备与服务展，参与单位数量与首届相比接近翻倍，展区面积也升级至 1400 平方米，分六大主题展示了中国先进的气象设施和现代化成果。

在中越双边气象科技合作的 25 年里，已开展了 140 多个合作项目。双方将在天气预报、气象信息交换、人才培训、气象仪器校准技术交流、亚洲区域气候预测、亚洲多灾种早期预警系统建设等 6 个领域进一步加强合作。

在气象装备与服务展开幕式上，中国气象局向东盟国家发布《风云气象卫星国际用户防灾减灾应急保障机制》。根据该机制，东盟国家和地区一旦遭受台风、暴雨等气象灾害，可申请启动应急保障，中国气象局将调动风云气象卫星，提供有针对性的高频次加密观测产品。

此举获得了与会代表一致赞赏，认为应急保障机制的建立将有利于国际用户获取更精细的观测资料，更好地进行预警和决策。

在气象论坛举办期间，今年第 22 号台风“山竹”在西北太平洋上迅猛增强，论坛议程临时调整，与会代表紧急投入应对“山竹”的防御部署中，论坛成果也发挥了显著效益：9 月 14 日，在“山竹”即将登陆菲律宾前的关键时刻，中国气象局启动《风云气象卫星国际用户防灾减灾应急保障机制》，“派出”风云气象卫星协助菲律宾、越南两国开展针对性的台风防御。

一致认同：把握契机实现跨越发展

规格高、规模大，在中国气象局有关内设机构和直属单位的指导下，自治区气象局把办好论坛作为提高政治站位，落实“一带一路”倡议、广西“三大定位”，服务国家总体外交的重要任务，举全局之力，精心谋划，积极与相关部门沟通对接，完成相关项目建设。

以外事促内事，自治区气象局在首届气象论坛的基础上，全力打造广西气象现代化成果展示的“升级版”：广西气象数据中心、监测预报中心、突发事件预警信息发布中心等内涵不断丰富，新建的中国气象局东盟大气探测合作研究中心正式投入使用，自治区气象局在气象信息化、现代预报预测业务、突发事件预警信息发布、气象为农服务、观测系统和装备技术等领域的新成果在气象论坛中得到了充分展现。

“除气象观测和气象仪器标定等以外，希望能在气象服务保障等多个领域与广西气象部门开展更深入的合作。”越南自然资源和环境部国家气象水文局代理局长陈鸿泰在率队参观自治区气象局后表示。

让参加论坛的中外代表广泛称赞的，还有广西气象部门聚合联动之力提供的贴心、精准的气象服务。9 月中旬，南宁天气形势复杂，易受台风影响，天气预报难度大。今年，新投入应用的风云四号气象卫星等“利器”，给预报团队增加了底气。

金秋时节，南宁依旧绿意盎然，中国与东盟国家区域气象合作的种子在这里生根发芽，也将带着各方协同开展气象灾害监测联防的美好愿景，跨越山海，焕发蓬勃生机。

（来源：《中国气象报》，2018 年 9 月 27 日，1、3 版，作者：黄姿娜）

用“天网”捕捉“雷神”

——广西实现多要素雷电监测全域覆盖

广西是我国雷暴日数最多的省区之一。高发的雷电灾害每年带来巨大的人员伤亡和财产损失，特别是在农村地区，如何降低雷击风险一直是忧心之事。

在自治区政府的支持下，历经3年建设，广西建成了由20个三维闪电定位仪、227个大气电场仪以及60个雷电流监测仪构成的雷电综合监测网。至此，广西成为全国首个全面建成多要素雷电监测全域覆盖的省区，跻身全国气象部门雷电业务基础设施先进省份前列。这个被誉为全国最大的省级雷电监测网，已成为全区农村雷电监测预警综合治理的一张“王牌”。

“一张网”：迅捷捕捉风雨雷电

尽管不能控制雷电的发生，但借助先进的气象技术和精密设备，广西气象工作者一直在追踪雷电足迹、探寻减少雷电灾害的解决办法。

“以往，由于缺少观测和预报技术支撑，广西雷电预警信号一直以县域为单位发布。但广西雷电多、局地性强，定点雷电预警空报漏报率高，公众满意度低。”自治区气象局党组副书记、副局长钟国平介绍，雷电监测预警“天网”系统的诞生，彻底扭转了过去在雷电监测预警工作中“心有余力不足”的窘境，成功打通广西乡村预警信息发布“最后一公里”。

走进自治区防雷中心顶楼办公室，工作人员正在电脑前忙碌工作——三维闪电定位网、大气电场监测预警网、雷电流监测网的实时数据通过网络传输至此，工作人员需要及时对监测信息进行统计和研判。

“这一监测网，覆盖全区城乡领域的数十个乃至数百个监测站点，能够较为准确地抓住雷电行走的轨迹，实时获取闪电监测数据和雷电天气的信息。”自治区防雷中心总工程师阳宏声说，基于多源数据资料的融合，气象科研人员研发了智能化雷电专项预警技术，有效解决了小尺度雷暴难捕捉和基于位置的雷电临近预警难等问题。

雷电监测“天网”有着灵敏的“嗅觉”和过人的“警觉”——30 秒内即可判断是否出现雷电，提前 5～15 分钟发出雷电预警信息。

阳宏声评价道：“这张‘天网’覆盖全区、辐射东盟，有效填补了广西地面雷电观测的盲区和雷电人工观测的空白，是气象工作者的‘左膀右臂’。”

雷电监测“一张网”投入使用后，弥补了乡村防雷工作的薄弱短板，农村雷电防御能力逐步提升。目前全区乡村地区雷电灾害人员伤亡事故呈减少趋势，雷电灾害人员死亡数由原来每年两位数降到现在的个位数。

“一平台”：筑牢防雷预警“长城”

在柳州市环境卫生管理处立冲沟垃圾处理管理所，一套完备的雷电讯息接收设备使该所获得“点对点”精细化雷电预警服务。据工作人员介绍，垃圾填埋场面积较大、地势空旷，且场内有不少具有导电性的垃圾，在雨水频繁时段，员工作业常处于高危环境中，“有了雷电预警服务，我们就能及时作出反应，减少危害”。

这只是基于雷电监测网开展雷电业务合作的典型案例之一。在广西农村雷电综合监测网建成之时，自治区气象局还同步建成雷电业务服务平台，并开发 6 大类 21 项雷电基本业务服务产品。这也成功开启了广西雷电业务服务新窗口——在大力加强雷电基础业务建设的同时，也注重满足大众对雷电业务服务的需求。

其实早在 2016 年，广西就以加强乡村中小学校防雷工作为突破口，依托雷电智慧预警产品，通过手机短信启动校园雷电预警公共安全服务，将雷电的被动防御变为主动提前防范。

“目前，全区中小学校已连续多年没有发生雷击伤亡事故。”自治区防雷中心气象灾害防御科科长郭媛说道。随着气象科普服务能力的提高，社会大众还可通过气象部门官方微信、应用软件获得定制式雷电专业预警服务。

建设多渠道的雷电临近预警服务网、创造新的乡村雷电灾害防治体系、研发智慧雷电临近预警技术……一系列相继推出的举措，为个性化、智慧化雷电预警服务提供更多的可能性，也让广西成了全国首个建成规范化常态化雷电基本业务的省区，进而为全国各地推进乡村雷电灾害防治体系建设提供了有效参考。

（来源：《中国气象报》，2018 年 11 月 29 日，1 版，作者：曾涛 黄姿娜）

流淌在岁月里的传承与温度

——广西气象部门文明创建与文化创新回顾

“五彩壮锦五彩云，气象部门气象新，常把压力变动力，测报气温带体温。”感受到身边的新变化，广西壮族自治区气象局退休干部方之云近日即兴赋了一首新山歌。壮锦，经纬织就千年之美；山歌，旋律唱响春江之水。

翻阅广西气象史，时光荏苒，留下的是发展的印记，不变的是传承，一种态度，一种体温。

“一根绳索”在叙述北海涠洲岛，山巅之上的海岛气象站，面朝碧波万顷的大海。“一根绳索”的故事，是留存在全站观测员脑海里的集体记忆。

1982 年，第 17 号台风来势汹汹，12 级以上的大风刮个不停，岛上大多数房屋盖瓦被吹飞。“决不能因受台风影响而缺测！”气象站职工商议出一个好法子：用一根绳索将 4 个人像串糖葫芦一样捆在一起，然后爬出去观测。“一根绳索”的故事激励着一代又一代海岛气象工作者。一次次台风猛烈来袭，气象观测从未缺位。风雨洗礼，“一根绳索”仿佛在默默讲述 60 年的八桂风云。岁月的模样，留存在一张张黑白或彩色的照片里，叙述着昔年芳华。

从 1958 年 3 月广西省政府气象局改称广西壮族自治区气象局，加快组建气象服务网，到今天广西气象数据中心、监测预报中心、突发预警信息发布中心等现代化项目建成使用，广西基本实现气象现代化，提前两年完成阶段性目标……光阴流转，气象人传承的是血脉中的匠心与质朴，传承的是不忘初心、积极进取的态度。

103 个红手印在作证

2018 年年初，自治区气象局收到了一封印有 103 个红手印的联名申请书，防城港市上思县有生村两委班子和村民强烈要求气象部门派驻的驻村第一书记彭宇连任。驻村3年多，彭宇坚持既“扶志”也“扶智”，通过发展台湾凤梨等特色产业、甘蔗等传统产业来提质增效，促农增收，帮助有生村如期实现了脱贫摘帽。与刚开始一样，彭宇再次主动请缨，选择回到了有生村。103个红手印，见证了那些被岁月磨蚀过后依然至纯至美的心灵。

漫漫南极。作为广西赴南极气象科考第一人，李静锋于2013年参加我国第30次南极科考。暴风雪肆虐中，李静锋完成了在国内需要6个人才能完成的工作任务，向祖国交出了一份满意的答卷。

气象人的故事，在风里，在雨里。一个真抓实干凝聚1896名八桂气象工作者的先进集体，一个忠诚担当遍洒23.76万平方公里土地的精干团队，一项服务保障壮乡4900万各族群众民生福祉的庄严使命，在广西气象事业的发展历程里，气象人谱写了一个又一个不负重托、不辱使命的动人故事，也赢得了“全国农林水利产（行）业五一劳动奖状”“广西抗击雨雪冰冻灾害先进集体”“全国重大气象服务先进集体”“广西防汛抗旱救灾工作先进集体”“广西工人先锋号”“自治区和谐单位”等一项又一项沉甸甸的荣誉。一甲子，仿佛刹那，责任担当永远是气象人咏唱的最强音符。

“排涝哥”在行动

2018年7月13日下午，一场瓢泼大雨袭击南宁，来自南宁市气象局的后勤水电管理员许桂龙在途经积水路段时，赤脚下水徒手清淤排涝，被网友抓拍并将视频上传，点击量超800万人次，网友们纷纷点赞并亲切地称呼他为“排涝哥”。

“排涝哥”成了“网红”，彰显出一种行动的力量。翻开广西气象文明创建史，2001年，广西各级气象部门全面建设文明单位，在全区率先建成文明系统，目前有11个全国文明单位，在全国气象部门位居前列。为了让文明建设看得见、摸得着、离得近，广西气象部门精心设计开展各类活动。例如，组织干部职工气排球和羽毛球比赛、举办职工文艺演出、开展纪念世界气象日环南湖健身走活动（已持续12年）、积极推进和谐部门建设……目前，气象部门77个单位获评自治区和谐单位。此外，自治区气象局先后选派十余名优秀干部职工分别担任贫困村驻村第一书记和工作队队员，组织开展“党员一对一帮扶”活动，并连续多年荣获“先进后盾单位”称号。

自治区气象局还以地域民族气象科普活动为特色，挖掘传统山歌、谚语等文化，编写气象山歌6000多首，传唱气象山歌近百次，创作气象山歌微视频、动漫、图书等，让气象科普知识深入壮乡。从一个百叶箱、一个观测场、几间值班房，到如今的无人值守自动化观测、现代化的业务平台，基层气象设施更加完善，台站整体面貌、职工工作和生活条件得到进一步改善。在2018年第二届中国—东盟气象合作论坛举办后不久，新启用的中国气象局—东盟大气探测合作研究中心迎来一批从事地面观测已退休多年的干部职工。看着高端大气的云数据平台，83岁的退休职工陶亚敏不禁感叹：“这样的事情在我们那个年代想都不敢想！”这令干部职工切身体会到了更多的“获得感”。

“天上红云配白云，地下狮子配麒麟。八桂田园铺壮锦，山歌声里气象新”。山歌又起，60载风云变幻，一个新的起点，又将掀起一幅新画卷。

（来源：《中国气象报》，2018年12月4日，3版，作者：曾涛 黄姿娜）

“跑赢”灾害 “抢”出救命时间

——广西气象防灾减灾成效显著

独具魅力的地貌类型和多样的气候环境，孕育了广西旺盛的生机和浓郁的民族风情。同时，自然环境也决定了这里气象灾害多发，干旱、暴雨、洪涝以及地质灾害的致灾风险较大。

2013年5月16日，桂林市恭城瑶族自治县龙虎乡遭遇3小时319.8毫米的暴雨。汹涌而下的山洪泥石流导致295间房屋倒塌。好在2万多人早在半小时前成功转移。

这得益于广西气象防灾减灾工作的有力推进。当地政府全力投入，气象部门预警早、信息灵，连年举行灾害应急演练……这些，都是“抢”出救命时间的重要因素。

多年来，自治区气象部门全面构建新时代广西气象防灾减灾救灾体系，创造了一个又一个防灾减灾“奇迹”。

应急更有力——有章可循 规范重大气象信息处置

2016 年，台风“妮妲”遇上苍梧地震，全区各级相关部门提前完成防台风和抗震救灾部署。

2017 年，八桂大地多条河流出现超警戒洪水，各部门全力应对。

2018 年，超强台风“山竹”在广西滞留时间长达 21 个小时，各方及时调度。

这一系列快速行动，得益于自治区党委、政府联合印发的《关于重大气象信息和重要汛情旱情报告各级党政主要负责人的规定（试行）》（以下简称《规定》）。2014 年，通过对防灾减灾工作的不断探索与总结，自治区党委、政府深刻认识到，要做好防汛抗旱工作，必须“关口”前移。

《规定》明确提出，当启动重大气象信息报告机制时，各级气象部门要直接向地方党政“一把手”汇报。这一纸明文，在全国开创以党内法规形式规范党政“一把手”重大气象信息处置工作的先河，是重大气象灾害决策法治化、科学化和规范化的有力保障。

2014 年以来，自治区政府先后出台《广西壮族自治区气象灾害防御条例》《关于广西壮族自治区人民政府办公厅加强气象灾害监测预警及信息发布工作的实施意见》等一系列地方性法规和文件，加强气象灾害防御；各级政府也将气象防灾减灾纳入本级政府绩效考核；全区 990 个乡镇出台气象灾害应急预案，2178 个行政村制定防灾减灾行动计划。在自治区党委、政府的大力推进下，气象防灾减灾管理更加规范，气象工作法治化水平得到提高。

预报更准确——精进不止 筑牢“第一道防线”

“在 2011—2017 年的台风预报中，强度预报 24 小时、48 小时和 72 小时的预报平均误差分别为 4.28 米 / 秒、6.37 米 / 秒和 6.86 米 / 秒，预报精度多次排名第 1；路径预报精度在各种客观方法中处于领先地位。”全国台风及海洋气象专家委员会在对比国内外十余种最好的台风客观预报工具的实际预报效果后，对自治区气象局研发的遗传神经网络方法作出高度评价。

气象灾害的严密监测和准确预报预警，是防灾减灾的第一道防线。近年来，广西气象部门坚持以人民为中心的发展思想，牢固树立“两个坚持”“三个转变”新理念，以项目建设促进气象现代化，在提升气象灾害的监测预报预警能力方面下足功夫，交出一份骄人的成绩单——

织密监测网，气象防灾减灾综合监测网络能力显著提升。全区建成10部新一代天气雷达、2部数字化雷达、92部车载移动数字化天气雷达、2部固定式风廓线雷达和2部车载式边界层风廓线雷达；建成1个海洋浮标站、17个海岛自动气象站、3个船舶自动气象站；建成91个国家级地面气象观测站、2700多个区域自动气象站、2个国家级无人自动气象站；建成227个大气电场仪、31个雷电监测定位仪、60个雷电流监测仪。

拉响警报器，气象预报预警水平显著提高。引入8万亿次/秒以上的高性能计算机集群系统，预报服务产品空间分辨率精细化到5公里，时间分辨率提高到逐3小时；暴雨等灾害性天气预报准确率稳中有升，台风路径预报误差减少41.3公里，达到国内先进水平；突发灾害性天气预警提前量达43.2分钟。

服务更高效——广开门路 畅通“最后一公里”

“气象大喇叭，服务送到家。今天白天晴，最高气温27 ℃。”每天一到9时，这样的气象播报，就会准时在马山县75个贫困村上空响起。

2013年10月，从全县第一批60套气象大喇叭开始广播，到如今共172套大喇叭为马山“全国气象扶贫示范县”和“全国标准化气象为农服务县”建设，打通气象预警信息发送“最后一公里”。数字电视机顶盒上，红色警灯闪烁，蜂鸣声起；电视屏幕上，正在播出的节目被打断，鲜红的屏幕被切换出来，气象预警信息跃然屏上——都安县气象局发布暴雨红色预警信号！

2014年7月，都安县澄江乡桑里村韦启武家安装了第一部带有气象预警功能的数字电视机顶盒，并与县气象局进行预警演练。

将机顶盒变身气象“报警器”，是自治区气象局党组为实现农村预警信息到“最后一公里”的匠心传递。

集“老、少、边、山、库”于一身，预警信息难以突破“最后一公里”，曾一度是广西气象部门防灾减灾工作的痛点和难点。近年来，广西气象部门围绕“测得到、报得准、发得出、收得到”的目标，初步建成气象防灾减灾救灾预警信息发布体系，为“跑赢”灾害争得优势。

在广西，运行监控、预警发布、决策指挥一体化的突发事件预警信息发布中心建成，预警信息发布系统覆盖全区各级气象部门，以及区、市两级政府和相关部门，实现政府和相关部门信息共享一张图、应急指挥一张网、信息发布一键式；建成气象预警大喇叭、短信、微信等多个预警信息发布渠道，其中农村气象预警大喇叭 1.2 万多套，覆盖全区 90% 以上的行政村；各行政村均设有气象信息员，队伍达 2.7 万人。同时，着力挖掘谚语、壮文等传统文化，开展行之有效的气象科普宣传，编写、传唱气象山歌 6000 余首，并利用气象预警大喇叭开办气象科普联播节目。

未来，自治区气象部门将持续把提高气象预报准确率作为重点任务，以“预防优先，综合减灾”为目标，为维护人民群众生命财产安全、扎实推进富民兴桂、谱写新时代广西发展新篇章奠定坚实基础。

（来源：《中国气象报》，2018 年 12 月 5 日，2 版，

作者：张宏伟 苏玉君 曾涛 黄姿娜）

最好的时光

——高质量的发展环境让广西气象全程提速

飞机冲出云层，落地南宁。

这个曾在全国省会城市中并没有什么名气的地方，现在已成为与东南亚国家联盟（以下简称“东盟”）、“一带一路”倡议、北部湾等有着密切联系的关键词，跻身于国际城市行列。随着面向东盟的国际通道，西南、中南地区开放发展的新战略支点，“21 世纪海上丝绸之路”和丝绸之路经济带有机衔接的重要门户这“三大定位”的确立，广西已从昔日的西南边陲站发展为新一轮改革开放的前沿。

广西气象部门抓住这次发展机遇，加快气象现代化建设，在高质量发展环

境中迅速提升自身实力。

区域合作共发展

9月中旬，第二届中国—东盟气象合作论坛在南宁举行，谋求在互信共利灾害联防机制、卫星数据共享、预警能力建设、人才培训等方面的区域合作进一步实质化。大气无国界，中国与东盟国家陆海相连，从理念到行动、从规划到实施，使跨越山海的气象合作就在眼前。

两年前，在中国气象局和广西壮族自治区政府的共同倡议和推动下，首届中国—东盟气象合作论坛成功举办。一纸《南宁倡议》，搭建起中国和东盟国家开展气象防灾减灾政策高层对话、促进交流、推动务实合作的桥梁。两年来，广西气象部门把握契机，把办好论坛作为提高政治站位、落实“一带一路”倡议和“三大定位”、服务国家总体外交的重要任务，迅速完成广西气象现代化建设的“提速”与“升级”。

中国气象局—东盟大气探测合作研究中心落成启用，广西气象数据中心、气象监测预报中心、突发事件预警信息发布中心等相继建成且内涵不断丰富，连续举办三届中国—东盟博览会气象装备和服务展，面向东盟国家开展灾害性强对流天气临近预报技术培训。在市级，气象现代化服务平台、气象影视节目制作系统项目纷纷建成；在县级，全部建成和推广使用“两系统一平台”，建成基本覆盖全部行政村的预警大喇叭12000余套、标准化人工影响天气作业站点106个。

部区合作促提升

广西气象现代化建设所凭借的，除了对外开放的国际合作，还有自治区政府“高质量发展首先要有高质量的发展环境”的认识与支持。

部区合作推动广西气象现代化迈入快车道。2015年，中国气象局和广西壮族自治区政府召开部区合作联席会议，进一步推进中央和地方共同投资建设的广西北部湾经济区气象监测预警服务系统工程、广西西江流域致洪暴雨监测预警系统工程、广西农业气象服务和灾害监测防御系统工程等重点项目落实。

2017 年，部区第二次联席会议召开，再次聚焦广西现代化重点工程建设立项与投入，提升人工影响天气能力建设、生态文明气象服务保障能力及建设贵港多普勒天气雷达、服务大藤峡水利枢纽工程建设。

两次联席会议以来，广西气象监测预报服务能力显著增强，气象灾害有效预警时效大幅提高，台风路径预报达到全国先进水平，公众气象服务满意度大幅提升。2018 年，自治区气象局圆满完成基本实现气象现代化建设的阶段性目标。

加强领导避灾祸

广西山岭连绵、江河众多，喀斯特地貌广布又集中连片，干旱、暴雨、山洪、泥石流等灾害多发。

2014 年，广西壮族自治区党委办公厅和自治区政府办公厅联合印发《关于重大气象信息和重要汛情旱情报告各级党政主要负责人的规定》。这是国内首次以党内法规形式规范党政“一把手”对重大气象信息处置工作，确保各级党政主要负责人掌握重大气象信息和重要汛情旱情，及时有效部署防汛抗旱各项工作，最大限度减少灾害损失和影响。

2017 年 6 月，广西遭受连续、大范围、高强度的暴雨天气，全区 99% 的市、县（区）过程累计雨量超过 100 毫米，多条河流出现建站以来最大洪水。

在暴雨与洪水来袭之时，重大气象信息必报党政“一把手”制度发挥重大作用。“气象部门及时提供预报预警信息，全县积极组织抢险救援，无人员伤亡。”在过程降雨量最大的永福县，时任县委书记蒋昌桂由衷感慨。

气象部门双重领导和双重计划财务体制进一步形成合力，气象事业发展财政保障能力进一步增强。近年来，通过中越边境台站基础设施改善项目等拉动，广西 29 个基层气象台站进行了改造，面貌得到根本性改变，有力支持了基层气象现代化建设和气象部门深化改革工作。在大石山区的马山县气象局，全区首个县—乡防灾减灾视频会商会议系统建成；在都安瑶族自治县气象局，两个人工影响天气标准化作业点建成。

此外，广西气象现代化建设因基础薄弱需要项目建设的带动。自治区气象局着眼大局，把准发展方向，按照“瞄准目标、突出特色、补齐短板、精准发力”的思路，以项目建设、作风建设、开放合作等“三个建设年”活动为抓手，不断提升广西气象发展的质量与效益。自治区气象局完成了广西气象数据中心、气象监测预报中心、突发事件预警信息发布中心等一批重点项目，建立了全区精细化气象格点预报业务。格点化预报产品从无到有，实现了业务系统、数据资源的集约化、智能化，气象预报无缝隙、集约化。与 5 年前相比，灾害性天气预警提前量达 43.2 分钟，预报产品空间分辨率精细化到 5 公里，台风路径预报误差减少 41.3 公里。

今天，梦想已经照进现实，广西气象事业迎来最好的发展机遇，也展现出最好的自己。

（来源：《中国气象报》，2018 年 12 月 6 日，2 版，
作者：苏玉君 张宏伟 曾涛 黄姿娜）

趋利避害并重 让乡村更美丽

——广西气象部门助力乡村振兴显成效

广西壮族自治区桂林市恭城瑶族自治县莲花镇红岩村村口，“柿柿如意”招牌上挂着新摘下的月柿，迎接八方来客。

在广西，很多像红岩村这样的生态特色旅游新村兴起，让“建设美丽乡村”实现具象化。一幅幅“房前屋后皆果树，一湾碧水绕村宅”的农村新画卷正徐徐展开。

不见炊烟闻饭香——“美丽乡村”建设有保障

眼前的恭城县平安乡黄岭村山清水秀，街道宽敞干净，房前屋后花果飘香。

“别看现在这里风景好，30 多年前，由于村民到附近的山上扯猪草、砍柴火，周围尽是光秃秃的石山。”平安乡民政办的工作人员廖梦兰说。为解决能源问题，又不影响生态环境，黄岭村在全县率先开展沼气能源试点工作，形成“养殖 + 种植 + 沼气”三位一体的农业生态发展模式，有效保护了当地生态。

但近年来，村民逐渐放弃生猪等畜禽养殖，三位一体的生态农业模式少了“一位”，单家独户的沼气池面临着没有原料的困境。为此，恭城县摸索出“全托管沼气”的新三位一体模式，即建设一个大沼气池，向片区农户供气。沼气池的管理营运委托给专业公司，有效解决了沼气原料不足、规模养殖场排污难等多项难题。

天气变化是沼气生产的主要影响因素之一。为科学管理全托管沼气、保障农户最大程度利用清洁能源，恭城县气象局针对沼气主动开展服务，在平安乡的全托管沼气池旁边建起一座包含地温、气温等观测要素的自动气象站，探索沼气产率与气象条件的关系，在国内首次系统开展气象灾害对沼气影响的研究。

“气温对沼气池发酵的影响很大。”桂林市新河沼气设备有限公司经理全健说。根据天气预报，他可以合理调整投料间隔；夏季和秋季预计有大雨雷电天气时，可以加强巡查，防止雨水倒灌沼气池。

一县一品产业强——特色农业发展服务细

“今天白天到晚上，小雨，气温 16～19 ℃。目前，我县各蚕区养蚕已接近尾声。近期，气温略有下降，避寒区室温应保持在 24～25 ℃。”每天早上，河池市环江毛南族自治县大才乡新坡村平治屯的大喇叭总会播报天气预报和农业提示信息。

2013 年，在“三农”专项的支持下，平治屯成立环江南大门桑蚕专业合作社，通过整合优势资源，逐渐带动周边村屯桑蚕产业规模化、机械化和标准化发展。然而桑蚕种养对天气依赖极大，温度、湿度都会对其造成影响。

“以前没有手机也没时间看电视，无法得知天气信息，只能凭感觉。”已经养蚕 8 年的村民覃雷体说，现在有了手机、大喇叭，气象信息服务站里也会每天张贴天气预报和农情建议，“如果预报有雨，我们就提前晒桑叶，根据雨量合理施肥，打农药”。今年，台风“山竹”带来的风雨影响环江，由于提前收到预警信息进行防范，避免了蚕房被雨水倒灌等损失。

自 2012 年起，环江县气象局依托全国气象为农服务示范点建设，建设桑蚕特色农业气象服务体系，增建气象条件监测设备，为养蚕大户育蚕室安装温湿度记录仪；通过多媒体气象信息显示屏、气象大喇叭等方式发布桑蚕饲养预报；组建农业气象服务技术团队，完成桑蚕适宜气候区划图、环江县桑蚕生产周年服务技术简表，针对灾害天气及防御、关键农事管理技术、主要病虫害及防治等要点，对村民种养桑蚕作指导。

荒山变成聚宝盆——脱贫攻坚有妙招

峰高谷深，山路崎岖险峻。记者来到河池市都安瑶族自治县下坳镇隆坝村龙磊屯两性花毛葡萄种植示范基地，环顾四周，不禁调侃，这是武林高手才能找到的地方吧。

隆坝村位于连绵起伏的大山深处，都说“靠山吃山，靠水吃水”，但隆坝村的大山挡住了这里人的脚步，也紧扼人们的生计。光秃秃的石头山，没有土地，没有技术，也没有人才，是这里深度贫困的重要原因。2014年初，隆坝村的大学毕业生蓝钧回乡创业，带动周边贫困群众以资金、土地入股等方式，参与种植两性花毛葡萄350亩，为村子脱贫打开门路。

随着毛葡萄产业规模不断扩大，蓝钧意识到，要根据气候情况合理安排各项种植事宜。获悉需求后，县气象局迅速开展服务。2017年10月，都安瑶族自治县气象局在毛葡萄基地安装大喇叭，每天两次播报天气预报；同年12月，县气象局又在基地安装农田小气候仪，实时观测记录气温、湿度、雨量等气象要素的变化情况，并通过配套摄像头监控园区内葡萄发育期状况；今年3月，县气象局在基地安装了电子显示屏，24小时不间断滚动播放当日天气预报和每次重大天气过程的预警信息，同时播放小气候仪实时观测数据。

如今，蓝钧的毛葡萄种植基地规模已发展到1080亩，是该县林水石漠化治理与扶贫相结合较成功的典范之一。

目前，广西建成全国规模最大的气象预警大喇叭系统，12000多套大喇叭实现了行政村全覆盖。直通式为农气象服务惠及8000多个新型农业主体，“互联网+”等智慧农业气象服务得到推广，建立了44个现代特色农业气象服务示范区。

“产业兴旺、生态宜居、乡风文明、治理有效、生活富裕”是党的十九大提出的实施乡村振兴战略总要求。对标职责，广西气象部门努力创新，趋利避害并重，为乡村振兴新画卷添上绚烂一笔。

（来源：《中国气象报》，2018 年 12 月 7 日，2 版，
作者：张宏伟 苏玉君 曾涛 黄姿娜）

山歌好比春江水

——广西气象事业发展掠影

南国无霜霰，连年见物华。60 年来，观云测天的气象服务默默地守望着八桂大地，为壮乡人民送去福祉。进入新时代，广西壮族自治区迅速融入国家“一带一路”建设，将地理区位优势转化为沿海、沿江、沿边的资源优势。气象部门立足需求，抢抓机遇，提升能力，既实现了自身“蝶变”，也为广西高质量发展提供了服务保障。

有一种现代化叫“云”端
融入互联互通大格局 实现气象现代化跨越发展

11 月的南宁，仍见鲜花斗色争妍。

中国气象局东盟大气探测合作研究中心已启用两个月。记者在办公区看到，大屏幕上实时闪烁着的信息“云”态，实现了对全区观测设备使用、储备、维修、检定等业务状态的动态跟踪和管理。该中心的建成正是缘于中国—东盟气象合作论坛。这里将满足中国与东盟国家开展仪器检测服务、技术交流、业务培训、气象计量标准器具国际比对等活动，实现中国与东盟国家气象计量互认和共同发展。

两年来，在中国—东盟博览会框架下开创的中国—东盟气象合作论坛，不仅填补了我国与东盟国家机制性气象区域合作的空白，服务国家“一带一路”建设，也直接促进了广西气象现代化重点项目建设和重点工作的落实。中国气象局与自治区政府对论坛工作的高度重视、强有力领导和支持，让广西气象现代化水平迅速提升，科技创新与人才建设取得突破性成果。

“一湾相挽十一国，良性互动东中西。”随着国家西部大开发、“一带一路”建设的推进，与东盟国家陆海相邻的独特优势，让广西站到了加快互联互通的新一轮改革开放前沿。以信息化、大数据等互联网技术为特征的“云”科技，虽然跨越了经济规律在后发展地区建成，但“高质量发展离不开高质量的发展环境”，自治区政府带着这样的认识，加大发展环境优化与支持力度，从一台一站的人工观测和手绘画图，到今天的“天罗地网”和大数据运行，广西气象事业抵达了前所未有的发展高度。

部区合作成为推进气象现代化发展的重要承载形式。2015年，中国气象局与自治区政府召开合作联席会议，加快了北部湾经济区气象监测预警服务系统工程等三大重点项目建设落实。2017年第二次合作联席会议再次聚焦气象现代化重点工程建设。2014年，自治区党委办公厅和自治区政府办公厅联合印发了《关于重大气象信息和重要汛情旱情报告各级党政主要负责人的规定》，这个以党内法规形式规范党政“一把手”对重大气象信息处置工作的创新举措，深化了“政府主导、部门联动、社会参与”的气象防灾减灾机制。

双重领导和双重计划财务体制形成合力，基层台站面貌得到根本性改变，基层气象现代化建设和气象改革工作得以深入推进。一个观测场、几间旧房子……基层台站的这种简陋面貌已经不复存在。在河池市都安瑶族自治县气象局，记者看到，现代化的业务大楼已投入使用，两个人工影响天气标准化作业点建成，这个大石山区的“中国百年气象站”见证了基层台站六十年的变迁。

抢抓机遇，着眼大局，自治区气象局以项目建设、承办论坛等为抓手，不断检验自身发展，高质量、高标准建成了广西气象数据中心、气象监测预报中心、突发事件预警信息发布中心等。全区所有市、县气象局建成和使用“两系统一平台”（天气预报服务业务集约化系统、农业气象服务业务集约化系统和县级综合气象服务业务平台），实现区、市、县三级气象部门监测、预报、预警、服务集约化、标准化。气象现代化的全程提速带来的是服务提质增效，气象防灾减灾第一道防线作用显著，公共气象服务满意度提升，科技人才与创新团队建设迸发活力。

有一种服务叫“智慧”
增强为农服务有效供给 助力质量兴农和乡村振兴

广西是我国重要的农业生产区域，气象部门从实际出发，通过使用农业气象服务集约化平台、开展农田小气候观测、拓展“互联网 +”以及利用微信群等方式，让产品进一步精细化、定量化，让服务实现分众化和精准靶向，增强为农服务有效供给，为农业增产、农民增收提供服务保障。而中国气象局始终将为农服务作为工作的重中之重，从为农服务“两个体系”建设，到面对新型农业经营主体的直通式服务，再到今天乡村振兴的智慧气象服务，如此顶层设计为广西的探索创新提供了实现路径。

广西是我国最大的甘蔗种植区。作为一种战略物资，蔗糖的产量关系到国家安全，而甘蔗受气候变化与市场波动影响明显。为此，自治区气象局利用遥感技术，结合气象数据开展了世界甘蔗主要生产国以及我国蔗区蔗糖产量预测服务，并联合自治区糖业部门成立了甘蔗气象服务中心，为国家制订产业政策提供科学、客观的决策依据，保障国家食糖供给安全。

北回归线从广西中部横贯，亚热带季风气候的光热条件与充沛降水，以及山地、河谷等所形成的小气候环境，使得广西成为我国特色水果的重要种植区域。然而特色农业的迅速发展，让过去气象服务产品缺少针对性的问题凸显。

时下，荔浦市修仁镇的万亩砂糖橘种植园区的橘子已由青转黄。在大榕村综合服务中心，市气象局气象科技特派员廖荣顺打开电脑，为记者演示气象服务的“直通”与“智慧”。经过简单的操作后，气象信息就通过短信、APP、大喇叭、显示屏等渠道直接发给了合作社负责人、种植大户、农户。由市气象局组建的“砂糖橘气象服务交流”微信群的成员已达 500 人。群里除了发布天气信息以外，还会有种植户分享的栽培心得以及专家面向农民的答疑……信息共享与互动交流有效地降低了果农因灾害、病虫害等产生的损失。果农们常常在群里为贴心的气象服务点赞。

农业本身就是一个受气候变化影响明显的行业，特色农业生产面临的风险更多，作物生长、收获、储藏、运输、保鲜等环节都与气象条件有密切关系。立冬时节过后，桂北阳朔等地天气变得湿冷，阳朔县白沙河镇蕉芭林村的山坡上，金橘树全都披上了“银装”，通过给金橘树覆盖塑料薄膜，可以避雨、避晒、避霜，确保金橘产量和质量。

村党支部书记赖玉梅告诉记者，以前没有气象部门的精准服务时，不要说金橘的丰产丰收，就是种植面积也不敢轻易扩大，突如其来的一场雨、一场霜，可能会让一年的收入“打了水漂”。如今金橘种植从“看天吃饭”到“知天而作”，很多百姓都实现了盖房买车的美好生活愿望。

目前，全区共建成78个现代特色农业气象服务示范区，直通式为农服务已经惠及8000多个新型农业经营主体，“互联网+”智慧气象服务得到广泛推广。各地还围绕“一村一品”“一县一业”开展作物精细化农业气候区划和农业气象灾害风险区划，开展柑橘、火龙果等特色农产品气候品质认证工作，为地方合理利用气候资源、调整农业产业结构提供了科学依据。

有一种生态环境叫宜居
强化生态保障服务 气象科技助力脱贫攻坚

生态环境金不换，山清水秀是广西天然的生态优势。在广西，还有一种生态环境叫“宜居”。今年6月，有着1400多年历史的恭城瑶族自治县，因适宜的气温与降水、优良的空气质量、丰富的气候景观获得全国首个“气候宜居县”称号；长寿之乡巴马县凭借宜人的气候、山水相依的自然美景闻名于全国。

围绕“国家气候标志”、美丽乡村、宜居城市建设，广西气象部门开展了大量工作，如在恭城为清洁能源沼气生产提供服务，在巴马、金秀等地开展人体健康与环境气象研究等。今天的广西，“望得见山、看得见水、记得住乡愁”的地方越来越多，正在吸引着全国各地的人们前来旅行与生活，也带动了当地的乡村旅游与生态农业发展。

在广西，喀斯特是一种典型地貌，它造就了秀美的山水风光，也催生了一些连片贫困地区。在一些大石山区，峰丛洼地间存在着生态环境脆弱、人均收入较低的片区，气象部门聚焦精准脱贫这个根本要求和稳定增收这个长远目标，构建了“气象防灾减灾＋扶贫”“产业气象服务＋扶贫”“气候资源利用＋扶贫”等模式助力精准扶贫。

环江毛南族自治县有种桑养蚕的历史，近年来“东桑西移”的区域经济发展，让这里的桑蚕种养形成产业优势，为山区群众脱贫增收提供了抓手。而蚕是一种娇贵之物，气温、湿度对其成活、生长、吐丝等影响都非常大。在大才乡新坡村平治屯600亩的桑蚕生产气象服务基地，环江县气象局设立农业小气候监测站，并在农民养蚕的蚕房里安装了温度湿度记录仪，实时监测温度、相对湿度、蒸发、总辐射、土壤水分等要素，分析影响桑蚕生长的气象环境。气象信息员韦世冠说，今年天气暖和得比较早，每家每户多养了一两批蚕，收入比往年增加15%左右。村民韦石安告诉记者，以前他根据经验判断天气对蚕的影响，会出现很多问题，现在按照气象部门提供的精细预报安排生产，情况就好多了。他基本不再需要外出务工，靠养蚕就可以解决生计，留在家人身边照顾一家老小。

马山是滇黔桂石漠化治理重点片区县，也是广西文化旅游特色县。气象部门在马山建成了全区首个县—乡防灾减灾视频会商会议系统，实现与全县11个乡镇会商联动，在弄拉自然保护区、小都百屯乡村旅游景区、三甲屯攀岩小镇等地开展智慧气象服务终端建设，助力乡村旅游产业发展。“马山模式”让气象科技在脱贫过程中的趋利避害和减灾增收作用得以彰显。

即使是在山清水秀的广西，生态文明建设气象保障的任务依然艰巨。广西气象部门成立生态气象和卫星遥感中心，积极参与生态红线划定工作，建立石漠化观测站点，开展生态脆弱区监测评估。针对大气污染防治工作，加强与环保部门合作开展重污染天气监测预报预警；通过人工增雨等手段主动作为，助力打赢“蓝天保卫战”……

“江水弯弯流长……唱山歌，这边唱来那边和，山歌好比春江水……”歌手李健改编后的歌曲绵长有力，质朴中透着现代感。六十年风雨兼程，六十年不忘初心，八桂大地展示出最好的自己，气象部门也迎来了展示能力的最好机遇。

（来源：《中国气象报》，2018年12月10日，1版，
作者：苏玉君 张宏伟 曾涛 黄姿娜）

情暖八桂　欢歌甲子

——广西壮族自治区成立60周年庆祝大会气象保障服务纪实

建设壮美广西，共圆复兴梦想。

12月10日下午，带着以习近平同志为核心的党中央对广西各族人民的亲切关怀和美好祝愿，由中共中央政治局常委、全国政协主席汪洋任团长的中央代表团，与广西各族各界干部群众齐聚南宁，热烈庆祝广西壮族自治区成立60周年。

“维持阴天，云层透光良好”“起轻雾，能见度良好”……就在距离庆祝大会主会场不远处，自治区气象台总工程师林开平每隔一段时间便向台里报告一次实况。现场气象服务团队开启移动风廓线雷达，安装便携式自动气象站、雨量筒等仪器，实时回传主会场一手监测资料。彼时，自治区气象台天气会商室的“大本营”更是一派忙碌。气象工作者用准确的预报服务，为甲子之庆献礼。

一项光荣的使命

12月9日21时，自治区气象局天气会商室灯火通明。

自治区党委书记鹿心社、自治区政府主席陈武连夜召集庆祝大会各服务保障组专题汇报工作。带着刚刚打印出来的专项气象服务材料，自治区气象局副局长钟国平匆匆抵达会场。面对自治区党委、政府提出的“气象部门要精准、精细做好气象保障服务”要求，这已是近期气象部门第12次向自治区有关领导和相关部门专题汇报天气趋势。

庆祝大会气象保障服务既是一项政治任务，又是一项光荣的使命。作为今年重大活动保障服务的收官之战，这是中国—东盟博览会成功保障经验的延续，更是对广西气象现代化水平的再一次综合检验。

早在今年初，自治区气象部门就将庆祝大会气象保障服务列入全年重点任务，主动与组委会、指挥部对接，细化服务需求，针对重点场馆、道路、交通情况及12月可能出现的突发性灾害天气制订精细化服务方案；持续做好各项设备、系统、平台的保障支撑，并抽调各单位精干技术力量，组建气象预报预测、决策气象服务等6支气象保障服务专业技术团队。

中国气象局党组书记、局长刘雅鸣要求“了解需求、主动对接、全力以赴，做好广西壮族自治区 60 年大庆气象保障工作”。11 月 21 日，中国气象局党组成员、副局长余勇主持召开专题会议，组织协调气象保障服务工作。自 12 月 6 日 10 时起，全区气象部门进入气象保障服务特别工作状态。

一个“时间窗口”的捕捉

12 月 10 日 8 时，距庆祝大会开幕只有 7 个小时，南宁上空持续多日厚实的云层终于打开了一道缝隙。

这一实况早已在预报中呈现。此前，气象工作人员向自治区庆祝大会组委会、指挥部果断发出“南宁市城区 10 日上午阴天，有零星小雨，下午阴天，气温 7～12 ℃，东北风 2～3 级”的预报结论。

“这次服务保障难度非常大。”中央气象台派往广西开展业务指导的首席预报员何立富直言。此次强冷空气大举南下，广西上空冷暖空气持续交汇，低温阴雨天气的维持对大庆活动的开展极为不利。“华南的天气系统本来就难预报，这股云系如此庞大，精准把握过程结束时间难度较大，要预报什么时候出现间隙期更是难上加难。”

为了捕捉这个“时间窗口”，大家铆足了劲儿——与中央气象台、华南区域气象中心等连日会商，提取加密观测的卫星、雷达、自动站等数据资料，参考历史个例的预报经验，分析各种数值预报产品。天气形势在不断的分析研判中逐渐明朗。

12 月 10 日 14—17 时，“时间窗口”如约而至。活动一结束，南宁市周边的雷达回波再次发展，降雨又重回南宁。实况与预报吻合。

一次凝聚力的展现

12 月 8 日 20 时至 11 日 20 时，云南、贵州、湖南和广东四省的 7 部新一代天气雷达 24 小时开机观测，数据通过省际共享至广西气象信息中心，为监测广西周边的天气系统运动提供了便利。这正是气象部门凝聚力在此次保障服务中的有力体现。

中国气象局的悉心指导，各国家级气象业务单位在监测预报、信息网络安全和资料传输等方面积极协调和业务指导，中央气象台专家的现场“助阵”……集全国重大活动气象保障之智慧，举全局之力，建立起了庆祝活动气象服务体系。“这都给我们增强了信心和底气。”钟国平表示。

12月9日上午的全国早间天气会商后，何立富打开卫星云图和雨量统计图，查看对应的数据资料，与自治区气象局相关负责人以及自治区气象台首席专家围坐一圈，分析研判不稳定因素。随后，他又赶往南宁市气象局和预报员座谈交流，开展专项服务指导。

全国气象部门通过多次重大活动气象保障服务的实践，从国家级到省级、市级都建立了一套完善的重大活动气象保障服务流程和机制。气象部门从上到下共享信息数据，相互之间交流频繁，依托现代化的业务成果，集中优势开展保障服务，“这是气象部门的优势，也是成功服务保障的关键。”承担过北京奥运会、新中国成立60周年纪念活动等系列重大活动气象保障服务任务的何立富说。

特别是气象部门上下综合精细观测、智能网格预报、突发事件预警信息发布系统、基于移动互联网手机定位的精准气象服务等气象现代化建设成果的运用和实践，让无缝隙、全方位、全程化、精准化和有针对性的大庆气象保障服务得以实现。

北方千里冰封，南疆绿意葱茏，锦绣壮乡站在了甲子辉煌的新起点，广西气象工作者将继续用坚守与奉献，情暖八桂，悉心守望。

（来源：《中国气象报》，2018年12月13日，1版，

作者：黄姿娜 曾涛 张薇 陈伟斌 陈业国）

气象科技里的民生福祉

气象局长关键时刻的一个紧急电话，挽救了近2万群众的生命；通过网格化的精细预报，农民精准施肥一次可以减少近万元的肥料流失损失；运用微信和直播多种手段贴近民众，为旅游业发展助力……

这些事，是气象科技发展到今天，给社会带来的福音。

一个电话救了近 2 万人的生命

在桂林恭城县，县气象局局长邓树荣是个响当当的人物。恭城县领导也十分看重他在防御气象灾害方面的建议，这缘于 2013 年他拨出的一个救命电话。

当年雨季，该县龙虎乡短短 3 小时下了 1 个月的雨量。由于通报及时、转移及时，挽救了近 2 万村民的生命——关键时刻，是邓树荣打出了救命电话。

在暴雨来临前，县气象局先后两次将有强降雨的信息告知县领导和相关单位，同时夜间安排两名监测预警技术过硬的业务员值班，局长带班。

当晚 22 时，正在值班的邓树荣通过雷达回波图发现一块红色云图始终停留在该县北部，他分析一场大暴雨即将降临到龙虎乡。“人盯人”的针对性服务立即展开：23 时 26 分，邓树荣打电话给时任龙虎乡乡长的许小燕，许小燕马上集中各村干部，挨家挨户通知人员赶快撤离，并用预警大喇叭等设备发出警报。

一时间，手摇报警器、高音喇叭、哨子、铜锣的声音响彻龙虎乡的山山水水，乡、村干部全员出动，挨家挨户敲门，通知群众撤离到安全地带，做到转移群众乡不漏村、村不漏组、组不漏户、户不漏人。

一个小时后，山洪泥石流暴发。“如果没有气象局及时的预警信息，我们也不会有一个小时宽裕的时间来组织财产转移和群众撤离。”许小燕说。

一次精确预报减少万元施肥成本

广西阳朔县蕉芭林村起伏的丘陵上，随处可见翠绿的金橘园，一栋栋“金橘楼”拔地而起。通过种植金橘，村民人均年收入超过 2 万元。

“绿水青山就是金山银山。而气象服务为我们获得丰收起到了重要作用。”全国农业劳动模范、该村党支部书记赖玉梅对此感受颇深，金橘种植特别讲究“看天吃饭”，如果没有精准的气象预报，防范不及时便会遭受惨重损失。

赖玉梅的公司内，有当地工会助其成立的、以她名字命名的劳模创新工作室，她经常带着村里的种植大户在这里传授种植技术。

该村的金橘林，覆盖着一层膜，从远处望去，像是覆盖着皑皑白雪，十分壮观。赖玉梅说，这可起到避寒、避雨、避晒的效果。但对这种技术的采用也要看气象状况，需根据气象预报及时采用相关技术，如果气象预报不够精准、及时，就会造成损失。

针对金橘等特色产业农产品，当地气象部门会定期发布特色效益直通式农业气象服务信息，趋利避害。

在广西荔浦县，得天独厚的地理环境和气候条件，为砂糖橘提供了良好的生长条件，气象条件对砂糖橘产业发展影响极为重要。

浙江商人张源彬看准了荔浦县砂糖橘产业这个商机，投资数百万元在修仁镇进行开发经营。在当地气象直通服务下，他的产业也越做越大。他和修仁镇很多种植大户一样，都加入了气象服务微信群，定期接收相关气象服务信息。他由衷地说，气象服务使自己受益匪浅。

如果根据天气预报进行精准施肥，施4万元的肥料，一次就可减少近万元的损失。张源彬对记者说，气象服务不仅仅是避害，更重要的还有趋利的作用，一次精准的预报可以为产业带来很多利润。

如今在修仁镇的万亩橘林中，网格化地摆放着气象监测微型站点，监测气候情况，各种指标一目了然。有专门的气象职工进行定点监测和通报，及时预报暴雨洪灾及干旱等各种天气变化，帮助果农精准施肥、灌溉、保墒。

近年来，广西气象为农服务取得新成效。直通式为农气象服务惠及8000多个新型农业主体，“互联网＋甘蔗”“互联网＋砂糖橘”等智慧农业气象服务得到推广，建立了44个现代特色农业气象服务示范区。

一次直播可达到百万点击量

桂林山水甲天下，仅去年1年就有1亿人次游客来到这里旅游观光。桂林气象局职工融入桂林“智慧旅游”建设，提供优质气象保障。

为了贴近群众，桂林气象局职工走出办公室，与相关平台合作搞起直播，推出了“气象直播间”。实景为网友介绍桂林山水和气候的关系，什么样的天气赏月最美，什么时候在漓江游览最合适，桂林的雾凇和北方的雪凇有什么不同……“气象直播间”一经推出便受到网友欢迎，一次直播可达到百万点击量，由此一些气象职工还成了“网红”。

同时，气象部门组建“智慧旅游气象服务创新团队”，围绕旅游气象服务专业领域开展技术攻关，在漓江沿岸及市内重点旅游景区布设“智慧天气网眼”，对漓江的气象生态进行监测。

他们通过微博、微信、手机客户端等“互联网 +”渠道，实时对接游客和旅游、气象服务专家，开展线上线下交流互动，游客可在互动平台上定制个性化的气象服务，推出桂花花期气象预报等特色服务产品。

桂林广维文华旅游文化产业有限公司副总经理王樑先负责《印象·刘三姐》实景演出的安保工作，他感慨：“气象部门提供的服务十分精准，我们可以根据当天的天气条件提前准备不同演出预案，调整演出内容，避免了因天气造成的安全事故和财产损失。”

（来源：《工人日报》，2018 年 11 月 30 日，6 版，作者：车辉 曾涛）

“气象山歌”唱响八桂

——广西气象服务经济社会发展见闻

11 月 15 日，广西桂林市阳朔县中国漓江山水演出现场，大型山水实景演出《印象·刘三姐》的演出地。演出主办方桂林广维文华旅游文化产业有限公司副总经理王樑先在蒙蒙细雨中向记者介绍，《印象·刘三姐》正式公演开始于 2004 年 3 月，迄今已经演出了近 7000 场次，累计观看人数达 1800 多万，已经成为阳朔、桂林以及广西的一张名片。

“实景演出与气象的关联度极大，所以我们始终与气象部门保持密切的联系，比如如果有小雨，就要提前为观众准备一次性雨衣，而演员也可以把雨衣穿在演出服里面；汛期如果有大雨，就要考虑是否取消演出，提前做好预案。所以，真的非常感谢气象部门十几年来对我们的服务！”王樑先说。

演出事业的发展，也为附近村民带来了福音。漓江山水演出现场共涉及周边 5 个村，目前共有 200 多位农民在剧场担任群演工作，一个月平均收入能有 1800 元。

近些年来，广西气象部门秉承“以人为本，无微不至，无所不在”的服务理念，不断把服务做大、做精、做实、做宽，服务领域已经渗透进农业、扶贫、旅游、文化、生态、农产品加工等，宛若在八桂大地上谱写出一曲曲以服务为主旋律的“气象山歌”。

今年初，融安县泗顶镇震彩村20户贫困户在当地气象部门的指导下，种植经济作物金丝皇菊。目前，金丝皇菊已经进入了采收期，预计亩产鲜花2000斤，亩产值可达5000元，亩纯收入可达4500元。因当地属于一年一季作区，如果还像以前种植水稻，亩产只有600余斤，收入差距显而易见。

11月，荔浦市40万亩的砂糖橘红了。站在修仁镇5000亩的“橘子红了”核心示范区里，镇党委书记潘得双脸上露着喜悦。他说：“种植橘子要讲‘三避’，即避雨、避寒、避晒，而这些都离不开气象部门的帮助。比如避寒，主要是怕进入秋季后冻坏橘子。现在我们大部分橘园都推广了树顶盖膜技术，根据气象部门的预报，如果有大幅降温天气，就提前进行盖膜。今年的秋季降温完全没有影响到橘子的产量和品质。”

气象服务不止于种植源头，还深入到了农产品加工环节。在桂林恭城丰盛园农产品有限公司里，几个女工正在有条不紊地加工柿饼，已经变软的月柿在她们手里被不断地揉捏成型，除了最常见的饼状柿饼，甚至还有花状柿饼，如玫瑰柿饼等。

恭城县气象局局长邓树荣介绍，恭城县现种植月柿19.26万亩，是当地最大的单一果品品种。气象部门除了做好月柿生产服务外，还把服务拓展到了加工环节。因为晾晒柿饼不仅需要晴天，而且还要是北风，不能是南风。当然，机器烘干也可以，但每斤会增加0.2元的成本，而且风味也不如自然烘干的好。所以企业会在气象部门的预报和服务下，选择好日子，晒出好柿饼。

莲花镇红岩村，在当地是颇有些知名度的乡村旅游区，全村种植月柿2000亩，每年一届的恭城月柿节举办地点就在这里。正是月柿红了的好季节，2000亩月柿有一种“看万山红遍”的豪气之美。红岩村旅游协会会长朱建伦告诉记者，恭城县气象部门以红岩村为示范点，开展了乡村农业休闲旅游气象服务，包括在村里建设自动气象站，安装旅游实景监控、电子显示屏、气象预警大喇叭等硬件设施，安装“桂林市乡村旅游气象信息查询平台”。在示范点内，莲花镇气候概况、气象灾害防护指引、恭城月柿生长气候条件等内容一目了然。

记者了解到，气象服务旅游业是桂林近年来的创新举措。2016年，桂林市气象局印发《桂林市气象局智慧旅游气象服务工作实施方案》，开启桂林市智慧旅游气象服务大幕。2017 年 8 月，桂林市旅发委与桂林市气象局联合成立“桂林市旅游气象服务中心”，适时推出了全市 32 个 4A 以上景区 24～72 小时天气预报和恭城桃花花期、桂花花期气象预报等特色服务产品。

“气象山歌”，唱响八桂。气象科技助力乡村振兴在路上。目前，广西建成全国规模最大的气象预警大喇叭，1.2 万多套大喇叭实现了行政村全覆盖，有效解决了信息传递“最后一公里”问题。直通式为农气象服务惠及 8000 多个新型农业经营主体，“互联网 + 甘蔗”“互联网 + 砂糖橘”等智慧农业气象服务得到推广，建立了 44 个现代特色农业气象服务示范区。

（来源：《农民日报》，2018 年 11 月 27 日，3 版，作者：刘强）

广西 60 年“新气象”：智慧科技读懂变幻风云

“11 月 30 日，南宁最低温 17 ℃，最高温 23 ℃，紫外线强度指数最弱，穿衣指数舒适。”身处香港的马拉松爱好者莫有昌（化名）30 日通过手机微信公众号“广西天气”查询南宁市的实时天气状况。

12 月 2 日，莫有昌将参加第十三届南宁国际马拉松赛，通过上述公众号，他可轻松获取由广西壮族自治区气象服务中心提供的天气数据，足不出户观看南宁的实景天气视频、未来两小时内的降水预测、降雨带方位及距离。

广西是中国气象灾害最严重的省区之一，气象防灾减灾是当地经济发展的重要保障。近 60 年来，广西气象智慧科技快速发展，气象观测手段已从传统的气象观测工具发展到使用气象卫星和超大型计算机；初步建成由地基、空基、天基观测系统组成一体化综合观测体系，让变幻风云不再神秘不可测。

气象工作一甲子：从传统气象观测迈向现代精细化

“广西的地形复杂，水热地域、季节分布不均，气象观测精准度是气象工作者长期以来必须直面的难题。”广西气象台总工程师高安宁在接受记者采访时介绍，广西依据地理、水热分布可划分为9个气候区，复杂的气候交叉影响，导致广西在极端天气中容易出现干旱、暴雨洪涝、霜冻、冰雹、雷暴、台风等气象灾害。据广西壮族自治区气象局不完全统计数据，1993—2017年，气象灾害给广西造成直接经济损失年均达133.7亿元人民币。

回顾过去一甲子，广西气象工作经历了由缓慢改进到快速发展的过程，气象观测实现从传统粗放型向智能化、精细化转变。1958年3月，广西壮族自治区气象局成立，开始组建气象服务网。20世纪80—90年代，广西加快气象业务现代化建设，减灾防灾天气预警系统、气象卫星综合业务应用系统（9210工程）广西分系统逐步建立。1995年初，广西减灾防灾天气预警系统在全国气象部门率先建成，广西气象业务技术装备落后的局面得以改善。

“广西是中国首个推行地面气象观测无人值守业务改革的省区。”广西壮族自治区气象局副局长钟国平说，目前广西建成10部新一代天气雷达、6部L波段探空雷达、92部车载移动天气雷达、93个国家地面气象观测站、2700多个区域气象站、21个海洋气象观测站、318个雷电监测站、1个风云三号气象卫星省级地面接收站。

钟国平说：“广西已初步建立精细化、无缝隙、智能型的预报预警业务体系，预报产品空间分辨率精细化到5公里，时间分辨率提高至逐3小时，暴雨、台风路径预报准确率达国内先进水平。”

“智慧晓天”造福社会民生

广西农业资源丰富，被誉为中国的“糖罐子”，秋冬菜的“菜篮子”和亚热带水果的“果园子”。钟国平说，近三年来，广西加大对气象台站基础设施投入，多渠道统筹资金，以中越边境气象台站以及国家贫困开发重点县、国家连片特困县气象台站为建设重点，完善基层气象台综合气象业务服务能力。

根据地方需求，广西气象部门针对水稻、玉米、甘蔗、热带水果等不同作物安装了72套农田小气候观测设备，建成广西智慧农业气象数据库，并在57个现代特色农业示范区建设农田小气候仪，对特定重点农业区域提供专门气象观测服务。

目前，广西在各行政村均设有 1 名气象信息员，气象信息员队伍达 2.7 万人，并建立了预警短信发布绿色通道、121 电话、传真、微信、微博、网站、乡村大喇叭、显示屏、应急气象频道、手机客户端等多渠道融合的气象预警信息发布网络。

中国气象装备技术借广西输出东盟

广西与东盟毗邻，在气象灾害类型上有诸多共同特点，跨国、跨地区的气象灾害时有发生。近年来，广西与东盟国家在气象防灾减灾领域的沟通交流日益增多，中国先进气象装备技术借广西渠道输出东盟。

2016 年，中国气象局和广西壮族自治区政府共同发起建立中国—东盟气象合作论坛机制，推动加强中国—东盟区域气象灾害监测与共同防御合作。2018 年 9 月，来自东盟 9 个国家的近 30 名专家、预报员赴南宁“取经”，学习中国气象灾害性强对流天气临近预报技术。

目前，中国气象局东盟大气探测合作研究中心已在广西挂牌成立。钟国平透露，广西未来将加强中国与东盟国家在气象观测、气象装备、气象防灾减灾等方面的交流合作，推动开发中国—东盟气象灾害预警信息共享平台，探索建立中国—东盟区域气象灾害联防机制。

（来源：中新社，2018 年 11 月 30 日，作者：钟建珊 曾涛 黄姿娜）

气象科技绘就八桂乡村美景

地温：19.8 ℃。雨量：0.2 毫米。蒸发：1.5 毫米。

11 月中旬的一天，广西区桂林市荔浦县修仁镇砂糖橘核心示范区小气候观测站，记者看到农田小气候自动监测系统的电子显示屏上显示着当时的气象数据。

修仁镇书记潘德双告诉记者，这个小气候观测站是桂林市气象局与荔浦县人民政府合作共建“砂糖橘核心示范区气象科技示范园”（以下简称“示范园”）

的一部分。

在广西，气象科技积极服务于农业生产发展、农村环境改善和乡村旅游建设等，为八桂大地实施乡村振兴战略提供一份强有力的保障和支撑。

农业生产的有力保障

近几年来，荔浦县砂糖橘产业发展迅猛，经济效益高，得天独厚的地理环境和气候条件为砂糖橘提供了良好的生长条件。

然而气象条件对砂糖橘生长的影响极为重要。

为加强气象现代化建设，2015年，修仁镇开始建设示范园，并于2016年9月投入使用。潘德双介绍，示范园包括六要素自动站、农气观测站、预警大喇叭、户外LED显示屏、多媒体触摸屏、人工影响天气固定作业点、科普宣传栏以及气象信息服务站等。

作为气象为农服务特派员，荔浦县气象局高工廖荣顺带领团队在修仁镇开展砂糖橘气象服务，并对气象条件影响砂糖橘生产规律进行课题研究。与此同时，在广西区减灾所、桂林市气象局的技术支持下，当地先后构建了农业气象业务服务平台和服务系统，通过短信、微信、APP、大喇叭、显示屏（触屏）等将信息传播给园区、合作社、种植大户、广大农户等。

浙江人张源彬正是看准了荔浦县砂糖橘产业商机，承包580亩土地，建起了源彬橘业家庭农场。和当地很多种植大户一样，张源彬也加入了气象服务微信群。种植户不仅能在群里接收气象服务信息，甚至还有应对天气变化的农业管理措施建议。张源彬认为，气象服务对他的家庭农场非常有益。

同样的气象直通服务也得到了桂林市阳朔县白沙镇蕉芭林村党支部书记赖玉梅的点赞。赖玉梅在本村成立了桂珠金橘专业合作社，带动全村金橘种植业走向规模化。

2017年，阳朔县气象局与涉农部门合作申报桂林市气象局自立的“本地特色品种生长气象条件分析及气象灾害防御”项目，共同研发防灾减灾适用技术，并加强面向新型农业经营主体的推广应用。根据研究成果，阳朔县气象局编制了金橘气象服务手册，印刷发放到种植大户的手上，帮助农户科学利用气候条件优势，规避气候灾害所带来的不利影响。

“气象服务大大提高了我们实施‘三避’措施的效率。”赖玉梅告诉记者，所谓三避就是避雨、避寒、避晒。例如进入秋季后，霜冻会严重影响金橘生长，而大部分橘园都推广了树顶盖膜技术，根据气象部门的预报，如果有大幅降温天气，就可以提前盖膜，避免冻害发生。今年秋季，由于气象部门信息发布及时，金橘生产没有受到恶劣天气影响，已经丰收。

在桂林市恭城县，气象服务还拓展到了月柿加工环节。恭城县气象局局长邓树荣介绍，恭城县种植月柿 19.26 万亩。在没有机器烘干的条件下，晾晒柿饼需要晴天和北风，利用准确的气象信息，加工企业可以选择适宜的天气晾晒。

据悉，广西气象部门的直通式为农服务惠及 8000 多个新型农业主体，建立 44 个现代特色农业气象服务示范区；联合国家气象中心开展世界主产国甘蔗产量预报服务；做好政策性农业保险气象保障，开展香蕉寒害指数等保险试点。

人居环境改善的科技支撑

恭城县是一个典型农业县，1984 年以来，恭城县委县政府引导农民建设使用沼气，形成了“养殖 + 种植 + 沼气”的三位一体农业生态发展模式，有效地涵养了生态。

20 世纪 90 年代开始，恭城水果特别是柑橘发展十分迅速，农民逐渐放弃了生猪等畜禽养殖，三位一体的生态农业模式缺少重要的“养殖”环节，单家独户的沼气池面临没有原料的困境。如何适应农村新变化？

恭城县摸索出“全托管沼气”新三位一体模式，即建设一个大沼气池，向片区农户供气，沼气池的管理营运委托给专业公司。

承担这项工作的桂林市新合沼气设备有限公司经理全健告诉记者，沼气生产的供需主要影响因素是原料和天气。恭城县气象局为该公司免费提供沼气气象服务信息，为科学管理全托管沼气、保障农户最大程度利用清洁能源发挥了重要作用。

在平安乡巨塘村的全托管沼气池旁，记者看到了一座包含地温、气温、辐照等观测要素的自动气象观测站。邓树荣介绍，这个观测站为探索沼气生产率与气象条件的关系提供基础数据，这也是国内首次系统开展气象灾害对沼气影响研究。

沼气全托管模式已在恭城县黄岭村整村推广。从改善生活条件来说，托管沼气给农户提供廉价的清洁能源，直接给老百姓带来利益；从改善生态环境来说，人畜粪便全部接入或投入沼气池，减少了对环境的污染，实现了山更绿、水更清、环境更美好的人居环境改善目标。

2017 年，习近平总书记在广西调研时指出，广西生态优势金不换。

为了“金不换”，广西区气象局着力发挥气象科技优势，开展大气负氧离子观测网建设，在广西滨海湿地红树林和石漠化地区开展生态气象观测试点建设；开展生态宜居气象服务示范建设，恭城评为全国第一个“气候宜居县”，金秀县获评“中国天然氧吧；编发广西植被生态质量及植被生态改善状况报告；是全国第二个出台省级适应气候变化方案的省区。

为休闲农业锦上添花

红岩村位于桂林市恭城县莲花镇，是一个集山水风光游览、田园农耕体验、住宿、餐饮、休闲和会议商务观光等为一体的生态特色旅游新村。

红岩村旅游协会会长朱建伦告诉记者，过去的恭城县主要农业收入来自月柿种植和销售，从 2003 年开始规划发展乡村旅游业，当年举办了第一届恭城月柿节。如今的红岩村已经成为全国农业旅游示范点、“2006 年全国十大魅力乡村”、全国生态文化村……

旅游发展离不开气象科技的服务。

恭城县气象局结合生态文明建设，在红岩村建设安装旅游实景监控、自动气象站、电子显示屏、气象预警大喇叭、落地电子触摸屏、旅游气象信息宣传栏等硬件设施，为农家休闲别墅配备“计算机 + 互联网”，安装《桂林市乡村旅游气象信息查询平台》。

“游客来红岩村之前，都会详细咨询近期的天气状况。尤其是一些摄影爱好者，要选择特殊的天气来拍摄照片。”朱建伦说。

在示范点内，莲花镇气候概况、气象灾害防护指引、恭城月柿生长气候条件等科普内容一目了然，游客可以自取气象服务信息宣传册，还可以自助查询了解全市各星级乡村休闲旅游景点信息、桂林各县天气等信息。

红岩村可以说是桂林市气象局智慧旅游气象服务的一个缩影。

桂林市气象台台长李向红介绍，桂林市气象局通过“互联网+旅游+气象”的跨界融合，开展了一系列智慧旅游气象服务：联合成立“桂林市旅游气象服务中心”，启动联合服务模式；利用旅游大数据和智能网格预报业务系统制作精细化、多元化的旅游气象服务产品；气象局与桂林市旅发委布设的115个景区视频监控系统、55台大型智能触摸屏和电子显示屏实现共享；充分利用新兴媒体，游客获取气象服务方式更多样、便捷，等等。

气象人观云测天，追风识雨，在八桂天地间书写着一幕幕精彩与生动。美丽广西，有了强有力的气象科技保障和服务支撑。

（来源：《中国科学报》，2018年12月5日，8版，作者：李晨 曾涛）

气象服务守护广西绿水青山

绿水青山是广西的特色，也是广西的财富。近日记者在采访中发现，广西气象人守望着万里长空风云变幻的同时也默默守护着广西的绿水青山，助力广西绿色可持续发展。

“广西生态环境质量名列全国第四，生态环境总体较好。但是，生态文明建设任务依然艰巨。”广西气象台总工程师高安宁说，广西的生态环境持续向好的同时也要注意到石漠化地区和沿海红树林生态保护依然压力巨大。

河池市11个县市区，有10个属于滇黔桂石漠化片区，是广西石漠化最严重的地区之一。为了防止石漠化进一步扩散，也为了向石山要收益，毛葡萄种植成了河池市多个县区重点发展的石漠化片区脱贫产业之一。

罗城仫佬族自治县副县长谭宏利说，毛葡萄为此前光秃秃的石山披上绿装的同时还为贫困村民带来了不低的收益。但石山上缺水少土，蓄水能力差，而葡萄种植水的保障十分关键，要保证葡萄正常生长需要根据降雨情况及时调节。

气象预警大喇叭和农田小气候仪为罗城县毛葡萄种植送去了最及时的气象

信息。大喇叭每天2次播放天气预报，小气候仪则能提供实时观测记录的气温、湿度、雨量等信息。

葡萄长势好，农户扩种自然积极。2017年，罗城县通过毛葡萄治理岩溶面积42平方公里、石漠化片区15.3平方公里，1500多户贫困户受益。高安宁介绍说，广西目前已建成全国规模最大的气象预警大喇叭系统，12000多套大喇叭实现了行政村全覆盖。

除了农业产业，绿水青山带来的旅游资源也是气象服务的重点。广西壮族自治区气象局办公室副主任曾涛说，大力挖掘生态气候资源，加强人工影响天气业务能力，助力广西绿色经济发展，是广西气象人一直以来努力的方向。塑造气候、生态旅游气象品牌，助力生态旅游产业发展，是当前工作的重心之一。

马山县是滇黔桂石漠化治理重点片区县，石漠化导致农业发展困难的同时也带来了独特的旅游资源。根据这一特点，当地气象部门在马山建成了广西首个县—乡防灾减灾视频会商会议系统，实现与全县11个乡镇会商联动，在弄拉自然保护区、小都百屯乡村旅游景区、三甲屯攀岩小镇等地开展智慧气象服务终端建设，助力乡村旅游产业发展。

记者了解到，为强化广西旅游绿色服务特色，截至目前，广西已在30个景区建成大气负氧离子观测站，与106个景区气象自动站、54块景区气象显示屏一起，初步建成广西旅游气象监测网，为游客提供生态健康旅游实时监测数据。

曾涛表示，守护广西绿色发展之路是广西气象人的职责，更是奋斗的目标。八桂大地历经六十年风雨洗练，正呈现出更加动人的绿色风景。

（来源：新华财经，2018年12月25日，作者：范超）

气象现代化助力广西气象把握风云变幻

记者近日采访了解到，广西气象部门以科技、人才和机制为抓手，不断提升广西气象现代化水平，为广西发展提供了更加高效的气象服务。

2018年7月16日，正值北海涠洲岛暑期旅游高峰期，每天有上万游客前往涠洲岛旅游观光。18 时许，北海气象局发布《热带低压消息气象服务信息》："预计，该热带低压将以每小时 30 公里左右的速度向偏西方向移动，北部湾海面，偏北风 6 级，阵风 7～8 级。18 日，北部湾海面，东北风 7～8 级，阵风 9 级。"

当北部湾海面风力达到 8 级时，北海到涠洲岛航线将全面停航，航运公司无法开航运送游客，上万游客将滞留岛上。获知信息后，北海市市长蔡锦军立即要求进行紧急部署，多方协调，保障运力，并请市气象局寻找适宜开航的天气条件，及时接出岛上游客。

"要找到适宜开航的天气条件就是要捕捉到台风减弱的'窗口期'，这是原来不可能办到的。"北海市气象局局长陈润珍说，她刚参加工作时，由于气象预报不及时，季风性气候造成的大浪天气很难精确预报，时有听说渔船未能及时回港而倾覆的消息，非常难过。现在受益于气象基础设施和技术手段的提升，再加上和多部门的联动配合，捕捉台风减弱"窗口期"也成了现实。

根据北海市气象局与自治区气象台、中央气象台开展联合天气会商的结果，17 日 8 时 15 分开始，10 个航次的班轮，在第 9 号台风"山神"来临前"窗口期"，将所有愿意离岛的 6600 名游客安全接出，无一例游客投诉案件发生。

广西气象台总工程师高安宁表示，气象预报的准确性得益于一系列气象科技的提升和制度的创新。高安宁说，近期寒潮来袭，极易引起近海的大风对渔船安全造成影响。在他刚工作的 1978 年，传统的天气预报仅能依靠气象人员对云图的经验分析，2～3 天的提前预报都难以达到准确水平。而现在，通过数字化云图的应用，云图所有气象特征都通过数字量化的方式呈现在气象工作者眼前，再也不用单纯依靠经验进行判断，天气预报的提前量也提升到了 10 天，不仅大大提高了渔民作业的安全，也为地方政府面对极端天气提前做好防灾减灾措施提供了更加充足的时间。

除了技术的提升，硬件设备的升级换代也为提升气象预报准确率提供了基础支撑。据介绍，广西已初步建成由 10 部新一代天气雷达、6 部 L 波段探空雷达、93 个国家级地面气象观测站、2500 多个区域自动气象站等组成的气象综合观测系统。

中央还和广西共同投资建设了广西北部湾经济区气象监测预警服务系统工

程、广西西江流域致洪暴雨监测预警系统工程、广西农业气象服务和灾害监测防御系统工程等。

硬件设备有效提升了广西气象现代化能力与水平。2018年7月17日，广西气象现代化建设综合评估报告通过了专家评审，广西已基本实现气象现代化。

广西壮族自治区气象局应急与减灾处副处长黎惠金表示，气象现代化只是广西气象历经60年发展后的一个新阶段。随着气象信息被广泛应用于防灾减灾、生态修复、产业发展等各个方面，气象工作也正向全领域拓展。

当前，广西壮族自治区气象局在政府主导下，正大力推进推动多部门的信息互通、资源共享和协调配合，将公安、国土、环保、水利等18个部门数据纳入应急指挥决策辅助系统，“政府主导、部门联动、社会参与”的气象防灾减灾体系进一步完善。

风云变幻无常，但聚散自有其踪迹可寻。广西气象人在科技和制度的武装下，正持续地在观云测天、追风识雨中履行着自己的职责，追寻着大自然与科学的奥秘。

（来源：新华财经，2018年12月25日，作者：范超）

第二届中国—东盟气象合作论坛将推动多项务实成果

广西壮族自治区气象局9月4日召开新闻发布会宣布：第二届中国—东盟气象合作论坛将于9月12—13日在广西南宁举行。

本届论坛是由中国气象局和自治区人民政府第二次携手主办，广西壮族自治区气象局、国家气象中心、中国气象局气象探测中心、中国气象局公共服务中心、中国气象服务协会等部门共同承办。本届论坛以“区域气象灾害的监测与预警信息共享”为主题，旨在继续推进中国及东盟国家的气象业务技术交流，强化中国及东盟国家在气象灾害联防和灾害风险管理领域的合作，共同提高区域气象保障服务能力。

广西壮族自治区气象局副局长姚才表示，中国—东盟气象合作论坛自2016

年起正式纳入中国—东盟博览会框架，已成为中国和东盟国家之间开展气象防灾减灾政策高层对话、促进交流、推动务实合作的重要平台。首届中国—东盟气象合作论坛通过的《中国—东盟气象合作南宁倡议》（以下简称《南宁倡议》）为区域气象合作搭建了平台，加强了中国和东盟国家气象防灾减灾领域的沟通、交流和合作，为服务“一带一路”建设、共同提高区域内各国气象防灾减灾能力做出积极贡献。

根据《南宁倡议》，中国气象局支持中国—东盟气象合作论坛以每两年召开一次的方式持续举办，并从加强东盟国家与中国的机制性气象合作、区域内气象观测合作等 9 个方面开展务实合作。

近两年来，中国气象局和广西壮族自治区气象局大力推动《南宁倡议》相关措施的落实：中国气象局在海南主办了中国—东盟气象灾害防御研讨会，在南宁举办了第十四届亚洲区域气候监测预测和评估论坛；广西壮族自治区气象局与广西质量技术监督局签订合作协议，开展中国与东盟国家气象计量技术基础研究及合作交流；中国气象局东盟大气探测合作研究中心成功组建。此外，首次面向东盟国家开展的气象国际培训课程——东盟国家灾害性强对流天气临近预报技术示范培训班已于今年 8 月 29 日在广西南宁开班。

据姚才介绍，第 2 届中国—东盟气象合作论坛是中国和东盟各国在气象领域深入合作的又一次国际交流盛会。论坛的活动主要由中国—东盟气象合作论坛、中国—东盟博览会气象装备与服务展览两部分组成，预期将达成以下成果：

一是达成三项系列合作共识。论坛将审议《南宁倡议》及《中国气象局与世界气象组织关于推进区域气象合作和共建“一带一路”的意向书》与东盟气象合作的落实情况，强化中国及东盟国家在气象灾害联防和灾害风险管理领域的合作。同时，推广“风云气象卫星国际用户防灾减灾应急保障机制”在东盟国家的落地，争取在会议期间举行协议签署仪式。开展中国—印尼人工影响天气领域合作，在会议期间与印尼代表签署人工影响天气合作备忘录。

二是力争取得四项务实成果。论坛期间将推广亚洲多灾种预警系统，与东盟国家气象部门开展对接；组建以广西为基地的中国气象局东盟大气探测合作研究中心，并挂牌成立；中国气象局于论坛举办前，向老挝气象局援建了气象视频演播系统，在会议期间将与老挝气象局举行交付仪式；举办中国—东盟博览会气象装备与服务展，从气象装备与保障、气象大数据应用、气象预报预警与传播、人工影响天气装备与服务、气象科普与互动体验、民用气象产品展览等六大主题重点展示我国各类先进的气象装备，打造中国气象装备、站网设施、业务系统、服务产品在东盟国家的输出平台。

三是落实两大重要举措。建立中国—东盟气象培训合作机制，开展国别间培训或人文交流；建立“中国—东盟气象合作论坛”联系人制度，加强中国与东盟气象部门之间的沟通。

本届论坛邀请的嘉宾包括东盟十国的官员及专家、东盟秘书处代表、世界气象组织（WMO）秘书长、亚太经社会（ESCAP）官员、台风委员会（TCS）秘书长、香港天文台台长、WMO中国澳门常任代表、中国气象局代表、自治区政府代表及以及相关企业界代表、专家学者等。

（来源：人民网，2018年9月4日，作者：张红璐 陈天衣）

第三届中国气象与装备服务展：科技监测气象　创新推动发展

【导语】

为展示近年来我国在气象科技创新领域的成果，在本届中国—东盟博览会期间，第三届中国气象装备与服务展也同时举办。各类先进气象监测和服务设备纷纷亮相。

【同期】记者 褚尔嘉

这是一套利用于高山、海洋，或者无人值守自动气象站的“风光互补供电系统”。它利用风能和光能这样的清洁能源，为这些特殊地区的自动气象站提供持续的能源供给。

【正文】

在本届气象装备展上，类似这样的小型的、精密化的服务于气象的装备随处可见。眼前这台设备是应用于海洋上的漂流浮标观测仪，它能随着洋流漂浮，同时对海洋上的温度、湿度、气压、风向、风速等指标自动观测，并通过我国北斗卫星的通讯方式将监测数据传到地面的中心气象站。这项技术填补了国内该装备领域的空白，在国际上也处于领先水平。

【同期】参展商

这款产品实际上就是，它能够在我们国家北斗卫星通信覆盖的地方，全部都能观测。尤其是在我们南海的气象资料的收集，包括围绕这方面开展的一些气象预报和服务这方面，能够提供很好的一个观测上面的支撑。

【正文】

近几年，无人机的专业化应用延伸到各行各业。例如，在无人机上搭载自动气象站，这样的组合让气象监测不再局限于某一固定地点，这就为气象监测带来更多可能性。

【同期】参展商

我们这个飞机（无人机）搭载移动气象站之后，在遇到自然灾害的时候，比如地震灾害，地面的气象站受损之后，我们这个移动气象站可以及时、有效地飞到指定地点，为救援、救灾部门提供及时、准确的受灾地的气象信息。

（来源：中央电视台，2018 年 9 月 14 日，作者：褚尔嘉 王友文）

第二届中国—东盟气象合作论坛：多举措提升中国与东盟国家气象合作

【导语】

我国与东盟国家陆海相连，且经常遭受台风、暴雨等灾害性天气的侵袭。为加强区域气象灾害防御，第二届中国—东盟气象合作论坛 12—13 日在广西南宁举办，一系列中国与东盟国家气象领域的合作措施将付诸实施。

【正文】

风云二号 09 星是中国在 2018 年 6 月成功发射的一颗静止轨道气象卫星，也是一颗服务于“一带一路”倡议的气象卫星。在本届论坛期间，中国气象局提出，未来这颗气象卫星将进一步推进在东盟国家的应用。例如，在遇到极端自然灾害的情况下，应东盟成员国的要求，卫星可以为相关国家提供加密观测等服务。

【同期】中国气象局国际合作司副司长 徐相华

加密观测我们现在可以提供像南亚、东盟这块，我们就提供5～6分钟一次的风云卫星的监测的图像，像在东盟这块，我们就有风云二号F星，还有风云二号A星。

【正文】

除了在气象卫星领域的监测信息共享，我国与东盟乃至亚洲各国的多灾种预警系统也在紧锣密鼓地推进，该预警系统未来将整体提升亚洲各国在预警信息发布方面的能力，包括中国游客在国外也有望收到当地提供的中文化的气象预警信息，进一步保障中国游客在亚洲其他国家旅游期间的安全。

【同期】中国气象局国际合作司副司长 徐相华

未来就是说，各国可以把自己的预警信息汇聚到我们这个平台上，实现预警信息的共享。可能将来会有助于中国的游客在境外期间，给他们提供更好的气象服务保障。

【正文】

本届中国—东盟气象合作论坛是继2016年首届论坛举办以来，相关国家开展的又一次气象防灾减灾领域的高层对话。论坛已成为中国—东盟博览会框架下中国与东盟国家气象合作的重要平台。

（来源：中央电视台，2018年9月19日，作者：褚尔嘉 王友文）

孜孜观风雨 气象保安澜

2014年7月，新中国有记录以来进入广西内陆的最强台风“威马逊”来袭，气象服务主动及时，全区没有造成重大人员伤亡，自治区领导给出了“预报精准、服务到位”的高度评价。

2017年7月，永福县罗锦镇13小时降雨量达610毫米！这一创纪录的强降雨导致当地出现严重洪涝灾害。气象部门及时预警，紧急转移群众2000多人，避免了人员伤亡，出现了大灾“零伤亡”的奇迹。

…………

这样的事例还有很多。据统计，近 5 年来，广西气象部门成功预报 50 次暴雨天气，防御“威马逊”“海燕”等 15 个台风的袭击。全区气象灾害导致的死亡人数从“十一五”的年均 107 人下降到“十二五”的 61 人，灾害损失占 GDP 比重从 2.3% 下降到 0.51%。全区气象部门秉承“以人为本，无微不至，无所不在”的服务宗旨，当好“消息树”，打响“发令枪”。

构筑防灾减灾第一道防线

近 5 年来，广西气象部门积极落实自治区党委政府办公厅出台的重大气象信息报告党政主要负责人规定，重大气象信息直报党政“一把手”；建立厅际联络员制度，实现气象信息服务站乡镇全覆盖、气象信息员行政村全覆盖。

此外，建立了气象预警手机短信发布“绿色通道”，发送手机气象预警短信超亿次条。利用电视、广播、报纸、微信、微博、电子显示屏等渠道广泛发布气象信息。全区各级气象部门年均发布决策气象服务材料超过 5000 期，发布各类气象预警超过 6000 次。在防灾减灾相对薄弱的农村地区建成 1.2 万套大喇叭，有效解决气象预警信息传递“最后一公里”问题。

开展“互联网 + 甘蔗”“互联网 + 砂糖橘”等智慧农业气象服务，建立 26 个现代特色农业气象服务示范区。开展气象扶贫示范县建设，全区 54 个贫困县实现气象信息全覆盖。

气象服务得到各级领导和社会各界的好评。社会公众气象服务满意评价达 88.87 分。2011 年以来自治区领导 38 次到气象部门检查指导。2014 年 5 月 19 日，广西壮族自治区党委书记彭清华到自治区气象局调研指导，指出，“气象工作在地方，服务在地方，受益的是地方”，要为气象事业发展营造良好的环境。

部区共推气象现代化

部区合作，推动广西气象现代化迈入快车道。中央和地方共同投资建设广西北部湾经济区气象监测预警服务系统工程、广西西江流域致洪暴雨监测预警系统工程、广西农业气象服务和灾害监测防御系统工程等重点工程建设有效提升了广西气象现代化能力与水平。

2016 年 9 月，首届中国—东盟气象合作论坛在南宁举行，填补了我国与东盟国家机制性气象区域合作的空白。

近年来，自治区人民政府先后出台了气候资源开发利用和保护、气象灾害防御和人工影响天气等方面的 3 部政府规章，自治区党委和政府办公厅联合出台了《关于重大气象信息和重要汛情旱情报告各级党政主要负责人的规定》等政策性文件。发布了 1 项气象国家标准、5 项行业标准和 10 项地方标准。气象防灾减灾管理更加规范，气象工作法治化水平得到提高。

气象发展提质收效

2018 年广西基本实现气象现代化，不断提升广西气象发展的质量与效益。

自治区气象局建成了广西气象数据中心、气象监测预报中心、突发事件预警信息发布中心、雷电监测网等一批重点项目。

新一代天气雷达观测网基本形成，全区已建成南宁、柳州、桂林、百色等 10 部新一代天气雷达，建成 2 部数字化雷达和 2 部风廓线雷达。自动气象站覆盖至每个乡镇，建立了由 2500 多个自动气象站组成的气象灾害自动观测网，建成一批公路交通、船舶、土壤水分等专业自动气象站，建成全区首个海洋气象浮标观测站。区—市和市—县广域网线路宽带分别提高了 25 倍和 5 倍，在全区开通高清电视会商系统。

引入 8 万亿次 / 秒以上的高性能计算机集群系统，气象预报预警能力进一步提升。“十二五”期间，全区 24 小时晴雨预报准确率达到 82%，台风路径预报平均误差减少 12 公里。24 小时高温、低温预报准确率较“十一五”分别提高了 3.8% 和 5.2%。

站在新的起点，广西气象人将重点加强气象监测预报核心技术、公共气象服务、气象为农服务、生态文明气象保障、人工影响天气、气象信息化、基层基础等 7 个方面的能力建设，持续为广西经济社会发展、群众安居乐业继续保驾护航。

（来源：《当代广西》，2018 年第 4 期，作者：曾涛 黄姿娜）

广西部署 2019 年七项重点工作

1 月 22 日，2019 年广西气象局长会议召开。会议针对 2019 年的目标任务，从七个方面进行部署：围绕防灾减灾救灾，全力做好各项气象服务；着力推进生态文明建设气象保障服务，助力“美丽广西”建设；健全现代气象为农服务体系，助力乡村振兴和脱贫攻坚；坚持规划引领，提升气象业务现代化水平；推动科技创新和人才队伍建设，激发创新活力；推进改革开放合作，增强事业发展动力；加强气象法治建设，提升科学管理水平。

（来源：中国气象局网站，2019 年 1 月 24 日，作者：韩嘉乐）

中国气象局党组调整广西壮族自治区气象局领导班子
要求提高政治站位　推动事业持续健康发展

3 月 22 日，广西壮族自治区气象局召开干部大会，宣布中国气象局党组关于钟国平等同志的任命决定，钟国平同志任广西壮族自治区气象局党组书记、局长。中国气象局党组成员、副局长沈晓农，自治区党委组织部副部长曾凯出席会议。

沈晓农代表中国气象局党组强调，自治区气象局新领导班子要提高政治站位，以政治建设为统领，全面贯彻落实习近平总书记对广西工作的重要指示精神，推动广西气象事业持续健康发展；不断提高领导气象事业发展的能力，为广西经济社会发展提供优质气象服务保障；抓好班子、带好队伍，切实加强干部人才队伍建设；切实履行好“一岗双责”，把全面从严治党引向深入；持续深化改革，迎难而上，开拓进取，带领广大干部群众开创事业发展新局面。

钟国平代表新领导班子表态，将认真履职，实干担当，奋发有为，充分发挥班子“火车头”作用，切实承担起推动广西气象事业新一轮发展的领导责任。

在广西期间，沈晓农与自治区人大常委会副主任、党组副书记张秀隆进行会谈。

（来源：《中国气象报》，2019年3月28日，1版，作者：韩嘉乐）

精准捕捉风力　把握时间窗口

受大风天气和潮位过低影响，3月23日下午，原计划于14时40分靠泊涠洲岛西角码头的客船“北游25”在掉头靠岸过程中被推移80米后不慎搁浅在附近海滩，船上700多名游客滞留海上。

“立即采取救助措施，确保旅客和工作人员生命安全！”事件发生后，广西壮族自治区党委书记鹿心社、自治区政府主席陈武迅速作出援救指示。北海市委市政府紧急成立综合处置工作领导小组，下设气象服务组、海上救援指挥组、食品物资供应组等，对被困乘客展开援救。

气象服务组第一时间赶到现场，密切监测客船搁浅海域潮位和风力，并与后方的自治区气象台联合会商研判风力减弱利于救援的时间窗口。现场处置工作指挥部组织各方密切关注船舶、天气和旅客等情况，细致研究接驳、防护、疏散、应急等方案，并充分考虑事发海域风力、潮汐、搁浅船只和救援船只等情况，制订出“北游 25”旅客转移和脱浅方案。

23 日 17 时，北海市气象局启动应急预案，同步启动短时临近天气预报。

“18 时，北部湾海面最大阵风 8 级，涠洲站阵风 15.7 米 / 秒、浮标站阵风 17.8 米 / 秒……”市气象台为指挥部及时提供海洋浮标站及涠洲站逐 10 分钟的风力实况和未来三小时天气预报。

彼时，船上旅客的滞留时间已超过 4 个小时，而客船仍未脱浅。

气象预报显示：23 日 20—23 时，北部湾风力为 14～15 米 / 秒；23 时至 24 日凌晨 2 时，北部湾风力可能将加强到 15～16 米 / 秒；直到 24 日凌晨 2 时后，北部湾风力才会逐渐减弱。

得知天气和潮汐等情况后，交通运输部所属的专业救助船“南海救 131”轮、“德渝”轮在 23 日 20 时尝试乘高潮实施拖带作业，但由于潮位过低，救助失败。且因事发海域海况条件并未明显改善，以及过驳船舶吃水受限、抗风等级较小等因素，暂时取消了连夜过驳旅客的计划。

“24 日凌晨 2 时后风力减弱，6 时风力将减弱到 9 米 / 秒。”由于第一次救援失败，北海市市长蔡锦军要求气象部门密切关注天气变化，准确研判搁浅客船海域的强对流天气情况。气象部门迅速提供援救最佳“窗口期”。

23 日 23 时，救援队乘坐快艇克服重重困难，将食品和饮用水等补给送上船。

24 日 2 时，风力如愿开始减弱。消防、海事、医护等救援人员先后登船对旅客进行安抚并开展现场救治工作。

“5 时，涠洲站阵风 8.8 米 / 秒、浮标站阵风 9.7 米 / 秒；6 时 20 分涠洲站阵风 6.9 米 / 秒、浮标站阵风 8.9 米 / 秒……”24 日清晨，彻夜未眠的指挥部人员接到了气象部门报送的最新风力实况及事发海域潮位信息，救援队再次组织“德渝”轮、“德浜”轮实施拖带作业。

8 时 30 分，“北游 25”成功脱浅，终于顺利靠泊涠洲岛西角码头，700 多名旅客安全走出舱门。

（来源：《中国气象报》，2019 年 3 月 29 日，1 版，作者：刘文杰 韩嘉乐）

中国气象局面向国际学员培训短期气候预测技术

5月6—16日，短期气候预测技术在防灾减灾中的应用国际培训班在南宁开班。培训班由中国气象局干部学院主办、广西壮族自治区气象局协办，来自俄罗斯、哈萨克斯坦、蒙古国、朝鲜、缅甸、泰国、老挝、柬埔寨、菲律宾、刚果（布）共10个国家的学员参训。

本次培训内容包括短期气候监测预测、灾害风险管理与气候服务等模块。学员们通过培训，加深了对短期气候监测、预测原理的理解，掌握了常用的监测、诊断、预测方法和技术，了解了中国在防灾减灾领域的气候服务开展现状。

学员还参加了5月8日举办的第十五届亚洲区域气候监测、预测和评估论坛，这是落实《中国气象局与世界气象组织关于推进区域气象合作和共建“一带一路”的意向书》以及2016年首届中国—东盟气象合作论坛通过的《南宁倡议》的具体行动。

短期气候预测国际培训班自2012年起至今已举办7期，累计培训学员135名，参训学员来自以亚洲、非洲为主的52个国家和地区。

（来源：《中国气象报》，2019年5月10日，1版，作者：韩嘉乐）

防御龙舟之水　守护八桂安澜

暴雨倾盆，洪流滚滚。5月25—29日，广西壮族自治区9市30县区出现大暴雨到特大暴雨。多地打破日降雨量历史纪录，河流超警戒线，35万余群众受灾。由于预警及时、联动高效，“龙舟水”的不利影响大大减轻。

在暴雨与洪水面前，这些画面记录下广西气象工作者守护八桂安澜的专业与尽责。

画面一：使命必达

“请气象部门逐小时提供崇左市天等县小山乡、进远乡未来 1 小时的雨量预报。”5 月 28 日中午，自治区气象局接到了自治区应急指挥部门的急电。此时，天等县因大暴雨引发洪涝灾害，在小山乡和进远乡，约有 800 人受困，急需救援。

就在广西军区、消防总队安排救援力量赶赴现场，协助地方救援的同时，自治区、市、县三级气象部门联动的应急救援保障也紧锣密鼓展开。气象部门派出工作组前往一线，迅速开展现场气象服务。

在这次过程中，各级气象部门及时启动重大气象信息报告党政主要负责人流程。早在 5 月 26 日 12 时，自治区气象局就启动重大气象灾害暴雨Ⅳ级应急响应，并于 28 日 16 时提升至Ⅲ级。根据气象预报和决策建议，自治区防汛抗旱指挥部紧急召开强降雨防御工作视频会，并启动洪涝灾害Ⅳ级应急响应。

截至 5 月 29 日上午 8 时，县城水位明显下降，被困人员大部分撤离，留守人员安顿在稳固楼房，救援物资均已运送到位。应急管理部门再次致电感谢，充分肯定了此次应急救援气象保障服务。

画面二：紧急呼叫

“报告市长，目前小时降雨量达 114 毫米，城区已经出现内涝，建议将暴雨Ⅳ级应急响应提升到Ⅲ级。”5 月 27 日 5 时 30 分，百色市靖西市气象局局长黄凯再次拨通了市长郝玉松的电话。此时，全市防汛抗旱指挥部工作群、地质灾害监测防御工作群、特色农业气象服务工作群正“叮叮”作响。

“同意。”市长的指令当机立断。随即，应急命令下达到各相关部门和单位。27 日 6 时，市教育局紧急通知，全市中小学校、幼儿园停课一天。而市交警、市政、应急、防汛、公路、交通、国土、农业等部门早已应声而动。

26 日 20 时至 27 日 8 时，靖西市城区累计降雨量达 318 毫米，突破有气象记录以来的历史极值。虽然城区和部分乡镇出现严重内涝，但暂未收到人员伤亡报告。

画面三：雨夜惊魂

5月26日凌晨1时，谭宏益接到合伙人电话，木材厂进水了！他立即赶到现场，发现水已经从河里漫进晒场，库房全部被淹，水势迅速没过膝盖。

“东西抢救不出来了，快跑！”谭宏益见势不对，立刻拉着合伙人往高地上跑。

“这次涨水导致木材木料损失五分之四，万幸的是人逃出来了。”而让谭宏益脱险的，正是气象预警信息。

“那天晚上手机响个不停。一会暴雨橙色预警，一会暴雨红色预警。看了预报，我才知道雨会这么大！”谭宏益的木材厂位于桂林市资源县资源镇沈滩村。据统计，26日3时55分，资源水文站洪峰水位达到379米，与历史极值只差0.16米。

此次暴雨在气象部门的准确“掌控”中。根据气象决策服务产品，县委、县政府启动防汛Ⅰ级应急预案，迅速组织相关部门监控、分析汛情，指导洪水灾害防御。全县共安全转移群众7800余名。

（来源：《中国气象报》，2019年5月31日，2版，

作者：黄姿娜 陈咏梅 陆陈宝 唐莉梅 谭琼 江源源 刘金裕）

昼夜鏖战 直面风雨

——广西气象部门强降雨气象保障服务纪实

6月9日15时，广西桂林的漓江已超警戒水位，暴雨持续，在一场关于该地青狮潭水库是否应开闸泄洪的研判会议上，气氛紧张、争论激烈。

“为防止出现漓江洪峰叠加引发次生灾害，青狮潭水库不泄洪！”根据气象部门的预报结论，与会各部门达成共识。

当日20时25分，漓江桂林水文站出现147.66米洪峰水位，超警戒水位1.66米，下游有惊无险。

5月底至6月初，广西壮族自治区两次遭遇入汛以来大范围强降雨天气过程，桂北、桂西等地接连受创，多地打破当地日降水量历史纪录，河流超警、

山洪内涝、滑坡泥石流……一时间，“龙舟水”肆虐，广西气象部门昼夜鏖战，科学研判，为抢险救灾指挥决策提供了参考、赢得了时间。

忙在前头 打响“防御战”

“县城是龟背形的，平时有100多毫米的降水也很快就下去了。”5月28日凌晨，即使已经做好对此轮强降雨的预判，并提前向县委、县政府汇报，天等县气象局局长冯元伟还是感到有些不安。该县北部进远乡6小时雨量达223.2毫米，突破历史极值，且从雷达回波和云图来看，降雨毫无消退迹象。

2时30分左右，冯元伟先后拨通县委书记吴强、县长麦成柱的电话，并向全县13个乡镇的书记、乡（镇）长通报所在地雨情及发展趋势。进远乡乡长李军接到电话后反馈，乡政府和附近街道的水深已接近1米。

3时许，麦成柱当即决定，把防汛抗旱临时指挥部设在县气象监测预警中心。

“立即启动防御洪涝灾害Ⅱ级应急响应！”5时，麦成柱在临时指挥部紧急召开天等县应对强降雨启动应急响应会商会。随即，全县中小学校停课，各部门应急出动，深入乡镇和村屯开展抢险救灾。

虽强降雨过程从5月25日开始出现，但这场暴雨防御战早已打响。

自治区气象局多次主动与应急管理厅、水利厅联系，5月中旬两次赴应急管理厅通报汛期气候趋势、汛期灾害预估，并提出防灾减灾建议。忙在前头，各级气象部门积极与各地防汛抗旱相关部门对接服务，种好“消息树”，打好“发令枪”，最大程度降低了暴雨灾害带来的影响和损失。

临危受命 精准保安危

“目前落久电站只有一个导流洞泄洪，洪水下泄慢，水位上升将影响四荣乡群众。”6月7日傍晚，融水苗族自治县气象局局长段毅强从县政府接下了“军令状”：今晚是否还会出现强降雨，是否需要转移低洼地区群众，务必提供准确的降雨定点定量预报结论！

暴雨导致在建的落久水利枢纽上游水位抬高30米，位于水库蓄水区的四荣乡多条道路被洪水淹没，交通中断。县政府决定召开防汛工作会议，专题研讨是否连夜紧急疏散。会上，气象部门第一个给出建议：通过综合研判，7日晚暂不转移低洼地段群众。

一整晚，区、市、县三级气象台严阵以待，继续开展每3小时滚动气象预报服务。最终四荣乡10个村民委员会、108个自然屯低洼地区的群众在暴雨中安然无恙。

科学研判需决策先行。从6月5日起，新一轮强降雨从北部入侵，雨情汛情告急，广西气象部门及时启动重大气象信息报告党政主要负责人流程。自治区党委书记鹿心社、自治区政府主席陈武等相关领导连日来对防汛抢险工作作出指示，要求气象部门提高预报精准度，做到定点预报、定向预警、定时报告、定人负责，确保预报预警信息直达群众。

自治区党委常委、自治区政府副主席严植婵说，没有气象部门的及时预警和积极联动，强降雨造成的灾害损失将更大。

“根据气象部门建议，我们派出督导组前往预报重点区域、易灾区开展督导，指导地方有效开展防灾减灾工作。”自治区应急管理厅党组书记、副厅长许建忠表示。

定向预警 抢出“提前量”

6月8日凌晨2时许，在外出差的桂林市资源县中峰镇大源村支部书记李春杨手机响个不停，县气象台雷电黄色预警、暴雨橙色预警、暴雨红色预警信号三连发。“暴雨又来了！”收到预警信号后，李春杨立刻警惕起来。资源县“5·26”特大暴雨影响犹在，部分地区善后工作尚未完成。不到半个月，再次到来的强降雨又让他紧张起来。“千万不能出事！”他紧急联系村委副主任胡天桂，组织疏散村民。胡天桂连夜出门，叫醒住在危房的村民，并妥善安置。第二天，其中一间危房在暴雨侵袭中不堪重负轰然倒塌。

暴雨如注，同样地处桂北的兴安县全境告急。气象工作人员利用电话、短信、预警大喇叭等方式开展定向叫应服务，协助多部门紧锣密鼓开展应急联动，抗洪抢险。经过48小时努力奋战，全县无人伤亡。

自治区、市、县三级部署的突发事件预警信息发布平台，为基层防灾减灾预警信息定向、定点发布提供了保障。该平台目前已实现18个部门50多类数据资源共享，整合 10 余种发布渠道，连通 1.2 万余套农村气象预警大喇叭，将全区 2.7 万多名气象信息员、6000 多名相关责任人联系方式纳入其中，实现了预警信息一键式、靶向精准发布。

据统计，在 6 月 5—10 日的暴雨过程中，各级气象部门共发布暴雨、雷电等各类预警信号 128 次，通过手机短信接收气象预警信息的公众达 2570 余万人次。

（来源：《中国气象报》，2019 年 6 月 12 日，1 版，作者：黄姿娜 潘汉海 唐莉梅 周柳丽 雷晓霞 莫惠晴，获中国气象报社第 30 届好新闻三等奖）

力促“四全四定” 为科学减灾抢时间
——广西强降雨气象保障服务纪实

暴雨、大暴雨、特大暴雨……自 7 月 6 日起，广西壮族自治区再次出现持续性大范围暴雨天气，河池市东兰县切亨村 24 小时累计雨量达 304 毫米。

四级、三级、二级……应急响应连续升级。面对暴雨，桂林、河池等 9 市启动应急响应，柳州、来宾等 8 市 47 个县启动重大气象信息报告流程。

出现内涝、农田被淹、道路塌方……受强降雨影响，全区 5 市 27 县遭受洪涝灾害，10.64 万人受灾。在这场没有硝烟的战争中，气象人守初心、担使命，着力建立完善全时段、全过程、全联动、全覆盖的预报预警指挥协调体系，做到定点预报、定向预报、定时预报、定人负责（简称“四全四定”），为科学救援抢出时间，最大限度保护人民生命财产安全。

从坏处准备 向好处努力

距离台风“木恩”影响结束仅一天，强降雨再次席卷广西，而这已是桂北入汛后迎来的第六次暴雨过程。

一时间，暴雨、山洪、泥石流……再次成为防御焦点，重大气象信息专报立即被发送至自治区党委、政府及相关部门。

7 月 7 日，自治区党委书记鹿心社依据重大气象信息专报作出工作部署，要求防总加强指挥、调度和督导，切实做好防御工作。面对新一轮强降雨，各级防汛抗旱指挥部成员单位再次进入备战状态：从坏处准备，向好处努力，力争打好暴雨车轮战。

7日，自治区气象局升级重大气象灾害（暴雨）应急响应为Ⅱ级，自治区洪涝灾害应急响应由Ⅳ级提升至Ⅲ级。其间，气象部门每日3次为自治区党政领导和应急管理厅呈报最新气象信息，并派业务人员24小时驻点自治区防汛抗旱指挥部办公室。

截至7月9日10时，气象部门共发布暴雨、雷电等预警信息547条，短信接收5147余万人次，并通过多种渠道全时段滚动播报气象信息及防灾避灾科普信息，提高公众自救互救意识。交通等部门也利用广西突发事件预警信息发布系统发送预警信息，提示公众出行注意安全。

精准预报 解救援之所急

“暴雨橙色预警，暴雨红色预警……”7月6日傍晚，桂林市灵川县九屋镇党委委员汤林平的手机响个不停，一场连夜救援正等着他。

“雨一直这么下，肯定要出问题！”收到气象服务信息的汤林平匆匆扒了两口饭，就急忙赶到办公室待命。

“西岭村通信中断了，道路损毁严重。”果不其然，汤林平立即赶往受灾点。

到了西岭村，汤林平才发现灾情远比预想得严重——通往外界的道路被洪水淹没，而暴雨还在下。

“雨势还要持续多久，能否进行救援？”汤林平焦急地等待着气象部门的“发令枪”。紧急关头，灵川县气象局主动与政府、水利和消防等部门会商研判，得出可以立即开展救援的结论。

得到答复的汤林平立即组织村干部和消防队通过涉水道路解救被困群众。截至7日15时，共救出被困群众80人，成功疏散群众300余人。

早预警 为群众转移抢时间

“气象部门18时35分更新发布暴雨红色预警信号，务必让有滑坡隐患的住户天黑前离开自己的房子！”7 月 6—7 日，河池市南丹县普降暴雨。收到预警信息后，南丹县吾隘镇镇长莫昌飞立刻通知村干部转移群众。

早在 6 日 14 时，收到气象服务材料的莫昌飞就通过聊天群、电话等方式通知村干部开展隐患排查，动员转移可能受滑坡影响的住户。

老家在吾隘镇的何先生一直有关注气象信息的习惯。“6 日晚上，我看到气象局连续发了暴雨和雷电预警，就立刻打电话叫家人到亲戚家避一避，他们出门没多久，房子就被后山的滑坡淹没了大半。”提起这次暴雨何先生仍心有余悸，“经历了前几次暴雨后，老乡们也提高了警觉性，关键时刻气象信息真是救命信息。”

针对入汛以来广西多地遭遇强降雨袭击，自治区党委书记鹿心社、自治区政府主席陈武等领导对防汛抢险工作作出指示，要求气象部门提高预报精准度，建立完善全时段、全过程、全联动、全覆盖的预报预警指挥协调体系，抢抓预警“提前量”，做到定点预报、定向预报、定时预报、定人负责，确保预报预警信息直达群众。

“四全四定”在这次过程中也确实行之有效。据统计，7月6日到7日上午，吾隘镇 92 户约 354 人因房屋前后坡塌方，泥水灌进家中，但由于预警及时，乡、村两级干部积极组织应对，群众已安全撤离。

（来源：《中国气象报》，2019 年 7 月 11 日，1 版，
作者：韩嘉乐 邓苏花雨 唐莉梅 莫惠晴 杨哲）

250 名村民的生死时速

7 月初，广西全州，龙水镇井门前村，被冲毁的房屋和淤泥留痕，定格了 6 月 9 日凌晨的那个危急时刻。半数村民已投亲暂住，等待重建家园。

6 月 9 日，暴雨引发山洪泥石流冲毁了半个村庄，村支书蒋吉富根据预报果断决策，把 250 名在睡梦中的村民强行叫醒，提前转移，成功避免了群死群伤。

在防灾减灾链条上，村干部如何在末端发挥关键作用？预防灾害发生、减轻灾害风险，需要怎样的制度和机制保障？我们以该事件倒推，一探究竟。

6月9日，6：00 劫后余生

安全转移到灾害临时安置点的村民蒋利秀，终于有余力“害怕”了。

雨从前一天睡觉时就一直下着，到了清晨，洪水带着泥沙从南面的山上倾泻而下，水位逐渐升高，涌进屋里。夫妻二人本想用盆把水舀出，但水，却越排越多。

蒋利秀出门探查，眼前的景象让她瞬间慌了手脚。

一股高高的洪流从山上冲下，先把别人家房子冲倒，带着木头、家具眨眼间涌到她家门前。

“倒房子啦！倒房子啦！快跑吧！”蒋利秀正冲老公喊着，村支书蒋吉富的电话也打来了。

“你们家怎么样？”

“两条水流堵住路快出不去啦，要倒房子啦，怎么办啊？”

“什么都别管，赶紧跑到村委这边，快！”

他们知道房屋北面的小路是一条安全通道，两人夺路而走，直奔安置点。

更危险的是 81 岁的老人金翠英。她原本不愿离开老宅，若不是蒋吉富和几个年轻人连哄带劝把她背走，可能就再也出不来了。

“劫后余生。”6 时，看着自家被冲的房子和凶猛洪水，老人说不出话，但心里明白。

6月9日，5：00 危急时刻

这一夜，蒋吉富一直没睡。8 日 23 时 30 分左右，他接到龙水镇镇长文中芳的紧急电话。“接到预报，今晚会有暴雨，容易发生地质灾害，要做好值班和巡逻，每小时巡查一次。”

雨一直不停，蒋吉富更不敢松懈。顶着暴雨每隔一小时就到村里巡逻一圈，查看地质灾害隐患点。

村旁小河是判断的主要依据，按照经验，清水变浑就是危险的征兆。9 日凌晨 4 时，他收到县气象局发布的暴雨橙色预警，此时，水渐浑，他决定半小时巡查一次。5 时，县气象局发来红色预警；水，近全浑。

危险！必须转移！蒋吉富果断鸣锣示警，给井门前村支委、各村小组组长、党员打电话，叫醒15个人，包户到人，拍窗户、踹大门，分秒必争，把一户户村民从梦中叫醒。他让妻子带着两个不到三岁的孙子先撤离，自己又组织大家以最快速度通知到每一个人。“这是个中等村，村之间隔得又远，一个人肯定跑不过来。”

1小时后，250户村民转移到了安全地带。刚松一口气，更大的一股山洪从三个方向冲到村里，瞬间摧毁22户房屋。

“幸运！如果屋里的人没出来，后果不堪设想。”蒋吉富至今后怕。

“花好月圆桃李笑。”这是一户村民家剩的半副对联，房间里积下的淤泥接近房梁，屋外砖瓦梁木掉落，杂物四散，屋后的青山上，四五条滑坡留下的泥石流带依旧刺眼。尽管家园重建不易、灾害隐患犹悬，但没有人员伤亡的万幸结果，已足够“花好月圆”。

6月8日，23：00 定音一“枪”

回溯事件，文中芳凌晨的紧急电话是打赢这场“遭遇战”的关键命令。她的电话为何如此及时？

直接原因，要从8日23时的一次关键预报说起。

7小时前，根据预报，广西地质环境监测总站将桂林市地质灾害气象预警提升为黄色预警。23时，总站值班人员根据气象、水文局提供的每小时雨量预报表发现，龙水镇地质灾害易发区降水持续加强，判断该地发生地质灾害的风险很高，于是立即向政府预警。接报后，全州县政府启动地质灾害应急预案。

实际上，在那时，县、市、自治区各级政府和有关部门的负责人早已坚守在岗。尽管是“遭遇战”，还是端午假期，大家却已严阵以待。

这份准备源自气象局的一次预报。月初，广西“龙舟水”持续，北部地区平均雨量已远超历史同期。自治区气象局提出，6月9日后又将有一次强降雨天气过程，致灾风险高。3日，自治区防汛抗旱指挥部召集各部门召开会议，部署防汛工作，区气象局再次提醒：前期累计降雨偏多，降雨区域重叠，这轮强降雨会带来极高的山洪地质灾害风险。

在随后市、县两级政府防汛会上，全州县气象局特别提醒，本地出现小时雨强100毫米以上的强降雨概率极大，这是致灾风险最高的一类降雨，必须严密盯防。

8日，自治区政府再次召开视频会议部署防汛工作，文中芳也早已收到天气预报和政府要求。那晚，一直值守的她接到预警便立即通知各村。

对于村干部来说，他们往往还身兼地质灾害群测群防员、气象信息员。这些“头衔”代表的不是权力，而是一份责任。自知干系重大的蒋吉富打起精神，避免了灾害的发生。

“政府根据气象预报提前部署准备，部门有效联动，预警信息及时，村干部组织得力，成功防御灾害这些因素缺一不可。”全州县副县长蒋学军说。

6月5日，11：00 先声夺人

“9日后有雨”，但雨下在哪儿、下多少、哪些乡镇会受影响，既关乎防汛精准部署，也直接考验作为第一道防线的气象部门的真功夫。

6月5日11时，桂林市气象局发出一份分量极重的重大气象信息专报，提醒政府和各部门：5—7日有中雨、局部大雨到暴雨过程，8—10日有暴雨、局部大暴雨过程，个别站可能会出现特大暴雨。

其实，5日这次预报和后续的滚动订正落区是服务的难点，也是服务关键所在。没有综合的信息支持和政府提前部署，仅靠红色预警来防御灾害是来不及的。

大致方向确定，接下来就是定时、定量、定点预报暴雨。

“难度非常大。”因为7月初还有一次强降雨天气过程，记者见到市气象台台长李向红时，她仍在忙碌着。在电脑前，她频频更换查看不同要素的模式预报图、雷达回波图和卫星云图，并调出全区自动气象站的观测数据对比验证，判断天气系统的位置、强度、移动速度以及地形对其影响。因为预报模式对此有缺陷，预报准不准就是考验个人能力。

“6月初那次过程也是这样，我就是以汛期暴雨频率分布，季风暴雨的研究成果为背景，分析各类数值预报产品，最后大胆判断。”李向红描述得容易，但作为技术把关人，她从5日11时重大气象信息专报发出后，直到12日2时降雨趋缓，几乎全部时间都“泡”在台里。每订正一次预报、定位一个落区，就要对数百张天气图进行分析；为了报准致灾性强的短时强降雨，还要一刻不离地紧盯天气雷达回波图，第一时间捕捉天气变化。省、市、县三级气象部门预报员也会定期会商，集众智应对挑战。

“直面各方需求，压力确实很大。”李向红坦言，“但能把暴雨提前准确预报出来，为群众转移抢到时间，就是最有成就感的事，我愿为此继续努力。”

后记：实践证明，科技不断进步，是灾害防御链条“上限”的根本保证；处于防灾体系前端的村干部，则是为百姓安全“兜底”的关键所在，其工作水平直接关乎防灾减灾成效。如何通过更完善的机制建设、更有效的培训演练和更有获得感的政策激励，让村干部判断险情更加准确、组织转移更加得力、工作更加积极主动，需要各地引起重视并持续探索。我们还要为村民提供更多更有针对性的科普服务，通过自救知识普及、安全意识提升，让防灾减灾“前沿阵地”更加牢固。

（来源：《中国气象报》，2019 年 7 月 15 日，1 版，作者：李一鹏 胡亚韩嘉乐 李岩 华琦孜，获 2019 年度全国气象好新闻二等奖、中国气象报社第 30 届好新闻二等奖、第 34 届中国产经新闻奖二等奖）

广西气象成果首次亮相中国—东盟博览会印尼展

7 月 11—13 日，2019 中国—东盟博览会印尼展（以下简称“印尼展”）在印度尼西亚雅加达国际展览中心举办，广西气象装备和服务领域的现代化成果首次在境外亮相，进一步推动《中国—东盟气象合作南宁倡议》的落实。

广西壮族自治区气象局、中国气象局东盟大气探测合作研究中心现场重点推介了我国气象影视、行业气象服务、雷电业务、仪器装备等领域的技术和成果。印尼驻中国大使馆、印尼商务部、印尼中华总商会、印中商务理事会、中国驻东盟使团、中国—东盟博览会秘书处、驻印尼中资企业等众多高级官员及代表、观众到展位参观指导和沟通交流。中国驻东盟使团商务参赞谭书富表示，印度尼西亚岛屿多，雷电、地震、海啸、风浪等引发的灾害多，希望能加强中印在气象灾害预测预警方面的交流合作。

本次印尼展是今年第 16 届中国—东盟博览会主题国系列活动之一，参展企业近百家。展会期间，广西壮族自治区气象局参展团成员积极与印尼政府采购代理机构、咨询决策顾问、商务协会等高级代表就具体项目合作意向和要求建议进行洽谈。

自 2016 年以来，中国气象局与广西壮族自治区政府在南宁成功举办两届中国—东盟气象合作论坛，并连续举办三届中国—东盟博览会气象装备与服务展，今年还将举办第四届，为中国与东盟国家加强区域气象技术交流和产业合作提供机遇、搭建平台。

（来源：《中国气象报》，2019 年 7 月 17 日，1 版，
作者：黄姿娜 韩嘉乐 黄岭松 植耀玲）

多国参训“国际列车”畅行

“本来国际班是定在北京办的，4 月初突然决定改在广西。”此时距离开班仅剩不到一个月的时间，广西壮族自治区气象培训中心远程教育科科长杜枚虽然有些措手不及，但更多的是感到荣幸和自豪。

今年 5 月 6—16 日，短期气候预测技术与防灾减灾应用国际培训班在南宁开班，来自俄罗斯、哈萨克斯坦、蒙古国等 10 个国家和地区的 15 名学员参训。鉴于参训的学员均为各国气象、水文部门从事气候预测的资深专家，作为班主任的杜枚倍感压力，课程内容更需精心谋划。

去年 8 月 29 日，中国气象局首次面向东盟国家开展教学培训活动，这是落实《中国—东盟国家气象合作南宁倡议》关于加强区域气象培训工作的具体行动，也是广西区域特色气象业务课程第一次在国际培训教学中应用。有了这次经验，杜枚吃下“定心丸”。

时间回到今年 4 月初。在本来的教学计划之外，杜枚还在位于武鸣区的沃柑种植基地安排了一次特别的课程。作为农业大区，广西智慧气象为特色农业防灾、提质、增效成果喜人。经过一年多的实践，这里开展的沃柑智慧气象服

务取得明显成效。“反复商定授课内容，出行路线、现场翻译等各个环节都要考虑。”杜枚谈到在种植基地开展现场教学时说。

在精心准备下，培训课程广受学员欢迎。“在哈萨克斯坦山区地带，春、夏冰雪融化及春季多雨常常导致洪水，山区河流的水文预报是一项重要工作内容。如何提高强降水监测评估和风险预警，是我们目前致力于探索的关键技术问题。”来自哈萨克斯坦的首席研究员表示，受课程内容启发，他与正研级高级工程师邹燕细致探讨了如何根据哈萨克斯坦降水相对少和多雪等气候特征，确定区域性强降水事件的定量化识别指标以及强降雪事件的强度评估因子。

来自刚果（布）的高级技术员也谈到了关于灾害性天气事件定量化监测评估方法，直言此次课程让他学到了在工作中急需且实用的内容。

有了两次协办国际培训班的经历后，广西气象部门的培训实训水平得到了锻炼和提升。今年 8 月，湄公河流域国家临近预报技术国际培训班将在南宁开班，届时又将有东盟国家的 5 个学员来此参训。“课程教案的编写和课件制作已经在紧锣密鼓筹备了。”杜枚说。

（来源：《中国气象报》，2019 年 7 月 18 日，2 版，

作者：黄姿娜 吴帆 韦坚）

“壮丽 70 年 奋斗新时代”走基层看气象大型主题采访活动广西行启动

8 月 26 日，“壮丽 70 年 奋斗新时代”走基层看气象大型主题采访活动广西行启动。由人民日报、中国日报、人民政协报、中新社、工人日报、中国气象报、广西日报等媒体记者组成的采访团，围绕广西气象服务“一带一路”建设、中越边境基层气象台站变迁、智慧气象助力甘蔗产业发展等主题，深入南宁、百色、崇左等地实地采访，全面报道新中国成立 70 年来广西气象事业的发展成就和生动实践。

近年来，广西壮族自治区全面落实中央关于打造西南中南地区开放发展新的战略支点的要求，发挥广西与东盟国家陆海相邻的独特优势，着力建设西南

中南西北出海口、面向东盟的国际陆海贸易新通道，形成21世纪海上丝绸之路和丝绸之路经济带有机衔接的重要门户。广西气象以重点项目为带动，建成“两系统一平台”以及广西气象监测预报中心、中国气象局东盟大气探测合作研究中心等，气象现代化水平得到跨越式提升，服务国家重大战略和地方经济社会发展成效显著。

活动启动当天，采访团走进中国气象局东盟大气探测合作研究中心、广西气象数据中心、广西突发事件预警信息发布中心、南宁市气象局等，了解气象现代化建设和智慧气象发展情况、气象服务“一带一路”建设成效等。

该活动由中国气象局主办，中国气象局气象宣传与科普中心、中国气象报社承办。

（来源：《中国气象报》，2019年8月28日，1版，
作者：崔国辉 韩嘉乐 黄姿娜）

中国—东盟气象装备与服务展举办

9月21—24日，在第16届中国—东盟博览会期间，第四届中国—东盟气象装备与服务展在南宁举行。本届展览主题为“发展海洋气象科技，服务‘一带一路’”，集中展示了中国气象装备与服务的高科技、现代化产品及技术服务成果。

此次展览由中国气象局主办，中国气象局气象探测中心、中国气象服务协会、广西壮族自治区气象局共同承办，展示内容包括气象雷达、无人机气象垂直观测、气象水文、农林渔牧、生态环境、交通天气、工业能源、城市生态、公共安全、海洋气象等方面的中国现代化高精尖仪器和技术服务。展览吸引了近40家来自国内相关科研院所、知名企业、气象业务单位、信息管理单位参展。

气象装备与服务展区的最大亮点为144平方米超大实景“超级气象站”科普展位。该展位由中国气象局气象探测中心、自治区气象局联手打造，通过互动展品、实物模型、图片展示生动地传播气象知识，内容涉及气象学、气候

学、自然科学等，是一个专业的气象科普展览馆。同时，展区还开设“广西区气象局”专题展位，全方位、多角度展示自治区气象局现代化建设成果。

自 2016 年以来，中国—东盟博览会气象装备与服务展已成功举办三届，树立了中国“气象大国”的形象。今年的气象装备与服务展进一步为中国与东盟国家加强区域气象技术交流提供平台，也为区域间产业合作提供新机遇。

（来源：《中国气象报》，2019 年 9 月 24 日，1 版，作者：韩嘉乐 李卓茵）

朱槿绽放 携手向前

——第十六届中国—东盟博览会气象保障服务纪实

共建“一带一路”，共绘合作愿景。在举国上下欢庆新中国成立 70 周年之际，第 16 届中国—东盟博览会、中国—东盟商务与投资峰会（以下简称“两会”）于 9 月 21—24 日在广西壮族自治区南宁市举办。

每逢金秋，中国和东盟等国政要、客商如约相聚邕城，共商合作发展。16 年来，在历届的“两会”中，气象护航精益求精，从未缺席。

提前谋划 打足备战提前量

“‘两会’期间冷空气活动频繁、气温起伏大、台风暴雨较重，各级气象部门务必认真研判，确保天气预报无重大差错，为新中国成立 70 周年献礼。”自治区气象局局长钟国平反复强调此次气象保障服务的重要性。

通过分析历史资料，广西气象部门提前 20 多天评估“两会”期间的气候风险，制定气象保障服务工作方案，为“两会”领导小组及相关部门制定应对强降雨、雷电、台风等不利天气的应急预案给出科学建议。

9 月初，对主要活动场所周边观测设备进行检测维护；在全市范围内开展防雷装置安全生产专项执法检查，嘉宾入驻宾馆的防雷装置检查是重点之一；8 月 16 日给自治区“两会”指挥中心报送专项气象服务信息……一项项超前举措，承载着气象工作者的责任，也蕴含着气象现代化建设的成果。

仔细研判 预报结论底气足

“两会”期间，南宁适逢夏末，天气复杂多变。“小雨以上降雨概率为34%，中雨以上概率为 11.2%……”尽管有着多年实战经验，预报员心中仍然紧绷着一根弦。会期临近，南宁上空的天气形势依然不够明朗，而自治区党委、政府和各有关部门系列工作的开展，都需要气象支撑。

化压力为动力，凭借十五年“两会”气象保障服务经验，预报员调取大量历史资料，分析研判观测数据与云图；与中央气象台多次会商，订正预报结论。经过反复分析，在 9 月 18 日的“两会”天气趋势预报新闻发布会上，“南宁市以多云天气为主，无明显大范围降温降雨天气过程”这一结论正式出炉。

9 月 21 日早上，南宁天高云淡，“两会”开幕式在这样一个好天气隆重举行，天气实况与预报完全吻合。

整个“两会”期间，自治区气象局还通过电视、短信、微博、微信、网站等渠道为公众提供全方位气象服务。“广西天气”“南宁气象”等官方微信每 6 分钟刷新一次雷达降水预报，并提供各场馆 2 小时内的降雨情况。气象宣传团队对中国—东盟博览会气象装备与服务展进行网络直播，让公众足不出户便可对展会一睹为快。

部门联动 气象服务延向纵横

“两会”气象保障服务的成功，离不开部门之间的合作联动。

南宁市气象局与市生态环境局、生态环境监测中心对“两会”期间天气和环境空气质量趋势进行分析研判，与市生态环境局建立空气污染监测预警和联防联控机制，开展每日空气质量监测预警会商，并及时提供天气预报和空气质量预报信息。

“两会”开幕前夕，南宁市气象局与民航广西空管分局开展技术交流，双方约定发挥各自优势、推动信息共享，全力做好航空气象保障服务工作。同时，南宁市气象局与市交警支队建立了联动机制，为组委会和市民出行提供决策参考。

16 年携手奋进，16 载春华秋实。自 2004 年以来，“两会”已成为中国与东盟国家合作的亮丽名片，在助推“一带一路”建设、深化中国—东盟合作的同时，有力地促进了广西全方位开放发展。广西气象部门也将继续一路随行，为朱槿绽放保驾护航。

（来源：《中国气象报》，2019 年 9 月 24 日，1 版，

作者：韩嘉乐 张芳琳 赵金彪）

科技配方酿甘味绵长

——广西智慧气象服务甘蔗产业侧记

食糖是国家重要战略物资，也是世界重要贸易商品。广西蔗糖产量约占全国总产量的三分之二，对于国家食糖安全有重要影响。

为了保障祖国人民的“甜日子”，广西壮族自治区气象局精准发力，以智慧气象服务为抓手，加强科技支撑，让“甜蜜产业”酿造甜蜜生活。

保障国家战略 提高我国蔗糖业国际竞争力

由于管理粗放、机械化作业程度不够等原因，生产成本高、国际竞争力低一直是我国糖料蔗产业的“痛点”，再加上国际食糖价格频繁走低且波动异常，国家食糖安全面临严峻挑战。

2015 年，国务院批示要求制定《糖料蔗主产区生产发展规划（2015—2020 年）》，首次将蔗糖业发展上升为国家战略。

广西是我国糖料蔗种植面积最大的地区。“自 2014 年起，自治区气象局就与国家气象中心共同开展世界甘蔗主要出口国，如巴西、澳大利亚、印度、泰国，及全国蔗糖产量预报，系列研究成果及应用服务为国家制定食糖价格和进口配额提供了重要的科学依据。”自治区气象局局长钟国平说。

2015 年 2 月至 2016 年 12 月，自治区气象部门上报多份预报材料，指出蔗糖第一出口国巴西和食糖消费大国印度将因干旱连年减产。时任自治区党委常委、自治区政府副主席唐仁健据此判断：这对今年市场进一步探底回暖是个利好。

果然，世界食糖供给由过剩转为不足，食糖价格自 2015 年起不断回升。而气象部门的预报为确定甘蔗收购价格等提供了关键参考——2016 年，我国确

定了甘蔗收购价从原来的400元/吨（亏损价）上涨为440元/吨（接近成本价），直到2017年的550元/吨，蔗农和蔗糖产业由亏损转为增收。

2017年，自治区气象局与糖业部门联合牵头成立的甘蔗气象服务中心，入选中国气象局和农业农村部共同认定的首批全国特色农业气象服务中心。该中心充分发挥气象部门在气候资源趋利避害、精准精细化农用气象预报、气象灾害监测预警评估、作物长势和产量预测等方面的优势，区域蔗糖气象服务集约高效，产品覆盖国内4个主产省（自治区）及国外4个主要国家，取得了显著的经济社会效益。

近年来，广西还将甘蔗气象研究和成果转化应用扩展到了全国乃至全球。“我们研究了甘蔗主产国蔗糖产量预报关键技术，揭示了干旱是影响巴西、印度和泰国产量的主导因子，发布了国标《甘蔗干旱灾害等级》。”自治区气象科学研究所副所长匡昭敏说，这不仅为国家制定食糖价格和进口配额提供了决策依据，也为“一带一路”沿线国家提供了参考。

在中国—东盟气象论坛和东盟国家气象培训班上，甘蔗智慧气象服务及相关研究吸引了众多国外专家学者，甘蔗气象服务也逐渐走向国际。

节本增产 智慧气象为“甜蜜事业”添动力

近年来，广西气象部门围绕甘蔗智能、精准化的生产管理需求，与龙头企业和农业园区合作建立“气象部门+行业龙头企业+基地（园区）”的甘蔗智能精准服务示范区，利用甘蔗农业气象自动观测数据及服务大数据库，结合甘蔗长势与病虫、灾害评估等遥感解译信息和土壤性状等，构建了基于“互联网+”的甘蔗智慧气象服务架构，创新性开展甘蔗生长全过程的智能、精准、分众、融合式服务。

蔗农打开甘蔗气象服务中心研发的智能精准监控平台或甘蔗智慧气象APP，即可根据“土壤墒情实时监测+未来天气预报+长势+地块”等多维集成信息，实现甘蔗水肥一体化智能精准管理，形成“气象监测预报信息+规模化生产管理+生产信息反馈互动”的服务链。

“用户根据手机APP的提示，就能判别是否需要灌溉，一键实现智能启动与关停水肥管理设施等操作。”扶绥县气象局局长王达说。

2017 年，习近平总书记考察广西时，将这套甘蔗智能水肥一体化管理系统称作“种田神器”。

从传统服务模式向智能精准服务模式的转变，有效推动了甘蔗产业节本增效。与传统灌溉模式相比，示范区肥料利用率提高 30% 以上，节水 50% 以上，降低人力成本 80%。

今年 2 月底，示范区的测产验收结果显示，糖料蔗单产达 8.5 吨 / 亩，蔗糖分比当地同时期同类品种高出 0.5 个百分点。“每万亩甘蔗可节本约 270 万元，增效约 2020 万元。”王达说。

广西将把甘蔗智慧气象服务系统与广西糖业地理信息与生产管理指挥大数据系统对接，其后将覆盖 500 万亩“双高”基地，约占广西 50% 糖料蔗产量，经济社会效益相当可观。

减灾扶贫 蔗农过上“甜日子”

在广西和云南，糖料蔗种植地多处于边境地区和集中连片贫困地区，当地农民脱贫致富对蔗糖产业高度依赖。

近年来，自治区气象局打好气象牌，构建起“气象防灾减灾 + 扶贫”“产业气象服务 + 扶贫”“气候资源利用 + 扶贫”的三融合气象精准扶贫模式。

在扶绥县“甜蜜之光”示范基地，甘蔗气象服务团队长期开展观测、研究，并提供甘蔗生长、糖分预报和节水滴灌等精细化气象服务。气象科技的引入每年可为每个贫困户增收 1 万～3 万元。

2017 年 11 月，甘蔗气象服务中心预测全国大部甘蔗产区受气温日较差偏小的影响，糖分偏低，建议推迟开榨期。通常，甘蔗开榨时间为 11 月中旬。这一年，广西大多糖厂推迟到 12 月上旬开榨，缩短了榨季，提高了产糖率。

2018 年 9 月，台风“山竹”登陆前后，自治区气象局将各类预警服务产品通过不同示范区、种植区及糖厂的微信群广泛传播，直达用户手中，让蔗农早知道早防御控灾损。

去冬今春，广西的天气始终脸色低沉，低温雨雪霜（冰）冻、阴雨寡照天气轮番登场。除了为政府提供决策服务外，自治区气象部门还结合天气预报为种植大户等提供了20多次的直通式服务，为降低糖分损失、科学调度甘蔗砍收、抢种春植蔗等提供了重要指导。

但由于降水年际变化大、时空分布不均，崇左几乎每年都有不同程度的干旱发生，这可是甘蔗生产的克星之一。气象部门为此在扶绥甘蔗气象服务基地等地建成8个人工影响天气标准化作业点，在甘蔗种植和生长关键期，结合全市范围内的51个流动人工增雨作业点实施作业，保障甘蔗生长。近五年来，该市共组织开展人工增雨作业380多次，增雨受益面积约0.5万平方公里。

实践证明，适时实施人工增雨能提高甘蔗产量及蔗糖分含量，糖企在人工增雨经济效益方面的投入产出比能达到1∶200以上。“在开展人工增雨作业之前，我们的甘蔗产量普遍在4吨/亩，如今能达到7吨/亩，效益相当可观。”广西康泽农业科技有限公司董事长房超赞不绝口。

（来源：《中国气象报》，2019年11月6日，1版，作者：崔国辉 黄姿娜 曾涛，《壮丽70年 奋进新时代 走基层看气象·深度调研》系列报道之一，该系列报道获2019年度全国十大气象好新闻奖）

全国气象外事工作会议召开

11月7—8日，全国气象外事工作会议在广西壮族自治区南宁市召开。中国气象局党组书记、局长刘雅鸣对会议高度重视，要求全国气象部门外事工作者认真贯彻落实习近平外交思想，以及习近平总书记对气象工作的重要指示和党中央决策部署，扎实推进服务“一带一路”建设气象国际合作；深入贯彻习近平生态文明思想，发挥气象在国家应对气候变化工作格局中的职能作用。更加主动服务气象强国建设，对标增强气象科技创新能力、推动“全球监测、全球预报、全球服务”业务发展、参与引领全球气象治理和顺利实现气象现代化的目标需求，扩大气象开放合作程度，提高开放合作效益，完善开放合作机制，为气象事业高质量发展提供支撑。

中国气象局党组成员、副局长余勇出席会议并作了题为《坚持以习近平外交思想为指引 努力开创气象外事工作新局面》的工作报告，外交部外管司参赞刘阳到会指导。

会议系统回顾了党的十八大以来气象国际合作取得的显著成绩，并对当前和今后一段时期气象外事的重点工作进行部署。一要坚持更高标准，认真贯彻落实好习近平主席关于风云卫星国际应用重要指示精神。建好用好世界气象中心（北京）、风云卫星国际用户卫星数据共享和应用平台，以及风云卫星国际用户防灾减灾应急保障机制。二要坚持更高要求，围绕“一带一路”建设推进气象国际合作。主动和中国气象局与世界气象组织签订的“一带一路”气象合作意向书、南宁倡议、乌鲁木齐倡议对接，推进我国与相关国家政府间共建“一带一路”合作规划中气象相关内容的落实。三要坚持更高目标，完善合作平台及合作机制建设并取得实效。充分发挥好多个双边合作平台作用，积极鼓励优势气象领域在全球发挥引领作用。在中国专家深入参与国际合作项目和气象国际治理，科研业务单位与国际同行建立长期合作机制，相关省份与国（境）外临近地区开展有特色的务实合作，气象企业参与国际竞争等方面给予鼓励和支持。四要坚持更实作风，统筹做好气象国际合作工作。要不断扩大国际视野、提升战略思维能力，将气象事业各项重点工作与国际合作工作同谋划、同部署。五要加强组织管理，进一步强化外事工作纪律，提升外事工作水平。

外交部、中央纪委国家监委驻农业农村部纪检监察组代表到会作相关政策宣讲。北京市气象局、广西壮族自治区气象局、新疆维吾尔自治区气象局、国家气象中心、国家卫星气象中心、华云公司等单位作交流发言。各省（自治区、直辖市）气象局及中国气象局各内设机构、直属单位相关负责人等与会。

在桂期间，余勇会见了自治区政府副主席方春明，还前往南宁市、都安县、马山县、武鸣区等地气象局及广西人工影响天气基地调研慰问，了解“不忘初心、牢记使命”主题教育及基层气象防灾减灾、生态文明建设、气象科技扶贫等工作情况，强调要紧密围绕地方党委政府的决策部署提供优质气象服务，以工作成效检验主题教育实效，推动广西气象事业高质量发展。

（来源：《中国气象报》，2019 年 11 月 12 日，1 版，

作者：黄姿娜 张薇 莫惠晴 王冀）

护八桂平安　绘壮美画卷

这里，时间是河，淌过刘三姐门前的河；这里，岁月成画，烟雨漓江写意成经典的中国水墨山水画……广西，祖国南部一片神奇的土地。奇特的喀斯特地貌，灿烂的文化，浓郁的民族风情，让这方水土独具魅力。

70年，风云激荡；70年，山河壮美！广西气象人观云测天，追风识雨，在八桂天地间书写着一幕幕精彩与生动。

追风识雨，70年精彩纷呈

1949年12月，中国人民解放军接收桂林、柳州、南宁、梧州、百色等5个气象台站。

1954年10月，广西省人民政府气象局成立，逐步扩大气象队伍、增建气象台站、开展天气预报和气象服务。1958年3月，改称广西壮族自治区气象局，加快组建气象服务网，加强为农业服务。

20世纪70年代中后期，天气雷达等探测业务发展较快，先后建成90个地面站、6个高空站和8个711型天气雷达站，大气探测网初步形成。

20世纪80至90年代，广西气象部门致力于防灾减灾天气预警系统、气象卫星综合业务应用系统（9210工程）广西分系统为重点的现代化建设，实施事业结构战略性调整，加快气象业务现代化建设。1995年初，广西防灾减灾天气预警系统在全国气象部门率先建成，改变了广西气象业务技术装备落后的局面；1998年自治区政府印发《关于进一步加快发展我区气象事业的通知》；1999年，广西气象卫星综合应用业务系统建成使用。

进入21世纪，广西气象事业进一步加快发展。2006年，自治区政府印发《关于加快广西气象事业发展的意见》，明确总体要求、主要任务和政策措施。2010年，自治区政府与中国气象局签署《共同推进广西气象防灾减灾体系建设合作协议》，共建广西气象防灾减灾体系。2014年，自治区政府印发《关于全面推进广西气象现代化的意见》，进一步明确广西气象现代化的目标、任务和措施。2015年，自治区政府召开全区气象现代化工作会议，并与中国气象局联合召开部区合作联席会议，共同推动广西气象现代化建设。

2018 年，广西基本实现气象现代化评估通过评审，提前两年完成阶段性目标，正在朝着建设新时代更高水平的广西气象现代化迈进。

责任担当，写在风雨里

1994 年 6 月，一场范围广、强度大、持续时间长的特大暴雨袭击广西，造成特大洪涝灾害，柳江、桂江、西江水位暴涨。气象预报准确及时，为有效指导抗洪提供了科学决策，广西气象部门荣获“全国抗洪先进集体”和自治区“抗洪救灾先进集体”称号。

2009 年 8 月至 2010 年 4 月，广西气温显著偏高，降水量明显偏少，导致大范围夏秋冬春连旱，气象部门做好干旱预报，及时开展人工增雨作业，助力打赢抗旱救灾战。

2013 年 5 月 16 日，桂林市恭城瑶族自治县出现特大暴雨和泥石流，龙虎乡 24 小时内出现了 319.8 毫米的历史罕见降雨。气象预报准、预警早，县、乡政府成功转移群众 2 万多人。

2014 年 7 月，有记录以来进入广西的最强台风“威马逊”来袭，气象服务主动及时，有效减轻损失，自治区政府领导给予“预报精准、服务到位”的高度评价。

2018 年 12 月，自治区成立 60 周年系列庆祝活动期间，恰逢阴雨天气。在关键时刻，气象部门顶住压力，精准预报，成功捕捉了一个降雨间隙的“时间窗”，确保庆祝大会在露天场地顺利举行。

…………

近年来，广西台风、洪涝、干旱等灾害呈多发频发之势，广西气象部门深入贯彻落实党中央国务院和自治区党委政府、中国气象局的部署要求，在全区各级气象部门建立了政府主导、部门联动、社会参与的气象防灾减灾机制，秉承“准确、及时、创新、奉献”的气象精神，严密监测、科学分析、及时预警、主动服务，筑起防灾减灾救灾的第一道防线，有力保障了经济社会发展和人民生命财产安全。

2014 年，广西建成了运行监控、预警发布、决策指挥一体化的突发事件预警信息发布中心，预警信息发布系统覆盖全区各级气象部门及区、市两级政府和相关部门，实现“信息共享一张图、应急指挥一张网、信息发布一键式”。

近年来，广西气象部门初步建成气象防灾减灾救灾预警信息发布体系，在农村安装了气象预警大喇叭1.2万余套，覆盖全区90%以上的行政村；各行政村均设立气象信息员，人数共有2.7万人；建立了气象预警手机短信发布“绿色通道”，还利用电视、广播、报纸、微信、微博、电子显示屏等渠道广泛发布气象信息。

数据显示，广西气象部门年均发布决策气象服务材料超过5000期，发布各类气象预警超过6000次。近五年来成功应对50次暴雨、15个台风天气过程。全区气象灾害损失占GDP比重从五年前的1.22%下降到0.15%。各级党委、政府和社会各界对气象服务给予充分肯定，气象服务满意度逐年提高。

精益求精，刻在骨子里

“2018年广西基本实现气象现代化”，自治区气象局如期实现了这一目标任务，高质量、高标准建成广西气象数据中心、气象监测预报中心、国家突发事件预警信息发布中心等。

张开气象防灾减灾综合监测的“天网”，全区已建成10部新一代天气雷达，建成风廓线雷达及风云气象卫星接收站，2700多个区域自动气象站覆盖至每个乡镇；建成公路交通、船舶、土壤水分等专业自动气象站和海洋气象浮标观测站。自治区政府还投资建成全区农村雷电监测网，雷电预警业务覆盖全区。

自治区气象局引入8万亿次/秒以上的高性能计算机集群系统，推广应用“两系统一平台”。预报服务产品空间分辨率精细化至5公里，时间分辨率提高到3小时；台风路径预报误差减少41.3公里，达到国内先进水平；突发灾害性天气预警提前量达43.2分钟；24小时台风路径准确率连续5年保持先进水平；24小时最低气温预报准确率排全国第一。

在人才方面，广西有2人入选中国气象局百名首席预报员，1人入选中国气象局首席农业气象服务专家，5人享受国家西部优秀青年人才津贴。“十二五”期间，承担科研项目数量比“十一五”翻了一番，软件著作权增长一倍多。围绕“解难题、出成果、出人才”的目标，组建了两批共7个创新团队。

在改革方面，防雷减灾体制改革稳妥推进，在全国率先开展了地面观测业务无人值守改革，深化气象服务供给侧结构性改革。

从一个百叶箱、一个观测场、几间值班房，到如今的无人值守自动化观测、现代化业务平台，基层气象设施更加完善。变化翻天覆地，但广西气象人初心不改，将精益求精刻在骨子里。

通过部区、部门合作，推动事业发展的强大合力已经形成，并不断壮大。

2018 年 9 月 13 日，在广西南宁，中国气象局在中国—东盟博览会气象装备和服务展上，发布了面向东盟国家的风云气象卫星国际用户防灾减灾应急保障机制，并向老挝交付了中国援建的气象演播系统。这个两年召开一次的国际盛会，填补了我国与东盟国家机制性气象区域合作的空白。

中国气象局和自治区政府以部区合作的形式推动广西气象现代化迈入快车道。中央和地方共同投资建设广西北部湾经济区气象监测预警服务系统工程、广西西江流域致洪暴雨监测预警系统工程、广西农业气象服务和灾害监测防御系统工程，有效提升了广西气象现代化能力与水平。

双重领导和双重计划财务体制进一步完善。自治区、市、县全部落实气象事业单位绩效工资。在部区合作的带动下，自治区气象局与南宁、防城港、钦州等市政府开展了局市合作，与水利、农业、国土等部门建立了合作机制。气象防灾减灾管理更加规范，气象工作法治化水平得到提高。

主动融入，服务壮美广西建设

作为我国重要的农业生产区域，广西气象部门结合实际，通过使用农业气象服务集约化平台、开展农田小气候观测、拓展“互联网 +”以及利用微信群等方式，让产品进一步精细化、定量化，让服务实现分众化和精准靶向，增强为农服务有效供给。

广西是我国最大的甘蔗种植区，而甘蔗受气候变化与市场波动影响明显。为此，自治区气象局利用遥感技术，开展了世界甘蔗主要生产国以及我国蔗区蔗糖产量预测服务，并联合广西糖业部门成立了甘蔗气象服务中心，为国家制定产业政策提供科学、客观的决策依据，保障国家食糖供给安全。

此外，广西气象部门针对粮食生产的需要开展总产量预报；开展“互联网 + 砂糖橘”“互联网 + 桑蚕”等智慧农业气象服务以及芒果、沙田柚、沃柑等农产品气候品质认证；建立44个现代特色农业气象服务示范区，直通式气象服务惠及近万个新型农业经营主体，智慧气象服务深入到各个特色农业示范区。

围绕“国家气候标志”、美丽乡村、宜居城市建设，广西气象部门成立自治区生态气象和卫星遥感中心，积极参与生态红线划定工作，建立石漠化观测站点，开展生态脆弱区监测评估。编发广西植被生态质量及植被生态改善状况报告，被自治区第十一次党代会报告引用；出台《广西适应气候变化方案》，成为全国第二个出台省级适应气候变化方案的省份；开展大气负氧离子观测网的建设，开展生态宜居气象服务示范建设，恭城县获评全国首个“气候宜居县”，金秀县获评“中国天然氧吧”。

公众和专业气象服务不断强化。增加环境气象、旅游气象、穿衣指数等公众生活类气象信息服务，开发“晓天气”公众气象服务APP，实现基于位置和按需推送服务；建立气象预警手机短信发布“绿色通道”，发送手机气象预警短信超亿次条；利用电视、广播、报纸、微信、微博、电子显示屏等渠道广泛发布气象信息；开办大喇叭气象科普联播节目；为大藤峡水利枢纽工程等20多个自治区重大建设工程项目提供服务；交通、水电等专业气象服务科技内涵不断丰富。

气象部门聚焦精准脱贫的根本要求和稳定增收的长远目标，构建了“气象防灾减灾＋扶贫”“产业气象服务＋扶贫”“气候资源利用＋扶贫”等模式助力精准扶贫，“三融入”成为全国气象部门扶贫模式的典型示范；全区气象部门共派出153名优秀年轻干部蹲点扶贫，6人获得自治区和中国气象局扶贫先进个人表彰，5个单位被评为先进后盾单位。

践行使命，擘画新时代蓝图

翻开广西气象文明创建史，又是一页页浓墨重彩的篇章。自治区率先建成文明系统，目前有全国文明单位11个，77个单位获评自治区和谐单位。党的组织建设取得新进展，会风、文风、学风、工作作风不断改进。落实全面从严治党和党风廉政建设的各项要求，压实“两个责任”，持之以恒落实中央八项规定精神。

“全国农林水利产（行）业五一劳动奖”“广西抗击雨雪冰冻灾害先进集体”“全国重大气象服务先进集体”“广西防汛抗旱救灾工作先进集体”“广西

工人先锋号”“自治区和谐单位”……一项又一项沉甸甸的荣誉，充实了广西气象事业的发展历程。

“天上红云配白云，地下狮子配麒麟。八桂田园铺壮锦，山歌声里气象新。”一代代气象人用责任与担当，守护着八桂的绿水青山。

一直以来，广西气象部门始终坚持发展是第一要义，明确了“五个发展”的思路：以需求牵引发展，以项目建设带动发展，以科技人才支撑发展，以开放合作促进发展，以和谐稳定保障发展。加强班子自身建设，做到“六讲六表率”：讲政治，做不忘初心的表率；讲学习，做学思践悟的表率；讲团结，做精诚合作的表率；讲大局，做顾全大局的表率；讲责任，做真抓实干的表率；讲廉洁，做克己奉公的表率。

在新的征程中，广西气象部门将继续围绕防灾减灾救灾，全力做好重大活动保障、气象防灾减灾救灾、专业气象等各项服务工作；着力推进生态文明建设气象保障服务，助力“美丽广西”建设；健全现代气象为农服务体系，助力乡村振兴和脱贫攻坚；坚持规划引领，提升气象业务现代化水平；推动科技创新和人才队伍建设，激发创新活力；推进改革开放合作，增强事业发展动力；加强气象法治建设，提升科学管理水平；强化政治统领，推进党的建设高质量发展。

70载风云传奇，一个新的起点，起承转合，又一页新画卷。绣球伴着山歌飞，壮锦随着铜鼓舞。在广西这方被山水与人文浸润的美丽土地，如歌的岁月被书写成一段流光溢彩的风云传奇。时光已流淌，梦想仍徜徉。看，北部湾风生水起；听，西江春潮涌动。在奋力建设壮美广西的征程上，气象人定会书写新的篇章！

（来源：《中国气象报》，2019年12月4日，3版，作者：曾涛 韩嘉乐）

如何筑牢防灾减灾“第一道防线”

——从赣桂一线实地看气象预报预警

小路上随处可见从山上冲下来的石头，一些木质老房子大半截被淤泥掩埋，有的砖墙被冲塌了一半，墙上齐腰高的泥水印记清晰可见……这是记者近日在广西全州龙水镇井门前村看到的景象。

这个村子6月9日凌晨发生山洪泥石流，22座房屋被毁，50座房屋被淹。由于气象预警及时，250名群众提前转移，没有人员伤亡。

气象预报预警是气象防灾减灾的"第一道防线"，如何进行精确预报，预警信息如何及时传递给群众，如何减少甚至避免人员伤亡？记者日前随中国气象局赴江西、广西等地进行了采访调研。

抓好"最后一公里"，守护群众生命安全

想起一个多月前的那个清晨，井门前村村民蒋利秀仍心有余悸："从没见过那么大的洪水，房子两边就像河一样……"

当时她家的房子已经泡在水里，她和丈夫正想办法排水，就看见后面山上洪水裹着树枝、砖头还有上面倒塌房屋的家具、电器等冲下来。她接到村支书蒋吉富的电话，电话里喊着："家里什么东西都不要管，人先出来。"蒋利秀一家顺着旁边墙上一个缺口转移到了安全地带。

蒋吉富是村支书，也是一名气象信息员。山洪暴发前的6月8日深夜，他接到龙水镇镇长打来的电话，提醒他夜里会有暴雨，容易发生地质灾害，要做好值班和巡逻工作。

雨一直下。夜里一点多开始，蒋吉富每隔一小时就去村口小河边巡查一次。他接受的培训知识告诉他，河水从清水变成浑水、泥巴水，就是危险的信号。

天色蒙蒙亮时，他看到河水颜色不对劲，必须转移！鸣锣、敲门、打电话，能用的办法都用上了。在蒋利秀一家行动的同时，蒋吉富和其他十几个乡亲敲着锣挨家挨户地通知大家转移。一位80多岁的老奶奶不想离开家，也被人背出来了。"群众刚转移完，最大的一股泥石流就下来了。"蒋吉富说。

目前，全国像蒋吉富一样的气象信息员有几十万名。在一些地方，气象、自然资源等部门联合对气象信息员进行防灾减灾知识培训。这些信息员奔走在气象防灾减灾一线，使灾害预警信息发布不断突破"最后一公里"，切实守护群众生命安全。

及时预警，发挥“消息树”“发令枪”作用

250 名群众之所以能安全转移，不仅依靠认真负责的气象信息员，依靠日常防灾避灾知识，也得益于气象部门前期预警及时。

今年，南方地区强降雨频发。广西桂林“晴不过三日”，6 月降雨量比常年偏多 45%，7 月初的一场雨降雨量超过 600 毫米。江西 6 月以来的平均降雨量比历年同期偏多近七成，7 月以来的降雨量比历年同期偏多两倍多。

很多地方的土壤含水量早已饱和，强降雨加重了地质灾害隐患，各地需要提前采取措施，最大可能降低群众生命财产损失。气象预警这棵“消息树”发出信号，各部门都会迅速行动起来。

江西省实行防御暴雨山洪提前转移联动机制，即预计未来 24 小时有区域性暴雨时，启动 6 小时滚动降雨预报，必要时再加密预报；省防办根据降雨落区预报和前期降雨情况，部署各项防御工作，并以县为单位确定防御重点区域，安排提前转移准备。仅在今年 6 月，江西省就根据预报预警信息下达了提前转移准备指令 7 次，实际提前转移人数超过 4 万人。

“每次强降水天气过程来之前，气象局会提前将预报情况在气象灾害防御微信群发布，我们双方进行会商后，确定地质灾害气象风险预警的强度和落区，及时通过各种渠道特别是突发事件预警信息发布平台向社会发布。”江西抚州市地质灾害应急中心一名负责人说。

在广西、江西等地，突发事件预警信息发布平台均可实现信息全网发送，群众最快几分钟、最慢也能在几十分钟内收到提示短信。同时，微博、微信、抖音等新媒体平台也成为预警信息发布的有力工具，农村偏远地区还设置了大喇叭，及时对群众广播相关预警信息。

精准预报，下好防灾减灾的“先手棋”

“发暴雨黄色预警吧！”记者见到江西省气象台副台长、首席预报员张瑛时，他正在电脑前做未来几天的雨量分析。

及时准确的气象预报，再叠加上地质、人口、水文等信息，将为防灾减灾的各项决策提供重要依据，是防灾减灾的“先手棋”。

张瑛说，由于今年副热带高压不是很稳定，在降雨的落区预报中很难把握，有可能出现偏差。为此，江西省气象台实行了首席预报员联合会商机制，在判断有难度时，将4位首席预报员集合起来，形成综合意见确定最终的降雨落区预报。同时，气象部门还通过加强短时临近监测预警，结合雷达、卫星等科技手段，一旦发现雨带离预报有偏差，及时进行订正，使预报更加精准。

广西桂林发布重大气象信息专报要求提前2天以上，以让政府部门尽早决策，早做准备。

“但越是临近，气象预报的准确性才越高。”广西桂林市气象台台长李向红说，提前做出判断既需要大量的技术数据支撑，也需要预报人员的丰富经验。眼下，政府和群众对天气预报的要求都在提高，还会提出一时一地的精细化预报需求，这正是未来预报工作努力的方向。

（来源：新华社，2019年7月19日，作者：高敬）

用行动筑牢防灾减灾“第一道防线”

今年主汛期以来（6月1日至7月9日），我国南方地区强降雨过程频繁（7次），湖南、江西、浙江、福建及广西北部等地区域平均降水量（476.3毫米）比常年同期（315.4毫米）偏多51%，为1961年以来历史同期最多。特别是7月7—9日，南方地区出现强降雨过程，江西、广西等地累计降雨量超过100毫米的区域面积达29万平方公里，200毫米以上的区域面积达7万平方公里。面对异常严峻的强降雨天气，两地各级气象部门以确保人民生命财产安全为第一要义，不忘初心、牢记使命，用行动筑牢防灾减灾“第一道防线”，在打通气象预警信息传递“最后一公里”方面交出了让人民满意的答卷。

广西、江西气象部门的工作，是中国气象局近期在防灾减灾“第一道防线”践行初心和使命的缩影。自中国气象局党组6月开展“不忘初心、牢记使命”主题教育以来，各级气象部门精心组织部署，推动全国气象部门在汛期扎实有效开展主题教育，针对重点流域、重点地区做好气象监测预报预警，取得了明显成效。

6 月 9 日 5 时，一阵阵急促的敲锣声和呼叫声打破了凌晨的寂静，广西壮族自治区全州市龙水镇全佳村村支书蒋吉富在接到预警信息后，带领村干部，赶在山洪泥石流到来之前，成功将井门前村 250 名村民转移到安全地带，从而避免了群死群伤情况的发生。

时间回到 4 天前，6 月 5 日 8 时，桂林市气象台会商室异常忙碌，工作人员听取了中央气象台组织的全国天气会商，与自治区气象台会商，制作天气预报服务材料。11 时，桂林市气象局签发了《重大气象服务信息专报》。当天下午，桂林市政府召开全市防汛工作会议，依据气象部门做出的“8—10 日有暴雨、局部大暴雨过程，个别站可能会出现特大暴雨”的预报，对该市的防汛抗洪工作做出部署，精准实现防灾避灾。

在江西，今年入汛以来，天气气候呈现雨季开始时间提前、降雨时空分布显著不均、降雨集中期显著偏强的特点，江西气象部门把防汛气象服务作为今年的首要任务，每天两次滚动提供未来 24 小时逐 6 小时降水预报，当未来 12 小时降雨量达到 50～80 毫米时，省防汛抗旱总指挥部办公室根据预报雨强、落区，结合预报降雨落区实际降雨情况，以县为单位提出此次降雨过程防御重点趋势的建议，并提前组织隐患点群众转移。

7 月 7 日，天还没亮，江西省抚州市黎川县防汛工作群的信息就在不停跳动。该县气象局局长尧亚平在群内滚动更新黎川各村降雨实况和未来 3 小时天气预报预警信息。

“德胜镇集中安置 12 人，分散转移 23 人”“华山镇投亲靠友 6 户，15 人”“日峰镇投亲靠友 9 户，20 人”……随着数字的不断更新，黎川县防汛办涂文峰悬着的心终于落下来。

7 月 4—7 日，黎川全县平均降雨量 184.1 毫米，14 个站点超过 200 毫米，县城出现严重内涝。而从 4 日起，该县政府就依据气象部门的预报组织各乡镇提前转移地质灾害隐患点的群众，并每天定点更新转移人数。

“每次强降水天气过程来之前，市气象局会提前将预报情况在气象灾害防御群发布，我们双方进行会商后，确定地质灾害气象风险预警的强度和落区，及时通过各种渠道特别是突发事件预警信息发布平台对外进行发布。”抚州市地质灾害应急中心刘国华说。

刘国华说的突发事件预警信息发布平台，在江西省已经形成了省—市—县三级的大网，与该省18个部门、11种预警信息发布手段对接，实现一键式预警信息发布。而在全国，国家突发事件预警信息发布系统汇集16个部门76类预警信息，很好地发挥了气象防灾减灾“第一道防线”的作用。

气象工作关乎人民生命财安全，责任重大，全国气象部门正以勇于担当，敢于斗争、善于攻坚，在防灾减灾救灾工作中实践初心、勇担使命，为保障人民群众的生命财产安全而坚守岗位、努力工作。

（来源：《光明日报》，2019年7月18日，1版，作者：袁于飞 胡亚）

气象站的变迁

从“木杆绑布看风向”到无人值守，从简单预报到帮助当地农民脱贫致富，再到服务全球……日前记者走进广西壮族自治区边境上的气象站，亲身感受70年来气象站的变迁。

告别“一支笔、一张纸、一台电报机”时代

“那时的气象观测场都是用茅草做的栏杆，牛羊都可以随便出入。”在广西那坡气象局，已退休的70多岁的前局长农根霁向记者讲述了20世纪七八十年代艰苦的气象环境。

始建于1957年的那坡国家基本气象观测台站位于县城一座小山坡上，也是西南边陲艰苦台站之一。

毕业于中山大学的农根霁，因对家乡的热爱，选择了毕业后回到那坡工作，“一支笔、一张纸、一台电报机”，就这样开始了他的气象预报生涯。

“那会儿预报设备很少，用天气图凭经验分析天气系统做预报，画一张天气图需要两三个小时。”农根霁回忆说。

那坡县气象局气象服务与防雷中心主任科员苏贵忠是正宗的“气二代”，“自那坡县气象台成立，我的父亲就在这工作，当年还是骑着马来的，最早的时候只有他一个人。”

当年的气象档案中还记录着苏贵忠父亲苏竟增的名字。

“听我父亲说，看风向就是靠木杆上绑布条，天气的预报只能靠一点设备加经验。”苏贵忠说。

“我们那会提供的服务也不多，主要给附近的机场发航空气象报和危险天气报。”农根霁表示。

实际上，早年间在广西边境，这样的气象站还有很多。

“广西边境地区的防城港市、崇左市和百色市与越南接壤，由于战争等历史原因，相当长时期内，国家投入十分有限。相当一部分台站由于种种原因业务用房破烂不堪、业务设备和气象观测手段十分陈旧落后，业务平面功能不完善，不能适应现代气象业务的需要。”广西壮族自治区气象局相关负责人介绍说。

为了适应经济发展需求，改善边境台站工作条件，2016 年中国气象局安排中越边境地区气象台站专项建设资金 3280 万元，地方政府配套 2253 万元，用于崇左市、防城港市和百色市所辖 9 个县边境台站的建设。

通过项目建设，中越边境地区气象台站的基础设施得到全面改善。业务用房满足台站各项业务运行、气象服务、预警减灾工作需求，满足地方政府应急决策指挥工作环境要求；台站观测场地探测环境符合气象观测环境的规范要求，确保了业务运行安全稳定。

如今，那坡气象站绿草茵茵，降水仪、地温观测仪等各种气象装备应有尽有。农根霁站在新的气象站前感慨万千：“没想到会有这么大的变化，有这么好的设备啊！”

自动气象站覆盖率 100%

和那坡县气象站不同，凭祥市国家气象观测站在距离市区较远的山上，平时人迹罕至。

“这个站距离市区比较远，但又不能不来，我们一直都是轮流值班。有时晚上值班碰到天气不好的时候，听到外面轰隆隆的雷雨声，别提多害怕了。”凭祥市气象局副局长蒋艳芳告诉记者。

蒋艳芳的日子也从 2016 年开始转变。

2016 年 7 月，作为全国试点，广西率先开展了地面气象观测无人值守业务改革运行工作。凭祥市气象观测站被遴选为地面气象观测业务无人值守试点站。

“你们看，我们这的观测设备都是双份，可以实现双站采集、双套数据替换，这是实现无人值守的基础。”

据介绍，双站采集、双套数据替换、双线路热备，就是如果业务运行自动气象站出现缺报或‘要素级’缺测，平台系统就能自动获取备用自动气象站实时观测数据，并替换上传，确保观测数据不缺报、漏报，真正实现了地面气象观测无人值守。

据崇左市气象局副局长廖胜石介绍，改革后台站观测业务所需工作时间比以前平均减少46%，台站综合业务人员人数平均减少20%。

据了解，目前广西全区所有国家级台站的业务运行自动气象站和备用自动气象站实现了互为备份运行。同时，改变了以往备用自动气象站观测数据仅保留在台站存储备用现状，业务运行自动气象站观测数据已能同步上传。

2018年，广西提前两年完成了基本实现气象现代化的目标，广西气象现代化水平位居全国中西部前列。2018年广西气象服务总体满意度92.4分，为历年最高。

“从以前的人工观测到自动观测，再到如今的无人值守，地面观测依赖业务人员值守的历史宣告结束。”广西壮族自治区气象局局长钟国平说。

为农业定制气象服务

一走进崇左市龙州县北部湾食用菌产业的大门，就看见一个小型的气象观测站。如今，在广西，气象服务早已不再仅限于“气温冷暖”，而成为众多行业的增收神器。

“2018年的春节期间，气象部门曾提醒我注意‘回南天’，就是在气温极低的情况下突然升温，我根本没当回事。结果有40个大棚里的菌菇开始疯长，至少需要800个工人采摘。可春节期间哪有工人啊，只能眼睁睁地让它坏掉，那年真是损失惨重。”龙州县北部湾现代农业有限公司常务副总陈云鹏说。

一次惨痛的教训之后，气象信息成了陈云鹏必须关注的重要内容，“气象部门发的提示一条都不落下，我们都认真研究，积极应对，从那以后，这种损失也没有过了。”

到了广西，不得不提的还有甘蔗。

作为甘蔗的主要产地之一，近年来，广西围绕甘蔗智能、精准化的生产管理需求，利用甘蔗农业气象自动观测及大数据库，结合甘蔗长势与病虫、灾害评估等遥感解译信息和土壤性状等，构建了基于“互联网 +”的甘蔗智慧气象服务架构，创新性开展了甘蔗生长全过程的智能、精准、分众、融合式服务。

“我们还研发了智能精准监控平台和手机 APP，实现了集成‘土壤墒情实时监测 + 未来天气预报 + 长势 + 地块’等多维度信息的甘蔗水肥一体化智能精准管理，取得了‘气象监测预报信息 + 规模化生产管理 + 生产信息反馈互动’一条链的服务效果。”广西气象科学研究所副所长匡昭敏说。

据测算，年平均每万亩甘蔗可节省成本 270 万元，增加效益 1100 万～2100 万元。该服务模式荣获第一届中国气象局气象服务创新大赛三等奖。

更值得一提的是，广西的甘蔗气象服务还走出国门，开展世界甘蔗主产国蔗糖产量预报，为国家制订食糖价格和进口配额提供科学的决策参考。

（来源：《人民政协报》，2019 年 9 月 26 日，6 版，
作者：王菡娟 曾涛，获 2019 年度全国气象好新闻特别报道奖）

“南疆气象”有点儿甜

阴晴冷暖总关情。气象服务人们生产生活和生命财产安全，历来受到广泛关注和重视。近期，笔者有机会到广西壮族自治区，探访中国南疆边境气象站，实地感受我国气象科技的发展进步。

探访的首站是中国气象局东盟大气探测合作研究中心。一进入中心大厅，就看到大屏幕上滚动着全区各地气象卫星云图和各气象观测系统站点的监控影像，雨量、云层厚度等数据通过图表在综合气象观测系统业务平台上不断更新。广西壮族自治区气象局财务核算中心主任黄岭松介绍说：“2018 年，广西提前两年完成了基本实现气象现代化的目标。目前，全自治区共建成 10 部新一代天气雷达、93 个国家地面气象观测站、2700 多个区域气象站等。研发的广西短时临近预报一体化业务系统，已经实现了逐小时 1 公里网

格预报。”

近年来，随着广西在“一带一路”交会对接重要节点和关键区域的“支点”作用日益明显，广西壮族自治区气象局在中国—东盟框架下向世界打造了一张气象探测的亮丽名片，东盟许多国家纷纷派遣气象学员在广西南宁接受中国专家指导、培训。

今年8—9月，湄公河国家灾害性强对流天气临近预报技术国际培训班在南宁开班。广西壮族自治区气象局气象培训中心副主任龙锦标介绍说，培训班设置有多普勒天气雷达基本回波识别、风云卫星资料在台风和强对流天气监测中的应用和强对流短临预报技术等课程，既安排了装备、技术的培训课程，也有根据东盟各国气象特点的针对性课程，赢得了东盟国家学员的好评。

据悉，2020年，广西壮族自治区气象局将发布《中国—东盟气象发展指数》（以下简称“指数”），评估区域气象合作阶段性成果，推动各国气象装备、站网设施、业务系统、服务产品等气象领域的持续合作。广西气象科学研究所副所长匡昭敏说：“‘指数’以全面客观分析东盟各国政策环境、人文环境、营商环境等为基础，为东盟各国气象部门全面了解区域内气象行业基础设施、仪器装备、观测预测、预警服务现状、气象服务供需状况提供多维度参考。这是‘一带一路’框架下的国际气象合作的创新之举。”

翌日，我们前往探访的第二站广西凭祥市。该市西面和南面与越南接壤，素有“祖国南大门”之称，凭祥气象观测站也被称为“南疆国门气象站”。

无人值守是凭祥气象观测站的一大特色。凭祥市气象局副局长蒋艳芳介绍说，之前，工作人员要到山上每一小时巡查气象观测站仪器一次。近年来，引入无人值守制度和自动观测仪器，工作人员可在城区用远程控制业务机来发报，用自动观测仪器精准测量降水量、温度、湿度、能见度和风速。

2016年，凭祥站开展地面气象观测业务无人值守改革，当年10月，实现异地值守，极大减轻了业务员的劳动强度，使他们有更多精力投入数据分析与预报服务等工作。

甘蔗是广西的特色产业，蔗糖产量约占全国总量的三分之二，为甘蔗种植保驾护航，广西近年来专门设立了“甘蔗气象服务中心”。

“我们建立了不同示范区、种植区及糖厂的微信群，直接发送相关服务产品，开展直通式服务。”匡昭敏介绍，“农业气象观测站的实况数据，包括大风、气温、降水和土壤湿度等都可以在我们中心研发的‘甘蔗气象’手机应用程序中看到，从而实现靶向发送、精准服务。”2017 年 11 月，“甘蔗气象服务中心”在综合分析全国大部分甘蔗产区因受前期日较差偏小的影响之后，给出甘蔗糖分偏低的结论，建议推迟开榨，有效提高了产糖率，保证了蔗糖产量的稳定输出。

2018 年，广西壮族自治区气象局与扶绥县渠黎镇隆地甘蔗专业合作社等共同建立了甘蔗智能精准气象服务的示范基地。扶绥县气象局局长王达说：“示范基地是按照现代农场的标准建造的，种植、收割都实现了机械化。另外，甘蔗地铺设带有小孔的水管，土壤水分达到预值后，甘蔗灌溉用水量智能预报系统就会让水管自动关停。”目前，示范基地面积约 100 亩，2019 年 2 月底组织专家进行测产验收，该示范基地糖料蔗单产达 8.5 吨 / 亩，蔗糖分比该市同时期同类品种高出 0.5 个百分点，经测算每万亩甘蔗可节约成本约 270 万元、增效约 2020 万元。

（来源：《人民日报海外版》，2019 年 12 月 23 日，9 版，作者：刘阳）

广西创新气象服务，助力“一带一路”

中越边境，界碑 1117 号旁。顺着界碑，向广西凭祥友谊关口岸方向望去，八个大字在绿树的衬托下跃入眼帘：一带一路，共享未来。

广西是中国唯一与东盟国家海陆相连的地区。广西壮族自治区气象局局长钟国平表示，把握区位优势，充分发挥处在“一带一路”交汇对接重要节点和关键区域“支点”优势，服务国家发展、创新气象服务，应成为广西气象工作的重中之重。

广西凭祥市，素有“祖国南大门”之称。2016 年 7 月，这个占地 10 亩的边境气象观测站成为全国首批开展地面气象观测无人值守业务试点的台站之一。

据崇左市气象局副局长廖胜石介绍，自地面气象观测无人值守业务试点以来，气象局站分离，观测站所有设备均“双站”采集、“双套数据”替换、“双线路”热备，若有一台设备无法正常运转，备份机器就会开始工作，确保观测的连续性和准确性，这样既大大解放了人力，同时还提升了观测质量。

凭祥市气象局退休职工廖丽光回顾自己从业34年来气象技术的变革发展，难掩激动之情。“1979年我刚参加工作，要到观测站一边发报一边观测，那时候都是手写记录数据，不像现在，都不用到观测现场就能精准记录数据并及时发报。”

作为边境气象台站，气象观测业务不再局限于传统的预报、预警等服务。凭祥市气象局局长蒋洪涛告诉记者，目前凭祥市气象局还会为友谊关口岸提供一些边贸旅游方面的气象服务。据介绍，近年来以凭祥市气象局为代表的广西边境气象台站纷纷通过自动气象站、显示屏和预警大喇叭等方式拓宽气象服务渠道，增设边贸旅游、物流仓储、边境防灾减灾等创新气象服务。

“这次培训太棒了！我在数据分析和天气预报技术方面收获颇多。”这是一位印度尼西亚气象预报员今年8月底参加湄公河国家灾害性强对流天气临近预报技术国际培训班的感言。

自2016年9月首届中国—东盟气象论坛在南宁举办以来，像这样的培训班，广西壮族自治区气象局已经组织了3次。

目前，两年一届的中国—东盟气象合作论坛已成为“一带一路”建设框架下加强气象领域交流与合作的平台。

广西气象职工正用自己的专业和坚守为中国—东盟区域气象合作添动力。

（来源：《工人日报》，2019年11月16日，2版，
作者：李逸萌 曾涛 黄姿娜）

广西气象“支点”撬动国际合作
创新服务“一带一路”建设

中国—东盟建立战略伙伴关系以来，互利合作硕果累累，气象领域的交流与合作也取得了丰富成果。广西与东盟山水相连，与东盟各国气象部门在天气

气候监测、气象资料和信息交换、气象技术和装备进出口、人员和专家交流等方面的合作日益频繁，气象对外交流成为撬动区域合作的“支点”。

深化中国和东盟各国气象防灾减灾领域的沟通，建立气象灾害的监测及联防机制，对提高区域内各国气象防灾减灾能力，服务国家“一带一路”建设意义重大。近年来，广西壮族自治区气象局加强“一带一路”建设框架下的气象领域交流与合作，通过在南宁举办好中国—东盟博览会框架下的气象合作论坛，不断推动中国与越南、中国与印尼等双边交流活动。

2016 年举行的首届中国—东盟气象合作论坛通过了《中国—东盟国家气象合作南宁倡议》(以下简称《南宁倡议》)。根据倡议，中国与东盟国家将在区域气象合作机制建设、气象观测，气象灾害联防、业务技术交流、气候服务和农业气象服务、气象仪器标定、气象培训、航空气象等方面加强合作。

《南宁倡议》为中国与东盟国家区域气象合作打开了一扇门：中国气象局东盟大气探测合作研究中心在南宁落成，中国气象局自主研发的气象信息综合分析和处理系统已在亚洲 20 多个国家和地区落户，面向东盟国家开展的灾害性强对流天气临近预报技术培训班在南宁开班。在中国的支持下，缅甸气象部门数值预报模式产品的分辨率达到 9 公里，中越建立灾害天气联合会商机制，中国气象局向老挝捐赠了气象视频演播系统，中国与马来西亚开展人工影响天气技术交流。

同时，广西壮族自治区气象局借助中国—东盟气象合作论坛的平台桥梁作用，深入了解东盟各国在气象服务产业等方面的实际需求，切实解决供需双方对接的热点、痛点问题，创新气象国际合作新思维、新举措、新产品，拓展气象服务市场，加快《南宁倡议》九大措施的落实。

广西壮族自治区气象局相关负责人介绍，在近三年的详尽调研中发现，中国与东盟气象领域的合作虽然取得一定成效，但因为东盟各国气象科技和制造业水平参差不齐，气象仪器装备标准不一，气象行业管理体系标准化、规范化建设水平差异大，专业技术人员体系建设完备程度差异较大，不仅影响各国气象预测、预报、预警能力，由于气象观测资料的完整性、准确性、时效性不一，也掣肘了国际气象合作的深入推进。

广西壮族自治区气象局提出，将积极通过“请进来、走出去”的双向交流活动，深入了解东盟各国在气象服务产业等各方面的实际需求，切实解决双方对接的盲区、误区等问题，创新气象国际合作新思路、新举措、新模式，拓展气象服务市场。

广西壮族自治区气象局还将采取资源互补、强强联手的方式，通过与第三方权威机构合作，整合多方数据资源、平台优势、传播渠道，为促进区域内国际气象合作提供指数化信息支撑。

气象指数化信息支撑服务将根据中国与东盟各国官方公布的数据，在全面客观分析东盟各国政策环境、人文环境、营商环境等因素的基础上，对中国和东盟各国气象基础设施、仪器装备、技术服务水平、防灾减灾能力、气象服务市场需求等进行综合评估，据此提供高密度、易传播、易认知的指数化信息服务，为各国气象部门全面了解区域内气象发展现状提供多维度参考，为解决相关问题提供思路。

广西壮族自治区气象局局长钟国平表示，广西将积极通过依托大数据建设中国—东盟气象发展指数等标杆性项目，助推区域国际合作、实现共赢发展，促进《南宁倡议》愿景的实现，助力推动建立更为紧密的中国—东盟命运共同体。

（来源：中新社，2019年10月9日，作者：曾涛 黄姿娜）

广西：部署2020年重点工作　全方位做好服务

1月19日，2020年广西壮族自治区气象局长会议在南宁召开，会议提出2020年工作具体要求：一是以习近平总书记重要指示精神为指引，科学谋划广西气象事业发展；二是充分发挥气象防灾减灾第一道防线作用，做好全方位气象保障；三是全面推进生态文明气象保障，助力“美丽广西”建设；四是加快建设现代气象为农服务体系，助推乡村振兴和决胜脱贫攻坚；五是持续提升气象现代化水平；六是加快科技创新和人才队伍建设；七是全面推动广西气象重点改革；八是深化全方位开放合作；九是提升科学管理效能。

（来源：中国气象局网站，2020年1月20日，作者：韩嘉乐 蔡雨容）

拔起贫穷根　敲开致富门

一栋栋民房青砖碧瓦，一条条小路绿树成荫，一片片山头硕果累累……近年来，广西壮族自治区气象局聚焦脱贫攻坚，选派扶贫干部，助力防城港市上思县排柳村、渠坤村、那工村、有生村等脱贫摘帽，通过改造基础设施、推动产业发展、营造党建氛围等措施，唤醒大山深处“沉睡”的资源，疏通村屯“毛细血管”，实现贫困村从“输血”到“造血”的成功转变。

橙满枝头笑满园

排柳村作为自治区防雷中心定点帮扶的贫困村，气象科技为红香橙种植产业注入高效发展的润滑剂。

村里的脱贫户磨宝玉喜欢开着拖拉机在红香橙果园里转悠。脱贫以前住在木板房的他，在驻村第一书记朱辛华和村干部的带动下，靠种植红香橙实现脱贫摘帽，如今已经住进了两层的“水果楼”。脱贫后的磨宝玉积极带动其他贫困户脱贫增收，成为村里的致富带头人之一。

为了推动红香橙产业提质增效，朱辛华为红香橙申报了“无公害农产品”标识，并联系农业专家来村里授课，组织果农外出考察学习，将先进的管理技术和经营理念带到排柳村。

朱辛华还争取了500余万元项目资金，改善村里的基础设施，围绕示范园硬化产业道路7.9公里，修建小型水利灌溉设施4处。建立党员中心户责任片区联系机制，为贫困户“传帮带富”，构建起村集体经济与红香橙产业的利益联结，实现集体经济收入连年翻番。

如今，排柳村红香橙种植面积从2014年的1000多亩增至4800亩，成为该村特色优势产业，84户贫困户里有39户通过红香橙产业实现脱贫。

大山里的“香乡公主”

在去往南屏瑶族乡渠坤村的路上，只见连绵起伏的山岭，满山绿油油的八角树。村里的八角烘干生产基地，一股香味扑鼻而来。

南屏瑶族乡盛产的八角品质优良，具有果红粒大，色泽鲜、肉质厚、香味浓、含油率高等特点，在区内具有较高的知名度。

“这里是八角中转基地，也是未来八角烘干加工基地，全乡的八角都会陆陆续续汇总到这里进行深加工，再往外运输。”自治区气象服务中心驻渠坤村第一书记吴天明说。

"从前，南屏瑶族乡的种植户在进行八角加工时，都是自然通风干，生产能力和效率都很低下。"吴天明说。

2018 年 3 月，吴天明来到渠坤村当驻村第一书记，他将自治区气象局援建该村的 33.5 万元资金用于建设农产品加工厂，与南宁科索科技有限责任公司合作发展八角烘干加工。为了打开八角销售市场，吴天明结合自然资源优势，利用当地特色产业八角做"香"文章，打造"香乡公主"品牌，提出发展"香乡小镇"农文旅综合体的发展思路。2018 年，吴天明团队的"香乡公主"八角加工项目在防城港市青年电子商务创业创新大赛创意初创组中荣获二等奖。

目前，村里绝大多数农户都种有八角，子女读书、建房子的资金都靠销售八角所得。八角已成为深山瑶寨的"摇钱树"。满山的八角经过这几年的管护，有了回报，真正成为群众的"绿色银行"。

除了带领村民种植八角和优化八角加工之外，吴天明还推动村里建设木片加工厂和山油茶种植基地。从 2019 年 5 月营业起，木片加工厂每年可处理加工树枝柴火 1.5 万吨，现在已建成"扶贫车间"，为贫困户安排了 8 个就业岗位。

这种立足村情的定位，以产业带动脱贫的模式让渠坤村 2019 年度集体经济收入达 16 万多元，比他刚驻村时翻了 5 倍。

红手印留下彭书记

在有生村，登高望远，收入眼帘的是一望无垠绿油油的蔗海。

2018 年 1 月的一天，自治区气象局收到一封印着密密麻麻红手印的"请留书"。这封"请留书"来自有生村，村民希望他们的第一书记彭宇留任。

"有生村是我的第二故乡，乡亲们就是我的亲人，如果组织允许，我愿意带领大家继续干。"就这样，彭宇在有生村一干就是四年多。

甘蔗是有生村的支柱产业，但品种已老化退化、含糖率低、产量不高，乡亲们对新品种又持怀疑态度，不敢试种。

2015 年 10 月，刚驻村的彭宇，第一件事就是考虑如何继续做强做大甘蔗产业。

“眼见为实、耳听为虚”是村民的信条。“如果有人试种成功，不用动员，他们也会主动跟上。”在彭宇鼓励下，村“两委”干部和部分党员率先种植高产高糖高效的甘蔗品种“台糖136”和“台糖42”。

通过科学管理，新品种长势良好，获得丰收。看到可观的收益，村民们纷纷加入种植新品种的行列。

彭宇还经常邀请甘蔗种植专家到田间地头，给蔗农讲解深耕、浅种、宽行、密植、施足基肥等科学种植方法。如今，有生村甘蔗亩产量由原来的4吨左右达到7吨。2019年有生村仅靠甘蔗种植使全村人均收入达到9800元，比2015年增收了6300多元。

单靠种甘蔗远远满足不了有生村群众致富的愿望。彭宇还带领村民种植台湾凤梨和莲雾，引进企业投资100多万元发展产业，采取农企合作新模式，依靠大企业打开新市场，种植户增收6000多元。村民发展产业的热情空前高涨，目前种植面积200多亩。如今，凤梨已经成为有生村的特色产业，该村是全县凤梨的示范基地。

在驻村4年里，彭宇用他的一颗扶贫心和一腔的扶贫情，交出了一份满意的答卷。2019年，有生村人均收入达到13860元，贫困户全部脱贫。2019年，彭宇被自治区评为“全区脱贫攻坚优秀第一书记”。

驻村就是为群众解决实际问题

上思县城西南方向52公里，十万大山北麓，渠坤村就坐落在这里。这里人均耕地仅0.74亩，在这样一个基础设施建设相对落后的地方，自治区人工影响天气办公室扶贫工作队员张印柒与第一书记吴天明一起，带领全村走出了一条平凡但不普通的脱贫攻坚之路。

“我们来驻村就是来给老百姓解决实际问题的。”张印柒说。2018年9月，受台风“山竹”影响，渠坤村连降暴雨，枯潭屯抽水房、水泵被洪水冲毁，造成群众饮水困难。张印柒紧急协调后盾单位支援5000元用于维修抽水房和设备，迅速解决了群众的饮水问题。

驻村近两年来，张印柒和吴天明先后通过争取经费和项目带动，完成了2300米的道路建设，安装太阳能路灯120盏，覆盖11个屯主要道路和村民聚集区域，方便村民的生产和生活。“基础设施改善了，人民的幸福指数提高了，群众的笑脸更多了。”张印柒说。

以先富带动后富，是改革开放的重要举措，也是脱贫攻坚的重要方法。如今，在张印柒的帮助下，村里致富能手李仁谊的养猪场成了群众参观学习的“网红”景点。

通过张印柒和村党总支的动员，李仁谊递交了入党申请书。他把自己的养猪技术向村民倾囊相授。仅 2019 年，渠坤村养猪户就增加了 14 户。同时，养鸡、养鸭、养牛、养蜂等原来没有形成规模的产业，也初显规模。

驻村近两年来，张印柒行程 4 万余公里，走到哪里，都有村民笑脸相迎，邀请到家里坐坐，拉拉家常。驻村扶贫工作满意度达到百分之百，驻村工作队用党建带动脱贫，引领山村走出贫困，给群众的生活带来了新的希望。

2019 年底，渠坤村贫困发生率从 2017 年底的 11.4% 降至 0.17%，即将在今年实现整村脱贫摘帽，如期完成脱贫攻坚任务，为乡村振兴打好基础。

（来源：《中国气象报》，2020 年 3 月 5 日，4 版，作者：韩嘉乐 孔毅民，广西壮族自治区气象装备中心、机关服务中心、人工影响天气办公室、防雷中心对本文有贡献）

减负担　提速度　增效力

——广西气象部门地面观测自动化改革纪实

“这个站距离市区比较远，但又不能不来。有时晚上值班碰到天气不好的时候，听到外面轰隆隆的雷雨声，别提多害怕了。”广西壮族自治区凭祥市气象局副局长蒋艳芳说。

凭祥市国家气象观测站在距离市区较远的山上，人迹罕至。值守环境的窘迫与繁杂耗时的观测矛盾日益凸显。

这样的情况，从 2016 年开始有了转变。当年 7 月，按照“自动化、集约化、信息化”的发展思路，广西选取了来宾等 6 个地面气象观测站作为试点台站开展无人值守业务改革运行，业务人员可在气象局进行异地值班，无须每天都值守在观测站。

自治区气象局通过融入大数据技术，研发了台站级设备监控系统和无人值守监控平台，将观测设备运行和观测数据传输监控端前移，实现对观测设备运行、观测数据传输和供电系统的监控时限由小时级提升为分钟级。同时，将观测设备运行和观测数据传输状态数据汇集至自治区级业务单位进行管理，重构业务流程。2017年7月，在试点成功的基础上，广西所有国家级地面气象观测站均按照上述模式开展工作。根据统计结果，该阶段各项业务质量保持稳定。

作为7个试点省份之一，广西在无人值守的基础上，自2018年11月15日起，全区开展地面气象观测自动化改革试点运行工作。自动化改革试点运行期间，取消了低云量等部分观测项目，取消了编发重要天气报、部分人工数据质量控制任务，进一步减少了台站人员的工作量。

2019年6月15日起，广西的地面气象观测结束了试点运行阶段，进入了改革试运行阶段。在试运行期间，广西以地面气象观测改革试点运行业务改革成果为基础，通过取消雨凇等多个项目的人工观测任务以及每天3次的定时观测任务等措施，多个原来依靠人工观测的项目实现了自动化观测，较明显地减轻了台站观测工作压力。

“业务人员现在每个星期只需固定一次到这里巡视和维护设备。”蒋艳芳笑着说道。

如今的观测场，一派安静祥和。这里鸟语花香，郁郁葱葱，四周的灌木结满了小红果。“双站采集、双套数据替换、双线路热备份，确保观测数据不缺报、不漏报。”崇左市气象局副局长廖胜石介绍。

目前，经技术改造和升级，全区91个地面气象观测站双套自动气象站互为备份运行，一旦业务运行自动气象站发生故障，备用自动气象站的小时数据可无缝隙进行替换，观测设备运行保障应急能力得到有效加强，同时大大减轻抢修观测设备的时间压力。“自动化改革试运行开展后，基准站、基本站地面观测业务所需工作时间比以前平均减少了10%。”廖胜石说。

自治区气象局还进一步完善台站级观测设备监控系统等业务平台，使各项业务监控手段更加智能化，在自动化改革试运行中更好地发挥效益。同时，修订和完善了相关业务规定和制度，调整了相关的岗位职责，地面观测业务系统运行监控以自治区级业务单位为主，市级和台站级为辅，从而无须台站人员值守监控。

“调整后，自治区气象局将设备运行、数据采集、数据处理、数据传输监控和数据质控等业务工作整合到自治区气象信息中心和气象技术装备中心负责。”自治区气象局观测与网络处副处长李静锋介绍。总云量等十多个观测项目将调整到国家级气象业务单位，通过多源数据综合判识等技术手段逐步实现自动化观测，既发挥了自治区级和国家级业务人员的技术优势，又为预报服务提供了频次更密、时效更高的数据支撑，实现了业务运行的高效率。

自动化改革试运行工作还推进了标准格式数据业务运行。各台站标准格式数据实现分钟级传输，自治区级台站完成标准格式数据接收、入库和共享工作，为预报服务提供无缝隙实时数据奠定了基础。自动化改革试运行工作开展以来，观测数据质量稳定，设备运行状况良好，各项业务指标保持高水平运行。据统计，2020 年 2 月地面气象观测数据到报率为 99.99%，数据可用率为 99.99%，设备稳定运行率为 100%。

从 4 月 1 日起，全国地面气象观测正式进入自动化业务运行阶段。广西将在现有基础上优化观测项目和改进观测方式，取消观测站日常守班、报文编发、人工观测，将数据质量控制工作从台站上移至省级业务单位，绝大部分的观测数据通过仪器自动观测或国家级综合判识数据的方式获得。台站的工作仅剩下定期开展仪器设备的运行保障和维护、探测环境的监控、业务技术档案和气候资料的管理，做好预警信息的相应处置以及特定情况下开展应急观测工作等。

业务的再次调整，将实现地面气象观测真正意义上的自动化、无人化。“从 20 世纪完全依靠人工观测的年代到现在的观测自动化，地面气象观测的方式和手段有了非常大的改变，获取到观测数据的量有了指数级的增长，无缝隙的实时数据为预报服务的顺利开展提供坚实的基础。”自治区气象局局长钟国平说。

（来源：《中国气象报》，2020 年 3 月 30 日，3 版，作者：韩嘉乐 黎锦雷）

科学防控不松劲　复工复产增实效

疫情面前，坚守是责任，逆行是勇气。在新冠肺炎疫情防控的关键时刻，广西壮族自治区气象部门各级党组织和广大党员干部守初心担使命，统筹做好自身防护和防疫气象服务，多举措推进复工复产。

携手而战 坚决打赢防疫阻击战

自疫情发生以来，自治区气象局要求各级气象部门发挥基层党组织战斗堡垒作用和广大党员干部先锋模范作用，强化值班值守，把全力做好打赢疫情防控阻击战气象保障服务和部门疫情防控作为当前的重大政治任务，作为践行初心使命、体现责任担当的试金石和磨刀石。

“在疫情面前，作为党员，我们不能退缩，要为防疫做一些力所能及的事。”这是1月30日，桂林市气象局组织党员志愿者递交的“请战书”，之后他们就奔赴社区协助开展疫情防控工作。而这只是广西气象部门党员志愿者奔向战“疫”前线的一个缩影。

由党员带头，一张疫情阻击战“网”迅速铺陈开来——各生活小区、办公区门口加强监控，严格控制外来人员及车辆；加强人员摸底排查，每天电话联系询问跟踪掌握情况；党员带头对生活区内遛狗、清运生活垃圾及消毒等进行监督检查。

“柘村的父老乡亲们，大家过年好，我们是桂林荔浦市气象局的党员志愿者……”听到熟悉的开头，柘村人就知道，荔浦市气象局党支部的党员又在通过移动大喇叭，用土话方言向他们做防疫科普。该村地处偏远、通信设备落后，村民科学防范意识普遍不强。但经过党员志愿者们一次次“喊话”，村民们认识到了此次疫情的严重性，纷纷表示马上回家，少串门、不聚集。志愿者还给他们每人送上一份疫情防控科普知识手册。

为确保大喇叭高效传播，贺州等市气象局加班加点维护维修气象预警大喇叭，确保农村疫情防控宣传能够高频次播发，解决预警信息“最后一公里”问题。同时，广泛通过电视、网站、微博、微信、抖音等媒体渠道开展疫情防控宣传。

及时精准 积极助力复工复产

当前，正值甘蔗砍收入榨关键期，广西作为我国糖料蔗种植面积最大的地区，抢抓春植蔗的气候适宜种植期“知天而作”十分必要。

受疫情影响，当地复工复产人员紧张，更要科学统筹加快推进甘蔗种植生产全流程机械化。为此，自治区气象局依托甘蔗气象服务中心，自主研发了甘蔗机械化收割的天气指数模型。该模型接入覆盖甘蔗主产区的甘蔗智慧气象业务服务平台，可依据当前土壤湿度、未来10天的雨天情况及雨量信息等资料，自动生成广西甘蔗机械收割天气指数分布图，让各地未来10天机械化收割作业的适宜性一目了然。

“这样的气象服务十分及时，气象信息数据对机械化推广提供了有力支持！”广西农业科学院甘蔗研究所副所长王维赞感叹道。

目前，该模型产品已在全区各类决策服务材料中应用。广西南宁东亚糖业集团、广西农垦糖业集团股份有限公司、来宾东糖集团有限公司等制糖企业据此制定了科学砍收入榨及春植蔗种植计划。

不仅于此，人工增雨防雹作业持续为助力复工复产保驾护航。受旱情影响的各地区抓住寒潮天气时机，积极组织开展人工增雨作业。得益于“及时雨”，干旱情况有所缓解，全区玉米、大豆、水稻等春播生产全面开展，且今年春耕步伐速度加快。截至3月29日，全区抓住有利时机成功组织实施飞机人工增雨作业18架次，飞行70余小时，作业里程逾15000公里；协调指挥全区13个市的62个县（市、区）开展火箭人工增雨防雹作业305次，防雹保护区近4000平方公里，经过作业，防雹保护区内减轻或消除了冰雹灾害，为春播春种及人民生命财产安全撑起“保护伞”。

（来源：《中国气象报》，2020年4月3日，2版，

作者：韩嘉乐 张薇 唐莉梅 李会玲 莫惠晴）

端午的雨

南方的端午节前后一般会下雨，不知是龙舟需要波浪，还是鼓声搅动了云霄。端午的雨，恣意地下，不见雨影，唯有雨声。没有春季细雨垂帘的缠绵悠长，也没有冷露无声湿桂花的清凉孤寂，有的是肆意张扬。暴雨越过闪电和雷鸣，从苍茫的穹宇砸下，携着雄壮的怒号，肆意地冲刷，打落那些枯萎的花、早衰的黄叶和羸弱的果实，让尘土归于大地，让天空更蓝，让收获的喜悦更加无瑕。

端午的雨是力量。往往是一场猛烈的暴风雨，刚劲有力，摇落尘世的喧嚣，黏稠的汗滴和那些浓浓暑意。那些泼洒下的雨水汇在一起，掀起万丈波澜。犹记得小时候去看划龙舟，在浑黄的江面上，锣鼓喧天响，号子声声急，划龙舟的人整齐划一地划桨，个个奋勇争先；围观者看得血脉偾张，呐喊声、助威声震耳欲聋。赛罢龙舟，大家伙儿聚在一块儿大碗吃肉、喝酒，不论输赢。但是，端午的雨总是让人不省心，每次暴雨都会让河边人家夜不能寐、胆战心惊。这时的江河一改昔日温驯的模样，变为发狂的巨人，破坏力惊人，往往导致墙倒屋塌，牲畜失踪，庄稼被毁，人财两空。家乡湘中一带将涨洪水称为“发大水”。每次“发大水”，我们一帮小孩就会打着伞跑到河边看“风景”，眼见房梁、衣物在水中打漂，猪、鸡在水里随波逐流。那份对自然的敬畏，对生命脆弱的悸动，从幼时起就一直留存心底。

这些年，在广西从事气象宣传工作，感受到端午雨的另外一种力量。地处华南的广西，端午前后下雨比家乡更为频繁、猛烈，这里有“龙舟水”的说法。每逢“龙舟水”将至，天气会商室里总会聚集一群最关心雨情的人，分析云图、制作天气预报、发布气象预警……熬夜、加班是家常便饭。这分明是一种不分昼夜、只认冷暖晴雨的力量，道是职业使然，更是责任担当。

端午的雨是温暖。家乡的端午节风俗有点特别，五月初五为小端午，五月十五为大端午。粽子是大、小端午节的主角，记得小时候我家从不包粽子，却总有吃不完的粽子。因为家乡有每逢端午节给亲友师长送粽子的传统，而母亲是一名教师，教学风格风趣幽默，很受家长和学生的喜欢，所以她的讲台上堆积的粽子层层叠叠如小山。在母亲的微笑注视下，我和哥哥总是边吃着各家不同风味的粽子，边进行品鉴。其实家乡的粽子做法特别简单，先用棕叶把浸过的糯米包成锥角形，再加灰碱水煮熟，不加任何馅料，只有个别人家在糯米里掺以红豆、绿豆罢了。小巧的糯米粽，能够放在手掌中，包裹在手心里。所有的粽子大小相同，十几个系在一起串成风铃状，像是艺术品。剥开粽子，晶莹剔透，碧绿的粽叶，碱水煮过的呈淡黄色的糯米，蘸白糖或红糖，色香味俱佳。按照家乡风俗，女婿要送粽子至丈人家，所以端午节总是各个家庭的大团聚。出嫁在外的闺女，往往回娘家向亲人奉送上自已亲手喂大的鸡鸭、亲手腌的咸鸭蛋和自家地里亲手种出来的头茬的青椒、茄子。这是她们感到特别自豪的事情。去外婆家的路上，有一段泥路，一到下雨天就积满淤泥。每次途经那儿我总会跌跤，这时哥哥的戏谑声、父母的笑骂声就会响起，合着丝丝雨水，那雨幕下的记忆从此珍藏心底、温暖余生。

端午的雨是绵延。因为住着楼房，只好在门把手上插上一把被雨水打湿了的艾蒿，妻子又煮开了一锅艾蒿水呼儿唤女去淋浴，香气四溢，已经淡了的节日气氛又浓烈了起来。我觉得，端午如同一本泛黄的书，翻得已经卷了边儿，破了沿儿，但是不管岁月的风雨如何漂洗，书中的内容总是粽子、艾草、菖蒲，还有屈原的故事。端午的雨，也是滴落千古的弦音，以鲜活的姿态去祭奠那些泛黄的岁月。一年复一年，在端午的雨中，鼓声悦耳，龙舟竞发，都绵延成幽幽情结，在家乡的粽子里黏着，在艾蒿里香着，在泛黄的岁月里撕扯着，如何能扯得断呢？有人说，传统的节日在酒肉的迷香里有些淡淡的凉意，端午节已萎缩成了乏味的糯米团。但是，绵长的端午，穿过厚重的雨帘，那种感觉已刻入骨子里，不论何时都是那么滚烫，那么撞击人的胸怀；一片苇叶，青而变黄，包裹的是千年的敬重；糯米的黏度让不老的传说，凝结成坚固的记忆。愿你我在这古老的节日里得以回归，领悟生命的真谛，让人生过得更加充实一些。

五月天，龙舟水，时而下雨，时而天晴，很潮湿，很闷热。儿子举着个粽子到处跑，不知在他成长后的记忆里，可会记得端午节下过的雨？

（来源：《中国气象报》，2020 年 6 月 9 日，4 版，

作者：曾涛，获中国气象报社第 31 届好新闻三等奖）

坚持人民至上　确保汛期气象服务万无一失

汛期气象服务是全国气象部门年年都要面对的一项大考。今年是全面建成小康社会和“十三五”规划收官之年，也是脱贫攻坚战决胜之年，在新冠肺炎疫情等因素的叠加影响下，今年的汛期气象服务情况更复杂、形势更严峻、任务更艰巨。

气象工作事关人民群众生命财产安全，事关经济社会发展大局，党和国家对气象工作的期望和要求催人进取：习近平总书记要求发挥气象防灾减灾第一道防线作用；今年的政府工作报告明确要求做好气象服务，提高应急救援和防灾减灾能力。

近期，南方遭遇入汛以来最强降雨，北方经历大范围高温天气，长江中下游地区入梅较常年偏早……今年天气气候的极端性、复杂性初步显现，防汛减灾形势日趋严峻，汛期气象服务“大考”已然进入关键时刻。

中国气象局深入学习贯彻习近平总书记重要指示精神和全国两会精神，6月9日再次召开全国汛期气象服务再动员再部署电视电话会议，进一步强调要以更加强烈的风险意识、更加坚定的责任担当、更加有效的措施方法，毫不松懈抓细抓实各项工作，为汛期气象服务按下了“加速键”。

深刻把握时与势，把使命担当内化于心、外化于行。天气气候形势复杂多变，不变的是气象人的职责与担当。面对自然灾害多发频发重发的趋势，我们更要绷紧防灾减灾之弦，强化风险意识和底线思维，做到守土有责、守土尽责，充分发挥党组织的战斗堡垒作用和党员的先锋模范作用。要充分认识做好今年汛期气象服务的极端重要性，跟上中央要求，对标人民需求，时刻保持越是艰难越向前的斗争精神和奋发有为的战斗状态，做好打硬仗、打持久战、打综合战的准备。要直面气象服务工作中存在的风险和问题，找差距、补短板、强弱项，警惕和防范天气气候的“灰犀牛”和“黑天鹅”事件。要牢牢把握气象工作关系生命安全、生产发展、生活富裕、生态良好的战略定位，切实将“监测精密、预报精准、服务精细”任务落到实处，以汛期气象服务成效践行“人民至上、生命至上”的承诺。

坚持每一次天气过程不放过，在“早、准、快”上下功夫。自然灾害的防、抗、救，与气象条件密切相关，气象工作处于灾害防治链的第一环，推进气象防灾减灾能力建设，发挥气象防灾减灾第一道防线作用，是新时代气象工作的重中之重。要拧紧“早”字发条，将关口前移、重心下移，对灾害性天气早发现、早预报、早预警，向各级党委政府和相关部门早通报、早提醒。要把握“准”字核心，以现代科技为“引擎”，发挥研究型业务和科技创新成果“利器”作用，提升长、中、短期以及短时临近预报的精准度。要打牢“快”字桩基，完善突发事件预警信息发布系统和预警信息发布机制，通过“自己发、部门转、媒体播”三条战线同步发力，提高预警信息发布时效性，扩大覆盖面。

增强服务针对性，于细微处用功，在关键处着力。今年，气象防灾减灾领域的试点建设任务正在大力推进，各级气象部门要铆定目标任务，狠下“绣花”功夫，统筹做好气象服务各项工作。要结合当下形势和要求，找准做好“六稳”“六保”工作的切入点，做好重点流域防汛、山洪地质灾害和城市内涝防灾减灾气象服务，全力以赴保障粮食安全。要加强部门合作，内外兼修，形成环环相扣的主体责任链条，打通应急联动“中梗阻”，不断强化面向防灾减灾决策指挥和应急管理的支撑保障。

一分部署，九分落实。广大气象干部职工要积极主动作为，以科学的态度、担当的精神、严谨的作风、扎实的工作，筑牢气象防灾减灾第一道防线，守护好人民群众生命财产安全，确保汛期气象服务万无一失。

（来源：《中国气象报》，2020 年 6 月 10 日，1 版，作者：黄姿娜）

凌晨预警　为 591 人搭建生命通道

——广西抗击强降雨天气一线见闻

“大家吃完饭后，记得把碗筷收拾好，做好清洁卫生！”6 月 9 日中午，在广西壮族自治区荔浦市马岭鼓寨景区游客接待中心，马岭镇同善村支部书记韦茂永用沙哑的声音一遍遍提示大家。

在此用餐的不是游客，而是同善村潘厂屯的村民。两天前，一场范围广、强度大、持续时间长的强降雨袭击荔浦市，导致河水上涨、山体滑坡，村民提前转移后，大部分房屋被泥石流冲垮或淹没。也正因此，马岭鼓寨景区被设为临时安置点。

果断转移 气象信息员连接前后端

"活了这么大岁数，从来没见过也没听说过这么大的雨！"年近百岁的村民韦家福不停地摆动着颤抖的手。

6月7日5时，天色昏暗，滂沱大雨的嘈杂声惊醒了睡梦中的韦茂永："这么大的雨声，感觉不对劲儿。"

韦茂永不仅是村支书，还是气象信息员，多次参加气象培训、应急演练的经验，加上几天来连续收到气象预警信息，让他察觉到："这次暴雨不简单。"

顾不上洗漱，他起身拿起手电筒冲出门察看雨情。

"不好！河水涨起来了！"门外的河水流速飞快，把超警水位报警器冲毁了。

"荔浦市气象局发布暴雨红色预警信号！"6时25分，韦茂永收到气象部门发出的预警短信。"下大雨了，赶紧叫醒村民，做好转移准备！"紧接着，马岭镇政府的值班员打来电话。

韦茂永立即返回家中电话通知村干部，以河道为分界线，大家分头敲响锣鼓，挨家挨户叫醒村民。

很快，潘厂屯的村民都动起来了。大家快速收拾东西，按照事先演练的路线，往离家最近的高处安置点跑。

"荔浦市气象局提升重大气象灾害（暴雨）Ⅲ级应急响应为Ⅱ级应急响应。"7时20分，韦茂永再次收到短信。

"大家互相照顾，看好老人和小孩！"韦茂永在大雨中高喊。村里的年轻人将老人和小孩背到安置点。

山上的一些泥土和碎石已经开始滑落，但雨势并未减小。村民在临时安置点不能长期逗留，需要再次转移。

根据气象预报预警信息，9时30分，荔浦市自然资源局联合气象局发布地质灾害气象风险橙色预警，并及时向全市各乡镇负责人、地质灾害隐患点监测人发布预警通知。政府开始组织再次转移。

10 时，救援队伍到达潘厂屯。由于道路已被雨水淹没，前来救援的车队无法辨别道路方向，韦茂永立即组织村干部和部分村民在道路两旁手拉手，指引出一条路来，就这样一路把车队送到了地势较高的空旷地带。随后，救援队伍利用汽车、冲锋舟等工具，将全村 100 多户 591 人安全转移到马岭鼓寨景区安置点，无人因灾伤亡。

“一线 + 联动”筑牢防御体系

13 时，雨势减弱，尽管转移工作已接近尾声，但韦茂永仍然在挨家挨户地排查，确保无人滞留家中。

途中，韦茂永发现 60 多岁的韦建杰返回家中搬运木材。“阿伯，别管了！快跟我走，雨还要继续下，您家后面的山体快要‘扛不住’了！”心急如焚的韦茂永连扯带拽把韦建杰拉出家门。

刚离开不到五分钟，韦建杰家屋后山体发生滑坡，泥石流把屋后的几棵树木连根拔起后，瞬间灌入房间冲出道路。

紧急撤离，韦茂永为何如此果断迅速？这底气来自连日来广西气象部门的严阵以待和精准预警。

事实上，荔浦市这场暴雨酝酿已久。自 5 月 29 日以来，广西共出现了 4 次区域性暴雨过程，持续十余天，落区主要集中在桂北，雨区高度重叠，致灾风险极高，而荔浦恰好在暴雨“锁定”范围中。

以落实重大气象信息报告党政主要负责人规定以及防汛抢险救灾“一线工作法”为抓手，广西气象部门深度融入防汛指挥体系，充分发挥气象信息“发令枪”的作用。6 月 2 日，自治区气象局连续发出多份重大气象专报、气象服务信息，提示做好洪涝、城乡积涝以及山洪地质灾害等防范工作，同时加强江河湖库汛情监测，做好水库、尾矿库排险及复工复产复学气象保障服务。

“过程长、系统变化快，各数值产品对天气预报结论不一致。”尽管有着丰富的预报经验，桂林市气象台台长李向红还是头一次碰到这样严峻的形势。

针对预报难点，广西气象部门从上到下制定了精细化预警信息服务细则和 3 小时滚动预报服务工作流程。

在桂林，暴雨预警实现了未来 3 小时预警区域精准到乡镇级别，雨量预报精细到毫米，为防汛抢险救灾“一线工作法”提供决策依据。

定时、定量、定点预报，是预报成功的关键，更是各方的需求。“现在我们都能提前收到预警短信，提早获知雨量和降雨范围，这为开展防范应对工作提供了方向性的指导。”韦茂永说。

防御效益的取得，关键在于防灾减灾合力的形成。今年，自治区气象局与自治区自然资源厅联合印发进一步加强汛期地质灾害气象风险预警工作的通知，各市、县自然资源和气象部门都早早行动起来。

桂林市气象局通过专线与地质环境监测站共享每小时雨量和预报；市水利局多次通过广西突发事件预警信息平台全网发送漓江上游水库群排洪短信。

“在这次强降雨过程中，我们和气象、水利多部门配合得非常默契，每日两次会商，强降雨期间每 2 小时会商一次。”桂林市应急管理局应急综合救援科科长彭谷旦说。

“当收到荔浦市气象局发布的暴雨红色预警后，我们马上联系各村干部和气象信息员加强雨情巡逻，在洪水到来前，很多村已组织群众安全转移，荔浦市气象台的‘发令枪’打得准。”马岭镇副镇长罗茂湘说。

一次次滚动订正让预报更精准，一条条预警信息提前送达，一份份气象决策建议源源发出，一层层部署要求落实落地……形成了牢固的防御链条。以“一线工作法”为抓手，气象部门拉紧责任的“绳索”，建立防灾减灾机制，完善监测预报流程，为打赢每一次“有准备之仗”保驾护航。

（来源：《中国气象报》，2020 年 6 月 12 日，1 版，

作者：韩嘉乐 唐莉梅 李会玲，获中国气象报社第 31 届好新闻三等奖）

柳州突发崩塌地质灾害 “三小时”预警服务抢生机 129 名师生提前 18 分钟避灾

“刚刚撤离18分钟，学校操场和围墙就塌了！”9月17日，受强降雨影响，广西壮族自治区柳州市三江侗族自治县洋溪乡发生一起崩塌地质灾害，洋溪乡乡长吴双兰成功组织129名师生安全转移。

9月16日7时至17日7时，洋溪乡波里村累计雨量达97.2毫米。强降雨导致波里村接连三次滑坡、学校操场塌方、国道交通中断……

提前18分钟成功避险，何以实现？广西气象部门今年创新开展的“三小时”精细化气象预警服务，功不可没。

预警深夜升级

9月16日的雷达回波显示，柳州上空暴雨蓄势待发。早在11日，关于强降雨的气象服务信息已送达柳州市党委政府及相关部门。

16日20时，一场激烈的讨论在柳州市气象台上演，专家共同研判启动“三小时”精细化气象预警服务时间及叫应范围。虽然当前强降雨主要出现在融水，但是预计未来3小时将移动到三江洋溪、良口一带。“三江县局，立即开展叫应服务。”柳州市气象局局长李家文迅速下达指令。

很快，三江县气象局分别向县委书记、县长以及县自然资源和规划局局长汇报雨情及其天气风险，并电话叫应洋溪乡乡长，定向发布“三小时”精细化气象预警服务信息……一系列行动紧锣密鼓开展。

果然，9月17日凌晨，洋溪乡暴雨如注。“一个晚上没睡着，就想着波里小学操场的裂缝可能扛不住雨水冲刷。”吴双兰说。那条裂缝是地质灾害隐患点，也一直是吴双兰心里的大石头。学校位于国道上方，一旦塌方造成道路中断，将直接危及过往行人和车辆。学校已提前在裂缝旁边摆起了一排课桌，禁止学生靠近。

另一头，三江县气象局依然灯火通明。县气象局局长李敏国说：“今年汛期夜雨很多，我们特别加强‘叫应’服务，确保深夜的气象预警发得出、送得到、叫得应。”

凌晨5时，吴双兰再次收到“三小时”精细化气象预警服务信息；17分钟后，三江县气象局发布暴雨橙色预警；5时53分，暴雨预警更新为红色。每一次预警升级，都有气象叫应服务紧随其后。一场多部门联动的暴雨防御战随之开启。

师生成功避险

随着暴雨预警升级为红色，三江县自然资源和规划局立即通知各乡镇，全面排查所有地质灾害隐患点。同时，吴双兰与教育、自然资源专家提前出发前往波里小学。

“降雨仍然在三江一带稳定少动，强度维持。”吴双兰在路途中再一次收到“三小时”精细化气象预警服务信息。经过一夜雨水冲刷，沿途已出现多处塌方。“车子过不去，我们就爬过去，裂缝的问题耽误不得。”吴双兰说。

刚到学校门口，他们马上注意到操场的围墙已经有些倾斜。“快！赶紧组织撤离！”9时35分，129名师生紧急撤离至安全地带。18分钟后，围墙和操场边沿坍塌，下方的321国道被塌方拦腰截断，但所有人员安全无虞。

“天气预报准确、预警及时，是我们成功避险的‘发令枪’。”多年奔走在强降雨防御一线，吴双兰深有体会。

在环环相扣、成功避险的案例背后，是今年广西气象部门扎实推进气象服务深度融入地方防灾减灾救灾体系的举措。自治区气象局进一步推动建立《防汛电话红色调度制度》等，将暴雨预报预警信息处置工作纳入地方绩效考评；创新开展“三小时”精细化气象预警服务，明确市县暴雨预警信号要做到未来3小时定量降雨预报到乡、逐3小时更新。

据统计，今年以来，广西各地各相关部门根据暴雨预警预报信息，精准组织人员转移避险，紧急转移安置24.2万人。与2019年同期相比，今年广西暴雨灾害影响强度相当，但因灾死亡失踪人数下降了82.6%。

（来源：《中国气象报》，2020年9月23日，1版，
作者：韩嘉乐 周柳丽，获中国气象报社第31届好新闻三等奖）

扶贫路上有个“家”

——广西首个扶贫红色驿站温暖千余名基层干部

“每次来这里都像到了家，扶贫路上有个歇脚的地方，暖心！”11 月 27 日，在广西壮族自治区环江毛南族自治县长美乡关安村，扶贫包联干部黎丽春在徒步 4 公里山路探访贫困户后，来到村口的“扶贫红色驿站”，打了一份热腾腾的午饭。她身后的驿站电子屏显示：本周多阴雨天气，道路湿滑，请增添衣物、安全出行，扶贫路上您辛苦了。

这个临时的“家”是气象部门的首创。作为全区首个关心关爱扶贫干部的扶贫驿站，自 2019 年 7 月建成以来，先后有 5000 人次扶贫干部回“家”。

习近平总书记十分关心基层扶贫干部，多次强调要关心他们的生活、健康、安全。2019 年 10 月，国务院扶贫开发领导小组办公室发文要求关心基层扶贫干部，提醒他们增强安全意识，提前了解天气、路况、地质等情况。

作为全国唯一的毛南族自治县，环江于今年 5 月实现脱贫，离不开全县扶贫干部的艰苦奋战。这里地处偏远山区，除了艰巨的帮扶任务以外，奔波于扶贫路上的干部还需面对恶劣的天气和不便的交通，风餐露宿是常事。

环江县气象局定点帮扶的关安村是往来于长美乡、东兴镇和龙岩乡扶贫干部的必经之地。“能否在这里建一个驿站，让扶贫干部有个歇脚之地？”2019 年 6 月，这个暖心的主意从环江县气象局局长刘庆华的脑海中冒出。抱着试试看的想法，他向县委组织部提出申请，很快得到肯定答复：支持！

建设运行以关心关爱扶贫干部为主题的驿站没有先例，关安村全体干部、驻村队员便共同探索，通过供应一套“爱心餐饮”、提供一轮扶贫指导、开设一面“微心愿墙”等方式，让服务变得越来越周全。驿站已不仅是扶贫干部吃饭、歇脚、临时办公的场所，更成为促进沟通交流、密切干群关系的平台。此外，驿站还增设气象服务，提供雨具、草帽和每日交通气象信息等。

“有了驿站后，扶贫干部相互交流比以前多了，与群众的感情也更深厚了。”关安村第一书记覃榴说，大家常在这里探讨遇到的困难，集众智解难题。自驿站成立以来，扶贫干部通过“微心愿墙”为贫困户办成好事实事 40 余件；

依托驿站搭建销售平台，为当地香鸭等农特产品打开销路，销售额达30万元。

“我们要努力把驿站打造成温馨家园和精神港湾，让扶贫干部感受到关心关爱。”广西壮族自治区党委组织部副部长韦家宾说，下一步将完善驿站运行机制，探索推广驿站式服务，为更多扶贫干部遮风挡雨，激发巩固脱贫攻坚成果、推动乡村振兴的热情和干劲。

（来源：《中国气象报》，2020年11月30日，1版，作者：贾静淅 卢健 黄姿娜 曾涛，获中国气象报社第31届好新闻二等奖）

东盟博览会特设中国天然氧吧及生态气象监测技术服务展厅

11月28日，在第17届中国—东盟博览会期间，第二届中国天然氧吧文化旅游节特色农产品展暨第五届中国—东盟气象装备与服务展在广西南宁开幕。此次博览会特设中国天然氧吧及生态气象监测技术服务展厅，集中展示中国气象助力扶贫及生态文明建设领域的技术产品和服务成果。

展区集中展示中国天然氧吧县区市特色农产品、氧吧产业链衍生产品及服务，气象探测、数据远程监控、通信传输等仪器设备及技术服务。如福建省龙岩市武平县展出独特气候孕育的跑山鸡；贵州省铜仁市沿河土家族自治县展出非物质文化遗产傩堂戏文创作品；四川省攀枝花市米易县展出依托优秀气候资源种植的绿色有机农产品。围绕生态文明建设保障服务的气象监测仪器也同时展出。此次天然氧吧文化旅游节专门设立网络直播间，对中国天然氧吧县区市领导进行访谈。

本次展会由中国气象局指导，中国气象局公共气象服务中心、中国气象服务协会、中国气象局气象探测中心联合主办，广西壮族自治区气象局、中国—东盟博览会秘书处等协办。中国气象局相关业务单位、中国天然氧吧创建地政府、气象装备和服务企业等40余家机构参展。自2016年以来，中国—东盟气象装备与服务展为中国与东盟国家加强区域气象技术和产业合作搭建了重要平台。

（来源：《中国气象报》，2020年12月1日，1版，作者：黄姿娜 韩嘉乐）

精心护航“东博时刻”

——第 17 届中国—东盟博览会气象保障服务侧记

11 月 27—30 日，“以共建‘一带一路’，共兴数字经济”为主题的第 17 届中国—东盟博览会、中国—东盟商务与投资峰会在广西南宁举行。

在新冠肺炎疫情防控常态化大背景下，今年博览会和投资峰会延期两个多月开幕，首次采取“实体展 + 云上东博会”相结合的形式办展。广西气象部门对标新形势、新需求，努力做到监测精密、预报精准、服务精细，全力护航这场盛会。

广西壮族自治区气象局局长钟国平多次强调，特殊时期，特殊盛会，气象服务务必精益求精。早在 10 月，气象部门就制定博览会和投资峰会的气象保障服务工作方案，成立预报服务、工作保障、服务宣传、应急现场服务和人工影响天气等 5 个工作组，开展服务需求调研，提前确定服务产品种类、时效及提供方式。

依托自主开发的天气分析与预报系统，以及数值预报平台，广西气象部门进一步优化智能网格预报产品应用系统，提高天气广播稿、旬周报、雷达回波反演文字等功能模块的效率，提高根据预报数据自动反演文字的准确性，基于智能网格预报快速自动生成全区任意位置多种决策服务材料，大幅缩短服务产品制作时间。

“会议期间，南宁市区气温、湿度适宜，但昼夜温差大，有一定降雨概率，有大风、强降温和雾、霾影响的风险。”依据多年历史气象资料和预报研判，气象部门对博览会和投资峰会期间的气候背景及天气风险进行科学分析，并提出建议。

临近开幕，自治区气象台、民航广西空管分局气象台及南宁市气象局联合会商研判天气趋势，重大活动气象保障服务部门联动也紧锣密鼓地展开：与生态环境部门建立空气污染监测预警和联防联控机制，开展每日空气质量监测预警会商；与交警支队建立联动机制，通过各路段交通诱导屏滚动播放温度、风力、湿度等天气信息，为组委会和市民出行提供参考；召开新闻发布会，发布天气趋势预报。截至11月29日，累计向党委、政府，会议组委会和相关单位提供专题服务材料29期。

随着“云上东博会”开启，气象部门也创新模式推出气象服务“云互动”。依托“南宁气象”微信公众号，特设“服务东博会”专栏，上线“气象会客室”和“东盟两会场馆天气”服务。

“东博会期间的天气对航班有影响吗？”“今天上午会有雨吗？”……开幕式前，网友通过“气象会客室”询问南宁天气情况，预报员在后台及时回复。南宁市气象台台长黄增俊表示，这是今年推出的新型线上服务，实现公众与气象专家“面对面”聊天、互动。

“东盟两会场馆天气”囊括了重要场所、旅游、交通等板块，公众可以随时随地查询国际会展中心等7个重点场所，园博园等10个旅游景区，火车东站、吴圩国际机场等交通枢纽的天气情况，近可知晓未来两小时有无降水，远可了解未来7天天气趋势，帮助远道而来的嘉宾第一时间获取南宁最新天气预报预警信息。

11月27日上午，南宁市城区多云，“两会”开幕式在舒适凉爽的天气中隆重举行，天气实况与气象预报完全吻合。

（来源：《中国气象报》，2020年12月2日，1版，
作者：黄姿娜 张芳琳 李佳颖）

广西一线气象服务机制链接“防抗救”

连日来，广西壮族自治区桂林市政府、南宁市武鸣区政府等致函自治区气象局，对今年防汛抢险救灾工作中给予的支持表示感谢。“气象信息是防汛指挥的‘眼睛’。”自治区防汛办也对汛期气象服务多次点赞。今年汛期，广西的暴雨强度与2019年相当，但因灾死亡失踪人数下降了82.6%。

自2019年以来，面对严峻的防汛形势，自治区提出防汛抢险救灾“一线工作法”，强调要把预报预警信息传递到一线，把隐患排查、研判调度、督促指导、救援力量等前置到一线，并明确要以气象预报预警信息为依据落实“一

线工作法”。

围绕“一线工作法”，自治区气象局建立一线气象服务机制，以融入地方防汛指挥体系、应急联动体系和抢险救援体系的“三融入”为核心，以精准气象服务回答“一线怎么防？”“一线怎么抗？”“一线怎么救？”等问题，充分发挥气象预报预警在“防抗救”全链条中的先导作用。

一线怎么防？

“立即启动重大气象信息报告流程！”6 月 24 日 19 时许，南宁市武鸣区气象局发布暴雨红色预警信号，第一时间报告武鸣区党委、政府负责人和应急管理部门。区党委、政府立即转移群众，安全避灾。

强降雨将至，遭袭的一线怎么预防？自治区气象局建立重大气象信息直报机制，直接叫应党委、政府“一把手”，深度融入一线防汛指挥体系。今年，广西先后启动 416 次重大气象信息报告流程，为防汛指挥提供有力支撑。

此前，自治区党委、政府出台《广西壮族自治区关于重大气象信息和重要汛情旱情报告各级党政主要负责人的规定》，规定各级党委、政府主要负责人在接到重大气象信息后，要亲自研究部署应对。自治区气象局以此为契机，建立起重大气象信息直报机制。推动市、县两级党委政府出台本级重大气象信息报告党政“一把手”的规定，实现自治区、市、县级全覆盖，并将气象预报预警信息处置纳入各级地方绩效考评，强化责任倒逼。同时，规范气象部门直报流程，建立“一标准三流程”。

一线怎么抗？

6 月 9 日，一场范围广、强度高、持续时间长的暴雨突袭荔浦市。该市马岭镇同善村大部分房屋被毁，但全村 591 人安全转移，无人因灾伤亡，成为部门联动、合力抗灾的成功案例。

当日 6 时 25 分，村党支部书记、气象信息员韦茂永在收到暴雨红色预警的同时，接到镇政府值班员打来的调度电话。双重预警下，韦茂永立即组织村干部叫醒村民往高处安置点转移。随后，救援队伍用汽车、冲锋舟等将百姓迅速转移到安全地带。

自5月底以来，桂林市防汛办坚持以气象预警信息为先导，开展“每日两会商”“每日一调度”“每日一汇报”。市气象局通过专线与地质环境监测站共享每小时雨量信息和预报；荔浦市自然资源局联合市气象局发布地质灾害气象风险预警。

广西以气象预报为先导，建立暴雨红色预警调度机制，实现精准靶向调度，深度融入一线应急联动体系。自治区气象局联合自治区防汛抗旱指挥部建立《防汛电话红色调度制度》，当发布暴雨红色预警信号时，自治区防汛办值班人员第一时间电话调度预警区域的县（市、区）防汛指挥长；各县（市、区）防汛抗旱指挥部立即电话通知预警区域各乡镇，为救援力量前置到一线赢得先机。今年汛期，广西各级防指依据气象预警预报启动暴雨红色预警调度500余次。

自治区气象局还探索建立“联合办公、现场会商、综合调度”的应急联动模式，与应急管理、自然资源、水利、交通、海事等部门签订合作协议，联合发布灾害预警；汛期派员到防汛办、应急管理厅驻点办公，在指挥中心接入气象预警系统，融入现场应急指挥调度，发挥气象在一线应急中的先导作用。

一线怎么救?

“刚刚撤离18分钟，学校操场和围墙就塌了！”9月17日，受强降雨影响，柳州市三江侗族自治县洋溪乡发生一起崩塌地质灾害，洋溪乡乡长吴双兰成功组织129名师生安全转移，提前18分钟成功避险。灾害发生前，柳州市气象局和三江县气象局提前启动3小时精细化气象预警服务，精准叫应受灾地区，助力精准转移。

“基层同志通过精细到乡的未来3小时定量降雨预报，可以获知暴雨发生发展趋势，结合当地实际，精准组织人员转移避险，有效降低了转移成本，得到老百姓的认可。”自治区应急管理厅副厅长周运逵说。

一线如何精准救灾转移？自治区气象局针对广西灾害性天气多、突发性强的特点，联合自治区防汛抗旱指挥部，确立以3小时服务为“指挥棒”的人员精准转移联动机制，深度融入抢险救援体系。自治区气象局梳理了全区各市县的强降雨及灾害历史数据，建立各市县短时强降雨临灾阈值（1小时、3小时、6小时），为市县人员转移提供技术支撑。一旦遇到暴雨过程，每3小时甚至每

1 小时制作发布未来 3 小时精准到乡的定量降雨预报信息。当自治区防汛抗旱指挥部收到暴雨红色预警信息、发现气象预警超阈值时，立即组织人员转移。2020 年汛期，利用人员精准转移机制，全区共转移安置 24.2 万余人。

（来源：《中国气象报》，2020 年 12 月 8 日，1 版，作者：曾涛 黄姿娜）

气象预警广覆盖　防灾减灾防线牢

“台风蓝色预警！”11 月上旬，针对接踵而至的今年第 19 号台风“天鹅”及第 20 号台风“艾莎尼”，中央气象台密切监测并接连发布预警，预报这两个台风将给我国南部海域等地带来强风暴雨。随即，公众通过手机 APP、电视、广播、网站等多种渠道，及时获知气象预警信息并采取防御措施，有效防范了台风的不利影响。

气象预报预警和人民群众的生产生活、生命安全息息相关。我国已建成多部门共享共用的国家突发事件预警信息发布系统，努力做到重点灾害预警不留盲区。今年汛期，全国气象部门通过各种渠道，累计发布各类气象灾害预警信息 23.3 万余条，其中，暴雨、雷电的预警信息发布数量，均比过去三年同期平均值增加三成左右。据统计，目前我国预警信息发布时效整体缩短到 3～10 分钟，国家突发事件预警信息发布系统已对接全国 111.5 万名应急责任人，预警信息公众覆盖率逐年上升，已达 87.3% 以上。

这个“87.3% 以上”意味着什么？

——“87.3% 以上”的背后，是预警信息发布平台和机制日益完善，预报预警信息发得出。

“全村百姓平安度汛！”湖南省绥宁县武阳镇双龙村党支部书记罗斌长舒了一口气。

今年汛期很不寻常。罗斌说：“有一次连续几天暴雨预警不断，村干部每天挨家挨户通知，确保及时防御险情。”县里启动防汛Ⅲ级应急响应，不到两小时，双龙村 530 多名群众就全部转移到安全地带。

“我们利用湖南省市县气象服务一体化平台、国家突发事件预警信息发布平台、村村响、电话、微信群等，及时将信息传递给灾害防御责任人和基层气象信息员。”绥宁县气象局局长谢忠福说，暴雨来临时，县里“夜不入睡”“组织群众转移”“应急抢险队集结”等不同级别的指令发布后，基层灾害防御相关责任人用电话、微信、预警大喇叭等，迅速将预报预警信息传达给相关人员。

——“87.3% 以上”的背后，是信息传播“最后一公里”日益畅通，预报预警信息收得到。

“石家庄市气象台发布暴雨蓝色预警信号……”日前，河北省石家庄市环卫处 50 名机扫负责人，都收到了这条预警信息。机扫负责人随即通知当天出勤的环卫工人穿上雨衣、雨鞋，并对道路排水等工作作出安排。

“近年来，定时、定点、定量的精细化预报预警需求，对气象服务提出了更高要求。我们不断探索针对特定人群和特定区域的靶向发布精准气象服务模式。”河北省气象局防灾与减灾处处长闫巨盛表示。

短信、微博、微信、网站、电视、广播、预警终端、电子显示屏、农村大喇叭、新闻客户端……多种传播渠道一起发力，预报预警信息传播的“最后一公里”，跑得越来越顺畅。国家预警信息发布中心与国家邮政局近期联合推出定制化气象预警服务，通过微信小程序发布气象灾害预警信息，精准服务全国 140 万名快递员。国家预警信息发布中心还联合农业农村部农机司，推出重点地区气象预警服务，实时为全国 9 万名持证农机手提供跨地区夏收秋收作业精准服务。

——“87.3% 以上”的背后，是防灾减灾“第一道防线”日益牢固，预报预警信息用得好。

“活了这么大岁数，从来没见过这么大的雨！”广西荔浦市马岭镇同善村，年近百岁的村民韦家福说。

一场范围广、强度大、持续时间长的强降雨，前些天突袭荔浦。“荔浦市气象局发布暴雨红色预警信号！”6 时 25 分，村党支部书记、气象信息员韦茂永，收到气象部门发出的预警短信。紧接着，马岭镇镇政府值班员打来电话，提醒村里加强防范。

韦茂永立即通知村干部，大家分头敲响锣鼓，挨家挨户叫醒村民转移，按照事先演练的路线，冒着滂沱大雨往高处安置点跑。随后，救援队伍用汽车、冲锋舟等，将全村 100 多户 591 人安全转移到马岭鼓寨景区安置点。村里大部分房屋被泥石流冲垮或淹没，但无人因灾伤亡。

气象保障服务成功与否，基层气象信息员的作用至关重要。在全国广袤乡村，70 多万名气象信息员坚守防灾减灾“第一道防线”，为各级党委政府部署防灾减灾和人民群众避险赢得先机。

“一年四季不放松，每次过程不放过。”当前，各地各部门正继续全力以赴精准预警、严密防范，及时准确地对雨雪、台风、寒潮等气象变化进行滚动预报，确保预警信息发布到村到户到人，有效防灾减灾。

（来源：《人民日报》，2020 年 11 月 9 日，1 版，作者：刘毅）

广西从九个方面推进气象事业高质量发展

1月28日，2021年全区气象局长会议以视频形式在南宁召开。会议从九个方面对2021年工作作出部署。一是深入贯彻落实习近平总书记关于气象工作重要指示精神；二是全力做好气象防灾减灾和重大活动气象服务；三是全方位服务经济社会高质量发展；四是全面提升生态文明建设气象保障水平；五是加快推进气象关键核心技术攻关；六是持续强化气象业务现代化建设；七是继续深化气象改革开放；八是不断提升气象法治能力和管理水平；九是以高质量党建保障气象事业高质量发展。

（来源：广西壮族自治区气象局网站，2021年1月29日，作者：黄姿娜）

“气象山歌”获中国青年志愿服务项目大赛银奖

日前，由广西壮族自治区气象学会申报的《“气象山歌 全民欢唱”广西气象科普山歌项目》（以下简称《项目》）在第五届中国青年志愿服务项目大赛中荣获银奖。

《项目》将气象科普与壮、苗、侗、瑶等多民族山歌相结合，通过部门联动、社会带动、群众互动，以项目扶持气象山歌创作，每年举办 3～5 场气象山歌会，开展气象山歌征集和传唱活动，研发书籍、影视、漫画、文创等气象山歌科普作品，利用电视、网络、预警大喇叭等广泛传播气象防灾减灾和应对气候变化知识，取得良好社会效益。

据悉，中国青年志愿服务项目大赛由共青团中央、中央文明办、民政部、水利部、国家卫生健康委员会、中国残疾人联合会等共同举办。经过组织申报、省级推报、全国赛初评、全国赛终评、社会公示等环节，最终产生金奖项目 150 个、银奖项目 350 个、铜奖项目 500 个。

（来源：《中国气象报》，2021 年 1 月 6 日，3 版，作者：黄姿娜 朱彦）

唱支气象山歌给党听

——广西毛南族自治县组织山歌会

“唱首山歌谢党恩，气象科技进家门；党的关怀心头暖，春风吹进穷山村……”山歌婉转悠扬，响彻毛南山乡。3 月 23 日上午，在广西壮族自治区河池市环江毛南族自治县，县城最大的易地扶贫搬迁点城西社区的小广场，成了当天最热闹的地方，近百名群众共同参与“唱支气象山歌给党听”的山歌会。这场山歌会由河池市气象局、自治区气象局宣传科普中心主办，环江县委、县政府承办。

环江县是全国唯一的毛南族自治县，全国约 70% 的毛南族群众集中居住在这里。全县大部分地区属于喀斯特地貌和岩溶山区。“出行爬坡上坎，一里挂九梯”“石头缝里种粮食，七分种三分收”……这些曾是当地群众生活的真实写照。受历史、自然、地理等因素影响，环江县曾属国家级贫困县、广西深度贫困县。近年来，环江县狠下决心、下大力气打好义务教育保障、基本医疗保障、住房安全保障、饮水安全保障“四大战役”，脱贫攻坚成效显著。

2020 年 5 月，毛南山乡传喜讯：环江县退出贫困县序列，毛南族实现了整族脱贫。习近平总书记对毛南族实现整族脱贫作出重要指示，希望乡亲们把脱贫作为奔向更加美好新生活的新起点，再接再厉，继续奋斗，让日子越过越红火。

“党的关怀暖融融，全国脱了贫困帽，气象科技立一功。”正如歌词中提到的，自治区、市、县气象部门在脱贫攻坚战中主动作为，从气象防灾减灾、产业气象服务、气候资源利用等三方面为民办实事，贡献气象力量。

“‘唱山歌，颂党恩；学气象，防天灾’，是此次活动的主题。”河池市气象局局长陆鸿生介绍。正值一年一度的世界气象日，又逢庆祝建党100周年，河池市、环江县气象局和群众一合计，决定举办一场气象山歌会来表达他们脱贫后的喜悦之情。想法得到县委、县政府的大力支持。河池市气象局、环江县气象局及民间歌王按照当地传唱习俗，很快创作出了70多首气象山歌。

“天气预报作用大，好比园丁护鲜花；提前防范无灾难，又利国来又利家。”“田间地头忙农事，掌握气象保种植。”“逢着夏季大暑天，龙床凤枕夜难眠；谨防突然下暴雨，防洪防汛要提前。”依据气象信息趋利避害，已成为老百姓的共识。

“气象工作要创新，探测预测要先行；提高预报准确率，练就火眼与金睛。”“面向民生造福祉，人民生活甜如蜜。”这是毛南乡亲们对气象工作的期许。

毛南山乡，人人能唱山歌。气象山歌会上，不少群众与歌手高声应合、对唱。县气象局设置的气象科普知识问答环节更是引得众人纷纷举手竞答。“唱支气象山歌给党听”山歌会还作为广西代表活动与中国气象局世界气象日纪念活动主会场进行现场连线，气象山歌通过视频传唱至大江南北。

“气象工作和我们的生活密不可分，希望以后多搞些气象知识科普宣传。”城西社区党支部书记、居委会主任韦晓说。

“鲤鱼伴水水更清，星星伴月月更明；我们过上好生活，永远不忘党恩情。一来感谢共产党，我们当家把你想……”气象山歌会在最后的“十颂党恩”篇章中达到高潮。春意盎然的季节，气象服务送到田间与桑园，气象保障乡村振兴的新篇章已开启；扶贫车间里机器轰鸣，勤劳的环江人民正在开足马力生产；贵州经环江至南宁高铁正在如火如荼建设……山歌声萦绕在环江河畔、毛南山乡，到处都是欣欣向荣的景象。

（来源：《中国气象报》，2021年3月30日，3版，作者：曾涛）

山清水秀背后的“+气象”

一山一诗篇，一水一画卷。4月25—27日，习近平总书记时隔四年，再次到广西壮族自治区考察。桂林、柳州、南宁，革命纪念馆、农田、企业产区、民族博物馆，从“忆革命”到“观山水”，再到“知产业”，处处有他深情的牵挂，这其中也凝结着“+气象”的精心守护。

旅游+气象，山水有温度

习近平总书记指出，桂林山水甲天下，天生丽质，绿水青山，是大自然赐予中华民族的一块宝地，一定要呵护好。

“江作青罗带”，作为桂林山水的灵魂，漓江航道地形复杂，沿途天气多变，极易受大雾、大风、暴雨等灾害性天气影响，曾发生过特大翻船事故。桂林市气象局通过融合“互联网+旅游+气象”，成立智慧旅游气象服务创新团队，强化部门联动，构筑起漓江航道安全防线。

桂林市水利局水旱灾害防御和水土保持科科长申建军表示，汛期暴雨频繁导致漓江水位多次超警戒，气象部门的精准预报为科学调度水库提供了重要依据。当地水利、气象、水文等部门与水库管理部门还联合探索出树枝型（并联型）水库群联合调度的“桂林经验”。

“自从在船舶上安装了气象观测站，我们心里更踏实了！”桂林旅游股份有限公司船舶分公司的船长黄财德说。在桂林阳朔县、雁山区漓江航道沿岸地质灾害隐患点，市气象局与市自然资源局共建8个自动观测站、监测站，将灾害性天气预警信息接入海事指挥平台，把气象信息及时传递到区域内所有游船，保障航行安全。

“漓江烟雨什么时候最美？”“何时能看到象山水月？”在桂林旅游气象直播间，气象专家变身主播在线解答；依托旅游大数据和智能网格预报业务系统，打造智慧旅游气象综合服务平台，精细化、多元化的旅游气象服务产品层出不穷；联合市旅游发展委员会，实现115个景区视频监控系统、55台大型智能触摸屏和电子显示屏信息共享；聚焦红色旅游景区，自2019年起通过多平台广泛发布专题气象服务产品；推出特色气象景观导游图，提供猫儿山云海、资源隘门界雾凇等特色气象景观最佳观赏时间、地点信息。

产业＋气象，发展有质量

一碗螺蛳粉，集聚成一个大产业。在广西柳工集团有限公司、柳州螺蛳粉生产集聚区，习近平总书记一再强调，要结合自身条件和优势，推动高质量发展。

“网红”螺蛳粉的背后，藏着气候密码。从生产链上游来看，气象部门为种植原材料水稻、竹笋、豆角等提供了全方位的气象服务。

“近期气温明显偏高，建议广大农民朋友加快插秧进度，提早施分蘖肥，以利于作物生长。”每日早晨，柳州市柳南区太阳村镇桐村的气象大喇叭都会播报当天的气象信息和农事建议。在关键种植节点，以及干旱、暴雨洪涝、“倒春寒”“寒露风”等灾害性天气来袭之时，气象部门总会及时提供气象监测预警和防灾减灾服务。

总书记深入调研的毛竹山村，正是通过发展特色产业实现了“幸福蝶变”。

作为全州县南一村的一个自然村，毛竹山村过去有着“泥砖瓦，生活苦，有女不嫁毛竹山”的说法。如今这里葡萄藤上挂满“珍珠”，村民年收入可达3万元。“我们通过种葡萄赚了钱，才建起了新农村。”南一村党支部书记兼村委会主任王军荣介绍。

“气象专家经常到田间指导农户种植。”全州县水果技术推广站副站长饶喆说，自从加入为农服务微信群后，总能第一时间收到专项气象服务材料。这样的服务，不只毛竹山村，全县种植大户都能享受到。

特色产业发展背后，还有另一层气象守护。面对今年严重的春旱，全州县气象局及时开展人工影响天气作业，送上及时雨。

民族团结＋气象，融入用真心

作为我国少数民族人口最多的自治区，广西也是全国民族团结进步示范区，习近平总书记强调，要继续发挥好示范带动作用。

厚植八桂大地，气象人将民族团结与气象业务发展等有机融合、同频共振——重点支持少数民族自治县气象现代化建设，提高贫困山区气象服务保障能力；开展少数民族地区产业扶贫，指导恭城瑶族自治县获评全国首个气候宜居县，在环江毛南族自治县建立桑蚕养殖精准气象服务模式，帮助金秀瑶族自治县获评“中国天然氧吧”。

在这里，少数民族气象人才得到了重点培养。立足少数民族干部职工人数占近三分之一的实际情况，自治区气象局将少数民族干部和科技人才列入中长期人才规划，注重在实践中培养锻炼少数民族干部，提高少数民族科技人员的业务能力，在科技创新团队中发挥骨干作用。

广西曾是脱贫攻坚的主战场之一。自治区气象局推广“气象防灾减灾＋扶贫”“产业气象服务＋扶贫”“气候资源利用＋扶贫”的精准扶贫模式，先后选派帮扶干部 217 人投身脱贫攻坚一线，其中定点帮扶的防城港市上思县那琴乡排柳村获评全国脱贫攻坚先进集体。

广西是刘三姐的家乡，自治区气象局还将民族团结与气象科普结合起来，融入地域民族文化特色的“气象山歌 全民欢唱”项目获中国志愿服务项目大赛银奖和广西金奖。

“唱首山歌谢党恩，气象科技进家门。党的关怀心头暖，春风吹进穷山村。”在今年世界气象日活动期间，成功脱贫的环江县毛南族群众以山歌颂党恩，表达了对气象工作的认可。

（来源：《中国气象报》，2021 年 4 月 29 日，1 版，
作者：曾涛 韩嘉乐 胡静 张辛）

“奋斗百年路 启航新征程”
走基层看气象主题采访活动走进广西

5 月 7 日，“奋斗百年路 启航新征程”走基层看气象主题采访活动在广西南宁启动。

由中国气象报、广西日报记者组成的采访组，将跟随习近平总书记在广西

的考察路线，进行为期6天的实地采访，先后奔赴南宁、钦州、北海、桂林等地，记录广西气象部门贯彻落实习近平总书记关于奋力建设新时代中国特色社会主义壮美广西和气象工作重要指示精神，围绕气象融入地方高质量发展，挖掘鲜活案例，反映气象部门在海洋气象服务、气象防灾减灾、专业气象服务等方面的工作举措、成效及体现气象人精神的先进典型事迹。

“奋斗百年路 启航新征程”走基层看气象主题采访活动由中国气象报社、气象宣传与科普中心主办，联合全国31个省（自治区、直辖市）气象局和中央媒体等单位组织开展。采访活动坚持媒体融合理念，滚动推出融媒体产品，提高宣传报道传播力、引导力、影响力、公信力。

（来源：《中国气象报》，2021年5月10日，1版，作者：韩嘉乐 刘英轶）

留下一支“带不走的工作队”

第一书记、驻村干部“换防”，是许多村子会遇到的不舍。今年4月下旬，地处广西西南、十万大山北麓的上思县，也迎来了这样的时刻：与之携手奋斗、共同成长数年的自治区气象局定点帮扶工作队，就要转战他乡了。

不过，他们的离别，却不代表结束。在这片土地上，与7000亩红香橙、9000亩“双高”甘蔗等优质产业一起被塑造、留下的，还有吹拂在田间地头、村舍庭院各个角落的“新乡风”。而这股勇于探索、和谐互利的精气神儿，正在成为当地乡村振兴路上一支“带不走的工作队”。

小积分，兑出团结友爱新潮流

进村，邻里和睦也是生产力？外出，助人为乐就能“受表彰”？

在上思县那琴乡排柳村百驮屯，这些不仅可以落地，而且很“日常”。谜底，还要到屯里的“爱心公益超市”来解。

在一排排商品架上，简单实用的“商品”整齐摆放。货品下面，贴有心形的红色“价签”：“3分”一瓶糯米醋，“5分”一个笔记本，“18分”一瓶1.25升的味极鲜……不过，这里的“分”，可不是人民币里的“元”“角”“分”，而是提取自百驮屯每户家庭“积分账户”里的“积分”。

积分是从哪儿来的?“积分账户”管理人之一，红香橙种植大户、年轻党员磨宝玉介绍，屯党支部每月入户登记分数，大伙儿正常表现能拿10分到12分的“基础分”；想多拿分?非常鼓励，而且花式繁多——房子搞得干净能加分，按时参加村里会议、不信谣不传谣能加分，在外头做了好事能加分，果树种植、鸡鸭养殖扩大规模能加分，家里孩子考了好成绩一下子就能加二三十分。

不过，要是跟别的村民一言不合打架了，那对不起了：好不容易攒下的积分，可就得扣掉了。

一番加减运算后，每户积分情况都会在爱心公益超市公示。村民可凭积分手册到超市兑换所需物品。

小小积分，在不知不觉间撬动了屯里的大变化。

爱心公益超市发起人之一、前驻村扶贫第一书记朱辛华说，早在2018年，百驮屯建档立卡户就全摘下了贫困户的帽子。扶贫成果来之不易，怎样让村民在不断发展变化的市场和社会中保持竞争力，怎样让经济上的改善真正转化为生活的和美融洽?乡、村干部就碰出了这个“积分兑换”的主意。“积分，是鼓励，更是导向。坚持做下去，就能内化为村民创先争优、团结友爱的乡风文明。”

以前，村里难免有不和睦的情况；如今，在“攒积分”的新潮流下，大伙儿积极劳动、勤于钻研，参加集体活动、遵守村规村约。对于个人，涌现出越来越多创新发展方式的“奋进之星”；对于集体，真正实现了屯里事有人管、主动管。

“试验果”，试出崇尚科学新乡风

在距离排柳村40多公里的在妙镇有生村，崇尚科学、敢为人先的新乡风，也正在悄然流入村里的各个角落。

如果说上思县是典型的“甘蔗大县”，那有生村则是一个典型的“甘蔗村”。种甘蔗撑起了农民的主要收入，不过刨去管理成本，所赚的还是相对有限。遇上年景不好，还有越种越穷的情况。但不种吧，又弃之可惜——毕竟每年榨季一开始，糖厂包收，不愁卖。

所以，当时前任第一书记第一次问出那句“要不要种果树呀”时，应者寥寥。那时的村民，“想种，不敢种”。

而经过第一书记和村干部多番努力，有村民试种了二三十亩莲雾、凤梨后，却又有第二重心理浮现出来：“学习，学一半”。从农科所请来的科技特派员，给村民讲解怎么干莲雾种植的“精细活儿”，但刚讲个开头，村民马上“我懂”；特派员讲一句，农户回十句。最后，科技特派员无奈摇起了头。

“想种，不敢种”“学习，学一半”的惯性，成为横亘在增产增收路上的阻力。

“要想迈开步，这种意识必须转变。”时任第一书记彭宇捕捉到这个关键问题。引入新理念，要抓好时机。经过几个月“散养式种植”，最后在莲雾、凤梨遭遇“品质不得（当地方言，意为‘不行’）”的灰暗时刻，彭宇赶紧苦口婆心“劝学”：“管甘蔗，上心比不上心都高一大截。种果树卖钱多，不比甘蔗精细？果树你不上心、不按期疏果，不抓住窗口期管理，品质怎么提上去？”

这些话，混合着眼前“不得”的果，让村民开始真正听进心里。慢慢地，有更多村民愿意尝试新作物，也有更多村民在管理中实践新技术。

这股新乡风可以带着村民走多远？

如果只算比例，目前有生村甘蔗地面积9690亩，凤梨种植面积五年扩大十倍是280亩，仍不到甘蔗面积的3%。未来是否一定要改种凤梨、莲雾？大家都种凤梨，是否一定会比种甘蔗赚钱多？不一定，要综合考虑的因素有很多。但是通过这3%的试验，有人开始愿意尝试新事物，有人愿意尊重科学、学习技术，而这些，都让未来充满了更多的可能。

（来源：《中国气象报》，2021年5月13日，2版，

作者：卢健 贾静淅 黄姿娜 曾涛）

“融”出来的新局面

——气象服务广西经济社会高质量发展纪实

近日，广西壮族自治区气象局荣获 2020 年度驻桂中直单位综合绩效考评一等等次，这是该局连续两年获评这一最高等次。同时，在党的建设、精神文明、平安广西、民族团结等 4 个专项绩效考评中也都评为一等等次，这在全区各单位中是少有的。

近年来，自治区气象局主动融入，全方位服务广西经济社会高质量发展，打造新平台、创建新机制、培育新动能、厚植真情怀，在融入的高度、深度、宽度和温度等多维度发力，以“融”字破局，育新机、开新局。

打造新平台 提升“融”的高度

“这些培训太棒了！我在数据分析和天气预报技术方面收获颇多。”印度尼西亚预报员卢埃卡·阿里桑蒂对于来南宁参加东盟国家灾害性强对流天气临近预报技术培训班感到很兴奋。

位于祖国“南大门”的广西是唯一同东盟国家陆海相邻的省区和唯一有出海口的西部省区。习近平总书记对广西赋予“三大定位”，即构建面向东盟的国际大通道、打造西南中南地区开放发展新的战略支点、形成“一带一路”有机衔接的重要门户。

在“一带一路”建设中气象有何作为？如何在中国—东盟博览会这一大平台上发出气象声音？ 2016 年，中国气象局和自治区政府共同创办首届中国—东盟气象合作论坛，通过了《中国—东盟气象合作南宁倡议》，填补了我国与东盟国家气象区域合作机制的空白。迄今，已成功举办两届论坛，连续举办 5 届中国—东盟博览会气象装备和服务展，并开展了中国—东盟气象发展指数研究。通过“南宁渠道”，自治区气象局积极推进与东盟国家交流与合作，东盟气象朋友圈不断扩大。

在短短数年内，广西气象数据中心、监测预报中心、突发事件预警信息发布中心等一批气象现代化项目建成，在部区合作的推动下，广西气象现代化建设迈入快车道。近年来，中国气象局和自治区政府通过召开部区合作联席会议、印发会谈纪要等，为广西气象事业发展营造良好环境。中央和地方共同投资的广西北部湾经济区气象监测预警服务系统工程、广西西江流域致洪暴雨监测预警系统工程、中越边境台站基础设施改善项目等重点项目顺利实施，自治区本级每年安排 5000 万元的部区合作项目资金。此外，自治区、市、县三级将气象指标纳入本级绩效考评。

创建新机制 延伸“融”的深度

广西地处低纬度地区，台风、暴雨等灾害性天气种类多、发生频繁，每年因重大气象灾害导致 10 人以上死亡失踪的天气过程高达 2.2 次。

气象防灾减灾工作如何延伸触角，在防汛救灾体系中发挥更大效益？2019 年以来，自治区提出防汛抢险救灾“一线工作法”，自治区气象局据此创建“三融入”（融入地方防汛指挥体系、应急行动体系和绩效考评体系）一线气象服务机制，建立重大气象信息直报、暴雨红色预警调度、人员转移临灾阈值、气象信息处置绩效考评机制等一系列机制。其中，以党内法规方式出台重大气象信息报送党政主要负责人规定属国内首创。气象信息处置也纳入地方党政领导年度绩效考评，形成责任倒逼机制。

生死关头，人员转移分秒必争，气象局能否提前三小时发预警？面向防汛救灾相关部门的现实需求，自治区气象局创新开展“三小时”精细化气象预警服务，达到启动标准时，滚动发布 3 小时精细到乡的定量降雨预报；超临灾阈值时，立即组织人员转移。

“未来 3 小时精准到乡镇的定量降雨预报信息，在 2020 年防汛抗旱防台风工作中发挥了重要作用。”自治区党委常委、自治区政府副主席黄世勇近日“点名”表扬气象服务。

实践证明，“三小时”精细化气象预警服务屡屡立功。2020 年 6 月 9 日，助力荔浦市马岭镇同善村 591 人安全转移；9 月 17 日又助力柳州市三江侗族自治县洋溪乡 129 名师生避险……

2020 年，广西因洪涝灾害死亡人数比 2019 年下降 69.6%，比“十三五”

时期平均下降 39.1%，山洪灾害和台风灾害零伤亡。

培育新动能 拓展“融”的宽度

习近平总书记为自治区成立 60 周年题词“建设壮美广西 共圆复兴梦想”。自治区气象局在服务“壮美广西”建设中着力培育新动能，发挥行业特点和资源禀赋，拓展“融”的宽度。

八桂大地，蔗浪翻滚。在崇左市扶绥县甘蔗气象服务示范区，种植户只需打开监控平台或手机 APP，就能判别甘蔗地是否需要灌溉和施肥。水肥一体化甘蔗智能精准气象服务模式，使远程管理蔗田变为活生生的现实。与传统模式相比，年平均每万亩甘蔗可节省成本 270 万元，增加效益 2020 万元。

广西是我国糖料蔗种植面积最大的地区，自治区气象局深化甘蔗全产业链气象服务，发挥甘蔗气象服务中心“龙头”引领作用，建立全球甘蔗产量评估预报系统，为国家制定食糖价格和进口配额提供科学依据。

广西石漠化土地减少率、植被生态质量和植被生态改善程度均居全国第一，自治区气象局首创国内省级植被生态监测评估业务，连续 5 年向自治区政府提供广西植被生态质量报告，并屡次被自治区党代会报告等重要材料引用。所辖 11 个市气象局也开展生态服务，均受到地方领导肯定。围绕擦亮广西“山清水秀生态美”这块金字招牌，自治区气象局在生态保护和修复、大气污染综合治理及气候生态旅游品牌打造等方面贡献气象力量。

北部湾，风生水起，一方热土。在北部湾畔的北海市，一种面向工业园区、重大项目及企业专业气象服务新模式正悄然兴起，市政府将气候论证纳入区域评估范畴，区域气候可行性论证服务已实现工业园区全覆盖。此外，对标海洋强区建设需求，气象部门开展北部湾港口油轮、客运航线、港口作业、天然气输送等保障服务。

厚植真情怀 释放“融”的温度

“唱首山歌谢党恩，气象科技进家门；党的关怀心头暖，春风吹进穷山村……”在今年“3·23”世界气象日，一场名为“唱支气象山歌给党听”的山歌会在环江县毛南族移民搬迁点上演。山歌声里颂党恩，也表达了毛南族乡亲对气象工作的认可和肯定。

气象人扎根地方，气象工作服务地方。厚植八桂大地，气象人紧紧围绕民族团结、脱贫攻坚等地方领导关注，老百姓关切的工作，用心用情地融入、融合，彰显了真情怀，释放了融融暖意。

广西是全国少数民族人口最多的省区。自治区气象局将民族团结与气象业务发展等有机融合、同频共振——重点支持少数民族自治县气象现代化建设，提升贫困山区气象服务保障能力。开展少数民族地区产业扶贫，指导恭城瑶族自治县获评全国首个气候宜居县；在环江毛南族自治县建立桑蚕养殖精准气象服务模式；帮助金秀瑶族自治县获评“中国天然氧吧”。此外，还积极打造民族地区气候好产品。

广西曾是脱贫攻坚的主战场之一。自治区气象局推广“气象防灾减灾＋扶贫”“产业气象服务＋扶贫”“气候资源利用＋扶贫”的精准扶贫模式，先后选派帮扶干部217人投身脱贫攻坚一线，定点帮扶的防城港市上思县那琴乡排柳村获评全国脱贫攻坚先进集体，全区气象部门155人获扶贫工作个人奖励，35个单位获集体奖励。

广西气象部门建成14个全国文明单位，自治区级以上文明单位占比高达96.67%。融入八桂大地的文明创建，彰显气象力量、文化内涵。

广西是刘三姐的家乡，融入地域民族文化特色“气象山歌 全民欢唱”项目获中国志愿服务项目大赛银奖和广西金奖。

（来源：《中国气象报》，2021年5月7日，1版，作者：曾涛 黄姿娜）

浇灌出八桂大地的美丽富饶

——广西经济社会高质量发展中的气象力量

国之大者，上下同欲者胜。这“国之大者”就是人民的幸福生活。

2017年与2021年，皆春夏之交，习近平总书记两度考察广西，一言一行寄满了对产业富民、山水保护、精神文化传承及经济高质量发展的牵挂，勉励大家“用勤劳、勇敢和智慧，浇灌出八桂大地的美丽富饶”。

在毛竹山村，“总书记那么忙还来看我们，在果园里问葡萄长得好不好。村里有珍贵的小气候，我要按气象专家的指导，种出品牌葡萄来。”

在漓江畔，“想不到我家也能吃上‘生态饭’！总书记说桂林山水是块宝贝，嘱咐我们要把它保护好，保护生态就是在端稳自己的饭碗哩！”

在铁山港，“就是在这个泊位，总书记指示我们要打造好向海经济、开放经济。这几年铁山港年年大变样，西部陆海新通道实现了安全加速跑。”

在湘江战役纪念馆，“这是英雄战斗过的地方，赓续红色精神，气象党员必须接好新时代这一棒。”

沿着习近平总书记的足迹探访，点滴变化、声声民意，传递出炙热土地上质朴人民的火热干劲，也投射出气象党员干部职工服务经济社会高质量发展、为人民谋幸福的初心本色。

从高产量奔向高质量 脱贫攻坚成果有效衔接乡村振兴

告别“泥砖瓦，生活苦，南瓜汤，有女不嫁毛竹山”的过去，如今的全州县才湾镇毛竹山村是乡村振兴示范村，也是扬名全国的调研学习、旅游观光福地。

2002 年，政府指路，毛竹山村着手试种葡萄。渴望发展特色产业告别穷困，又害怕承担风险，村民在种与不种中“拉锯”，不少人将刚挖好的定植沟又埋上了，想着“赚少赚一亩，亏少亏一亩”。

村主任王新明果断拍板：“党员先种！”接着，村里成立葡萄协会，防灾减灾、科学种植的技术跟上来；镇政府出面协调，贷款额度提上来。双重保障下，两年创业见了效，10 余户试种村民全部拿回成本，心里有了底的村民纷纷加入，一干就是近 20 年。

早些年，村里柑橘、苎麻、水稻挨个试种过，都只维持温饱。为何唯独葡萄成功了？“气象专家帮我们分析，村里的雨水、温度非常适宜葡萄生长。”王新明说，总书记鼓励大家多掌握科学技术，沿着这条致富路走下去。接下来要在有限的种植规模上改良品种，靠气候和品质打品牌，也把产品通过网络销售卖向全国。

在全国沃柑种植面积最大的县区武鸣，种植企业经营者罗增桂不仅实现了产品的网上销售，还在今年春节前夕，把7.68吨武鸣沃柑出口到了文莱，让广西供给东盟市场的“果篮子”再添一味甜蜜。

今年，武鸣沃柑预计投产40万亩以上，将跻身“百亿元”水果大产业。致富的产业、甜蜜的事业需要精心呵护。提供精准的晴雨等信息，帮助合理安排灌溉、打药时机，依据气候预测结果指导调整生产节奏、错峰上市，联合探索优化品质的气象条件配置技术……自治区、南宁市、武鸣区三级气象部门以全链条智慧服务，守护沃柑生长、开花、结果走向市场，“一站式”实现防灾减灾、节本提质的综合效益。

“在今年沃柑上市期，我们获评特优气候好产品。”罗增桂测算，优品认证让每公斤沃柑价格提高0.5元，在出口和零售中更受欢迎。

受益的不仅是葡萄、沃柑，全区针对13种特色作物建立了农田小气候观测站，研发了针对罗汉果、金橘等专项服务产品，在田东、环江、容县等5个县（区）完成芒果、柑橘、茉莉花等农产品气候品质认证，农业气象科技“福利”遍及各类特色果业。

从要产量到要质量，从物质满足到精神富足，广西正以多维度、多角度、多元化融合的方式，巩固拓展脱贫攻坚成果同乡村振兴有效衔接。

在桂林阳朔县鸡窝渡村经营民宿的叶子姐以新农村改造的受益者和参与者来定位自己：“最初看中的是这里的美景和气候，可真正打动我的是从内到外焕然一新的精神风貌。”

曾经的鸡窝渡村就和它的名字一样，又脏又乱，让不少游客望而却步。挑硬骨头啃，2019年县里启动乡村人居环境综合整治和风貌提升工作，鸡窝渡是首个被改造对象，且成了“样板村”。高端民宿投资者纷至沓来，农家乐、民宿保洁等服务空档迅速被村民补位，较完善的配套也博得国内外游客青睐。

“以前出门可不敢说自己是鸡窝渡的，怕丢脸。现在不一样了，远近乡亲都羡慕我们村呢。”村主任徐文通的自豪感，让当初和村民一起苦干百日的镇干部陈林娜也不由感慨：村容村貌的改变是乡村振兴的一个层面，产业与生态有机结合、乡风文明程度提升则是更持久和深层次的。

现在，一场暴雨来临，紧急行动起来的不仅是党员干部，村民、民宿经营者、游客也都不会当旁观者。“微信群里都能收到天气实况、预警信息和防汛指南，保障经营安全、人员安全是大家共同的责任。”叶子姐说，只有把村当家，村才会发展得更好，这也是民宿业对乡村振兴的贡献。

从一湾山水到美丽海岸 气象融入“金不换”生态优势

5 月 12 日，在桂林市滨江路 2 号码头，桂林市、阳朔县气象局与桂林漓江风景名胜区管理委员会的部分党支部签订协议，加入“漓江卫士”党建联盟，与沿江 44 个村基层党组织一起，守护大自然赐予中华民族的这块宝地。

漓江属于山区丘陵雨源型河流，雨季防汛压力大，旱季生产生活用水受制约。自 2016 年以来，近百次人工增雨作业，保护了漓江流域近千平方公里，缓解了游船断航、农业干旱等压力。未来，气象部门将在漓江上游水库及阳朔段白沙水库建设标准化人工影响天气作业基地，为涵养水源、生态补水、改善水质提供更“解渴”方案。

与苍翠碧波山水同在，多物种和谐共生的滨海也是广西的生态优势所在。在广西红树林研究中心滨海生态保育与利用创新基地，气象与农业科研人员常常一身土一身泥，专注于气候因子滨海湿地环境生态影响的测试，这是习近平总书记四年前交付的任务——“一定要尊重科学、落实责任，把红树林保护好”。

红树林是防风护岸、固碳储碳的“海岸卫士”，生存于经济活动频繁的海岸，极易遭受人为破坏。多领域科研人员致力于开发红树林生态健康监测、保护策略、修复模式、可持续利用等实用技术，以期为提高保护效率、科学修复给出更优路径。

自治区气象局建成广西首个红树林生态气象观测试验站，长期实施气象、水质、植被、碳和水汽通量观测，绘制红树林时空分布遥感变迁图，开展红树林适宜气象指标、气候背景及碳通量变化特征等研究，强力支撑红树林生长情况监测评价、生态修复及海岸带生态修复保护工作。

良好的生态环境是最普惠的民生福祉。意识到这一点，更多普通公众加入了守护者行列，“保护好我们的环境，就是端稳了自己的饭碗！”科研工作者在寻求更大领域的开放合作，“气候变化对红树林生存构成威胁，红树林生态监测离不开气象支持。”决策者兼顾环境保护与民生发展，以重拳治乱象，探索生态补偿机制，“宜商则商，宜游则游，不适合搞开发的区域则坚决不能动！”

广西生态优势“金不换”，守住底线，才能抵达高线。自治区气象局参与全区约 6 万平方公里的生态红线划定和管控工作，利用卫星遥感等技术优势，提供广西植被生态综合监测评估，为实施“生态立区、生态兴区、生态强区”战略注入气象力量。

从守业到创业 向海经济释放“蓝色”潜力

在铁山港码头，门机吊起“中洋 8”号轮上载的钢板，稳稳地卸在港区货运车上；在钦州港区，“天隆河”号货船上的集装箱被逐一吊卸，运货卡车有序穿梭——繁忙的景象是疫情过后经济复苏的信号，也是北部湾国际门户港崛起的标志。

按照习近平总书记“一流的设施、一流的技术、一流的管理、一流的服务”建设标准，铁山港区于 2018 年探索成立大帮办中心全程跟踪服务企业；2020 年，北海市委、市政府推动实现主要园区“区域评估”全覆盖，进一步优化营商环境。

政府“大包干”式的区域评估，简化了企业项目报建程序，提高了审批效率，助推项目落地建设提速。

“我们是受益于区域气候可行性论证的首批进驻园区的企业。”短时间内免费获取公司设计阶段所必需的气象数据和工程参数，园区一家环保科技企业负责人李宏宽说：“这种方式大大节约了经济成本和时间成本。”作为铁山港区域评估的项目之一，气候可行性论证的价值在于从源头上避免灾害影响。

一组数据见证着打造北部湾国际门户港，发展向海经济的实践与成效：今年 1—4 月，北部湾货运吞吐量完成 8394 万吨、集装箱吞吐量完成 173 万标箱，同比分别增长 15.45%、35.93%；作为西部陆海新通道，“朋友圈”范围扩大至中西部 10 省份 33 市 66 个站点，开行班列同比增长 83.15%。而这实践，必然包括以保障北钦防一体化高质量发展为目标的精细化气象服务的全程护航。

“8 级阵风要立即停止过驳原油，7 级阵风港口门机要停止吊装……”对于各类天气条件对应的处置方案，从业 30 余年的钦州市气象局首席服务专家农成万早已熟稔于心，出色的专业能力也让他在数次海上险情处置和应急救援中成为被“点名”邀请的专家。

去年8月，装载着880吨易燃易爆危险品石脑油的“中匀7”号轮在码头发生泄漏燃爆事故，农成万作为应急抢险救援专家组成员，顶着巨大压力为海上险情处置捕捉到“黄金时间窗口期”。这也成为全国同类事故处置中最成功案例。

守望大港，亦要守护民生。“船票都是预售，依据航线天气预报调度游轮，既能规避海上恶劣天气影响，保证游客安全，又能维护企业收益。”北海新绎游船有限公司总调度林勇华回忆，4月26日海上突发大风，气象部门提前一小时发出大风起止时间提示，公司据此延后了两班游轮，保住了上百万元效益。

气象服务向海经济发展，更深更远处的谋划也在蓝图上徐徐展现——

加快北海国家气候观象台建设，使之成为北钦防海陆空天一体化监测体系核心；建设海上突发事件应急救援和处置决策支持平台，开展海洋气象灾害影响评估和风险预估业务；共享海洋风能资源观测数据，提供趋利避害示范应用服务……不断满足面向华南、辐射东盟、“一带一路”海上丝绸之路的气象和生态服务需求，激荡广西经济社会高质量发展澎湃活力。

（来源：《中国气象报》，2021年6月2日，1版，作者：苗艳丽 谷星月 黄姿娜 曾涛，张薇 黎时迪 覃潇潇 唐莉梅对本文亦有贡献）

汛期天气，战争的“胜负手”

“夜阑卧听风吹雨，铁马冰河入梦来。”在风雨大作、河流冰封的恶劣天气条件下，诗人陆游直抒其兵戎梦想、家国情怀。气象，自古以来就对战争有着极大影响。在瞬息万变的战场上，尤其是在冷兵器时代，或许就是一场大风、一场大雨，就能彻底扭转局势。翻阅史册，在不少著名战役中，汛期天气都成为左右战局的“胜负手”。

因一场雨而改变的战局，当数昆阳之战。这是中国历史上以少胜多的著名战例，也是王莽与刘秀之争的一个关键转折点。王莽军队总兵力共42万，号称百万，史称“旌旗辎重，千里不绝……自秦、汉出师之盛，未尝有也”，而且还“驱诸猛兽虎豹犀象之属，以助威武”。大军至昆阳城下，“军陈数百里，不见其后”。反观汉军，昆阳城中仅有八九千人，加上驰援的数千人，总兵力不足2万人，连对方总兵力的二十分之一都不到。然而昆阳一战，终究以汉军的完胜而告终，莽军全面崩溃，直接导致新莽政权的覆灭。昆阳之战，关键一点就是有天时之助。刘秀率领数千援军出击之时，“会大雷风，屋瓦皆飞，雨下如注，滍川盛溢，虎豹皆股战，士卒争赴，溺死者以万数”。也就是说，正好遇到狂风暴雨，屋瓦被大风刮走，大雨倾盆造成滍水河猛涨，而王莽军中豢养的虎豹等猛兽受到雷鸣惊吓，更增加了莽军的混乱，莽军士卒掉入水中淹死的有万余人，河流被尸体堵塞得几乎断流。时值农历六月，正逢昆阳（今河南叶县）汛期，易出现强降雨。强降雨可引起山洪暴发、土壤流失和泥石流等灾害，雷雨、冰雹等强对流天气都能造成人员伤亡，直接降低军队战斗力。在冷兵器时代，雨天恐怕是最令人讨厌的天气，连绵的雨与阴沉的天色带来的影响，使可视距离被压缩到了极小的范围之内，无论是防守还是进攻都很容易被打乱阵脚。雨后泥泞的道路也给后勤运输和行军带来极大不便，更别提下雨带来的体温流失所造成的伤寒和武器装备的折损了。

风和强烈的垂直气流是影响射箭、战船行进、战马和士兵行军的重要因素。说起古战场上一场风吹出的“骄傲放纵”，就要说到夷陵之战了。三国时期，刘备称帝3个月后，以替关羽报仇为名，进军东吴。陆逊把握天时，以逸待劳，凭借东南风在夷陵、猇亭一带使用火攻，火烧连营700里，打败了蜀军。经此战，蜀国受到灾难性打击，失去了和魏、吴争夺天下的能力，三国互相之间的疆域，此后多年基本保持不变。从气象角度分析，夷陵之战发生在六月的江南，正值酷暑时节，暑气逼人，蜀军将士不胜其苦，把军营设于深山密林里，依傍溪涧，且蜀军的营寨都是由木栅所搭建，其周围又全是树林、茅草，一旦起火，就会烧成一片。决战开始后，吴军顺风放火，致蜀军溃不成军。

掌握潮汐发生的时间和高低潮时的水深是保障舰船航行安全，进出港口、通过狭窄水道等的重要条件，也是登陆作战必须考虑的重要因素。这就要提到鹿耳门之战了，明代郑成功收复台湾的关键一役。当时，郑成功率部已抵达鹿耳门港外，摆在他们面前有两条航道：一条是南航道，有荷兰军队把守，很难通过；另一条是鹿耳门航道，水浅且有淤沙，只有涨潮时才能通过，但没有设防。郑成功根据当时四月的潮汐，选择涨潮的日子扬帆转舵，顺利通过鹿耳门，成功登陆，扎下营寨，随后成功地收复了台湾。

台风对战争的影响是巨大的。忽必烈曾两次东征日本，一次在 11 月，另一次在 5 月，均遇上台风，船毁人亡。很多人将东征失败的原因归结为忽必烈缺乏气象知识。日本沿海的台风多数发生在每年的 5—12 月，其中 7—9 月最为集中。忽必烈对此毫不知情，付出了惨痛代价。而明代著名的抗倭将领戚继光却重视并熟知天文气象，他著有《练兵实纪》，在闽、浙沿海指挥抗倭作战，夏秋之际常常受到台风侵扰。为了抗御台风，戚继光编了一首《风涛歌》，让将士背诵，以掌握台风规律。

正所谓“谋事在人，成事在天”，一些突发天气的出现，常常会让战争的形势出现逆转。看来掌握风云变幻，才能百战百胜。

（来源：《中国气象报》，2021 年 6 月 7 日，4 版，作者：曾涛）

以红色为底　绘壮美画卷

——广西党建引领气象事业高质量发展

八桂大地，红色是最亮丽的底色。从百色起义、龙州起义到红军长征湘江战役，中国共产党领导各族儿女在此开展了艰苦卓绝的斗争，在党史和中国革命史上留下了熠熠生辉的一页。

在党的领导下，广西壮族自治区气象事业深深植根于红色土壤中，服务经济社会发展和壮乡人民安康福祉，以红色为底，绘就一幅幅壮美画卷。

红色初心　落在第一笔

地处中越边境的小城龙州，县气象局院内矗立着一幢已历百年风雨的天主教堂。教堂顶端，19 世纪末安装的测风仪器依然留存。微风徐来，风杯转动，殖民时代的“舶来”气象与新时代的现代化气象仿佛在进行穿越时空的对话。

1949 年，红旗漫卷，开天辟地。12 月，中国人民解放军接管广西境内气象台站，气象科成立。红色初心，由此写下第一笔，广西气象工作开始谱写崭新篇章。

当时，国民党遗存的只有南宁、百色、梧州、桂林、柳州（沙塘）5个气象站，现实的难题摆在了新中国第一代广西气象人的面前。他们在全区组建台站网，短短数年就发展到50多个气象台站。1956年，武鸣县气象站原站长林国勇自主创新，发明“剖面图”作为县站预报工具，预测24小时和72小时天气预报，在全国具有一定影响力。

事业初创的气象人，是一群“穿黄色军装但没有帽徽和胸章的年轻人”，他们是刚从部队转移建制到地方的一支气象科技队伍，也是广西第一个气象台——南宁气象台的建设者。

1956年，广西气象学校成立，招收了60名初、高中学生来南宁学习观测业务，这群在茅棚里学习成长的人成为日后广西气象事业大发展中的骨干。

红色基因 植入血液里

红色基因是共产党人永葆本色的密码，鲜活于共产党人的血液之中。祖国南疆，八桂大地，一代又一代追云逐雨的共产党人，成就了一段段风云传奇。

山巅之上的涠洲岛气象站，面朝碧波万顷的大海。走进党员政治生活室，一根粗大的绳索悬挂在最醒目的位置。涠洲岛气象站始建于1955年，也是广西唯一有人驻守的海岛气象站。“一根绳索”的故事，是全站观测员的集体记忆。1982年，第17号台风来势汹汹，12级以上的大风持续地吹，岛上大多数房屋盖瓦被吹飞。面对室外肆虐的风雨，观测员焦急万分，大家心中只有一个想法，绝不缺测！一根绳索将4个人捆在一起，然后集体爬出去观测。经过百米的匍匐，终于在狂风暴雨中成功采集到气象资料。这个故事激励着一代又一代海岛气象工作者。

2018年初，自治区气象局收到了一份印有103个红手印的联名申请书，上思县有生村两委班子和村民强烈要求气象部门派驻的党组织第一书记彭宇连任。彭宇再次主动请缨，回到有生村。他驻村六年来，有生村成功脱贫摘帽，并发展了凤梨、莲雾等特色产业，百姓的日子越来越红火。广西曾是脱贫攻坚的主战场之一，103个红手印背后，是自治区气象局先后选派的217名帮扶干部的辛勤付出和忘我奉献。

2016年9月11日18时，南宁南湖畔，首届中国—东盟气象合作论坛进入合作倡议讨论环节。在多国语言混杂的欢呼声和热烈掌声中，《中国—东盟国家气象合作南宁倡议》获得一致通过。广西与东盟国家陆海相连，中国气象局和自治区政府共同创办中国—东盟气象合作论坛，搭建气象合作的“南宁渠道”。“举全局之力，党员发挥先锋模范作用！”首次承办高层次国际论坛，自治区气象局党组号召，党员扛大旗，冲锋在前，综合协调各项筹备工作，跑出了“论坛速度”。以办会为契机，在短短半年时间内，广西突发预警信息发布平台、广西气象监测预报中心、广西气象数据中心等项目高效建成，业务现代化水平迅速提升。

共产党人锻造的“论坛精神”在延续，自治区气象局先后承办第2届中国—东盟气象合作论坛，举办5届中国—东盟博览会气象装备与服务展，启用中国气象局东盟大气探测合作研究中心，面向东盟国家举办国际培训班，联合新华社研发“中国—东盟气象发展指数”项目。

“八桂田园铺壮锦，山歌声里气象新”，爱唱山歌的壮乡人以山歌唱响新气象。红色党旗引领下，广西气象人谱写了一个又一个不负重托、不辱使命的动人故事。从百废待兴到繁荣发展，广西气象事业始终坚持党的全面领导，将红色精神镌刻于心，固化于行。自治区气象局在中国气象局年度综合考评中已连续五年被评为优秀单位，在自治区绩效考评中连续获评一等等次。广西气象部门现有全国文明单位14个，服务社会公众满意度近三年稳定保持在90分以上，2020年位列全国第三。

红色品牌 打造最大“流量”

深化“三融入”一线气象服务机制，连续打赢汛期轮番强降雨袭击攻坚战；强化与农业部门合作，共同防治水稻稻飞虱；与文旅部门对接，推出精细化红色旅游气象服务产品……自治区气象局党员干部积极践行“我为群众办实事”，让红色正能量成为干部职工聚焦的最大“流量”，切实把实事办好，办到群众的心坎上。

近年来，自治区气象局坚持以政治建设为统领，以深入推进党建与业务融合促进广西气象事业高质量发展为主轴线，着力打造“共产党员先锋工程”，实施“一支部一品牌”，提升党建品牌内涵。全区气象部门先后设立48个共产党员先锋项目、组建48支共产党员先锋队、设立353个共产党员先锋岗，评选出62个党建示范品牌。

广西气象台党支部实施“灾害性天气预报预警能力综合提升工程”，全区暴雨预警信号提前量由2018年的40分钟提升到2020年的54分钟；广西气象科学研究所党支部创建“智慧农气”品牌，以“气象部门+龙头企业+农户”方式，构建生产全过程智慧直通式气象服务模式……党建与业务的融合抓手由模糊到具体，“两张皮”的难题有效破解。

开门搞党建，合作开新路，红色品牌正在转化为发展的驱动力量。在漓江码头，一艘红色主题游船稳稳停靠，船内布置有党史、新中国史等宣传栏。不久前，在这艘“红船”上，桂林气象部门与漓江风景名胜区管理委员会签订了“漓江卫士”党建联盟协议书，气象与水文、旅游、水利等部门，凝聚起漓江生态保护的强大合力。广西梧州与广东肇庆地域相近、气候相似，两地气象局通过西江流域灾害性天气联防机制携手筑牢防灾减灾第一道防线。通过党建平台，梧州市气象局主动对接粤港澳大湾区，积极推进党建和业务工作“东融”。

为人民而生、因人民而兴，是广西气象人初心所在。

红色为底，从第一笔到如今，广西气象事业高质量发展装上了高速引擎，在传承中创新、在探索中前行，共产党人以担当实干擦亮底色、以党建“红心”铸造业务“匠心”，在八桂热土继续书写服务壮美广西新篇章。

（来源：《中国气象报》，2021年6月21日，3版，作者：曾涛 黄姿娜）

让每一户都安然无恙

“感谢气象局的精准预报和贴心服务，为我们提前防灾避险和转移群众提供科学依据。”7月2日，广西壮族自治区河池市都安县保安乡古良村委会工作人员给县气象局送来一封感谢信，为都安县这场强降水气象服务工作画上圆满句号。

6月27日至7月3日，一场持续时间长、累计雨量大、强降雨区集中、夜间雨势强的强降水过程自北向南袭击广西，桂林、柳州2市4县（区）6乡镇累计雨量超过 600 毫米。

雨情就是命令！在气象预报预警提示下，全区相关部门迅速拉开防御网。

“一收到气象预警，我们就立刻行动，提前转移 3 户 10 人，未出现人员伤亡。”柳州市融水苗族自治县大浪镇镇长廖克广说，村干部挨家挨户排查隐患点，并火速赶往镇里 3 户重点监护对象家中，黄太凤便是其中 1 户。刚开始，黄太凤说什么也不离开老宅，在大家的百般劝说下，才搬去亲戚家暂住。

最终，这场提前预料到的夜雨达到了特大暴雨级别，大浪镇 12 小时累计降雨量达 373.7 毫米。在提前转移的黄太凤家里，暴雨裹挟着泥浆灌入房中，房屋周围被塌方的黄泥掩埋。由于转移及时，全镇未出现人员伤亡。

打赢这场防御暴雨的硬仗，离不开“气象 + 网格”的应用。今年，柳州市气象局创新预警模式，从气象台到应急管理网格员“一键直达”，推动基层“多员合一”，减少气象灾害预警信息的“中转、二传”现象，为防灾减灾赢得了更多时间。

同样在这场雨中经受考验的，还有都安县保安乡古良村村委会主任黄介航。“我真心感受到，在雨中前进的每一步，都是气象信息给我们的底气。”他说。

6 月 29 日 2 时 26 分至 11 时 50 分，都安县气象局连续发布多个预警信号，并于 12 时 30 分将重大气象灾害（暴雨）Ⅳ级应急响应提升为Ⅲ级。

手机上的信息提示嗡嗡作响，大喇叭的预警声时不时传来，雨也越来越大，黄介航立即组织村干部开展居民转移工作。

“抓紧时间，先转移人员，财物是其次！”当黄介航赶到村民黄锋家时，水已经漫进屋子。他带领大伙有序行动，将大件贵重物品就近搬上楼，用绳子固定好。救援结束时，黄锋家的水已经没过一楼。庆幸救援行动足够及时的同时，黄介航也为气象部门的及时预警点了一个大大的赞。

在这次暴雨过程中，广西各级气象部门发布预警短信 835 条，接收人次达 3450.6 万人次；通过“绿色通道”全网发送短信 51 条，接收 2559.5 万人次，大喇叭发布预警信息共 59652 次。

（来源：《中国气象报》，2021 年 7 月 7 日，2 版，

作者：韩嘉乐 周柳丽 莫惠晴 唐莉梅）

广西壮族自治区政府出台实施意见 推进人工影响天气工作高质量发展

7月7日，广西壮族自治区政府办公厅印发《关于推进人工影响天气工作高质量发展的实施意见》（以下简称《意见》），要求准确把握人工影响天气工作的基础性、公益性定位，完善体制机制，强化能力建设，加快科技创新，提高作业水平。

《意见》明确了七项主要任务。一要强化特色农业生产服务。围绕水稻、玉米、甘蔗等农作物生产集中区开展干旱、冰雹等灾害评估与区划工作，加大对粮食生产功能区、糖料蔗等重要农产品生产保护区和特色农产品优势区等重点区域及重要农事季节的抗旱、防雹作业力度。二要助力生态文明强区建设。加强空中云水资源开发利用，制定常态化人工影响天气作业工作计划，积极开展重点区域人工影响天气作业。三要做好重大应急保障服务，积极开展应对森林火灾火险、异常高温干旱、重污染天气等事件的人工影响天气作业。四要完善科学指挥体系。引进机载和地面云降水探测设备，构建云水资源立体探测系统，加强气象、水利、农业农村等部门信息共享，建立四级人工影响天气一体化业务系统。五要提升空地立体作业能力。引进高性能增雨飞机，加快地面作业站点标准化改造，推进火箭、烟炉等作业装备自动化升级改造。六要加强科技创新能力。深入开展云降水和人工影响天气数值模拟仿真研究，在广西百色重点开发开放试验区建设人工影响天气综合科技试验示范区。七要健全安全生产监管保障体系。

（来源：《中国气象报》，2021年7月16日，1版，作者：李林红 韩嘉乐）

以精细“搏”安全

——全国海上原油过驳第一大港钦州港见闻

建大港的梦想种子一直扎根在广西壮族自治区钦州人的心里，也曾写在孙中山先生的《建国方略》规划中。

长风破浪正此时，一组数据记录着一个大港的崛起——7318米的码头岸线，22个泊位；挂靠集装箱航线48条，通达全球100多个国家200多个港口。

安全生产大于天，一组数据交出砥砺十年的成绩单——从2011年11月15日开始过驳至2021年4月30日，过驳母船总艘次430艘，过驳子船总艘次1531艘，原油过驳量世界第一。

在通往梦想的路上，捕捉风险因子，化解隐患险情，气象服务多一分精细，就为海上和港口安全作业多"搏"得一分安全。这是融入每一个气象行动的深刻领悟，也是在钦州港可见可闻的真实存在。

不惧

起步总是艰难，信心在又何惧。在钦州港建设项目尚未列入国家计划的1992年，勤劳实干的钦州人自力更生，发动万人捐款筹资建港。第二年，两个万吨级码头泊位建成并简易投产。凭借敏锐的服务意识，气象服务在其后的一年迅速跟进，一跟就是25年。在风浪中摔打，与海上灾害过招。如今在海上作业、码头作业、临港大型石化企业生产、渔业生产、海上救援等各个环节都有气象力量的加盟。

十年前，钦州港启动海上大型原油过驳作业，这在广西尚无先例，且是世界公认的海上高风险作业。据钦州市海事局海巡执法支队队长黄永琦回忆，当时首先想到的就是把气象局拉进来一起谋划。过驳锚地海域环境复杂，可谓夏有西南涌浪、冬有季风。大风可以直接破坏或掀翻船只，暴雨造成能见度降低，大雾导致船舶无法辨识方向，西南涌浪会加大船舶靠离泊难度，雷电加剧海上作业人员的雷击风险，台风使得船只遇险后搜救难度加大……防御气象灾害对作业的影响，一方面是为了守住人身安全和经济效益，另一方面也是为了保障环境安全，后者正是黄永琦工作职责中极为重要的一块——避免原油泄漏事故造成海洋环境污染。诚然，要达成这些目标，必须有气象局的支持。

这项工作对钦州市气象局又何尝不是史无前例的考验？经过气象服务团队细致研判发现，天气实况和气象分析、风险评估等确实是海上原油过驳不可或缺的一环，气象状况直接影响船舶航行、靠泊离泊、原油过驳、海事管理、海上搜救等方方面面……关联度越明确，信念越坚定：气象工作必须深度参与，只能进不可退！

不息

成功不仅靠灵感的迸发，还需经久不息的用心用力。每天、每周、每月都有着匹配不同时间尺度的气象服务信息，涵盖未来一周或一旬的主要天气特征，高影响天气或灾害性天气下的生产作业建议、防御重点，它们或作为一封邮件存在，或以一条群发微信呈现；当有突发或重大情况时，无论白天还是黑夜，气象专家随时解答、及时应答、有问必答。

由于原油过驳点附近没有气象资料，专家通过多年总结分析，形成了一套原油过驳专用的天气预报方法和精细服务流程。利用北部湾沿海防城港钓鱼台岛、钦州青菜头岛、北海涠洲岛、竹蔗寮等站点的气象实况，天气雷达、卫星云图资料，各种数值预报产品，结合最近时次的温度、气压、水汽、涌浪、风、云等要素的状态值和变化量，来把握锚地和港口的风、雨、雷、雾等关键天气。

十年历练，气象服务团队克服海上观测资料不足、气象服务难度大、缺乏实战经验等现实难题，凝练出“原油过驳、气象先行，安全生产、气象保障”的服务宗旨，为海上原油过驳各环节提供全程全天候专业、专用的气象信息服务，并与过驳团队一道，创造了一项又一项新纪录。有的被写在气象服务首席农成万的记事本里，有的写在了被服务企业的工作日志里，有的则写入了海上原油过驳应急处置的历史里——

2020年8月4日凌晨，装载880吨易燃易爆危险品石脑油的“中匀7”轮油船在钦州港片区广明码头发生泄漏燃爆。火源虽被扑灭，但泵舱机舱发生漏油，可燃气体超标，存在二次爆炸、污染大气和水域的严重风险！面对这颗海上“不定时炸弹”，农成万作为应急抢险救援工作指挥部专家，顶着巨大压力，就处置作业的“黄金时间窗口”给出建议：“处置工作最好9日进行，最迟为10日，13日后天气变数较大。”10日18时，经过多次推演、反复论证，指挥部确定实施货舱石油过驳。最终，“不定时炸弹”被成功拆除。

今年2月，气象服务团队提前发布过驳锚地“风向大转，将出现持续4天的7级到8级偏北大风”的预报。过驳作业据此争分夺秒赶在大风来临前完成，作为母船的国际轮提前驶离港口返航。中国石油广西石化公司员工张兆才算了一笔账：“这次气象服务帮助节省了近180万元！”因为，遭遇大风母船就要被迫滞港，而多耽搁一天，至少开支7万美元。

港口是起航地也是目的地，发生在那儿的故事好像永远也讲不完。而在一次次出发与归来的故事中、在寄托平安的期盼中，钦州向海而生的希望之光更加璀璨。出生在渔家的邝良俊，就是在这期盼中走出来的大学生，如今任钦州市气象局副局长的他，与同事正在用日益精进的海洋气象服务去守护那光芒，并在北钦防一体化的规划中，不断丰富气象服务的内涵，“港口作业安全与我们的生存环境、百姓生活密切相关，依托气象现代化成果保障海上生产安全就是保护家园。”

（来源：《中国气象报》，2021年8月10日，2版，
作者：苗艳丽 韩嘉乐 曾涛 黎时迪）

气象装备与服务展亮相中国—东盟博览会 中国—东盟气象发展指数首期核心成果正式发布

9月11日，第6届中国气象装备与服务展亮相正在广西南宁举行的第18届中国—东盟博览会。在该展开幕式上，中国—东盟气象发展指数首期核心成果也正式向全球发布。

今年是中国—东盟建立对话关系30周年、中国—东盟可持续发展合作年。本届气象装备与服务展由中国气象服务协会、中国气象局气象探测中心共同主办，以“智慧气象服务东盟”为主题，结合东盟国家在气象海洋探测、预测预警服务的需求，进行相关展示和推介活动，吸引了国内16家知名企业、大专院校和国家级科研业务单位参展，集中展示了我国气象现代化高精尖仪器装备、站网设施和服务产品。

气象装备与服务展开幕当天，由广西壮族自治区气象局与新华社中国经济信息社联合研发的中国—东盟气象发展指数首期核心成果，包括中国—东盟气象现代化标准体系、《2021中国—东盟气象发展指数报告（老挝篇）》等正式向全球发布。中国—东盟气象发展指数凝练了环境支撑、气象观测、气象预报、气象服务四个维度共49项评价指标，构建了中国—东盟气象现代化标准体系。在此基础上，以本届博览会主题国老挝气象事业为研究对象，形成《2021中国—东盟气象发展指数报告（老挝篇）》，对老挝气象事业发展进行数据分析，并提出参考建议。

中国—东盟气象发展指数的研发引起中外企业的广泛关注并得到相关领导的高度评价。2020年12月底，老挝自然资源与环境部官员在接受媒体采访时表示，中国—东盟气象发展指数为区域合作提供新思路、新举措、新模式，具有很强的参考价值。

据悉，中国—东盟气象发展指数今后将形成每年以中国—东盟博览会主题国为对象的发布机制，推进中国与东盟气象大数据领域的交流合作。

（来源：《中国气象报》，2021年9月13日，1版，
作者：黄姿娜 孔毅民 董丹蒙 王立芳）

朱槿花开 盛会精彩

——广西气象服务保障第18届中国—东盟博览会侧记

又是一年朱槿花开时。9月10—13日，第18届中国—东盟博览会（以下简称“东博会”）在广西南宁圆满举行。广西气象部门提前准备、周密部署，用精细服务为东博会保驾护航。

“东博会举办期间，南宁市出现高温的可能性较高，出现强降水概率较大，有台风影响的风险。”8月11日，第一份东博会气象服务产品《第18届东博会及峰会期间气候背景材料及气象风险评估报告》发出，此后气象部门又陆续为南宁市委、市政府以及相关单位提供了几十份气象服务产品。

早在7月，广西气象部门就制定了东博会气象保障服务工作方案和重大灾

害性天气应急预案。从 8 月底开始，南宁市气象局组织技术人员携带专业检测设备对气象站进行维护，进一步保障东博会期间各气象站数据正常采集、传输和汇总。

进入 9 月，南宁的天气有些“任性”。先有 9 月 2 日导致局地严重内涝的局地强降水，后有 7 日南下“试探”的弱冷空气，还有不肯归笼的“秋老虎”。9 月 6—7 日，今年第 13 号台风“康森”和 14 号台风“灿都”相继生成，双台风共舞使得台风路径预报有一定的不确定性。

“原本考虑台风‘康森’外围云系有可能在 13 日影响南宁市区，随着台风路径不断南调，风雨影响已经排除。”在一次次的专题天气会商中，预报员通过仔细研判让预报结论更加笃定。

从 9 日开始，广西气象部门对东博会开展精细化短临预报服务，每 3 小时提供一次未来 3 小时天气预报，为活动顺利举办提供了重要的决策参考。高频次精细化预报得益于对流尺度数值预报模式的本地化改造应用。“这是南宁市气象局今年新投入使用的数值模式，可提供水平分辨率为 1 公里 ×1 公里、时间分辨率为 12 分钟、时效为 6 小时的要素预报。”南宁市气象台台长黄增俊表示。

今年，自治区气象局还首次通过第 6 届中国气象装备与服务展，面向社会招募 8 名气象观测志愿者。东博会期间，这些志愿者在场馆内携带便携式观测设备，实时采集气压、气温、相对湿度、风、光照、紫外线、水汽等气象要素，为重大活动气象保障提供一手数据资料。

东博会期间，南宁的天气实况与预报完全一致，10 日、11 日，南宁市气象台相继发布高温黄色预警、高温橙色预警，局地出现阵雨，但对东博会重要场馆所在区域未造成不利影响。气象部门还在官方微信设置“东博会场馆天气”栏目，实时更新南宁国际会展中心、吴圩国际机场、大明山、青秀山等重要场馆和景点的天气信息，为用户提供方便快捷的气象服务。

13 日傍晚，东博会在有利的天气条件下画上句号，气象服务保障工作也在紧张有序中交出了满意答卷。

（来源：《中国气象报》，2021 年 9 月 15 日，1 版，作者：张芳琳 黄姿娜）

广西植被生态质量等级正常偏好区域达98.5%

广西壮族自治区气象局日前公布的数据显示：2020年，广西植被生态质量等级正常偏好区域达到98.5%，全区植被生态质量继续保持较高水平。

基于卫星遥感和生态模型的综合监测结果表明：2020年广西98.5%的区域植被生态质量等级为正常至好等级，全区植被生态质量指数为75.7，与2019年持平；全区植被生态质量持续改善，钦州、南宁、来宾三市植被生态改善程度居全区前三，桂东（大桂山、大容山、大瑶山）、桂南（十万大山）、桂西北（凤凰山、都阳山）、桂北（九万大山）等区域植被生态质量最好。

（来源：《人民日报》，2021年7月8日，14版，作者：李纵）

蓝天立到广西消防救援总队、自治区气象局、自治区地震局调研自然灾害防御和应急救援工作强调坚决做好防灾减灾救灾各项工作切实保障人民群众生命财产安全

8月25日下午，自治区政府主席蓝天立来到广西消防救援总队、自治区气象局、自治区地震局，调研自然灾害防御和应急救援工作，看望慰问应急值班值守工作人员。

来到广西消防救援总队，蓝天立观看消防智能指挥系统和智能接处警系统应用演示，检查消防器材装备，详细了解消防专业救援能力、装备性能参数和操作使用等情况。蓝天立对广西消防救援总队为维护人民群众生命财产安全所做出的贡献表示肯定，他指出，当前正值夏季生产安全事故多发期，也是防汛关键期，全区消防救援队伍要深入践行习近平总书记授旗训词精神，坚持人民至上、生命至上的服务宗旨，紧盯少数民族村寨、北部湾石化产业、电动自行车停放充电场所、居民自建房等重点，加强消防安全风险防范；做好防大

汛、抢大险、救大灾各项准备工作，完善应急救援预案，加快建设科学完备的救援体系，着力提升广西应对重特大灾害事故的能力，确保人民群众生命财产安全。

在自治区气象局，蓝天立认真听取全区气象防灾减灾工作汇报，观看广西突发预警信息发布演示，实地考察广西气象监测预报中心，勉励气象部门坚持服务国家服务人民的根本方向，按照监测精密、预报精准、服务精细的要求，全力保障生命安全、生产发展、生活富裕、生态良好，在气象防灾减灾第一道防线上当好气象卫士。蓝天立强调，要毫不放松抓好气象服务，特别要高度重视山区、城市、特殊地形等灾害易发区、敏感区、脆弱区以及人口密集区和重点单位的气象灾害预报预警；强化科技创新，充分利用气象现代化建设成果和各种信息平台载体，科学研判气候变化规律，不断提高预报预测的准确率和精准度；建立健全合作联动机制，强化与应急、自然资源等相关部门的联动，加强信息沟通和业务协作，形成防灾减灾合力。

在自治区地震局，蓝天立参观地震仪器设备展示，详细了解广西地震监测预警工作和广西地震台网运行情况。“我区属于中强地震活动地区，强震虽少但分布很广，防震减灾工作不容忽视。”蓝天立要求，要深入贯彻落实习近平总书记关于防灾减灾救灾重要论述，切实加强地震监测预警工作，提高地震监测预警能力；做好地震危险区应急防范，加强震情跟踪监视、异常调查核实、会商分析研判、应急值班值守等工作；抓好地震灾害风险普查和加固工程，摸清广西地震灾害风险底数，加快推进地震易发区房屋设施加固工程实施，提高全区地震灾害防治能力和水平。

（来源：《广西日报》，2021 年 8 月 26 日，1 版，作者：董文锋）

附录　2006—2020年广西气象部门新闻获奖情况表

序号	年份	标题	作者	获奖情况	页码
1	2006年	《海上大营救》	曾涛　陈雪莲　黄燕波	中国气象报社第17届好新闻三等奖	005
2		《金风送爽好放歌》	曾涛	中国气象报社第17届好新闻三等奖	013
3	2008年	《洪灾过后气象“升温”》	曾涛　翟殷斌	中国气象报社第19届好新闻三等奖	057
4		《金秋最是朱槿香》	曾涛　李菁　姜月清	中国气象报社第19届好新闻三等奖	081
5		《乔林：阅尽风云作画卷》	曾涛	中国气象报社第19届好新闻评选好标题奖	063
6		《融合的张力与重量》	曾涛　王晓乐	“泰山杯”奥运气象好新闻二等奖	070
7	2009年	《卡马水库险情告急　天气会商在老乡家召开》	曾涛	第24届中国产经新闻奖三等奖； 中国气象报社第20届好新闻二等奖	109
8		《高歌激扬在浪头》	曾涛	中国气象报社第20届好新闻三等奖	107
9		《用生命敲响的警钟》	胡亚　曾涛　夏杰　李颖婷	中国气象报社第20届好新闻二等奖	110
10		《倾听花开的声音》	曾涛　邓树荣　李颖婷	中国气象报社第20届好新闻评选好标题奖	100
11	2010年	《一条短信救了45名工人》	曾涛　林飞飞　彭武坚	中国气象报社第21届好新闻二等奖	149
12	2011年	《山歌声声响　不唱情歌唱气象》	曾涛　罗雅	第26届中国产经新闻奖三等奖； 中国气象报社第22届好新闻一等奖	194
13		《大写平安第一笔——我国气象防灾减灾工作综述》	郭起豪　王龙　杨玲　曾涛	中国气象报社第22届好新闻一等奖	184
14		《“绿色通道”直达百姓家》	曾涛	中国气象报社第22届好新闻三等奖	188

续表

序号	年份	标题	作者	获奖情况	页码
15	2012年	《调查研究要身动心下》	曾涛	中国气象报社第23届好新闻二等奖	210
16		《解读风之语》	曾涛	第27届中国产经新闻奖三等奖； 中国气象报社第23届好新闻一等奖	222
17		《发挥“一加一大于二”的效益》	曾涛　张许斌	中国气象报社第23届好新闻二等奖	224
18	2013年	《“没有这个电话，人员伤亡将无法估量”》	刘成成　曾涛 李颖婷　严启兴	中国气象报社第24届好新闻二等奖	236
19		《谁在“主宰”沙尘暴？》	曾涛　王晨　冯君	中国气象报社第24届好新闻二等奖	237
20		《三问恭城：特大暴雨缘何未酿大难？》	曾涛	中国气象报社第24届好新闻一等奖	245
21	2014年	《机顶盒变身气象“报警器”》	曾涛　林飞飞	首届全国气象宣传作品观摩交流活动文字新闻一类作品； 中国气象报社第25届好新闻二等奖	279
22		《规范气象信息处置　推进治理能力现代化》	曾涛　林飞飞	中国气象报社第25届好新闻三等奖	273
23	2015年	《重大气象信息报告有了“硬杠杠”》	曾涛	中国气象报社第26届好新闻三等奖	292
24		《广西钦州：“1号议案”追踪记》	刘锻　施佩宏 黄姿娜	中国气象报社第26届好新闻三等奖	295
25		《小朋友参观气象台》	黄姿娜	中国气象报社第26届好新闻图片类三等奖	291
26	2016年	《一个海岛气象站的诗与远方》	曾涛　刘文杰 郑武超	第2届全国气象宣传作品观摩交流活动文字新闻二等奖； 中国气象报社好新闻二等奖	356
27		《气象春风拂田野——我区开展直通式气象为农服务》	周映　曾涛 黄姿娜	第2届全国气象宣传作品观摩交流活动文字新闻二等奖	331

续表

序号	年份	标题	作者	获奖情况	页码
28	2017年	《八桂遭暴雨　行动作答卷》	曾涛　黄姿娜	中国气象报社第28届好新闻二等奖	391
29	2018年	《警戒线上的抉择》	雷晓霞	中国气象报社第29届好新闻三等奖	415
30	2019年	《气象站的变迁》	王菡娟　曾涛	2019年度全国气象好新闻特别报道奖	504
31		《250名村民的生死时速》	李一鹏　胡亚　韩嘉乐　李岩　华琦孜	2019年度全国气象好新闻二等奖；中国气象报社第30届好新闻二等奖；第34届中国产经新闻奖二等奖	479
32		《科技配方酿甘味绵长——广西智慧气象服务甘蔗产业侧记》	崔国辉　黄姿娜　曾涛	《壮丽70年 奋进新时代 走基层看气象·深度调研》系列报道之一，该系列报道获2019年度全国十大气象好新闻奖	489
33		《昼夜鏖战　直面风雨——广西气象部门强降雨气象保障服务纪实》	黄姿娜　潘汉海　唐莉梅　周柳丽　雷晓霞　莫惠晴	中国气象报社第30届好新闻三等奖	474
34	2020年	《扶贫路上有个“家”——广西首个扶贫红色驿站温暖千余名基层干部》	贾静淅　卢健　黄姿娜　曾涛	中国气象报社第31届好新闻二等奖	531
35		《端午的雨》	曾涛	中国气象报社第31届好新闻三等奖	522
36		《凌晨预警　为591人搭建生命通道——广西抗击强降雨天气一线见闻》	韩嘉乐　唐莉梅　李会玲	中国气象报社第31届好新闻三等奖	525
37		《柳州突发崩塌地质灾害　“三小时”预警服务抢生机　129名师生提前18分钟避灾》	韩嘉乐　周柳丽	中国气象报社第31届好新闻三等奖	529

后记

厚厚的书页，文字在起舞。这些有关过往风云的记载，此刻于无声处激荡翻滚。指尖摩挲过的书页，仿佛腾起一片云，下过一场雨，浩渺的蓝天，奇幻的彩虹，映照着八桂大地的山清水秀，抑或农忙季节的稻香与蛙鸣。

厚厚的书页，时光在雀跃。人们说看见你们总是不停地写呀写呀。伏案一行行，走过一年年，从青葱少年到双鬓添霜。我们一如耕者，守住自己的田地和本分。我们的平台不大也不高，但值得致以尊重与感谢，也足够容纳新闻理想的微光！我们又何其幸哉，凭薄墨钝笔，浅见拙识，在时代的风云里驰骋。

厚厚的书页，气象在更新。笔逐风云变迁，往事并不如烟。文字叠加，不仅仅有厚度，还有气象服务的力度、事业发展的态度和科技进步的速度，更有气象精神的温度。于壮天，于阔土，用激情、使命融入笔尖、注入键盘，镌刻下那些年的热血、汗珠、泪水和微笑。

这本书，时间跨度从2006年1月到2021年9月，以新闻角度客观记录了这一时期广西气象事业的发展。同时，也记录了一个省级气象部门新闻平台的成长。长期以来，《中国气象报》广西记者站在广西气象新闻宣传中发挥了主阵地、主平台作用。后来，又组建了自治区气象局宣传科普中心。此间15年，我幸而亲历。细数大学毕业到如今，我在湖南干过县广播电视台记者、省电视台编导；到广西后历任中国气象报驻站记者、站长以及分管宣传的办公室负责人。可以说，职业生涯总与新闻缠绕在一起，剪不断，理还乱。对于新闻，我始终保持恭敬之心，我学的专业并非新闻，一个外行，一步步地走入新闻殿堂，小心观察，谨慎体悟。另一方面，在学习借鉴的基础上孜孜以求，尝试自己的报道手法和写作风格。多年新闻生涯，扪心自问，还算是一个有那么一点想法、有那么一点钻劲的新闻人。同时，更感谢新闻工作让我永葆一份好奇心，一双新闻眼。

我是记者站第四任记者，黄姿娜、韩嘉乐是继任者，她俩都是新闻专业科班出身的。两位年轻人素质高，谦虚好学，能吃苦，这些年不懈地记录着广西气象发展的风云际会，持续锤炼“脚力、眼力、脑力、笔力”，已成长为独当一面的优秀记者，她们的路且长且远，但行则必达。

我们深知，这些作品的质量有待提高，即便是书中的一些获奖作品得的奖项也不高，能力与水平也可能贻笑大方。但是，我们已尽力而为之了，今后仍将不断磨砺、提升。结集出版的初衷是希望能留下类似新闻档案的东西，作为一种见证，一种记忆。缘于此，我们挑选、整理、汇编了这些年具备一定新闻价值，也值得留存的稿件。这些稿件以我们发表在《中国气象报》的为主，也包括中央媒体、《广西日报》等对广西气象工作的代表性报道；内容上以反映广西气象工作为主，也包括驻站记者借调中国气象报参与北京奥运会、“绿镜头”活动的报道等。总之，这是一本没有刻意包装，甚至没有特别打磨的作品集，保持了原来的时空背景，保持了“原生态”。

感谢广西壮族自治区气象局党组对新闻宣传工作的重视，感谢中国气象报社、中国气象局气象宣传与科普中心的指导和帮助，报社总编辑彭莹辉还特为此书作序；感谢全区气象部门通讯员的共同努力；感谢气象出版社出版此书，愿读者能够喜欢。

曾涛

2021 年 9 月于广西南宁